HELMUT VORNDRAN

Drei Eichen
Das fünfte Glas

*Drei Eichen*

Bei den Grabungen für das Fundament eines Windrades wird in Bamberg ein Skelett entdeckt, zwischen den Knochen steckt eine Pfeilspitze in der Erde. Kurz darauf bricht der bekannte politische Hoffnungsträger Josef Simon auf dem Weg zu seiner kirchlichen Trauung tot zusammen – durchbohrt von einem Pfeil. Von den schockierten Hochzeitsgästen hat niemand etwas Ungewöhnliches beobachtet, und Kommissar Franz Haderlein, sein junger Kollege Bernd »Lagerfeld« Schmitt und Polizeiferkel Riemenschneider stehen vor einem absoluten Rätsel. Wer jagt im friedlichen Oberfranken Menschen wie freilaufendes Wild? Und gibt es eine Verbindung zur Volksabstimmung über Frankens politische Zukunft? In Haderlein keimt ein schrecklicher Verdacht. Doch er hat keine handfesten Beweise. Und schon bald gibt es weitere Opfer …

*Das fünfte Glas*

Im Fall mehrerer mit Pfeilen getöteter Menschen führt die Spur den Bamberger Kommissar Franz Haderlein, seinen Kollegen Bernd »Lagerfeld« Schmitt und Polizeiferkel Riemenschneider ins nahe gelegene Coburg. Dort vermuten sie in der schlagenden Studentenverbindung »Rhenania Bavaria« den Täter. Doch Haderlein und Lagerfeld kommen zu spät. Statt des Mörders finden die Ermittler ein Blutbad vor. Bald ist klar: Sie haben es mit mehreren Mördern zu tun. Die Jagd führt Haderlein zu einem amerikanischen Agrarkonzern und zu einem rätselhaften Bienenvolk …

»Ein ganz besonderes fränkisches Schmankerl.«
*Neue Presse Coburg*

Weitere Informationen zu Helmut Vorndran
sowie zu lieferbaren Titeln des Autors finden Sie am Ende des Buches.

# Helmut Vorndran

## Drei Eichen
## Das fünfte Glas

Zwei Franken-Krimis in einem Band

GOLDMANN

Sollte diese Publikation Links auf Webseiten Dritter enthalten,
so übernehmen wir für deren Inhalte keine Haftung,
da wir uns diese nicht zu eigen machen, sondern lediglich auf
deren Stand zum Zeitpunkt der Erstveröffentlichung verweisen.

Verlagsgruppe Random House FSC® N001967

1. Auflage
Taschenbuchausgabe Dezember 2017
Wilhelm Goldmann Verlag, München,
in der Verlagsgruppe Random House GmbH,
Neumarkter Str. 28, 81673 München
Lizenzausgabe mit Genehmigung des Hermann-Josef Emons Verlag, Köln
*Drei Eichen*
Copyright © der Originalausgabe 2013
by Hermann-Josef Emons Verlag, Köln
*Das fünfte Glas*
Copyright © der Originalausgabe 2014
by Hermann-Josef Emons Verlag, Köln
Vom Autor überarbeitete Ausgabe der gleichnamigen Romane
Umschlaggestaltung: UNO Werbeagentur, München
Umschlagmotiv: FinePic®, München; © Getty Images / Holloway
KS · Herstellung: kw
Satz: Uhl + Massopust, Aalen
Druck und Bindung: GGP Media GmbH, Pößneck
Printed in Germany
ISBN: 978-3-442-48712-7
www.goldmann-verlag.de

Besuchen Sie den Goldmann Verlag im Netz

# Drei Eichen

# Prolog

Er schob alles wieder in den Umschlag zurück und steckte sich erst einmal eine Pfeife an. Das alles musste gründlich überdacht werden. Vor allem brauchte er sämtliche Informationen, die verfügbar waren, erst dann würde er nach Knoxville fahren und einen Flug nach *Good Old Germany* buchen, das Wild aufspüren und es jagen. Denn genau das hatte er vor. Er würde jagen und töten.

Nachdenklich nahm er die ersten Züge. An der hölzernen Unterseite des Balkons verfingen und verwirbelten sich die Tabakschwaden in den vom Morgentau benetzten glitzernden Spinnennetzen. Europa, dachte er, und nahezu romantische Gefühle stiegen in ihm auf. Das würde bestimmt interessant werden. In Europa war er lange nicht gewesen.

# Teil 1

# Die Vergessenen

Teil 1

Die Vergessenen

## Das Fundament

Sein Leben war bisher genau so gelaufen, wie er sich das gedacht und vorgestellt hatte. Nichts war ihm jemals wirklich misslungen, er hatte alles im Griff. Seine berufliche Laufbahn, sein privates Umfeld, seine Zukunft – einfach alles bestens. Und das war auch richtig so. Er liebte es, wenn er den Ton angeben konnte. Er brauchte es, alles unter Kontrolle zu haben. Kontrolle verschaffte Überlegenheit, und wer überlegen war, der konnte gestalten. Nichts und niemand würde ihm jemals vorschreiben, was er tun und lassen sollte. Er war derjenige, der bestimmte, der keine Niederlagen kannte – er war ein Macher.

Er lehnte sich in seinem Ledersessel zurück, den er vor Jahren extra aus England hatte einfliegen lassen. Er hatte den Sessel nicht gekauft, das wäre ja noch schöner gewesen. Er gehörte ihm genauso wie das komplette Schloss, in dem er gestanden hatte. Einer seiner beruflichen Widersacher hatte es nicht lassen können und sich ernsthaft mit ihm angelegt. Die Konsequenzen waren die Insolvenz und die anschließende Verstaatlichung seiner armseligen Privatbank gewesen. Auch sein Privatvermögen war der arme Irre bis auf den letzten Penny losgeworden, also hatte er dessen Besitztümer für einen Spottpreis erworben. Eine Siegestrophäe, ein Skalp der Finanzbranche.

War alles legal gewesen? Er lächelte, und seine Lippen

gaben für einen kurzen Moment ein paar makellos weiße Zähne frei. Legal oder illegal, was spielte das schon für eine Rolle? Er tat Dinge, weil er es konnte. Inzwischen bestimmte er, was in seinem Segment der Finanzbranche legal war und was nicht. Seine Macht und seine Verbindungen regierten die Welt. Nun, das war vielleicht doch etwas übertrieben, aber eben auch nur etwas. Auf jeden Fall definierte er schon seit Längerem die Grenzen der Legalität nach seinen Maßstäben und dehnte sie gegebenenfalls auch dementsprechend aus. Das war das Einzige, was ihn in seinem Leben noch wirklich erregen konnte. Grenzen zu überschreiten, andere Ebenen zu erklimmen. Wo waren die Grenzen des Ehrgeizes, die Grenzen der eigenen Macht? Wenn er ehrlich war, sah er für sich keine. Wieder bleckte er die weißen Zähne, dann griff er sich den ersten Umschlag vom Poststapel, der vom Sicherheitsscanner auf giftige Stoffe und Sprengstoff überprüft worden war. Mit einem Brieföffner aus poliertem Edelstahl schlitzte er das dicke gepolsterte Kuvert auf und schaute neugierig hinein. Da er nicht genau erkennen konnte, was sich darin befand, drehte er den Umschlag und leerte den Inhalt kurzerhand auf die Tischplatte, die aus braun marmoriertem indischem Granit bestand.

Ein kleiner Stein in der Größe eines Taubeneis rollte über den Tisch, bevor er auf seiner flacheren Seite liegen blieb. Verwundert nahm er den unregelmäßig geformten Stein in die Hand und betrachtete ihn. Das leicht rötliche Material sandete ein wenig ab, sodass sich schnell ein dünner Film aus feinen Körnern auf der Tischplatte niederschlug. Der Stein sah aus, als hätte ihn jemand mit einem Hammer aus seiner natürlichen Umgebung herausgeschlagen. Wahrscheinlich ein Sandstein oder etwas in der Richtung, vermutete er. Aber warum sollte ihm jemand so etwas schicken? Er legte den Stein zur Seite und schaute noch einmal genauer in den gepolsterten Umschlag. Tatsächlich, da war noch ein Zettel, der nicht mit herausgefallen war. Er schob zwei Finger in das Kuvert, griff nach dem Papier und zog es heraus. Es war ein einfaches weißes Blatt Schreibmaschinenpapier, das in der Mitte geknickt war. Er faltete es auseinander. Etwas stand in schwarzer Tinte darauf. Nicht mit Schreibmaschine getippt, nicht per Computer ausgedruckt und nicht mit aus einer Zeitung ausgeschnittenen Buchstaben zusammengeklebt. Nein, hier hatte sich jemand die Mühe gemacht, dieses DIN-A4-Blatt mit einem Füllfederhalter zu beschreiben. Es war nur ein einziger Satz, der da mit schwarzen Lettern geschrieben stand: »Ich kenne dich.«

Darunter war über die ganze Breite des Blattes ein schwarzer Pfeil mit weißen Federn gezeichnet. Er saß da, schaute das Blatt an, unfähig zu reagieren. Als er sich nach einigen Sekunden wieder unter Kontrolle hatte, griff er den Stein und untersuchte ihn penibel von oben bis unten und von rechts nach links. Er hatte keine Ahnung, woher der Stein stammte, und noch weniger, was es mit ihm auf sich hatte. Nur eins wusste er: nämlich was der Satz auf dem Papier und der abgebildete Pfeil bedeuteten. Er legte den Stein wieder auf den Tisch zurück und schaute nachdenklich an die alte Stuckdecke. Sein Selbstbewusstsein und sein übermächtiger Wille waren zurückgekehrt. Nun gut. Es gab also einen unsichtbaren Gegner, der mehr wusste, als er wissen durfte. Das bedeutete Gefahr, ernsthafte Gefahr.

Für einen kurzen Moment hatte er doch tatsächlich die Fassung verloren und ein seltenes Gefühl der Angst verspürt. Eins zu null für Mister Unbekannt. Aber das würde auf absehbare Zeit der letzte Stich gewesen sein, den der ihm zugefügt hatte. Er würde ihn finden und mit aller Kraft zurückschlagen.

Nur unterschätzen würde er ihn nicht. Überheblichkeit war der erste Schritt in Richtung Untergang, aber selbstverständlich war er auf diesen zugegebenermaßen unwahrscheinlichen Moment vorbereitet gewesen. Es galt, sofort die erforderlichen Maßnahmen zu ergreifen.

Er ging zum großen Bücherregal an der Wand, das sich gegenüber seinem Schreibtisch befand. Genau in der Mitte stand auf Kopfhöhe eine Originalausgabe von Goethes »Faust« – zumindest sah das Buch genauso aus. Er zog die Attrappe heraus und öffnete sie. Darin lag ein hochmoderner, dreidimensionaler Sicherheitsschlüssel. Er nahm ihn heraus und stellte die Buchimitation wieder an ihren Platz im Regal, bevor er zurück zu seinem Schreibtisch ging. Direkt neben seinem Stuhl war eine kleine, unscheinbare schwarze Gummikappe im Boden eingelassen. Mit Hilfe seiner Fingernägel hob er sie ab, und ein Schlüsselloch kam zum Vorschein. Der Sicherheitsschlüssel passte genau hinein und öffnete eine ungefähr dreißig mal dreißig Zentimeter große Fußbodenklappe, die ihrerseits die Vorderfront eines kleinen Tresors freigab. Das Klicken der Zahlenkombination war leise, aber in dem schallgeschützten Arbeitszimmer trotzdem deutlich zu vernehmen. So wie auch das kurze schmatzende Geräusch, als er das Tresortürchen aufzog. Hinter der quadratischen Öffnung befanden sich ein paar Schriftstücke, Fotos und ein schwarzes Notizbuch. Er nahm das Buch heraus, verschloss Tresor und Bodenklappe sorgfältig und setzte sich wieder in seinen englischen Sessel, um nach den Telefonnummern zu blättern, die er in dem Buch notiert hatte. Er hatte nie damit gerechnet, die Nummern jemals zu brauchen. Aber jetzt war es eben so weit, und es galt zu handeln, ohne sich zu viele Emotionen anmerken zu lassen. Eine E-Mail-Adresse ließ ihn zwar schaudern, aber trotzdem: Wenn er die Kontrolle über die ganze Sache behalten wollte, musste er handeln. Entschlossen setzte er sich an seinen Computer und startete das E-Mail-Programm.

Josef Simon war schon den ganzen Tag merkwürdig zumute. Ein unbestimmtes Gefühl der Gefahr hatte sich im Laufe des Vormittags immer mehr verfestigt. Zuerst hatte er gedacht, es würde sich tatsächlich um die berühmte Panik vor der Eheschließung handeln, aber nach der standesamtlichen Trauung war das Gefühl immer noch da.

Susanne erzählte er nichts davon. Schließlich war das der schönste Tag in ihrem Leben, da würde sie jegliches Fehlen von Euphorie persönlich nehmen. Also behielt er seine Gefühle erst einmal für sich.

Allerdings tat er dies nicht aus Mitgefühl und schon gar nicht aus Liebe. Die Hochzeit war eine Konzession an sein zukünftiges Leben, seinen neuen Lebensabschnitt, der im hellen Licht der Öffentlichkeit stattfinden würde. Das war ungewohnt und neu und erforderte unter anderem solch lästige Maßnahmen wie eben diese Eheschließung. Da Susanne bereit gewesen war, auf seine Vorstellungen von einer eher offenen Beziehung einzugehen, hatte auch er diesem Konstrukt zugestimmt. Zudem verhalf es ihm zu einem makellosen öffentlichen Image und ihr zum Aufstieg in die Gesellschaft, in der er sich bereits wie ein Fisch im Wasser bewegte. Der Ehevertrag war so gestaltet worden, dass sie in keinem Fall den Kürzeren zog, egal wie lange sie zusammenbleiben würden. Susanne hatte ab heute ausgesorgt.

Auch die Kosten dieser Demonstration unbändiger Liebe und Zuneigung waren ihm letztendlich scheißegal gewesen. Er war so vermögend, dass er sich fast schon vor sich selbst schämte, ein Gefühl, das in der Finanzbranche eher unüblich war. Trotzdem ertappte er sich manchmal bei dem einen oder anderen Skrupel. Wahrscheinlich lag das daran, dass er Deutscher war. In den USA, wo er die Kohle gemacht hatte, dachte keiner seiner Partner auch nur eine Sekunde lang darüber nach, ob es gerecht war, so viel Geld zu besitzen, geschweige denn darüber, wie es verdient worden war. Skrupel war im Land der unbegrenzten Möglichkeiten ein Fremdwort, das niemand kennen wollte. Mit Skrupeln konnte man bei Arbeitgebern wie Silverman Sachs keinen Blumentopf gewinnen. Er selbst hatte nicht gerade selten gebuckelt, geschuftet, getäuscht und betrogen. Er hatte Existenzen geschaffen und mindestens genauso viele vernichtet, Milliarden verzockt und doppelt so viele verdient, und er hatte Banken ausgelöscht und ganze Staaten bis an den Rand des Ruins getrieben.

Er war verdammt gut, weil er die besten Lehrmeister gehabt hatte und eine schnelle Auffassungsgabe besaß. Er hatte sich reingekniet, bis er die an der Spitze irgendwie beseitigt hatte und jetzt selbst oben saß. Ganz klar: Da, wo Josef Simon weilte, war vorn. Das Schönste daran war jedoch der Umstand, dies alles im Hintergrund, im Verborgenen tun zu können. Er arbeitete nicht gern in der Öffentlichkeit, lieber in Hinterzimmern, führte dort vertrauliche Gespräche – oder ließ ganz einfach die geballte Macht von Silverman Sachs über seine Widersacher hereinbrechen. Eine einzige Kontobewegung, ein kurzer Anruf, manchmal genügte sogar eine SMS, und er bekam, was er wollte. Er war nie im Fernsehen zu sehen, nicht auf Titelblättern, und im Internet würde man nur einen knappen Wikipedia-Eintrag über ihn finden. Josef Simon war das Paradebeispiel einer grauen Eminenz.

Aber jetzt hatte er sich entschlossen, in seine alte Heimat zurückzukehren und mit früheren Weggefährten zusammen eine neue Karriere zu starten, etwas anderes zu wagen. Es war an der Zeit, die alten Pfade zu verlassen und sich wieder Ziele zu setzen. Politik. Von nun an würde er im Licht der Öffentlichkeit stehen und damit klarkommen müssen. Und diese Hochzeit würde das Fundament sein, auf dem das Bild fußte, das seine konservativen Wähler von ihm haben würden.

Aber irgendetwas stimmte heute nicht. Sein Instinkt für gefährliche Situationen hatte ihn noch nie im Stich gelassen, und dieser Instinkt meldete sich nun lauthals zu Wort. Er versuchte sich einzureden, alles wäre nur Einbildung und der Aufregung geschuldet, aber es half nichts. Er hatte den ganzen Tag über so oft über seine Schulter geschaut wie niemals zuvor in seinem Leben.

Susanne war so aufgeregt, dass sie ihn anstrahlte, ohne etwas von seinem Gemütszustand zu bemerken. Die standesamtliche Trauung in seiner Heimatstadt Scheßlitz hatte im kleinen Kreis stattgefunden, draußen vor dem Rathaus herrschte nun allerdings ein ziemlicher Auflauf. Als er mit Susanne aus der Tür hinaustrat, war allseitiges Applaudieren zu hören, und jede Menge Reis wurde in ihre Richtung geworfen. Doch er hatte nur Augen für Verdächtiges, für Dinge, die ihm eine Handhabe für sein Unbehagen liefern konnten. Aber alles, was er sah, waren fröhliche Menschen, die das Brautpaar mit der distinguierten Begeisterung, die unter Bankern üblich war, nun im Konvoi bis nach Staffelstein und hinauf zur Adelgundiskapelle begleiten würden.

Sein Argwohn wurde fürs Erste von seiner Ehefrau vertrieben, die ihn an seinem Arm in Richtung des geschmückten offenen Cabrio zerrte, das bereits auf das glückliche Paar wartete.

Eheschließungen waren immer schon eine eher knifflige Sache gewesen. Vor allem, wenn man einer Tiergattung angehörte, bei der einem als werdender Mutter nicht gerade selten die Ehemänner flöten gingen. Und hatte man dann doch einmal die Küken ausgebrütet, so schlug das Schicksal immer wieder in brutaler Regelmäßigkeit erbarmungslos zu, und die Brut ereilte das Schicksal aller benachteiligten Mitglieder der Nahrungskette.

Ein Flussregenpfeifer weiblichen Geschlechts hatte sich aufgrund der eben beschriebenen Schwierigkeiten eine neue Vorgehensweise überlegt. Nachdem ihr in den vergangenen Jahren ihr Brutgeschäft durch verschiedene unglückliche Umstände, vor allem aber durch missgünstige Zeitgenossen zerstört worden war, hatte sie entgegen ihrem Naturell dieses Jahr beschlossen, nicht mehr irgendeine Kiesbank an einem Fluss zur Nestbaustätte zu erwählen, nein, wenn ihre Umwelt dies nicht akzeptierte, dann wollte sie sich eben gemäß der darwinschen Überlebensstrategie selbst evolutionieren und die freien Flächen und Bäche verlassen. Wenn sich an den Flüssen so viel Gesindel menschlicher oder auch tierischer Herkunft herumtrieb, dann musste man eben über seinen gefiederten Schatten springen und etwas Revolutionäres wagen. Das hieß, man musste dorthin auswandern, wo diese Ignoranten einen Flussregenpfeifer als Letztes brütend vermuten würden, nämlich tief in einen Wald.

Am allerbesten wäre es natürlich, sie würde sich tief zwischen Bäume oben auf einem Berg verziehen, an den am weitestentfernten Punkt von einem Fluss.

Nachdem sie sich mit dem für einen Regenpfeifer recht ambitionierten Vorhaben zügig angefreundet hatte, war schnell ein ideales Plätzchen gefunden. Hoch über dem Main, auf einer kleinen Waldlichtung und ungestört von jeglicher Unbill, wollte sie als erstes Flussregenpfeiferweibchen der Welt in einem Wald Nachkommen in die Welt setzen. So weit der Plan.

Doch schon bald fingen die Probleme an. Zwar war sie ungestört, aber auch dementsprechend weit entfernt von ihrer angestammten Nahrungsquelle, dem Main. Ihre Mahlzeiten musste sie sich ab sofort mit Langstreckenflügen hinunter nach Wiesen oder Nedensdorf verdienen, was in ziemlichen Stress ausartete. Noch mehr Stress allerdings bereitete das Unterfangen, ein Regenpfeifermännchen zu finden, das mit ihr zusammen die diesjährige Familie gründen wollte. Sobald sie nämlich von ihrer Idee erzählte, bekam sie von den Männchen nur noch Ausflüchte zu hören. Im Wald sei es ihnen zu dunkel, zu kalt oder zu grün. Sehr bald schon merkte sie, dass den Kerlen ihr neues Zuhause einfach zu weit entfernt vom Fluss war. Die Heinis waren schlichtweg zu faul. Wozu auf einen Berg fliegen, dachten die sich wahrscheinlich, wenn man die Mädels auch direkt am Strand abgreifen konnte. Ernüchtert stellte sie fest, dass ihr Plan so nicht funktionieren würde.

Also gab sie sich in einer lauen Frühlingsnacht einem leidlich hübschen, aber angetrunkenen Regenpfeifermännchen aus der Nähe von Fürth hin, welches von der Regnitz eingewandert war. Fortpflanzungstechnisch war das zwar nun wirklich nicht erste Wahl, aber manchmal musste man Kompromisse machen und das nehmen, was andere übrig gelassen hatten. Allerdings sah der Versuch auch nur so lange erfolgreich aus, wie das Männchen dem Alkohol zugesprochen hatte. Als der mittelfränkische Pfeifer wieder nüchtern war, fand er sie schon nicht mehr ganz so toll, und nur einen Tag später ließ er nichts mehr von sich hören. Genervt nahm sie davon Abstand, nach ihm zu suchen. Die blöden Ausreden, die er auf Lager hatte, konnte sie sich sowieso schon denken.

»Tut mir leid, ich hatte kein Guthaben mehr auf meinem Handy«, oder: »Ich will dich nicht mit meiner unheilbaren Krankheit anstecken«, oder: »Als ich nüchtern war und dich sah, hab ich spontan ein Keuschheitsgelübde abgelegt«. Na herzlichen Dank auch.

Diesen Schwachsinn musste sie sich ganz sicher nicht antun. Auch egal, dachte sie, selbst ist die Frau. Schließlich war sie es schon gewohnt, ihre Kinder autonom großzuziehen. Also flog sie zu ihrem Nest zurück und ließ die Früchte ihrer Arbeit in sich reifen.

Eines Tages fühlte sie den Zeitpunkt nahen. Sie konnte endlich dazu übergehen, die Eier zu legen. Sie spürte, wie das erste Ei Richtung Ausgang wanderte, und ließ noch einmal vor ihrem inneren Auge Revue passieren, was sie in der Schwangerschaftsberatung gelernt hatte.

Pressen, dachte sie, du musst pressen… Dann drang plötzlich der Lärm von menschlichen Baumaschinen an ihr empfindliches Ohr, und sie drehte sich erschrocken um.

Der Bagger hatte sich bereits durch die oberste Schicht des Erdreiches gefressen, damit aber bestenfalls einen Bruchteil dessen abgearbeitet, was noch auszuheben war. Eigentlich hatte er nur ein wenig von der Bodendecke, etwas mehr als die Grasnarbe, abgeschabt, aber für den leitenden Ingenieur

Hubert Fiederling war der Umriss des zukünftigen Fundamentes bereits zu erkennen. Der Caterpillar mit seiner extragroßen Schaufel konnte jetzt in die Tiefe graben.

Es hatte lange genug gedauert, die Genehmigung für das Projekt zu bekommen. Vor wenigen Jahren noch wäre es ein Ding der Unmöglichkeit gewesen, über ein zweihundertfünfzig Meter hohes Windrad auf den Eierbergen auch nur nachzudenken. Doch der politische Wind hatte sich sozusagen in Richtung Windräder gedreht und blies jetzt überaus heftig. Als auch noch die Diskussion um die fränkische Eigenständigkeit aufgekommen war, hatten ganz plötzlich alle Ampeln auf Grün für eine Unabhängigkeit von fremdem Strom gestanden. Die bayerische Landesregierung hatte zwar mit allen Mitteln versucht, die Franken bei der Stange zu halten, und Zugeständnisse über Zugeständnisse gemacht, geholfen hatte es freilich nichts. Jetzt stand die Befragung der Franken zu ihrer politischen und wirtschaftlichen Unabhängigkeit kurz bevor, und der Anführer dieser aus südbayerischer Sicht üblen Separatistenbande, Gerhard Irrlinger, hatte den Ausbau der fränkischen Energie als Grundstock finanzieller Unabhängigkeit begriffen. Vor allem in dem von Abwanderung bedrohten nördlichen Oberfranken schossen in dessen Folge modernste Windräder wie Pilze aus dem Boden und produzierten jetzt schon so viel Strom, dass man den Überschuss in die restliche Republik abführen konnte.

Aber das war nur der offizielle Teil der Wahrheit. Insgeheim wusste der Vorsitzende der Frankenpartei Irrlinger nur zu gut, dass das größte Pfand in der geografischen Lage Frankens bestand. Somit war es sogar völlig egal, wie sich die Peripherie an der zukünftigen Grenze des womöglich neuen Bundeslandes verhalten würde, denn die beiden wichtigsten Stromtrassen, die den Strom von der Küste an die Alpen transportieren sollten, führten mitten durch Franken. Mit diesem Faktum als Geisel hatte Gerhard Irrlinger die politische Meinungsbildung in den restlichen Bundesländern systematisch befördert. Der passendere Begriff dafür wäre eigentlich Erpressung gewesen, aber dieses Wort würde natürlich kein Ministerpräsident eines deutschen Bundeslandes je in den Mund nehmen, wenn er dadurch erhebliche wirtschaftliche Vorteile für seine Untertanen generieren oder gravierende Nachteile vermeiden konnte. Und so war dem bayerischen Ministerpräsidenten Teichhuber von diversen Amtskollegen irgendwann das Messer auf die Brust gesetzt worden. Noch wehrte er sich vehement, aber der Tag der Entscheidung nahte.

Im Zimmer der gelben Villa in Coburg saßen sie schweigend um den großen Tisch zusammen. Der Fuxmajor kam als Letzter und ließ sich auf dem ihm zustehenden Platz nieder. Auch er sagte kein Wort. Alles, was zu sagen gewesen war, hatte er ihnen bereits am Telefon erzählt. Als er erfahren hatte, dass all die anderen ebenfalls Post bekommen hatten, hatte er das Treffen sofort einberufen.

Mit der rechten Hand griff er in seine linke Jackentasche, holte den Umschlag mit dem Stein und der Botschaft hervor und legte alles auf den alten Holztisch vor sich. Stein und Papier gesellten sich zu all den anderen Steinen und Papieren in der Mitte des Tisches. Alle Steine waren gleicher Herkunft, auf jedem Papier stand mit schwarzer Tinte die gleiche kryptische Botschaft geschrieben: »Ich kenne dich.«

»Hat irgendwer etwas dazu zu sagen?«, fragte er laut und bestimmt. Niemand machte Anstalten, sich zu äußern.

Warum auch? Alle saßen sie im gleichen Boot, völlig egal, ob der eine oder andere inzwischen Reue oder Zweifel darüber empfand, was er getan hatte. Sie alle hatten es getan, weil sie es hatten tun wollen und weil es da jemanden gegeben hatte, der es ihnen ermöglicht hatte. Sie hatten es als außergewöhnliches Abenteuer gesehen, als ein völlig irres Erlebnis. Es war so unglaublich gewesen, wie einmal die Hauptrolle in einem Hollywoodfilm zu spielen. Aber was sollte man jetzt zu diesen postalischen Grüßen sagen?

»Wir müssen darüber reden. Es ist ernst. Irgendjemand weiß etwas, und dieser Mitwisser kann uns Kopf und Kragen kosten.« Alle Augenpaare hoben sich, niemand sagte ein Wort.

»Ich weiß nicht, was nach dieser Postsendung kommen wird, aber seid sicher: Es wird etwas passieren. Ich schlage vor, wir warten erst einmal Josefs Hochzeit an Pfingsten ab, dann treffen wir uns wieder am selben Ort und sehen weiter. Irgendwelche Einwände?« Er schaute sich um, erntete aber erwartungsgemäß nur zustimmendes Nicken. In einigen Gesichtern konnte er Sorge, in anderen Angst erkennen. Ihm selbst waren solche Gefühle normalerweise fremd. Seiner Meinung nach waren Probleme dazu da, beseitigt zu werden. Er erhob sich, wandte sich um und verließ die Versammlung.

Josef Simon und seine Frau Susanne parkten ihr Cabrio unterhalb des Staffelbergs auf dem Parkplatz bei Romansthal, bevor sie der Hochzeitsgesellschaft voraus den erst steilen, dann etwas flacheren romantischen Weg hinauf auf das Hochplateau mit der Staffelbergklause und der Adelgundiskapelle gingen. Hier sollten sie nach der standesamtlichen Trauung auch katholisch korrekt den Bund fürs

Leben schließen. Noch immer hatte er das merkwürdige Gefühl einer undefinierbaren Bedrohung im Bauch, während Susanne sich fröhlich plappernd mit ihrer Brautjungfer die Zeit verkürzte.

An der Staffelbergklause warteten sie, bis alle Gäste aufgeschlossen hatten, dann schritten sie zur Kapelle, um dort vom Bamberger Weihbischof, auch »Weiberschorsch« Klepper genannt, getraut zu werden. An der Kapelle legte Josef Simon seine Hand auf die Klinke, um die Tür zu öffnen. Sie schien zu klemmen, er musste kräftig ziehen. Als sich das Türblatt endlich bewegte und er ins Kapelleninnere sehen konnte, erstarrte er. Für einen Moment war es ihm, als würde eiskaltes Blut durch seine Adern fließen. Vor seinen Augen baumelte an einer Paketschnur ein Stück Sandstein in der Größe eines Taubeneies. Der Stein stürzte ihn in ein Gefühlschaos – genau so einen hatte ihm irgendwer bereits mit der Post geschickt. Unbeweglich stand er da und starrte ihn an.

»Was hast du denn?«, fragte Susanne. Sie verstand nicht, warum er nicht umgehend in die Kapelle ging, um den freudigen Akt zu vollziehen, dann entdeckte auch sie das Utensil an der Schnur. »Ach, wie hübsch! Das ist bestimmt so ein alter keltischer Brauch aus Menosgada«, sagte sie belustigt und nahm den Stein kurz in die Hand, um ihn sofort wieder baumeln zu lassen. »Aber die alten Kelten gibt's schon lange nicht mehr auf dem Staffelberg. Jetzt wird sich getraut, Herr Simon!« Ungeduldig öffnete sie die Tür mit beiden Händen zur Gänze.

Sofort erwachte Josef Simon aus seiner Starre und beschloss, nicht in die Kapelle zu gehen. Alles in ihm sträubte sich dagegen. »Lass uns zuerst das Scheißfoto machen.« Nervös zog er Susanne nach links weg und winkte dem

Fotografen. Susanne war nun doch leicht irritiert, verkniff sich aber aufgrund der Vehemenz seiner Anweisung einen Kommentar. Wenn er so drauf war wie jetzt, duldete er keine Widerrede, so gut kannte sie ihren Ehemann schon. Sie baten die Gäste, an der Staffelbergklause zu warten, um für einen Moment allein zu sein. Die Hochzeitsgesellschaft riss ein paar Sprüche, akzeptierte aber den Wunsch sofort, schließlich stand schon Prosecco bereit.

Der Fotograf ging mit ihnen zur Südseite des Gotteshauses und postierte das Ehepaar vor zwei Bäumen, um durch das Blattwerk hindurch ins Gegenlicht zu fotografieren. Nervös beobachtete Josef Simon den Fotografen, als dieser umständlich an seinem Stativ nestelte. Seine Frau schmiegte sich währenddessen an ihn und lächelte bereits in Richtung Objektiv, obwohl die Vorbereitungen zum perfekten Hochzeitsbild noch im vollen Gange waren.

Josef Simon ließ seinen Blick erneut über die Szenerie schweifen: die Kapelle, weiter hinten die Gäste an der Staffelbergklause. Als Vogelgezwitscher an seine Ohren drang, bemächtigten sich seiner endlich und ganz langsam Ruhe und Gelassenheit, die er den ganzen Tag schon vermisst hatte.

Und jetzt Schluss mit dieser bescheuerten Panik, alles ist gut, dachte er. Er ärgerte sich über sich selbst und stellte sich für den Fotografen in Positur. Einen Moment später spürte er an seinem Rücken einen Stoß, dann durchfuhr ein stechender Schmerz seine Brust. Er konnte nicht sehen, was ihn da von hinten getroffen hatte, aber er wusste sofort, was diesen Schmerz verursachte. Eine Pfeilspitze ragte in Brusthöhe aus seinem sündhaft teuren Hemd, Blut breitete sich auf der strahlend weißen Seide aus, und Josef Simon realisierte erstaunt, dass er sterben würde.

Für das modernste Windrad Europas, das nun auf dem höchsten Punkt der Eierberge errichtet wurde, war es der genehmigungsrechtliche Durchbruch gewesen, aus Sicht der bayerischen Staatsregierung eher ein grenzwertiger Kuhhandel. Aber lieber ein paar Windräder an eigentlich nicht genehmigungsfähigen Standorten als radikale Franken an der nördlichen Landesgrenze, so die stille Hoffnung der Männer in der Staatskanzlei in München.

So kam es, dass die Firma Fiesder aus Hohengüßbach unverhofft einen äußerst lukrativen Auftrag erhielt. Natürlich auf legalem Weg der öffentlichen Ausschreibung, wie der Chef der Firma, Georg Fiesder, nicht müde wurde zu betonen.

Das alles interessierte Bauleiter Hubert Fiederling indes reichlich wenig. Er war hier, um ein Loch zu graben. Und zwar ein sehr tiefes Loch. Genauer gesagt das größte, das je für das Fundament eines Windrades genehmigt worden war. Eigentlich hätte das Fundament, für das er den Aushub machen sollte, knapp zweihundert Meter weiter nördlich entstehen sollen, aber eben dort war man kurz vor Baubeginn mit einem Murenabgang konfrontiert worden. So hatte man festgestellt, dass der Untergrund doch nicht so festgefügt wie erwartet gewesen war.

Fiederlings Chef, Georg Fiesder, hatte den Standort daraufhin kurzerhand an die aktuelle Stelle verlegt. Die stillschweigende Genehmigung für dieses eigentlich illegale Manöver hatte er sich zusammen mit seinen Gönnern in der Politik auf die übliche Art und Weise besorgt. Geld – und noch mehr Geld. Und so war das Windrad einfach zweihundert Meter nach Süden verschoben worden, bevor irgendjemand auch nur irgendetwas gemerkt hatte.

Hubert Fiederling ging Politik am Allerwertesten vorbei, ihn interessierten solche Ränkespiele nicht. Viel lieber stand er als Chef der Baukolonne inmitten des einsetzenden Frühlingsregens. Er gab dem Baggerführer ein Zeichen mit der rechten Hand, woraufhin sich die Stahlzähne der riesigen Schaufel des Caterpillar mit einem Seufzen in den feuchten Waldboden senkten. Im gleichen Moment erhob sich direkt neben der Baggerschaufel ein kleiner Vogel in die Luft und flatterte mit wild protestierendem Pfeifen auf und davon. Hubert Fiederling sprang erschrocken zur Seite, doch der Bagger verrichtete ungerührt seine schwere Arbeit weiter.

\* \* \*

*Marco Probst übte seinen Beruf als Koch mit großer Sorgfalt und Professionalität aus, während seine zweite Leidenschaft der Jagd galt. Schon seit dem Ende seiner Lehrzeit – zeitgleich hatte er seinen Jagdschein gemacht – versuchte er, wann immer es ihm möglich war, seine beiden wichtigsten Lebensinhalte miteinander zu vereinen.*

*Oft war er als Jäger unterwegs und »verbriet« die Früchte seiner Arbeit am nächsten Tag in der Küche. So hatte er sich inzwischen einen guten Ruf als Koch von Wildschwein, Reh und Fasan erarbeitet. Was die meisten Besucher aber nicht wussten: Es gab auch ganz besondere Leckereien, die der normale Gast in Probsts Restaurant in Prächting nie zu Gesicht bekam. Köstlichkeiten wie Dachs, Reiher oder Kormoran schob er zum Beispiel nur für den privaten Genuss in den Ofen. Sie wurden ausschließlich Kollegen, Freunden oder sonstigen privat Interessierten als Festessen aufgetischt. Jedes Mal war es ein sowohl kulinarisches als auch gesellschaftliches Vergnügen, etwa einen*

Fuchs zu verspeisen. In Deutschland war das Erlegen der Tiere inzwischen verboten, aber in Sizilien beispielsweise galt der Fuchs noch als ausgesprochene Delikatesse. Wobei die Sizilianer nicht wirklich als Benchmark für fleischliche Genüsse herhalten konnten, schoben die doch seit jeher ziemlich alles in den Ofen, was nicht schnell genug auf den Bäumen war.

Für einen Deutschen kochte Marco Probst also ziemlich innovativ. Bei so vielen Facetten der heimischen Tierwelt konnte es doch nicht schaden, einmal durchzutesten, was essbar war und was nicht. Da durfte ruhig auch mal etwas schiefgehen, so wie etwa der terroristische Schwan letzte Woche.

Schwan hatte auf Probst eigentlich leidlich essbar gewirkt. Komisch, hatte er sich gedacht, dass noch niemand auf die Idee gekommen war, ihn auf die Speisekarte zu setzen. Als Probst den Vogel aus der Röhre geholt hatte und den ersten Bissen nahm, wusste er allerdings auch, warum dem so war. Das Fleisch des üppigen Federviehs schmeckte nicht etwa nach Ente oder Gans, sondern eher nach altem Schuh, den man zwei Monate lang in ranzige Butter eingelegt hatte. Grauenhaft. Einfach nur grauenhaft. Aber irgendwie passte das Ergebnis ja auch zum Gesamtbild. Schon die Geschichte, die dem Schwanenbraten vorausgegangen war, hatte unter keinem guten Stern gestanden.

Das männliche Tier war seit Tagen aggressiv und nicht mehr zu beruhigen gewesen. Ein militanter Fundamentalist seiner Art. Einen Grund für das angriffslustige Verhalten des Tieres hatte Probst beim besten Willen nicht erkennen können. Vielleicht ein traumatisches Erlebnis, vielleicht eine hormonelle Störung, vielleicht auch nur männlicher Altersstarrsinn? Schließlich hatte Theo schon ein stattliches Schwanenalter erreicht. Als der gute Theo in seinem Schwanenwahn keine Besucher des Schlosses Hohenstein mehr durch den steinernen Eingangstorbogen hinein- oder hinausgelassen und den einen oder anderen Hausgast bereits aufs Heftigste gebissen hatte, hatte der Schlossverwalter den ihm persönlich bekannten Jäger Marco Probst zu Hilfe gerufen. Dieser kam dann auch und brachte Theo ohne jegliches Federlesen auf eine sehr endgültige Art zum Schweigen. Nach verrichteter Jägerarbeit nahm er nicht nur die Entlohnung derer zu Hohenstein, sondern auch die sterblichen Überreste des großen weißen Vogels mit. Eine unverhoffte Gelegenheit, Schwan als seltene Hauptmahlzeit auszuprobieren.

Marco Probst hatte es sich so schön ausgemalt. Eine ganz besondere Delikatesse würde das werden. Einen speziellen Namen für das exquisite Gericht brauchte er allerdings noch. Er musste nur so ähnlich klingen wie etwas, das der einheimische fränkische Gast kannte und mochte. »Schwanferkel« zum Beispiel. Das hörte sich einigermaßen nach fränkischer Traditionskost an und war eigentlich auch nicht wirklich gelogen. Alles in allem war es ein wirklich guter Plan gewesen, aber leider hatte ihm der angedachte Braten einen dicken olfaktorischen Strich durch die Rechnung gemacht. Schon nach fünfzehn Minuten im Backofen stank der Schwan in seiner Küche so, als hätte eine Hundertschaft Freizeitfußballer gleichzeitig ihre verschwitzten Schuhe ausgezogen. Die Mahlzeit fand ihre letzte Ruhestätte schließlich in einem sehr tiefen Loch in Marco Probsts Garten, aus dem es noch tagelang unangenehm müffelte. Der Koch war zu der ernüchternden Erkenntnis gekommen, dass es wohl besser war, sich wieder mit Dachs und Reiher zu befassen.

Aber auch diese beiden Vertreter des Tierreichs konnte und durfte man einem normalen Restaurantbesucher nicht einfach so auf den Teller legen. Und schon gar nicht hier in Franken, da wurde nur das bestellt, was man schon von Kindesbeinen an kannte. Also entweder Kotelett – oder Kotelett.

Ein einziges Mal hatte er es gewagt und einer Buchhändlerin aus Ebern einen halben Kormoran zubereitet, den sie dann in der Überzeugung verzehrt hatte, es wäre eine fränkische Wald-und-Wiesen-Ente aus dem Itzgrund gewesen. Die gute Frau war nach ihrem Mahl voll des Lobes über den feinen Geschmack der Ente gewesen und hatte sich in ihrer Begeisterung auch noch zu einem üppigen Trinkgeld hinreißen lassen. Marco Probst hatte sie in dem Irrglauben gelassen, obwohl er ihr das besondere Aroma des Vogels nur zu gern näher erklärt hätte. Doch wahrscheinlich wäre der Frau dann das exklusive Abendessen auf der Damentoilette spontan und ohne Umschweife aus dem Gesicht gefallen, und das wollte er nun auch wieder nicht.

Nein, es war definitiv besser, seinen Gästen die Illusion zu lassen, sie würden hier genau das serviert bekommen, was sie bestellt hatten. Dass er auf die Jagd ging, wusste sowieso jeder, und auch aus der Lage seines Reviers machte er kein Geheimnis. Gerade heute hatte er wieder zwei Gästen versprechen müssen, dass sie etwas von dem nächsten Wildschwein abbekämen, das er heute Nacht hoffentlich erlegen würde. In der Jagdbranche war alles ein bisschen unwägbar, aber dafür wusste der Gast dann auch, wo sein Essen herstammte – bis auf die Buchhändlerin aus Ebern.

Aber das war nun schon lange her. Jetzt war Feierabend, und er hatte sich seinen normalen Pflichten als Jäger zuzuwenden. In diesem Jahr war der Wildverbiss in seinem

*Wald besonders schlimm. Das Rehwild hatte sich in Ermangelung natürlicher Feinde noch stärker vermehrt als sonst, was dem aufstrebenden Jungwald nicht gerade gutgetan hatte. Über zwei Drittel der jungen Bäume und Setzlinge hatten schwere, teilweise irreparable Schäden davongetragen. Würde das mit dem Rehwildbestand so weitergehen, dann gab es bald keinen Jungwald mehr. Als Gegenmaßnahme wurden die Abschussquote drastisch heraufgesetzt, was für Marco Probst ein gerüttelt Maß an Mehrarbeit bedeutete. Genauer gesagt würde er sich im kommenden Herbst etliche Nächte um die Ohren schlagen dürfen, um die Quote zu erfüllen. Jetzt, im späten Frühjahr, standen Rehe noch unter Schutz. Er war nur unterwegs, weil irgendwo unterhalb der Küpser Linde eine Wildsau umherstreifen musste, die ein Lastwagenfahrer auf der B 4 im Itzgrund angefahren hatte. Das Tier war nach dem Crash, so hieß es, schweißend davongelaufen. Erst wenn er die arme Sau erlöst hatte, würden die Gäste in seinem Restaurant auch wieder reichlich und günstig Wildbret auf der Speisekarte finden.*

*Es war schon dunkel geworden, zu dunkel, um beispielsweise Rehe zu erlegen. Ein Reh im Dunkeln zu schießen, widersprach dem Ehrenkodex der Waidmänner. Nein, Marco Probst würde heute Nacht nur auf die Wildsau ansitzen, und vielleicht erwischte er sogar noch einen Dachs, wenn er denn Glück hatte. Von seinem Hochstand aus fiel sein Blick genau auf den Eingang vom Dachsbau. Sollte Meister Grimbart im Laufe dieser Nacht hier aufkreuzen, dann hatte sein letztes Stündlein geschlagen, dachte Marco Probst entschlossen.*

\* \* \*

Der Bagger nahm keine Rücksicht auf Gras, Wurzeln oder sonstige Hindernisse und hob mit urgewaltiger Kraft Schaufel für Schaufel Mutterboden aus dem Wald, um die Erde anschließend auf einem riesigen Lastwagen abzuladen, der unweit von ihm auf einem befestigten Waldweg stand. Noch vor ein paar Tagen hatte es diesen Weg nicht gegeben, da das Windrad an einer Stelle errichtet werden sollte, wo bisher absolute Wildnis geherrscht hatte. Die Proteste von Naturschützern waren dementsprechend ausgefallen, aber alles Schreien hatte nichts genützt. Die Baustelle war genehmigt worden, also durfte man im Zuge dessen auch eine kleine Waldautobahn mitten in den alten Baumbestand der Eierberge planieren.

Fiederling ging das alles sowieso nichts an, er tat nur seine Arbeit, und zwar so professionell wie möglich. Konzentriert beobachtete er, wie der Caterpillar baggerte.

Plötzlich irritierte ihn etwas an dem, was da von der Schaufel des Caterpillar auf den Lastwagen polterte. Wahrscheinlich irrte er sich, aber er war es gewohnt, allen Eventualitäten nachzugehen und mögliche Komplikationen von vornherein auszuschließen. Lieber einmal übervorsichtig sein, als plötzlich eine Gasleitung anzubaggern oder durch einen vergessenen Keller zu brechen. Fiederling gab dem Baggerführer mit dem linken Arm ein Zeichen, woraufhin das angestrengte Brüllen der Gerätschaft sofort einem monotonen Gurgeln wich und der Caterpillar in den Standby-Modus schaltete. Der Bauleiter stützte seinen linken Fuß gegen eins der riesigen Räder des Lastwagens, griff mit beiden Händen an die Stahlkante der Ladefläche und zog sich daran behände hinauf, um nachzusehen, was da gerade Merkwürdiges von der Baggerschaufel gefallen war.

Während Marco Probst auf seinen Hochsitz kletterte, begann es, leicht zu nieseln. Der Mond hatte sich bereits vor einigen Minuten hinter Wolken verzogen, sodass auf der Lichtung nur noch mit Mühe etwas zu erkennen war. Wenigstens war es nicht neblig. Bald aber wurde aus dem feinen Nieselregen ein Schauer, und der eben noch frohgemute Jägersmann begann seinen Jagdausflug zu bereuen. Er konnte sich weiß Gott etwas Angenehmeres vorstellen, als bei nächtlichem Regen und Temperaturen von knapp über null Grad auf einem Hochsitz auszuharren.

Schöne Grüße an die Eisheiligen, dachte er, aber nur wenige Minuten später ließ der Regen wieder nach, und der volle Mond kroch hinter den abziehenden Wolken hervor. Alles war wieder so, wie es seiner Meinung nach sein sollte. Er hatte sich gerade auf seinem Sitz zurechtgeruckelt und sich in seinen warmen Ansitzsack geschnürt, als seine geschulten Augen an der linken Waldrandseite, etwa fünfzig Meter entfernt, eine Bewegung registrierten. Er hob den Feldstecher und suchte durch ihn die vermeintliche Stelle ab. Ein paar leicht federnde Zweige waren zu erkennen, aber das konnte auch Einbildung sein. Wieder lehnte er sich auf seinem Hochsitz zurück und schloss die Hände fest um seinen Blaser Drilling. Verdächtige Bewegungen gab es öfter, erfolgreiche Ansitze dagegen eher selten. Nun gut, als Jäger brauchte man Geduld, und davon hatte er reichlich.

Weitere Minuten vergingen, in denen Marco Probst sich innerlich bereits in die rezepttechnische Planung für den nächsten Tag versenkt hatte. Da glaubte er erneut, eine leichte Bewegung zu sehen. Diesmal unweit vor ihm, direkt am Rand der Waldlichtung, nur etwa dreißig Meter entfernt. So gut er konnte, ruckelte er sich mitsamt Ansitzsack nach vorn und hob den Drilling über das runde Holz des Geländers des Jägerstandes. Da er durch den toten Winkel nicht ausreichend gut nach unten blicken konnte, schob er seinen Oberkörper so weit wie möglich über die Holzbrüstung, während er mit der rechten Hand bereits das Gewehr anhob. Was seine Waidmannsaugen daraufhin erblickten, war kein Wild im eigentlichen Sinne. Vor ihm stand ein schwarz gekleideter Mann, der einen merkwürdig geformten Bogen in den Händen hielt. Das allein war schon erstaunlich genug, aber noch mehr verblüffte Marco Probst die Tatsache, dass der Mann ganz offensichtlich mit dem Bogen auf ihn zielte. Das abstruse Szenario ließ ihn eine Schrecksekunde lang in seiner Position verharren. Aber eine Sekunde war eine Sekunde zu lang.

Die schwarz behandschuhten Finger des Unbekannten lösten sich mit einer unmerklichen Bewegung von der Sehne des Bogens, und der Pfeil flog auf den Hochsitz zu. Das Geschoss mit den drei rasiermesserscharfen Klingen an der Spitze erreichte den Jäger Sekundenbruchteile später, bohrte sich durch dessen linkes Auge und durchschlug die Schädeldecke am Hinterkopf, um dort stecken zu bleiben. Marco Probsts Körper durchfuhr ein nervöses Zittern, bevor zuerst seine Blaser vom Hochsitz fiel und dann er selbst. Als er dumpf auf dem nassen Waldboden aufschlug, war er bereits tot.

\* \* \*

Hubert Fiederling hatte seine Handballen auf die Ladewand des Lasters gestützt und schwang ein Bein nach dem anderen in das frisch ausgegrabene Erdreich hinein. Suchend schaute er über die Ladefläche, bis seine Augen fanden, wonach sie gesucht hatten. In der hintersten linken Ecke lag etwas auf der feuchten Erde, das definitiv kein Gras und keine Wurzel war. Fiederling stapfte durch den vom Regen aufgeweichten Dreck, bis er vor dem merkwürdigen Ding stand, das seine Aufmerksamkeit erregt hatte. Er ging in die Hocke und hob den länglichen Gegenstand hoch, um ihn genauer zu betrachten. Das etwa vierzig Zentimeter lange stangenartige Gebilde war mit einem reichlich verschmierten, abgerissenen Stück Plastik umwickelt. Fiederling hob das Ganze hoch, hielt es an einem Ende der gelben Kunststoffummantelung fest und schüttelte es, um den Inhalt zu sehen. Die Aktion zeigte einen gewissen Erfolg, allerdings nicht den von ihm gewünschten. Mit einem erschreckten Aufschrei ließ er die leere Plastikhülle fallen und presste sich entsetzt mit dem Rücken an die Bordwand des Lastwagens. Einige Sekunden hielt er inne, dann holte er im nun strömenden Regen sein wasserfestes Mobiltelefon heraus, um mit zitternden Händen seinen Chef anzurufen.

Als das Handy klingelte, quälte sich sein Besitzer mit verschlafenen Augen aus den Federn. Er warf einen mürrischen Blick auf seine Armbanduhr, dann griff er sich das Telefon. Als Bestatter war er es gewohnt, zu jeder Tages- und Nachtzeit aus dem Bett geklingelt zu werden, aber heute wurde es ihm doch zu viel. Erst ein durchgeknallter Geisterfahrer, den er vor Forchheim vom Frankenschnellweg gekratzt hatte, dann ein Irrer, der sich kurz vor Sonnenaufgang seinen Kopf mit einer selbst gebastelten Kanone weggeblasen hatte, und kaum hatte er dessen Überreste, die sich in gaußscher Normalverteilung an der Wohnzimmerwand fanden, aufgesammelt, sollte er gleich weiter, um eine

35

zweihundertsechzig Pfund schwere alte Schachtel abzuholen, deren Herz vor seiner übergewichtigen Aufgabe kapituliert hatte. Danach hatte er sich todmüde in sein Bett gelegt, um endlich auszuschlafen. Das war vor knapp zwei Stunden gewesen. Herrschaftszeiten! Da passierte tagelang überhaupt nichts, nicht mal der kleinste Küchenunfall, und dann brachen die Leichen gleich in Heerscharen über ihn herein. Nun gut, dachte er sich, viel Feind, viel Ehr, und hörte sich in aller Ruhe an, was ihm die akustische Quelle am anderen Ende der Leitung mitzuteilen hatte. »Wo?«, fragte er sicherheitshalber noch einmal nach. »Aha, und da kann man rauffahren?« Dann legte er auf und ließ sich resigniert rückwärts aufs Bett fallen.

»Was ist es diesmal?«, fragte ihn seine Frau, die im Türrahmen des Schlafzimmers aufgetaucht war. Eileen Sachse hatte ihre langen schwarzen Haare zu einem Pferdeschwanz gebunden und eine Tasse mit dampfendem Kaffee in der Hand.

»Das willst du gar nicht wissen, mein Herzblatt«, stöhnte Leo Sachse, schwang dann aber seine Beine doch energisch über die Bettkante und suchte mit seinen Zehen nach deren filziger Pantoffelbehausung.

»Auf jeden Fall brauch ich jetzt eine Koffeinbombe, und zwar eine große«, bettelte er Richtung Eileen, die sofort zu grinsen begann.

Ihr Mann war nur noch ein Schatten seiner selbst, und wenn er diesen Tag überleben wollte, musste jetzt wohl ihre Spezialmischung her. Die hatte es in sich und würde jeden auf diesem Planeten aufwecken, wenn er nicht schon tot war – und so weit war ihr Leo nun wirklich noch nicht. Bis jetzt hatte sie es immer geschafft, ihn in einem lebendigeren Zustand zu bewahren als seine berufliche Klientel. Und auch heute würde Leonhard Sachse das Haus als gut aussehender wacher Chef einer gut gehenden Bestattungsfirma verlassen und in der ihm eigenen Professionalität seine Arbeit erledigen. Sie schüttete die Chilikerne in die Kaffeetasse und überbrühte diese mit einem dreifachen Espresso, den sie separat aufgekocht hatte. Dann gab sie eine Messerspitze braunes Pflanzenpulver hinzu, von dem nur sie wusste, woraus es bestand. Jetzt musste das Ganze noch circa fünf Minuten in der Mikrowelle aufkochen, dann würde es seine fantastische Wirkung entfalten.

»Ist mein Zombie schon fertig?«, knurrte Leo Sachse, der mit verquollenen Augen und nur mit Unterhose bekleidet in der Tür stand.

»Du kannst dich ruhig erst noch aufhübschen, mein Untoter«, säuselte sie lächelnd. Irgendwie sah er schon süß aus in seinem orangenen Slip und den weißblond gefärbten Haaren, die im Normalfall senkrecht hochstanden, sich jetzt aber wirr nach allen Richtungen orientierten. Seufzend machte sich Leo Sachse auf den Weg Richtung Badezimmerspiegel.

Seine Frau Eileen sah ihm lächelnd hinterher, bis er die gläserne Badtür hinter sich geschlossen hatte. Vor ein paar hundert Jahren hätte man sie sicher auf dem Scheiterhaufen als Hexe verbrannt, dachte sie. Dunkle Haare, die Augen zu selbstbewusst, aber vor allem zeigte sie zu wenig Respekt vor Althergebrachtem. Doch früher war früher, und heute würde sie nur einen Mann verzaubern, der irgendwie Gefallen am Bestattungswesen gefunden hatte und berufsbedingt unter Schlafmangel litt. Ihre Gedanken wurden jäh unterbrochen, als hinter ihr die Uhr der Mikrowelle ertönte und mit schrillem Klang die Vollendung des Zombies verkündete.

In Staffelstein angekommen, bog der Bestatter rechts ab und fuhr über Romansthal in Richtung Staffelberg. Der Zombie hatte ganze Arbeit geleistet, er war hellwach.

Wie schon zuvor an diesem Tag musste er den Kopf schütteln. Das war der mit Abstand verrückteste Pfingstsamstag, den er bisher erlebt hatte. Doch wenn er jetzt noch glaubte, dieser Tag wäre nicht mehr steigerungsfähig, so hatte er sich getäuscht. Gleich hinter Romansthal lag der Parkplatz für das Touristenvolk, von dem aus man zum Staffelberg hinaufgehen konnte. Es waren nur vereinzelte Fahrzeuge zu sehen, dafür sperrten etliche Polizisten mit weiß-rotem Trassierband die Zufahrten zum Staffelberg ab. Ein Beamter beseitigte für ihn kurz die Hindernisse, sodass er mit seinem Leichenwagen den geteerten Weg linker Hand nehmen konnte. Der schwarze Mercedes folgte der schmalen Straße, bis er wieder auf eine Polizeistreife traf, die wohl Wanderer oder sonstige Neugierige am Weiterkommen hindern sollte. Da er als Leichenabtransporteur jedoch zwingend vonnöten war, wurde er auch hier sofort durchgewunken. Mit seinem Berufsbild gingen eben auch Privilegien der besonderen Art einher.

Auf einem breiten Kiesweg ging es erst einmal flach dahin. Für die wunderschöne Aussicht hinunter ins Maintal hatte Leo Sachse keinen Sinn. Dann knickte der Weg plötzlich scharf nach links ab und führte etwa einhundert Meter steil den Berg hinauf. Auch hier waren Polizisten postiert, um den von unten kommenden Wanderweg zu blockieren. Als Leo Sachse endlich das bekannte Gipfelplateau erreichte, brachte er den Mercedes an der Staffelbergklause zum Stehen. Dass es auf dem Staffelberg von allerlei Menschen wimmelte, war an sich keine Besonderheit. Aber dass der heutige Auflauf zum einen aus einer verschreckten

38

Hochzeitsgesellschaft und zum anderen aus einer außergewöhnlich hohen Anzahl von Polizeikräften bestand, das unterschied den heutigen Pfingstsamstag dann doch von so ziemlich allen Tagen, die der Berg bisher gesehen hatte.

Leonhard Sachse blickte zur Kapelle des Staffelberges hinüber, die irgendwann einmal der heiligen Adelgundis geweiht worden war und neben der sich die eindeutig größte Menschentraube befand. Als er einen hageren Mann mit Cowboystiefeln, Sonnenbrille und Pferdeschwanz erkannte, huschte ein Lächeln der Erkenntnis über sein Gesicht. Lagerfeld. Die Bamberger Kripo war also auch schon vor Ort. Zielsicher ging er auf den jungen Kommissar zu, der nachdenklich etwas betrachtete, das vor ihm auf dem Boden lag. Als Sachse näher trat und sich zu Kommissar Bernd Schmitt gesellte, traute er seinen Augen nicht.

»Was ist denn das?«, kam es verblüfft über seine Lippen.

»Ah, das Aufräumkommando ist eingetroffen.« Der junge Kommissar drehte sich um. »Und falls Sie's nicht wissen, Meister Sachse: Das hier ist eine Leiche. Beziehungsweise, um es noch genauer zu sagen, es ist der männliche Hauptdarsteller der Veranstaltung hier, der Bräutigam«, erklärte Lagerfeld dem immer noch erstaunten Sachse.

In seiner Karriere als Bestattungsunternehmer hatte Sachse ja schon einiges erlebt, aber das hier war selbst für ihn ein Novum. Um die Absperrung herum standen die geschockten Gäste der nicht vollzogenen katholischen Trauung: teils mit Tränen im Gesicht, teils mit maskenhaft verzerrten Mienen, sichtlich um Fassung ringend, während die Braut in ihrem schneeweißen Hochzeitskleid etwas abseits auf einer Bierbank von einem Psychologen betreut wurde.

Die Leiche des dunkelhaarigen Mannes im edlen schwar-

zen Anzug lag mit dem Gesicht im Gras vor der Südseite
der Kapelle. Die Liegeposition war für Tote an sich erst einmal nicht ungewöhnlich, anders verhielt es sich allerdings
mit dem schwarzen Pfeil, der dem Exbräutigam im Rücken
steckte. Eigentlich hätte Sachse froh über diesen eher leicht
zu handhabenden Todesfall sein müssen. Frisch verstorben, keine Verwesung, Würmer oder sonstige Tierchen, die
nach gewisser Zeit zur Kadaverbeseitigung beitrugen, und
auch kein Zimmer, das gereinigt werden musste, oder Mö-
bel, von denen er Hirnmasse des gerade Verblichenen zu
kratzen hatte. Aus professioneller Bestattersicht schien dies
ein komfortabler Tagesauftrag zu sein, und trotzdem nahm
Sachse der Anblick des Toten irgendwie mit. Vielleicht war
es auch nur die ungewohnte Schlichtheit des gerade verübten Verbrechens, die ihn erschauern ließ.

»Ach du Scheiße«, brachte der Bestatter seine Gefühle
auf den Punkt, woraufhin Lagerfeld zustimmend nickte.

»Genau das lag mir auch gerade auf der Zunge«, sagte er
grübelnd und steckte sich nachdenklich eine Zigarette an.

Als der Hubschrauber der »Fiesder Airlines« nahe der Baustelle auf den Eierbergen landete und der Firmenchef selbst
ausstieg, eilte ihm sein Baustellenleiter sofort entgegen. Georg Fiesder war gespannt, was der Grund für dessen ungewöhnliche Aufregung war, am Telefon hatte er nur kryptische Andeutungen gemacht.

Fiesder blickte sich um. Der Umstand, dass die Baustelle
ruhte, gefiel ihm ganz und gar nicht. Der Bagger stand
still, die Bauarbeiter lungerten rauchend oder abwartend
in der Gegend herum, und das Loch für das Fundament
hätte noch nicht einmal für einen Kindergartenspielplatz
in Tütschengereuth gereicht. Was war hier los, zum Teu-

40

fel? Warum verschwendete man hier sein Geld in Form von vertrödelten Arbeitsstunden?

Während sie im Regen zum Laster hinübergingen, versuchte Fiesder voller Ungeduld, etwas aus seinem langjährigen Baustellenleiter herauszubringen. Doch Fiederling schwieg eisern und ging mit versteinerter Miene seinem Chef voraus. Fiesders Laune wurde dadurch nicht besser, noch dazu war sein geliebter schwarzer Hut auf dem Weg zum Lastwagen ungeschützt dem penetranten Regen ausgesetzt. Schließlich stiegen beide Männer auf die Ladefläche des Transportfahrzeugs, und Fiederling zeigte seinem Chef zuerst den schlauchartigen gelben Plastikfetzen, der diesen allerdings nicht weiter beeindruckte, sondern ihn nur noch ungeduldiger werden ließ.

»Was soll das, Fiederling, wollen Sie mich verarschen? Des kört in den gelben Sack nei, dafür muss ich mir doch net von Ihnen mein Nachmiddach versaun lassen!«, pfiff er seinen Vorarbeiter an, der aber unbeeindruckt etwas anderes aus dem Dreck der Lastwagenladung hob.

Als die dicken Tropfen des Pfingstregens über das gezeigte Objekt liefen, erkannte auch Georg Fiesder, was Fiederling ihm da vor die Nase hielt. Dann passierte etwas sehr Seltsames. Etwas, das Fiederling in all den Jahren, in denen er bei der Firma beschäftigt war, nicht ein einziges Mal erlebt hatte. Seinem Chef Georg Fiesder verschlug es die Sprache, zwar nur für einen kurzen Moment, aber immerhin. Noch nie hatte der bisher völlig skelettierte, knochige Überreste eines menschlichen Armes aus der Nähe gesehen. Vor allem nicht im Schüttgut seiner Lastwagenflotte.

»Des is net gut«, stieß der alte Baustellenhaudegen spontan aus.

»Nein, ist es nicht, ganz und gar nicht«, pflichtete ihm Fiederling bei und setzte sich in den Matsch der Lastererde.

Fiesder kratzte sich nachdenklich an seinem schwarzen Hut, während um ihn herum der Regen auf die Erde prasselte. Er überlegte kurz, dann klemmte er sich den gelben Plastikrest samt halbem Arm unter den eigenen und schickte sich an, kommentarlos vom Lastwagen hinunterzuklettern. Fiederling folgte ihm ratlos, bis er mit seinem Chef neben dem Führerhaus stand.

Die Arbeiter der Baustelle waren inzwischen näher gekommen und bildeten einen neugierigen Halbkreis um die beiden. Fiesder beschloss zu handeln.

»Also«, dröhnte er, »des da, des tun mer schleunigst verschwinden lassen, sonst komma widder die vom Denkmalschutz aus Memmelsdorf und machen hier a brähisdorische Ausgrabung. Nacherd wolln die mir die ganze Baustelln stilllegen. Aber net mit mir!« Er lächelte zufrieden und drückte Fiederling die knochigen Armreste gegen die Brust.

»Aber, Chef, so geht das nicht«, protestierte der und hielt die Knochen mit angeekeltem Gesichtsausdruck von sich. »Das hier hat doch nichts mit historischen Ausgrabungen zu tun, das ist viel eher, nun … es ist mindestens verdächtig. Das gelbe Zeug stammt doch ganz eindeutig von einer Plastikjacke oder einem Regenmantel.« Verwirrt, aber auch entschlossen schaute Fiederling seinen Chef an. Er war der festen Überzeugung, korrekt zu handeln. Aber da war er mit Georg Fiesder an den Richtigen geraten. Die Sache war ihm völlig zuwider, weil geschäftsschädigend. Es konnte einfach nicht sein, was nicht sein durfte – zum Beispiel ein längerer Verzug auf dieser, der wichtigsten all seiner Baustellen.

»A Verbrechen? Ja, drehst jetzt du völlich durch, Hubert? Back des Zeuch doch amal an, des is ka Blastig, des is irchenda Babyrus oder so. Irchendwas Brähistorisches, klar? Wenn's net sogar einfach bloß irchenda verrecktes Viech is. A Wildsau wahrscheinlich, wo sich den Mandel von so an Förschder gschnappt hat.«

Doch Hubert Fiederling war noch nicht bereit, wider besseres Wissen vor seinem Chef zu kapitulieren. Schließlich ging es hier nicht um Kleinigkeiten wie heimliches Baupläneumzeichnen oder nächtliche Altölentsorgung im Main. Das hier roch nach einem Kapitalverbrechen, das musste doch selbst seinem Chef klar sein.

»Aber, Boss«, versuchte er es erneut verzweifelt, »das ist ganz sicher keine Wildsau oder Papyrus. Außerdem gab es hier noch nie Papyrus, sondern nur, soweit ich weiß, bei den alten Ägyptern. Des hammer damals in der Berufsschule gelernt.« Den triumphierenden Blick, mit dem er die letzten Worte begleitete, hätte sich Hubert Fiederling besser geschenkt.

»Weißt was, Hubert, verarschen kann ich mich auch selbst«, blaffte Fiesder seinen Polier an. Der hatte ja keine Ahnung von Geschichte, da musste er mal was klarstellen. »Natürlich kann des Babyrus sei. Net aufgebassd in der Schul, hä? Des weiß doch jedes Kind. Im Mittelalter ham uns erscht die Griechen überfallen, Hannibal und so, dann die Ägypter unter Nero, und nacherd hat Attila Südtirol annekdiert.«

Hubert Fiederling hörte mit offenem Mund zu, was sein Chef da für einen hanebüchenen Blödsinn von sich gab. Die Geschichtsstunden hatte er wohl schlafend auf der Schultoilette verbracht. Doch Fiesder war noch nicht fertig mit seinen vogelwilden Geschichtstheorien.

»Mir Deutschen sin doch nur beschissen worn, scho immer!« Beifall heischend blickte Fiesder sich um, und der eine oder andere Bauarbeiter nickte auch tatsächlich beifällig. Schließlich hörte sich das alles ziemlich logisch an, was der Chef da von sich gab. »Und als uns die Kelten Lichtenstein abgenomma ham, des war doch a Sauerei! Und als Höhebungt«, er hob seinen rechten Arm bedeutungsschwanger in die Höhe, »als Höhebungt ham uns jetzt die Russen a noch die DDR gschenkt. Thüringen und so.« Mit einem tiefen Seufzer über die Ungerechtigkeiten dieser Welt ließ er den Arm wieder sinken, direkt auf die linke Schulter von Hubert Fiederling. »Und genau deswechen, Hubert, is des da kein Blastig, sondern a keldischer Babyrus, verstanden?« Sofort begannen einige Bauarbeiter begeistert zu klatschen, allenthalben erhob sich zustimmendes Gemurmel. Sie hatten zwar kein Wort verstanden, aber irgendwie hatte sich alles gut und richtig angehört, und außerdem wollten sie endlich weiterarbeiten.

Georg Fiesder nahm dem wie versteinert dastehenden Fiederling die Armknochen wieder aus der Hand und warf das Corpus Delicti mit einer schwungvollen Bewegung zurück auf den Dreckhaufen auf dem Laster. »So, des war's, Herrschaften, genuch geblauderd!«, rief er und klatschte in die Hände. »Jetzt gehd's widder an die Arbeid. Heut nach Feierabend gibt's zwaa Käsden Bier extra – und nacherd Schwamm drüber. Aber nur, wenn ihr die verblemberde Zeit widder reiholt.«

Mit diesen Worten machte Fiesder sich ohne Erwartung weiterer Widerrede auf den Rückweg zu seinem Hubschrauber, neben dem sein Pilot bereits hektisch die nur halb gerauchte Zigarette im Waldboden austrat. Indem er seinen Hut mit einer Hand auf dem Kopf fixierte, stieg

Fiesder in den Hubschrauber und warf seinen Arbeitern noch einen letzten autoritären Blick zu.

Mit der versprochenen Bierentlohnung im Hinterkopf beeilten sich die Männer, so rasch wie möglich ihre Arbeit wiederaufzunehmen, während ein unglücklich dreinschauender Hubert Fiederling nicht so recht wusste, was er mit der moralisch unbefriedigenden Situation anfangen sollte. Zuerst schaute er seinem Chef noch flehentlich hinterher, aber schließlich wandte auch er sich resigniert um und machte das, was er schon den ganzen Tag gemacht hatte: den Bagger beaufsichtigen.

Der Bestatter war auf ein ungewohntes Problem gestoßen. Sein Sack war zu klein. Und zwar deswegen, weil der Pfeil zu lang war. So würde Sachse auch mit allem Zerren und Ziehen den Reißverschluss nie schließen können. Er musste improvisieren. Er zog die beiden Reißverschlüsse des schwarzen Leichensacks von rechts und links bis an den im Rücken der Leiche steckenden Pfeil heran. So schaute der Pfeil eben oben aus dem Sack heraus, aber das konnte er jetzt auch nicht ändern. Dieser Tag dauerte inzwischen entschieden zu lang für ihn, als dass er sich auch noch mit optischen Nebensächlichkeiten aufhalten würde.

Er ging zurück, um seinen Leichenwagen zu holen. Das Mordopfer musste heute noch nach Erlangen in die Gerichtsmedizin gebracht werden. Mental stellte sich Sachse schon auf den einen oder anderen dummen Kommentar von Siebenstädter ein. Einen Toten mit Pfeil im Rücken hatte der wahrscheinlich auch nicht alle Tage auf seinem Seziertisch liegen. Während er nach den Wagenschlüsseln fummelte, sah er einen Landrover den steilen Anstieg zum Staffelberg herauffahren. Aha, der Herr Kriminalhauptkommissar Franz Haderlein gab sich auch noch die Ehre. Wenn das der Fall war, musste dieser Tote zu Lebzeiten wohl etwas Besseres gewesen sein, sonst hätte Lagerfeld die Ermittlungsparty hier allein geschmissen. Sachse lächelte verschmitzt in sich hinein, während er die Fahrertür seines Wagens öffnete. Die illustre Hochzeitsgesellschaft – minus Bräutigam natürlich – würde jetzt ihr blaues Wunder erleben, wenn sie sah, dass ein Kommissar der Bamberger Polizei mit einem leibhaftigen Polizeiferkel die Ermittlung aufnahm.

Franz Haderlein parkte seinen Freelander neben der Kapelle, als Leonhard Sachse die Leiche in seinen Wagen lud. Er stellte die Riemenschneiderin auf den Boden der Tatsachen, leinte das Ferkel an und ging zu dem Bestattungsunternehmer hinüber, um noch einen Blick auf das Mordopfer zu werfen. Sachse öffnete bereitwillig den Sack, und Haderlein musterte den Toten von oben bis unten. Ein äußerst gepflegt wirkender, etwa fünfundvierzig Jahre alter dunkelhaariger Mann steckte in einem edlen Hochzeitsanzug, während in ihm selbst die Mordwaffe steckte. Haderlein sah genauer hin. Das Geschoss hatte den Anzug des Mannes glatt durchdrungen, die Spitze ragte etwa drei Zentimeter auf der Brustseite heraus.

»Tja, Riemenschneider«, sagte er zu seinem herumschnüffelnden Schweinchen, »tja, das hatte ich in meiner Laufbahn auch noch nicht, wenn ich ehrlich bin.« Nachdenklich kraulte er das kleine Ferkel hinter den Ohren, dann gab er dem Bestattungsunternehmer ein Zeichen, den Sack wieder zu schließen.

Mit Riemenschneider gesellte sich Haderlein zu Lagerfeld, der mit Heribert Ruckdeschl, dem Chef der Spurensicherung, in ein intensives Gespräch vertieft zu sein schien. Da er die beiden in ihrer Unterhaltung nicht stören wollte, betrachtete er erst einmal den Tatort. Das Hochplateau des Staffelbergs war von der Kapelle bis zum südlichen Steilabfall mit Trassierband abgesperrt worden. Überall liefen weiß gekleidete Mitarbeiter der Spurensicherung herum, den Blick suchend auf den Boden gerichtet. Am Südeingang der Kapelle herrschte zwischen zwei alten Bäumen besonders viel Betrieb. Auf der anderen Seite des Hochplateaus, dem nicht abgesperrten Teil von der Kapelle bis hinüber zur Staffelbergklause, standen, saßen oder liefen traumatisiert wirkende Mitglieder der Hochzeitsgesellschaft herum. Wenn Haderlein sich nicht täuschte, war sogar der Bamberger Weihbischof Klepper in vollem Ornat unter ihnen. Anscheinend hatte er hier die Trauung vollziehen sollen. Zwischen den Gästen konnte er ein paar wenige Touristen oder Wanderer erkennen, die wohl einen Ausflug hierher gemacht hatten. Insgesamt also etliche sehr gut angezogene Menschen mittleren Alters, deren Tagesplanung etwas aus dem Ruder gelaufen war. Ganz hinten, auf der Terrasse der Staffelbergklause, stand ein älterer, nobel in schwarze Hose und dunkelblaue Jacke gekleideter grauhaariger Herr, den Haderlein von irgendwoher zu kennen glaubte. Aber er konnte sich auch irren, außerdem würde er die Identität des Mannes früher oder später sowieso herausfinden. Wie auch immer, es wurde Zeit, dass irgendwer ihn mal erleuchtete, was genau hier eigentlich passiert war. Haderlein ging zu seinem Kollegen und tippte Bernd »Lagerfeld« Schmitt auf die Schulter. Als der sich umdrehte, legte sich ein erfreutes Lächeln auf sein bis dahin so grüblerisches Gesicht.

»Mensch, Franz, bin ich froh, dass du da bist«, sagte er erleichtert.

Wenn Haderlein aber geglaubt hatte, das grüblerische Gesicht seines lieben Lagerfelds hätte den abstrusen Mordfall und dessen ungewöhnliche Sachlage zum Grund, so lag er damit ziemlich daneben. Seinen untergebenen Kommissar beschäftigten vielmehr die menschlichen Unwägbarkeiten seines Berufes.

»Du, Franz, das mit der Befragung von der Braut, kannst du das nicht übernehmen? Ich hab vorhin schon versucht, die zu interviewen, aber die hat in einer Tour geheult.« Lagerfeld schaute seinen älteren Kollegen flehend an.

Haderlein zog halb amüsiert, halb genervt die Augenbrauen hoch. Das war ja mal wieder Lagerfeld live und in Farbe. Was den analytischen Teil seines Berufsbildes anbelangte, so war er ein ausgesprochen fähiger Kriminalkommissar, aber im zwischenmenschlichen Bereich haperte es doch gewaltig. Kein Wunder, dass seine Freundin manchmal bei dem Versuch verzweifelte, ihrem Bernd etwas mehr Empathie beizubringen.

Doch Haderlein musste wohl oder übel zugeben, dass genau das das Schwierigste am Dasein als Polizist war. An Leichen gewöhnte man sich, wenn sie auch noch so verunstaltet waren. Deren Anblick konnte man mit der Zeit ertragen, aber die Todesnachricht den Angehörigen zu überbringen und ihre Reaktionen zu verkraften, damit kam auch er nicht immer klar. Äußerlich hätte ihm nie jemand etwas angemerkt, aber auch für ihn gab es Momente, in denen er sich einen Fachmann für solche Fälle wünschte, jemanden, der ihm diese schweren Momente abnahm. Insofern konnte er Lagerfeld nur zu gut verstehen. Und trotzdem musste der jüngere Kommissar lernen, mit Situationen dieser Art umzugehen. Doch eine Braut, deren Ehemann während der Hochzeitsfeierlichkeiten ermordet worden war, das war wohl eine Nummer zu heftig für seinen Kollegen, der ihn nun wieder bedrängte.

»Ich fahr dafür auch nach Erlangen und hör mir dem Siebenstädter seinen Mist an«, legte Lagerfeld nach.

Haderlein grinste. Das war allerdings ein verlockendes Angebot, denn Siebenstädters pseudokollegiales Geschwafel war auch nicht gerade einfach zu ertragen.

»Meinetwegen, Bernd«, sagte er gönnerhaft. »Aber davor hätte ich noch gern ein persönliches Briefing zu dem Aufstand hier, wenn's nicht zu viel verlangt ist.«

Der Leiter der Spurensicherung, Heribert Ruckdeschl, stand wortlos neben den beiden Kommissaren. Er lehnte sich an die südseitige Kapellenwand und wartete auf den Ausgang des Disputes. Bei den beiden konnte man mit einer vorschnellen Bemerkung schon mal zwischen die Fronten geraten. Erst als Lagerfelds flehender Blick auf ihm ruhte, stieß er sich von der Wand ab und schlug seinen Ordner mit den Notizen auf.

»Also«, begann er seinen Vortrag, während er sich breitbeinig vor Haderlein und Bernd Schmitt aufbaute, »der Ermordete ist ein gewisser Josef Simon, siebenundvierzig Jahre alt, deutsch-amerikanischer Staatsbürger und der geplante Bräutigam des heutigen Tages. Bevor der traurige Akt vollzogen werden konnte, hat ihm irgend so ein Robin Hood das Lichtlein ausgeblasen. Astreiner Schuss, von hinten genau ins Schwarze. War ein echter Könner«, knurrte er fast anerkennend. Ein mitleidiger Ausdruck huschte über sein Gesicht, und seine berufsbedingt strenge Stimme wurde regelrecht mitleidsvoll. »Der Kerl hat es ja glücklicherweise nun schon hinter sich, andere müssen noch eine ganze Ehe lang leiden.«

Lagerfeld verkniff sich ein Grinsen, während Haderlein

49

ob der lässigen Ausdrucksweise Ruckdeschls die Augenbrauen hob. In Anbetracht der unrühmlichen Beziehungsvergangenheit des Leiters der Spurensicherung war dessen Ton allerdings nicht weiter verwunderlich. Viermal verheiratet, viermal mit Pauken und Trompeten geschieden, drei Kinder und jeden Monat erkleckliche Unterhaltszahlungen. Er hatte mit diesem Thema abgeschlossen, und Hochzeiten lösten in ihm keine euphorischen Gefühle mehr aus. Für Ruckdeschl endeten Beziehungen in der Regel zwar nicht tödlich, aber immer tragisch.

»Der Mann ist mit der gesamten Hochzeitsgesellschaft bis zur Kapellentür hochgewandert. Eigentlich wollten sie drinnen gleich die kirchliche Trauung vollziehen, aber dann hat er es sich doch anders überlegt und wollte vorher noch draußen ein paar Fotos mit seiner Gattin in spe machen. Wahrscheinlich wollte der Hochzeitsfotograf als besonders tolles Motiv die zwei Glücklichen hier zwischen die beiden alten Bäume positionieren. Sie standen mit dem Gesicht zur Kapelle, als den Bräutigam der Pfeil in den Rücken traf. Hier, circa zwei Meter vor den Bäumen, ist er dann bäuchlings liegen geblieben«, dozierte Ruckdeschl die Sachlage, soweit sie ihm bekannt war.

»Kann man schon sagen, wo der Schütze gestanden hat?«, fragte Haderlein.

»Kann man«, meldete sich Lagerfeld vorlaut und handelte sich dafür einen vernichtenden Blick von Ruckdeschl ein, der das Heft des Handelns sofort wieder in die Hand nahm.

»Komm mit, Franz, ich kann dir den Standpunkt zeigen«, posaunte Ruckdeschl, klappte seinen Ordner zu, drehte sich um und ging den beiden Kommissaren voraus den kleinen Pfad entlang, der zur südlichen Seite des Staffelberges führte. Dort waren Steinstufen und weiter unten ein schmaler Weg zu sehen, der den Berg hinunterführte. Am Abhang stand der hölzerne Wegweiser eines Wanderweges. »Horsdorf/Loffeld« war deutlich auf dem kleinen Holzbrett zu lesen.

»Hier muss der Schütze gestanden haben.« Ruckdeschl deutete mit ausgestrecktem Arm in Richtung Kapelle. »So wie der Pfeil im Körper steckte, hat er ungefähr von hier geschossen. Knapp siebzig Meter Distanz, schätze ich.«

»Und? Habt ihr schon was gefunden?«, fragte Haderlein neugierig.

»Natürlich nicht«, knurrte Ruckdeschl frustriert.

»Bis wir hier oben waren und den Tatort absperren konnten, waren noch Wanderer unterwegs. Wenn da jemals ein Fußabdruck war, ist er von denen längst zusammengetrampelt worden.« Lagerfeld hatte Ruckdeschls Antwort vorweggenommen, was diesen zu einem weiteren düsteren Blick in Richtung Bernd Schmitt veranlasste.

»Aber dann muss irgendwer den flüchtenden Mörder doch gesehen haben, oder nicht?«, fragte Haderlein hoffnungsvoll, während er noch einmal die Entfernung zu dem frisch renovierten Gotteshäuschen und dessen Umfeld abschätzte. »Das sind nicht mal hundert Meter bis zur Klause«, meinte er, doch Lagerfeld schüttelte den Kopf.

»Du wirst es nicht glauben, Franz, aber keiner hat irgendwen gesehen. Das Brautpaar wollte Fotos schießen und dabei nicht von seinen Gästen gestört werden. Die haben erst was geschnallt, als die Braut das Schreien angefangen hat. Unser Täter war da natürlich schon über alle Berge. Die Braut hat erzählt, dass ihr Mann kurz zusammengezuckt ist, komisch geschaut hat und Sekunden später stöhnend auf die Knie gesackt ist. Dann erst hat sie die Pfeilspitze gesehen, die ihm aus der Brust ragte. Er fiel daraufhin nach vorn, dann hat sie nur noch geschrien, und um sie herum ist Chaos ausgebrochen. Niemand will irgendetwas oder irgendwen gesehen haben. Nicht einmal der Fotograf. Der war so mit seiner Kamera beschäftigt, dass er, als er gemerkt hat, dass der Bräutigam zu Boden gegangen ist, ihm noch hochhelfen wollte, weil er gedacht hat, ihm wäre schlecht oder so«, konstatierte Lagerfeld ratlos, während Riemenschneider sichtbar aufgeregt den Pfad beschnüffelte, der den Berg hinunterführte. Dann hob sie ihren rosa Kopf und blickte Haderlein mit der Attitüde eines ausgebildeten Drogenspürhundes erwartungsvoll an.

Bevor der Hauptkommissar noch auf die Riemenschneiderin eingehen konnte, schob Lagerfeld schon hinterher: »Und auch die Wanderer, die von unten kamen, haben niemanden gesehen, der den Weg runtergerannt ist. Die sitzen jetzt übrigens alle in der Klause, sind ja trotzdem irgendwie Zeugen.«

Haderlein überlegte und schaute ins Tal hinunter, wo Loffeld und Horsdorf friedlich in der Mittagssonne lagen. Eigentlich hätte das heute ein ganz gewöhnlicher, friedlicher Pfingstfeiertag sein können. Er seufzte. »Das da unten in Loffeld, das ist doch eure Mühle, Bernd, oder?«

Der junge Kommissar nickte, ohne sich wirklich um einen Blick ins Tal zu bemühen. Sein Heim, in dem er seit Kurzem mit seiner Freundin Ute von Heesen zusammenwohnte und das sie unter Aufbietung aller Finanzen, aber vor allem ihrer gesammelten gemeinsamen Beziehungskompetenz renoviert hatten, löste im Augenblick keine Begeisterungsstürme in ihm aus. Die kleine alte Mühle, die sie gekauft hatten, war wunderschön und romantisch, hatte ihm und seiner Ute aber schon jetzt den letzten Nerv geraubt. So ein altes Haus war die reinste Sparbüchse, und der nächste Akt baulicher Art stand bereits an. Das Mühlrad sollte renoviert werden, weil Ute sich einbildete, ihren eigenen Strom erzeugen zu müssen, da dieser in der Zukunft ja immer teurer werden würde. Lagerfeld stöhnte bei dem Gedanken kurz auf. Das konnte ein arbeitsreicher Sommer werden.

Haderlein wusste das alles natürlich, deswegen war seine Frage auch rein rhetorischer Natur gewesen. Er streichelte der Riemenschneiderin kurz über den Kopf, dann drehte er sich wieder zu Lagerfeld und Heribert Ruckdeschl um. »Ist ja auch egal«, verkündete er entschlossen. »Dann wollen wir mal schauen, ob wir diesen Fall pfingstlich erleuchten können. Ich werde mir die Hochzeitsgesellschaft vornehmen, und du, Bernd«, mit diesen Worten drückte er dem Kollegen Riemenschneiders Leine in die Hand, »du gehst mit unserer Supernase den Weg hinunter Gassi. Vielleicht findet Riemenschneider ja was von Bedeutung.«

»Äh, Moment mal, bis ganz runter? Aber das sind locker und leicht zweihundert Höhenmeter«, protestierte Lagerfeld. Jeder Anflug von sportlicher Betätigung war ihm von jeher zutiefst zuwider.

»Dann eben so weit, wie Riemenschneider laufen kann und will. Ich habe den Eindruck, sie ist die Einzige hier, die so etwas wie einen Plan hat«, sagte Haderlein bestimmt. »Ich für meinen Teil werde mich mit der verschreckten Hochzeitsmeute beschäftigen. Das ist es doch, was du wolltest, oder etwa nicht?« Auffordernd schaute er Lagerfeld an, der wortlos seine Zigarette in den Abgrund schnippte und sich mit dem Ferkel missmutig auf den Weg ins Tal begab.

Der Bagger hob Schaufel für Schaufel Erde aus dem Teil des Waldes, der irgendwann das riesige Fundament des Windrades beherbergen sollte. Hubert Fiederling hatte sich bemüht, nicht mehr genauer hinzusehen, und einfach weiter *business as usual* zu machen. Aber sein Versuch war nicht erfolgreich gewesen, schließlich hatte er ja hier die Oberaufsicht, und ergo musste er einfach hinschauen. Also sah er natürlich, dass mit den ersten Schaufeln, die der Caterpillar nach Wiederaufnahme seiner Arbeit in den Lastwagen geschüttet hatte, weitere gelbe Plastikteile – wahrscheinlich mit entsprechendem Inhalt – auf der Ladefläche entsorgt wurden. Ab circa Schaufelladung Nummer vier war der Spuk allerdings vorbei, und er konnte im Aushub beim besten Willen nichts anderes mehr erkennen als Dreck, Wurzeln und Steine. Der Umstand verschaffte ihm eine gewisse Erleichterung, sodass er immer besser verdrängen konnte, dass sein Chef den offensichtlichen Leichenfund völlig ignoriert und zu einem prähistorischen und damit lästigen Keltenüberrest degradiert hatte.

Als Fiederling am Abend dieses denkwürdigen Tages vor einem gigantischen, sauber ausgehobenen Loch stand, war seine Welt wieder einigermaßen im Lot. Die unzähligen Wagenladungen Aushub waren weggeschafft und zum Verfüllen der ICE-Strecke von Bamberg nach Erfurt verwendet worden. Alles, was sich jemals in dem Erdreich befunden hatte, wurde nun oberhalb der netten Gemeinde Meschenbach für immer und ewig unter der nagelneuen ICE-Trasse verbuddelt. Er brauchte sich also keine Gedanken mehr darüber zu machen, womöglich als Helfershelfer bei der Vertuschung einer Straftat behilflich gewesen zu sein. Er schaute an den Horizont in die untergehende Abendsonne und atmete tief durch. Er würde diesen Vorfall jetzt einfach mal vergessen und sich ein bis zwei Bier genehmigen.

Mehr oder minder von Sorgen befreit machte sich Hubert Fiederling auf zu seinem Stammplatz in seiner dringend benötigten Wirtschaft in Wiesen. Sie lag am Fuße der Berge, die ihn heute so aus dem Gleichgewicht gebracht hatten.

Obwohl Dr. Gerhard Irrlinger geschockt war, hätte ihm in diesem Moment niemand irgendeine Gefühlslage ansehen können. Erst einmal musste er dafür sorgen, dass er aus dieser Geschichte einigermaßen unbeschadet herauskam. Doch eine unangenehme Sache wie diese würde trotz allem ziemlich viel Staub aufwirbeln, das war der vordergründig negativste Aspekt an ihr. Es galt, Schadensbegrenzung zu betreiben. Was wirklich in ihm vorging, musste er verdrängen, schließlich war morgen die große Abstimmung in Franken. Irrlinger überlegte fieberhaft. Die Polizei hatte alles abgesperrt, und jetzt kam ein einigermaßen seriös wirkender Kriminalbeamter auf die Gruppe der abseitsstehenden Hochzeitsgäste zu. Der andere Polizist, der vorher kurz mit ihnen gesprochen hatte, hatte in seinem abgerissenen Outfit nicht den Eindruck allzu großer Kompetenz hinterlassen. Der etwas ältere Mann von der Polizei stellte sich jetzt in die Mitte aller Anwesenden, klatschte in die Hände und bat mit ruhiger und sonorer Stimme um Aufmerksamkeit. Nun gut, es war interessant zu hören, wie es nun weitergehen sollte.

Franz Haderlein sah sich kurz um. Alle, die an der Staffelbergklause herumgestanden hatten, versammelten sich neugierig um ihn. Erst jetzt bemerkte er, dass so gut wie sämtliche anwesenden Personen dunkle Anzüge und bunte, mit farbigen Bändern verzierte Mützen trugen. Ihm fiel ein, dass alljährlich zu Pfingsten der Coburger Convent in der Gegend zu tagen pflegte, eine bundesweite Zusammenkunft von Studentenverbindungen. Zwar hatte Haderlein schon davon gelesen und gehört, zu tun hatte er mit diesen komischen Vögeln allerdings noch nie.

»Also gut, meine Damen und Herren«, wandte er sich mit lauter Stimme an die Umstehenden, »ich weiß, dass das sehr anstrengend und traurig für Sie sein muss, aber wir haben einen Mordfall aufzuklären. Sie werden sich leider den üblichen Befragungen unterziehen müssen. Ich möchte Sie daher bitten, sich in der Staffelbergklause zu versammeln, sodass wir Ihre Personalien und Aussagen aufnehmen können. Seien Sie versichert, dass Sie danach erst einmal entlassen sind, aber geben Sie uns bitte Ihre Kontaktdaten, damit wir Sie bei Bedarf jederzeit erreichen können. Ich danke Ihnen.« Er lächelte höflich, aber bestimmt in die Runde, woraufhin sich alle auf den Weg Richtung Gaststube machten. Nur zwei Herren in uniformähnlichen Anzügen kamen auf ihn zu. Auch diese beiden trugen ein buntes Käppchen auf dem Kopf und ein Abzeichen in ebensolchen Farben am Revers. Die Bänder zeigten die Verbindungsfarben Schwarz, Weiß, Rot von oben nach unten, auch quer über die Brust verlief bis zur Hüfte hinunter ein dementsprechendes Band.

Wieder meinte Haderlein, den älteren Herrn mit den längeren grauen Haaren zu kennen, aber kam beim besten Willen nicht darauf, woher. Doch diese Gedächtnislücke sollte sich sogleich von selbst schließen, denn die beiden Herren stellten sich artig vor.

»Herr Kommissar, wir verstehen natürlich Ihre Vorgehensweise und die Zwänge, unter denen Sie hier Ihre Arbeit verrichten müssen«, sagte der ältere der beiden Herren höflich und lächelte Haderlein gewinnend an. »Mein Name ist Dr. Gerhard Irrlinger, und das hier ist Herr Dr. Werner Grosch. Wir würden uns gern einmal kurz mit Ihnen unter vier beziehungsweise sechs Augen unterhalten, wenn das ginge.« Er streckte Haderlein die Hand entgegen und lächelte noch etwas breiter. Auch Dr. Grosch gab dem Hauptkommissar die Hand, äußerte sich aber nicht weiter. Bei den beiden Herren war die Hackordnung anscheinend klar geregelt, dachte sich Haderlein.

Spät, aber immerhin ging dem Kriminalhauptkommissar ein Licht auf. Nein, kein Licht, eher schon ein ganzer Kronleuchter. Dr. Gerhard Irrlinger? Der Typ, der da vor ihm stand, war niemand Geringerer als der Dr. Irrlinger, der seit Jahren an der Abspaltung Frankens vom Freistaat Bayern arbeitete und morgen Abend das Ziel seiner Träume erreichen konnte, wenn die große Abstimmung in allen fränkischen Landesteilen darüber stattfand, ob man denn ein eigenes Bundesland werden wollte. Im Moment gab es im deutschen TV kein Gesicht, das häufiger gezeigt wurde. Und dieser Dr. Gerhard Irrlinger, Gründer, Vorsitzender und Spiritus Rector der fränkischen Unabhängigkeitsbewegung, sollte hier auf dem Staffelberg in einen Mordfall verwickelt sein? Das war zum einen hochinteressant, zum anderen war aber auch vollkommen klar, was nun folgen würde. Haderlein war schon zu lange im Geschäft, um nicht die Seelenlagen von Politikern im Allgemeinen und Speziellen zu kennen. Und er sollte recht behalten. Der Frankenpapst wollte ganz genau das, was alle anderen politischen Promispinner in solch delikaten Situationen auch immer verlangten: die Immunität gegen negative PR.

»Wie Sie sicher wissen, Herr Kommissar, befände ich mich in einer ziemlich unangenehmen Situation, wenn meine Anwesenheit hier zu einem Gegenstand öffentlicher Aufmerksamkeit würde, wenn Sie verstehen, was ich meine«, hob Irrlinger an. »Natürlich ist hier etwas sehr Schreckliches und Bedauernswertes passiert, trotzdem dürfen wir in der momentanen Situation nicht das große Ganze aus den Augen verlieren. Nicht wahr, Herr Kommissar?«

Fast entschuldigend richtete Irrlinger seinen stechenden Blick auf Haderlein, der ihm jedoch mühelos standhielt. Die Nummer kannte er schon zur Genüge. Gut, da musste er nun durch, auch wenn ihm diese Pseudofreundlichkeiten auf den Zeiger gingen. »Diplomatisch« konnte Franz Haderlein nämlich überhaupt nicht. Und wenn sich manche Leute dann auch noch Sonderrechte herausnahmen, nur weil sie prominent, Politiker oder im schlimmsten Fall beides zusammen waren, rief das in ihm sogleich ein aggressives Gefühl wach. Doch er würde sich zusammenreißen, sonst würde ihm sein Chef Robert Suckfüll wieder eine Bergpredigt über das Leben und Leiden von Personen des öffentlichen Lebens halten, und darauf hatte Haderlein noch viel weniger Lust. Also sammelte er sich und spulte in professionellem Gleichmut sein routiniertes Standardprogramm zur Sonderbehandlung gesellschaftlicher Großviecher ab.

»Ich bin über Ihre aktuelle gesellschaftliche Stellung natürlich im Bilde, Herr Dr. Irrlinger. Da Sie bis jetzt nur Zeuge und nicht Verdächtiger sind, möchte ich Sie trotzdem bitten, Ihre Personalien zu hinterlassen, dann dürfen Sie von mir aus gehen. Im Laufe des morgigen Tages schauen Sie dann bitte bei uns in der Dienststelle vorbei, damit wir Ihre Aussage in Ruhe aufnehmen können. Selbstverständlich werden wir Ihre Anwesenheit mit angemessener Diskretion behandeln.« Er überlegte kurz und entschloss sich, doch noch eine Frage nachzuschieben. Ganz so einfach wollte er den angedachten Ministerpräsidenten Frankens nicht davonkommen lassen. »In welcher Beziehung standen Sie überhaupt zu dem Toten, Herr Dr. Irrlinger? Warum waren Sie Gast auf der Hochzeit?« Er ließ die Frage so harmlos wie möglich klingen.

Irrlinger schaute ihn einen Moment lang an, als habe er nicht verstanden, was Haderlein von ihm wollte. In Gedanken war er wohl schon bei seiner Krönungszeremonie zum Oberhaupt des neuen Bundeslandes in spe. »Eine berechtigte Frage, Herr Haderlein«, antwortete er dann aber dienstbeflissen, als er gedanklich wieder in der Realität angekommen war. Grosch stand daneben und verzog keine Miene, während Dr. Irrlinger zu einer Erklärung anhob. »Nun, Herr Simon war ein Freund aus alten studentischen Verbindungstagen. Wie Sie an unserer Kleidung und den Abzeichen unschwer erkennen können, sind fast alle Gäste hier Mitglieder unserer gemeinsamen Studentenverbindung in Coburg. Josef stammte aus Scheßlitz, einem kleinen Ort nicht weit von hier, und hat nach seinem Betriebswirtschaftsstudium in Bamberg sein Glück in den USA gemacht. Bei Silverman Sachs hat er sich von ganz unten in die höchste Etage vorgearbeitet und sich einen exzellenten Namen in der Finanzwelt gemacht – weltweit übrigens. Und trotz dieser Erfolge und Arbeitsbelastung hat er es doch geschafft, mindestens alle zwei Jahre zum Pfingsttreffen unserer Verbindung zu erscheinen. Bei dieser Gelegenheit hat er übrigens auch seine Frau Susanne kennengelernt. Ich denke, jetzt wissen Sie, warum wir alle hier sind.« Er atmete tief durch, blickte sich nach allen Seiten um und dann Haderlein unmissverständlich ungeduldig an.

Ganz klar, der Mann wollte schleunigst von hier verschwinden. Dass herauskam, dass er auf der Hochzeit eingeladen gewesen war, konnte sowieso niemand mehr verhindern, aber der Schaden sollte so klein wie möglich gehalten werden. Haderlein nickte und machte ein ob der Antwort zufriedenes Gesicht, obwohl er den Verbindungsmeister gern noch etwas länger befragt hätte. Andererseits würde er ihm ja nicht weglaufen, schließlich befand sich die Zentrale der Frankenpartei in Bamberg, gleich um die Ecke des Polizeipräsidiums. »Nichts für ungut, Herr Dr. Irrlinger, aber denken Sie bitte daran, zeitnah bei uns vorbeizuschauen, ja?«

Gerhard Irrlinger war die Erleichterung sofort anzumerken, während sich Franz Haderlein mit seinem Leben als Kriminalhauptkommissar ein bisschen schäbig vorkam.

»Hier ist meine Visitenkarte, Herr Kommissar.« Bereitwillig streckte ihm Irrlinger ein kleines weißes Kärtchen hin, und auch Werner Grosch kramte seine Visitenkarte heraus und hielt sie Franz Haderlein wie einen Strafzettel des Bamberger Parküberwachungsdienstes vor die Nase. »Dr. Werner Grosch, International Financial Consulting«, darunter eine Webadresse plus Handynummer. Haderlein nahm beide Karten an sich und steckte sie in die Jackeninnentasche.

»Ich bin Ihnen sehr zu Dank verpflichtet«, sagte Irrlinger etwas geschwollen und gab Haderlein zum Abschied die Hand. »Darf ich erfahren, ob Sie sich schon entschieden haben, was die Abstimmung morgen anbelangt?« Mit einem gewinnenden Lächeln betrachtete er Haderlein, der unwillkürlich zusammengezuckt war. Irrlinger hatte doch tatsächlich einen wunden Punkt bei ihm erwischt.

Haderlein stammte aus Aschau im Chiemgau, das definitiv nicht in Franken, sondern in Oberbayern lag. Viel oberbayerischer als das Chiemgau ging es eigentlich nicht. Bevor er seine aus Bamberg stammende Frau kennengelernt hatte, war alles von Rhön bis Königssee für ihn einfach Bayern gewesen. Punkt. Erst als er damals in Franken seine Arbeit aufgenommen hatte, waren ihm die merkwürdigen Aversionen der Einwohnerschaft gegen die alpenländische Bevölkerungsgruppe im Freistaat aufgefallen. Schnell hatte er lernen müssen, dass er sich hier zuallererst einmal in Franken befand und erst in zweiter Linie in Bayern. Woher dieser latente Widerstand gegen den südlichen Teil des Freistaates kam, hatte sich ihm nie zur Gänze erschlossen, aber das wäre von einem geborenen Chiemgauer ja auch zu viel verlangt gewesen. Seine Meinung vertrat er hier, mitten im Fränkischen, auch öffentlich, sodass ihm etliche Diskussionen zu dem Thema nicht erspart geblieben waren. In den Jahrzehnten, in denen er schon in Franken lebte, hatte er diese permanente Widerborstigkeit nie kapiert, aber zumindest versucht, sie zu akzeptieren.

»Ich werde mich wohl enthalten«, sagte der Kriminalhauptkommissar mit Migrationshintergrund fast ein wenig bockig und ließ die Hand Irrlingers gleich wieder los. Der Politiker lächelte ihn noch einen Moment lang professionell an, nickte ihm kurz zu, dann drehte er sich um und ging mit dem schweigsamen Dr. Grosch von dannen.

Haderlein sah den beiden Verbindungsbrüdern hinterher, dann riss ihn die Stimme Ruckdeschls, der an der Kapelle stand und seine Anwesenheit einforderte, aus den Gedanken. Erleichtert, sich wieder seiner eigentlichen Ar-

61

beit widmen zu können, ging Haderlein zum Chef der Spurensicherung.

Hubert Fiederling hob die Hand, und die Betonpumpe des Spezialtransporters stellte umgehend ihre Tätigkeit ein. Der Pumpenrüssel wurde aus der Grube gezogen, und die Arbeiter begannen, den massiven Schlauch für den Transport in seine Einzelteile zu zerlegen.

Unterdessen betrachtete Fiederling die graue Masse in dem großen Loch. Eine Woche mindestens musste der Beton jetzt aushärten, dann war das Fundament für das Windrad fertig, und die zuständigen Fachkräfte konnten das riesige Teil installieren. Bis spätestens Pfingsten sollte das Rad fertig sein und ans Netz gehen. Alles, was dazu noch notwendig war, würde eine Spezialfirma aus Frankfurt übernehmen, die das Rad auch konstruiert hatte. Die Arbeit der Firma Fiesder war auf dieser Baustelle hiermit erledigt.

Genauso wie er. Tagelang hatte er die Bilder von dem skelettierten Arm nicht aus dem Kopf bekommen. Albträume hatten ihn die letzten Nächte heimgesucht. Untote in gelben Regenmänteln, die sich aus dem ICE-Gleisbett wühlten und durch das friedliche Meschenbach taumelten, um nach ihm zu suchen. Und natürlich würden sie sich grausam an ihm rächen, damit ihre armen Seelen endlich Frieden finden konnten. Inzwischen wachte er jede Nacht mehrfach auf und trank um drei Uhr früh ein Bier zur Beruhigung. Dann legte er sich wieder hin, aber an Schlaf war nicht mehr zu denken. Nun, jetzt konnte er diese vermaledeite Baustelle endlich abschließen und sich dem nächsten Auftrag widmen. Und dann würden auch die gelben Untoten aus seinen Träumen verschwinden, da war er sich ganz sicher. Schließlich mussten auch die irgendwann einsehen, dass er mit der Baustelle nun nichts mehr zu tun hatte.

Er gab seinen Arbeitern ein Zeichen und schloss den Bauzaun, der das frisch gegossene Fundament umsäumte. Nicht, dass er Angst gehabt hätte, jemand könnte hier irgendetwas stehlen, aber es musste ja nicht sein, dass sich noch irgendein Wildtier in den frischen Beton verirrte. Prüfend strich sein geübter Blick ein letztes Mal über das Areal, dann schwang er sich in sein Auto und fuhr als Letzter der Kolonne von Baufahrzeugen hinterher die Eierberge hinunter. Hubert Fiederling und die Firma Fiesder rückten für immer ab.

## Zurück in der Zukunft

Leonhard Sachse hatte seinen Leichenwagen am Hintereingang der Erlanger Gerichtsmedizin zum Stehen gebracht und die Klingel betätigt. Die Intonation von Siebenstädters »Was ist denn?« deutete darauf hin, dass die Laune des Chefs der Erlanger Gerichtsmedizin wieder mal »unter Par« war. Mit entsprechend griesgrämigem Gesichtsausdruck öffnete Siebenstädter dann auch die große Tür des sogenannten Lieferanteneinganges. Doch kaum hatte er den Leichensack zu Gesicht bekommen, hellte sich sein Gesicht schlagartig auf.

»Das glaube ich jetzt nicht, Sachse, das glaube ich jetzt wirklich nicht!« Allergrößtes Entzücken lag plötzlich in seiner Stimme. »Hat Haderlein mal wieder Cowboy und Indianer gespielt, was? Dann will ich doch schwer hoffen, dass das da ein gewisser General Custer ist, der am Little Big Horn von einem fränkischen Eingeborenen niedergestreckt wurde, hahaha!« Siebenstädter kriegte sich gar nicht mehr ein, während er an dem oben aus dem Sack herausragenden Pfeil herumfingerte.

Sachse überlegte, ob der Herr Professor mal wieder zu tief ins Glas geschaut hatte. Seine Alkoholexzesse waren in der letzten Zeit doch dem einen oder anderen in der Gerichtsmedizin und außerhalb aufgefallen. In der Erlanger Studentenschaft hielten sich sogar hartnäckige Gerüchte, die besagten, dass sich Herr Professor Siebenstädter in seiner Not durchaus schon mal am Formalin vergriff, in welches er normalerweise die Innereien seiner Klienten einzulegen pflegte. Sachse konnte sich das zwar nicht vorstellen, aber darauf wetten würde er ganz sicher nicht. Bei Siebenstädter wusste man nie.

Der stockte urplötzlich, dann erschien ein verschlagener, wissender Ausdruck auf seinem Gesicht. »Das ist doch wohl keine Nummer mit einer versteckten Kamera, Sachse, oder? Sie werden doch wohl nicht den einfältigen Versuch machen wollen, zusammen mit den talentfreien Bamberger Kriminalräten einen Professor Siebenstädter zu vergackeiern?« Fast drohend sah er zu dem Bestatter hinüber, der entrüstet abwinkte. Aber Siebenstädter war von seinem Verdacht nicht abzubringen und schlich erst einmal um Sachses Wagen herum, um jedes Detail haargenau zu inspizieren. Er bedachte den altbekannten Leichenbringer erst mit einem spöttischen Grinsen, um sich dann urplötzlich umzudrehen und mit einer dramatischen Geste die Beifahrertür aufzureißen. Dort lag aber nicht, wie er vermutet hatte, ein kichernder Bamberger Kriminalbeamter, sondern nur Sachses »Playboy« für langweilige Überbrückungsstunden. Frustriert knallte Siebenstädter die Tür des Mercedes zu und strafte Sachse mit einem vernichtenden Blick. Dann warf er sich zu Boden und untersuchte den freien Raum unter dem Wagen. Dass dieser Raum freier war, als er gedacht hatte, drückte seine Stimmung ins schier Unterirdische. Der Professor erhob sich wieder und scannte mürrisch die Hauswand des Gerichtsmedizinischen Institutes, um dann schließlich noch ein paar flüchtige Blicke in die Umgebung des angrenzenden Parks zu werfen.

Sachse hatte sich das ganze Melodram in aller Gelassenheit angeschaut und eine Pausenzigarette angezündet. Die Wirkung des Zombies verflüchtigte sich langsam, da musste man dann schon mal mit etwas Nikotin nachhelfen. Er hatte die Kippe gerade auf dem Beton der Auffahrt ausgetreten, als Siebenstädter um die Ecke seines Leichenwagens schlich. Gleichmut sprach aus seinen Zügen. Niemand, auch nicht Sachse, würde je dahinterkommen, was in Siebenstädters Hirn vor sich ging.

»Aufmachen!«, befahl der Professor herrisch und fuchtelte mit der linken Hand ungeduldig in Richtung Leichensack.

Sachse tat ihm den Gefallen und zog den Reißverschluss nach rechts und links auf.

»Haha!« Als Siebenstädter die Leiche erblickte, legte sich wieder ein triumphierender Ausdruck auf sein Gesicht. »Welches arme Schwein hat sich denn hier als Dummie für diese alberne Scharade hergegeben? Irgendein Polizei-Azubi im ersten Lehrjahr, der gleich aufwachen wird, wenn ich ihm nur die entsprechende Summe ins Ohr flüstere?« Kumpelhaft ließ Siebenstädter seine sorgsam maniküre rechte Hand auf das Hinterteil von Sachses Mitbringsel klatschen. Zu seinem größten Erstaunen blieb der Azubi der Kripo Bamberg reglos und ohne Anzeichen von Leben. Sehr zum Missfallen Siebenstädters. Aber so schnell würde er, Chef der Gerichtsmedizin in Erlangen, nicht aufgeben, das wäre ja gelacht.

»Sie können sich von den Toten erheben, Sie Aushilfsverstorbener von Haderleins Gnaden!«, rief der Professor und zwinkerte Sachse zu, der keinerlei Anstalten machte, die heitere Stimmung mit ihm zu teilen. Im Gegenteil. In sehr sachlichem Ton machte er Siebenstädter darauf aufmerksam, dass, wenn er diesen Toten weiter malträtieren würde, der Tatbestand der Leichenschändung erfüllt sei. Sofort erstarrte das Gesicht des Professors für einen Moment, bevor sich sein berühmtes Haifischgrinsen darauf ausbreitete. Er drehte sich auf dem Absatz um, stürzte überfallartig auf die mit dem Gesicht nach unten liegende Leiche und begann professionell, aber hektisch an dieser herumzufummeln. Zuerst prüfte er den Puls, danach machte er noch einen Pupillencheck, bevor er mit einem Thermometer, das er immer bei sich trug, noch die Körpertemperatur maß. Schließlich richtete er sich wieder auf und murmelte so etwas wie: »Der ist ja tatsächlich tot, der Drecksack.« Aber so wirklich hatte Sachse seine Worte nicht verstehen können.

Mit der rechten Hand bewegte Siebenstädter den Pfeil mehr oder minder lustlos noch ein wenig in der Leiche rauf und runter, als wollte er sicherheitshalber ein letztes Mal überprüfen, ob man ihm nicht doch irgendwo eine versteckte Kamera untergejubelt hatte. Endlich gab er seufzend auf und schob den fränkischen Amerikaner wortlos in das Dunkel der unteren Etagen der Erlanger Gerichtsmedizin.

Sachse folgte ihm umgehend, schließlich brauchte er noch eine Quittung. War das erledigt, so seine Hoffnung, konnte er sich von dem unerquicklichen Professor und seinen wahnhaften Vorstellungen entfernen, sich endlich wieder daheim in sein Bett legen und einen Monat lang schlafen.

Siebenstädter stellte den Rollwagen mit der Leiche auf dem Gang ab und verdrückte sich kommentarlos in das Treppenhaus, durch das man nach oben in sein Büro gelangte. Allein gelassen stand Sachse in der sterilen Umgebung der Gerichtsmedizin, unschlüssig, ob er dem Professor folgen sollte oder nicht. Doch wenige Minuten später kam Siebenstädter auch schon wieder mit festem Schritt und unbeweglichem Gesicht die Treppe hinunter, übergab Sachse die Empfangsbestätigung und hatte bereits wieder den Griff seines Rollwagens in der Hand, als er sich doch noch einmal umdrehte und sein Gesicht nur wenige Zentimeter an das des überraschten Leichenbestatters heranschob.

»Das war gerade eine ganz erbärmliche Nummer, die Haderlein da versucht hat abzuziehen, sagen Sie das Ihrem Hobbykriminalisten!« Sachse wich einen Schritt zurück, während Siebenstädter die rechte Hand hoch über seinen Kopf erhob und den Zeigefinger ausstreckte. »Und versuchen Sie nie mehr, ich wiederhole, nie mehr, mich zu verarschen, Sachse«, zischte er die mit Single-Malt-Tröpfchen angereicherte Drohung dem konsternierten Bestatter ins Gesicht. Dann machte er auf einem Bein eine ästhetisch einwandfreie, halbe Pirouette, schnappte sich die pfeilgefiederte Leiche und entfloh dramaturgisch perfekt inszeniert in die Tiefen der gerichtsmedizinischen Katakomben.

\* \* \*

*»Dann noch schöne Pfingstferien«, wünschte ihr der Vater ihrer besten Schülerin, der soeben bei ihr die Sprechstunde besucht hatte. Er hatte sich nur Lobeshymnen abholen dürfen, denn seine Tochter Miriam hatte schlichtweg keine Defizite. Jedenfalls keine schulischen. Wenn sie überhaupt mit etwas zu kämpfen hatte, dann mit dem Erwachsenwerden. Die Pubertät schlug bei ihr fröhlich Kapriolen, und mit einer alleinerziehenden Mutter zu Hause hatte Miriam*

schon die eine oder andere emotionale Zerreißprobe bestanden.

Den Vater von Miriam hatte sie bisher nur der Stimme nach gekannt, wenn er sich telefonisch nach seiner Tochter erkundigt hatte. Umso erfreulicher war es, ihn, der sich so rührend aus der Ferne um Miriam kümmerte, auch einmal persönlich kennenzulernen. Vor allem, weil er so unverschämt elegant daherkam.

»Und was machen Sie in Ihren wohlverdienten Ferien, wenn ich so neugierig sein darf?«, wollte der gut aussehende Papa von ihr wissen, während er in seinen leichten dunkelbraunen Übergangsmantel schlüpfte.

»Ich werde wohl erst einmal die Wohnung putzen und am Sonntagnachmittag einen Ausflug mit meiner Vespa machen, da soll's ja endlich richtig warm werden«, sagte sie lachend. »Wenn man allein lebt, ist man zum Glück einigermaßen flexibel«, konnte sie sich die augenzwinkernde Bemerkung nicht verkneifen. Der Mann sah wirklich verboten gut aus. Dass solche Männer aber auch immer gleich vergriffen waren. Oder war er das vielleicht gar nicht? Schließlich rief er ja immer von woandersher an. Männer, die viel unterwegs waren, hatten es ja bekanntermaßen schwer bei Frauen, und von seiner Frau war er getrennt.

Miriams unerreichbarer Papa lachte kurz auf und fragte dann fröhlich: »Und wohin fährt man als junge, attraktive Frau so allein mit dem Roller?«

Studienrätin Ledang konnte nicht verhindern, dass sie errötete wie ein junges Mädchen, das gerade einen Antrag zum Abschlussball erhalten hatte. Die Situation war ihr peinlich, und dieser Kerl wusste das ganz genau, anders war sein freches Grinsen nicht zu deuten. »Meine

Lieblingsstrecken liegen mehr so im nördlichen Bamberger Landkreis«, sagte sie schnell. »Da ist es nicht so voll wie in der Fränkischen Schweiz. Baunach, Ebern, Staffelstein, diese Richtung.« Sie sah, wie er überlegte, dann beugte er sich zu ihrem Pult, griff sich einen der kleinen rosafarbenen Notizzettel und kritzelte eine Telefonnummer darauf. Sein Grinsen wurde noch breiter, als er ihr den Zettel reichte. »Dann mal viel Spaß, Frau Ledang. Und wenn Sie am Sonntag in den nördlichen Hemisphären des Landkreises weilen, dann schicken Sie mir doch eine SMS.« Er hielt kurz inne. »Natürlich nur, wenn Sie über ein Handy verfügen, das diese neumodische Elektropost verschicken kann.«

Sie lachte. »In der Tat kann mein Handy das. So ganz hinterm Berg lebe ich ja auch nicht, auch wenn ich nicht der größte Technikfreak bin.«

»Gut«, sagte er mit zufriedenem Gesichtsausdruck. »Dann treffen wir uns vielleicht übermorgen, und ich würde mich freuen, wenn ich dann eine Runde auf Ihrem Geschoss mitfahren dürfte. Auf Wiedersehen.« Er drehte sich um, öffnete die Tür des Klassenzimmers und lächelte ihr beim Hinausgehen noch einmal kurz zu.

Petra Ledang war wieder allein in ihrem Unterrichtsraum. Wie betäubt stand sie eine Weile auf einem Fleck, unfähig, sich zu rühren. Sie seufzte leise, zu träumen war ja wohl noch erlaubt. Auch wenn Träume dieser Art sich in den seltensten Fällen erfüllten. Wahrscheinlich war es besser, nicht zu viel zu erwarten. Besser, sie steckte sich für die Ferientage Ziele, die mehr Aussicht auf Erfolg bargen. Gerade hatte Deutschland seine Teilung überwunden und sie eine langjährige Beziehung in der nun »Ex-DDR«. Vielleicht war es einfach noch zu früh, hier im Westen nach dem großen Glück in Form eines attraktiven Mannes zu greifen.

Trotz allem in beschwingter Stimmung, packte sie ihre pädagogischen Siebensachen und schloss die Klassenzimmertür hinter sich. Beim Hinausgehen traf sie den Hausmeister und wünschte auch ihm frohe Pfingstfeiertage. Sie war sich ziemlich sicher, dass Roland Schurig die meiste Zeit davon auf irgendeinem Bamberger Keller verbringen würde. Außer der Restauration von Oldtimern hatte der ewige Single kein anderes Hobby. Angeblich standen schon etliche Schmuckstücke in seiner Scheune in Hirschaid. Wahrscheinlich steckte der überzeugte Junggeselle seinen gesamten Verdienst in die alten Karossen und war ansonsten im Biergarten zu finden.

Der Gute war bestimmt eines der ersten Kellerkinder, die kamen, und noch sicherer eines der letzten, die gingen. Im Ernstfall würde er vermutlich problemlos einen Guinness-Rekord für alle Ewigkeiten im Biergartensitzen aufstellen können. Allerdings müsste der Notar, der die Zeit mit ihm durchstand und diese Großtat zu beurkunden hatte, danach noch so weit im Besitz seiner geistigen Kräfte sein, dass er seine Unterschrift unter das Dokument setzen konnte.

Amüsiert dachte Petra Ledang über den hypothetischen Event nach, während sie das E.T.A.-Hoffmann-Gymnasium in Bamberg verließ und zu ihrer Vespa auf dem Parkplatz ging. Die limettengrüne »Primavera« war ihr ganzer Stolz und für einen Stadtsommer das ideale Gefährt, noch dazu, wenn man mitten im Weltkulturerbe hoch oben auf einem der Bamberger Hügel unterrichten musste. Im dichten Stadtverkehr war man auf einer Vespa eindeutig im Vorteil, außerdem passte das Gefährt ganz hervorragend in

*das fast südländische Flair, das Bamberg gerade im Früh-*
*ling versprühte.*

*Sie setzte sich ihren Helm auf die gelockten blonden*
*Haare und schwang sich auf den Sattel. Mit gleichmäßi-*
*gem Meckern sprang der Roller an und trug seine Fahre-*
*rin den Stephansberg hinunter und in das geschäftige Ge-*
*wusel der Bamberger Altstadt.*

\* \* \*

Riemenschneider zog Lagerfeld mit einer Kraft, die er dem
kleinen Ferkel niemals zugetraut hätte, den engen Pfad des
Staffelberges hinunter. Dass Riemenschneider sehr willens-
stark sein konnte, war bekannt, aber solch ein Vortrieb war
neu für ihn. Lagerfeld lief dem Ferkel nur wenig begeistert hinterher. Obwohl er bereits seit einem Jahr in Sichtweite des Staffelberges unten in Loffeld wohnte, hatte er
es noch nicht geschafft, diesen Weg per pedes nach oben
zurückzulegen. Wenn er ehrlich war, lag das wohl einfach daran, dass er zu faul war. Kriminalkommissar Bernd
Schmitt bevorzugte seit jeher die bequeme Seite des Lebens
und setzte sich lieber auf seinen Piaggio MP3, um damit
die Gipfel seiner Heimat zu erkunden, wenn es denn überhaupt sein musste. Die Vorstellung, den ganzen Weg mit
Riemenschneider auch wieder hinaufzulaufen, behagte ihm
überhaupt nicht. Andererseits, überlegte er, während er der
fanatisch schnüffelnden Riemenschneiderin folgte, andererseits war sein Herzblatt Ute daheim in der gemeinsamen
Mühle und konnte sie beide ja über Staffelstein wieder nach
oben zur Kapelle fahren. Eine geradezu grandiose Eingebung! Ein zufriedenes Lächeln überzog Bernd Schmitts
Gesicht just in dem Augenblick, als Riemenschneider ab-

rupt stehen blieb und um ihn herum im Kreis zu laufen begann.

Gespannt beobachtete er das konzentrierte Treiben des Ferkels und ging in die Knie, um sich die Sachlage genauer zu betrachten. Der Bergpfad ging hier in einen etwas breiteren Feldweg über, auf dem ganz eindeutig Reifenspuren zu sehen waren. Riemenschneider schnüffelte verzweifelt um die Spuren herum, aber ihre Geruchsfährte schien hier zu enden.

Lagerfeld holte sein Handy heraus und wählte Haderleins Nummer. Er teilte ihm die Entdeckung mit, woraufhin sein älterer Kollege zwei Mitarbeitern der Spusi befahl, die Reifenspuren zu sichern. Sein junger Kollege hatte zu warten, bis die beiden bei ihm eintrafen, und solange auf die Spuren aufzupassen.

Lagerfeld hatte gerade das Mobiltelefon weggesteckt, als Riemenschneider, die während seines Gesprächs immer größere Kreise um die Reifenspur gelaufen war, sich benahm wie ein wild gewordenes Pony. Jetzt zog es sie plötzlich wieder bergauf, und zwar genau den Weg hinauf, den sie gerade erst heruntergekommen waren.

»He, Riemenschneider, was soll denn …?«, konnte Lagerfeld gerade noch rufen, dann rutschte ihm die Leine aus der Hand. Das kleine Ferkel rannte quiekend und wie gedopt den Weg zum Staffelberg wieder hinauf. Die lagerfeldlose Leine hüpfte lustig hinter Riemenschneider her durchs Gras.

*  *  *

*Petra Ledang hatte den verregneten Pfingstsamstag tatsächlich mit einem gründlichen Hausputz verbracht und* war am Nachmittag ziemlich schnell auf ihrem Sofa gelandet, nachdem sie eine CD eingelegt hatte. Vor ein paar Tagen war sie im Kino gewesen und hatte sich endlich den Film mit Whitney Houston angesehen, bevor der nach rekordverdächtiger Laufzeit abgesetzt wurde. Am nächsten Tag musste sie sofort den Song von ihr haben. »I will always love you«, was für eine geniale Nummer. Schon nach kurzem Zuhören war sie in einen tiefen, erschöpften Schlaf gefallen. Natürlich nicht, ohne eine ganze Reihe von Gedanken darüber durchgespielt zu haben, wie das womögliche, eventuelle, vielleicht romantische Rollerdate mit Miriams Vater ablaufen könnte. Der Konjunktiv feierte in ihrer Vorstellungswelt fröhliche Urständ.

Am Sonntag sah die Welt schon wieder ganz anders aus. Irgendwie nüchterner, dafür hatte sich das Wetter gebessert. Es war merklich wärmer, und die Sonne schien alles geben zu wollen, was der Juni an Licht und Wärme produzieren konnte. Ein Tag wie gemacht für einen Ausflug mit ihrer Primavera.

Sie würde es sogar riskieren können, das leichte Sommerkleid anzuziehen. Hinter dem Frontblech der Vespa und dem großen, durchsichtigen Windschild saß man wunderbar geschützt. Wenn das mit dem Date tatsächlich klappte, wollte sie alles zeigen, was sie hatte. Nicht zu aufdringlich, aber doch deutlich. Jeder unnötige Quadratzentimeter Stoff war zu vermeiden. Lieber einmal zu viel gefroren, als einen Mann zu wenig erwischt, dachte sie entschlossen.

Den Helm hatte sie schon aufgesetzt, ihre Handtasche mit den wichtigsten Mädelsausflugsutensilien im kleinen Fach der Vespa hinten links verstaut. Das Schloss klemmte zwar manchmal, aber wenn's drauf ankam, hatte sie es noch immer aufbekommen. Zu allem bereit, stieg sie auf ihren limettenfarbenen Roller, setzte sich ihre Sonnenbrille auf und fuhr mit dem Gefühl unbegrenzter Leichtigkeit der Frühlingswärme entgegen.

Während Petra Ledang nach Norden bretterte, vergaß sie die Sorgen, die Schule und auch die Zeit. Mit einhundertfünfundzwanzig Kubikzentimetern war das Gefährt nicht gerade von der langsamen Sorte, da konnte man schon flotte Geschwindigkeiten erreichen, wenn man wollte. Aber heute war ihr danach, einfach nur das Leben zu genießen, und das ging auch ein bisschen langsamer. Sie wählte eine Route, die sie zuerst nach Eltmann führte. Dort wechselte sie auf die andere Mainseite und fuhr Richtung Norden, grobe Richtung Hofheim in Unterfranken. Bei den eher eingeschränkten Fahrkünsten der Autofahrer mit Hassfurter Kennzeichen glich dies in der Regel einer Expedition mit Nervenzusammenbruchfaktor, aber mit einem Roller konnte man jeden Hassfurter überholen, der auf der Straße Pilze pflückte. Ein großer Vorteil des Gefährts.

Irgendwann erreichte sie mitten in den Hassbergen in dem Örtchen Pettstadt einen alten Gutshof, der mit einer wunderschönen Gastwirtschaft aufwartete und inmitten einer Wiese lag. Vom kleinen Biergarten aus hatte man einen Blick auf einen ebenso kleinen, hübschen See, auf dem ein paar Enten aufgeregt umherschwammen. Offensichtlich hatten auch die gerade intensiv mit ihren Frühlingsgefühlen zu tun.

Sie setzte den Helm ab, nahm auf einem der Biergartenstühle Platz und ließ sich kurze Zeit später von der Bedienung in fränkischer Tracht eine Johannisbeersaftschorle bringen. Fast eine Stunde ließ sie sich die Sonne auf die augenfälligen, vor allem aber unbedeckten Körperteile scheinen, bevor ihr der Zettel mit der Telefonnummer wieder einfiel. Miriams Papa gab's ja auch noch! Den hätte sie fast vergessen. Lächelnd ging sie zu ihrer Primavera und öffnete das kleine Staufach. Sie holte den Zettel aus ihrer Handtasche, dann ihr Handy, tippte erst die Nummer, dann die Nachricht ein und drückte zum Schluss den Sendebutton. Sie hatte alles getan, was in ihrer Macht stand, und doch bezweifelte sie, dass der Typ sich melden würde. Sie passte doch niemals in das Beuteschema eines erfolgreichen Managers, wie er einer war, dachte sie in vorauseilender Rechtfertigungsbereitschaft.

Sie hatte kaum das Handy auf den Tisch gelegt und sich wieder auf ihrem Biergartenstuhl niedergelassen, als sich ihr nagelneues Nokia mit einem leisen »Ping« meldete. Na, das war ja schnell gegangen, dachte sie sich nun doch verblüfft. Eher hätte sie in ein paar Tagen eine männliche Entschuldigungsantwort der üblichen Art erwartet – wenn denn überhaupt. Freudig erregt las sie seine ausführliche SMS, und ein wohliger Schauer lief ihr über den Rücken. Das war ja nicht zu fassen, von wegen unnahbar! Ja, sie kannte die Ortschaft, die er nannte, ja, sie würde da jetzt hinfahren, und ja, sie freute sich. Aufgeregt winkte sie der Bedienung, um zu zahlen.

Mit ihrem Lippenstift zog sie sich noch einmal schnell die Lippen nach, sie wollte ja perfekt aussehen. Als sie dann die Klappe des Faches an der Vespa noch einmal öffnen wollte, um Lippenstift und Zettel in die Handtasche zu tun, passierte das Undenkbare. Das Schloss ließ sich nicht mehr öffnen. Sosehr sie ihm auch gut zuredete, zog und zerrte, das Staufach blieb verschlossen. Verdammter Mist, genau im wichtigsten Moment streikte das verdammte Teil. Verzweifelt schaute sie auf ihren Lippenstift, den Zettel und den Rollerschlüssel in ihren Händen. Wohin nur mit dem Zettel? Ihn unter das Kleid zu klemmen war ihr zu gefährlich, zum Schluss ging der während der Fahrt noch flöten. Kurzerhand schraubte sie die goldfarbene Kappe des Lippenstiftes ab. Der hellrosafarbene Stift lag sauber eingedreht in seiner Plastikhülle, der Deckel war leer. Eigentlich ein idealer Aufbewahrungsort für heimliche Telefonnummern, dachte sie zufrieden und rollte den Zettel so klein zusammen, dass er problemlos hineinpasste. Blieb nur noch die Frage, wo sie jetzt den kleinen Kosmetikartikel verstauen sollte. Das mit dem Fach konnte sie vergessen. So technisch unbedarft, wie sie war, würde sie das Ding nicht aufbekommen. Dafür war sie ausgesprochen gut im Improvisieren. Mit einem kleinen Extraschlüsselchen öffnete sie den schwarzen Sitz der Vespa, der den Tankdeckel bedeckte, und siehe da, der Lippenstift passte unter den Sitz zwischen eine der Metallfedern der Polsterung. Das würde auf jeden Fall fürs Erste halten. Zufrieden klappte Petra Ledang die Sitzbank wieder runter und zog ihr Kleid zurecht. Es war ein nagelneues Sommerkleid, der Preis war hoch gewesen, der Ausschnitt war dementsprechend tief. Wenn das nicht bei dem Mann wirkte, würde sie einen Besen fressen.

Umgehend schwang sie sich auf ihre Vespa und fuhr schnurstracks die Hügel der »Heiligen Länder« hinunter, wie man den Landstrich zu nennen pflegte, der kleinen Stadt Ebern entgegen. Sollte sie vielleicht endlich einmal in ihrem Leben Glück haben? Ihr Herz pochte ihr während der Fahrt bis zum Hals.

Das mit den Männern und Beziehungen war bisher so eine Sache gewesen. Für eine dauerhafte, tragfähige Beziehung hatte es in Bamberg noch nicht gereicht. Gut, sie kam selbst nicht aus Franken, war nur hierherversetzt worden, aber trotzdem wurde es Zeit, dass sich mal wieder etwas in der Richtung tat. Und da war sie durchaus bereit, den einen oder anderen Kompromiss einzugehen. Wenn der Mann schon wieder anderweitig liiert war, dann war er das eben. Auch egal. Es würde schon einen Grund geben, warum er sich mit ihr treffen wollte. Wieder erschien ein Lächeln auf ihrem Gesicht, während die blonden Locken unter ihrem weißen Helm hervorwehten. Sie wusste genau, wie sie auf Männer wirkte, wenn sie es darauf anlegte, und genau das hatte sie vor.

Sie war nur noch wenige Kilometer von Jesserndorf entfernt, als sie vor sich auf der Straße, die durch ein Waldstück führte, plötzlich einen Polizisten auf der Straße entdeckte, der sie mit einer roten Kelle nach rechts winkte. Widerwillig hielt sie an, ließ jedoch den Motor laufen und fragte den Beamten über den Lärm der Vespa hinweg, was denn los sei, sie habe es nämlich eilig.

»Nur eine Routinekontrolle«, sagte der Polizeibeamte freundlich. »Fahren Sie bitte weiter bis zu meinen Kollegen am Waldspielplatz, es wird nicht lange dauern«, versuchte er sie zu beschwichtigen, denn Petra Ledang machte ein verärgertes Gesicht.

Das durfte doch wohl nicht wahr sein! Wegen dieser dämlichen Verkehrskontrolle kam sie jetzt womöglich noch zu spät zu ihrem wichtigsten Date seit Langem. Mit grimmigem Lächeln gab sie Gas und bog in den breiten Schotterweg ein. Wenn's denn unbedingt sein musste, dann würde sie eben auch noch schnell fränkische Polizisten bezirzen. Mit der freien Hand zog sie den Rand ihres Ausschnittes noch ein wenig weiter nach unten, sicher war sicher. Sie fuhr und fuhr, aber noch immer war kein Spielplatz in Sicht.

Als sie schließlich etwas verunsichert die Geschwindigkeit
verminderte und überlegte, ob sie sich womöglich verfahren hatte, trat ein Mann vor ihr auf den Weg. Er war ganz
in Schwarz gekleidet und richtete ein merkwürdig geform-
tes Gerät auf sie, das entfernt an einen Bogen erinnerte.
Erschrocken zog sie an beiden Bremsgriffen, um ihre Vespa
zum Stehen zu bringen, aber noch während das Hinterrad
des Rollers durch den Schotter schlitterte, wurde sie von
einem Stoß an ihrer linken Schulter getroffen. Der Schmerz,
der darauf folgte, war kaum zu ertragen. Sie verlor die
Kontrolle, rutschte vom Roller und fiel rücklings auf den
Weg, wo sie benommen liegen blieb, während die Vespa
mit einem Krachen an den nächsten Baum stieß. Dann war
nur noch Stille. Nach wenigen Augenblicken der Bewusst-
seinsfindung realisierte sie, dass etwas ihre linke Schulter getroffen hatte. Als sie sich an die Stelle griff, fühlte
sie etwas Langes, Dünnes aus ihrem Körper hervorragen.
Vor Schmerz und Panik schreiend versuchte sie aufzustehen. Es gelang ihr unter Aufbringung all ihrer Energie. Sie
schaute in die Richtung, aus der sie gekommen war, und
befühlte dabei den Pfeil, der in ihr steckte. In der Ferne
konnte sie den Polizisten erkennen, der von der Straße in
ihre Richtung lief. Doch vor ihr, nur etwa fünfundzwanzig
Meter entfernt, trat nun ein weiterer Mann in schwarzem
Anzug und mit einem seltsamen Gerät in der Hand auf
den Weg. Der zweite Pfeil traf sie mitten in die Brust. Von
der Wucht des Aufschlages überrascht fiel sie nach hinten auf den Rücken. Sie merkte noch, wie die Spitze des
Pfeils unter ihrem Gewicht abknickte und mit gedämpftem
Knirschen zerbrach, dann blickte sie durch das Visier ihres
Helmes direkt nach oben, an hohen Baumwipfeln vorbei in
den blauen Frühlingshimmel. Ihr Herz schlug ihr bis zum

*Hals, die Schläge dröhnten in ihren Ohren, und langsam wurde ihr kalt. Der Schmerz verschwand, aber als sie husten musste, lief ihr eine warme Flüssigkeit in einem dünnen roten Faden aus dem rechten Mundwinkel.*

*Das Letzte, was sie wahrnahm, waren drei Männer, die um sie herumstanden und auf sie herabsahen. Nur einer von ihnen lächelte, sie erkannte ihn sofort. Als sie versuchte zurückzulächeln, ging der Mann in die Knie, nahm ihr den Helm ab und streichelte ihre rechte Wange. Dann hob er ihren Kopf an, der schwerer und schwerer wurde.*

*»Und, wie fühlt sich das an?«, fragte er leise, während er sie mit seinen strahlenden graublauen Augen weiterhin anlächelte. Sie wollte antworten, aber da war zu viel Flüssigkeit in ihrer Lunge. Sie brachte nur ein leises Krächzen zustande, dann hörte ihr Herz auf zu schlagen.*

\* \* \*

Lagerfeld versuchte verzweifelt, dem davonstürmenden Ferkel zu folgen, aber er hatte keine Chance. Was war denn plötzlich in das sonst so ausgeglichene Gemüt Riemenschneiders gefahren? Die Gute hatte wohl am falschen Frosch geleckt. Manchmal verhielt sich das Schwein wirklich wie ein verzogenes Rennpferd, dachte Lagerfeld wütend und hastete ihm weiter nach. Riemenschneider hatte jedoch keine Lust, ihm Antworten auf seine stillen Fragen zu liefern, sondern spurtete wie eine rosa Rakete den schmalen Wanderpfad hinauf. Lagerfelds vom Rauchen gestresste Lunge pfiff seit geraumer Zeit sowieso schon aus dem letzten Loch, doch jetzt hatte er seine körperliche Belastungsgrenze erreicht. Gerade als er die Rennerei aufgeben wollte, hörte er von oben protestierendes Quieken und erschrockene Menschenflüche. Dann rollte rechts von ihm ein weiß gekleideter Mitarbeiter der Spurensicherung den Berg hinunter, der den Sturz ins Tal vergeblich mit seinen Händen aufzuhalten versuchte. Als Lagerfeld keuchend dem Weg nach oben folgte, traf er kurz darauf auf den anderen Spurensicherer. Er wälzte sich auf der linken Seite im Gebüsch, Riemenschneiders Leine hatte sich zwischen seinen Füßen verfangen. Er tat sich schwer damit, wieder auf selbige zu kommen, denn das Ferkel zog noch immer nach oben, sodass der arme Mann wieder und wieder das Gleichgewicht verlor und auf dem Hosenboden landete. Als Lagerfeld sich bückte und nach der Leine greifen wollte, hatte der Mann es endlich geschafft, diese von seinem Knöchel zu lösen, und Riemenschneider schoss erneut davon.

»Riemenschneider, nicht!«, brüllte Lagerfeld dem widerborstigen Ferkel hinterher. Gerade als dieses das Hochplateau erreichte und, die Adelgundiskapelle praktisch schon vor seinen Schweinsäuglein, zum Sprung über die letzte Stufe ansetzen wollte, stürzte sich Lagerfeld doch noch wie ein riesiger, rachsüchtiger Condor über das Ferkel und begrub es ohne Gnade unter sich. Riemenschneider quiekte laut und protestierend, aber Lagerfeld hatte genug von ihren schweinischen Spinnereien und trug Riemenschneider, historische Verdienste hin oder her, unter den Augen der verdutzten Spurensicherer zurück zum Parkplatz, wo er sie energisch auf die Rückbank von Haderleins Landrover verfrachtete.

»Ende der Vorstellung«, knurrte er, noch bevor er die hintere Beifahrertür vor ihrem Rüssel zuknallte. Der verärgerte, ja fast wütende Blick des Ferkels interessierte ihn einen feuchten Schwemmmist. Wusste der Teufel, was da

in die Riemenschneiderin gefahren war, aber er hatte im
Moment wirklich keine Lust, seine wertvolle Zeit damit zu
vertrödeln, zickige Minischweine einzufangen. Dann kam
ihm ein fürchterlicher Verdacht. Riemenschneider war ja
weiblicher Natur, vielleicht hatte sie ja ihre Periode oder so
was in der Art?

Haderlein hatte es vorgezogen, die Befragung der Hochzeitsgäste und sonstigen Anwesenden seinen Mitarbeitern zu überlassen. Inzwischen war auch Cesar Huppendorfer eingetroffen, der junge dunkelhäutige Kollege mit
brasilianischer Mutter und fränkischem Vater, der sich sofort auf seine Aufgabe stürzte. Auch Lagerfeld war gerade
von seinem Auftrag mit Riemenschneider zurückgekehrt,
sah allerdings so aus, als hätte er einen mehrtägigen militärischen Marsch durch das Innere des australischen Kon-
tinents hinter sich. Sowohl der Zustand seiner Kleidung
als auch sein wilder Blick legten die Vermutung nahe. Auf
Haderleins Frage, wo denn die Riemenschneiderin abgeblieben sei, hatte er nur hysterisch aufgelacht, irgendetwas von hormongesteuerten Periodenschweinen gegrunzt
und sich dann, ohne ein weiteres Wort zu verlieren, abge-
wandt, um Huppendorfer bei der Aufnahme der Zeugenaussagen zu helfen. Haderlein nahm die Verärgerung seines
jungen Kollegen leicht amüsiert zur Kenntnis. Blieb nur zu
hoffen, dass die beiden Spurensicherer unten am Berg mit
ihren Autospuren allein klarkamen. Dann konzentrierte er
sich wieder auf seine Arbeit und sah sich in der Staffelbergklause um.
   Überall blickte er in mehr oder minder blasse Gesichter von betroffenen Erwachsenen, die anwesenden Kinder
waren gleich zu Beginn der Untersuchungen vom Tatort

entfernt worden. Die unglückselige Braut hatte er aus den Augen verloren. Er ging aus dem Gastraum nach draußen vor die Tür und schaute sich überall um, aber außer den Mitarbeitern der Spurensicherung konnte er keine Menschenseele entdecken. Nun gut, irgendwo würde die Frau schon sein, dachte er ungewohnt liberal.

Dann tat Kriminalhauptkommissar Franz Haderlein wieder einmal etwas, was seinem kriminalistischen Umfeld, welches mit ihm zusammenarbeiten musste, in der Regel die Fragezeichen nur so ins Gesicht trieb. Statt sich intensiv mit Verbrechensaufklärung, also Zeugenbefragung, Spurendeutung oder Ähnlichem, zu beschäftigen, schlug der Kriminalhauptkommissar den Rundweg ein, der um das Hochplateau herumführte. Unten, Richtung Horsdorf und Loffeld, konnte er zwei winzige weiße Männlein der Spurensicherung erkennen. Haderlein folgte dem leicht ansteigenden Weg in Richtung Gipfelkreuz. Vorbei an dem ersten Kreuz, das Richtung Süden blickte, und vorbei an einem Loch im Boden, das umzäunt war, damit die Touristen nicht in die darunterliegende kleine Höhle purzelten. Schließlich setzte er sich auf die nicht weit davon stehende Aussichtsbank.

Sein Blick ging nach Süden ins Obermaintal, wo er in der Ferne die Konturen der Bamberger Altenburg erkennen konnte. Rechter Hand, auf der gegenüberliegenden Seite, sah er das erst vor Kurzem errichtete riesige Windrad auf den Eierbergen, das sich majestätisch im Wind drehte, nicht weit daneben das Kloster Banz.

Haderlein ließ die Eindrücke auf sich wirken und begann, alle bisherigen Fakten in seinem Inneren zu »schubladisieren«, in geistige Regale zu verräumen. Ordnung stand bei ihm immer am Beginn einer erfolgreichen Verbrechensaufklärung. Allerdings, so abartig ihm der neue Fall auch erschien, gab es im Moment nicht besonders viele Anhaltspunkte. Er konnte nur hoffen, dass bei den nun nachgelagerten Ermittlungen und Verhören mehr herauskam. Aber da war er ganz zuversichtlich. Vor allem die Braut könnte ein Quell wertvoller Informationen sein.

Apropos, wo war die eigentlich abgeblieben? Haderlein erhob sich und ging am Gipfelkreuz vorbei auf der anderen Seite des Plateaus zurück, wo man am nördlichen Abbruch zu Anschauungszwecken ein Stück Befestigungsmauer der alten Keltensiedlung Menosgada errichtet hatte. Als er die Adelgundiskapelle wieder erreicht hatte, öffnete er die schwere Holztür und warf einen kurzen Blick hinein. Er hatte richtig geraten. Auf einer Holzbank saß die Braut in ihrem schneeweißen Hochzeitskleid und starrte apathisch an die helle Kapellenwand. Ihre eine Hand wurde vom Polizeipsychologen gehalten, die andere lag im Schoß einer Frau, die ihr recht ähnlich sah. Haderlein vermutete, dass es sich bei ihr um die Schwester der unglückseligen Susanne handelte. Er stellte sich vor, setzte sich eine Kirchenbank weiter und wollte die arme Frau befragen. Doch schon die erste Frage nach ihrem Namen endete in einem emotionalen Desaster.

»Susanne Simon…« Sie stockte einen Moment, dann schossen ihr die Tränen in die Augen. Unter lautem Schluchzen brachte sie noch ein »Susanne Wagstetter« heraus, dann war sie mit ihrer nervlichen Belastungsfähigkeit am Ende und musste von dem Psychologen und ihrer Schwester getröstet werden. In ihrer Verwirrung war ihr anscheinend noch nicht bewusst, dass sie kraft der schon stattgefundenen standesamtlichen Trauung jetzt den Familiennamen eines Toten trug. Die nicht mehr vollzogene kirchliche Trauung änderte nichts daran. Doch für solche Schlussfolgerungen stand die Frau noch zu sehr unter Schock. Haderlein konnte verstehen, wieso Lagerfeld so prompt das Weite gesucht hatte, und beschloss, erst einmal den geordneten Rückzug anzutreten. Aus der armen Frau war im Moment keine sinnvolle Aussage herauszubekommen. Er drückte noch einmal seine Anteilnahme aus, dann verabschiedete er sich so unauffällig wie möglich.

Als er die Adelgundiskapelle verließ, bemerkte er etwas am Türstock, das er beim Hineingehen übersehen hatte. An einem etwa zwanzig Zentimeter langen Stück Paketschnur baumelte ein unregelmäßig geformter Stein von der Größe eines Taubeneies. Er nahm ihn in die Hand und betrachtete ihn genauer. Es war ein rötlich gefärbter Sandstein, der unter Berührung leicht bröselte, also nicht besonders fest war. Kopfschüttelnd ließ er den Türschmuck wieder los. Wahrscheinlich wieder einer dieser neuartigen Bräuche, die böse Geister vom Brautpaar fernhalten sollten. Zu seiner Zeit hatte es so etwas nicht gegeben, dachte sich Haderlein. Was waren das für Zeiten gewesen, als kleine Mädchen dem Brautpaar noch Blumen auf den Weg gestreut hatten? In Gedanken versunken machte er sich zurück auf den Weg in die Staffelbergklause.

Die vor Erregung dampfende Wahlkampfversammlung der Frankenpartei wartete in der Bamberger Konzerthalle ungeduldig auf ihren Vorsitzenden. Die Spannung war greifbar, schließlich war für den nächsten Tag die Abstimmung angesetzt, und es mussten noch etliche Fragen geklärt werden, die der Diskussionsleitung durch ihren Vorsitzenden bedurften. Doch wie der stellvertretende Vorsitzende Manfred Zöder gerade eben telefonisch mitgeteilt bekam, würden sie wohl noch länger auf diesen warten müssen. Auf der Hochzeit, bei der er heute höflichkeitshalber vorbeischauen hatte müssen, war wohl irgendetwas Schlimmes passiert, was Irrlinger am Telefon aber nicht genauer besprechen wollte. Zöder stöhnte auf. Eine absolute Katastrophe.

Sämtliche Kameras der Republik waren heute auf diesen Termin gerichtet, jeder wollte wissen, wie sich die fränkischen Separatisten fühlten, wie sie sich verhielten und was sie der breiten Öffentlichkeit mitzuteilen hatten. Schließlich war es das erste Mal in der Geschichte der Bundesrepublik Deutschland, dass ein offizieller Antrag auf Neuordnung des Bundesgebietes gestellt werden sollte und sich womöglich ein neues Bundesland bilden würde. Und gerade der Initiator, der große Ideengeber dieses Unterfangens, konnte nun zur Abschlussveranstaltung vor der großen Abstimmung nicht erscheinen. Und er, Manfred Zöder, konnte den Anwesenden, ob von der Journaille oder Abgesandte aus ganz Franken, nicht einmal einen Grund dafür nennen.

»Mensch, Gerhard, bist du jetzt vollkommen irre? Das ist die letzte Versammlung vor unserem großen Moment, und du bist nicht da. Wie sieht das denn aus? Ich kann dir sagen, wie das aussieht. Beschissen. Es ist mir vollkommen egal, was auf der Hochzeit los ist, du wirst hier gebraucht!« Manfred Zöder war außer sich. Was für ein Dilettantismus und ein unerklärlicher noch dazu. Doch Gerhard Irrlinger blieb ruhig, erzählte etwas von höherer Gewalt und legte schließlich auf.

Irgendwie musste Zöder weitermachen. Es war vierzehn Uhr, der Beginn der Versammlung war überfällig. Immerhin saßen fast tausend Vertreter der fränkischen Bezirke in dem Saal, der normalerweise den Bamberger Sinfonikern vorbehalten war, und wollten Tacheles reden. Über die Abstimmung, über sich, über Franken, Bayern – eigentlich über alles. Es war abzusehen, dass die Veranstaltung ziemlich emotional werden würde.

Nun gut, dann musste wohl oder übel Manfred Zöder den Vorsitz über die kritische Menschenmasse übernehmen, was ihm normalerweise nicht gerade ungelegen kam. Erstens hatte er für so etwas ein Talent, zweitens war das für ihn die Chance, weitere Pluspunkte auf seinem Weg an die absolute Spitze zu sammeln. Da gehörte er nämlich eigentlich auch hin. Bei der CSU hatte er schließlich schon alle möglichen Ämter bekleidet. Generalsekretär, Sozial- und zuletzt bayerischer Finanzminister war er gewesen. Seine Chancen, das Amt des nicht mehr kandidierenden Ministerpräsidenten einzunehmen, hatten mehr als nur gut gestanden.

Leider hatte der praktisch schon abgetretene bayerische Ministerpräsident Teichhuber dann aufgrund der turbulenten politischen Lage doch noch einmal kandidieren wollen, und damit war der Weg nach ganz oben für ihn wieder einmal versperrt gewesen. Damit hatte es ihm gereicht. Er war kurzerhand ans andere politische Ufer gewechselt und hatte alles auf eine Karte gesetzt.

Die Chancen für ein eigenes Bundesland Franken standen aus seiner Sicht mindestens fifty-fifty, die bisherigen Wahlumfragen prognostizierten in Franken eine Zustimmung von fast sechzig Prozent, und bei der CSU hatte er karrieretechnisch in einer Sackgasse gesteckt. Er hatte nicht lange gefackelt und sich das erste Mal in seinem politischen Leben auf unsicheres Eis begeben. In Bayern war ja normalerweise alles jenseits der CSU ein Schleudersitz

ins politische Abseits. Nur die FDP hatte für eine Legis-
laturperiode mitregieren dürfen, allerdings hatte sie diese
Zeit genauso wie im Bund hauptsächlich mit politischer
Selbstverstümmelung verbracht und stellte für ihn somit
keine wirkliche Alternative dar.

Ein eigenes fränkisches Bundesland, das war schon ein
anderes Kaliber. Intern hatte ihm Irrlinger bereits versichert, nur Parteivorsitzender bleiben zu wollen, der Ministerpräsidentenposten war also frei für ihn, wenn es denn
so weit war. Ministerpräsident Manfred Zöder... Bei dem
Gedanken wurde ihm die eine oder andere Körperstelle
feucht – nicht nur die Augen.

Diese Versammlungssituation konnte seiner Karriere
also sehr wohl förderlich sein. Aber darauf hätte er sich
vorbereiten müssen, er hätte seine Worte ans Volk planen
müssen. Tat man das nicht, konnte eine öffentliche Rede
ganz schnell eine Fahrkarte in die politische Hölle bedeuten. Manfred Zöder atmete durch. Er musste handeln, und
zwar schnell.

Er hob die große goldene Glocke, die vor ihm auf dem
Tisch des Podiums stand, und begann diese laut und energisch zu läuten. Augenblicklich wurden alle laufenden Gespräche im Saal eingestellt, Rufe aus der Vorhalle erklangen,
und Menschen eilten zu ihren Plätzen. Innerhalb weniger
Minuten saßen alle auf den ihnen zugedachten Stühlen und
hefteten ihre Augen erwartungsvoll auf den zweiten Vorsitzenden der Frankenpartei, auf Manfred Zöder. Der erklärte kurz, dass der Vorsitzende Irrlinger leider aufgehalten wurde, aber alsbald hier erscheinen würde. Aufgrund
des vollgestopften Terminplans des heutigen Tages würde
die Versammlung nun eben unter seiner Leitung beginnen,
bis zum Beginn der Abendveranstaltung könnte man ja zu-

mindest die einzelnen Anträge aus den fränkischen Bezirken und den angrenzenden Regionen, in denen über einen Beitritt zu einem Bundesland Franken abgestimmt werden sollte, diskutieren. Diskussionsbedarf wäre ja reichhaltig vorhanden, sagte er schmunzelnd, woraufhin aus dem Publikum vereinzelte Lacher zu hören waren.

Manfred Zöder nahm das als Einladung und beschloss, zuerst einmal etwas für die Stimmung im Saal zu tun, ein bisschen einzuheizen beziehungsweise einheizen zu lassen. Die Frankenpartei hatte ja nicht umsonst einen solchen Einheizer in ihren Reihen, einen Volkstribun, der bei seinen Vorträgen immer die gewünschte Stimmung erzielte. Nicht unbedingt mit der notwendigen *political correctness*, aber immer mit gepushter fränkischer Volksseele. Seine Zuhörer standen nach seinen Veranstaltungen tausendprozentig hinter ihm. Außerdem hatte jeder der Abgeordneten schon mindestens ein Seidla von dem Bier getrunken, das eine große Kulmbacher Brauerei sponserte, und waren entsprechend vorbereitet. Eigentlich bot sich der Öffentlichkeit hier ein durchaus witziges Bild, dachte Zöder. Ein Saal mit ansteigenden Reihen und Polsterstühlen, gedacht für klassische Konzerte, auf denen begeisterte Franken mit ihrem Bierkrug in der Hand saßen. Ganz ungewohnt, so ohne Tisch vor und Kastanienbaumkrone über sich. Das Feld war also bestellt.

»Liebe Freunde«, sprach er nun ins Mikrofon, »begrüßt mit mir nun unseren Freund Hugo Gartenlöhner, der die Eröffnungsrede des heutigen Tages halten wird.« Er nickte dem schon wartenden Gartenlöhner zu, der sich sofort erhob und die Bühne betrat.

Allein sein Erscheinen löste bereits einen Beifallssturm im Auditorium aus. Gartenlöhner stützte beide Arme aufs

Rednerpult, hielt sich nicht lange mit Vorreden auf, sondern kam direkt und ohne Umschweife zur Sache. »Liebe Franken, liebe Fränkinnen, liebe eingewanderte Frankierte. Unser Ministerpräsident sprach unlängst davon, dass es im Freistaat Bayern keine nennenswerten Probleme gäbe. Lieber Herr Ministerpräsident, ich sage Ihnen, das ist ein großer Irrtum, es gibt sehr wohl ein großes Problem in Bayern für Sie, und dieses Problem heißt Franken!«

Jubel brandete auf, der sich aber bald beruhigte. Jeder wollte wissen, was Gartenlöhner noch zu sagen hatte.

»Lieber Herr Ministerpräsident, wir Franken rufen Ihnen zu: Wir wollen keinen Freistaat mehr, wir wollen Freiheit statt Bayern! Schluss mit Unterdrückung und Bevormundung. Schluss mit den Herrschaften, die da unten in München sitzen, in ihrem Führerbunker unter der Staatskanzlei, und unser schönes Frankenland ausbeuten.«

Erneuter Jubel und Applaus im Saal.

»Was wurde nicht schon alles aus Franken nach München geschafft? Fränkische Kaiserkronen, Tempelsteine und Fürstenmäntel. Aber damit wird es nun bald vorbei sein, liebe Freunde, denn wir nehmen unser Schicksal jetzt selbst in die Hand!«

Wieder Beifallsstürme. Zwischendurch hörte man Rufe wie »Jawoll!«, »Freiheit!« und »Nieder mit dem Unrechtsregime!«.

Gartenlöhner hob die Hände, um quasi papstgleich das Volk zu beruhigen. Noch zeigte die Geste der Euphoriedämpfung Wirkung. »Liebe Freunde, schauen wir uns doch einmal die Gemeinsamkeiten mit den Bayern an. Sie sind schnell erzählt, denn eigentlich wurde uns die ungeliebte Ehe mit jenem barbarischen Volk im Süden vor über zweihundert Jahren von Napoleon schlichtweg aufgezwungen.«

»Jawoll!«

»Freiheit! Nieder mit Napoleon!«

»Jawoll!«

»Liebe Freunde, ist nicht das Trennende viel offensichtlicher? Hier einige Beispiele: Was ist das für ein Unterschied zwischen sanfter fränkischer Landschaft und dem schroffen bayerischen Gebirge? Was für eine Anmutung beim leichten, eleganten Spiel des 1. FC Nürnberg? Demgegenüber müht sich Bayern München mit der unnachahmlichen Eleganz eines Leopardpanzers auf dem Rasen ab, liebe Freunde!« Lautes Gelächter und Applaus, bevor Gartenlöhner wieder ernst seine Stimme hob.

»Sprechen wir die gleiche Sprache? Nein. Haben wir die gleichen Bräuche? Nein. Trinken wir das gleiche Bier? Nein. Und genau das ist der springende Punkt. Spätestens an der Bierkultur lassen sich unsere Volksstämme ganz eindeutig unterscheiden. Anhand der Bierfrage können wir erkennen, dass in diesem erzwungenen Staat nichts zusammenpasst. Wir brauchen die Sezession!«

Wieder wurde heftig geklatscht, auch wenn nicht alle mit dem zuletzt genannten Begriff etwas anfangen konnten. Doch überall herrschte Zuversicht. Wenn Gartenlöhner solche Worte in den Mund nahm, würde der Sinn schon stimmen.

»Liebe fränkische Brüder, liebe fränkische Schwestern, am Anfang erschuf Gott Himmel, Erde und Malz. Dann schuf Gott das fränkische Bier, und Gott sah, dass ihm ›gut‹ war. Doch unsere Welt des fränkischen Bieres ist nun bedroht, liebe Brüder und Schwestern, nicht zuletzt von unseren eigenen Kindern. Schaut euch doch mal um! Durch das von München aufgezwungene bayerische Bildungssystem sind unsere Kinder nicht nur in sackartige

Hosen und Hemden gekleidet, nein, sie sind dazu auch noch dick und doof. Zudem fehlt es ihnen an der natürlichen Achtung vor der Braukunst, verunreinigen sie unser fränkisches Bier doch inzwischen mit Wodka, Red Bull und sogar mit künstlichem Limettensaft. Wo, bitte, bleibt denn da die heilige Ehrfurcht vor der Bierschöpfung? Wie steht es doch schon geschrieben im elften Gebot im Buche Schlenkerla: ›Du sollst nicht mixen!‹«

»Jawoll!«, »Schweinerei!«, »Drecksmischerei!« und »Unser Bier gehört uns!« tönte es wütend aus dem Saal.

»Prost, ihr Franken!«, rief der Volkstribun und stieß öffentlich an, was die Zuhörer im Saal natürlich nur zu gern zum Anlass nahmen, es ihm gleichzutun. Als alle einen tiefen Zug aus ihrem Krug genommen hatten, hieb Gartenlöhner weiter in die gleiche Kerbe.

»Liebe Brüder und Schwestern, nun zu unseren Mitbrüdern und Mitschwestern der bayerischen Politik. Das ist doch keine Regierung mehr, sondern ein aufgescheuchter Hühnerhaufen mit lauter armen, kleinen gelben Schweinen. Wenn heute Landtagswahl wäre, kämen die Prozentzahlen der FDP über die eines Leichtbieres ja gar nicht mehr hinaus.« Weiteres Gejohle und Klatschen im Saal.

»Im Augenblick kann man dem CSU-Abgeordneten wirklich nur raten, den Amtseid für den bayerischen Landtag wie folgt abzulegen.« Gartenlöhner machte eine kurze Pause, um den folgenden Worten stärkere Bedeutung zu verleihen. »Ich glaube an Gott, den Vater, den Allmächtigen, Schöpfer von Franken und der Erde, und an den Ministerpräsidenten, seinen eingebildeten Sohn. Gelitten unter Angela Merkel, aufgefahren im BMW, sitzt er, zu richten Franken und die SPD. Ich als Landtagsabgeordneter gelobe, dass ich auf meine Diäten achte, die Schulden der

Landesbank mehren, den Bierpreis senken und schwarze Kassen verschweigen werde, so wahr mir Siemens helfe.« Gartenlöhner ließ seinen Blick über das Publikum schweifen. »Und wenn das alles nichts hilft, liebe Brüder und Schwestern, dann wird es wirklich Zeit, über eine fränkische Unabhängigkeit mit einem Lothar Matthäus als Diktator nachzudenken.« Diesmal gab es einhelliges Gelächter. Dass der Vorschlag nur als Witz gemeint sein konnte, das wusste nun wirklich jeder.

Manfred Zöder hatte sich zwischenzeitlich zufrieden grinsend in seinem Stuhl zurückgelehnt. Das mit der Stimmung lief ja prächtig. Gartenlöhner war wirklich unbezahlbar.

»Gut, zugegeben, es gibt auch Negativbeispiele des Biergenusses«, fuhr dieser wieder fort. »Nicht immer hat der Konsum von fränkischem Gerstensaft nur Positives bewirkt. In einigen wenigen Einzelfällen kam es zu kleineren Missgeschicken. Ich sage nur: Tschernobyl, Fukushima und die Zeugung von Manfred Zöder. Das alles muss einfach im Suff passiert sein, und dafür müssen wir uns schämen.«

Zöder hätte den Redner am liebsten gewürgt. Das Volk tobte, aber Gartenlöhner hatte sie ja wohl nicht mehr alle, blöde Witze auf seine Kosten zu machen. Schelmisch blickte Gartenlöhner zu Zöder hinüber, der notgedrungen mit zusammengebissenen Zähnen zurückgrinste. Das würde Gartenlöhner noch irgendwann büßen. Als die nächste Charge Bier von den Bedienungen herangekarrt wurde, nahm dies der selbst schon leicht alkoholisierte Redner zum Anlass, weiter seine Rede zu schwingen.

»Auch muss man betonen, dass der Genuss von flüssigem Brot nicht in jedem Fall zu einem schöneren Körper verhilft. Wie sagte schon der oberfränkische Malzgelehrte

Hippelius Weyermann: ›Mit des Bieres Hochgenuss wächst des Bauches Radius.‹ Auch unter euch, liebe Freunde, sehe ich etliche Ranzen versammelt, aber selbst die moderne Architektur orientiert sich ja mittlerweile an solch barocken Körperformen. Die Allianz Arena in München ist doch im Prinzip nichts anderes als Sigmar Gabriel in Netzstrumpfhosen.« Großes Gelächter erfüllte den Saal, und Gartenlöhner spürte, dass ihm die Menge jetzt quasi zu Füßen lag.

»Aber Bier kann umgekehrt auch positive Konsequenzen für Mann und Frau haben, bringt es doch vor allem den Schwestern unter uns ausschließlich Gutes. Da Bier im Wesentlichen aus weiblichen unbefruchteten Hopfenblüten hergestellt wird, heißt das… fränkisches Bier ist eine biologische Falle, vollgestopft mit femininen Lockstoffen, denen der biertrinkende Mann schier hilflos ausgeliefert ist. Jawohl, hilflos. Ihr, die Hüterinnen der männlichen Heimkunft und Ausgangszeiten, solltet euch durchaus an der flüssigen Ernährung eurer angelockten Männer erfreuen. Ihr, die ihr achtet auf Umgangsformen, Sauberkeit und heruntergeklappte Klodeckel, ihr solltet froh sein über den Biergenuss des Mannes. Denn fränkisches Bier macht erstens keine Rotweinflecken, und zweitens bekommen Männer durch Bier durchaus weibliche Wesenszüge. Sie können nicht mehr im Stehen pinkeln, reden plötzlich zu viel und können kein Auto mehr fahren.« Wieder aufbrandendes Gelächter im Saal, wenn auch die Zustimmung weiblicher Teilnehmerinnen etwas zurückhaltender ausfiel. Trotzdem: Insgesamt war die Stimmung sagenhaft. Gartenlöhner hatte ganze Arbeit geleistet und näherte sich dem Ende seiner Rede.

»Zum Schluss, meine lieben fränkischen Schwestern und

Brüder, gestattet mir einen Blick in die Zukunft. Wir haben es nun in der Hand, diese selbst zu bestimmen. Lasst uns in Demut, aber auch in Freude auf unser Bier, unseren Wahlsieg und unser Franken anstoßen. Bald ist diese Wahl vorbei, bald ist Franken wieder frei. Ich danke euch.« Unter tosendem Applaus verließ Gartenlöhner die Bühne. Das Publikum war bereit für Zöders großen Plan.

Haderlein ging in die Staffelbergklause zurück und erkundigte sich nach dem Stand der Dinge. Seine beiden Kollegen waren immer noch vollauf mit den Hochzeitsgästen beschäftigt und die Spurensicherungsleute weiterhin drinnen und draußen zugange, während der Wirt auf Haderleins Anweisung damit begonnen hatte, an alle in der Wirtsstube Getränke auszuschenken. Vielleicht würde das ja die allgemeine Stimmung ein wenig heben.

Ein Grüppchen saß etwas abseits der anderen. Fast teilnahmslos hatte es sich in die hinterste Ecke verzogen und betrachtete von dort die Szenerie ratlos. Haderlein sah sofort, dass die Gruppe mit der Hochzeitsgesellschaft nichts zu tun hatte. Die Leute sahen eher aus wie Wanderer, die nur zufällig in den Schlamassel hineingeraten waren. Wahrscheinlich waren das diejenigen, von denen Lagerfeld schon erzählt hatte. Vielleicht hatten sie auf ihrem Weg hinauf ja doch etwas bemerkt. Er ging auf die fünf zu, die an einem Ecktisch saßen, und stellte sich vor. Sofort wurde er mit Fragen überhäuft, die er aber diplomatisch abwiegelte.

»Wir können leider nichts zum Stand der Ermittlungen sagen. Es könnte aber womöglich von großer Bedeutung sein, wenn Sie etwas auf Ihrem Weg hier herauf gesehen oder bemerkt haben.« Technisch geschickt hatte Haderlein direkt in die Befragung übergeleitet.

Eine junge Frau erzählte, dass sie den Wanderweg von Loffeld aus heraufgelaufen wäre und nichts bemerkt hätte. Ihrem Rucksack nach zu urteilen hatte sie heute anscheinend noch eine längere Strecke vor sich. Zum Tathergang konnten auch die anderen Frauen und die beiden Männer nicht viel beitragen. Als Franziska Büchler das Plateau erreicht hatte, so erzählte sie, hätte es bereits von Menschen und der Polizei gewimmelt. Die Beamten hätten sie gleich gefragt, ob ihr ein Mann mit einem Bogen entgegengekommen sei, aber das hatte sie verneinen müssen. Nur direkt hinter ihr war ein älteres Ehepaar ebenfalls den Wanderweg heraufgelaufen. Doch auch Herr und Frau Bögelein hatten niemand Verdächtigen bemerkt, wie sie Haderlein sofort bestätigten.

»Da war nur ein kleines blaues Auto, das uns entgegenkam, als wir von Loffeld aus auf den Wanderweg eingebogen sind«, sagte Josef Bögelein noch. »Aber das war viel früher, da waren wir ja noch ganz unten auf dem Weg. Und fragen Sie mich jetzt bitte nicht, was das für eins war, von so etwas habe ich keine Ahnung. Jedenfalls war es kein großes.«

»Und reinsehen konnte man auch nicht, das Auto hatte so neumodisch verdunkelte Scheiben«, warf Hiltrud Bögelein ein. Haderlein fragte, ob sie das Auto vielleicht näher beschreiben könnte, doch die alte Dame war damit genauso überfordert wie ihr Ehemann. Überhaupt nahm die ganze Situation die beiden sichtlich mit.

Wenn sie das Auto schon am Fuß des Staffelberges angetroffen hatten, konnte der Fahrer natürlich nicht als Täter in Frage kommen, überlegte Haderlein. Zu diesem Zeitpunkt war ja auf dem Plateau noch alles in Ordnung gewesen. Und trotzdem. Irgendwie hatte Haderlein es im

Gefühl, dass er herausfinden musste, was es mit dem Auto auf sich hatte.

Die beiden letzten Wanderer am Tisch waren Gernot und Claudia Fraas aus Heldburg. Als Haderlein ihnen die Hand reichte, hatte er für einen kurzen Moment das Gefühl, der blonden Frau schon einmal begegnet zu sein. Auch sie schaute ihn für einen kurzen Moment etwas verdutzt an, aber als seriöser Polizeibeamter wollte er nicht mit dem blöden Spruch daherkommen, ob sie sich schon einmal irgendwo gesehen hätten, also schwieg er. Außerdem war das sowieso nebensächlich.

Das Ehepaar Fraas gab an, von Romansthal aus heraufgewandert zu sein und leider ebenfalls nichts bemerkt zu haben. Allerdings waren die beiden als Erste nach dem Mord zur Hochzeitsgesellschaft gestoßen. Das Verbrechen war passiert, als sie den normalen Fahrweg wieder hinuntergehen wollten. Natürlich waren sie dann geblieben, um zu sehen, was da los war.

Haderlein rekapitulierte im Geiste: Die junge Frau Büchler war also auf dem Weg zur Wallfahrtskirche Vierzehnheiligen unterwegs gewesen, während das Ehepaar Bögelein von ihrer Unterkunft in Horsdorf nur einen Tagesausflug auf den Staffelberg unternehmen wollte. Gleiches galt auch für Gernot und Claudia Fraas, deren Auto ihren Angaben zufolge unten in Romansthal stand.

Der Kriminalhauptkommissar ließ sich von allen noch die Ausweise zeigen, dann war es aber auch gut, und er entließ die fünf Wanderer, allerdings nicht ohne den Hinweis, für alle Fälle erreichbar zu bleiben. Er erhob sich und gesellte sich zu seinen immer noch schwer beschäftigten Kollegen. Ein kleines blaues Auto, das eigentlich nicht einmal verdächtig sein konnte. Er hatte wirklich nicht viel herausgefunden.

Der erste Teil der Versammlung war ein voller Erfolg, Gartenlöhner hatte ganze Arbeit geleistet und die Menge locker gemacht. Eine hervorragende Voraussetzung, um jetzt die schwierigen Themen anzupacken.

»Tagespunkt Numero zwei: allgemeine Fragen zur fränkischen Identität beziehungsweise zum fränkischen Selbstverständnis. Gibt es hierzu Wortmeldungen?« Zöder sprach laut und übertrieben deutlich ins Mikrofon.

Sofort schossen unzählige Arme in die Höhe, sodass der Protokollführer neben ihm seinen Laptop scharfmachte. Unten im Saal schwenkten die anwesenden Fernsehstationen ihre Kameras erwartungsvoll durch den Raum, der Blick der Nation war gespannt auf die Abgeordneten eines virtuellen fränkischen Landesparlaments gerichtet. Zöder warf einen kurzen Blick in das wohlgefüllte Rund der Bamberger Konzerthalle, und ihm als erfahrenem Politiker wurde klar, dass dieser Tag lange dauern konnte.

»Natürlich könnten wir einfach den fränkischen Rechen in Rot und Weiß als neues Nationalwappen für unser Bundesland nehmen, aber das wäre schlichtweg profan und vor allem einfallslos«, sagte der erste Redner, der unten im Saal an ein Mikrofon getreten war. »Deshalb plädiere ich dafür, zusätzlich ein Tier aufzunehmen. Aber keinen Adler, den haben schon viele andere. Ich meine ein Tier, das typisch für die fränkischen Lande ist und den Charakter seiner Bewohner durch seine Lebensart symbolisiert.« Die Versammelten schauten halb belustigt, halb gespannt zum Abgeordneten Schmelzer aus Bayreuth hinüber und warteten, welches Tier er da wohl aus dem Hut zaubern würde.

»Ich favorisiere den Biber«, verkündete Schmelzer seinem verblüfften Auditorium. »Der Biber steht für eine zähe Art, die mit einer arbeitsamen Lebenseinstellung und einem naiven, aber durchaus cleveren Gleichmut gesegnet ist. Wenn ihr mich fragt, liebe Freundinnen und Freunde, ist der Biber das Symbol der Franken schlechthin.«

Im Saal entbrannte ein Gemisch aus Protestbekundungen, Zustimmung und spontanen Diskussionen. Manfred Zöder glaubte, sich verhört zu haben. War der Kerl da unten noch ganz dicht? Gerade heute gab es wirklich wichtigere Dinge, als einen Biber im fränkischen Wappen zu etablieren. Aber noch bevor er intervenieren konnte, trat schon der nächste Redner ans Mikrofon, und mit ihm begann die Diskussion, eine Eigendynamik zu entfalten.

»Ich halte die Idee prinzipiell für gut«, sagte der Abgesandte aus einem der nordwestlich gelegenen fränkischen Landesteile. Seine Stimme hatte Gewicht, denn die dort ansässige Firma Hafermas, bekannter Hersteller von Kinderspielzeug, hatte der Frankenpartei eine erklecklichte Summe gespendet. »Aber ich würde ein Symbol verwenden, das Bodenständigkeit, Schlichtheit, Eleganz und guten Geschmack ausdrückt«, verkündete er nicht ohne einen gewissen bedeutungsschwangeren Klang in seiner Stimme. »Etwas Neues, Revolutionäres, etwas, das tiefe Emotionen im Menschen hervorrufen kann, sobald er auch nur einen kurzen Blick auf diese Fahne, den ganzen Stolz einer jungen Nation, wirft.« Der Saal harrte gespannt dem, was da folgen würde. Helmut Faber schaute sich noch einmal um. Aller Augen waren auf ihn gerichtet, er genoss die Aufmerksamkeit sichtlich. Schon den ganzen Tag hatte er sich auf diesen Moment gefreut. Er holte tief Luft, dann sagte er laut und bestimmt: »Die Bad Rodacher Salzdillgurke.«

Drei Sekunden lang war es mucksmäuschenstill, dann

brandete lautes Lachen vermischt mit empörten Protesten durch die Bamberger Konzerthalle. Oben auf dem Podium vergrub Manfred Zöder das Gesicht in den Händen.

\* \* \*

Die Wälder oberhalb von Heilgersdorf waren von besonderer Art. Zumindest für die, die sich mit solchen Wäldern auskannten. Auf dem Höhenrücken zwischen Ebern und Altenstein gab es Schätze von ausgesuchter Rarität, wie sie weltweit ihresgleichen suchten.

Elmar Ränkenschuh war so einer, der sich mit diesem Wald und dessen Besonderheiten auskannte. Genauer gesagt war er sogar genau derjenige, welcher. Auf ihn hörten sie alle, er wurde um Rat gefragt, wenn es Fragen den Wald betreffend gab. Elmar wusste, wo die Plätze mit seltenem Baumbestand lagen, er kannte jeden Einzelnen von ihnen. Elmar Ränkenschuh war ein Rutengänger und Radiästhesist, ein sogenannter Geomant. Ein Meister der Kraftfelder, Erdstrahlen und sonstiger Schwingungen, die man erst erspüren konnte, wenn man entsprechend darauf hingewiesen und geschult worden war. Was ihn besonders auszeichnete, war die genaue Ortskenntnis sämtlicher Heilfelsen, für die diese Wälder in der Szene so berühmt waren. Große und kleine Findlinge oder auch massive Steinskulpturen erhoben sich in teils skurrilen Formen. Jeder Stein hatte eine andere Form, jeder Fels eine andere Wirkung. An einem Platz konnten Gallensteine zertrümmert, an einem anderen Herzfrequenzen harmonisiert werden. Die alten Felsen der Burgruine von Eyrichshof beispielsweise waren bekannt für ihre positive Wirkung bei Funktionsstörungen männlicher Fortpflanzungsorgane. So eine Art Viagra für Strahlungsempfängliche. Ob diese Orte der *Kraft* jedoch schon zu realen Empfängnissen geführt hatten oder nicht, das entzog sich Elmar Ränkenschuhs Kenntnis, und er wollte es auch gar nicht wissen. Sein Bestreben war es vielmehr, die Kunst des alten keltischen Schamanismus nicht in Vergessenheit geraten zu lassen, deshalb hatte er die »Heilfelsen« auch zu seinem Steckenpferd gemacht und das sehr erfolgreich. An manchen Wochenenden strichen ganze Busladungen Strahlungssuchender durch die Wälder, um sich stundenlang auf oder an den berühmten Heilfelsen der heilenden Wirkung oder sonst wem hinzugeben.

Da der eine oder andere Spirituelle und die eine oder andere Schamanistin den Felsenkontakt mit heruntergelassenen Beinkleidern herzustellen pflegte, um die Schwingungen auch unverfälscht empfangen zu können, war es schon des Öfteren zu unverhofften Zusammenstößen mit kulturell konservativ angelegten Bevölkerungsschichten aus dem Umland gekommen. So war es für eine auf einem Wandertag befindliche Schulklasse durchaus überraschend gewesen, auf die »Staahocker« zu treffen, wie der Volksmund die Spezies inzwischen zu bezeichnen pflegte. Besonders, wenn die Klasse auf eine Steinsitzerin traf, die sich splitterfasernackt und alle viere von sich gestreckt auf einem Findling ausgebreitet hatte. Besonders die männlichen vierzehnjährigen Schüler hatten ihren Spaß gehabt, aufseiten der pädagogischen Aufsichtspersonen war dieser jedoch eher begrenzt gewesen.

Elmar Ränkenschuh wies die Verantwortung für solche Begegnungen der unsittlichen Art allerdings weit von sich. Er hatte nur die Sensibilität entwickelt und geomantische Grundlagen geschaffen, was der Einzelne damit anfing, konnte nicht sein Problem sein. Wenn man sich ihm persönlich anvertraute, bekam man für wenig Geld sogar eine individuelle Führung zu den versteckten Findlingen im Wald.

Auch heute hatte er sich wieder mit zahlungskräftiger Klientel verabredet. Die Leute waren extra aus Übersee angereist, um seine Heilsteine zu besuchen. Das war schon enorm, Stolz erfüllte seine Brust. Gut, spirituelle Orte waren woanders wahrscheinlich etwas Selbstverständliches, doch hier in Deutschland mussten sich die Leute erst noch an sie gewöhnen. Für viele war das, was Elmar Ränkenschuh hier trieb, einfach nur Teufelszeug.

Er hatte sich mit seinen Gästen auf dem Abzweig vor dem Weg zu den Rückertsteinen verabredet, direkt oberhalb des kleinen Dorfes Gereuth bei Untermerzbach. Er schaute auf seine Uhr. Bis zum Treffen war noch etwas Zeit. Am heutigen Pfingstsonntag war er etwas früher von zu Hause aufgebrochen, um selbst noch kurz den Felsen mit der Lyrik des großen Dichterfürsten Friedrich Rückert genießen zu können.

Er ging die wenigen Meter vom Weg hinauf zu dem bekannten Findling im Wald und strich fast zärtlich mit der rechten Hand über die imposanten Rundungen der uralten Steinformation, die sogar eine von Menschenhand herausgehauene Nische besaß. Angeblich sollte in dem steinernen Exil einmal ein Einsiedler gelebt haben. Er schloss die Augen, verschmolz mit dem Felsen, konzentrierte sich auf die in ihm aufsteigende Energie und vergaß seine Umgebung. Er spürte nur noch die Kühle des Steines, hörte keine Vögel mehr, nicht mehr das Rauschen des Windes, nicht mehr das leise Ächzen der Bäume, die im Wind schwankten. Allerdings bemerkte er auch nicht, dass jemand hinter ihn getreten war und etwas Längliches, Schweres hoch über seinen Kopf erhoben hatte. So versank Elmar Ränkenschuh an diesem Pfingstsonntagnachmittag in eine plötzliche fremdverschuldete Ohnmacht und wusste nicht einmal, warum.

\* \* \*

Die Sache mit der Bad Rodacher Salzdillgurke hatte sich nach kurzer Diskussion von selbst erledigt. Der protestierende Redner war schlichtweg vom Saalmikrofon weggezerrt worden. Salzdillgurken, egal welcher Herkunft, waren als Wappenzubehör in Franken nicht mehrheitsfähig. Anschließend hatte es noch diverse Vorstöße für ein Substitut aus der Fauna gegeben, unter anderem waren der Flussregenpfeifer, der Eichenprozessionsspinner sowie die fränkische Rostbratwurst ins Gespräch gebracht worden. Schlussendlich würgte Manfred Zöder die Diskussion unter Aufbietung seines geballten rednerischen Geschicks ab und lenkte das Augenmerk der Teilnehmer auf ein weiteres wichtiges Thema in der Hoffnung, dieses schnell und ohne Komplikationen abarbeiten zu können.

»Ich habe hier einen Antrag unserer mainfränkischen Fraktion aus Würzburg vorliegen. Er lautet auf Änderung unseres Parteinamens, ich zitiere: Die heutige Versammlung möge beschließen, den bisherigen Parteinamen ›Frankenpartei‹ in einen neuen, kämpferischen, optimistischeren umzubenennen – nämlich: ›Partei Unabhängiges Freies Franken‹.«

Aus der hinteren Saalecke halblinks brandeten spontaner Beifall und Jubel auf. Offensichtlich saßen dort die Würzburger, die durch öffentliche Zustimmungsbekundungen den Erfolg ihres Vorschlages befördern wollten. Doch Zöder hatte ein verbal scharfes Messer zur Verfügung, mit dem er diesem fatalen Vorschlag den Lebensfaden durchschneiden würde.

»Ein sehr guter Vorschlag, liebe Freunde aus Unterfranken«, lobte er erst einmal die Antragsteller, was in der dementsprechenden Saalecke zufriedene Gesichter hervorrief. Dann aber machte er ernst. »Allerdings möchte ich darauf aufmerksam machen, dass in der Politik Parteinamen in der Regel nur in ihrer abgekürzten Form gehandhabt werden. Somit würde der Vorschlag unserer Freunde aus Würzburg ›Partei Unabhängiges Freies Franken‹ abgekürzt PUFF, also *Puff* ausgesprochen, werden. Ich denke, jeder hier im Saal wird mir zustimmen, dass das eine sehr unglückliche Formulierung ist.«

Es gab gedämpftes Gelächter und in der mainfränkischen Saalecke betretene Gesichter. Als Manfred Zöder per Akklamation abstimmen ließ, wurde der Vorschlag mit siebenhundertvierundneunzig zu fünf abgeschmettert. Und dabei waren sogar noch dreizehn Abgeordnete bei der Abstimmung auf der Toilette gewesen. Manfred Zöder nutzte die gewonnene Zeit, um das heikelste Thema des Tages nahtlos an die so flüssig verlaufene Debatte über den Parteinamen anzufügen.

»Liebe Freunde, wir kommen nun zu einem Thema, das in unserer Partei bisher schon mit großer Leidenschaft behandelt wurde: die zukünftige fränkische Landeshauptstadt.«

Sofort gab es heftige Reaktionen, wild gestikulierende Teilnehmer warfen spontan und lauthals ihre Favoriten in den Ring. Die Vorschläge reichten von Bad Neustadt/Saale bis Weißenburg, von Bayreuth bis Coburg, aber auch

Würzburg, Bamberg und Hof wurden quer durch den Saal gebrüllt. Zöder hörte und schaute sich das eine Weile an, damit die Versammelten ein wenig Dampf ablassen konnten, dann läutete er demonstrativ energisch mit seiner großen Glocke. Es war ihm und hoffentlich jedem anderen vernünftig Denkenden hier im Saal sowieso klar, dass als Landeshauptstadt nur Nürnberg mit seiner beeindruckenden Größe und Geschichte in Frage kam. Außerdem war Nürnberg Manfred Zöders Geburtsstadt, wenn nötig würde er da in der Meinungsbildung etwas nachhelfen. Doch als gelernter Herrscher und Lenker des gemeinen Parteivolkes wusste er natürlich, dass er nicht plump mit der Tür ins Haus fallen durfte. Mit so einem Verhalten würde er die restlichen fränkischen Landesteile nur gegen die Nürnberger aufbringen. Und dann hätte man mit Nürnberg ruck, zuck das gleiche Imageproblem in Franken wie die Bayern mit München.

Also hatte Zöder ein Feigenblatt geboren, um mit dem größten Punkt aufzutrumpfen, den man als Politiker aufbieten konnte, mit Kompetenz. Da aber ein Politiker diese nur selten vorweisen konnte, wurde in solchen Fällen gern auf allseits anerkannte wissenschaftlich gebildete Menschen zurückgegriffen, die dann verkünden durften, was man selbst als Ergebnis herbeisehnte. Kraft des anwesenden fachlichen Kenntnisreichtums wurde dies dann auch meistens Realität. Im Fall von Manfred Zöder und der möglichen Nürnberger Landeshauptstadt war Dr. Georg Habermehl ins Spiel gekommen, ein anerkannter Kulturhistoriker und Weintrinker ohne Führerschein aus Bamberg. Da er schon mehrere Expertisen für die bayerische Staatsregierung erstellt hatte, war es nur ein logischer Schritt, diesen Mann für eine solch heikle Aufgabe zu gewinnen. Zöder hatte bei seiner Auftragserteilung des Vortrags mehrfach den Namen Nürnberg fallen lassen und mit lukrativen Folgeaufträgen gelockt. Der Mann musste also völlig bescheuert sein, wenn er jetzt eine andere Meinung vertreten würde als die von Manfred Zöder. Also machte sich dieser siegessicher an die Ausführung seines raffiniert eingefädelten Plans.

»Liebe Freunde!«, rief er laut und läutete immer wieder die Glocke, bis sich alle wieder einigermaßen beruhigt auf ihren Plätzen befanden. »Liebe Freunde, ich verstehe, dass das ein sehr emotionales Thema ist. Deshalb habe ich mir auch die Freiheit genommen, fachkundigen Rat in Form des nächsten Redners einzuladen. Bitte begrüßt mit einem großen Applaus Herrn Professor Dr. Georg Habermehl aus Bamberg!«

Der Plan von Zöder schien aufzugehen. Die Anwesenden spendeten dem bestellten politischen Blitzableiter höflichen Applaus, während dieser in seinen beigen Kniebundhosen und den langen weißen Haaren das Podium betrat. Ohne Zögern ging er zu einem Rednerpult, das auf der linken Seite der Bühne vor dem großen Podium stand. Neben dem Pult stand ein kleines Tischchen mit einem Laptop und einem Glas Weißwein. Habermehl nippte einmal kurz an dem Weißwein, dann schaltete er den Laptop ein. Im Saal war es inzwischen geradezu gespenstisch ruhig geworden, alle Augen und Kameras hatten sich auf den Professor eingezoomt. Dieser genoss die Aufmerksamkeit sichtlich und warf einen bedeutungsvollen Blick in die Runde, bevor er zu seinen eröffnenden Worten anhob.

»Sehr geehrte Damen und Herren, liebe Freundinnen und Freunde, liebe sonstige Anwesende und Interessierte, ich hatte nun über Monate die ehrenvolle Aufgabe, für unser zukünftiges Bundesland, unsere fränkische Heimat, einen Vorschlag für eine Landeshauptstadt zu erarbeiten.« Er hielt einen Moment lang inne und ließ die enorme Wichtigkeit seiner Aussage wirken, bevor er fortfuhr. »Nun, der folgende Vortrag umfasst sowohl kulturelle und geschichtliche als auch geografische Aspekte...«

In der nächsten halben Stunde hielt Professor Habermehl eine Rede von derartig fachlicher Dichte, dass jegliches Adrenalin in den Adern der Anwesenden auf null absank. Niemand verstand auch nur die Hälfte des wissenschaftlichen Gefasels, das Professor Habermehl voller Inbrunst und Hingabe absonderte.

Manfred Zöder grinste zufrieden in sich hinein. Das lief ja prächtig, viel besser als erwartet. Nach dem Vortrag des Professors würden alle desillusioniert, müde, vor allem aber willen- und ahnungslos dem hingehaltenen Happen in Form von Nürnberg zustimmen. Wenn auch die Begeisterung fehlte, die Hauptsache war die Mehrheit. Eigentlich nahm der Tag einen für ihn sensationell geradlinigen Verlauf, dachte Zöder bei sich, während Habermehl auf den Höhepunkt seines Vortrages zusteuerte.

»Und deshalb möchte ich Ihnen, meine Damen und Herren, nun das Ergebnis meiner umfassenden Untersuchungen präsentieren«, verkündete er. Die Worte hatten eine magische Wirkung, alle im Saal waren plötzlich wieder hellwach. Professor Habermehl streckte sich ein wenig und drückte eine Taste des Laptops. Auf einer riesigen Leinwand, die hoch oben hinter dem Podium hing, erschien eine große Landkarte, die das fränkische Kernland mit seinen drei Regierungsbezirken zeigte: Ober-, Mittel- und Unterfranken. Das fränkische Thüringen südlich des Rennsteigs war schraffiert, genauso wie Teile des östlichen

Württembergs, wo das tauberfränkische Hohenlohe ebenfalls über seinen Beitritt zum fränkischen Staatsgebiet abstimmen wollte.

Gespannt blickten alle auf die große Karte, auf der von einer Landeshauptstadt noch nichts zu erkennen war. Das Gemurmel im Saal nahm zu, die Spannung war mit Händen greifbar. Nur Manfred Zöder blieb entspannt auf seinem Stuhl sitzen, er hatte sich nicht einmal zu der Karte in seinem Rücken umgedreht. Warum auch, er wusste ja, wie die Geschichte ausgehen würde.

»Letztendlich war die Entscheidung relativ klar, einfach und eindeutig«, proklamierte Habermehl und setzte sich vor seinen Laptop. Das fahle Licht des Bildschirms beleuchtete von unten sein Gesicht und sein schlohweißes Haar, sodass er wie seinerzeit ein gewisser Frankenstein vor der Planung seines Gesellenstücks wirkte.

»Das wichtigste Argument für eine Landeshauptstadt ist und bleibt schlussendlich der geografische Faktor. Die Geschichte und die Größe spielen in Franken nicht wirklich die entscheidende Rolle, nein, unsere Hauptstadt sollte möglichst zentral im neuen Staatsgebilde liegen. Wenn man schon die einmalige Möglichkeit hat, diesen Umstand zu berücksichtigen, dann sollte man das auch tun, sonst endet Franken noch wie Chile«, verkündete er feierlich.

Zöder beschlich ein erster kleiner Zweifel an Habermehls Loyalität. Wenn er es recht bedachte, so lag Nürnberg auch mit viel gutem Willen nicht in der Mitte der fränkischen Lande, sondern eher unten rechts. Was hatte der Professor da vor, zum Kuckuck? Von Misstrauen beseelt drehte sich Manfred Zöder um und beäugte die große grün eingefärbte Karte, die über ihm an die Leinwand projiziert wurde.

»Ich werde nun zwei Linien ziehen, um Ihnen meine Gedankengänge zu verdeutlichen«, erläuterte der Professor seine Vorgehensweise und drückte eine Taste auf seinem Laptop. Für alle sofort ersichtlich erschien auf der Frankenkarte eine rote, fast senkrechte Linie.

»Nun, wie wir alle sehen können, verbindet diese Linie den nördlichsten Ort Frankens, nämlich Weimarschmieden in der Rhön, mit dem momentan südlichsten fränkischen Flecken Solnhofen im Landkreis Weißenburg. Unsere womöglichen Neubürger aus Thüringen und Tauberfranken mögen es mir verzeihen, dass ich sie aufgrund der aktuellen unentschiedenen politischen Situation noch außen vor lasse. Trotzdem soll gesagt werden, dass die Miteinbeziehung der Gebiete am Ergebnis auch nichts Grundlegendes ändern würde«, erklärte Habermehl stolz.

Die Anwesenden hangelten sich nun optisch an der gedachten Linie rauf und runter, um herauszufinden, auf welche Stadt denn nun Habermehls Entscheidung fallen würde. Der eine oder andere Favorit war jetzt jedenfalls schon gestorben – zum Beispiel Aschaffenburg oder Nürnberg.

Manfred Zöder war alles Blut aus dem Gesicht gewichen. Nur noch verstört folgte er dem weiteren Vortrag von Professor Habermehl, der nun zum großen Finale ausholte. Konnte es sein, dass dieser Provinzwissenschaftler es wagen würde, eine eigene, wissenschaftlich fundierte, aber für Zöder unmaßgebliche Meinung zu vertreten?

»Nun, meine Damen und Herren, liebe Freundinnen und Freunde, ziehen wir nun also eine gedachte Linie von unserem westlichsten Ort Kahl bei Aschaffenburg bis zum östlichsten Schirnding im Landkreis Wunsiedel an der tschechischen Grenze«, fuhr Habermehl fort. Wieder drückte er eine Taste auf dem Laptop, und eine zweite, waagerechte blaue Linie erschien, die sich ungefähr in der Mitte der Landkarte mit der roten Linie kreuzte. Jeder wusste nun, was die Stunde geschlagen hatte, das Ergebnis war klar und deutlich.

Habermehl erhob sich von seinem Stuhl und drückte seinen Rücken durch, um eine möglichst aufrechte Haltung einzunehmen. »Hier, an der Schnittstelle dieser beiden Linien, liegt unsere neue fränkische Landeshauptstadt, liebe Freundinnen und Freunde.« Er holte noch einmal tief Luft, dann deutete er mit einer weit ausholenden Armbewegung auf den Mittelpunkt der Karte an der Wand. »Hassfurt!«

Professor Dr. Georg Habermehl hatte an dieser Stelle seines Vortrags eigentlich mit Zustimmung und Applaus gerechnet, aber nichts dergleichen geschah. Im Saal war es mucksmäuschenstill, niemand wagte, etwas zu sagen. Manfred Zöder vergrub währenddessen von allen unbemerkt auf seinem Platz zum zweiten Mal an diesem denkwürdigen Tag das Gesicht in den Händen. Den Anwesenden konnte man die innerlichen Gedankengänge ohne große Mühe von den Gesichtern ablesen. Alle mündeten schließlich in einer einzigen unangenehmen Vorstellung: Landeshauptstadt Hassfurt. Das würde ja bedeuten, dass die gesamte fränkische Polizei mit einem Hassfurter Nummernschild durch die Gegend fahren müsste, die Blech gewordene Inkarnation verkehrstechnischen Unvermögens. Die Anwesenden schwiegen, bis jemand spontan, allein und verloren inmitten des Saales die Selbstbeherrschung verlor. In der fürchterlichen Stille des historischen Momentes waren die schneidenden, leisen Worte eines entschlossenen Delegierten deutlich zu hören. Er sprach aus, was alle im Saal dachten: »Landeshauptstadt Hassfurt? Des ged ned.«

*Elmar Ränkenschuh erlangte langsam das Bewusstsein wieder. Sein Kopf dröhnte, an der Hinterseite seines Schädels hatte sich eine ansehnliche Beule gebildet. Verzweifelt kramte er in seinem Gedächtnis und versuchte herauszufinden, was eigentlich passiert war. Wieso war er hier? Und wo war dieses »hier« überhaupt? Ächzend erhob er sich von dem feuchten Waldboden. Ein langwieriges Unterfangen, denn ihm war immer noch schwindelig. Als er sich endlich wieder in der Senkrechten befand, musste er sich mit beiden Händen an dem Stein abstützen.*

*Stein? Endlich ein Begriff, an dem seine noch trägen Synapsen andocken konnten. Vorsichtig trat er einen Schritt zurück, betrachtete den Felsen und erkannte ihn sofort. Der große Schlupfstein im Obermerzbacher Wald. Die gute Nachricht war, dass er wieder wusste, wo er sich befand. Die schlechte war der Umstand, dass er immer noch keine Ahnung hatte, wie er hierhergekommen war und wie er aus diesem Waldstück wieder herausfinden sollte. Der ihn umgebende Wald schien von großer Ausdehnung zu sein, und zu allem Unglück setzte jetzt auch noch die Dämmerung ein. Er hatte bereits Schwierigkeiten, etwaige Wege zu erkennen. Erneut machte er den Versuch, sich an die Zeit vor seiner Ohnmacht zu erinnern, aber er kam immer wieder nur bis zu dem Punkt, an dem er bei dem Felsen oberhalb von Schloss Gereuth gestanden hatte. Dann herrschte in seinem Gedächtnis Dunkelheit.*

*Während er sich noch den Hinterkopf rieb, begann er, den mannshohen Felsen mit dem großen Loch zu umrunden. In längst vergangenen Zeiten hatte man Kinder durch die Öffnungen solcher Schlupffelsen hindurchgereicht, um die Heilung von Knochenbrüchen aller Art zu stärken, doch das Einzige, was sich gerade bei Elmar Ränkenschuh* verstärkte, war die Intensität seiner Kopfschmerzen. Mit schmerzverzerrtem Gesicht tastete er sich um den Stein herum. Zu blöd, dass er an einem Felsen für Knochenbrüche zu sich gekommen war. Ein Stein für Kopfschmerzen wäre jetzt von Vorteil gewesen, zum Beispiel der schiefe Kieling im Schlosspark von Memmelsdorf bei Bamberg, aber der war unerreichbar für ihn.

Er hatte den bizarren Felsen fast umrundet, als er in der Dämmerung an einer großen Kiefer, die neben dem Schlupfstein stand, ein Blatt Papier entdeckte. Erstaunt ging er näher, und tatsächlich war an den Stamm auf Kopfhöhe ein weißes DIN-A4-Blatt Papier geheftet worden, auf dem mit Großbuchstaben etwas geschrieben stand. Elmar Ränkenschuh musste sich anstrengen, das Geschriebene zu entziffern.

»Lauf!«

Ränkenschuh las die Botschaft zweimal, bis der Groschen fiel. Die Kopfschmerzen waren wie weggeblasen, auf einen Schlag war er hellwach. Hektisch drehte er sich um und musterte den düsteren, in der einsetzenden Dunkelheit immer undurchdringlicheren Wald. Erst als der schwarze Pfeil leise sirrend an ihm vorbeiflog und sich mit einem Pock durch den Zettel in das Holz der Kiefer bohrte, kroch ihm die Panik den Rücken hoch, und der Geomant Elmar Ränkenschuh fing an zu laufen, wie er noch nie zuvor in seinem Leben gelaufen war.

\* \* \*

Die Abschlussveranstaltung der Frankenpartei endete einen Tag vor der großen Volksabstimmung so, wie sie begonnen hatte. Im Chaos. Mit Mühe und Not hatte man noch die nötige Mehrheit für einen einzigen Beschluss erreicht, sodass der Biber als offizielles Tier in das fränkische Wappen aufgenommen wurde. Dann war es aber auch schon vorbei mit der offiziellen Parteidisziplin gewesen, und die Stimmung hatte sich am Thema Landeshauptstadt aufgeschaukelt. Professor Dr. Georg Habermehl musste mit Hassfurter Personenschutz den Saal verlassen, während der Rest der Delegierten übereinander herfiel. Da konnte Manfred Zöder mit seiner Glocke läuten, wie er wollte, einen disziplinierenden Effekt hatte sein Gebimmel beim besten Willen nicht. Unterfranken gingen auf Oberfranken los, Mittelfranken verdroschen Tauberfranken, und verzweifelte Südthüringer versuchten, sich aus den Würgegriffen erboster Aschaffenburger zu befreien. Manfred Zöder konnte von seinem Podium aus nur hilflos zuschauen, wie sich die verfassungsgebende Versammlung eines virtuellen fränkischen Parlamentes selbst auflöste. Das Ganze erinnerte ihn fatal an Kabinettssitzungen in Italien oder der Ukraine. Er stöhnte innerlich auf. Und dieses ganze Tohuwabohu wurde genau in diesem Moment von unzähligen Fernsehkameras zu Millionen von eingeschalteten Fernsehgeräten geschickt, natürlich in HD. Manfred Zöder wusste, dass er soeben einem PR-technischen Super-GAU beiwohnte. Apathisch saß er auf seinem Stuhl, den Kopf in die Hände gestützt, und sein politisches Leben zog noch einmal an ihm vorüber. Dann bemächtigte sich seiner ein anderer Gedanke. Wo blieb nur Irrlinger, zum Teufel? Wenn überhaupt, dann konnte nur sein Erscheinen hier noch etwas zum Guten wenden.

Ränkenschuh stolperte durch die Dunkelheit des Merzbacher Waldes, ahnungslos, wo er sich befand. Ganz zu Anfang hatte er gedacht, der Weg würde bergab verlaufen, was bedeuten würde, dass er sich der Zivilisation näherte. Aber dann war der Weg wieder eine Weile angestiegen, bevor es jetzt wieder bergab ging. Er hatte noch keinen klaren Gedanken gefasst. Als der Pfeil direkt neben seinem Kopf in dem Baum einschlug, hatte sich bei ihm ein Schalter umgelegt, und er hatte nur noch an Flucht gedacht. Jetzt schlug ihm das Herz bis zum Hals, seine Lunge pfiff, und er musste einen Moment stehen bleiben. Das war doch alles vollkommen verrückt. Wer war denn so irre, mitten im Wald und noch dazu nachts mit Pfeil und Bogen Jagd auf ihn zu machen? Elmar Ränkenschuh wünschte sich nichts sehnlicher, als dass alles nur ein unglaublich übler Scherz sein möge. Aber wenn er ehrlich war und auf sein Bauchgefühl hörte, dann wusste er nur zu gut, dass das hier bitterer Ernst war. Und dieser Ernst, so befürchtete er, würde übel für ihn enden. Doch noch war er nicht bereit aufzugeben. Er riss sich zusammen, begann wieder zu laufen, bekam aber schon nach wenigen Metern wieder keine Luft. Elmar Ränkenschuh hatte noch nie Sport getrieben, er war immer schon ein bewegungsscheuer Feingeist gewesen. Sein Körper war auf eine solche Tortur nicht vorbereitet und reagierte schließlich mit Streik. Keuchend verlor der Geomant in einem unkonzentrierten Moment die Orientierung und knallte mit dem Gesicht gegen einen Baum. Ein wilder Schmerz durchzuckte ihn, etwas Warmes tropfte von seinem Gesicht. Als er auf den Knien liegend seine Nase befühlte, stellte er fest, dass diese leicht schräg nach rechts abstand. Das Blut rann ihm den Hals hinunter auf das Hemd, und Elmar Ränkenschuh begann zu zittern. Als es links hinter ihm im Wald knackte, drehte er sich auf seinen Knien um und schrie seine Verzweiflung in die Dunkelheit des Waldes hinaus. »Ihr verdammten Arschlöcher, was soll denn der Scheiß?«

Dann ein weiteres Knacken, diesmal von rechts. Nochmals befühlte er seine Nase. Nur noch einen Moment durchatmen, dann würde er wieder laufen können.

## Next Level

Der Anruf von Gerhard Irrlinger erreichte Manfred Zöder, als die Abschlussveranstaltung der Frankenpartei bereits in Auflösung begriffen war. Eigentlich war der Kongress dazu gedacht gewesen, der neuen frischen Unabhängigkeitsidee den finalen Energieschub für die anstehende Abstimmung zu verleihen. Doch der heutige Nachmittag fühlte sich für Manfred Zöder nach allem anderen als nach einem Energieschub an. Wenn denn überhaupt Energieschub, dann in eine völlig verkehrte Richtung nach hinten. Die Medienvertreter waren durch die Bank weg mit hämischen Kommentaren und einem wissenden, mitleidigen Lächeln an ihn herangetreten. Die Interviews würde er wohl in möglichst kurzer Zeit aus seiner Erinnerung löschen müssen.

Auch Irrlingers Anruf diente nicht gerade dazu, seine Stimmung zu heben. Wegen eines Mordfalles auf einer Hochzeit verhindert, das Opfer dazu noch Josef Simon, der als Finanzminister angedacht gewesen war. Manfred Zöder war geschockt. Josef Simon tot? Von einem Unbekannten mit Pfeil und Bogen ermordet? Was war denn plötzlich los in seiner Welt? Hörten die Katastrophen denn heute gar nicht mehr auf? Sein Verstand weigerte sich, die Botschaft zu verarbeiten. Trauer verspürte Zöder schon irgendwie, aber nicht wegen Simon, der war ihm schon immer suspekt gewesen. Der war doch nur hier in Franken aufgelaufen, weil Irrlinger ihn irgendwo als Ministerkandidat ausgegraben hatte. Eher betrauerte er sich selbst. Und Irrlinger versuchte noch nicht einmal, ihn zu trösten. Manchmal kam einfach alles im Leben zusammen. Noch dazu war Politik ein hartes Geschäft, da ging man zum Weinen in den Keller.

Gerhard Irrlinger schlug ein Hermann-Hesse-Zitat vor, um der heutigen Versammlung wenigstens etwas Positives einzuhauchen. Vielleicht nicht ganz passend, aber schließlich war er Politiker und kein Poet. Dann meinte er: »Wollen wir doch erst einmal abwarten, wie die Abstimmung ausgeht. Immerhin haben die Prognosen bis gestern noch einen relativ großen Vorsprung für uns vorausgesagt.«

»Na gut, dann schaun mer halt mal«, sagte Zöder resigniert, und sie verabredeten sich für den Abend zu einer Krisensitzung im »Messerschmitt« und morgen früh, am Wahltag, noch einmal zu einem Treffen im engsten Vertrautenkreis. Die zweite Sitzung würde direkt nach dem Besuch Irrlingers bei der Bamberger Polizei stattfinden, auch so ein Stimmungstöter, von dem er gerade erfahren hatte. Manfred Zöder legte auf und entschloss sich, den Tag mit fränkischem Bier zu beenden, das half eigentlich immer.

Als Franz Haderlein die Fahrertür seines Landrovers zuzog und sich zu seinem Ermittlerferkel umdrehte, erntete er von ihm nur einen verachtenden Blick. Als Zeichen der ultimativen Ablehnung drehte sich Riemenschneider dann auch noch so auf dem Sitz der Rückbank herum, dass dem Kriminalhauptkommissar nun ihr kleines Hinterteil ins Gesicht leuchtete. Dann legte sie ihre Schlappohren über die Augen und simulierte einen spontanen Dauerschlaf. Für Herrchen Haderlein eigentlich das Zeichen, dass sich

Fräulein Riemenschneider ab sofort im Zustand des Beleidigtseins befand. Der Grund hierfür wollte sich Haderlein nicht erschließen, es schwante ihm aber dunkel, dass es wohl etwas mit Lagerfelds Ausflug den Staffelberg hinunter zu tun haben könnte. Andererseits, so dachte er sich, während er den Motor des Freelanders anließ, hatte sie vielleicht auch einfach nur ihre Periode. Ihm war schon aufgefallen, dass Fräulein Riemenschneider in regelmäßigen Abständen zu rein gar nichts zu gebrauchen war. Mit dieser einleuchtenden Erklärung und seinem beleidigten Schweinchen auf dem Rücksitz fuhr er nach Bad Staffelstein und dann über die Autobahn zurück in die Bamberger Dienststelle.

\* \* \*

*Sie erkannten ihn durch die Nachtsichtbrillen im grünlichen Schein. Im ersten Moment waren sie überrascht gewesen, dass ein so untrainiert aussehendes Ziel ein so hohes Tempo vorlegen konnte. Kurz war er ihnen tatsächlich entwischt, aber es hatte nur etwa dreißig Minuten gedauert, bis sie ihn wieder im Visier hatten. Jetzt kniete das Ziel auf dem Boden und rief irgendetwas Unverständliches in ihre Richtung. Es war Zeit, die Sache zu beenden, sie befanden sich schon gefährlich nahe der Ortschaft.*

*Mit einem Nachtsichtgerät zu schießen erforderte Erfahrung und ein spezielles Training. Doch sie waren alles andere als Anfänger. Er stand dem Ziel am nächsten und gab den anderen per Minicom zu verstehen, dass er einen Versuch wagen würde. Er hob den schwarzen Compoundbogen mit den kleinen Rollen an den Werferspitzen aus Karbon und zog den Pfeil aus gleichem Material bis an* seine Wange. Die siebzig Pfund Zuggewicht waren eine Herausforderung, aber auf den letzten fünf Zentimetern kippten die Rollen nach hinten ab und die Zugkraft verringerte sich wieder. Er fixierte sein Ziel, sein Standpunkt war ideal. Er ließ die Sehne aus Kohlefaser im gleichen Moment los, als das Ziel die Hand zum Gesicht führte. Der Pfeil durchbohrte den Unterarm, wurde aber von einem Knochen abgelenkt, sodass er den ganzen Arm sozusagen unterhalb der Schulter am Körper festheftete. Kein wirklich sauberer Schuss. Er war unzufrieden mit sich. Solche Ungenauigkeiten wurden eigentlich nicht toleriert. Das Ziel versuchte mit nur noch einem freien Arm und durchbohrtem Lungenflügel stöhnend wieder auf die Füße zu kommen. Fast hätte es das auch geschafft, aber noch bevor er seinen zweiten Pfeil an den Nockpunkt der Sehne gebracht hatte, wurde das Herz des Mannes von dem Geschoss eines Mitjägers aus südwestlicher Richtung getroffen.

Ränkenschuh fiel wieder auf die Knie, verharrte für einen kurzen Augenblick in dieser Stellung, dann kippte sein Rumpf wie in Zeitlupe nach vorn, und er blieb mit dem Gesicht im Waldboden liegen.

Zwei Gestalten in schwarzen Anzügen und mit Nachtsichtbrillen traten zwischen den Bäumen des umliegenden Waldes hervor zur Leiche, um das Ergebnis ihres Tuns zu betrachten.

»What a fucking bad shot«, murrte der Größere der beiden und gab dem anderen ein Zeichen mit der Hand. Sie fassten den Toten an den Füßen und zogen ihn den Weg zurück durch den dunklen Wald.

\* \* \*

Als Haderlein das Büro erreichte, fiel Honeypenny sofort der griesgrämige Blick von Riemenschneider auf.

»Was haben diese ungehobelten Männer nur wieder mit dir angestellt, mein Liebes?«, fragte sie voller Anteilnahme und nahm das kleine Ferkel auf den Arm. Sofort besserte sich dessen Laune, und es gab eine Art Schnurren von sich wie eine etwas zu groß und zu füllig geratene Katze. Honeypenny, die eine geübte Beobachterin war, hätte den entspannteren Gemütszustand des Ferkels auch an der sich nun immer stärker ins Hellrosa verändernden Hautfarbe erkennen können. Als Marina Hoffmann alias Honeypenny auch noch einen geviertelten Apfel aus den unergründlichen Tiefen ihres Schreibtisches zauberte, war die schlechte Laune des Ferkels endgültig passé, und die Apfelschnitze wurden genüsslich vernichtet.

Die Sekretärin der Dienststelle richtete ihren anklagenden Blick auf den lang gedienten Kriminalhauptkommissar. »Also, Franz, raus mit der Sprache, was habt ihr mit ihr angestellt? Das Mädchen ist ja völlig durch den Wind!«

Haderlein, der die Metamorphose des schweinischen Gemütszustandes kopfschüttelnd verfolgt hatte, hob entschuldigend beide Hände. »Keine Ahnung, das musst du Bernd fragen. Er sollte mit Riemenschneider eine Spur am Staffelberg verfolgen. Als er mit ihr zurückkam, hat er sie in mein Auto gesperrt, und beide waren stinksauer. Außerdem sah Bernd aus, als hätte ihn gerade ein Laster überfahren.«

Honeypennys Miene verdunkelte sich. Ihre Riemenschneiderin eingesperrt? Was fiel diesem Tunichtgut von Jungkommissar eigentlich ein? Na, der würde was erleben, wenn er hier hereinspazierte.

Haderlein konnte die Gedankengänge seiner resoluten

Bürokraft ziemlich plastisch an ihrem Gesicht ablesen. Es war ganz offensichtlich, dass ein größeres Gewitter drohte. Langsam und im Rückwärtsgang bewegte er sich zu seinem Schreibtisch, um möglichst schnell den Gefahrenbereich zu verlassen.

»Mach das mit Lagerfeld aus, Honeypenny, ich habe nichts getan. Ausnahmsweise kann ich mal überhaupt nichts dafür.« Bevor der drohende honeypennysche Vulkan ausbrechen konnte, hörte Haderlein, wie jemand hinter ihm an eine Glasscheibe klopfte. Als er sich umdrehte, winkte ihm sein Chef Robert Suckfüll mit einer Zigarre in der Hand ungeduldig zu.

»Ich, äh, muss leider ... Fidibus ruft mich«, sagte Haderlein, zuckte entschuldigend die Schultern und nahm dankbar die Gelegenheit wahr, zum Dienststellenchef in dessen Glaspalast, den dieser sein Büro nannte, entschwinden zu dürfen.

»Nehmen Sie Platz, mein lieber Haderlein«, sagte sein Chef ausgesprochen zuvorkommend, als Franz Haderlein eingetreten war, und setzte sich ihm gegenüber auf der anderen Seite des Schreibtisches in seinen Sessel. Eine Weile lächelte er Haderlein mit dem stillen Lächeln eines Wissenden an, ohne allerdings zu verlautbaren, woraus dieses Wissen bestand.

Haderlein ließ den gönnerhaften Gesichtsausdruck seines Chefs eine geraume Zeit kommentarlos auf sich wirken. Schließlich war ihm ja klar, dass sich die Gehirnwindungen seines Dienststellenleiters im Stress gern mal verschalteten und seine Gedanken anschließend eine Ehrenrunde drehten. Im Extremfall ging dann gar nichts mehr, und Fidibus musste die Reset-Taste drücken und sein Gehirn erneut hochfahren. Haderlein deuchte, dass gerade Selbiges passierte und seinem Chef nicht bewusst war, dass er ihn gerade ins Büro zitiert hatte. Der Verdacht erhärtete sich, als Robert Suckfüll seine nicht angezündete Havanna so intensiv in den Fingern hin- und herdrehte, dass diese sich in ihre blättrigen Bestandteile aufzulösen begann. Eigentlich ein sicheres Indiz für Suckfülls Realitätsabstinenz. Gerade als sich Haderlein geräuschvoll räuspern wollte, um den Gehirnneustart seines Chefs zu beschleunigen, wurde das Lächeln von Robert Suckfüll eine Nuance breiter.

»Nun, mein lieber Haderlein, wie werden Sie denn morgen abstimmen, wenn ich fragen darf? Bayerisch oder fränkisch?«, wollte er ganz entspannt wissen.

Das durfte doch wohl nicht wahr sein! Gab es denn nichts Wichtigeres auf der Welt als dieses komische Plebiszit über die fränkische Unabhängigkeit? Oder war die Selbstständigkeit Frankens tatsächlich von so großer Wichtigkeit, dass der Mordfall des heutigen Tages mit ihr in Zusammenhang stehen konnte? »Wenn es Sie denn interessiert, Chef«, sagte Haderlein leicht genervt, »ich für meinen Teil werde mich der Stimme enthalten. Ich darf das, ich bin schließlich nur zugelaufen. Außerdem wollte ich Ihnen eigentlich kurz berichten, was wir auf dem Staffel ... «

Weiter kam Haderlein nicht. Aus Suckfülls Gesichtszügen sprach absolutes Unverständnis, während seine Trockenzigarre gequält knisternde Geräusche von sich gab. Als Vehikel für die suckfüllsche Stressabfuhr musste sie gerade wieder Überstunden leisten, was sie erfahrungsgemäß nicht überleben würde. Urplötzlich machte der Arm seines Chefs eine allumfassende Bewegung, als wollte er sämtliche Argumente Haderleins in Zusammenhang mit der Wahl vom Tisch wischen. Die Einstellung seines dienstältesten Kommissars konnte und wollte er so nicht akzeptieren.

»Also, Haderlein, Sie wollen mich wohl auf den Arm spannen, wie?«, gab er einen seiner berüchtigten selbst gezimmerten Sinnsprüche von sich. »Da geht es um grundlegende kulturelle und politische Weichenstellungen, da kann man sich nicht einfach enthalten. Da muss man sich entscheiden, Stellung beziehen, Partei ergreifen, Sie wissen schon, Haderlein.« Erwartungsvoll harrte Fidibus alias Suckfüll einer argumentativen Entgegnung seines Kommissars, doch der rieb sich mit geschlossenen Augen nur genervt die Nasenwurzel.

Das konnte doch alles nicht wahr sein! Warum durfte er hier nicht einfach nur seinen Job machen? Ob die Franken nun unabhängig wurden oder nicht, war ihm scheißegal.

»Schauen Sie zum Beispiel die Schotten an, Haderlein«, nahm Fidibus seine Argumentationskette wieder auf, als er merkte, dass von Haderlein nichts Sinnstiftendes zu erwarten war. »Die werden ja nun auch bald über ihre Unabhängigkeit von Großbritannien abstimmen. Und dabei gibt es bei Weitem weniger Schotten als Franken, wenn ich das einmal anmerken darf. Oder schauen Sie Richtung Baskenland, nach Sizilien oder nach Südtirol, da wird es auch nicht mehr lange dauern, bis der Freiheitsdrang übermächtig wird. Wollen Sie sich dem Freiheitswillen der ewig Unterdrückten etwa verschließen?« Die einhundertfünfundsiebzig Euro teure Zigarre verabschiedete sich an diesem Punkt endgültig in den Tabakwarenhimmel und fiel Suckfüll aus der nervösen Hand und auf den steinernen Fußboden. Irritiert betrachtete er einen Moment lang seine plötzlich leere linke Hand, was Haderlein geistesgegenwärtig dazu nutzte, um das Gespräch endlich auf den aktuellen Mordfall zu lenken.

»Nun, dann ist Ihnen ja sicherlich auch bekannt, dass

das angedachte freie Franken sich des Sachverstandes aus aller Welt bedient, mit dem es ein zukünftiges Kabinett auszurüsten gedenkt«, sagte er herausfordernd, erntete von Suckfüll aber nur einen mitleidigen Blick.

»Selbstverständlich weiß ich das. Einer meiner alten Studienkollegen von der Universität in Bayreuth wurde beispielsweise auserwählt, um das Interimsministerium für Finanzen zu leiten. Ein hervorragender Betriebswirtschaftler, der später auch noch Jura studiert hat und Jahrgangsbester in ganz Bayern wurde. Danach ist er leider in die USA gegangen, wo er ...«

»Josef Simon?« Haderlein war perplex. Sein Chef hatte das heutige Mordopfer persönlich gekannt? Er war doch immer wieder für eine Überraschung gut.

»Sie kennen Josef?«, fragte Fidibus genauso überrascht wie der Kommissar zurück.

»Allerdings«, sagte Haderlein lakonisch. »Ich habe ihn heute auf dem Staffelberg ... äh, kennengelernt, er wollte dort heiraten.«

»Tatsächlich?« Suckfüll war verwirrt. Sein alter Studienkollege heiratete auf dem Staffelberg und hatte ihn nicht eingeladen, Haderlein aber schon? Sehr verwirrend. Aber waren seine Kommissare heute nicht auch zum Staffelberg aufgebrochen, um dort einem gemeldeten Mord nachzugehen? So eine Morduntersuchung musste für eine Hochzeitsfeier doch sicher sehr störend sein, überlegte er etwas verunsichert. Hoffentlich hatten sich seine Beamten den Gästen gegenüber auch höflich und respektvoll verhalten. »Und wie geht es meinem lieben Josef?«, fragte der Dienststellenleiter ratlos, da er sich das alles nicht erklären konnte. Hoffentlich würde Haderlein das gleich ändern.

»Nun, Herrn Simon geht es eher mäßig«, sagte der

Kriminalhauptkommissar nüchtern. »Er ist nämlich tot. Ermordet, um es genau zu sagen.« Sein Blick ruhte schwer auf dem verdatterten Dienststellenleiter, der sich zurück in seinen Sessel lehnte.

»Ermordet? Auf dem Staffelberg?« Suckfüll wollte den Tatbestand nicht wahrhaben.

»Genau. Von hinten mit einem Jagdpfeil erschossen, um es ganz präzise auszudrücken«, schob Haderlein noch hinterher. Ungefragt griff er nach Suckfülls Telefon, das auf dem schweren Schreibtisch ruhte, und drückte eine Taste.

»Honeypenny? Bring uns doch bitte mal die Ausdrucke vom heutigen Tatort.« Als er auflegte, war Fidibus noch immer geschockt.

»Aber Josef Simon hat das beste Juraexamen in ganz Bayern gemacht.«

»Leider schützen selbst gute Noten offensichtlich nicht davor, umgebracht zu werden«, sagte Haderlein spitz.

Im gleichen Moment ging die Glastür auf, und Honeypenny trat mit den ausgedruckten Aufnahmen der Juristenleiche ein.

»Vielen Dank, Frau Hoffmann, Sie dürfen sich dann wieder entfernen.« Zerstreut griff sich Suckfüll die Aufnahmen, während Honeypenny beim Hinausgehen bedeutungsvoll mit den Augen rollte. »Kein Zweifel, das ist Josef Simon«, sagte Suckfüll, und ein sachlicher Ton lag plötzlich in seiner Stimme. »Aber warum sollte jemand einen international anerkannten, untadeligen Finanzfachmann mit einer solch antiquierten Waffe erschießen? Ich verstehe das einfach nicht.« Ehrlich erschüttert wanderte sein Blick von einem Foto zum nächsten, während er permanent den Kopf schüttelte.

»Tja, Chef, das genau ist ja die Frage, auf die wir eine

Antwort finden müssen«, sagte Haderlein voller Erleichterung darüber, das leidige Frankenthema endgültig losgeworden zu sein.

Lagerfeld verabschiedete sich von Huppendorfer, mit dem er die finalen Abschlussarbeiten in der Staffelbergklause vorgenommen hatte. Die letzten Zeugen waren entlassen, nur die Spusi turnte noch auf dem Hochplateau herum, würde sich aber demnächst ebenfalls in den Feierabend verabschieden. Schließlich hatten sie fast das gesamte Gelände abgegrast – und zwar im wortwörtlichen Sinne.

Eigentlich hätte Lagerfeld sofort zurück in die Dienststelle gemusst, aber seine liebe Ute hatte ihm eine SMS geschickt, er solle doch unbedingt vorher noch einmal daheim vorbeischauen, sie hätte etwas Wichtiges mit ihm zu besprechen. Also schwang er sich in sein rotes Honda Cabriolet und machte sich auf den Weg nach Loffeld. Er ahnte schon, was Ute von ihm wollte. Wahrscheinlich war endlich der Kostenvoranschlag für das Mühlrad eingetroffen, auf den sie schon so lange gewartet hatten, und jetzt wollte sie mit ihm kurz das weitere Vorgehen besprechen. Da das Rad bis zum Herbst fertig sein und Strom erzeugen sollte, standen sie unter gewaltigem Zeitdruck.

Die ganze Sache mit dem Mühlrad war die Idee seiner Götterfreundin gewesen. Als die Kosten für die Renovierung ihrer kleinen Mühle zu explodieren drohten, war Ute von Heesen auf die glorreiche Idee verfallen, das zerfallene Mühlrad wieder instand zu setzen. Dann hätten sie nicht nur eigenen Strom, sondern könnten den Überschuss sogar verkaufen und hätten somit eine kleine Nebeneinkunft, mit der sie einen weiteren Kredit bei der Bank bedienen konnten. Wozu sonst besaß man schon so ein Wasserrecht?

Anfangs war er auch Feuer und Flamme für den Vorschlag gewesen. Ein sich drehendes Mühlrad mit fünf Metern Durchmesser, was für ein gigantisches Männerspielzeug. Allerdings hatte der an sich bequeme Bernd Lagerfeld Schmitt nicht bedacht, dass ein Mühlradbau auch weitere mühselige Planungsarbeiten, handwerklichen Aufwand und Verhandlungen mit einer Bank bedeutete. Ganz zu schweigen von der Einhunderttausend-Euro-Grenze, die das Projekt an Investitionen überstieg und die man etliche Jahre lang abzahlen musste. Aus seiner Sicht war das lustige Männerspielzeug in kürzester Zeit zu einem Albtraum mutiert. Und dabei hatte er doch ursprünglich in dieser Mühle nur mit seiner Ute auf der Veranda hocken, ein Bier trinken und ganz viele Zigaretten rauchen wollen. Tja, das hatte er sich so gedacht. Jetzt aber bekam er schon flüssigen Stuhl, wenn er nur an Mühlen dachte. Natürlich wusste er tief in seinem Inneren, dass Ute recht hatte. Wer A sagte, musste auch B sagen, doch manchmal wünschte er sich, er hätte dieses A nie von sich gegeben. Hätte er doch überhaupt bloß nie… ach, alles eigentlich. Früher war die Zukunft auch besser gewesen. An manchen Tagen sehnte er sich verzweifelt wieder in seine kleine Bamberger Singlewohnung zurück, wo es ein großes Bett und einen Kühlschrank voll gekühlter Rauchbierflaschen gegeben hatte. Aber dieses kleine Paradies hatte er jetzt eingetauscht gegen eine gigantische Baustelle als Lebensaufgabe, Schulden ohne Ende und eine Lebensgefährtin, die stets mit ausgestrecktem Zeigefinger herumlief und ihn von einer Aufgabe zur nächsten hetzte. Hätte er doch bloß nie diesem Mühlrad zugestimmt, hätte er doch bloß nie diese Mühle gekauft – am besten wäre es wahrscheinlich gewesen, hätte er sein Schlafzimmer in Bamberg nie verlassen.

Mit diesen Gedanken voller Selbstmitleid und Sehnsucht nach einem arbeitsfreien Leben bog Lagerfeld in seinen Loffelder Mühlenhof und parkte das Cabrio. Seufzend blickte er an der eingerüsteten Fassade hoch. Übermorgen würden die Verputzer sie fertigstellen. Hoffentlich war dann nächste Woche dieses bescheuerte Gerüst verschwunden, er konnte das hässliche Teil schon nicht mehr sehen. Außerdem schauten die Verputzer jeden Morgen genau dann neugierig ins Bad, wenn er seine Toilettensitzung abhalten wollte. Grummelnd ging er unter dem Gerüst hindurch und öffnete die große alte Holztür.

»Ute, wo bist du?«, rief er laut. Niemand antwortete. Wahrscheinlich war sie im Esszimmer, hatte eine überdimensionale Mühlradzeichnung auf dem Tisch ausgebreitet und hörte ihn deshalb nicht.

»Im Esszimmer!«, kam dann auch endlich die Antwort seiner Freundin. Na also, alles klar. Dann wollen wir mal die Mühlrad-Kredite besprechen, dachte er und seufzte innerlich. Konnte ja nicht allzu lange dauern.

Als er das Esszimmer betrat, sah er Ute schon am Tisch sitzen. Einen Plan konnte er zwar nicht entdecken, aber dafür lag ein DIN-A4-großer weißer Umschlag auf dem Tisch.

»Ich hab dir einen Kaffee gemacht.« Lächelnd deutete sie auf die große Tasse, die dampfend auf seinem Platz stand. Erfreut setzte er sich. Kaffee war genau das Richtige für ihn nach der ermüdenden Zeugenbefragung und der Hetzjagd mit Riemenschneider auf dem Staffelberg, mit der dieser beknackte Tag angefangen hatte.

Ute von Heesen hatte derweil das abgetakelte Erscheinungsbild Lagerfelds bemerkt und musterte ihren Kommissar nun erstaunt von oben bis unten. »Machst du gerade irgendwelche archäologischen Ausgrabungen, von denen ich nichts weiß?«, fragte sie belustigt.

Aber Bernd Schmitt stand der Sinn nicht nach Diskussionen über sein Erscheinungsbild, sodass er die anzügliche Bemerkung geflissentlich überhörte. »Sind das die Pläne?«, fragte er und deutete auf den weißen Umschlag. »Ich hoffe, sie sind jetzt so weit, dass wir endlich wissen, was da auf uns zukommt.«

Ute von Heesen hielt ihre Kaffeetasse mit beiden Händen umschlossen, als wollte sie die Wärme des Getränkes in sich speichern. »Ja, allerdings«, sagte sie kryptisch lächelnd.

Lagerfeld holte sich das Kuvert mit der freien Hand heran. »Und, wird's teuer werden? Jetzt sag schon«, bettelte er um eine zusammengefasste Auskunft. Sie wusste doch, dass er keinen Bock darauf hatte, alle Zahlen und Kostenaufstellungen durchzugehen, wenn sie alles schon erledigt hatte. Immer dieses lächerliche Oberlehrergetue.

»Was heißt schon teuer? Den Umständen entsprechend, würde ich sagen. Vor allem werden wir selbst Hand anlegen müssen, das kann ich dir jetzt schon prophezeien«, sagte sie nüchtern.

Lagerfelds Stimmung verdüsterte sich zunehmend. Sie hatten doch ausgemacht, dass alles von Firmen übernommen werden sollte, sonst gab's wieder Ärger, wer von ihnen beiden was zu erledigen hatte. Das war schon einmal schiefgegangen. Und selbst wenn Handwerker im Haus waren, gab es für sie noch immer genug zu tun.

»Hand anlegen also«, knurrte er mürrisch, als er die Kaffeetasse abstellte und das Kuvert öffnete. Der Inhalt verwirrte ihn noch mehr. Das waren doch keine Mühlradpläne, sondern Aufnahmen von Bodenuntersuchungen oder von Messungen mit einem Spektrometer.

»Was soll das sein?«, fragte er ratlos. »Und vor allem steht hier überhaupt nichts zu den Kosten.« Verwirrt schaute er zu seiner Ute hinüber, die leicht verkrampft in ihre Tasse blickte. Konnte es sein, dass seine Freundin gerade mühsam versuchte, ein Lachen zu unterdrücken? Was sollte der Quatsch? Langsam beschlich Lagerfeld das ungute Gefühl, veräppelt zu werden.

»Das sind Ultraschallaufnahmen, mein Schatz«, sagte Ute von Heesen schließlich, als sie seine größer werdende Ungeduld bemerkte, und atmete tief durch.

Doch Lagerfeld marschierte gedanklich noch immer in die falsche Richtung. Ultraschallaufnahmen? Er überlegte krampfhaft. Er meinte, so etwas schon bei Achsuntersuchungen für den ICE gehört zu haben. Gab's das womöglich auch für Häuser? Er verstand nur Bahnhof.

»Stimmt vielleicht etwas mit unseren Wänden nicht? Seit wann braucht man für ein Mühlrad eine Ultraschalluntersuchung?« Bernd Schmitt stand völlig auf dem Schlauch, was ihm selbst auf- und missfiel. Nur Ute schien sich gut zu amüsieren.

»Nicht die Wände unseres Hauses sind untersucht worden, sondern die meiner Gebärmutter. Das da sind Ultraschallbilder von unserem Kind. Ich bin schwanger, Bernd«, ließ sie endgültig die Katze aus dem Sack. Sie hatte ihm die Neuigkeit so nüchtern präsentiert, als hätte sie die Nachricht erhalten, dass ein bestelltes Sofa pünktlich nächste Woche geliefert werden würde. Da sie ihren Bernd inzwischen kannte, wusste sie, wie man ihm Nachrichten von solcher oder ähnlicher Tragweite nahebringen musste. Nämlich nicht schonend über Umwege, sondern genau so. Da musste er jetzt durch, ob er wollte oder nicht. Auch für sie war dieser Befund überraschend gewesen, sodass sie zuerst einmal ganz allein damit hatte fertig werden müssen.

Lagerfeld seinerseits hatte den Eindruck, die Welt um ihn herum hätte sich verlangsamt und wäre plötzlich teigig und schwer. Der Terminus »Kind« bewegte sich groß und deutlich durch seine Gedanken wie ein Gast, den er nicht eingeladen hatte, und er sah sich außerstande, ihm einen Sitzplatz anzubieten. Denn eins war immerhin klar: Würde dieser Besuch sich setzen, so würde er für immer bleiben, und das durfte keinesfalls geschehen. Es musste Auswege geben, irgendwelche.

»Das kann nicht sein. Das ist doch völlig unmöglich«, stieß er bockig hervor, während er mit der rechten Hand zitternd nach seinem Kaffee fingerte.

Ute von Heesen hatte die Reaktion ihres geliebten Lebensgefährten vorhergesehen, doch sie gefiel ihr trotzdem nicht. »O Mann, Bernd«, sagte sie etwas strenger, »natürlich kann das sein. Meinst du, ich hab nur Blähungen und bin deshalb so aufgegangen?«

»Aber ich hab doch überhaupt nichts gemacht!«, widersprach Lagerfeld. Er befand sich nun sichtlich in emotionaler Auflösung. »Also, ich meine, fast nichts«, schob er noch schnell hinterher, als er die in Frage kommenden Nächte Revue passieren ließ.

Ute von Heesen schaute ihn stumm an. Sie hatte es kommen sehen. Genau so würde er reagieren, der Knilch. Der Typ verhielt sich manchmal wie ein Zwölfjähriger. Nichts gemacht, tststs. Langsam wurde sie nun doch ärgerlich. »Willst du etwa einen Gentest machen lassen?«, fragte sie spitz. Ihr Blick wanderte in ihre Kaffeetasse, ihre Hände legten sich erneut um das warme Porzellan. »Vielleicht ist ja jemand anders der Vater.«

131

Das saß. Lagerfelds Verantwortungsgefühl erwachte, endlich machte es klick. Vater? Ach so, Vater. Babygeschrei, durchwachte Nächte, Fläschchen, Kinderwagen und volle Windeln. Jetzt erst wurden ihm die Konsequenzen der Mitteilung in ihrer ganzen epischen Breite bewusst. Er erhob sich, packte seinen Stuhl an der Lehne, ging mit ihm um den gemeinsamen Esstisch herum, stellte ihn direkt vor seiner Ute ab und setzte sich. Noch ein letztes Mal atmete er tief durch, dann schaute er ihr fest in die Augen.

»Und du machst hier keinen blöden Witz, oder? Ich meine, vielleicht bist du einfach nur schlecht drauf, hormonelle Schwankungen und so?« Dann hatte er einen Gedankenblitz. Ein Strohhalm, ein dünnes Seil in die Freiheit, welches von der hohen Mauer der lebenslänglichen elterlichen Verdammnis zu ihm herunterhing. »Ich bin sicher, du hast einfach nur deine Periode. Das wird schon wieder.« Er tätschelte ihr aufmunternd die Wange, und Ute von Heesen war für einen kurzen Moment geneigt, den heißen Inhalt ihrer Tasse diesem Idioten da vor ihr ohne Vorwarnung in den noch zu öffnenden Hosenstall zu schütten.

Stattdessen riss sie sich zusammen und verzog den Mund zu einem schiefen Grinsen. »Ich kann dir versichern, geliebter Bernd, dass ich auf absehbare Zeit keine Periode mehr haben werde, wenn dir das ein Trost ist. Und wenn du jetzt nicht bald mit diesem Quatsch aufhörst, mein Süßer, dann werde ich eben einen von den Verputzern draußen als Erzeuger angeben, und du bist damit aus dem Spiel. Wär dir das vielleicht lieber?« Sie spielte noch immer mit dem Gedanken, ihren Kaffee in seine Beinkleider zu entsorgen.

Doch ihr Bernd hatte nun endgültig begriffen, was die Stunde geschlagen hatte. Er entschuldigte sich und nahm seine Ute in den Arm. Eine ganze Weile saßen sie eng umschlungen da an ihrem Tisch, und keiner sagte ein Wort. Irgendwann wurde die Stille Lagerfeld doch zu viel. »Und wehe, es sieht aus wie einer der Verputzer da draußen!« Er hob drohend den Zeigefinger, und endlich musste auch Ute von Heesen herzlich lachen.

\* \* \*

*Im Outdoorladen von Stefan Postler war viel los. Die Woche vor Pfingsten war fast schon traditionell eine einträgliche Zeit. Weil die Pfingstferien anstanden, stattete sich seine hauptsächlich männliche Kundschaft für die Feiertage mit dem Equipment aus, von dem sie den Winter über geträumt hatte. Sein Sortiment in der Geisfelder Straße, direkt an der Ecke zum Berliner Ring, konnte so ziemlich alle Wünsche befriedigen, die ein Angler, Jäger oder sonst ein Naturbegeisterter hegte.*

*Zudem genoss Stefan Postler den Vorteil, früher den Laden als Armeeshop betrieben zu haben. Somit hatte er auch zu Produkten einen Draht, die üblicherweise in einem Outdoorladen nicht angeboten wurden. Hier waren Spezialitäten zu haben, die man vielleicht in einem Waffenladen in Dallas, Texas, erwartet hätte, aber nicht unbedingt in einem kleinen Shop in Bamberg. Das war nicht zwingend illegal, aber wer legte sich schon handgefertigte Damaszenermesser im Wert von fast zweitausend Euro in die Vitrine? Die Chance, dass so ein Teil sich verkaufte, stand in etwa so gut wie die für den 1. FC Zückshut, die deutsche Meisterschaft zu gewinnen. Nicht unmöglich, aber reichlich unwahrscheinlich. Dementsprechend war Stefan Postlers Kundschaft ebenso gemischt wie sein*

Warensortiment. Seine größte Fähigkeit bestand darin, so ziemlich alles beschaffen zu können, was auch nur irgendwie als legal oder halb legal durchgehen konnte. Für die ganz kitzligen Geschäfte war ein Raum weiter hinten im Gebäude vorgesehen, in dem er die exklusiven Kunden empfing. Dort lagerte die Ware, die er nicht jedem zeigen wollte und manchmal auch nicht durfte. Zutritt erhielten nur Menschen, die er kannte oder für die sich jemand Vertrauenswürdiges verbürgte. Dafür strich er bei diesen Geschäften auch entsprechende Gewinnmargen ein, die er dann beispielsweise in sündhaft teure Damaszenermesser investierte. Bei dem Gedanken huschte ein zufriedenes Lächeln über Stefan Postlers Gesicht. Ja, die Geschäfte liefen gut. Versonnen betrachtete er die edle Messersammlung, die sich in der Glasvitrine rechts von ihm neben dem Regal mit den neuesten Taschenlampen von Maglite langsam drehte.

»Dürfte ich kurz stören?«, hörte Stefan Postler eine Männerstimme und zuckte unwillkürlich zusammen. Als er sich umdrehte, blickte er in das Gesicht eines mittelgroßen schwarzhaarigen Mannes, der ihn durch eine dunkle Sonnenbrille wohlwollend anlächelte.

»Ich hoffe, wir stören nicht bei wichtigen kaufmännischen Überlegungen?«, fragte der Mann im ruhigen Tonfall eines erfahrenen Geschäftspartners.

Postler setzte sofort das gewinnendste Lächeln auf, zu dem er fähig war. Vor ihm stand der treueste und – was noch viel wichtiger war – ausgabenfreudigste Kunde, den er seit Jahren hatte. Hoffentlich hatte er ihn nicht zu lange unbeachtet warten lassen. »Nein, um Gottes willen, Joe, ich war nur in Gedanken«, lachte Stefan Postler. Als er an Joe vorbeiblickte, sah er auch die anderen beiden Männer, die

134

etwas abseits standen und sich mehr oder minder interessiert durch seine Armeewesten wühlten.

Joe kam schon seit mehreren Jahren mit seinen Kumpels in Postlers Laden und gab hier richtig Geld aus. Fast nur für bestellte Ware, die er aus der ganzen Welt anliefern ließ. Nach eingehender Begutachtung und Überprüfung wechselte dann alles in seinem separaten Raum die Besitzer. Meist wurde eine ganze Menge Geld zu ihm rübergeschoben, im Gegenzug dafür überließ er den Herrschaften das Equipment ohne Rechnung und blöde Fragen.

Joe hieß für ihn einfach nur Joe. Er hatte keinen Nachnamen, keine Adresse. Der Kontakt lief zumeist über Telefon oder E-Mail. Als Joe das erste Mal in seinen Laden gekommen war, hatte er dreitausend Mark über die Theke geschoben und gefragt, ob er mit ihm Geschäfte machen wolle. Natürlich hatte er Ja gesagt. Sein Laden existierte gerade mal ein halbes Jahr, und die Verkaufszahlen waren noch weit unter dem, was er sich vorgestellt hatte. Allerdings hatte er gleich klargestellt, dass er nichts Illegales tun würde, doch das hatten Joe und seine Kumpels auch nie von ihm verlangt. Sie wollten einfach nur das Beste vom Besten, keine Rechnung, und wenn jemand Postler fragen sollte, waren sie nie in seinem Laden gewesen. Mit diesem Deal konnte er gut leben. Vor allem, wenn ein Verkaufstermin in seinem Hinterzimmer so viel Gewinn einbrachte wie der gesamte Juni.

»Hast du unsere Sachen?«, fragte Joe.

Stefan Postler nickte. Natürlich hatte er alles. Die Ware hatte er aus dem gesamten europäischen Ausland, etliche Artikel sogar aus Übersee liefern lassen. Sie waren gerade noch rechtzeitig eingetroffen. Teilweise war das Zeug auf Umwegen über Südostasien gekommen, das kostete schon seine Zeit. Und trotzdem hatte er es geschafft, alles zu besorgen, sogar die Spezialanfertigungen aus Magnesium aus Südkorea hatte er gekriegt. Was waren die Verhandlungen mit der Manufaktur vor Ort für ein Affentanz gewesen! Wer in Bamberg konnte schon Koreanisch? Über seine Kontakte zu den Ami-Kasernen nicht weit von seinem Laden hatte er schließlich einen GI gefunden, dessen Eltern aus Korea stammten. Irgendwie ging immer alles, manchmal musste man eben improvisieren. Hauptsache, Joe war zufrieden.

So richtig konnte er den Mann noch immer nicht einordnen. Joe war Deutscher, sprach ab und zu ganz bewusst oberfränkischen Dialekt. Das war aber dann auch schon alles, was Postler sicher über ihn sagen konnte. Mit den anderen redete er nur Englisch. Völlig akzentfrei, soweit Postler das einschätzen konnte. Die konnten von weiß Gott woher stammen. Allerdings wurde Postler, wenn Joe mit seinen zwei Männern bei ihm auftauchte, nie dieses komische Gefühl los. Der E-Mail-Verkehr und die Telefonate verliefen reibungslos, aber bei den persönlichen Zusammentreffen, gab es immer wieder diesen kurzen Augenblick, der ihn schaudern ließ, wenn Joe ihn anlächelte. Nachvollziehbare Gründe dafür gab es keine, also verdrängte er das ungute Gefühl jedes Mal. Schließlich wurde er nicht für Gefühle bezahlt, sondern dafür, dass er alles besorgte, was Joe wollte. Und wenn er ehrlich war, wollte er auch gar nicht wissen, was diese Typen mit dem Zeug vorhatten.

Nach der Sichtung der Ware wurde alles in schwarze Kunststofftaschen aus reißfestem Cordura verpackt, die er von einer Schweizer Firma extra für diesen Zweck hatte anfertigen lassen. Anschließend nickten ihm die Männer zufrieden zu, und Joe gab ihm einen dicken Umschlag. »Passt

so.« *Und Stefan Postler war absolut sicher, dass es passte.*
*Bis jetzt hatte es noch immer gepasst. Zum Abschluss öff-*
*nete er ihnen den Hinterausgang, und die drei Männer mit*
*den Baseballkappen und den teuren Sonnenbrillen ver-*
*schwanden ohne weitere Förmlichkeiten. Dann bis zum*
*nächsten Jahr, dachte sich Postler erleichtert, atmete durch*
*und schloss zufrieden die Tür.*

\* \* \*

Als Lagerfeld wieder in der Dienststelle eintraf, hätte er
auf Nachfrage niemandem erklären können, mit welchem
Fortbewegungsmittel und auf welchem Weg er dies bewerkstelligt hatte. Sein Gehirn hatte die Fahrt im Unter-
bewusstsein erledigt. Erst als er seinen Honda auf dem
Dienstparkplatz abgestellt und die Zündung des Cabrios
abgetötet hatte, schaltete er wieder in den Realitätsmodus.
Während der Strecke von Loffeld bis hierher waren seine
Gedanken Amok gelaufen: Zukunftsangst, jungväterliche
Panikattacken und manchmal auch Stolz auf die Tatsache,
dass er es geschafft hatte, ein Kind zu zeugen, hatten ihn
abwechselnd heimgesucht.

Als er seinen Platz im Büro erreichte, ließ er sich erleichtert in seinen Drehsessel fallen. Jetzt würde er es sich erst
einmal in aller Ruhe an seinem Schreibtisch bequem machen, um diesen fürchterlichen Tag …

»Sag mal, Bernd, bist du noch ganz dicht?« Honeypenny
blickte ihn mit vor Zorn gerötetem Gesicht an. »Stimmt
es, dass du Riemenschneider im Auto von Franz eingesperrt hast?« Ihre Halsadern schwollen an, was ihrer an
sich schon recht üppigen Erscheinung etwas drohend Wag-
nerianerisches verlieh.

Mit einer solchen Walküre auf dem Kriegspfad war nicht zu spaßen. Hilfesuchend hetzten Lagerfelds Augen durch die nähere Büroumgebung und erblickten Haderlein in Suckfülls Glasbau. Er war in ein intensives Gespräch mit ihm verwickelt, konnte ihm also auch nicht beistehen.

»Na ja«, begann er sich zu rechtfertigen, »eigentlich war Riemenschneider ja selbst dran schuld. Hätte sie sich nicht so aufgeführt, hätte ich auch nicht zu solchen Mitteln greifen müssen.« Lagerfeld beklagte sich zaghaft, aber ohne wirkliche Hoffnung auf Erfolg. Und seine Hoffnungslosigkeit war durchaus berechtigt.

»Aufgeführt hat sie sich also, soso. Sag mal, bist du noch zu retten? Das ist doch noch ein kleines Schwein, ein Kind. Weißt du eigentlich, was du bei Riemenschneider auslösen kannst, wenn du sie einfach so wegsperrst? Das arme Ding musste womöglich fürchterliche Seelenqualen erleiden, vielleicht bleiben ja traumatische Spätschäden bei ihr zurück, und alles nur, weil du nicht so viel pädagogischen Sachverstand und Einfühlungsvermögen ...«

Während Honeypenny weiterhin Dampf abließ, beschloss Lagerfeld, nicht mehr zuzuhören, und warf einen Blick zur seelisch so verletzten Riemenschneiderin hinüber. Das angeblich traumatisierte Ferkel lag mit einem zufriedenen Gesichtsausdruck ausgestreckt auf Honeypennys Stuhl und grinste zu ihm herüber. Natürlich wusste Lagerfeld, dass Schweine nicht grinsen konnten, trotzdem war er sich so was von sicher, dass Riemenschneider es gerade tat, dass er all sein Hab und Gut darauf verwettet hätte. Na warte, das kriegst du noch zurück, du kleines Miststück, dachte er, als Honeypenny endlich am Ende ihres lautstarken Vortrags angelangt war.

»... warte nur mal, wenn du selbst Kinder hast, du unsensibler Grobian!« Sie drehte sich um und eilte zu dem Ferkel zurück, um das arme Ding noch etwas zu verwöhnen. Sie konnte es nicht wissen, doch mit ihrer letzten Bemerkung hatte sie Lagerfeld in das gleiche emotionale Fahrwasser zurückgeschubst, in dem er draußen auf dem Parkplatz angekommen war.

\*\*\*

*Der schwarze BMW wurde langsamer und hielt am Straßenrand, direkt vor der großen Eiche, die ihre knorrigen Äste in den Himmel streckte. Die mächtige Dreifaltigkeitseiche bei Aschach in der Rhön war eine der ältesten Eichen Deutschlands, ein Koloss mit über siebeneinhalb Metern Stammdurchmesser. Die Krone spannte sechzehn Meter, der ganze Baum war fast achtzehn Meter hoch.*

*Er liebte diese Eiche. Sein Vater hatte ihm sie und andere Bäume in früheren Zeiten gezeigt, als er noch ein kleiner Junge gewesen war. An manchen Wochenenden waren sie viele Kilometer gefahren, um Naturdenkmäler wie dieses zu besuchen. An der mächtigen Eiche bei Aschach hatten sie besonders oft haltgemacht.*

*So wie dieser Baum solle er werden, hatte sein Vater immer gesagt. Wie eine deutsche Eiche, stolz, mächtig, unbezwingbar. Staunend und ehrfürchtig hatte er vor den großen Bäumen gestanden, während sein Vater ihm etwas über Eichen im Speziellen und das Leben im Allgemeinen erzählte. Sein strenger, unnahbarer Vater, der ansonsten nur Zucht und Ordnung kannte und diese von ihm uneingeschränkt einforderte, war ihm in diesen Momenten am nächsten gewesen. Dann hatte er eine kleine Tür zu seinem Inneren geöffnet, und der kleine Bub hatte kurz hinter* die Festungsmauern in das väterliche Innenleben schauen können. Damals hatte er fast so etwas wie Liebe empfunden und im Laufe seines Lebens den Wunsch seines Vaters verinnerlicht. Wann immer ihm die Aufgaben zu schwer, die Hürden zu hoch, der Gegner unbezwingbar erschienen war, war er zu den Eichen zurückgekehrt. Alte Kraftpunkte, die ihre Energie seit Hunderten von Jahren aus der Erde sogen. Die Energie und die Unbezwingbarkeit hatte er sich in den vergangenen Jahren zu eigen gemacht. Wieder blickte er nach oben in das gewaltige Blätterdach des mächtigen Baumes und dann in die Weite der Saaleauen.

Er war gespannt, wie lange es dieses Mal dauern würde, bis die anderen den Platz finden würden. Das letzte Mal waren sie gut gewesen, sehr gut sogar, doch jetzt hatte er die Aufgabe besser verschlüsselt. Aber auch im Leben musste man ja immer besser werden. Beruflich wie privat. So hatte er es gelernt, so hatte er es gelebt. Er hatte immer angestrebt, der Beste zu werden, und in sehr vieler Hinsicht hatte er das auch geschafft. Seine Eltern hatten ihn zur Leistungsbereitschaft erzogen und auch verstanden, diese Leistungen mit entsprechendem Nachdruck einzufordern. Er musste immer der Beste sein. Zweite Plätze waren inakzeptabel, noch schlechtere Ergebnisse eine Katastrophe. Diese führten zu Sanktionen der herberen Art, Züchtigungen im seelischen wie körperlichen Bereich. Als Kind und Jugendlicher hatte er nie verstanden, nie kapiert, warum seine Eltern so waren. Jetzt aber, da er in der Blüte seiner beruflichen Jahre stand, hatte er schon lange begriffen, warum er anders sein musste als all die anderen, die sich von klein auf nur Weichheiten und Sentimentalitäten gegönnt hatten. Sie hatten später mit nur kleinen, unbedeutsamen beruflichen Aufstiegen bezahlt, mussten nun in ihrem mittelmäßigen Leben dahinvegetieren. Ihre Ziele waren mit den seinen nicht vergleichbar, waren es nie gewesen.

Schon als Kind hatte er also erahnen dürfen, wie es war, anders zu sein. Der Beste zu sein und dafür angefeindet oder zumindest nicht gemocht zu werden. Wo immer er hinkam, löste er mit seinem bedingungslosen Drang zur Spitze Unbehagen und Verständnislosigkeit aus. Diese Kleingeister. Sollten sie doch ihr Leben in mittelmäßiger Belanglosigkeit beenden. Er hatte in dem, was er tat, schon immer zur Elite gehört, zu den Besten auf diesem Planeten. Nach seiner eisenharten Schullaufbahn hatte er nach Amerika gehen müssen, um endlich Brüder im Geiste zu finden. In Deutschland war der Begriff Elite fast zu einem Schimpfwort geworden, man hatte sich ja fast dafür entschuldigen müssen, wenn man mehr können und verdienen wollte als andere. In Amerika war diese Einstellung normal, in Amerika war der ausgefahrene Ellenbogen schon in der Verfassung zum Prinzip erhoben worden. Nur wer kämpfte, kam nach oben, nur wer sich durchsetzte, wurde geachtet. Wer zurückblieb, war schwach, unfähig und wurde von der Evolution ausgemistet.

Er war nun da, wo schon immer sein Platz gewesen war. Ganz oben. Das befähigte ihn auch dazu, nach seinen Interessen zu handeln. Für dieses weicheiige Deutschland konnte er nur noch Verachtung empfinden. Und dieses Volk hatte sich vor gar nicht allzu langer Zeit noch für die Übermenschen, die Herrenrasse, gehalten? Lächerlich. Einfach lächerlich.

In Amerika hatte jeder das Recht, eine Waffe zu tragen, um sich zu verteidigen. In Deutschland verteidigte sich niemand, weil niemand es mehr nötig hatte zu kämpfen.

Hier lebte ein Volk der Friedfertigen, ein Volk der Gutmenschen und Atomkraftabschaffer. Wenn er Berichte über das heutige Deutschland in der Zeitung las, schämte er sich manchmal seiner Herkunft. Mit der Wiedervereinigung und der Auflösung des Ostblocks waren die Selbstverteidigungskräfte erlahmt. Alles war gut, alles toll, es gab nur noch grüne Wiesen und koffeinfreien Kaffee.

Ein goldener Käfig voll geschäftiger schwarz-rot-goldener Hasen. Nur er war anders. Er war der Fuchs, der in diesen Hasenstall einbrechen würde.

Er war gespannt, wie schwierig es für ihn und die anderen heute werden würde, die inneren Skrupel zu überwinden. Es war eine der Herausforderungen, der er sich stellte, da er sie sich selbst auferlegt hatte. Die normale Welt hielt keine Herausforderungen mehr für ihn bereit. Aufgaben machten ihm keinen Spaß, wenn sie leicht und einfach waren, also würde die Schwierigkeitsstufe nun erhöht werden. Es war sein Entschluss gewesen. Er hatte den ersten Schritt getan und sich ausbilden lassen. Es war erregend, teuer und vor allem illegal gewesen, aber er hatte viel gelernt und dieses Wissen weitergegeben.

Die anderen waren irgendwann damit einverstanden gewesen. Sie hatten die gleiche Erziehung genossen, die gleichen Einstellungen ausgebildet, sie waren Brüder im Geiste. Er hatte sie gefunden, sie überzeugt und ihren Charakter mitgeformt. Es ging hier nicht um Geld, Besitz oder um sonstige Reichtümer. Es ging darum, die nächste Ebene der Vervollkommnung zu erreichen. Er musste weiter, höher hinaus, er musste besser werden. Sie hatten das verstanden.

»Let's reach the next level«, hatte er zu ihnen gesagt und sie angelächelt. Er lächelte gern und viel, denn einerseits

*war er Optimist, andererseits wusste er, dass er immer ge-*
*winnen würde.*

*Ein großer grauer Mercedes näherte sich, wurde lang-*
*samer und parkte hinter seinem BMW. Auch jetzt lächelte*
*er und schaute erneut in die Krone der mächtigen Dreifal-*
*tigkeitseiche. Pete hatte ihn gefunden. Bald würde auch*
*Steve eintreffen, und dann würde er mit ihnen den heuti-*
*gen Plan besprechen.*

\* \* \*

Haderlein hatte sich mit Lagerfeld zusammengesetzt, um
ihr weiteres Vorgehen abzustimmen. Im Moment konnten
sie eigentlich nur die Ergebnisse der Spurensicherer und
der gesammelten Zeugenaussagen abwarten. Am meisten
erhoffte sich Haderlein von der Aussage von Gerhard Irrlinger, der morgen hoffentlich bei ihnen erscheinen würde.
Vielleicht konnte er ja ein wenig Licht in das Dunkel der
Geschichte bringen. Außerdem stand noch der Termin bei
Professor Siebenstädter an, aber den hatte Lagerfeld ja in
seiner unermesslichen Großzügigkeit übernommen, und er
würde den Teufel tun, ihm diese Last von den Schultern zu
nehmen. Da musste der junge Kollege jetzt allein durch.

Irgendwie hatte Lagerfeld auch schon bessere Tage gesehen, dachte Haderlein. Erst dieses abartige Tötungsde-
likt, dann die Hetzjagd mit der Riemenschneiderin und
jetzt auch noch der Anschiss von Honeypenny. Für seinen
jungen Kollegen hätte der Tag fürwahr besser laufen können.

»Weißt du was, Bernd?«, sagte Haderlein kurz entschlossen. »Ich habe eine Idee. Wir zwei Hübschen gehen
jetzt erst einmal in den Greifenklau und trinken ein Bier

oder zwei. Dabei fällt uns bestimmt mehr ein als hier, noch dazu, wenn Honeypenny dir permanent nach dem Leben trachtet. Was hältst du davon?«

Bernd Schmitt hielt sogar außerordentlich viel davon. Ein Seidla oder auch zwei waren genau das Richtige an einem durchgeknallten Tag wie diesem. Erst passierte wochenlang fast gar nichts, und dann schien die Welt just zu den Pfingstfeiertagen, an denen sich jeder vernünftige Franke vor seinen Krug setzte, zu explodieren. Dankbar nahm er das Angebot an.

Als Haderlein sein Ferkel holte, musste auch er noch einen bissigen Kommentar von Honeypenny ertragen. Als er ihr entgegenhielt, dass sie der Riemenschneiderin jetzt quasi als Wiedergutmachung ein Bier auf dem Greifenklau spendieren würden, war das kleine Ferkel aufgesprungen und hatte sich flugs in Habachtstellung neben die Eingangstür gesetzt, bevor Marina Hoffmann noch protestieren konnte. Als überaus kluges Ferkel hatte es den menschlichen Terminus »Bier« sofort verstanden und wusste, dass dieses Wort zumeist höchst angenehme Konsequenzen nach sich zog. Für einen Besuch auf einem Keller war Riemenschneider durchaus bereit, ihre unguten Gefühle Lagerfeld gegenüber erst einmal zu vergessen. Auch Ferkel waren kompromissfähig, wenn der Kompromiss ihnen in Form einer kleinen Schale Bier serviert wurde.

Haderlein musste lachen, als er in das erwartungsfrohe Gesicht seines Polizeischweins blickte. Doch gerade als er die Tür öffnen wollte, um sich mit Lagerfeld auf den Weg zum Greifenklau zu machen, wurde die Tür von Huppendorfer aufgestoßen, der erstaunt seine beiden Kollegen anstarrte, die ihm mit der Riemenschneiderin gegenüberstanden.

»Schon Feierabend?«, fragte Kollege Huppendorfer spitz. Wenn die sich tatsächlich vom Acker machen wollten, bedeutete das für ihn im Umkehrschluss, dass er bleiben musste. Und das nach dem langen Tag auf dem Staffelberg.

»Bernd und ich gehen auf den Keller, um mit der Riemenschneiderin ein Friedensbier zu heben«, sagte Haderlein. »Du darfst hier derweil die Stellung halten. Außerdem hat dir Honeypenny eine Menge zu erzählen. Bis später dann, eventuell bis morgen.« Sprach's und ging an Huppendorfer vorbei und zur Tür hinaus. Die Riemenschneiderin trabte ihm voraus die Treppe hinunter, sodass Haderlein die Leine mit aller Kraft festhalten musste, damit sie ihm nicht aus Versehen entglitt. Langsam begann er zu verstehen, was Lagerfeld am Staffelberg erlebt haben musste.

Auch der jüngere Kommissar hielt sich nicht lange mit Cesar Huppendorfer auf. Er klopfte ihm anerkennend, aber wortlos auf die Schulter, um dann möglichst schnell im Treppenhaus nach unten zu entfleuchen.

Cesar Huppendorfer blieb nichts anderes übrig, als mit grimmigem Gesicht die Tür zu schließen und sich zu seinem Platz zu begeben. Er wollte sich gerade niederlassen, da schoss Fidibus aus seinem Büro und blickte sich erstaunt um.

»Wo ist denn mein lieber Franz geblieben? Und unser Lagerfeld scheint auch verschwunden zu sein.« Irritiert sah er den dunkelhäutigen Huppendorfer an, als könnte der die beiden mit einem Fingerschnippen wieder herbeizaubern.

»Die Herrschaften haben es vorgezogen, ihre Recherchen im Greifenklau fortzuführen, Chef«, sagte Cesar Huppendorfer, während Suckfüll sich schon wieder in die Fotoausdrucke der Staffelberg-Leiche versenkt hatte.

»Ja, nun, der Greifenklau. Das ist gut, da findet man immer etwas«, brummte Fidibus in Huppendorfers Richtung. Als er wieder hochschaute, blickte er seinem genervten Untergebenen direkt ins Gesicht. »Und Sie, mein lieber Cesar, sehen auch nicht mehr ganz frisch aus, regelrecht ermüdet, wenn ich ehrlich sein darf. Ihnen könnte man ja Streichhölzer in die Augen stecken. Sie müssen sich dringend erneuern.« Er drehte sich zu seiner Sekretärin um und rief im Stil eines römischen Feldherrn: »Frau Hoffmann, einen Kaffee für unseren Huppendorfer, und zwar einen doppelten. Nicht, dass der Mann uns noch seinen Löffel in den... äh... Brunnen abgibt.« Mit einem schelmischen Lachen und neckischen Augenzwinkern wandte sich Robert Suckfüll um und begab sich zurück in seinen Glaskasten.

## Die Gräber im Wald

Claudia Büchler erreichte der Anruf kurz vor der Mittagspause. Eigentlich war sie fast schon auf dem Weg nach Bamberg gewesen, um sich mit ihrer Freundin zum Mittagessen zu treffen, aber das würde sie nun ganz sicher streichen. Der Auftrag, den sie so urplötzlich ergattern konnte, war einfach zu wichtig. Es war der Auftrag überhaupt. Der alte Steinbruch von Ludvag war eine dieser Chancen, die man nicht allzu oft im Leben bekam. Die junge Landschaftsgärtnerin, von allen nur Clax gerufen, hatte sich erst vor einem Jahr selbstständig gemacht, und dieser Auftrag war die Chance, sich mit einem großen Projekt von überregionaler Bedeutung zu profilieren. Wenn das klappen würde, könnte sie anschließend richtig groß einsteigen. Morgen, am Freitagabend vor den Pfingstfeiertagen, sollte sie sich mit den Hauptverantwortlichen des Projektes am Steinbruch treffen.

Das kleine Dorf Ludvag an der Straße von Scheßlitz nach Heiligenstadt war ihr sehr wohl bekannt. Oft schon war sie mit Freunden dort gewesen, um in dem kristallklaren Wasser des kleinen Sees im Areal des Steinbruchs zu baden. Das war zwar verboten, und man plante angeblich, das Gelände aus Sicherheitsgründen zu sperren, aber noch war der Steinbruch frei zugänglich. Doch jetzt hatte sich der Landkreis anscheinend für eine konsequente Umnutzung des schönen Geländes entschieden. Filme waren hier schon gedreht worden, für Musikvideos war der Steinbruch von Ludvag oft als Kulisse genutzt worden. Das Gebiet war ein klassischer landschaftlicher Rohdiamant, und ausgerechnet ihr hatte man nun angeboten, aus diesem einen Edelstein zu schleifen. Wie die Herrschaften gerade auf sie gekommen waren, war ihr zwar schleierhaft, andererseits würde sie einen Teufel tun und irgendwen nach Gründen fragen. Es war nur wichtig, dass sie es überhaupt getan hatten. Warum das erste Treffen allerdings gleich morgen Abend stattfinden musste, war ihr ein weiteres Rätsel. Die Ämter kamen manchmal auf die aberwitzigsten Ideen, die sie nicht selten wie eine heiße Kartoffel wieder fallen ließen. Aber solange die Chance auf einen solchen Großauftrag bestand, würde sie versuchen, sie auch zu nutzen. Pünktlich um zwanzig Uhr würde sie morgen Abend vor Ort sein und Diskretion wahren, wie sich der Herr vom Bamberger Landratsamt so nebulös ausgedrückt hatte. Seinen Worten nach brauchte sie zu diesem informellen Gespräch nichts weiter mitzubringen, trotzdem würde sie wenigstens in groben Ansätzen ein paar Vorschläge erarbeiten. Sie würde allen zeigen, was sie konnte. Das hieß aber auch, dass sie heute Nacht durcharbeiten musste. Wenn Clax Büchler etwas tat, dann gründlich. Was soll's, dachte sie sich aufgeregt, anschließend konnte sie bis Pfingstmontag durchschlafen. Ohne zu zögern, setzte sich Clax Büchler an ihr Flipchart und begann ein paar grobe Skizzen.

\* \* \*

»Also, schieß los, Bernd, wo drückt der Schuh?«, fragte Haderlein seinen vom Leben gebeutelt wirkenden Jungkommissar mitfühlend. »Da rumort doch etwas in dir, was raus muss ans Licht.« Er stellte seinen Bierkrug ab, mit dem er mit Lagerfeld angestoßen hatte.

Sie saßen auf ihrem Stammplatz im Greifenklau, ganz hinten am Rand des kleinen Kellers, von wo aus man einen herrlichen Blick auf die Altenburg genießen konnte. Riemenschneider schlabberte bereits genüsslich an ihrer Kellerbier-Apfelschorle-Mischung, was die anderen Gäste zu erheiterten Blicken und Sprüchen animierte.

An Lagerfeld ging das alles konsequent vorbei. Er war vollends mit gedanklicher Müllbeseitigung bezüglich der Beendigung seines bisherigen Lebensabschnittes als Nichtvater beschäftigt. Nur leider kehrte dieser Gedankenmüll ständig wieder, auch wenn er ihn zum x-ten Mal über die ausgefransten Ränder seiner Seele gekippt hatte.

Auf Haderleins Frage nahm er erst einmal einen tiefen Zug aus seinem Seidla, stellte dieses anschließend mit einem Seufzer ab und schaute dem älteren Kollegen dann so verzweifelt in die Augen, wie er nur konnte. »Ich werd Papa, Franz«, würgte er schließlich die für ihn so unangenehme Wahrheit heraus.

Für Franz Haderlein hatte es den Anschein, als würde sein junger Kollege, einem Kormoran ähnlich, einen Fisch, den er für seine Brut gefangen hatte, nun mühsam wieder ausspeien. Er sah so komisch aus, dass Haderlein herzlich lachen musste. »Aber, Bernd, das ist doch kein Grund, um so ein Gesicht zu machen, also wirklich. Das musste doch irgendwann bei euch so kommen. Herzlichen Glückwunsch! Und davon geht die Welt auch nicht unter, ganz im Gegenteil. Wenn du dich erst einmal mit dem Gedanken angefreundet hast, du ewiger Single, dann wirst du merken, was für ein schönes Gefühl es ist, Vater zu werden.«

Aufmunternd patschte er Lagerfeld mit der Hand auf die Schulter. »Ich freu mich für euch zwei, Mensch!«

Doch Lagerfeld machte keine Anstalten, sich mitzufreuen, sondern ergab sich lieber dem eigenen Selbstmitleid und nuckelte an seiner Halben. Haderlein konnte es nicht glauben. Was war bloß mit diesem Kerl los? Dann kam ihm plötzlich ein fataler Gedanke, der ihm überhaupt nicht gefallen würde, träfe er denn zu. Hatte der liebe Bernd etwa Mist gebaut und sich im Zuge des eigenen Hormonabbaus an einer anderen Frau vergriffen? »Ähm, Bernd, ich gehe doch richtig in der Annahme, dass Ute die Mutter der Leibesfrucht ist?«, fragte er sehr viel leiser nach. »Wenn nämlich nicht, dann würde ich an deiner Stelle jetzt sehr, sehr viel mehr Bier trinken, Freundchen. Dann hättest du nämlich ein richtiges Problem am Hals.«

Besorgt schaute er Lagerfeld zu, wie dieser seinen Krug wieder abstellte und jetzt seinerseits lachte. »Mensch, Franz, du bist wirklich ein echter Kumpel, oder? Das traust du mir zu? Deine Fürsorge rührt mich wirklich, aber ich kann dich beruhigen. Ute ist die Mama von dem Kind und ich der Papa, zumindest sagt Ute das. Und man kann über sie denken, was man will, aber in solchen Dingen ist sie korrekter als ein Notar.« Er hatte sich wieder gefangen und stellte müde grinsend den Krug neben den seines älteren Kollegen. »Ich weiß sogar, wann und wo es passiert ist. Ein echtes Baustellenkind. Nee, ich bin ganz bestimmt derjenige, welcher, Franz.«

Haderlein lehnte sich erleichtert zurück. Wenigstens die Mindestanforderung an ein weiteres gedeihliches Zusammenleben zwischen den beiden war somit gegeben. Das war immerhin ein Anfang, denn jeder konnte eigentlich sehen, dass Ute und Bernd nicht gerade die idealtypischen

Voraussetzungen für eine lang anhaltende Beziehungsgemeinschaft erfüllen. Unterschiedlicher konnten zwei Menschen kaum sein.

Ute von Heesen, die korrekte, kühle, ordentliche Blonde aus dem hohen Norden, die manchmal den Eindruck machte, als würde sie ihr Leben in saubere Quadrate einteilen und diese nacheinander peinlich genau aufeinanderstapeln. Das gab ihr Sicherheit, so konnte sie planen, und ohne Planung lief bei ihr überhaupt nichts. Die Leiterin der Revisionsabteilung der HUK Coburg war nicht gerade die Kuh, die sich auf unbekanntes, dünnes Eis hinauswagte. Nein, Ute von Heesen wäre es eigentlich am liebsten gewesen, sie könnte schon heute den detaillierten Ablauf bis zu ihrem genau terminierten Lebensende wissen. Ja, das hätte ihr bestimmt sehr gefallen. Das hieß allerdings beileibe nicht, dass sie ein langweiliger oder gar humorloser Mensch wäre, nein, es ging ihr lediglich um den Aspekt der vorausschauenden Sicherheit. Das brauchte sie einfach.

Lagerfeld war das genaue Gegenteil davon. Der leidenschaftliche Lebemann organisierte seinen Tagesablauf gern spontan und ließ die Dinge auf sich zukommen. Er war ein klassischer Sanguiniker mit entsprechend lässig-lockerer Lebenseinstellung, und mit Beziehungen war er bis dato ebenso verfahren. Die Mädels kamen und gingen wie die Wellen eines Ozeans am lagerfeldschen Strand. Früher hatte er stets mit Sicherheit gewusst, dass die nächste Welle nicht lange auf sich warten lassen würde. Allerdings war er auch nicht selten froh über das Zurückfließen der einen oder anderen Schaumkrone gewesen, denn Lagerfeld hatte nie große Lust auf eine dauerhafte Bindung verspürt. Ab und zu war er gern allein mit sich und seiner kleinen Welt. Mit seinem roten Cabrio, seinem dreirädrigen MP3-Roller und mit ein oder zwei Zigaretten bei einem Bier mit Blick in den Sonnenuntergang. So hätte es eigentlich bis zum Ende eines völlig entspannten Lebens bleiben können. Und dann war das mit Ute passiert.

Warum und weshalb, das konnte so wirklich niemand sagen. Haderlein vermutete, dass die beiden selbst es am allerwenigsten wussten, was sie so aneinander an- und bisweilen auch auszog. Natürlich konnte man das auf das große Mysterium der Liebe schieben, welches sich an den beiden zeigte, aber so einfach war das Haderleins Ansicht nach nicht.

Ute und Bernd waren wie zwei Planeten, deren Umlaufbahnen – wie die anderer glücklich Liierten auch – eigentlich um die gemeinsame Sonne verlaufen sollten. Nur dass da keine Sonne war, sondern ein imaginärer Mittelpunkt, ein gemeinsamer Nenner, von dem niemand wusste, wie groß er war. Immerhin so groß, dass sie jetzt schon fast zwei Jahre zusammen waren und sich gegenseitig noch nicht erschlagen hatten. Das System Ute und Bernd war ein äußerst fragiles Konstrukt, ein eigenes Universum, bei dem die Fliehkräfte jederzeit so groß werden konnten, dass einer der Planeten sich, den physikalischen Kräften folgend, auf Nimmerwiedersehen ins Dunkel des Weltalls verabschiedete. Doch jetzt war in dieser Planetenkonstellation ganz plötzlich ein Kind als kleine Sonne aufgetaucht. Nun musste sich erweisen, ob der Wurm Bindemittel oder Sprengstoff des empfindlichen Beziehungsgebildes sein würde.

Schmunzelnd betrachtete Haderlein für eine Weile seinen lieben Bernd, der im Moment nichts Besseres zu tun hatte, als seufzend seinen Krug zu leeren oder in demselben am Boden nach Unregelmäßigkeiten zu forschen.

Kopfschüttelnd seufzte Haderlein und gönnte als Übersprungshandlung seiner Riemenschneiderin eine Streicheleinheit zwischen den knallroten Ohren, die vor ihrem Ausflug auf den Keller noch rosa gewesen waren. Ob die Farbänderung von der besseren Laune oder dem erhöhten Alkoholpegel des Schweinchens herrührte, hätte ihm nur Riemenschneider selbst erklären können, doch die war bereits dabei, mit einem seligen Lächeln zu seinen Füßen einzuschlafen.

\* \* \*

*Wieder stand das Pfingstwochenende bevor, und wieder trafen sie sich. Zuletzt erschien diesmal Joe in einem Mercedes-Transporter. Er stellte das Fahrzeug etwas weiter entfernt ab, sodass die ausladenden Äste der umstehenden Bäume den Wagen einigermaßen verdeckten. Zu der tausendjährigen Küpser Eiche mussten sie noch ein paar Meter den Hang hinaufsteigen, dafür würden sie dort unter sich sein. Nur die ständigen Regenschauer im Wechsel mit strahlendem Sonnenschein nervten. Man wusste gar nicht, was man anziehen sollte.*

*Bevor sie sich zur Eiche aufmachten, holte Joe für jeden von ihnen ein Päckchen vom Beifahrersitz des Wagens und überreichte es ihnen. Als er seines auspackte, musste er lächeln. Es war ein dicht gewebtes Sweatshirt aus schwarzem Stretchmaterial mit eingenähtem Lederschutz für den Arm. Auf der einen Brustseite war ein kleiner roter Baum zu erkennen und darunter zwei Wörter. Joe war wirklich der Beste. Das alles war wie im Film, nein, dachte er, während sein Grinsen noch breiter wurde, das alles war noch viel besser als im Film, denn es war real. Er hätte sich nie träu-*

men lassen, noch einmal so aufregende Dinge erleben zu dürfen.

Er zog sich das Sweatshirt über, es passte wie angegossen. Dann schlüpfte er wieder in seine Jacke und folgte den anderen zur Eiche hinauf. Heute würden sie etwas länger für ihre Vorbesprechung brauchen, denn heute würde die Jagd zum ersten Mal nicht im Schutz der Dunkelheit stattfinden, sondern bei Tageslicht. Zwar stand ihnen ein eingegrenztes Areal mit wenigen Fluchtmöglichkeiten zur Verfügung, aber trotzdem war das eine neue Hausnummer unbekannter Größe. Doch sie hatten es selbst ausgewählt, ihr Anspruch war hoch. Reach the next level.

\* \* \*

Kriminalkommissar Cesar Huppendorfer, Sohn eines fränkischen Brauereibesitzers und einer brasilianischen Austauschschülerin, schmollte an seinem Schreibtisch. Es war doch immer das Gleiche. Hatten Haderlein und Lagerfeld irgendein persönliches Problemchen zu wälzen, dann verschwanden sie auf einen Bamberger Keller und enthoben sich damit den anderen arbeitenden Sterblichen. Mit dem Ergebnis, dass er, Cesar Luis Huppendorfer, im Bamberger Büro mal wieder die Frondienste der niederen Polizeiarbeit verrichten durfte. Ganz klasse.

»Heute schon was gegessen?«, fragte plötzlich eine weibliche Frauenstimme neben ihm. Honeypenny hatte sich den frustrierten Cesar lange genug angesehen und, wie es ihre resolut mitfühlende Art war, schließlich beschlossen zu handeln. Ein geblümter Teller mit drei großen Brotscheiben, die mit einer dicken Schicht Butter und einer noch dickeren aus reinem Blütenhonig bestrichen waren, schwebte vor Huppendorfers Nase. Das war in der Tat genau das Richtige, um des Kriminalkommissars Stimmung aufzuhellen.

»Du bist ein Engel. Ich hab den ganzen Tag noch überhaupt nichts gehabt«, stieß er höchst erfreut hervor, und seine Hände griffen gierig nach dem ersten Honigbrot, während eine zufriedene Honeypenny den Teller auf seinem Schreibtisch abstellte.

Endlich mal jemand in dieser Polizeistation, der ihre mütterlichen Triebkräfte angemessen zu würdigen wusste. Mit einem Schlag hatte der ihr gegenüber oft leicht versnobt wirkende Huppendorfer haufenweise Pluspunkte gesammelt. Ob der das allerdings bemerkt hatte, da war sie sich nicht so sicher. Doch bevor sie sich weitere Gedanken über Huppendorfer machen konnte, klopfte es leise an der Bürotür. Huppendorfer machte mit vollem Mund eine hilflose Geste, und Marina Hoffmann ging schnellen Schrittes hinüber und öffnete.

Herein schaute das hagere, bekümmerte Gesicht eines Mannes, dessen Körper ebenfalls schmächtig, jedoch durchaus drahtig wirkte. Seine Hände drehten langsam, aber kontinuierlich einen dunkelgrauen Filzhut. So richtig wusste dieser Mensch offensichtlich nicht, wie er mit der Situation und der massiven Frau, die vor ihm erschienen war, umgehen sollte. Wie so oft war es Honeypenny, die die Initiative ergriff. Irgendwie fand sie das hilflose Männchen süß.

»Als rei, mir ham frisch gschlacht«, posaunte sie ins Treppenhaus hinaus, woraufhin sich das Männchen mit dem akkuraten Seitenscheitel sofort in Bewegung setzte und regelrecht in das Büro stürmte. Als Honeypenny die Bürotür hinter ihm schloss, war dem Besucher die Erleichterung ob der deutlichen Ansage am Gesicht abzulesen. Ganz klar, der hier braucht eindeutige Anweisungen im Leben, dachte sich Honeypenny und musterte die verschüchterte Erscheinung von oben bis unten.

»Grüß Gott, mein Name ist Fiederling. Sind Sie hier der Chef, schöne Frau?«, fragte das Männchen ausgesprochen freundlich. Fiederling war froh, endlich einen Ansprechpartner gefunden zu haben, und hatte sich sicherheitshalber gleich einmal eines Komplimentes bedient, denn schließlich war das da vor ihm eine Frau und außerdem Feiertag. Bei Honeypenny rannte er mit seinem Verhalten offene Türen ein.

Ein zurückhaltender, höflicher Mann, der für sie Komplimente bereithielt, mein Gott, am liebsten hätte sie ihn sogleich an ihre durchaus umfangreiche Brust gedrückt, war sich aber nicht sicher, ob sie ihn damit nicht zerbrechen würde. Er sah so fragil aus. Auch Huppendorfer musterte den Besucher, während er noch mit seinem Honigbrot kämpfte.

»Hie herübn sind Fie ichdig«, waren die mühsam mit halb vollem Mund herausgequälten Wortfetzen, zu denen Cesar Huppendorfer in der Lage war. Er winkte den Neuling heran. Das wäre ja noch schöner, wenn Honeypenny plötzlich richtige Polizeiarbeit verrichtete, damit ginge sie dann doch zu weit.

Sichtlich enttäuscht drehte sich der angesprochene Fiederling zu Huppendorfer um.

»Mehmen Sie Blapf«, forderte Huppendorfer ihn auf, während er sich redlich bemühte, den klebrigen Mund wieder frei zu bekommen.

»Hätten Sie vielleicht gern einen Kaffee, Herr Fiederling?«, säuselte Marina Hoffmann und strahlte ihn an.

»O ja, sehr gern. Mit Milch und viel Zucker, bitte.« Zur

Bekräftigung seiner Bitte ließ er zum ersten Mal seit Eintritt im Büro mit der rechten Hand den Hut los und hob den Zeigefinger.

»Ha, ein Süßer. Wusst ich's doch«, bemerkte Honeypenny lautstark und ging dann in die Teeküche, um eines ihrer begehrten Kaffeegetränke herzustellen. Fiederling schaute ihr hinterher und dabei unverhohlen auf ihr sehr weibliches Hinterteil.

Huppendorfer räusperte sich. Er war bestrebt, die Aufmerksamkeit wieder auf sich zu lenken. Immerhin hatte er das kurze Geplänkel der beiden dazu genutzt, um die letzten Honigbrotreste hinunterzuschlucken. »Also, was kann die Kriminalpolizei Bamberg für Sie tun, Herr, äh...?«, fragte Huppendorfer, weil er den Namen des klein und hager geratenen Mannes bereits wieder vergessen hatte.

»Fiederling, Hubert Fiederling aus Breitengüßbach«, antwortete dieser sofort bereitwillig und musterte das Namensschild Huppendorfers mit der ausführlichen Dienstgradbezeichnung. Es schien, als könnte er mit »Kriminalkommissar« leben, denn er lächelte zufrieden.

Huppendorfer räusperte sich erneut. Langsam wurde er ungeduldig. »Huppendorfer, Cesar Huppendorfer, Kriminalkommissar«, stellte er sich ihm nun auch mündlich inklusive Status vor. Das musste jetzt aber reichen. Er wollte endlich wissen, was der Mann auf dem Herzen hatte, schließlich hatte er noch zu tun. »Also gut, Herr Fiederling, was führt Sie hierh...«

Just in diesem Moment schwebte Honeypenny wieder heran, beugte sich Fiederling entgegen, so weit es ihre Bluse zuließ, und stellte mit einer betont lasziven Handbewegung den Kaffee auf den Tisch. Sie hatte es sich nicht nehmen lassen, den Schaum mit einem Herz aus Schokopulver zu dekorieren. Die Crema wackelte auf dem Kaffee hin und her wie Honeypennys sekundäre Geschlechtsmerkmale. Fiederlings Interesse am Kaffee schwand sichtlich.

Huppendorfer glaubte, seinen Augen nicht zu trauen, als er zwischen den beiden hin- und herblickte. Was lief denn hier für ein Film ab? Honeypenny war seit jeher als geschiedene Männerfresserin bekannt, und jetzt kam dieses Spinnenmännchen daher und wickelte den allseits bekannten Hausdrachen einfach so um seinen mageren Finger? Die Situation hatte Potenzial für eine billige RTL-Vorabendserie. Ein weiteres Mal räusperte er sich laut und energisch und schleuderte Marina Hoffmann gleichzeitig einen vernichtenden Blick zu, woraufhin diese mit schnippischer Miene Richtung Kaffeemaschine verschwand. »So, Herr Fiederling, jetzt wäre es aber wirklich an der Zeit, dass Sie mir Ihr Anliegen vortragen«, sagte er nun doch leicht angenervt.

»Nun, Herr Kommissar«, Fiederling wurde ernst, »es handelt sich um eine etwas ungewöhnliche Sache, wenn ich das einmal so formulieren darf.« Er seufzte tief und vernehmlich, und Huppendorfer schien es so, als habe er sich schweren Herzens zu einer Entscheidung durchgerungen.

»Es ist nämlich so«, begann Fiederling nun endgültig, »ich bin schon seit Jahren Baustellenleiter bei der Firma Fiesder in Hohengüßbach.«

Huppendorfer entfuhr sofort ein belustigter Grunzer. Der Name war in der Dienststelle inzwischen gut bekannt. »Bei Fiesder Airlines?«, konnte er sich nicht beherrschen zu fragen. Sofort gingen seine Gedanken zurück zu ihrem letzten großen Fall, bei dem der allseits bekannte Bauunternehmer und Hubschrauberbesitzer sich bis auf die Knochen blamiert hatte. Er hatte sogar vierundzwanzig

Stunden in Untersuchungshaft gesessen. Ziemlich durchsetzungsfreudiger Vogel, dieser Herr Fiesder.

Auch Hubert Fiederling hatte nun ein schiefes Grinsen aufgesetzt, schließlich kannte er seinen Chef ja zur Genüge. »Mit dem Hubschrauber habe ich aber nichts zu tun. Es geht vielmehr um die Arbeiten an dem Fundament für das neue Windrad, die wir vor einem Vierteljahr auf den Eierbergen ausgeführt haben. Da gab es nämlich ein Problem.« Fiederlings Gesichtsausdruck war fast panisch.

Huppendorfer überlegte kurz. »Problem? Was für ein Problem?«, fragte er verunsichert. »Das Windrad ist doch fertig und produziert schon ganz fleißig Strom, oder etwa nicht? Das Teil habe ich doch heute erst vom Staffelberg aus gesehen.«

»Das ist schon richtig, Herr Kommissar. Aber es geht ja auch nicht um das Windrad als solches, sondern darum, dass wir bei den Erdarbeiten vor drei Monaten etwas Ungewöhnliches zutage gefördert haben. Etwas, das mich seitdem nicht mehr ruhig schlafen lässt, Herr Kommissar. Und es ist wirklich nicht meine Schuld, sondern die meines Chefs, der behauptet hat, es wäre nur eine prähistorische Mumie.« Zitternd legte Fiederling seinen Hut auf die Seite und nahm einen Schluck Kaffee. Honeypenny schien seinen Geschmack getroffen zu haben, denn seine Miene entspannte sich etwas, während Huppendorfer glaubte, sich verhört zu haben.

»Eine prähistorische Mumie? Sie haben da oben auf den Eierbergen eine Mumie ausgegraben? Das ist doch nicht Ihr Ernst, Herr Fiederling!« Huppendorfers Alarmglocken schrillten. Das musste ein Witz sein. Die Glaubwürdigkeit des schmächtigen Mannes da vor ihm nahm gerade im Eiltempo ab. Letzte Woche erst war ein ähnlicher Spinner hier gewesen und hatte eine angebliche Entführung melden wollen. Eine geschlagene Stunde hatte er sich mit dem Irren beschäftigt, bis er gemerkt hatte, dass dessen Birne ziemlich weich war. Dann hatte der Idiot ihm nämlich erzählen wollen, dass das Entführungsopfer er selbst sei, eine Selbstentführung quasi, und dass alles eigentlich eine Aktion gegen das Waldsterben sei, was nun bald durch den Ulmensplintkäfer drohe, wenn die Polizei nicht sofort etwas gegen das Tier unternähme. Dann hatte er ihm noch ein dreiundzwanzigseitiges Pamphlet in die Hand gedrückt, in dem angeblich stichhaltig erläutert wurde, dass die Ulmensplintkäfer mit hoher Wahrscheinlichkeit hochintelligente Außerirdische vom Planeten Nepomuk – oder so ähnlich – seien. Zu weiteren Details seiner Theorie war der Mann nicht mehr gekommen, da Huppendorfer ihn von der Bereitschaftspolizei hatte rauswerfen lassen. Nach Meinung des Kommissars machte dieser Fiederling alle Anstalten, in die Fußstapfen des Verrückten zu treten. Huppendorfers Augen funkelten bereits wütend, als Fiederling weitererzählte.

»Ich glaub ja auch nicht, dass es eine Mumie war, aber Herr Fiesder hat das behauptet. Wir sollten einfach weitermachen, sonst kämen noch die Archäologen aus Memmelsdorf und würden die Baustelle stilllegen. Also habe ich den Arm halt entsorgt.« Fiederling sah aus, als würde er gleich in Tränen ausbrechen.

»Was denn für einen Arm, um Himmels willen?«, fragte Huppendorfer, dem das alles irgendwie gegen den Strich ging.

»Na, einen Arm halt. Natürlich nur noch die Knochen davon. Die steckten in einer Art Jacke oder Mantel. Warten Sie, ich habe ein kleines Stück davon dabei.« Aufgeregt griff Fiederling in seine Jackentasche.

Huppendorfer machte große Augen, als er seinem Besucher dabei zusah, wie der ein kleines Plastiktütchen herausholte und den Inhalt auf den Tisch leerte: bröselige Erde und ein kleiner Knochen. So genau kannte sich Huppendorfer in Anatomie ja nicht aus, aber für ihn sah das Knöchelchen tatsächlich aus wie der Teil eines menschlichen Fingers. Fiederling griff in die andere Jackentasche, förderte ein zerrissenes, aber immer noch glänzendes gelbes Stück Stoff zutage und übergab es Huppendorfer.

»Hier, Herr Kommissar. Aber erzählen Sie bloß nicht Herrn Fiesder, dass ich Ihnen das gegeben habe, sonst bin ich geliefert.«

»Da machen Sie sich mal keine Gedanken, Herr Fiederling. Wenn Sie recht haben, wird Ihr Chef Ärger kriegen und nicht Sie.« Nachdenklich betrachtete er den gelben Plastikfetzen und drehte ihn in seiner Hand hin und her. Das Teil sah aus wie der kärgliche Rest einer Regenjacke. Eine von der Sorte, die man seiner Kenntnis nach gemeinhin als Friesennerz bezeichnete. Dann besah er sich den kleinen Knochen noch einmal genauer. Er wirkte tatsächlich sehr echt. Wortlos legte er die beiden Teile wieder auf den Schreibtisch zurück und musterte Fiederling noch einmal skeptisch.

»Also gut. Einmal angenommen, alles, was Sie sagen, entspricht der Wahrheit, und Sie haben wirklich die Knochen eines Arms in einer Regenjacke auf den Eierbergen gefunden, dann, so muss ich zugeben, stellt sich in der Tat die Frage: Wie ist dieser Arm dort hingekommen? Und fast genauso interessant ist der Umstand, dass Ihr Chef, Herr Georg Fiesder, verdächtige Leichenteile einfach ignoriert hat. Ich will doch hoffen, dass Sie und Ihr Chef die anderen Fundstücke irgendwo sicher gelagert haben?«

Auf die eigentlich nur rhetorisch gemeinte Frage erhielt Huppendorfer leider nicht die gewünschte Antwort. Fiederling fuhr beschwichtigend mit beiden Armen durch die Luft, um dann mühsam hervorzubringen: »Also, nicht direkt, wenn ich ehrlich bin.«

»Was ist denn hier los?«, tönte es plötzlich an Huppendorfers Seite. Fidibus stand neben ihm.

»Wenn ich vorstellen darf, Chef, das hier ist Hubert Fiederling von der Firma Fiesder. Sie wissen schon, der kleine laute Typ mit dem schwarzen Hut und dem Hubschrauber.«

Sofort erhellte sich Suckfülls Gesicht. Fiesder, natürlich. Den würde selbst er nicht vergessen. »War Ihr Chef nicht kürzlich unser Übernachtungsgast ein Stockwerk tiefer?«, fragte er Fiederling mit einem Augenzwinkern. »Was hat er denn diesmal angestellt, der Bruchpilot?«

Huppendorfer konnte sich der heiteren Stimmung seines Chefs nicht ganz anschließen, während Fiederling einen weiteren Beruhigungsschluck von Honeypennys Kaffee nahm. »Wenn es stimmt, was Herr Fiederling gerade erzählt hat, dann hat unser geliebter Bauunternehmer eine Leiche verschwinden lassen. Oder zumindest eine Extremität einer solchen. Hier, das hat uns Herr Fiederling als Beweisstück mitgebracht.« Huppendorfer drückte dem Dienststellenleiter den Knochenrest und den gelben Plastikfetzen in die Hand.

»Ja, nun, das sind dann doch ein bisschen wenig Anhaltspunkte, mein lieber Cesar.« Robert Suckfüll betrachtete misstrauisch die spärlichen Artefakte. »Nach einem Verbrechen sieht mir das erst einmal nicht aus, wenn ich ganz ehrlich bin.« Plötzlich umspielte ein Lächeln seine Lippen. »Kann es vielleicht sein, dass Sie einen Grund suchen, um sich von diesem unappetitlichen Staffelberg-Fall abzuseilen? Mal ehrlich, ein kleines Knöchelchen und ein Stückchen Plastik? Tststs, Sie hören doch wieder nur das Gras husten. Aber bitte, mein lieber Huppendorfer, wenn Sie sich unbedingt in dieses Nesselnäpfchen setzen wollen, dann gehen Sie der Sache eben nach. Am besten zeigen Sie Ihre Ausgrabungsstücke unserem lieben Herrn Professor Siebenstädter in der Gerichtsmedizin, der wird sich bestimmt freuen. Aber bitte flugs, wir wollen keine Zeit verschwenden.« Sprach's, legte die Utensilien wieder auf den Tisch zurück und rauschte von dannen, einen verständnislos dreinblickenden Fiederling sowie einen ob der gerichtsmedizinischen Aussichten entsetzt wirkenden Huppendorfer zurücklassend.

\* \* \*

*Claudia Büchler schaute genervt aus dem Fenster. Es regnete, also zog sie ihr gelbes Regencape über, bevor sie aus dem Haus ging. Das wirklich Ätzende an dem Regenwetter aber war der Umstand, dass sie sich die Mühe mit den Vorschlägen wahrscheinlich umsonst gemacht hatte. Wenn es bei der Begehung des Steinbruchs regnete, brauchte sie auch keine Skizzenrollen herauszuholen. Innerhalb kürzester Zeit wären diese durchnässt und würden sich auflösen. Aber vielleicht ergab sich ja nach dem Termin noch die Gelegenheit dazu, oder die Herrschaften könnten ihre Pläne zur Umsetzung der Renaturierung, die sie in nächtlicher Fleißarbeit erstellt hatte, wenigstens mitnehmen. Sie beschloss, die Pläne trotz des Wetters einzupacken. Dann blieb sie bei den Auftraggebern zumindest im Gespräch. Sie schloss die Eingangstür ihres kleinen Büros in Scheßlitz*

*ab und sprintete durch den Regen zu ihrem Renault, der sie*
*zum Steinbruch nach Ludvag bringen sollte.*

*Im Auto befreite sie ihre langen blonden Haare von der*
*gelben Kapuze und startete den Motor. Ein zuversichtliches*
*Lächeln lag auf ihrem Gesicht. Sie würde alles geben, was*
*sie hatte, um diesen Auftrag zu bekommen! Energisch star-*
*tete sie den Motor des Wagens.*

\* \* \*

Haderlein sah bereits ein größeres Desaster voraus und beschloss, Lagerfeld emotional ein wenig unter die Arme zu
greifen. »Bernd, das Leben ändert sich nun mal ab und an.
Du hast deine wilden Jahre gehabt, jetzt kommt halt was
Neues. Ewig hättest du eh nicht als Don Juan leben können, das passt nicht zu dir. Jetzt fängt ein neuer aufregender
Abschnitt in deinem Leben an.«

»Es waren schöne Zeiten«, sagte Lagerfeld melancholisch, als hätte er Haderlein nicht zugehört. »So ohne jegliche Verpflichtung von Blüte zu Blüte hüpfen. Und hinterher waren die Mädels und ich wieder unabhängig, glücklich
und zufrieden.« Träumerisch blickte Lagerfeld über den
Rand des Bierkruges hinweg in die Fernen der fränkischen
Lande.

Jetzt musste Haderlein aber etwas geraderücken, Bernds
Realitätswahrnehmung schien gehörig verschoben. Der
Kriminalhauptkommissar stützte die Arme verschränkt
auf den Biertisch und rutschte näher an sein angesäuseltes
Gegenüber. »Bernd? Willst du mich verarschen?«, fragte
er eindringlich. »Unabhängig, glücklich und zufrieden?
Sei doch mal ehrlich. Du bist nicht nur von Blüte zu Blüte
gehüpft, du hast erotische Massengräber hinterlassen. Sei

froh, dass du keinem weiblichen Giftanschlag zum Opfer gefallen bist. So kann doch niemand auf Dauer leben. Irgendwann will man doch ein emotionales Zuhause und keinen Beziehungsfriedhof, wo ständig Gräberreihen angebaut werden müssen.«

Der Angesprochene war zusammengezuckt und schaute Haderlein entsetzt an. »So siehst du das also, Franz? Ich gebe zu, es waren wilde Zeiten und ich hatte manchmal Verbrennungen zweiten Grades an meinem besten Teil, aber die Verwendung von Beziehungsfriedhof finde ich jetzt doch stark übertrieben. Ich würde das Ganze eher philosophisch betrachten. Schon Nietzsche hat gesagt ...«
Lagerfeld versuchte einen Ausweg aus der unerquicklichen Diskussion zu finden, doch Haderlein machte da nicht mit.

»Mein Gott, Bernd. Fränkisches Bier macht jeden irgendwann zu einem Philosophen, vor allem nach der Menge, die du getrunken hast. Lass gut sein, auch Nietzsche ändert nichts an der Sachlage. Ich an deiner Stelle würde mal eine Pause einlegen und richtig ausschlafen. Zu unserem Fall kannst du heute ja eh keinen geraden Gedanken mehr fassen. Ich fahr dich jetzt heim, und morgen früh sieht die Welt schon wieder anders aus, mein Lieber. Mach dir mit Ute einen schönen Abend, und haltet euch ein bisschen aneinander fest. Alles klar?« Zum Abschluss der Ansprache schlug Haderlein Lagerfeld freundschaftlich auf die Schulter, dann packte er ihn am Arm, um ihm in den aufrechten Stand zu verhelfen. Das klappte überraschenderweise so gut, dass er Hoffnung hatte, Lagerfeld würde seinen Landrover ohne größere Verletzungen erreichen.

»Auf geht's, du Philosophenpapa«, sagte Haderlein energisch und torkelte mit Lagerfeld zum Auto zurück. Sein kleines Ferkel trottete mit müdem, aber sehr zufriedenem

Gesichtsausdruck nebenher. Aus Riemenschneiders Sicht hatte der Tag sehr unbefriedigend begonnen, aber absolut zufriedenstellend geendet. Sie konnte ihren Frieden mit ihm machen. Und das, was sie da von Herrchens jungem Kollegen vernommen hatte, entschuldigte doch vieles – also so aus weiblicher Schweineperspektive gesehen. Wenn dieser Jammerlappen nur wüsste, wie gut er es eigentlich hatte. Würde sie jemals trächtig werden, dann hätten sie und ihr Lebensabschnittsgefährte es mit bis zu zehn Jungferkeln zu tun. Lagerfeld bekam nur eins, was regte er sich also so auf?

\* \* \*

*Claudia Büchler kam mit ihrem Wagen am Eingang des Steinbruchs zum Stehen. Sofort trat ein dunkelhaariger Mann im nachlassenden Regen auf sie zu, um sie in Empfang zu nehmen. Noch bevor er den Renault erreichte, war sie schon ausgestiegen und hatte ihren gelben Friesennerz übergezogen. Sie wollte gerade ihre Pläne vom Rücksitz nehmen, als sie frustriert feststellen musste, dass dort gähnende Leere herrschte. Sie hatte die Rollen im Büro vergessen. Das durfte einfach nicht wahr sein, so ein verdammter Dreck!*

*»Sind Sie Frau Büchler?«, hörte sie hinter sich die Stimme des Mannes. Sie drehte sich um und versuchte, entspannt und freundlich zu wirken, obwohl sie sich am liebsten geohrfeigt hätte. Eine ganze Nacht und ein ganzer Tag Fleißarbeit waren erst einmal für die Katz. Na gut, dann musste sie eben das Beste daraus machen. Immerhin drangen die ersten Sonnenstrahlen durch die Wolken.*

*»Die bin ich. Und Sie müssen Herr Groh vom Landratsamt sein?« Sie ergriff die Hand des Mannes und schüttelte*

sie. Felix Groh war nicht besonders groß, eigentlich sogar etwas kleiner als sie, und hatte einen warmen, freundlichen Blick. Sein trainierter Körper steckte in einer schwarzen Jeans, und er trug eine Lederjacke.

»Da liegen Sie richtig. Felix Groh. Zuerst einmal herzlich willkommen. Es tut mir leid, Sie bei dem Wetter so eigenmächtig herbestellt zu haben, aber mit dem Regen konnten wir nun wirklich nicht rechnen.« Er lachte entschuldigend, während er seinen Regenschirm zusammenfaltete. »Eigentlich sollte ich die Begehung ja allein machen, aber dann dachte ich mir, dass ein bisschen Sachverstand nicht schaden könnte, und habe Sie und noch ein paar weitere Gäste angerufen. Die anderen sind allerdings nur ahnungslose Politiker. Schön, dass es bei Ihnen so spontan geklappt hat.«

»Aber was ist mit den anderen Beteiligten?«, fragte Claudia Büchler und sah sich verdutzt um.

Groh hob entschuldigend die Schultern. »Keine Ahnung. Sie können sich ja vorstellen, wie das in der Politik so läuft, Frau Büchler. Die sagen zu und haben den Termin gleich wieder vergessen.« Groh sah sich immer wieder nervös um.

Claudia Büchler beschloss, die Gelegenheit beim Schopf zu packen und ihre Vergesslichkeit auszubügeln. Clax, das ist deine Chance, sprach sie sich Mut zu. »Wenn es Ihnen nichts ausmacht, Herr Groh, dann würde ich gern noch einmal schnell zu meinem Büro fahren und meine Pläne holen. Ich habe sie in der Hektik vergessen.«

Felix Groh hatte tatsächlich nichts dagegen. »Gar kein Problem, lassen Sie sich nur Zeit. Wenn die Herrschaften denn überhaupt noch eintreffen, werde ich sie vertrösten. Bloß keinen Stress, schließlich haben wir fast schon Ferien.« Er lachte.

Spontan reichte ihm Claudia Büchler ihren Regenmantel. »Hier, falls es doch noch einmal zu schütten anfängt. In einer halben Stunde bin ich wieder da.« Sie lächelte ihn an. Seine entspannte Art schien sich langsam auch auf sie zu übertragen. Sie stieg in ihren R4, winkte noch einmal, wendete und fuhr zu ihrem Büro zurück. Sie beschloss, nicht zu hetzen. Dieser Groh hatte schon recht. Warum sollte man sich wegen ein paar Politikern verrückt machen lassen, die selbst nicht pünktlich waren?

Felix Groh, der Leiter der unteren Naturschutzbehörde im Landratsamt Bamberg, schlüpfte probehalber in den Regenmantel, und siehe da, er passte besser, als er erwartet hatte. Im Moment schien zwar wieder die Sonne, aber man konnte ja nie wissen. Zum Glück trug er seine ledernen Wanderschuhe, weshalb der Matsch seine Hose nicht zu sehr verschmutzte. Mit den Augen suchte er den Rand des Steinbruchs ab in der Hoffnung, irgendwo seine Tochter zu entdecken. Sie hatte keine Lust auf ein langweiliges Beamtentreffen gehabt und sich noch im Regen zum Blumenpflücken verabschiedet. Wusste der Kuckuck, wo das Töchterchen schon wieder war, aber tief in seinem Inneren war er doch froh und stolz, dass sie so selbstständig war.

Na gut, wenn die hohe Politik nicht erschien, dann würde er sich erst einmal allein ein Bild von diesem aufgelassenen Kleinod machen. Er ging durch den schmalen Durchgang bis an das Ufer des grünblau schimmernden Sees hinunter, der sich in der Mitte des Steinbruchs gebildet hatte. Die Abendsonne warf ihr Licht nun fast waagerecht auf die steilen Abbrüche, sodass das karminrote Farbenspiel zu sehen war, für das der Ort so berühmt war. Lächelnd drehte er sich um und schaute an den Wänden des Steinbruchs entlang bis zu der Stelle zurück, von der er gekommen war.

Als er dort vier Männer entdeckte, zuckte er zusammen. Aber warum erschrak er denn? Das mussten die Herren von der Staatsregierung sein, die ihn angerufen hatten. Er wollte auf sie zugehen, um sie zu begrüßen, als er bemerkte, dass die Herrschaften eigentlich gar nicht wie Offizielle oder Politiker aussahen. Sie waren ganz in Schwarz gekleidet und trugen für diese Tageszeit eher untypische Sonnenbrillen.

»Kann ich Ihnen helfen?«, rief Felix Groh laut. Er bekam keine Antwort, jedenfalls keine, mit der er gerechnet hatte. Der vorderste der Männer hob etwas in die Höhe, das wie ein kleiner Bogen aussah. Der Mann links neben dem Bogenschützen rief ihm laut etwas zu. Sein Befehl schallte durch das romantische Ambiente des Steinbruchs von Ludvag. »Lauf!«

Im gleichen Moment flog ein Pfeil in Felix Grohs Richtung. Nur seinem sportlichen Lebenswandel und seiner Vergangenheit als Fußballtorwart war es zu verdanken, dass er sich im letzten Moment instinktiv wegdrehen konnte, sodass der Pfeil an ihm vorbeisirrte. Eine Schrecksekunde lang beobachtete er, wie auch die beiden anderen Männer Bogen aus den schwarzen Taschen holten, die neben ihnen standen. Dann drehte sich Felix Groh um und begann zu laufen. Im Zickzack sprintete er nach links den alten Fahrweg hinauf, möglichst schnell weg von diesen Irren. Ob noch immer auf ihn geschossen wurde, bekam er nicht mit. Er rannte, bis er am Ende des Steinbruchs vor der steilen Felswand stand.

Keuchend sah er sich um. Sie folgten ihm zwar durch das Gebüsch, aber er hatte sich einen respektablen Vorsprung verschafft. Hoffnung keimte in ihm auf, ihnen zu entkommen. Nur der gelbe Regenmantel störte. Er schwitzte in dem Ding wie ein Schwein, aber er hatte keine Zeit, es auszuziehen. Kurz entschlossen krallte er sich mit seinen Fingern in den feuchten Stein, während er mit den Füßen in der Wand nach Vorsprüngen suchte, von denen es Gott sei Dank reichlich gab. Während er kletterte, schoss ihm das Bild seiner Tochter durch den Kopf. Hoffentlich war sie nicht in der Nähe. Er kam zügig voran, gewann an Höhe. Die Furcht verlieh ihm ungeahnte Kräfte. Er vermied es zurückzuschauen, ahnte er doch, dass dies ein Wettlauf mit dem Tod war. Er musste aus diesem Steinbruch raus.

Fast hatte er es geschafft. Seine rechte Hand griff bereits über die Kante in ein feuchtes Grasbüschel. Er wusste, dass er es nicht tun sollte, aber im Gefühl des nahenden Erfolges sah er kurz nach unten. Dort standen sie. Ruhig, jeder mit einem gespannten Bogen im Anschlag. Automatisch kontrahierten seine Armmuskeln, und er zog sich nach oben. Sein Kopf schob sich bereits über die Kante des Steinbruchs, als ihn von hinten ein Schlag traf und er einen stechenden Schmerz spürte. Verzweifelt blickte er über die Kante des Steilabfalls, an den er sich noch immer mit all seiner Kraft klammerte, und sah durch einen Maschendrahtzaun plötzlich in ein Gesicht.

»Lauf, um Himmels willen, lauf«, konnte er noch verzweifelt flüstern, als ihn zwei weitere Pfeile trafen. Ein letztes Mal blickte er sehnsüchtig durch die Maschen des Zauns in das rettende Gebüsch direkt vor seinen Augen, das für ihn in unerreichbarer Ferne lag, dann fanden die nächsten Pfeile ihr Ziel.

\* \* \*

Haderlein erhielt den Anruf von Huppendorfer, als er Lagerfeld bei seiner schwangeren Mühlenmitbesitzerin abgeliefert hatte und wieder ins Auto gestiegen war. Huppendorfers Anliegen hatte, anders als erwartet, nichts mit dem toten Bräutigam zu tun, sondern mit der Bitte um einen Kurzeinsatz von Riemenschneider in einer eher undurchsichtigen Angelegenheit, wie sich der junge Kommissar ausdrückte.

»Bitte, Franz, tu mir den Gefallen. Wahrscheinlich löst sich alles in Wohlgefallen auf, dann muss ich morgen auch nicht nach Erlangen«, bat ihn Cesar und schickte noch eine Wegbeschreibung zum Treffpunkt hinterher.

Ach, daher wehte also der Wind. Haderlein musste schmunzeln, während er den Weg in Richtung Itzgrund einschlug. Die allgemeine Angst vor einem gewissen Professor ging also um. Anscheinend hatte es der Leiter der Erlanger Gerichtsmedizin geschafft, sich so beliebt zu machen wie das gemeine Stachelschwein. Niemand wollte freiwillig etwas mit ihm zu tun haben. Haderlein sah es schon kommen, dass der Termin morgen trotz Lagerfelds Versprechen wieder an ihm hängen blieb, aber jetzt wollte er erst einmal wissen, was das für eine Sache war, bei der Riemenschneider so unglaublich wichtig sein sollte. Er warf einen kurzen Blick auf die Rückbank, wo das Ferkel bereits wieder eingeschlafen war. Der Alkoholpegel hatte die kritische Grenze für die Gattung wohl signifikant überschritten. Haderlein fragte sich, ob die Riemenschneiderin in diesem Zustand für Huppendorfers Anliegen überhaupt von Nutzen sein konnte. Schon beim Verlassen des Greifenklau in Bamberg war dem Kommissar der schlangenlinienförmige Gang seines Ferkels aufgefallen, der dem von Lagerfeld sehr ähnlich war. Nun gut, das sollte Kollege Huppendorfer selbst entscheiden. »Bin schon auf dem Weg, Cesar.«

Er wandte sich um, klaute auf Lagerfelds Baustelle passendes Werkzeug und befand sich kurze Zeit später auf der Autobahn Richtung Suhl, die er gleich darauf wieder Richtung Untersiemau in das angrenzende Tal verließ. Im Itzgrund folgte er der alten Bundesstraße bis zur Ortsmitte Meschenbach, wo er Huppendorfer am Straßenrand neben seinem Dienstwagen stehen sah. Eine zweite Person war bei ihm, ein kleiner schmächtiger Mann mit grauem Filzhut auf dem Kopf. Haderlein parkte seinen Landrover ebenfalls am Straßenrand und stieg aus.

»Danke, Franz, dass du gekommen bist. Hast jetzt echt was gut bei mir.« Huppendorfer wirkte erleichtert. »Das hier ist Herr Fiederling von der Firma Fiesder. Er hat mir eine ziemlich schräge Geschichte erzählt, die ich gern überprüfen möchte.«

Haderlein musste einen kurzen Moment nachdenken, dann verzog er das Gesicht, als ob er Schmerzen hätte. Fiesder? Da klingelte doch etwas bei ihm. »Du meinst doch nicht etwa die Firma vom Hubschrauber-Fiesder, den Schwarzhutfetischisten?«, fragte Haderlein ohne wirkliche Hoffnung auf einen Irrtum Huppendorfers oder ein sonstiges Missverständnis.

Sowohl Huppendorfer als auch Hubert Fiederling nickten synchron, dann schilderte der dunkelhäutige Kommissar Haderlein kurz die Gründe des Treffens, woraufhin sich dieser die Fundstücke Fiederlings aushändigen ließ.

Nachdenklich drehte und wendete er die beiden Teile und betrachtete sie. »Der gelbe Fetzen hier kann auch nur irgendetwas sein«, er gab alles Huppendorfer zurück, »aber der Knochen könnte tatsächlich von einem Menschen stammen. Dann führen Sie uns mal bitte zur ominösen Fundstelle, Herr Fiederling.« Er bedeutete den beiden, bei ihm einzusteigen. Ein Allradfahrzeug wie sein Landrover kam auf einer Baustelle im Zweifel besser voran als ein ausschließlich frontgetriebenes Fahrzeug wie Huppendorfers BMW.

Haderlein folgte den Wegweisungen Fiederlings, sodass sie über Nebenstraßen und Behelfswege schließlich den fast fertigen Kiesdamm der ICE-Strecke von Bamberg nach Erfurt erreichten. Hier bat Fiederling Haderlein, anzuhalten und auszusteigen.

»Hier, genau hier ist es!«, rief er, als sie an der Baustelle standen. Aufgeregt deutete er auf den Bahndamm, dem zu seinem Glück aus Laiensicht eigentlich nur noch die Gleise fehlten. Huppendorfer schaute zweifelnd an der ICE-Strecke entlang und hatte seine Bedenken, dass Fiederling sich die genaue Stelle gemerkt hatte. Der Damm sah von vorn bis hinten absolut gleich aus. Der Bauleiter bemerkte den Gesichtsausdruck Huppendorfers und deutete auf den schmalen Grünstreifen zwischen Damm und dem Behelfsfahrweg. Und tatsächlich, jetzt sahen es auch Huppendorfer und Haderlein. Ein kleiner, unscheinbarer Pflock ragte dort keine zwanzig Zentimeter aus dem Boden.

»Der ist von mir«, sagte Fiederling selbstzufrieden. »Ich wusste schon, dass ich irgendwann hierher zurückkehren würde. An dieser Stelle haben wir die ersten Ladungen aus der Baugrube abgeladen. Die vom Streckenbau haben dann nur noch alles plattgemacht und in Form gewalzt.«

Dann war es jetzt also an der Zeit, die Riemenschneiderin ins Spiel zu bringen, dachte sich Haderlein und ging zum Landrover zurück. Als er die Tür zum Fond öffnete, bot sich ihm allerdings ein desaströses Bild. Riemenschneider würde in der näheren Zukunft nicht einsatzfähig sein. Das Ferkel lag mit ausgestreckten Füßen auf dem Rücksitz und schlief tief und fest. Der Kriminalhauptkommissar erkannte die Tiefschlafphase seines Ferkels in erster Linie daran, dass es laut schnarchte. Er schob die Hände unter Riemenschneider und hob das schnarchende Polizeischwein aus dem Wagen. Als er es neben der Bahnstrecke im Gras abgelegt hatte, preschte ein VW-Golf mit ziemlicher Geschwindigkeit den Behelfsweg herauf. Auf den Flanken des Fahrzeugs prangte groß das bekannte »DB« der Deutschen Bahn.

\* \* \*

*Claudia Büchler brauchte doch länger im Büro, als sie gedacht hatte. Wie das halt immer so war. Man legte schnell mal etwas auf die Seite, und dann war es plötzlich für Jahre verschwunden. Dass dies mit großen DIN-A2-Plänen auch passieren konnte, war ihr nicht klar gewesen. Schließlich fand sie die Papiere nach enervierendem Suchen im Schirmständer im Flur. Wie sie da hingekommen waren, konnte sie sich beim besten Willen nicht erklären. Hektisch packte sie die Skizzen und schwang sich zurück in den alten Renault. Den Papierkram pfefferte sie auf den Rücksitz, klemmte sich hinters Lenkrad und knallte die Fahrertür zu. Wenn jetzt auch noch der Motor streikte – wie des Öfteren –, würde sie aussteigen und schreiend durch Scheßlitz rennen. Doch der Renault tat ihr den Gefallen, prompt und ohne Misstöne anzuspringen, und sie machte sich erleichtert wieder auf den Weg nach Ludvag. Das zweite Mal an diesem Tag. Die Einhundertfünfzig-Seelen-Ortschaft lag aber auch wirklich weit ab vom Schuss. Ohne den Steinbruch wäre sie niemals auf den Gedan-*

ken gekommen hinzufahren, und dabei hatte man von dort oben eine gigantische Aussicht hinüber zum Gügel und bis Bamberg. Eine Dreiviertelstunde nach ihrer ersten Ankunft parkte sie ihren Wagen wieder an der gleichen Stelle.

Am Eingang des Steinbruchs war niemand mehr zu sehen. Wahrscheinlich waren alle Beteiligten in der Zwischenzeit eingetroffen und schon im Steinbruch mit Herrn Groh in Besprechungen vertieft. Sie klemmte sich die Papierrollen unter den Arm und lief, so schnell es ihre Fracht zuließ, in den Steinbruch. Sie schaute sich um. Angestrengt versuchte sie, etwas zu erkennen oder zu hören, aber bis auf ein paar Vogelstimmen war es ruhig, und niemand war zu sehen.

»Hallo, ist hier jemand?«, rief sie, doch niemand antwortete. Bitte nicht. Die konnten mit ihrer Besprechung doch nicht schon fertig sein! Sie ging den abschüssigen Weg hinunter und um den blau schimmernden kleinen See herum. Mehrmals rief sie nach Herrn Groh, bekam aber keine Antwort. Eine halbe Stunde später, die sie mit Warten und sinnlosem Herumstehen verbracht hatte, verließ sie ratlos den Steinbruch. Sie erklomm eine Anhöhe in der Nähe und schaute noch einmal frustriert zum Gügel hinüber, zur Kapelle, die nicht weit von der Giechburg hoch über Scheßlitz thronte. Dann ging sie zu ihrem Auto zurück, warf die Pläne enttäuscht auf den Rücksitz des Renaults und knallte wütend die Beifahrertür zu. Gut gemacht, Clax, dachte sie sich. Als hätte es jemand auf sie abgesehen, setzte in diesem Moment wieder heftiger Regen ein. Noch einmal blickte sie frustriert zum Steinbruch zurück in der Gewissheit, dass da heute etwas gnadenlos an ihr vorbeigegangen war.

\* \* \*

»Au weh, die schwarzen Sheriffs der Bahn«, meinte Huppendorfer amüsiert. »Die haben bestimmt Angst, dass wir ihre noch nicht vorhandenen Kupferkabel klauen.«

Nun, so falsch lag er mit der Einschätzung der Stimmungslage der beiden grimmig dreinschauenden Männer des Sicherheitsdienstes gar nicht. In regelmäßigen Abständen hatte man auf der Baustelle Kameras installiert, um etwaige Diebe oder Saboteure abzuschrecken, und genau eine solche Kamera hatte sie jetzt entdeckt und sogleich den Sicherheitsdienst auf den Plan gerufen. Haderlein zeigte den Männern seinen Ausweis und informierte sie über den Grund ihres Hierseins.

»Eine Leiche in unserem Kiesbett? Das soll wohl ein Witz sein«, sagte einer der beiden Sicherheitsleute. »Und wie wollen Sie herausfinden, ob das stimmt? Ich sehe hier jedenfalls keine Spürhunde. Oder wollen Sie mit der Hand nach Knochenresten graben?« Er grinste abfällig, während sein schweigender Mitarbeiter relaxt an dem Golf lehnte.

Wortlos drehte Haderlein sich um und weckte die Riemenschneiderin auf, indem er seine Mineralwasserflasche aus dem Auto holte und deren Inhalt dem Ferkel langsam über den schnarchenden Kopf goss. Schon nach wenigen Sekunden sprang es auf und quiekte protestierend. Die beiden Sicherheitsleute kriegten sich vor Lachen nicht mehr ein. Ein Polizeiferkel hatten sie noch nie erlebt. Dieser späte Nachmittag versprach weit weniger langweilig zu werden, als sie gedacht hatten.

Riemenschneider hatte für ihren Teil nicht nur mit einem brummenden Schädel und leichten Gleichgewichtsschwankungen zu kämpfen, sondern auch mit einem dringenderen Problem: Ihre Blase musste schnellstmöglich entleert werden. Sie riss sich zusammen und tippelte unter dem Gekicher der beiden Sicherheitsleute auf einen kleinen Strauch zu. Als sie allerdings das Bein hob, forderte der Restalkohol seinen Tribut. Sie fiel auf die Seite, blieb hilflos liegen und erleichterte sich eben in dieser Position. Die Männer vom Sicherheitsdienst kriegten sich nicht mehr ein, Haderlein schloss genervt die Augen, und Hubert Fiederling glaubte sich für einen Moment nicht mehr bei der Kriminalpolizei, sondern bei einem Wanderzirkus. Verwirrt schaute er zwischen den Kommissaren hin und her. Schließlich fasste sich Haderlein ein Herz, ging zu Riemenschneider, hob sie hoch und stellte sie wieder auf die Beine.

Einer der beiden Bahnbediensteten hatte inzwischen sogar sein Handy aus dem Handschuhfach geholt, um die Szenerie festzuhalten. »Ein besoffenes Polizeischwein, das wird mir niemand glauben«, lachte er und machte ein Foto nach dem anderen.

Haderlein ging auf die Knie und strich seiner Riemenschneiderin beruhigend über den Kopf. Inzwischen schien sie einigermaßen wach zu sein, aber noch immer keinen Plan zu haben, was sie hier sollte. Von einer klassischen Dienstfähigkeit konnte man bei Riemenschneider in ihrem jetzigen Zustand jedenfalls nicht reden. Egal, sie mussten es versuchen. Haderlein gab Huppendorfer ein Zeichen, woraufhin sich dieser ebenfalls hinhockte und Riemenschneider die beiden Fundstücke vor den Rüssel hielt.

»Such, Riemenschneider, such«, flüsterte Huppendorfer dem Ferkel ins Ohr, aber das machte keinerlei Anstalten, sich in die Arbeit zu stürzen. Im Gegenteil, die Riemenschneiderin schaute Haderlein mit einem herzerweichenden Blick an, der selbst Granit zum Schmelzen gebracht hätte.

Doch Haderlein war ein sehr konsequentes und, wenn

es unbedingt sein musste, auch ein sehr durchsetzungsfreudiges Herrchen. »Nein, du hast deinen Spaß gehabt, Riemenschneider«, sagte er barsch. »Jetzt ruft die Arbeit, und ich erwarte, dass du deine Pflicht tust, auch wenn es dir schwerfällt. Auf geht's, Mädchen.«

Resigniert senkte Riemenschneider den Kopf, Haderleins Ton kannte sie schon. Da war es besser zu tun, was Herrchen wollte, sonst hätte die Sache unangenehme Konsequenzen, die selbst Honeypenny nicht abwenden könnte. Reichlich lustlos schnupperte sie erst an dem gelben Plastikteil und anschließend an dem Knochenrest.

»Such, Mädchen, such!«, befahl Haderlein noch einmal. Er deutete auf die Bahnstrecke, während sich die Männer vom Sicherheitsdienst ihrem nächsten Lachkrampf hingaben.

Riemenschneider nahm ihre Reaktion erst mit Haltung zur Kenntnis, dann wurde ihr das Lachen aber zu viel, und sie knurrte so tief und gefährlich, wie sie nur konnte, in Richtung der beiden Bahnkasper. Doch selbst das hatte nur das Gegenteil dessen zur Folge, was sie bezweckt hatte. Eingeschüchtert hatte sie damit jedenfalls niemanden.

»Achtung, ein Killerschwein ist unterwegs, jetzt hab ich aber Angst«, kugelte sich der Fotograf und schnappte nach Luft.

»Kümmere dich nicht um die zwei, Riemenschneider. Such, Mädchen, such«, versuchte es Haderlein erneut. Und tatsächlich, nachdem Riemenschneider noch einmal an Fiederlings Utensilien geschnuppert hatte, begann sie den Kies am Fuß des Gleisbettes systematisch abzusuchen. Das hämische Gelächter von links ignorierte sie geflissentlich. Der Geruch des gelben Dings war ihr sehr wohl bekannt vorgekommen, den hatte sie schon öfter gerochen, beispielsweise an Umhängen, die die Menschen benutzten, um sich vor Regen zu schützen. Doch das gelbe Dings schien schon sehr lange im Boden gelegen zu haben, da war es schwer, noch einen Eigengeruch festzustellen. Anders der Knochen. Er verströmte einen dunklen, bedrohlichen Gestank: den Geruch des Todes. Sehr unangenehm, aber auch sehr typisch.

Hoch konzentriert trippelte Riemenschneider an der Neubaustrecke entlang und sog dabei permanent die Luft ein. Auch Haderlein versuchte, das Gegacker der beiden Sicherheitsdeppen auszublenden und beobachtete die Riemenschneiderin. Nach anfänglichen Schwierigkeiten hatte sich das Ferkel endlich auf die Sache eingelassen, vielleicht konnte es mit seinem fantastischen Spürsinn ja etwas ausrichten. Gespannt sah er, wie Riemenschneider systematisch den Rand des Gleisbettes abschnüffelte und dann wie vom Blitz getroffen an einer Stelle stehen blieb. Den Kopf hatte sie wie ein Vorstehhund weit nach vorn gestreckt und einen Vorderfuß rechtwinklig angehoben. So hatte sie es während ihrer Polizeihundeausbildung gelernt, und was sie einmal gelernt hatte, das vergaß sie nie. Mehrere Sekunden lang verharrte sie in dieser Stellung und schnupperte noch einmal. Dann ließ sie sich auf ihr Hinterteil fallen und schaute ihr Herrchen unter massivem Knurren an. Es gab keinen Zweifel mehr, Riemenschneider hatte etwas gefunden.

Die Erheiterung der beiden Bahnmitarbeiter hatte währenddessen ihren finalen Höhepunkt erreicht. Es machte den Anschein, als müssten sie gleich vor Bauchschmerzen sterben. Ein Ermittlerschweinchen in Habachtstellung, das war zirkusreif! Gleich würden sie ein letztes Foto machen, damit ihre Kumpels von der Ablösung ihnen die Show auch glaubten.

Haderlein war indessen von ihnen unbemerkt zu seinem Wagen gegangen und hatte den Kofferraum geöffnet. Haderlein nahm die Schaufel und den Spaten, die er sich bei Lagerfeld ausgeborgt hatte, und hielt die Bauwerkzeuge den beiden gackernden Hühnern des Wachdienstes entgegen. »Graben«, sagte er nur, und in Sekundenschnelle war das Gelächter verstummt.

Erst gab es verstörte Gesichter, dann massiven Protest. »Das können Sie vergessen, Herr Kommissar, wir sind doch nicht verpflichtet, für Sie die Deppen...«

»Natürlich sind Sie das, ich bin von der Polizei«, unterbrach Haderlein scharf, und unter seinem unduldsamen Blick wichen die beiden eingeschüchtert zurück.

»Und wie lange sollen wir graben?«, wollte der Schweigsame der beiden wissen, der außer Gelächter bisher noch keinen Ton abgesondert hatte.

»So lange, bis ihr etwas gefunden habt, ihr Komiker«, antwortete Haderlein.

Widerwillig nahmen sie ihm schließlich doch Schaufel und Spaten aus der Hand und begannen murrend mit der Arbeit.

Während die Bahnbediensteten ihre ersten Schaufel- und Spatenstiche verrichteten, zog Haderlein sein Handy heraus und hob es hoch. »Bitte lächeln!«, rief er fröhlich, dann machte er ein Foto von seinen zwei mürrisch dreinblickenden Hilfsarbeitern und steckte das Handy grinsend wieder weg.

Die Regenpfeiferin hatte sich in ihrer Not und unter dem massiven Gebärdruck doch wieder ins Tal begeben. Da sie nicht an einem Fluss lagern wollte, aber ein paar Steine für einen Kiesbrüter doch vielleicht eine gute Idee waren, hatte sie sich nicht an einem Gewässer, dafür aber an einem sehr langen, geradlinigen Kiesstrand niedergelassen. Vielleicht ein Kiesbrüterbiotop, extra für sie von der EU errichtet? Hocherfreut und erleichtert ließ sie sich darauf nieder, baute ihr Nest zwischen die vielen Steine und legte drei Eier.

Es war kaum zu glauben, sie blieb tatsächlich tagelang ungestört. Bald schon befreite sich ein Regenpfeiferbaby nach dem anderen mit seinem kleinen süßen Schnabel aus dem kalkigen Gefängnis und schaute sie erwartungsvoll an. Ihr kamen fast die Tränen, der absolute Höhepunkt ihrer Flussregenpfeifermutter-Karriere! Doch der absolute Tiefpunkt folgte sogleich. Ihre flauschigen Kindlein hatten gerade das Piepen gelernt, als an dem langen Strand plötzlich Aufregung herrschte. Erst fuhr ein Auto vor, aus dem drei Männer ausstiegen. Na ja, eigentlich waren es nur zwei Männer, der eine ging selbst für sie nur als Männchen durch. Außerdem hatten sie noch ein kleines rosa Schwein mitgebracht. Zuerst dachte sie, die Männer wollten vielleicht Trüffel suchen, aber dann traf ein weiterer Wagen ein und mit ihm zwei weitere Männer. Es gab einen Disput, und dann geschah das, was eigentlich so hatte kommen müssen: Zwei der Männer kamen mit Werkzeugen in der Hand genau auf ihr Nest zu.

Unfassbar, was wollten die an ihrem Brutgelege? War man denn heutzutage nirgendwo mehr sicher? Aber es half alles nichts, sie hatte endlich Nachkommen in die Welt gesetzt, und alle zusammen mussten sie jetzt schleunigst von hier weg. Sie spreizte schon die Flügel, als sie aus dem Augenwinkel gerade noch rechtzeitig sah, wie ihre frisch geschlüpften Kindlein heftig mit den flaumigen Flügeln flatterten, ohne auch nur einen Millimeter vom Boden abzuheben. Mist, das mit dem Fliegen konnte sie vergessen. Während sie überlegte, kamen die beiden großen Männer mit den Schaufeln immer näher.

»Okay, wir müssen jetzt improvisieren. Wir müssen fort von hier, ihr könnt nicht fliegen, also wird gelaufen. Mir nach!«, rief sie und wollte schon los, als sich einer ihrer Söhne ihr in den Weg stellte.

»Das ist jetzt aber nicht dein Ernst, Mama, oder?«, protestierte ihr Ältester. »Mich gibt's ja noch nicht so lange, aber so, wie ich das hier sehe, sind wir Vögel. Und Vögel laufen nicht, sondern fliegen. Laufen ist also gegen das Jugendschutzgesetz!«

Aber seine Mutter hatte keine Zeit für Diskussionen und klebte ihm, Jugendschutzgesetz hin oder her, eine mit dem rechten Flügel. Daraufhin setzte sich der kleine Trupp endlich sehr eilig in Bewegung.

Riemenschneider saß einfach nur da und blickte mit leuchtenden Augen zu ihrem Franz hinüber. Sie war stolz auf ihr Herrchen. Diesen Bahnaffen hatte er es so richtig gezeigt. Jetzt beugte sich das gepriesene Herrchen auch noch zu ihr herunter. Bestimmt würde es sie loben, streicheln und ihr ob ihrer phänomenalen Leistung ein Stück Apfel geben, dachte sie sich voller Vorfreude.

»Wenn die zwei Idioten da nichts finden, weil du dich vertan hast, Riemenschneider, ist das die Blamage des Jahrhunderts. Dann gibt's eine Woche Leinenpflicht bei Wasser und Brot, verstanden?«, flüsterte ihr Haderlein leise ins Ohr.

Riemenschneider blieb stocksteif sitzen und reckte beide Ohren kerzengerade in die Höhe. Für Laien sah sie aus wie ein hoch konzentrierter Spürhund, nur Haderlein wusste, dass sein Ferkel ob seiner Worte nervös geworden war.

Die Stimmung entspannte sich etwas, als Huppendorfer das Lunchpaket auspackte, welches aus den Honigbroten bestand, die er wegen Fiederlings Auftauchen nicht hatte essen können. Die Kommissare wollten gerade in die Brote beißen, als sich einer der Bahnarbeiter meldete.

»Ich hab etwas gefunden, Herr Kommissar!«, rief er, dann scharrte er mit seinem Spaten, um etwas freizulegen. Aus dem Augenwinkel sah er dabei einen Vogel mit ein paar winzigen Küken im Gänsemarsch den Damm entlangeilen, aber er konnte sich auch irren.

»Was ist es?« Haderlein wollte sichergehen, dass es sich nicht etwa nur um einen Ast handelte. »Was genau habt ihr gefunden? Hoffentlich keinen Bierkasten!«

Der Mann wich erschrocken zurück und schüttelte den Kopf. Huppendorfer und Haderlein kraxelten sofort den Damm hinauf und mussten, oben angekommen, zugeben, dass der Mann recht hatte. Das, was da vor ihnen lag, war kein alter Bierkasten und auch kein Ast, es war ein lederner Wanderschuh, aus dem der angeschimmelte Schienbeinknochen eines Menschen herausragte.

Haderlein zog sein Handy aus der Jacke und rief, nachdem er ein Foto von dem morbiden Fundstück gemacht hatte, in der Dienststelle an. »Honeypenny, wir brauchen hier die Spurensicherung, sofort. Und sag ihnen gleich, es ist mir scheißegal, dass wir heute Pfingstsamstag haben.« Dann warf er einen kurzen Blick auf Riemenschneider und fügte hinzu: »Und besorg eine Riesenschüssel Äpfel für unser Superferkel.« Als er sein Mobiltelefon wieder zugeklappt hatte, überlegte er einen kurzen Moment. Er hatte wirklich nicht damit gerechnet, dass sie hier etwas kriminalistisch Relevantes finden würden. Aber mit diesem Schuh und dessen unerwartetem Inhalt gab es keine Zweifel mehr.

183

Männchen Fiederling schien die Wahrheit gesagt zu haben. Das hieß aber auch, dass sie jetzt Herrn Bauunternehmer Fiesder am Haken hatten, und wenn es nur um die Vertuschung einer Straftat ging. Eigentlich schien es ja purer Zufall gewesen zu sein, dass Fiesders Mitarbeiter die menschlichen Überreste beim Windradbau gefunden hatten. Bei dem Gedanken zuckte er wie vom Blitz getroffen zusammen. Eine böse Vorahnung hatte sich in seine Überlegungen eingeschlichen.

Je länger er darüber nachdachte, desto stärker wurde die Vorahnung. Da half alles nichts: Er musste die Zweifel beseitigen, sonst würde seine Kommissarenseele keine Ruhe geben. Noch einmal ging er die Sachlage gedanklich durch, dann wandte er sich an Huppendorfer.

»Cesar – Planänderung! Du wirst ab sofort die Sache hier managen, der Staffelberg-Fall geht dich nichts mehr an. Allerdings muss ich jetzt mit Fiederling und Riemenschneider noch einmal verschwinden, um etwas zu klären«, sagte er mit seinem bekannten dunklen Glanz in den Augen.

Cesar Huppendorfer wusste, dass es in solchen Situationen am besten war, nicht nachzufragen, was genau sein Chef vorhatte. Außerdem war er froh, einen eigenen Fall zu haben und sich nicht mit dem Politikergesocks vom Staffelberg rumschlagen zu müssen. »Alles klar, Chef, wird gemacht.«

Haderlein nickte ihm noch einmal zu, dann stieg er das Gleisbett hinunter und klopfte Fiederling anerkennend auf die Schulter. »Gut gemacht, Herr Fiederling«, lobte Haderlein ihn ausdrücklich. »Allerdings möchte ich Sie noch einmal entführen. Wir haben noch eine Kleinigkeit zu klären, und dazu brauche ich Sie unbedingt.«

Fiederling nickte bereitwillig und erleichtert. Endlich

war ihm die schwere Last von der Seele genommen worden. Gott sei Dank, man hatte Überreste gefunden, die seine Worte stützten, sonst wäre er womöglich noch als verrückter Spinner in der Tagespresse geendet. Mit einem sehr viel besseren Gefühl als noch vor wenigen Stunden stieg er zu Haderlein in den Wagen und harrte der Dinge, die an diesem Samstagabend noch folgen sollten.

\* \* \*

*Sie hatte sich natürlich nicht an die Anweisungen ihres Vaters gehalten und das Gelände des Steinbruchs verlassen. Hier war es erstens schöner, weil voller Blumen, und zweitens spannender, weil verboten. Falls Papa das rausbekam, würde er nur kurz schimpfen und es danach wieder vergessen – wie immer. Vor allem, wenn sie ihm einen großen Strauß Blumen schenkte. Sie hatte keine Lust gehabt, blöd danebenzustehen, wenn er sich mit Erwachsenen in dem Steinbruch traf. Da gab es weiß Gott Spannenderes. Leider war der Steinbruch an dieser Seite eingezäunt, sie konnte es also vergessen hinunterzuklettern und würde später den ganzen Weg außen herum wieder zurücklaufen müssen.*

*Sie war gerade hinter einer breiten Buschreihe mit dem Pflücken von Blumen beschäftigt, als sie aus dem Steinbruch schnelle Schritte und Rufe hörte. Sie kroch in das Gebüsch vor sich und blickte durch die Zweige und den Zaun hindurch nach unten. Ein paar Männer mit Sonnenbrillen und sonderbaren Bogen in der Hand liefen auf die Wand des Steinbruchs zu. Zwei andere Männer standen am Eingang des Geländes, während die drei mit den Bogen jetzt – auf sie zielten? Erschrocken zog sie den Kopf in das Gebüsch zurück.*

*Was war da los? Und wo war Papa?* Sie hatte ihn nirgendwo gesehen oder gehört. Sie wollte gerade aus dem Gebüsch kriechen und so schnell wie möglich zum Auto zurücklaufen, als direkt vor ihr eine Hand über dem Rand des Steinbruchs erschien und sich in das Gras krallte. Es folgten ein zweiter Arm und dann der völlig verschwitzte Kopf ihres Vaters. In seinen Augen stand blanke Panik. Erschrocken hielt sie den Atem an, unfähig, sich zu rühren. So hatte sie ihren Vater noch nie gesehen.

»Papa, was ist los?«, rief sie verängstigt und wollte ihm die Hände durch den Zaun entgegenstrecken.

Felix Groh stockte einen Moment, als er seine Tochter in dem Gebüsch vor ihm sah. Er wollte sich komplett über den Rand ziehen, als er plötzlich innehielt und ein merkwürdiger Schauer seinen Körper durchlief. Sein Gesicht verzog sich zu einer Fratze, dann stöhnte er laut auf. Nur noch mühsam konnte er sich festhalten. Er drohte bereits abzurutschen.

»Papa!«, wimmerte seine Tochter leise, bevor sie sich noch ein letztes Mal in die Augen sahen.

»Lauf, um Himmels willen, lauf«, stöhnte er in ihre Richtung, dann ließen seine kraftlosen Hände los, und er verschwand aus ihrem Blickfeld.

Sie unterdrückte einen Schrei, presste beide Hände auf ihren Mund und lag geschockt in dem Busch, unfähig, der Aufforderung ihres Vaters Folge zu leisten. Sie war wie versteinert. Ihrem Vater musste etwas Schreckliches widerfahren sein. Dann hörte sie, wie sich von links Männer näherten. Es war der gleiche Weg, den sie gekommen war, sie konnte also nicht einfach aufstehen und zurückrennen. Panisch drückte sie sich noch weiter in das Gebüsch in der Hoffnung, dass die Männer sie übersehen würden. Den gepflückten Blumenstrauß hielt sie so fest umklammert, dass ihre Knöchel weiß hervortraten. Doch das Einzige, was sie spürte, war unglaubliche Angst. Angst vor diesen Männern und vor der schrecklichen Szene mit Papa, die sie mitangesehen hatte. Aber darüber wollte und konnte sie jetzt nicht nachdenken, die Männer kamen immer näher, bis sie nicht einmal einen Meter entfernt standen. Sie unterhielten sich auf Englisch. Sie hatte erst im letzten Jahr angefangen, die Sprache zu lernen, und verstand kein Wort. Plötzlich blieb ihr fast das Herz stehen. Einer der Männer ging direkt vor ihr in die Knie, schaute aber nicht in ihre Richtung, sondern begann mit einer Zange den Maschendraht des Zaunes durchzuschneiden, durch den sie zuletzt ihren Vater gesehen hatte.

Als der Mann mit seiner Arbeit fertig war, kroch er auf dem Bauch durch das Loch und schaute über den Rand des Steinbruchs nach unten. Anscheinend zufrieden mit dem, was er gesehen hatte, schob er sich wieder rückwärts zurück und richtete sich auf die Knie auf.

Sie starb fast vor Angst, das Herz schlug ihr bis zum Hals, als der Mann in dem schwarzen, eng anliegenden Shirt jetzt doch in ihre Richtung schaute. Aber er schien sie nicht zu bemerken, obwohl sein Gesicht nur etwa einen Meter entfernt war. Dafür konnte sie sehen, dass auf der einen Seite seines Shirts etwas aufgenäht war. Unter einem roten Baum stand »Three Oaks«. Das erste Wort kannte sie, im Deutschen bedeutete es »drei«, doch mit »Oaks« konnte sie nichts anfangen. Sie würde sich das Wort merken und ihr Leben lang nicht mehr vergessen. Genauso wenig wie die Gesichter der Männer.

Kurz darauf erhob sich der Mann. Er und seine Begleiter diskutierten kurz, diesmal allerdings auf Deutsch, und deuteten zum Himmel. Dort waren wieder dunkle Regenwolken aufgezogen, der nächste Schauer kündigte sich an. Dann hörte sie zweimal deutlich einen Namen, der sich wie ein glühendes Zeichen in ihre Seele brannte, und wenige Augenblicke später waren die Männer genauso schnell verschwunden, wie sie aufgetaucht waren. Sie meinte noch, das Geräusch eines wegfahrenden Autos zu vernehmen, dann war es wieder ruhig. So ruhig wie vorher, als sie hier heraufgegangen war, um Blumen für ihren Vater zu pflücken.

Sie blieb noch ein paar Minuten in dem Gebüsch hocken, obwohl außer dem leichten Wind, Vögeln und umherfliegenden Insekten nichts mehr zu hören war. Ihr Verstand hatte ausgesetzt, sie konnte nicht mehr denken, sie wollte nur noch weinen, schreien, sie wollte aufspringen und ihren Vater suchen. Andererseits fürchtete sie sich auch davor, ihn da unten zu finden. Wobei: Eigentlich fürchtete sie sich noch mehr davor, ihn nicht zu finden. Ihre Gedanken und Gefühle überschlugen sich. Es war alles zu viel. Ihr Gehirn reagierte automatisch. Es schaltete einen Teil von sich einfach ab, schob alle dunklen Gedanken in einen Raum, schloss zu und warf den Schlüssel weit weg, um das Schlimmste zu verhindern. Übrig blieb das karge psychische Gerüst eines verängstigten Mädchens, das nicht mehr wusste, wie es sich verhalten sollte. Dann hörte sie, wie die ersten Regentropfen die obersten Blätter des Gebüsches trafen. Die große dunkle Wolke begann, ihre schwere, nasse Ladung Richtung Erde zu entlassen. Als der Regen immer heftiger wurde, hörte sie eine Frauenstimme. Zuerst zuckte sie verängstigt zusammen, dann aber verstand sie die Worte.

»Herr Groh, hallo, sind Sie noch da?« Die Frau rief nach

*ihrem Vater. Die Frau kannte ihren Vater, und die Männer hinderten sie nicht am Rufen. Anscheinend waren sie fort. Der Regen prasselte nun wie aus Kübeln auf sie hinab, die Frau war nicht mehr zu hören. Sie war nass, sie fror, sie hatte noch immer furchtbare Angst und wusste nicht, wohin – und trotzdem musste sie eine Entscheidung treffen.*

\* \* \*

Haderlein ließ sich von Fiederling den Weg zeigen. Gemeinsam fuhren sie mit seinem Landrover über mal enge, mal breite Waldwege die Eierberge hinauf. Am höchsten Punkt öffnete sich der Wald zu einer großen Lichtung, und sie standen vor dem neu erbauten höchsten Windrad Europas. Der gewaltige Rotor drehte sich langsam und gemächlich im Wind. Ein fast Ehrfurcht gebietender Anblick.

Haderlein stieg aus, holte die Kanthölzer und eine Axt aus dem Kofferraum und winkte Riemenschneider und Fiederling zu sich.

»So, Herr Fiederling, jetzt zeigen Sie mir doch mal, an welcher Ecke des Fundamentes dieser Arm ausgegraben wurde.«

Fiederling nickte, ging zum südlichen Ende der Windkraftanlage voraus und deutete am Rand des Fundamentes auf den Boden. »Genau hier«, sagte er im Brustton der Überzeugung. »Genau hier in der Ecke.«

Haderlein ging in die Knie und schlug an der benannten Stelle mit umgedrehter Axt einen roten Pflock ein. Dann betrachtete er das Gelände ringsherum. Alles war mehr oder weniger eben. Es gab weder Bäume noch Büsche, nur kleine Sträucher, Blumen und Gräser. Um die Fläche für die Bauarbeiten zu schaffen, hatte man gemäht und abgeholzt, aber nicht das gesamte Erdreich um die Baustelle herum mit Baumaschinen umgegraben. Gut, das hatte er sich schon gedacht. Haderlein kraulte seine Riemenschneiderin hinter den Ohren, dann gab er ihr wieder den Befehl, den sie so gut kannte und der sie schon in manches Abenteuer geführt hatte.

»Such«, sagte ihr Herrchen, dann lief das kleine Ferkel auch schon los.

Was dann kam, würde Baustellenleiter Hubert Fiederling sein Lebtag nicht mehr vergessen. Das kleine Schwein rannte in einem Affentempo kreuz und quer über das Plateau, dann stoppte es, setzte sich auf sein Hinterteil und stieß das merkwürdige Knurren aus, das er schon an der ICE-Strecke gehört hatte. Haderlein griff sich schnell ein paar von den rot gestrichenen Kanthölzern, die noch von der Bodenvermessung hier herumlagen, und während er die Stelle, wo das Ferkel angeschlagen hatte, markierte, lief Riemenschneider schon wieder los, um sich gleich darauf erneut knurrend niederzusetzen. Das Ganze wiederholte sich viermal, dann war Ruhe. Zumindest von Riemenschneiders Seite aus. Dafür entwickelte Haderlein nach und nach eine bemerkenswerte Hektik auf dem höchsten der Eierberge.

»Ich glaube, da ist eine ziemlich üble Nummer abgelaufen, Herr Fiederling, eine sehr üble«, sagte Haderlein zu dem Männchen, als er mit den Pflöcken fertig war. »Ich befürchte, Ihre Fundsache ist viel umfangreicher, als Sie sich das gedacht haben.« Er setzte sich auf den Boden, lehnte sich mit dem Rücken an einen Reifen seines Landrovers und schien fürs Erste schweigend nachdenken zu wollen. So blieb er denn auch tatsächlich sitzen, bis die ersten Einsatzwagen der Bamberger Bereitschaftspolizei in der einsetzenden Dämmerung mit Blaulicht auf dem Eierberg-Gipfel eintrafen.

\* \* \*

*Claudia Büchler war wütend, wütend auf sich, auf die vertane Arbeit und auf diesen verdammten Regen, der jetzt schon wieder eingesetzt hatte. Aber es half ja alles nichts, sie musste diesen Tag abhaken und weitermachen, so war das manchmal im Leben.*

*Sie öffnete die Fahrertür ihres Renault, als sie aus dem Augenwinkel eine Bewegung am Rand des Steinbrucheinganges ausmachen konnte. Mit zusammengekniffenen Augen schaute sie angestrengt in die Richtung, ob sie sich nicht doch vielleicht geirrt hatte. Aber ihre Augen hatten sie nicht getrogen. Am Eingang des Steinbruchs von Ludvag stand ein Kind auf einer Böschung. Ein tropfnasses kleines Mädchen mit einem Blumenstrauß in der Hand. Es blickte starr zu ihr herüber. Wo kam denn in diesem Sauwetter plötzlich ein Mädchen her?, wunderte sich Clax Büchler. Und wo waren seine Eltern?*

*Kurz entschlossen lief sie zu dem Mädchen hinüber, blieb vor ihm im Matsch stehen und schaute in seine Augen. Doch der Blick der vielleicht Zwölfjährigen ging in die Ferne.*

*»Wie heißt du? Wo sind deine Eltern?«, fragte Claudia Büchler und hielt das Kind mit beiden Händen an den Schultern. Aber das Mädchen mit den zwei langen blonden Zöpfen stand nur starr vor ihr und reagierte nicht auf ihre Fragen, während der Regen ihre Kleidung durchnässte. Jetzt erst sah sie, dass die Strumpfhose des Mädchens gelb*

verfärbt war. Hatte es etwa in die Hose gemacht? Was war mit dem Kind los, zum Teufel?

Claudia Büchler handelte. Sie nahm das Mädchen an der Hand und führte es zu ihrem Wagen, an dem die Fahrertür noch immer offen stand. Das durchgefrorene Kind legte sich auf die Rückbank des Renault. Dass es dabei ihre mühsam erarbeiteten Entwurfsskizzen zerdrückte, war Clax Büchler egal. Sie hatte in den Augen des Mädchens etwas gesehen, was sie zutiefst erschreckte. Sie schaute noch einmal nach hinten.

»Keine Angst«, sagte sie sanft, »jetzt bring ich dich erst einmal ins Trockene, und dann werden wir deine Eltern suchen, okay?«

Ohne zu zögern, startete sie den Motor des Wagens, wendete den Renault und fuhr im strömenden Regen die Straße hinunter nach Scheßlitz.

# Teil 2

# Die Toten erwachen

## Die Toten

Der Chef der Spurensicherung, Ruckdeschl, erhielt den Anruf von Honeypenny, als er sich auf dem Weg zur Bergkerwa in Erlangen befand. Die schöne Tradition, sich zu Pfingsten den völlig überfüllten Erlanger Hügelkellern hinzugeben, wollte er eigentlich auch an diesem Pfingstwochenende fortführen. Aus diesem Grund war er reichlich kurz angebunden und versuchte wirklich alles, um von Honeypenny von Polizeiarbeit freigestellt zu werden. Zudem waren die Angaben, um welche Leichenfunde es sich denn handelte, mehr als dürftig. Doch da stieß er bei ihr auf Granit. Honeypenny hatte strikte Anweisungen von Franz erhalten, dass Ruckdeschl unbedingt anrücken musste.

»Was soll das heißen, Franz weiß nicht genau, wie viele?«, raunzte er noch einmal unwirsch ins Telefon. »Es muss doch möglich sein, eine Angabe darüber zu machen, von wie vielen Leichen wir hier reden?« Doch Marina Hoffmann konnte ihm keine befriedigende Auskunft geben, sie wusste es ja selbst nicht genau.

»Mehrere?«, ereiferte sich Ruckdeschl immer noch. »Was meint Franz denn mit mehreren? Der Herr Kriminalkommissar Haderlein möchte also, dass ich in voller Kompaniestärke anrücke, und gibt nicht einmal bekannt, auf was wir uns einstellen sollen? Na, der kann was erleben!«

Frustriert reichte Ruckdeschl das ausgeschaltete Handy seinem Beifahrer. Der war eines der vier Mitglieder seiner Männerrunde, die sich bereits seelisch und körperlich auf die Erlanger Bergkerwa vorbereitet hatten. Während Ruckdeschl mit Honeypenny telefoniert hatte, war es auf dem Rücksitz schon lustig zugegangen.

Als er verkündete, umkehren und den Dienst antreten zu müssen, löste die Nachricht wilde Proteste unter der männlichen Fahrgemeinschaft aus sowie gänzliches Unverständnis dem Gedanken gegenüber, jetzt wieder nach Hause zu fahren. Schlussendlich wurde der Leiter der Spusi Bamberg in seinem eigenen Auto zum Forchheimer Bahnhof gefahren, ihm wurde ein Zugticket für die Rückfahrt in die Dienststelle spendiert, und der Rest der fröhlichen Gesellschaft peilte ohne ihn die Parkplätze der Erlanger Bergkirchweih an. Heribert Ruckdeschl war, gelinde gesagt, *not amused*.

Es waren ausgesuchte bleiche Persönlichkeiten, die sich zu dieser Schafkopfrunde versammelt hatten. Ihre Außerordentlichkeit bestand in der Tatsache, dass bei Zigarettenrauch und Bier drei Skelette in einer Kneipe saßen, die Spielkarten misstrauisch verdeckt, nahe an die Rippenknochen haltend, um auch ja niemanden in die Blätter schauen zu lassen. An sich ein ziemlich albernes Ansinnen, da jeder, der sich hinter den Skeletten befand, problemlos durch ihre Knochen hindurch die Karten hätte ausspionieren können. Zum Glück war nur ein Lebendiger bei ihnen im Raum: Leonhard Sachse. Der Leichenbestatter saß ihnen quicklebendig, quasi in Fleisch und Würden, gegenüber und qualmte eine fette Zigarre. Auf dem Kopf trug er einen großen Cowboyhut, vor sich auf dem Tisch hatte er einen

Stapel Euroscheine gehortet. Bei seinen knochigen Mitspielern sah die Bilanz dagegen eher dürftig aus. Zwei Skelette waren bereits völlig blank, nur sein direktes Gegenüber hielt noch mit etwa zwanzig Euro dagegen.

Leonhard Sachse schob seinen Stetson noch tiefer ins Gesicht und studierte seine Karten. Er hatte die ganze Zeit schon ein ziemliches Schwein beim Spielen gehabt, aber dieses Blatt war der absolute Oberhammer. Ein glattes Solo Tu mit Schuss und zurück. Jetzt würde er endgültig abräumen und auch den letzten dieser Knochensnobs vernichten. Und er würde seinen Sieg auskosten. Diese verdammten Abgelebten stahlen ihm die Zeit und vor allem den Schlaf, sooft sie nur konnten. Da war es nur recht und billig, wenn er sie mal so richtig blamierte. Was musste sein Privatleben nicht immer darunter leiden, dass er sie zu den unmöglichsten Zeiten von den unmöglichsten Orten abholen musste. Er besaß kein geregeltes Sozialleben mehr, seine Familie sah ihn nur noch sporadisch, und sein Defizit in Sachen Schlaf überschritt inzwischen das des griechischen Staatshaushaltes. Da waren ein bisschen Rache und Genugtuung wirklich angebracht, vor allem wenn es sich um so ignorante Selbstmörder handelte wie der Tote, der ihm am Tisch gegenübersaß. Sachses Meinung nach war es noch nicht einmal Selbstmord, sondern nur Blödheit gewesen. Der Idiot war an Sachses Hochzeitstag mit 2,3 Promille und einem zwanzig Meter langen Bungeeseil von einem neunzehn Meter hohen Haus im Hallstadter Industriegebiet gesprungen. Super Idee. Wieder ein besonderer Tag in Sachses Leben im Arsch. Und nur wegen eines Deppen, der sich selbst aus dem menschlichen Genpool entfernen lassen wollte. Da hatte er sich diesen kleinen Platz an der Sonne beim Karteln doch wirklich verdient.

»Also, was ist jetzt, Sachse? Ich hab keine Lust mehr auf deine Show!«, rief das Gerippe mit der eingedrückten Schädeldecke und hieb mit den zur Faust geballten Knochen der rechten Hand auf den Tisch.

Die anderen beiden Mitspieler nickten zustimmend, sein Gegenüber mit den zwanzig Euro stand zu Sachses Erstaunen sogar auf, packte ihn mit der ausgestreckten Hand an der Schulter und rüttelte ihn wütend. »Was ist, du Penner, schläfst du etwa? Aufwachen, es geht weiter! Endlich habe ich ein gutes Blatt, jetzt krieg ich mein Geld zurück. Also, Kart oder Scheit Holz, Sachse!«

Sachses Körper wurde hin- und hergeschüttelt, es schien, als würde sich der gesamte Raum samt Spieltisch bewegen. Ein Erdbeben, dachte Sachse erschrocken, als der Spieltisch umkippte, die Skelette in ihre Einzelteile zerfielen und seine Euroscheine durch den Raum flatterten. Er machte noch einen zaghaften Versuch, das Geld einzufangen, doch es schien ihm permanent auszuweichen. Als das Erdbeben schlimmer wurde, hatte Sachse schließlich die Nase voll und beschloss aufzuwachen.

Durchgeschwitzt und mit aufgerichtetem Oberkörper fand er sich in seinem Bett wieder. Seine Frau Eileen nahm gerade eine Hand von seiner Schulter und hielt ihm mit der anderen eine Tasse vor die Nase.

»Was ist das?«, fragte er, während er mit einem Auge nach dem Inhalt der Tasse linste.

»Dein Zombie«, teilte sie ihm ungerührt mit. »Die Kripo hat angerufen. Wenn ich es richtig verstanden habe, gibt es so eine Art Großauftrag für dich. Ich hab alles aufgeschrieben, der Zettel liegt in der Küche.«

»Wie viel Uhr ist es, zum Teufel?« Stöhnend schwang Leo Sachse die Beine aus dem Bett.

»Du hast fast zwei Stunden geschlafen, mein Süßer«, sagte seine Frau lächelnd. »Fast genau dein Schnitt der letzten Tage. Na ja, ein bisschen weniger vielleicht.« Sie gab ihm einen Kuss auf die Stirn und einen Klaps auf den Allerwertesten. Sachse seufzte innerlich. Seine Frau konnte so erbarmungslos sein.

»Auf geht's, Geld verdienen. Und jammer bloß nicht rum! An Feiertagen kann ich das nicht ausstehen«, sagte Eileen noch, bevor sie in Richtung Küche verschwand.

Leonhard Sachse brauchte ein paar Sekunden, um sich zu sammeln. Mühsam erhob er sich von der Bettkante, angelte sich seinen Zombie und ging leicht schwankend in die Küche. Auf dem Tisch lag ein Zettel mit der hingekritzelten Abendaufgabe. Ziemlich viel Text, ergo viel Arbeit. Es war einer dieser Momente in seinem Leben, in denen er seinen Job hasste.

\* \* \*

*Claudia Büchler hatte das durchnässte Mädchen mit einem Handtuch trocken gerubbelt und sich anschließend mit ihm in eine Decke auf ihrem Sofa eingewickelt. In ihrem Schoß war das erschöpfte Kind eingeschlafen.*

*Jetzt erst fand sie Zeit, über das Geschehen an diesem verrückten Tag nachzudenken. Über ihre vergessenen Pläne, die nicht erschienenen Herrschaften von der Regierung beziehungsweise den plötzlich verschwundenen Felix Groh. Nach den Feiertagen würde sie im Landratsamt anrufen und fragen, was da eigentlich passiert war, warum alle so schnell verschwunden waren. Mehr Sorgen bereitete ihr allerdings das Mädchen. Es hatte nicht gesprochen, nur vor sich hin gestarrt und auch sonst keine Regung ge-*

zeigt. Was hatte es so ganz allein mitten im Regen im Steinbruch verloren gehabt?

Je länger sie darüber nachdachte, umso sicherer wurde
sie, dass das Kind von irgendwo abgehauen war und sich
verlaufen hatte. Vielleicht war es ja taubstumm? Auf jeden
Fall würde sie das Mädchen jetzt einmal ausschlafen lassen und es dann morgen zur Polizei bringen. Die würden
schon herausfinden, wohin es gehörte.

Hoffentlich würde der morgige Tag dann etwas ruhiger
als der heutige ablaufen. Mit diesen Gedanken rutschte
Claudia Büchel auf ihrem Sofa nach unten in eine beque-
mere Position und schloss die Augen. Auch sie würde jetzt
versuchen zu schlafen.

\* \* \*

Als Ruckdeschl am »Riesenrad«, wie das Monster aus Glas-
fieber und Stahl in der Bevölkerung genannt wurde, eintraf,
war das gesamte Areal mit Scheinwerfern ausgeleuchtet.
Das Technische Hilfswerk aus Lichtenfels hatte freundlicherweise ausgeholfen, da die Ausrüstung der Bamberger
Polizei schon auf dem Staffelberg und an der ICE-Strecke
bei Meschenbach eingesetzt wurde. Und wenn Ruckdeschl
ehrlich war, waren die THW-Lampen sogar viel heller als
die der Bamberger Kripo.

Direkt neben dem Fundament huben die ersten Polizisten mit Spaten und Schaufeln vier große Löcher aus. Sollte
das etwa heißen, dass sie nach vier Leichen suchten? Du
lieber Gott, was war hier eigentlich los? Kurz zuvor war er
noch bei Huppendorfer an der ICE-Strecke gewesen, wo
er zwei seiner Männer zurückgelassen hatte, um die dortigen Knochenreste zu untersuchen. Dort schien es noch, als

würde es sich um eine relativ normale Angelegenheit handeln, aber an dem Windrad hatte man den Eindruck, sich auf einer geschäftigen Großbaustelle zu befinden. Auf einer Großbaustelle, auf der gearbeitet wurde, während sich ganz Franken ansonsten seinen Pfingstfreuden hingab. Während Ruckdeschl noch der eine oder andere Gedanke durch den Kopf ging, kam Haderlein auf ihn zu und nahm ihn sich zur Seite, um ihn zu briefen.

»Tut mir echt leid, Heribert, dass ich dich schon wieder herbestellen musste, aber das ist eine Nummer zu heftig, um bis morgen früh zu warten.«

»Was genau hoffst du, hier eigentlich zu finden?«, fragte Ruckdeschl nur leicht besänftigt. »Grabt ihr auf Verdacht, oder gibt es irgendwelche konkreten Hinweise?« So ganz erschloss sich ihm der Aufstand hier noch immer nicht.

Doch Haderlein hatte das alles entscheidende Argument. »Wir graben hier nicht auf Verdacht, Heribert, Riemenschneider hat die Stellen bereits ausfindig gemacht und angeschlagen«, sagte er leise.

Die Augen des Leiters wurden größer. »Das ist natürlich etwas anderes«, sagte Ruckdeschl ernst. Das kleine Ferkel hatte in seiner bisherigen Laufbahn als Spürschwein noch nicht einen einzigen Fehler gemacht, nicht eine falsche Meldung gemacht. Riemenschneiders Erfolgsquote lag in ihren drei Jahren Polizeiarbeit bei beneidenswerten einhundert Prozent. Spürhunderekord. Jeder Polizeihund machte irgendwann mal einen Fehler, Riemenschneider nicht.

»Ich hab da was!«, rief plötzlich einer der Bereitschaftspolizisten, der bis zur Hüfte in einem frisch ausgehobenen Loch stand. Der breitschultrige Hüne an »Grabung zwei«, dem vom Fundament am weitesten entfernten Pflock, winkte so heftig, dass Haderlein sich mit Ruckdeschl im Schlepptau sofort zu der Grube begab.

Sie positionierten die drei Lampen neu, sodass das Licht der großen Halogenbirnen direkt in die Grube fiel. Auch alle anderen auf der nächtlichen Baustelle unterbrachen nun ihre Arbeit und gesellten sich neugierig zu ihnen.

»Gehen Sie mal zur Seite«, rüffelte Ruckdeschl den muskulösen Polizisten. Er zog eine kleine Stahlschaufel sowie eine Art Handfeger aus seinem Rucksack und sprang flugs in die Grube. Dort werkelte er einige Minuten lang verbissen, bis er sich wieder aufrichtete, Franz Haderlein anblickte und ein halb belustigtes, halb frustriertes Gesicht machte.

»Franz, kann es sein, dass dein Ferkel noch zu viel Restalkohol von eurem Kellerausflug intus hatte? Das hier ist zwar eine Art Leiche, aber keine menschliche. Schau selbst, wenn du mir nicht glaubst.« Er kletterte wieder aus dem Loch heraus, und Haderlein sprang an seiner statt hinunter und bückte sich. Was da vor ihm durch die Erde schimmerte, war in der Tat nichts Menschliches, allerdings etwas von Menschen Hergestelltes. Im Scheinwerferlicht schimmerte das limettengrüne angerostete Blech eines Fahrzeuges. Auf der Stelle, die Ruckdeschl gerade freigelegt hatte, war der Namenszug des Herstellers zu erkennen: Vespa.

»Da hat wohl jemand seinen Schrott entsorgt«, erklärte Ruckdeschl. »Ich fürchte, dein Schweinchen hat dich das erste Mal im Stich gelassen, Franz. Wer weiß, vielleicht ist Riemenschneider ja Italien-Fan und wollte nur eine Spritztour mit dir machen?«

Die ersten Umstehenden der Bepo begannen zu grinsen. Haderlein gab sich keine Mühe, seine Enttäuschung zu verbergen. Er warf einen drohenden Blick zur Riemenschneiderin, doch die machte keinerlei Anstalten, sich schuldig zu fühlen. Selbstbewusst saß sie in Habachtstellung da und blickte Haderlein fest in die Augen. Herrchen und Ferkel sahen sich an wie zwei Profiboxer vor dem öffentlichen Wiegen. Nach fünf Sekunden Augenduell fing Riemenschneider höflich, aber bestimmt an zu knurren. Kein einziges Zeichen von peinlicher Reue.

Also gut, Haderlein musste seiner Riemenschneiderin vertrauen. Er hatte bisher noch nie Grund gehabt, an ihr zu zweifeln, warum sollte er also jetzt damit beginnen? Er drehte sich um, und in seinen Augen lag ein entschlossenes Glitzern. Das würde er jetzt durchziehen.

»Weitermachen!«, befahl er. Egal, ob es den Anwesenden passte oder nicht, sie mussten zu ihrem Claim zurück und weiter nach Gold schürfen. Auch wenn die Überzeugung der grabenden Mannschaft, hier noch etwas von Belang zu finden, tief in den Keller gesunken war.

Innerhalb kürzester Zeit wurde an »Grabung zwei« also eine limettengrüne Vespa freigelegt, auf deren Frontseite man den Zusatz »Primavera« lesen konnte. Das an sich edle Teil entpuppte sich als ziemlich verrostet, das Blech war von der feuchten Umgebung sogar schon weggefressen worden.

»Dann wollen wir das gute Stück mal herausheben«, knurrte Haderlein verbissen und winkte den kleinen Bagger herbei, den sie für alle Fälle herbestellt hatten. Um die Schaufel der Baumaschine wurde eine Kette gelegt und mit den Resten des verrosteten Rollers verbunden, dann hob sich die Schaufel des Baggers und mit ihr die Primavera aus dem modrigen Loch. Der Bagger schwenkte noch einmal herum, dann legte er seine Fracht am Rand des Aushubes ab. Eine schöne alte, aber verrostete Vespa »Primavera«, in gutem Zustand für Sammler ein echter Leckerbissen.

Haderlein betrachtete das verdreckte Gefährt. Irgendetwas regte sich in ihm, allerdings war es noch tief in seiner Erinnerung verborgen. Er wusste nicht, warum, aber die Vespa löste etwas in ihm aus. Er konnte nicht einmal sagen, ob das Gefühl etwas mit seiner Polizeiarbeit oder mit seinem außerberuflichen Leben zu tun hatte, doch irgendwie rief der Roller etwas in seiner Vergangenheit wach. Sicherheitshalber schaute er nach, ob sich am Heck der Vespa vielleicht noch ein Nummernschild befand, aber das war natürlich entfernt worden. Wäre ja auch zu schön gewesen.

Haderlein war noch gedanklich mit dem Roller beschäftigt, als er Ruckdeschls erstauntes Schnaufen vernahm. Er wandte sich um. Der Leiter der Spusi deutete in das nun etwas tiefer gewordene Loch. Am Grund der Grube konnte man die verwesten Umrisse einer menschlichen Gestalt erkennen. Zwar wurde das Skelett noch teilweise von Erde bedeckt, aber dass hier ein Mensch seine vorläufig letzte Ruhestätte gefunden hatte, war zweifellos. Haderlein erkannte anhand der Beckenknochen, dass sie hier auf eine tote Frau gestoßen waren. Schweigend starrten sie die kärglichen Überreste an.

Als Erstes löste sich Haderlein aus der Schockstarre. Er beugte sich zu Riemenschneider hinunter und kraulte seinen Liebling entschuldigend hinter den Ohren. »Gut gemacht, Riemenschneider, sehr gut gemacht. Ich werde nie mehr an dir zweifeln, du Heldin, versprochen«, flüsterte er. Dann richtete er sich wieder auf und wollte dem Fahrer des inzwischen von seiner Kette befreiten Baggers ein Zeichen geben, damit er das Loch zur besseren Untersuchung verbreiterte, als plötzlich von »Grabung eins« ein weiterer Ruf ertönte.

»Wir haben auch was!«, schallte es durch den nächtlichen Wald der südlichsten Erhebung der Eierberge.

»Was ist das?«, fragte Huppendorfer Rudi Seuß, als dieser ihm die Reste eines gelben Regenmantels zeigte, die vor ihnen auf dem Boden lagen. Daneben sortierte ein anderer Spurensicherer gerade menschliche Knochen.

»Schauen Sie doch mal genauer hin, Herr Huppendorfer. Diese Löcher hier überall, die sind nicht von irgendwelchen Baumaschinen. Da war etwas anderes am Werk, davon bin ich felsenfest überzeugt«, sagte der Spurensicherer. Er drückte Lagerfeld das größte Stück des Regenjackenrestes in die Hand und wandte sich dann wieder seinem Kollegen zu, um diesem beim Sortieren zu helfen.

Der junge Kommissar besah sich das Plastik der Jacke genauer. Es war ein Stück vom Rückenteil, sogar die Kapuze hing noch dran. Der untere Teil war von der Hüfte bis ungefähr zur Armbeuge abgerissen, dort franste der Stoff aus. Auf Höhe beider Schultern sowie in der Mitte des übrig gebliebenen Stücks konnte jetzt auch Huppendorfer kleine Löcher erkennen. Alle hatten sie die gleiche Form, so als hätte jemand von einem imaginären Zentrum aus mit einer Rasierklinge drei circa zwei Zentimeter lange Schnitte symmetrisch nach außen ausgeführt. Die Schnitte waren sternförmig und ausgesprochen sauber. Die Klinge, die sie verursacht hatte, musste extrem scharf gewesen sein. Allein auf diesem Mantelrest zählte Huppendorfer fünf dieser Löcher.

»Wir wären dann so weit«, riss ihn die Stimme des Spurensicherers aus seinen Gedanken, und er drehte sich zu dessen Knochensortiment um. Vor ihm lagen die Reste eines menschlichen Körpers, dem allerdings die unteren

Extremitäten, die komplette Hüfte und etliche Rippen auf der linken Seite vollständig oder teilweise fehlten.

»Wo ist der Rest?«, fragte Huppendorfer erstaunt. »Dem Mann fehlt doch das Wichtigste.«

»Da haben Sie natürlich recht«, stimmte ihm Rudi Seuß zu. »Ich nehme an, dass der Bagger nur einen Teil des Skelettes erwischt hat. Vermutlich liegt die andere Hälfte noch an der ursprünglichen Stelle.« Er zuckte mit den Achseln.

Huppendorfer nahm das erst einmal so zur Kenntnis und beschloss, sicherheitshalber Franz Haderlein anzurufen.

Der Kriminalhauptkommissar eilte zu der Stelle, wo er den ersten Pfahl eingeschlagen hatte, direkt am Rand des massiven Betonfundaments. Er musste nur einen kurzen Blick in die Grabung werfen, um zu wissen, was sie da gefunden hatten. Das, was der schwitzende Bereitschaftspolizist gerade freigelegt hatte, waren die skelettierten Überreste eines Unterschenkels sowie die dazugehörigen Fußknochen, die in einem verdreckten Lederschuh steckten. Haderlein erkannte den Schuh sofort. Das Gegenstück war erst vor wenigen Stunden an der ICE-Strecke freigelegt worden. Der Bagger hatte die Reste der unglückseligen Leiche anscheinend einfach in der Mitte geteilt, die eine Hälfte war an Ort und Stelle geblieben, während die andere dank der tätigen Mithilfe eines gewissen Bauunternehmers Fiesder auf die riesige Baustelle der ICE-Trasse gekippt worden war. Nur durch den charakterfesten Baustellenleiter namens Fiederling waren sie auf das Gräberfeld hier gestoßen.

Bei diesem Gedanken drehte sich Haderlein zu dem schmächtigen Kerl um, der etwas entfernt neben Riemenschneider stand und beeindruckt das Geschehen beobachtete. Doch auch Haderlein hatte keine Zeit, sich um ihn zu kümmern, da plötzlich auch an Grabungsstelle drei und vier Rufe ertönten. Der Kriminalkommissar gab sich keinen Illusionen hin. Er war sich ziemlich sicher, dass auch dort die Überreste von Menschen gefunden worden waren. Während er sich zu den jeweiligen Gruben aufmachte, klingelte auch noch sein Mobiltelefon. Beethovens »Neunte Sinfonie« schallte laut durch die Nacht, bis Haderlein den Anruf annahm. Huppendorfer war dran und teilte ihm die Erkenntnisse der Ermittlungen an der Bahnstrecke mit. Im Prinzip war es ziemlich genau das, was Haderlein aufgrund des Fundes hier am Windrad schon geahnt hatte. Dann war das ja schon mal gelöst und Huppendorfer vor Ort nicht mehr vonnöten. Aber hier oben auf den Eierbergen konnte Haderlein jede Hilfe gut gebrauchen.

»Okay, Cesar, ich schick dir gleich einen Streifenwagen, der dich hierher fahren soll. Die ICE-Knochen soll Sachse aufsammeln und anschließend zu uns raufkommen. Bis gleich.« Mit diesen knappen Anweisungen legte Haderlein wieder auf und wandte sich seiner nächsten Fundstätte zu. Es war Grabung Nummer drei. Ruckdeschl, der zwischenzeitlich zu dem Bereitschaftspolizisten in den Dreck hinuntergestiegen war, hob gerade etwas Längliches in die Höhe. Seine weißen Gummihandschuhe glänzten im Licht der Halogenscheinwerfer, während er mit seinem Handfeger die Erde so gut wie möglich von dem stangenähnlichen Gebilde zu entfernen versuchte. Das Fundstück glich einem Wasserleitungsrohr von circa achtzig Zentimetern Länge mit einem seltsam verrosteten kastenförmigen Metallteil am Ende. Es dauerte etwas, bis es bei Haderlein klick machte.

»Das ist der Rest eines Gewehrs!«, rief er erstaunt,

beugte sich blitzschnell hinunter und nahm das verrostete Metall dem verdutzten Ruckdeschl aus der Hand, noch bevor dieser protestieren konnte. »Ein Blaser Drilling, so ziemlich das Beste, was man als Jäger kaufen kann. Komm wieder rauf, Heribert, die sollen weitergraben. Würde mich doch sehr wundern, wenn wir da nicht auch den Besitzer des edlen Teils finden.«

Ächzend kletterte der schon etwas gealterte Spurensicherer aus dem frisch gegrabenen Loch und überließ dem Bereitschaftspolizisten wieder seine anstrengende Arbeit. Gemeinsam mit Haderlein ging er hinüber zu Grabung Nummer vier, wo schon zwei weitere Polizisten auf sie warteten. Da die Grabenden sich am längsten hatten gedulden müssen, hatten sie die Zeit genutzt, um die flach auf dem Rücken liegende Leiche in Eigenregie freizulegen. Rings um das daliegende Skelett war die Erde säuberlich entfernt worden. Auch die Knochen selbst hatten sie fast vollständig von der Erde befreit, sodass man nun freien Blick auf die Reste des Toten hatte. Die Kleidung war bis auf die Schuhe so gut wie nicht mehr zu erkennen, lediglich die Schuhe befanden sich noch an den Füßen. Ruckdeschl verkniff es sich diesmal, in die Grube zu steigen. Selbst für den altgedienten Recken der Bamberger Spurensicherung war der Anblick, der sich ihm bot, einfach nur traurig.

Haderlein konnte in der Situation keine Gefühle mehr aufbringen. Sein Gehirn funktionierte schon seit Längerem nur mehr im Überlastungsbereich, da war an Emotionen irgendwelcher Art nicht mehr zu denken. Er betrachtete die Leiche eingehend. Sie sah fast friedlich aus, wie sie der Länge nach ausgestreckt da lag, nicht so verkrümmt oder seitlich liegend wie die anderen Skelette. Das Einzige, was Haderlein störte, war der merkwürdig angewinkelte rechte

Arm des Opfers. Als hätte der Tote im Moment seines Ablebens einen Schwur geleistet und wäre danach sofort erstarrt. Haderlein kannte besondere Stellungen von Körperteilen und deren Verunstaltung bei Ritualmorden oder Ähnlichem, aber das war bei dieser Leiche nicht der Fall. Die Opfer auf den Eierbergen hatte man in ihr jeweiliges Loch geschmissen und sie dann einfach zugeschüttet. Die zuletzt entdeckte Leiche lag hingegen völlig gerade auf dem Rücken, nur die rechte Hand ruhte auf dem Brustkorb. Die Körperstellung ließ Haderlein keine Ruhe, also stieg er zu dem Toten in die Grube, um ihn sich aus der Nähe anzusehen. Leider konnte er nicht wirklich etwas erkennen, dazu war das Loch als letztes der vier am schlechtesten ausgeleuchtet, aber für solche Fälle gab es ja die moderne Handytechnik.

So richtig kannte sich Haderlein mit seinem neuen iPhone noch nicht aus. Lagerfeld hatte ihn überzeugt, dass die Dinger für die Polizeiarbeit ihre Vorzüge hatten. Erstens konnte man immer und überall E-Mails, Bilder oder Videos lesen beziehungsweise anschauen und verschicken. Vorausgesetzt natürlich, man hatte eine Verbindung zu einem Telefonnetz, was in den hiesigen ländlichen Strukturen nicht zwingend der Fall war. Für die App, die er jetzt das erste Mal benutzen würde, brauchte er jedoch kein Netz. Das Programm funktionierte beim Antippen die Blitzdiode des Smartphones in eine helle Taschenlampe um. Er wischte sich die App auf seinem Display zurecht, dann verwandelte sich die düstere Grube von einem Moment auf den anderen in ein ausgeleuchtetes Erdloch. Das Skelett lag nun in all seinen Facetten und Schattierungen vor Haderlein. Der Kriminalkommissar richtete sein Augenmerk erneut auf den angewinkelten rechten Arm. Die Kollegen von der Bereitschaftspolizei hatten zwar den Dreck weitestgehend entfernt, doch ausgerechnet über dem Handgelenk des merkwürdig verkrümmten Arms hatten sie Erde vergessen.

Haderlein hielt das Handy mit der linken Hand hoch und begann mit der rechten den Dreck über dem Handgelenk vorsichtig zu entfernen. Die Erde zerfiel förmlich unter seinen Fingern und bröselte auf die darunterliegenden Rippenknochen. Als er die Erdreste daraufhin einfach mit der Hand fortwischen wollte, blieb er an etwas hängen und hielt inne. Dann versuchte er das etwa einen Zentimeter dicke, längliche Etwas mit beiden Fingern zu bewegen, doch es gelang ihm nur bedingt. Also griff er mit der ganzen Hand zwischen Elle und Speiche des Toten, umfasste den Gegenstand und zog mit aller Kraft daran. Endlich löste sich der längliche Stock mit einem schmatzenden Geräusch aus dem Knochen des Schulterblattes. Haderlein erhob sich mit seiner Beute und hielt das längliche Teil in das Licht der Scheinwerfer. Als er begann, es mit der rechten Hand vorsichtig von den Erdresten zu befreien, stieß er einen Fluch aus. Er hatte sich an der Fingerkuppe seines Zeigefingers einen tiefen Schnitt zugezogen, der bereits stark blutete. Also reichte er den ominösen Stock Ruckdeschl hinauf und kletterte erst einmal wieder aus der Grube.

»Was soll das nur sein, zum Teufel?«, fluchte er verärgert, während er mit der linken Hand in seiner Hosentasche nach einem Papiertaschentuch kramte, mit dem er seinen Finger verarzten konnte.

»Ich würde mal sagen, das ist die abgebrochene Spitze eines Pfeils«, mischte sich plötzlich der danebenstehende Bereitschaftspolizist ein. »Darf ich? Ich kenne mich ein wenig mit Bogensport aus.«

Ruckdeschl gab ihm bereitwillig das Utensil, und der Polizist wischte die Spitze des Pfeiles notdürftig an seiner Hose ab. Als er den leidlich gesäuberten Pfeil ins Licht hielt, konnte jeder die drei scharfen Klingen an der Spitze des schwarzen Schaftes erkennen.

»Das ist sogar Edelstahl.« Der Polizist war erstaunt und prüfte den Pfeil genauer. »Ein Karbonpfeil mit einer sündhaft teuren Jagdspitze. Aber nach zwanzig Zentimetern ist der Pfeil mit Gewalt abgebrochen worden. Hier sieht man noch die ausgefransten Kohlefasern, aber mehr kann ich dazu erst mal nicht sagen.« Mit einem Schulterzucken gab er Ruckdeschl den abgebrochenen Pfeilrest zurück, der ihn seinerseits direkt an Haderlein weiterreichte.

Der Kriminalhauptkommissar hatte seinen kleinen Schnitt schon wieder vergessen. Die neue Erkenntnis beschäftigte ihn mehr als alles andere. Ein Pfeil? Dieser Mensch war also mit einem Pfeil erschossen worden? Das war ja kaum zu fassen. Genau wie Josef Simon auf dem Staffelberg. Normalerweise glaubte Haderlein nicht an Zufälle, aber das hier musste einer sein. Wo sollte da auch ein zeitlicher oder anderweitiger Zusammenhang bestehen? Oder vielleicht doch? Sein Verstand raste. Zeit. Genau das war es.

»Heribert, wie lange liegen diese Leichen schon in der Erde, was meinst du?«, fragte er plötzlich, während er noch immer konzentriert die Pfeilspitze in seinen Händen anstarrte.

Ruckdeschl atmete hörbar aus. »Mensch, Franz, du kannst Fragen stellen. Das soll ich dir jetzt auf die Schnelle in der Dunkelheit beantworten, oder wie?« Verzweifelt blickte er zu Haderlein, der nun seinen Blick hob und Ruckdeschl in die Augen sah. Kalt und entschlossen. Ruckdeschl wusste, was das bedeutete. Der Kriminalhauptkommissar wollte jetzt eine Hausnummer von ihm, egal, wie genau die auch sein mochte. »Tja, was soll ich sagen, Franz«, stöhnte er, »aber für dich will ich es mal so ausdrücken: Aufgrund der völligen Zersetzung der Leiche, des Zustands der Knochen und vor allem der Kleidungsreste würde ich vermuten, dass diese armen Schweine hier schon ein paar Jahre liegen. Fünf bestimmt, vielleicht auch schon zehn. Genauer kann ich das so auf die Schnelle nicht beurteilen.« Er überlegte noch einmal. »Aber fünf Jahre Minimum. Die Toten sind nicht erst gestern oder im letzten Sommer hier verscharrt worden.«

Haderlein nickte, doch seine logischen Fähigkeiten stießen langsam, aber sicher an ihre natürlichen Grenzen. Mindestens fünf Jahre also, eher noch länger. Damit war ein direkter Zusammenhang mit dem Staffelberg-Fall nicht wirklich zwingend. Andererseits hatte man schon Pferde kotzen sehen – und zwar mehrfach. So oft kam das seiner Erfahrung nach nicht vor, dass Leute mit Pfeil und Bogen traktiert wurden. In seiner langen Laufbahn war ihm etwas dergleichen noch nicht begegnet. Und doch hatte er jetzt gleich zwei Fälle mit diesem Tötungsmuster. Gab es da doch vielleicht einen Zusammenhang? Aber der Sinn wollte sich ihm einfach nicht erschließen.

»Was ist hier los, Franz?« Huppendorfer war inzwischen eingetroffen und schaute ziemlich erstaunt auf die zahlreichen Polizisten und das technische Equipment. Etwas weiter entfernt parkte gerade auch schon der Dienstwagen Leonhard Sachses, der hier einiges zu tun bekommen würde.

»Hier muss etwas Grauenhaftes passiert sein, Cesar, aber frag mich bitte nicht, wie und warum. Dafür ist das alles noch zu wirr. Die wirkliche Sensation aber ist dieses Artefakt hier. Das habe ich gerade in dem Skelett da gefunden.« Mit diesen Worten reichte er Huppendorfer den Pfeilrest zur Begutachtung. »Aber Vorsicht, die Klingen sind immer noch recht scharf«, fügte er sicherheitshalber hinzu.

»Ich werd verrückt. Schon wieder ein Pfeil!«, rief Huppendorfer nun ebenfalls und schaute seinen Vorgesetzten fragend an.

Der lächelte grimmig, bedeutete, ihm zu folgen, und schritt entschlossen auf Fiederling und Riemenschneider zu, die mit respektvollem Abstand dem Treiben zugesehen hatten. Haderlein bückte sich und streichelte die Riemenschneiderin, der die lobende Geste runterging wie Öl. Als sich der Kriminalhauptkommissar wieder aufrichtete, hatte er einen Beschluss gefasst. Schließlich mussten sie hier ja mal weiterkommen, und das ging nur, wenn sie eine Ordnung in die Geschehnisse des Tages brachten.

»Du bringst jetzt Herrn Fiederling nach Hause, Cesar, und anschließend treffen wir uns in der Dienststelle, verstanden? Vorher lieferst du aber noch Riemenschneider bei mir ab, die Gute hat genug geleistet für einen Tag. Und sag Manuela, sie soll unserer Heldin einen Apfel schälen. Einen sehr großen«, fügte er lächelnd hinzu.

Huppendorfer nickte und nahm Riemenschneider auf den Arm. »Große Heldinnen laufen nicht selbst, die werden zu ihrem Fahrzeug getragen«, sagte der junge Kommissar lobend, woraufhin ihm Riemenschneider als Liebesbeweis die Wange abschleckte. »Und was machst du jetzt noch hier? Viel zu tun gibt's für uns ja eigentlich nicht mehr«, fragte Huppendorfer noch Haderlein.

Sein Chef sah seltsam entschlossen aus, seine Augen waren glänzend kalt.

213

»Ich werde noch jemanden besuchen müssen«, antwortete er grimmig, dann wandte er sich wortlos um und ging ins helle Scheinwerferlicht zurück.

Huppendorfer für seinen Teil nickte Hubert Fiederling freundlich zu. »Na, dann wollen wir mal, Herr Fiederling. Da haben Sie ja ganz schön was ausgelöst.«

Hubert Fiederling nickte zerknirscht, aber auch erleichtert. Egal wie das hier ausging, es war das Beste, was er für sich und seinen Seelenfrieden hatte tun können.

\* \* \*

*Als Claudia Büchler erwachte, lag das Mädchen noch immer neben ihr auf dem Sofa. Es war wach, schaute an die Wand und kaute an den Fingernägeln der rechten Hand. Sie wollte die Hand des Mädchens sanft beiseiteschieben, doch es war sinnlos. Ließ sie die Hand los, begann das Kind sofort wieder die Nägel abzukauen. Also gut, sie würde jetzt etwas unternehmen, das Mädchen konnte ja nicht ewig bei ihr bleiben, und die Eltern würden bestimmt schon nach ihm suchen.*

*»Hast du Durst, möchtest du etwas trinken?«, fragte sie. Das Mädchen antwortete zwar nicht, aber sein Kopf bewegte sich immerhin in ihre Richtung, und zwei Augen schauten sie fragend an.*

*»Na also, du reagierst ja doch.« Lächelnd strich Clax Büchler ihr durch die blonden Haare. »Dann will ich dir mal etwas zu trinken holen«, meinte sie und erhob sich, um in die Küche zu gehen und eine Flasche Apfelsaftschorle aus dem Kühlschrank zu nehmen. So weit der Plan, der aber nicht funktionierte. Das Mädchen sprang sofort auf und umklammerte Claudia Büchlers rechte Hand. Gerührt*

blickte die Gartenarchitektin zu dem Mädchen, das sie verzweifelt ansah.

»Ist ja gut, ist ja gut«, sagte sie sofort, nahm das Mädchen an die Hand und ging mit ihm in die kleine Küche. Sie hatte die Flasche kaum aus dem Kühlschrank geholt, als sich das Mädchen die Schorle auch schon schnappte und gierig daraus trank. In kürzester Zeit war nur noch ein kleiner Rest übrig.

»Reife Leistung. Das war jetzt fast ein halber Liter. Dann zeige ich dir gleich mal den Weg zur Toilette, die wirst du ja vermutlich bald brauchen.«

Wieder nahm sie das Mädchen an die Hand und ging mit ihm links durch den Flur. Als es nicht allein ins Bad gehen wollte, fand Claudia Büchler einen Kompromiss. »Ich lass einfach die Tür offen, okay? Dann kannst du mich immer sehen.«

Das Mädchen schien einen Moment zu überlegen, dann drehte es sich wortlos um und ging hinein. Wenig später hatte es die Strumpfhose heruntergezogen und sich auf die Schüssel gesetzt. Anschließend ließ es die schmutzige Strumpfhose auf dem Boden liegen und wusch sich die Hände mit Seife in dem kleinen Waschbecken. Als es die Hände am Handtuch abgetrocknet hatte, kam es allerdings sofort wieder aus dem Bad und klammerte sich panisch an Claudia Büchler.

Ratlos strich sie dem Mädchen durchs Haar und betrachtete seinen gepflückten Blumenstrauß, den sie in eine Vase gestellt hatte. Was war bloß mit dem Kind passiert, warum konnte oder wollte es nicht reden? Aber wie dem auch sei, sie würde jetzt erst einmal die Polizei informieren, schließlich würde das Mädchen bestimmt schon von seinen Eltern vermisst. Mit der freien Hand zog sie das

*Telefon näher an sich heran und drückte die entsprechen-*
*den Tasten.*

\* \* \*

Marina Hoffmann hatte eigentlich Feierabend. Es war Pfingstsamstag, und sie hatte wirklich lange genug auf Haderlein gewartet. Sie hatte keine Lust mehr auf Über-stunden, und die Arbeiten an der Fundstelle auf den Eier-bergen konnten sich noch länger hinziehen. Außerdem hatte ihr Fidibus seinen Segen erteilt. Mit den Worten, er würde hier die Wache drücken, hatte er sie nach Hause ge-schickt. Er würde selbst seiner Kommissare harren, bis sie ihr Tagwerk verrichtet hatten und zurückgekehrt waren, sie solle sich derweil ruhig schon mal aufs Kreuz legen.

So ganz hatte sie zwar nicht verstanden, was er mit sei-ner Wortverdrehung gemeint hatte, aber das würde sie nicht dazu verleiten, noch länger darüber nachzudenken, ob sie für heute ihre Sachen packen konnte oder nicht. Eine Kleinigkeit würde sie allerdings noch erledigen, bevor sie verschwand, auch wenn diese Kleinigkeit nicht ganz kor-rekt war. Obwohl sie aus ihrer Sicht eigentlich einem guten Zweck gleichkam, hatte sie trotzdem Skrupel. Andererseits würde die Gelegenheit so schnell nicht wiederkommen. Also, ran an den Speck.

So unauffällig wie möglich schlenderte sie quer durch den Raum zu Cesar Huppendorfers Schreibtisch. Als würde sie zum Tagesabschluss noch einmal den Blick in die sternenklare Nacht genießen, schaute sie zum großen Fenster der Dienststelle hinaus, während sie immer wie-der schnelle Blicke zu ihrem Chef in sein Glasbüro hi-nüberwarf. Doch der hatte keinerlei Augen für Honeypenny beziehungsweise hatte sie schon längst vergessen. Gut so.

Während sie Fidibus weiter aus dem Augenwinkel fixierte, schob sich ihre rechte Hand langsam, aber zielsicher in die Aktenmappe, die auf Huppendorfers Schreibtisch ruhte. Als ihre Finger den Inhalt der Mappe berührten, zogen sie die darin liegenden Blätter langsam heraus. Sie hatte es fast geschafft, hatte aber so konzentriert gearbeitet, dass ihr entgangen war, dass während ihres riskanten Manövers jemand das Büro betreten hatte.

»Äh, was suchst du bitte in meinen Unterlagen, Honeypenny?«, hörte sie plötzlich die verärgerte Stimme Huppendorfers und fuhr so abrupt herum, dass die Ermittlungsergebnisse des Kommissars quer durch den Raum segelten. Ihr Herz setzte für eine halbe Ewigkeit aus, ihr Gesicht färbte sich rot.

Huppendorfer hatte Honeypenny noch nie so verunsichert und erschrocken gesehen. Er wurde misstrauisch, ging durch den Raum auf sie zu und sammelte dabei seine Akten wieder vom Boden auf. Es handelte sich um die Akte Fiederling, die er heute erst angelegt und auf seinem Schreibtisch deponiert hatte. Zufrieden stellte er fest, dass nichts fehlte, aber was hatte Honeypenny mit der Akte gewollt? Die ging sie doch nun wirklich nichts an. Mit fragendem Blick und wieder vollständiger Mappe baute er sich vor ihr auf.

»Raus mit der Sprache, Marina, was soll das?« Honeypennys Gesichtsfarbe ähnelte inzwischen der einer Tomate, auf ihrer Stirn hatte sich die eine oder andere Schweißperle gebildet. Die Sekretärin befand sich ganz offensichtlich in einer für sie außergewöhnlich prekären Lage.

»Also, äh, es ist so, dass ich, also ... Ich kann das alles

erklären«, stammelte sie wie eine Achtjährige, die man mit der ganzen Hand im Nutellaglas erwischt hatte.

»Dann erklär mal schön. Ich höre.« Huppendorfer schlug einen süffisanten Ton an und bemerkte eine weitere Farbverschiebung von Honeypennys Gesicht in Richtung Violett.

»Ich wollte nur eine kleine Auskunft, die ich… Also, natürlich hätte ich auch ganz normal im Telefonbuch… Aber ich dachte, so wäre es vielleicht diskreter und ich müsste nicht umständlich…«

Huppendorfer verstand kein Wort von dem zusammenhanglosen Gestammel. Was war bloß in Honeypenny gefahren? Sonst war sie doch die Resolute von ihnen beiden, die ihn wie einen kleinen Schuljungen aussehen ließ. Und jetzt dieses hilflose Gefasel? Da war doch etwas oberfaul.

»Was wolltest du mit meiner Akte? Spuck es aus, oder wir gehen zu Fidibus und lassen ihn die Sache klären«, drohte Huppendorfer jetzt unverhohlen.

Marina Hoffmanns Augen wurden vor Angst groß wie Kaffeetassenuntersetzer. Hektisch winkte sie mit beiden Händen ab. Die ersten Schweißperlen rannen schon an ihrem Gesicht hinab. Am liebsten wäre sie im Boden versunken. Was für eine schreckliche Demütigung! Doch Huppendorfer ließ nicht locker. Schweigend hob er noch einmal die Akte in die Höhe, und seine Augen wiederholten stumm die Frage: *Was wolltest du mit meiner Akte?*

Honeypenny gab auf. Man konnte förmlich sehen, wie ihr Widerstand in sich zusammenfiel wie ein Luftballon nach einem Nadelstich. »Die Telefonnummer, ich wollte die Telefonnummer«, sagte sie zerknirscht.

»Telefonnummer? Was denn für eine Telefonnummer?«, wollte Huppendorfer wissen.

Honeypenny wurde noch etwas kleiner, ihre Stimme noch etwas leiser. »Na, die Telefonnummer vom Fiederling. Von Hubert Fiederling«, hauchte sie mit letzter Kraft und schaute Cesar Huppendorfer mit einem verstört verliebten Blick an.

Der Kommissar stand einen Moment lang verdutzt mit der erhobenen Akte vor ihr, bis er eins und eins zusammenzählte und begriff. Was dann folgte, war ein so legendärer Lachanfall, dass er sogar den Dienststellenleiter Robert Suckfüll außerplanmäßig aus seinem Glaskasten lockte. Ein wahrlich absonderlicher Anblick bot sich ihm an diesem Abend in seinem Büro. Aber wie sehr er auch den sich vor Lachen am Boden krümmenden Huppendorfer und die unfroh dreinschauende Honeypenny zu verstehen versuchte, es gelang ihm nicht. Und leider Gottes machte sich auch keiner der beiden die Mühe, ihm die Situation zu erklären.

Georg Fiesder saß gerade mit ein paar CSU-Kreisratskollegen feuchtfröhlich bei Bier und Schäufela im Schwanenbräu in Ebing, als ihn sein Schicksal in Form eines sehr entschlossenen Kriminalhauptkommissars Haderlein und zweier Bereitschaftspolizisten ereilte. Haderlein hatte die beiden Kollegen gebeten, ihre MPs auszupacken und Fiesder damit auf den Leib zu rücken. Für die Verhaftung eines schlichten Bauunternehmers war das zwar reichlich übertrieben, aber es würde eine sagenhaft imposante Show abgeben. Außerdem verstand Georg Fiesder den Anblick von Schnellfeuerwaffen wahrscheinlich sowieso besser als einen sauber ausgefüllten Haftbefehl.

Somit wurde der renitente Firmenchef Georg Fiesder mitsamt schwarzem Hut im Schwanenbräu in Ebing verhaftet und abgeführt. Haderlein hatte im Gastraum noch laut und deutlich »Verhaftung wegen Mordverdachts in vier Fällen« hinausposaunt, woraufhin die umsitzenden Biertrinker und Schäufela-Esser in Schockstarre verfallen waren. Der Ansehensverlust in der Öffentlichkeit würde bei dem halsstarrigen Fiesder mehr Wirkung zeigen als alle Haftbefehle dieser Welt zusammen, da war sich Haderlein sicher.

Fiesders Gezeter von der Ebinger Wirtschaft bis zu seiner Zelle in Bamberg war kaum zum Aushalten. Als sie die Nervensäge endlich in der Zelle eingeschlossen hatten, waren alle Beteiligten froh. Haderlein hatte beschlossen, den netten Herrn über Nacht erst einmal schmoren zu lassen. Eine Nacht ließ die Gesetzeslage gerade noch zu. Da konnte Fiesder mit Anwalt, Tod und Teufel drohen, wie er wollte, er blieb erst einmal in Gewahrsam.

Leonhard Sachse war einer der Letzten, die an diesem denkwürdigen Abend die weiträumig abgesperrte Fläche um das Windrad herum verließen. Die Spurensicherung hatte wirklich alles aus dem Dreck geholt, durchgesiebt und analysiert, was sie nur finden konnte. Und das hatte gedauert. Als Sachse schließlich seinen fünften Sack mit knöchernem Inhalt eingeladen und die Doppeltüren des Leichenwagens geschlossen hatte, ließ er seinen Blick noch einmal über den Platz schweifen. Vier Leichen plus Vespa plus ein Jagdgewehr hatte die Polizei im Boden gefunden. Welcher Irre war hier bloß unterwegs gewesen?, fragte Sachse sich erschüttert, so etwas hatte er noch nie erlebt. Insgesamt hatte das Wochenende für ihn bisher aus fünf Toten und viel zu wenig Schlaf bestanden, und es war noch nicht zu Ende. Immerhin hatte er mit diesem Huppendorfer geklärt, dass er einen anderen Bestatter informieren würde, sollten heute oder morgen noch weitere Leichen auftauchen. Er würde die Skelette jetzt zu Siebenstädter nach Erlangen kutschieren, das würde bestimmt auch wieder ein Erlebnis der besonderen Art werden. Und anschließend – halleluja! – würde er nach Hause fahren, Eileen einen dicken Kuss geben, sich im Schlafzimmer einschließen und ein Jahr lang ruhen. Wie ein Toter sozusagen.

Bernd Schmitt saß mit seiner Ute auf der Bank vor ihrer gemeinsamen Mühle, das Gerüst direkt über ihren Köpfen. Es war eine sternenklare Nacht, perfekt, um sich entspannt auf die elterliche Zukunft vorzubereiten. Lagerfeld hatte zwischenzeitlich beschlossen, sich zu freuen und seine innere Einstellung grundsätzlich in Richtung Freude zu verlagern. Der Versuch war zwar ehrenvoll, allerdings mühselig und nicht auf die Schnelle zu realisieren, lag doch diese Art von Leben genau in entgegengesetzter Himmelsrichtung zu dem, das er bisher geführt hatte. Kinder. Tja, das hatte er nun davon. Aber das hätte ihm eigentlich schon vorher klar sein müssen. Wenn man sich mit Frauen einließ, hatte man auch die Konsequenzen zu tragen. Kinder. Ute von Heesen bemerkte die innere Umstrukturierung ihres Bernds zwar, hielt es aber für besser, keine belehrenden Kommentare abzugeben, sondern die lagerfeldschen Umschichtungen ihren natürlichen Gang gehen zu lassen.

»Weißt du, was ich mir als Kind am liebsten im Fernsehen angeschaut hab?«, fragte Lagerfeld urplötzlich.

Ute von Heesen erschrak fast ein bisschen, da sie eine Dreiviertelstunde schweigend und versonnen Arm in Arm auf der Bank verbracht hatten. Aber immerhin tat sich da etwas in den Gedanken ihres Herzallerliebsten, dachte sie amüsiert. »Nein, was denn?«, fragte sie neugierig.

Lagerfeld musste lächeln, als er an seine so lange zurückliegenden Kindheitstage denken musste. »›Raumschiff Enterprise‹«, sagte er begeistert, doch die Antwort traf bei Ute keineswegs auf fruchtbaren Boden.

»›Raumschiff Enterprise‹? Du willst unser Neugeborenes ›Raumschiff Enterprise‹ schauen lassen? Du hast sie doch nicht mehr alle!« Wieder einmal war sie außerstande, die Gedankengänge im Gehirn dieses seltsamen Menschen da neben ihr nachzuvollziehen.

»Natürlich nicht gleich nach der Geburt, aber später dann, wenn es ihm was für sein Leben bringt. So mit drei, vier Jahren, wenn er dann in der Schule ist, dann schau ich mit ihm auf unserem neuen Sofa, das wir noch nicht haben, in unserem neuen Fernseher, den wir auch noch nicht haben, ›Raumschiff Enterprise‹ an«, stellte Lagerfeld zufrieden fest.

Ute von Heesen schloss erst verzweifelt die Augen, musste dann aber doch lachen. »Mensch, Bernd. Erstens ist noch gar nicht klar, ob es ein Junge oder ein Mädchen wird. Zweitens wird unser Kind mit drei Jahren sicher noch nicht in der Schule sein, sondern bestenfalls im Kindergarten. Und drittens schaut es mit drei Jahren ganz bestimmt nicht ›Raumschiff Enterprise‹, weil es das noch überhaupt nicht kapiert. Ende der Durchsage«, sagte sie gespielt entrüstet.

Doch Lagerfeld war nicht überzeugt. Wie konnte man nur so übervorsichtig sein? Aber Ute würde ihn ja nicht andauernd bewachen können. Irgendwann, wenn sie wieder in der HUK arbeitete, würde sich, zwischen Fläschchen und Alete-Brei, schon eine Möglichkeit finden, wie er seinem Sprössling Kirk und Co. näherbringen konnte. Andererseits, warum sollte er so lange warten, wenn das Gute doch so nahe lag. »Sag mal, Ute, findest du nicht auch, dass es langsam etwas kühl wird? Was hältst du davon, wenn wir uns auf unser altes Sofa setzen, das wir haben, und in unserem alten Fernseher, den wir ebenfalls haben, ›Raumschiff Enterprise‹ gucken? Ich hab noch die Videokassetten von Folge eins bis siebzehn«, schlug er fröhlich vor und kniff ihr dabei seitlich in den Allerwertesten.

Ute von Heesen gab auf. Erstens war es tatsächlich kalt geworden, zweitens wurde sie langsam müde, und drittens war das Sofa gar nicht so schlecht. Da konnte Bernd seine Raumschiffe anhimmeln und sie langsam und genüsslich neben ihm einschlafen. Also packten sie ihre Siebensachen und verlagerten ihr Abendprogramm in Richtung provisorisches Wohnzimmer. Lagerfeld legte eine Videokassette aus seiner historischen Sammlung ein, und Ute von Heesen kuschelte sich auf dem Sofa in ihre Decke.

Während der Videorekorder zurückspulte, wanderten Lagerfelds Gedanken noch einmal zu den beruflichen Problemen des heutigen Tages zurück. Schwangerschaft hin oder her, morgen musste er sich wieder diesem abgefahrenen Mordfall widmen. Außerdem war dann ja noch die Volksabstimmung über das Bundesland Franken angesetzt. Alles in allem stand ihm am morgigen Pfingstsonntag ein ziemlich ereignisreicher Tag ins Haus. Seine Kollegen hatten den Abend wahrscheinlich noch mit einem schönen Bier auf irgendeinem Keller ausklingen lassen, während er sich an sein Vatersein gewöhnen musste. Ob der Ermordete vom Staffelberg wohl auch Kinder gehabt hatte? Früher hatte er sich über so etwas nicht viele Gedanken gemacht. Leichen waren einfach nur Leichen gewesen. Emotionale Involviertheiten hatte er sich nicht leisten können und wollen. Das verkomplizierte das Arbeiten nur. Für Gefühlsduseleien war bisher immer Franz zuständig gewesen. Der konnte das richtig gut mit den Angehörigen, weshalb er sich davor bisher immer hatte drücken können. Huppendorfer und er waren aber auch schon die nächste Generation, sie sahen ihren Job mit ganz anderen Augen als Franz oder auch Ruckdeschl…

»Der Weltraum, unendliche Weiten…«, tönte es aus dem kleinen alten Röhrenfernseher und riss Lagerfeld aus seinen philosophischen Überlegungen. Als er die Enterprise durchs All fliegen sah, bekam er nostalgische Gefühle und erinnerte sich wieder an die Folge. Kirk und Spock sollten die Bevölkerung des Planeten Bionadus – oder wie der auch immer hieß – vor einem geheimnisvollen Leuchtwesen retten, welches seine Opfer mit sirenenartigem Gesang anlockte, um sie dann in orangefarbene Energie umzuwandeln – oder so ähnlich. Auf jeden Fall unglaublich spannend. Ute schien die Geschichte leider nicht sonderlich zu interessieren, sie machte einen recht bettfertigen Eindruck. Aber etwas musste sie von Folge neun der berühmten Weltraumabenteuer dann doch mitbekommen haben, denn kurz vor ihrem endgültigen Einnicken stellte die Mutter von Lagerfelds zukünftigem Kind fast beiläufig noch die sinnige Frage: »Sag mal, Bernd, wie funktioniert das eigentlich, dieses Beamen?«

Dann war sie endgültig eingeschlafen, und Lagerfeld schüttelte nur fassungslos den Kopf. Gut, vielleicht hatte er keine Ahnung von Schwangerschaften und ähnlichen Frauensachen, aber dafür hatte Ute absolut keinen Schimmer von Weltraumtechnik. Lächelnd deckte er sie zu und stellte den Ton des Fernsehers leiser.

Kurz vor dreiundzwanzig Uhr schloss Haderlein seine Haustür auf. Als Erste kam ihm Riemenschneider entgegen und leckte ihm die Hose, dann folgte Manuela mit schläfrigem, fragendem Blick. Franz Haderlein ging auf sie zu und umarmte sie.

»Ich weiß, was du fragen willst«, sagte er, »aber glaube mir, das willst du heute Abend nicht mehr wissen. Ich erzähl dir alles morgen, und jetzt lass uns ins Bett gehen.«

Manuela Rast nickte dankbar, schlang ihren rechten Arm um seine Hüfte und zog ihn Richtung Schlafzimmer. Heute Abend hatte sie auch keine Lust mehr auf die üblichen Geschichten von irgendwelchen Leichenfunden.

Marina Hoffmann war zwar von sämtlichen Bediensteten der Bamberger Dienststelle an diesem Samstagabend als Erste im Bett, schlief aber trotzdem die halbe Nacht nicht. Erst geisterte ihr der peinliche Vorfall mit dieser verdammten Akte durch den Kopf, dann, als sie sich einigermaßen beruhigt hatte, wanderten ihre Gedanken immer wieder zu dem freundlichen hageren Mitarbeiter der Firma Fiesder. Dieser kleine Knecht wollte ihr einfach nicht aus dem Sinn gehen. Sie wälzte sich in ihrem Bett von rechts nach links und wieder zurück, kam aber immer wieder zum gleichen Ergebnis. Sie wollte dieses Männchen wiedersehen. Und zwar nicht in der Dienststelle, sondern privat. In ihren Gedanken spielte sie durch, was sie mit ihm anstellen würde, wenn sie endlich allein mit ihm wäre. Erst am frühen Morgen ließen sie die vielfältigen Möglichkeiten der zweisamen Freizeitgestaltung sehr zufrieden einschlafen.

Als allerletzter der Involvierten kam an diesem Tag natürlich Leonhard Sachse ins Bett. Erst hatte er eine Ewigkeit vor der Erlanger Gerichtsmedizin herumgestanden, weil Siebenstädter trotz Absprache nicht erschien. Als er es mehrmals vergeblich auf dessen Handy versucht hatte, fuhr er mit den Resten von vier Leichen im Kofferraum durch Erlangen, um den Gerichtsmediziner auf eigene Faust zu suchen. Schließlich kannte er seinen Pappenheimer und dessen Lieblingsplätze gut genug.

Irgendwann fand Sachse Professor Siebenstädter an seinem geliebten Stehimbiss »Hühnertod«, wo er gerade frittierte Geflügelbeine verspeiste. Auf sein Ansinnen hin, doch mit ihm zur Gerichtsmedizin zu fahren, damit er seine Ladung loswerden könnte, zeigte Siebenstädter keine Reaktion. Stattdessen vermutete der Professor die nächste Verarsche von Haderlein und Co. Dann, als Sachse ihn gezwungen hatte, doch mal einen Blick in die Leichensäcke zu werfen, winkte der Professor seine Kumpels herbei, um ihnen zu demonstrieren, wie anstrengend und anspruchsvoll sein Job in der Gerichtsmedizin doch war. Keiner von Siebenstädters Bekannten war noch nüchtern, anscheinend hatten sie hier ihre ganz private Bergkerwa gefeiert. Jeder durfte nun auf des Professors Zeichen hin eine Vermutung oder ein sonstiges Statement zum Werdegang der Dahingeschiedenen abgeben, obwohl die Männerclique hauptsächlich aus fachfremden Juristen, Immobilienmaklern und einem Allgemeinmediziner bestand. Wohl oder übel musste sich Sachse zu einem Bier und einem Hühnerbein mit Senfsauce einladen lassen. Hätte er sich geweigert, wären die Herren sehr, sehr unfreundlich geworden, wie sie sich ausdrückten. Sachse fand die ganze Situation völlig daneben und war außerdem hundemüde. Als er es nicht mehr ertrug, wurde er handgreiflich und beförderte Siebenstädter unter wüsten Drohungen auf den Beifahrersitz seines Wagens.

In der Gerichtsmedizin legte Siebenstädter dann ein zügigeres Tempo an den Tag. Er stellte Sachse zeitnah eine Quittung aus und bat darum, wieder bei seinen Saufkumpanen am »Hühnertod« abgeliefert zu werden. Sachse willigte ein, doch dummerweise hatte der »Hühnertod« inzwischen geschlossen, und sämtliche Gäste waren verschwunden. Also diktierte ihn Siebenstädter quer durch die Stadt, um seine Kumpels wiederzufinden. Eine Stunde später stießen sie im Innenhof der Arkaden auf sie, wo die Herren in ihrem Delirium den Ausgang nicht mehr fanden. Sachse war nun alles egal, Hauptsache, er konnte den Professor endlich loswerden, was er denn auch tat.

Um kurz nach Mitternacht war er schließlich zu Hause. Er legte sich aufs Sofa, um Eileen nicht aufzuwecken, fluchte noch ein bisschen über Siebenstädter, sein Berufsbild und die Ungerechtigkeit der Welt im Allgemeinen und schlief dann binnen Sekunden den Schlaf des Gerechten.

In einer alten gelben Villa mit drei Fahnenmasten vor der Tür trafen sich soeben in aller Stille mehrere Männer. Im Chargiertenzimmer der freien Landsmannschaft »Rhenania Bavaria« stand Irrlinger breitbeinig wartend am Fenster und blickte völlig in sich versunken hinunter auf den Coburger Bahnhof. Er hatte sehr lange überlegt und war alle Möglichkeiten durchgegangen. Natürlich hatte ihn der Tod von Josef Simon so tief erschüttert wie kein anderes Ereignis in den letzten Jahren, aber niemand auf dieser Welt würde ihm das ansehen. Irgendwann war ihm ein Verdacht gekommen. Eigentlich hatte er die Angelegenheit schon als erledigt betrachtet, sie war ja auch ziemlich lange her, und trotzdem war der Verdacht immer stärker geworden. Er hatte noch keine Vorstellung über das Wie und Warum, aber fest stand, dass irgendjemand einen von ihnen mit einem Pfeil getötet hatte. Wäre es ein Messer gewesen, eine Schusswaffe oder Gift, hätte Irrlinger keinen weiteren Gedanken an die Sache verschwendet. Doch ein Pfeil war ein Pfeil. Die Tatsache veränderte alles, durch sie wurde die Situation nicht nur mysteriöser, sondern vor allem auch gefährlicher. Er musste nach dem Ausschlussverfahren vorgehen, um das Ausmaß der Bedrohung einzugrenzen. Er hatte sofort alle einberufen, und alle waren seinem Ruf gefolgt.

Als Letzter traf der Fuxmajor ein, der Ausbildungsleiter. In vollem Chargenwichs betrat Rene Amann den Raum. Mit düsterem Blick begrüßte er wortlos die anderen, die sich leise in der Mitte des Raumes unterhielten. Er erkannte den Erstchargierten in seinem schwarzen Anzug, der gerade mit dem ebenso gekleideten Fechtwart sorgenvolle Blicke austauschte. Der Altherrenvorsitzende Gerhard Irrlinger drehte sich um, als der Fuxmajor die alte Holztür hinter sich schloss. Irrlinger stand noch immer breitbeinig da, so wie in der letzten halben Stunde, in der er schweigend aus dem Fenster gesehen hatte. Jetzt musterte er mit stechendem Blick einen Anwesenden nach dem anderen. Niemand wagte es, auch nur einen Laut von sich zu geben, es war das ausschließliche Recht des Altherrenvorsitzenden, den außerordentlichen Konvent zu eröffnen.

»Meine Herren, wir hatten einmal einen Gast«, eröffnete Irrlinger die Zusammenkunft, »einen treuen Gast, einen alten Freund, der sich in den Dienst unserer Sache stellen wollte. Ein Kamerad, der heute einem Mordanschlag zum Opfer gefallen ist. Einem Verbrechen, das, wie ich glaube, begangen wurde, weil Sie mir etwas verheimlichen. Und genauso feige, wie dieses Verhalten ist, genauso kompromisslos werden für die Beteiligten die Konsequenzen sein. Kön-

nen Sie mir in diesem Punkt zustimmen, meine Herren?«
Die Anwesenden nickten, und Irrlinger fuhr im gleichen
düsteren Duktus fort. »Aufgrund der allgemein bekannten
Vorfälle und der meines Erachtens ziemlich bedrohlichen
Situation erwarte ich von Ihnen umfassende Aufklärung,
verstanden?«

Damit ließ Irrlinger den Rest der Versammlung schweigend zurück. Die Männer grübelten, niemand würde dem
Altherrenvorsitzenden Gerhard Irrlinger in dieser Sache
widersprechen, dafür waren die Umstände zu klar. Sie würden etwas unternehmen müssen, und zwar ziemlich schnell.

Sie diskutierten und berieten bis weit nach Mitternacht.
Ein Ehrenwort war ein Ehrenwort, ein Kamerad ein Kame-
rad. Erst gegen drei Uhr morgens ging jeder seiner Wege.
Eine Lösung war gefunden.

# Magnus

»Ich werde deinen Namen nicht erfahren und du nicht meinen. Solange du hier bist, wirst du einen neuen Namen bekommen und auch nur diesen verwenden. Du bist Joe. Ich werde für dich Magnus sein und niemand anderer, verstanden?« Der Angesprochene nickte und harrte weiterer Erklärungen. Er hatte keine Probleme mit Regeln. Er stellte schließlich selbst andauernd welche auf und erwartete, dass sie auch befolgt wurden. Vielleicht war es ganz gut, einmal auf der anderen Seite zu stehen.

»Du bist hier, weil du etwas tun willst, was auf den ersten Blick nicht legal erscheint. Weil du etwas tun möchtest, das dir die Gesellschaft verboten hat. Du bist reich, stinkreich sogar, wenn ich das so sagen darf. Eigentlich kannst du alles tun und dir alles kaufen, was du willst. Aber das hier, das kannst du in der normalen Welt, in der du lebst, nicht tun, Joe, weil du dann nämlich auf dem elektrischen Stuhl landen würdest. Nur hier und jetzt hast du die Möglichkeit dazu. Dir ist der Kick im Leben verloren gegangen. Du hast alles erreicht, was du erreichen wolltest, und jetzt gehen dir die Ziele aus. Ich bin dazu da, dir Ziele zurückzugeben, Joe. Du wirst feststellen, dass dein Leben danach nicht mehr dasselbe sein wird, denn du wirst dann getötet haben. Dabei ist es völlig egal, ob das Opfer den Tod verdient hatte oder nicht. Du hast dann einen Menschen getötet, Joe, und zwar ohne Grund, nur weil du es wolltest und durch mich konntest. Einen Menschen zu töten ist definitiv etwas anderes, als eine konkurrierende Bank oder einen Staat finanziell zu ruinieren oder Tausende von Immobilienbesitzern in den Selbstmord zu treiben. Es fühlt sich anders an. Direkter. Wahrscheinlich hast du auf deine Art schon sehr viele Menschen auf dem Gewissen, da bin ich mir sicher.« Magnus lächelte und nahm entspannt einen Zug von seiner Pfeife.

»Aber es verändert einen, wenn man es direkt tut. Wenn man selbst die Hand an die Waffe legt und jemanden nicht über den Umweg des Ruins tötet. Ich hoffe, du verstehst das. Du hast es selbst in der Hand, Joe. Bist du dazu bereit?«

Der Angesprochene nickte zögerlich. Er war von der Rede, die Magnus gehalten hatte, sichtlich beeindruckt. Er würde es jetzt tun. Bis hierher war es ein langer Weg gewesen. Sowohl innerlich als auch, wenn man ganz lapidar den langen Hubschrauberflug bis zu dieser Hütte im Nirgendwo berücksichtigte. Er würde jetzt da hinausgehen und das tun, wozu er hergekommen war.

»Es ist so weit.« Magnus schaute ihm in die Augen und stand auf. Schweigend ging er ihm voraus, hinaus auf die überdachte Veranda, und deutete nach links, Richtung Waldrand.

Joe hatte im Prinzip gewusst, was ihn erwartete, und trotzdem zuckte er zusammen, als er den an einen Baum gefesselten Mann entdeckte. Magnus hatte ihm die Augen verbunden, er bewegte sich kaum.

»Wie weit ist es?«, fragte er Magnus, der die Stufen der Veranda hinunterging.

»Von hier aus genau siebzig Meter.« Magnus rauchte

ruhig seine Pfeife. »Es ist windstill, wir haben die Sonne im Rücken. Ideale Bedingungen. Es liegt nun an dir.« Lächelnd trat er zur Seite. Joe folgte ihm und ging in den Wettkampfstand. Aus dem Köcher zog er einen karbonummantelten Aluminiumpfeil und legte ihn in seinen Compoundbogen von Hoyt. Selbst das kühle Magnesium des Mittelstückes konnte die Schweißbildung seiner Hand nicht verhindern, als er den Bogen in die Waagerechte hob.

»Wie viele Versuche habe ich?«, fragte er, während er das Ziel fixierte.

»So viele du möchtest, Joe.«

Er konzentrierte sich, die Wurfarme des Bogens spannten sich. Gedanklich ging er noch einmal alle erlernten Bewegungen durch, dann ließ er den Pfeil los, und nur das Geräusch des zurückschnappenden Klickers zeugte akustisch davon, dass der Pfeil mit einer Geschwindigkeit von über zweihundert Meilen pro Stunde Richtung Ziel flog.

\* \* \*

Die Sonne ging an diesem Pfingstsonntag bei wolkenlosem Himmel auf und schickte sich an, einen ganz besonderen Tag zu erhellen. Die Republik kannte nur ein Thema: Würden es die Franken schaffen, sich von Bayern loszusagen und ein eigenes, unabhängiges Bundesland zu werden?

Manfred Zöder war sich da nicht mehr so sicher. Seit dem desaströsen Auftritt, den sie gestern mit ihrer Abschlussveranstaltung hingelegt hatten, war keine Zeit mehr für eine Stimmungsumfrage gewesen. Niemand wusste auch nur annähernd, wie viele Stimmen das mediale Schlachtfest gekostet hatte, aber die zahlreichen Beobachter von Print und Fernsehen waren geschlossen der Meinung, dass dies kein Ruhmesblatt für die fränkische Sache gewesen war.

Er hatte sich gestern noch mit Gerhard Irrlinger treffen wollen, aber der schien vom Erdboden verschluckt worden zu sein, war nicht zu erreichen gewesen, einfach abgetaucht. Ein weiterer Grund für die hochinteressierte Medienlandschaft, die Abstimmung und deren dilettantische Hauptdarsteller öffentlich zu zerfleischen, zuallererst einmal ihn, Manfred Zöder. Ein anderer Kopf, auf den man hätte draufhauen können, war ja nicht da. Dementsprechend beschissen hatte Zöder in der letzten Nacht geschlafen. Ein Albtraum hatte den nächsten abgelöst. Am schlimmsten war der gewesen, der ihn kurz vor fünf Uhr in der Früh hatte schweißnass aufwachen lassen.

Eine abgetakelte Figur, in seinem Traum mit einem ziemlichen Buckel ausgestattet, hatte eine Gruppe Japaner durch ein verfallenes Museum in den Höhlen eines dunklen Berges geführt. Hoch über seinem Kopf hielt Anton Kropock einen hölzernen Spazierstock, an dem ein kitschiges Bildnis von Ludwig II. baumelte. In seiner Hand brannte eine rußende Fackel, an der auf einer Seite das flüssige Pech hinuntertropfte. Der fränkische Quasimodo führte die ehrfürchtige Truppe durch die spärlich beleuchteten Räume der historischen Stätte und gab dumpf und stoisch seine Botschaft von sich: »Meine Damen und Herren, ich begrüße Sie hier im ehemaligen Kriegsmuseum der CSU auf Kloster Banz. Wir beginnen jetzt mit der Führung. Wenn Sie mir bitte folgen möchten.«

Mit einer dramatischen Geste versammelte er die Japaner um sich, die seinen Worten mit großen Augen lauschten. Parallel dazu versuchte ein überforderter Simultandolmetscher das Gehörte sinngerecht vom Fränkischen ins

233

Deutsche und von dort ins Japanische zu übersetzen. Das dauerte.

»Auf Schloss Neuschwanstein verbrachte der unglückliche König Ludwig seine letzten Tage, bevor sein Leben schließlich im Starnberger See endete. Über die Umstände seines Todes gibt es die unterschiedlichsten Vermutungen. Irgendwelche Fragen?… Keine? Gut, dann gehen wir ins Bocksbeutelzimmer.« Kropock drehte sich um, ging den Asiaten voraus und blieb in einem bunkerähnlichen Raum stehen. Die Fackel rußte weiterhin und schickte ihren unstet flackernden Schein durch den Raum.

»Dieses Zimmer wurde von der letzten bayerischen Ministerpräsidentin Gabriele Pauli so benannt. Gabriele Pauli, von der Sie hier noch eine ziemlich misslungene Statue sehen können, leitete von hier aus die letzten Verteidigungsmaßnahmen ihrer fränkischen Gefolgschaften. Irgendwelche Fragen?… Keine? Gut, dann kommen wir in die Franz-Josef-Strauß-Gedächtniskapelle.«

Wieder drehte sich der Bucklige um und schritt den Japanern voran, bis er schließlich an einer Art Minibasilika zum Stehen kam. In den Stein an der Front des großen Reliefs waren schwarze Jahreszahlen gemeißelt, in etwa zwei Metern Höhe stand eine weiße Marmorbüste des ernst blickenden Verstorbenen in Originalgröße.

»Sie sehen hier den Schrein mit den Reliquien des heiligen Franz Josef. Der Schutzheilige war zeit seines Lebens ein Symbol der Kraft und Macht seiner Partei. Unter ihm und seinen Nachfolgern regierte die CSU in Bayern glücklich und zufrieden bis zum historischen Jahr 2027, in dem die allseits bekannten, fürchterlichen bayerischen Erbfolgekriege begannen.« Erich Kropock schnäuzte kurz auf den Boden und wischte sich dann mit dem rechten Ärmel

seines fleckigen Gewandes über die Nase, bevor er fortfuhr.

»In dieser Mauernische sehen Sie den unglücklichsten
Nachfolger im Amt des Ministerpräsidenten, Horst See-
hofer. Nach dem Bekanntwerden seiner Homosexualität
und eines ausländischen Geliebten in Erfurt wurde er trotz
eines Ehrenwortes während eines Hochamtes vom Münchner Erzbischof vergiftet. Er war das erste Opfer und zugleich Auslöser der ersten Schlacht. Beachten Sie die ge-
krümmte Haltung der Statue, das verzerrte Gesicht und die
tiefe Hoffnungslosigkeit in den glasigen Augen.«

An diesem Punkt war Manfred Zöder das erste Mal
schreiend aufgewacht. Es dauerte eine Weile, bis er realisierte, dass alles nur ein Traum war. Zitternd ging er auf die
Toilette und legte sich anschließend wieder halbwegs beruhigt ins Bett. Doch kaum hatte er völlig übermüdet die
Augen geschlossen, hatte ihn Erich Kropock wieder fest im
Griff.

»Irgendwelche Fragen?... Keine? Gut, wir kommen
dann zum großen Wandgemälde.« Der Museumsführer
hob im Gang seine Fackel, und dem japanischen Publikum
entfuhren Schreckenslaute angesichts des Gemetzels, das
sich ihnen bildlich offenbarte.

»Auf diesem Wandgemälde sehen Sie die letzte und entscheidende Schlacht um Forchheim, in der alle Kontrahenten aufeinandertrafen. Am oberen Bildrand sind Erwin
Huber und seine Eliteschläfer aus dem Finanzministerium
zu erkennen. Ihm gegenüber in heroischer Haltung die ehemalige Bildungsministerin Monika Hohlmeier mit sieben-
tausend gepanzerten Grundschullehrerinnen aus Bad Staffelstein. Am unteren Bildrand sehen wir den geschlagenen
Alpenbaron Ramsauer, der gerade in einem Fass Franken-

wein ersäuft wird. Hier irrt übrigens die Geschichtsschreibung. Es war nicht Wein, sondern Bamberger Rauchbier, das die Qualen von Baron Ramsauer unnötig verlängerte.«

Rauchbier, welch furchtbarer Tod. Die Schreckenslaute des Auditoriums wurden lauter. Rauchbier hatten sie schon kosten dürfen. Eine wahrlich qualvolle Vorstellung, darin zu ertrinken.

»Nach der Schlacht um Forchheim zerfiel das Bayerische Reich endgültig«, fuhr Kropock fort. Er gönnte seinen Gästen keine Atempause. »Zuerst setzte sich Franken ab und teilte sich in seine drei Regierungsbezirke Unter-, Ober- und Mittelfranken. Regelrecht dramatisch gestaltete sich die Lage im südbayerischen Raum. Dort proklamierte Ilse Aigner eine Freihandelszone, während Ex-Ministerpräsident Edmund Stoiber – auch Edmund der Reizbare genannt – bis heute mit seinen Kühen brandschatzend durch den Oberpfälzer Wald zieht.« Hier endlich hielt Kropock inne, um dem Übersetzer, der mit seiner Arbeit nicht mehr hinterherkam, etwas Zeit zu geben. Dann näherte sich der Vortrag des Buckligen allmählich dem Höhepunkt und Schluss.

»Der Rest der CSU wanderte schließlich nach Togo oder nach Südafrika aus, was weltpolitische Konsequenzen nach sich zog, da der afrikanische Kontinent den Begriff des *Schwarzen* neu definieren musste.« Kropock ließ eine Pause, um das Wortspiel wirken zu lassen, aber nichts geschah. Die Japaner hatten es nicht begriffen, der schöne Gag ging bedauerlicherweise in der Simultanübersetzung unter. Also beendete er schnörkellos und professionell seine Führung.

»Und so besteht Bayern heute, einhundert Jahre nach Seehofers Tod, aus zehn freien Reichsstädten, siebenundzwanzig Grafschaften, achtundsechzig Herzogtümern und einhundertzwölf Ministerpräsidenten.« Der Bucklige verbeugte sich, drehte den Kopf und schaute den träumenden Zöder direkt an. Er nahm seine tropfende Fackel und ging auf den Schlafenden zu, dann lächelte er breit und zahnlos.

»Ja wen haben wir denn da?«, kam es aus dem stinkenden Mund, dann endlich hatte sein Traum ein Einsehen, und Manfred Zöder erwachte. Es dauerte bis weit nach der Morgentoilette, bis er die Nacht verarbeitet hatte.

\* \* \*

Sie waren wieder in der Hütte. Magnus hatte sich eine frische Pfeife gestopft, Joe saß ihm gegenüber und war noch in Gedanken an das gerade Erlebte versunken. Wirkliche Überwindung hatte ihn nur gekostet, die Pfeile aus dem leblosen Körper zu ziehen. Das Zielen und Treffen, das Aufbäumen des Getroffenen, mitzuerleben, wie das Opfer starb, das alles hatte in ihm Gefühle ausgelöst, die er weder erklären noch beschreiben konnte. Aber genau das forderte Magnus jetzt von ihm.

»Was ist das für ein Gefühl?«, wollte der durchtrainierte Mann von ihm wissen. Alles an Magnus schien so entspannt, so einfach und so unglaublich leicht. Er trug keine Waffen bei sich. Kein Messer, keine Pistole, nichts, doch schon nach wenigen Minuten des Zusammenseins hatte Joe eine tiefe Furcht vor ihm gespürt. Unbarmherzigkeit und Bedrohung gingen von diesem Mann aus. Man hielt sich besser haargenau an seine Vorgaben, wenn man diesen Ort wieder lebend verlassen wollte. Aber wenn der Kunde dies tat, wurde ihm dafür eine Exklusivität geboten, die die Grenzen des bisher Gekannten überschritt.

»Ein Gefühl der absoluten Macht, es gibt keine Grenzen mehr, nur noch Freiheit. Es ist wie Sex.« Er dachte kurz nach. »Nein, es ist noch besser als Sex. Sex ist wiederholbar, das hier nicht.«

Magnus schaute ihn mit unergründlichen grauen Augen an, nickte.

»Was wäre passiert, wenn ich nicht geschossen hätte?«, fragte Joe unvermittelt. »Was, wenn ich nicht den Mut aufgebracht hätte? Wenn ich einfach nur gezahlt, aber nicht getötet hätte, was wäre dann passiert?«

»Dann wärst du jetzt tot. Nur wer tötet, steht mit uns auf der gleichen Stufe. Wir sind hier im Staat Tennessee, auf Mord steht die Todesstrafe. Hinrichtung durch Giftspritze, kein schöner Tod. Nur wem die Todesstrafe droht, wird niemandem von diesem Camp erzählen, in dem man für viel Geld das Töten lernen kann. Ansonsten wäre uns die Gefahr zu groß.« Er schwieg einen Moment. »Der Mann, den du heute getötet hast, er war nicht stark genug. Er konnte nicht töten, selbst dann nicht, als ich ihm die Konsequenzen verdeutlicht habe. Übrigens stammte er auch aus der Finanzbranche.«

Joe schluckte. Er hatte Angst vor dem Mann, der vor ihm saß. Das Gefühl war ungewohnt und in gleichem Maß erregend. Seit seiner Jugend hatte er keine Furcht mehr verspürt, er hatte schon sehr früh Menschen beherrscht und Macht ausgeübt. »Muss ich weitermachen?«, stellte er nach einigen Minuten Stille die Frage, die ihm auf der Seele brannte.

»Nein, du hast einmal getötet, und du hast bezahlt. Du kannst gehen.« Magnus hielt inne. »Willst du überhaupt gehen?«, fragte er dann.

Joe schüttelte den Kopf. »Nein. Ich werde weitermachen.

*Ich habe es so gewollt, ich habe dafür bezahlt, also werde ich den Weg auch zu Ende gehen.«*

*Magnus nickte. »Gut. Morgen werden wir dann den Schwierigkeitsgrad erhöhen«, sagte er, als würde er ihn für den nächsten Segelflugtag briefen. »Die Ziele werden nicht mehr unter Drogeneinfluss an Bäume gebunden herumstehen. Morgen werden wir freies, sich bewegendes Wild aufspüren und jagen.« Joe sah ihn verständnislos an. »Let's reach the next level.« Magnus lächelte kalt und griff nach seiner Pfeife mit der teuren Bruyère-Spitze.*

\* \* \*

Lagerfeld fühlte sich seit Langem mal wieder richtig ausgeruht. Nach der erfolgreichen Rettung des Planeten Bionadus – oder so ähnlich – hatte er sich mit Ute ins Bett begeben und ausgeschlafen. Am Morgen hatten beide vor ihrer Mühle in der Frühlingssonne gefrühstückt, sodass ihn das Gefühl des elterlichen Glücks bis auf den Parkplatz der Bamberger Dienststelle getragen hatte. Heute würde er sich voller Elan dem Mordfall auf dem Staffelberg widmen, nachdem er mit Franz das weitere Vorgehen besprochen hatte.

Als Lagerfeld die Tür zum Büro öffnete, wäre er fast mit Cesar Huppendorfer zusammengestoßen, der hinauswollte. Franz Haderlein stand hinter ihm, wollte Cesar offenbar begleiten.

»Ah, unser Langschläfer! Na, wunderbar, dann können wir ja endlich unsere Arbeitskreise bilden«, begrüßte Haderlein ihn erfreut.

»Cesar, du nimmst Bernd an meiner statt mit nach Erlangen. Und ihr ruft mich bitte sofort an, wenn es Neuigkeiten von den fünf Leichen gibt. Alles Weitere kannst du Bernd ja unterwegs erzählen.« Zufrieden blickte er zwischen seinen Kommissaren hin und her.

Lagerfeld überlegte. Fünf Leichen? Wieso denn fünf? Gestern Abend war es doch nur eine gewesen. Aber Huppendorfer hatte seinen Kollegen schon am Ärmel gepackt und zog ihn nach draußen.

»Ich erklär dir gleich alles, Bernd. Ist a weng kompliziert, wenn ich ehrlich bin. Der Franz muss jetzt jedenfalls dringend den Fiesder verhören, sonst müssen wir ihn womöglich wieder laufen lassen.«

Lagerfelds leichte Verwirrung wuchs sich zum Unverständnis aus. »Fiesder? Der Hubschrauber-Fiesder? Was hat der denn jetzt damit zu tun? Hat der den Bräutigam etwa mit Pfeil und Bogen erlegt?«

Huppendorfer atmete tief durch. Er würde wohl ganz weit ausholen müssen, damit Lagerfeld auch wirklich alles verstand.

»Also, Bernd«, begann er, »angefangen hat das mit dem Kapo von dem Fiesder, einem gewissen Hubert Fiederling…«

Nachdem Huppendorfer und Lagerfeld das Büro verlassen hatten, begab sich Haderlein zu seinem Sessel und dachte nach. Die Vespa ging ihm einfach nicht aus dem Kopf. Auch heute Morgen hatte er die ganze Zeit an das verrostete zweirädrige Gefährt denken müssen. Es gab da in seiner Erinnerung irgendeinen Haken, an dem sich das Bild des ausgegrabenen Rollers immer wieder aufhängte. Aber es half ja nichts, sich mit den verschwommenen Archetypen seiner Vergangenheit zu beschäftigen, er musste sich dem Jetzt stellen und erst einmal Herrn

Bauunternehmer Fiesder befragen. Das würde anstrengend werden. Fidibus war bereits vorgegangen und focht wahrscheinlich schon die ersten Scharmützel mit Fiesders Anwalt aus.

Haderlein erhob sich und machte sich auf den Weg zu dem Befragungszimmer, das einen Stock tiefer lag. Irgendetwas musste Fiesder wissen. Der Hautkommissar konnte sich zwar nicht wirklich vorstellen, dass der leicht verschrobene Bauunternehmer zu einem Kapitalverbrechen fähig war, aber so blöd war Fiesder auch wieder nicht, dass er einen menschlichen Arm mit einer ägyptischen Mumie verwechselte. Wie hatte es Lagerfeld einmal so passend ausgedrückt? Den tiefen Teller hatte Fiesder sicher nicht erfunden, aber dafür war er bauernschlau. Na schön, es war Zeit, sich dem schlauen Bauern zu widmen.

Als er das Vernehmungszimmer betrat, war sein Chef gerade damit beschäftigt, dem Verteidiger Reinhard Schmied eine Zigarre aufzunötigen. Der war zwar Raucher, aber trotzdem irritiert und winkte dankend ab. Georg Fiesder saß an einem schlichten Tisch und machte ein bitterböses Gesicht. Insgesamt wirkte er auffallend verknittert, selbst sein Hut schien etwas zerdrückt zu sein. Womöglich nahm der Bauunternehmer das edle Teil selbst im Schlaf nicht ab, vermutete Haderlein.

»Was haben Sie sich denn dabei gedacht, Haderlein?« Der kleine, kräftige Verteidiger schoss sofort auf den Kriminalhauptkommissar zu. »Da bin ich aber mal gespannt, was Sie uns hier für eine Geschichte auftischen wollen. Wenn die Verhaftung nicht absolut astrein ist, dann wird Sie mein Mandant von hier bis nach München und wieder zurück verklagen, nur damit wir uns richtig verstehen!« Anwalt Schmied kam in Fahrt. Haderlein kannte ihn. Er war umso aufgebrachter, je mehr seine Klienten ihm bezahlten. Gemessen an der gerade emittierten Lautstärke schien Fiesder richtig tief in die Tasche gegriffen zu haben. Haderlein war zufrieden. Anscheinend hatte ihn die Nummer mit den Maschinenpistolen erschreckt.

»Möchten Sie wirklich keine Zigarre?«, fragte Fidibus unschuldig dazwischen und fuchtelte Schmied mit seiner Havanna vor dem Gesicht herum. Der Chef des Präsidiums wirkte zerstreut wie immer, aber Haderlein war sich sicher, dass er bereits in den Arbeitsmodus geschaltet hatte und jetzt hoch konzentriert agierte. Seine Schusseligkeit war bestimmt nur Masche, eine psychische Vernebelungstaktik.

»Nein!«, rief Reinhard Schmied entnervt zurück. »Ich möchte vielmehr wissen, warum Herr Fiesder eine Nacht in Polizeigewahrsam verbringen musste, und zwar sofort, meine Herren!«

Eine wirklich gute Vorstellung, dachte Haderlein anerkennend. Hätte er nicht schon öfter mit Schmied zu tun gehabt, er wäre von der aufbrausenden Nummer tatsächlich eingeschüchtert gewesen. Schmied war kein schlechter Anwalt, saß aber als Strafverteidiger auf dem falschen Platz. Scheidungen und Unterhaltsprozesse waren schon eher sein Metier. Wahrscheinlich war er nur hier, weil er Fiesder persönlich kannte und der ihm mit seinem Geld die Taschen füllte. Aber Haderlein wollte kein Rechtsanwalt-Bashing betreiben. Er setzte sich auf einen Stuhl, der Fiesders gegenüberstand. Neben ihm nahm Fidibus Platz, auf der anderen Seite Reinhard Schmied.

»Also gut, Herr Fiesder, dann wollen wir mal beginnen.« Haderlein legte eine Mappe auf den Tisch.

Fiesder schaute ihn abwartend an. Er hatte es tatsächlich geschafft, die ganze Zeit über kein Wort zu verlieren, was für seine Verhältnisse äußerst ungewöhnlich war. Nur seine Blicke waren giftig wie der Vielblütige Weißwurz.

»Es geht um die Arbeiten, die die Firma Fiesder für das Windrad auf den Eierbergen oberhalb von Wiesen ausgeführt hat. Sie hat dort ein Fundament gegraben. Ist es richtig, Herr Fiesder, dass Ihre Arbeiter dort menschliche Überreste in Form eines skelettierten Arms im Boden gefunden und diese dann auf Ihre Anweisung hin an der ICE-Trasse bei Meschenbach abgekippt haben?«

Fiesder zuckte zusammen. Er wusste also, wovon Haderlein sprach. Er schaute nicht mehr so feindselig, zeigte aber kein Einsehen oder gar Reue. Stattdessen verzog er das Gesicht verächtlich. »Fiederling, der blöde Hund!«, stieß er hervor. Doch noch ehe Haderlein weitere Fragen stellen konnte, fiel die innere Mauer Fiesders in sich zusammen, und der Bauunternehmer ließ seiner schwarzen Seele freien Lauf.

»Des war kaa Leichenteil, des war a Viech oder a Mumie oder so was. Der Fiederling, na, der kann was erleben. Was geht denn des Arschloch des überhaupt an? Ich hab damit sowieso nix zu tun, des können Sie niemals beweisen, Kommissar. Des warn Viecher, und damit basda. Und wenn Ihnen des net bassd, dann müssen Sie hald weider mit meim Ex-Midarbeider Fiederling schö dun. Der kann was erleben, wenn ich widder haamkomm …« Der Rest ging in unverständlichem grollendem Gebrabbel unter.

Strafverteidiger Schmied blickte leicht verunsichert von einem zum anderen und wirkte schon eine Nuance respektvoller. »Habe ich richtig verstanden, Leichenreste? Was hat das zu bedeuten, wenn ich fragen darf?«

Statt einer Antwort öffnete Haderlein seine Mappe und legte das erste Foto auf den Tisch. Es zeigte eine Ansammlung von Knochen, die einen nicht ganz vollständigen Oberkörper ergaben. Daneben lagen die Reste eines gelben Regenmantels.

Schmied studierte das Foto, während Bauunternehmer Georg Fiesder es vorzog, finster zum Fenster hinauszustarren. Der Anwalt zog die Stirn in Falten und schaute erst zu Fidibus, dann zu Haderlein. »Das beweist nur, dass im Boden die Überreste eines Menschen gefunden wurden. Dass dieser Mensch dort in dem Boden lag, das kann man meinem Mandanten nicht anlasten.« Er versuchte Haderlein herausfordernd zu fixieren, aber gelingen wollte es ihm nicht. Unter anderem auch deshalb, weil Fidibus mit seiner nicht angezündeten Havanna herumspielte, als ob ihn das alles überhaupt nichts anging.

Haderlein beugte sich leicht vor und schaute Fiesder direkt an. »Das Mindeste, was wir Ihnen nachweisen können, Herr Fiesder, ist die Vertuschung von Straftaten. Und zwar in diesem sowie in diesem, diesem und auch diesem Fall.« Nacheinander hatte Haderlein die Fotos von den drei weiteren Leichenfunden am Windrad auf den Tisch gelegt.

»All die armen Seelen haben wir direkt neben Ihrem Betonfundament ausgegraben, Herr Fiesder. Dazu kommt noch die andere Hälfte unseres ICE-Skelettes, und jetzt frage ich Sie noch einmal: Was wissen Sie von diesen Leichen, und warum wollten Sie deren Existenz verheimlichen? Und kommen Sie mir bloß nicht damit, das wären ägyptische Mumien. Ich habe noch von keiner Mumie gehört, die mit einer Vespa herumgefahren wäre!« Haderlein war zum Schluss lauter geworden, und Fidibus hatte seine

Zigarre weggesteckt, um die beiden Kontrahenten zu beobachten.

Und siehe da, Georg Fiesder schien beeindruckt von dem zu sein, was man auf den Fotos erkennen konnte. Auch sein Anwalt hatte große Augen bekommen.

»Muss ich da etzerd was drauf sagen?«, fragte Fiesder von der Lage der Dinge sichtlich eingeschüchtert seinen Verteidiger, der nickte.

»Das wäre vielleicht besser, wenn damit nichts...« Weiter kam er nicht, denn Fiesder war mit seinen Gedanken schon woanders.

»Ich will einen Anwalt«, brach es aus ihm heraus. Schmied standen mehrere Fragezeichen ins Gesicht geschrieben.

An diesem Punkt schaltete sich nun auch der Chef der Dienststelle ein. Mit seiner Zigarre deutete er auf den entgeisterten Reinhard Schmied. »Einen Anwalt? Und wer oder was ist das da? Ihre Sprechpuppe etwa?« Fidibus schüttelte den Kopf. »Herr Fiesder, ich würde Ihnen dringend raten, auf die Ratschläge Ihres juristischen Beistands zu hören, dafür ist ein Anwalt nämlich da.«

Schmied schaute unverhohlen dankbar zu Robert Suckfüll hinüber. Fiesder hatte ihn in seiner beruflichen Ehre gekränkt, doch es sollte noch viel schlimmer kommen.

»Des is doch kaa Anwalt. Ich will an richtichen, aus München oder so. Geb mich amal a Delefonbuch, nacherd kann ich den Kaschber da haamschicken.« Georg Fiesder schaute sich suchend in dem karg eingerichteten Verhörzimmer um.

Reinhard Schmied schien kurz vor der Explosion zu stehen. Unter normalen Umständen hätte sich Haderlein mit aller Gewalt das Lachen verkneifen müssen, aber dazu war die Situation zu ernst. Seinem Chef ging es ähnlich, also fasste er die Situation für den Bauunternehmer noch einmal kurz zusammen. »Sie werden wohl erst einmal mit dem Anwalt auskommen müssen, der neben Ihnen sitzt, Herr Fiesder. Wir werden jedenfalls nicht darauf warten, bis ein Starjurist aus der Landeshauptstadt hier aufläuft. Außerdem haben meine Erkundigungen beim Landratsamt Lichtenfels ergeben, dass Sie Ihr Fundament gar nicht an dem Platz gebaut haben, an dem es eigentlich hätte stehen sollen. Meinen Nachforschungen zufolge wurde das Windrad über zweihundert Meter zu weit südlich errichtet, kann das vielleicht sein?«

Fiesder reagierte mitnichten eingeschüchtert, sondern wie man ihn kannte. Als Schlaubauer. »Nadürlich steht's verkehrt, aber etzerd steht's, und da macht kaaner mer was dro. Vo mir aus knallt mir a Straf nei, is mir fei worschd. Aber ich hab kaan umgebracht, klar? Vielleicht war's ja der Fiederling, der mir etzerd aane neidrückn will.« Fiesders Noch-Anwalt legte die Stirn in tiefe Falten.

»Herr Fiesder, haben Sie Ihre Arbeiter angewiesen, die Leiche zu entsorgen?«, fragte Haderlein noch einmal nach.

»Ja, Herrschaftsakrament, was sollte ich denn machen? Was hättst denn du gemacht an meiner Stelln, hä?«, fauchte Georg Fiesder zurück, und sein schwarzer Hut schien hochzugehen. »Was maanst denn du, wenn die mitgriechen, dass da was Brähisdorisches im Boden rumliecht, hä? Die machen mir doch soford die Baustelln dicht und suchen jahrelang nach irchendan Archeobderix! Also hab ich dem Fiederling gsacht, er soll's fortbringa. Was mer net sieht, sieht mer net. Was fort is, is fort! Na, ward ner, dem Fiederling, dem Arschloch, werd ich was erzähln, wenn ich haamkomm!«

246

»Und was ist mit den anderen Leichen, die dort vergraben lagen? Von denen wissen Sie natürlich auch nichts, oder?«, fragte Haderlein nach.

»Ich? Kaa Ahnung. Was hab ich mit dena Dodn zu dun?« Fiesder lehnte sich zurück und schaute wieder böse. Offensichtlich wollte er er nichts mehr sagen.

Fidibus war anzusehen, dass ihn Fiesder nervte. So wie sich das juristisch darstellte, würde er sich aus dieser Situation wieder irgendwie herauswinden können. Sehr unbefriedigend.

»Sagen Sie mal, Herr Fiesder«, sagte Suckfüll dann, »sagen Sie mal, sind Sie eigentlich mit Udo Lindenberg verwandt?«

Fiesder drehte sich um und glotzte Suckfüll an, sein genervter Noch-Anwalt tat es ihm gleich. Auch Haderlein wunderte sich, was sein Chef mit seiner Frage bezwecken wollte.

»Na, dieser Lindenberg, der nimmt seinen Hut doch auch nie ab, vielleicht leiden Sie ja unter dem gleichen genetischen Defekt?«, überlegte Fidibus laut.

Georg Fiesder war anzusehen, dass es etwas dauerte, bis die Zweideutigkeit des Gesagten von seinen in Ironie eher ungeschulten Gehirnwindungen adäquat übersetzt wurde. Reinhard Schmied räusperte sich sicherheitshalber vernehmlich, bevor sein Klient explodieren konnte. Das alles hier war ihm doch reichlich peinlich. Nichtsdestotrotz war er Anwalt und hatte sein Berufsethos zu verteidigen. Denn noch hatte er einen Klienten.

»Wenn ich das mal zusammenfassen dürfte, meine Herren, dann liegt gegen Herrn Fiesder nichts weiter vor als die Beschuldigung, eine Straftat vertuscht zu haben. Und es ist doch sehr fraglich, ob Sie meinem Mandanten wirklich eine Absicht nachweisen können...«

»Ich bin net Ihr Mandant, kapiert?«, blaffte ihn Fiesder an.

Schmied tat so, als habe er nichts gehört. »Ich sehe das so: Mein Klient ist mit der Verhaftung durch Sie und dem daraus resultierenden Ansehensverlust fürs Erste wirklich genug bestraft.«

»Kapierst denn du des net? Ich bin nimmer dei Glient. Und jetzt will ich da naus!« Fiesders Augen blitzten wütend, aber niemand reagierte auf ihn. Auch Anwalt Schmied machte einfach weiter.

»Herr Fiesder wird sich zu Ihrer Verfügung halten, ansonsten aber jetzt mit mir hier hinausmarschieren.« Schmied wusste genauso wie Haderlein, dass er die Sachlage ziemlich klar erfasst hatte. Sie hatten nichts gegen Fiesder in der Hand. Und wenn Haderlein ehrlich war, traute er dem Bauunternehmer auch kein Kapitalverbrechen zu. Aber das würde er in dieser Runde niemals laut sagen. Er nickte Fidibus zu, der daraufhin dem Rechtsanwalt zunickte, woraufhin dieser und Fiesder sich erhoben und flugs die Räumlichkeiten der Kriminalpolizei Bamberg verließen. Was danach draußen vor dem Gebäude geschah, wurde nur gerüchteweise kolportiert. Jedenfalls übernahm Anwalt Schmied von da an nur noch Scheidungsprozesse und ließ fürderhin von Strafsachen und Bauunternehmern tunlichst die Finger.

\* \* \*

*Jetzt stand er da mit seinem gepackten Rucksack und dem schwarzen Bogenkoffer. Einerseits war die Zeit eine schauerlich erregende Erfahrung gewesen, andererseits war er auch froh, dass es endlich vorbei war. Er brauchte Ruhe,* um alles zu verarbeiten. Er bereute nichts, im Gegenteil, er wäre sicher wiedergekommen, wenn das möglich gewesen wäre. Doch Magnus hatte ihm von Anfang an klargemacht, dass niemand das Camp ein zweites Mal besuchte. Er konnte ihn allerdings gern weiterempfehlen, wenn man das so nennen konnte. Interessierte sich jemand für das Camp, musste dieser den Mittelsmann des Mittelsmannes von der Reinheit seiner Absichten überzeugen und anschließend verdammt viel Geld hinblättern. Dann wurde man noch einmal sehr lange und sehr gründlich überprüft, und schon beim geringsten Verdacht wurde die Buchung gnadenlos gecancelt. Das war fast gleichbedeutend mit Eliminierung, was angeblich auch schon vorgekommen sein sollte. Die spezielle Kundschaft hatte es hier mit einer äußerst vorsichtigen, aber dafür auch äußerst professionellen Firma zu tun. Außerdem hatte man ihm deutlich gemacht, dass er sich in der Zukunft Verweise jeglicher Art auf seinen Aufenthalt hier vertrauensunwürdigen Personen gegenüber verkneifen sollte. Wenn er den Mund auch nur einen Zentimeter zu weit aufmachte, würde »Code Red« in Kraft gesetzt werden – die sofortige Auslöschung seiner Existenz. Niemals durfte das Auge des Gesetzes auf das Camp gelenkt werden.

»Dann wollen wir mal, Joe«, unterbrach Magnus seine Gedanken.

Er packte den Rucksack und seinen schmalen Koffer und schritt langsam die Stufen zu dem Jeep hinunter, an dem Magnus lässig lehnte und auf ihn wartete. Wie schon die Tage zuvor trug er Bluejeans und ein olivgrünes T-Shirt, unter dem man die trainierten Muskeln erkennen konnte. Noch immer war er auf den ersten Blick unbewaffnet, aber in der Hand hielt er dieses schwarze Etui, das Joe zusammenzucken ließ. Er wusste, was jetzt kommen würde, er hatte es bei der Intensität der Tage nur vergessen.

Magnus schaute ihn schweigend an, wartete. Joe riss sich zusammen und warf das Gepäck in den Laderaum des Jeeps, dann stieg er zügig und mit einem leichten Frösteln auf der Beifahrerseite ein. Magnus setzte sich hinter das Lenkrad, während Joe sich den linken Hemdsärmel hochkrempelte und Magnus den Arm hinüberstreckte. Kurze Zeit später spürte er den Stich der Nadel. Er würde gleich das Bewusstsein verlieren und nichts von der Fahrt durch den Nationalpark der Smoky Mountains mitbekommen. Wenn er am Flughafen im Jeep aufwachte, würde Magnus verschwunden sein. In seiner Hosentasche würde er dann einen kleinen Schlüssel finden, der zu einem Schließfach des Flughafens in Knoxville passte. Darin würden sein Handy, die Reisepapiere und die Kreditkarte liegen, sodass er über Atlanta heimfliegen könnte. Irgendwann würde irgendwer den Jeep abholen, und das war's dann.

Eigentlich kein Grund für irgendein ungutes Gefühl. So waren die Regeln in diesem Geschäft, sie hatten alles vorher abgesprochen. Trotzdem bewegte er sich ab jetzt in gesetzlosen Gefilden, niemand konnte ihm garantieren, dass er überhaupt wieder aufwachen würde. Doch das war der einzige Weg, um von hier wieder fortzukommen. Er hätte keine andere Wahl gehabt. Magnus zog die Spritze aus der Vene und verpackte sie routiniert in dem schwarzen Etui. Während Joe den Ärmel wortlos zurückkrempelte, stopfte Magnus seine Bruyère. Joes Lider wurden immer schwerer, und bald schon war er wie geplant weggetreten.

»Gute Heimreise, Joe«, sagte Magnus, während er den Motor startete. Er würde bis Gatlinburg eine gute Stunde brauchen, wenn der Waldweg nicht wieder durch Bäume *blockiert war. Nachdem die verdunkelten Scheiben des Jeeps nach oben geglitten waren, fuhr er los.*

\* \* \*

Haderlein ließ sich in seinen Bürostuhl fallen. Das Verhör war so gelaufen wie erwartet. Es hatte nur das bestätigt, was er sowieso schon wusste. Im Treppenhaus hatte er sich noch kurz mit Fidibus unterhalten, und der ausgebildete Jurist war der gleichen Meinung wie er gewesen. Sie würden Fiesder drankriegen, aber sicher nicht wegen Mordes oder gar mehreren. Es hatte sich nichts Neues ergeben, was auf einen Zusammenhang zwischen den Toten auf den Eierbergen und dem erschossenen Simon auf dem Staffelberg hingedeutet hätte. Haderlein kam immer mehr zu der Überzeugung, dass der Pfeil in der einen Leiche am Windrad nur ein dummer Zufall war. Auch mit den anderen Leichen konnte er im Moment nichts anfangen, da Siebenstädter sich noch nicht dazu geäußert hatte. Und die Grabbeigaben? Ein Jagdgewehr, eine Vespa – alles Indizien ohne Bezug zueinander. Irgendeine Idee, eine Eingebung, das war es, was Haderlein gerade verzweifelt vermisste.

Der Kriminalhauptkommissar saß auf seinem Stuhl, die Arme hinter dem Kopf verschränkt. Irgendetwas schien sich in seinem Hinterkopf verfangen zu haben, ein Gedanke zog den nächsten nach sich. Und ganz plötzlich wusste er auch wieder, was ihm seit gestern ungreifbar im Kopf herumgeschwirrt war.

Vermisste.

Damals in den Neunzigern, da war doch was mit einer Vermissten und einer grünen Vespa gewesen. Vage konnte er sich noch daran erinnern. Seine Erkenntnis würde eine ziemliche Sucherei im Archiv nach sich ziehen, denn ein genaues Datum hatte er natürlich nicht im Kopf. Obwohl die Akten in digitalisierter Form vorliegen mussten, würde es dauern.

Doch dann kam ihm eine andere Idee. In der bundesweiten Datei VERMI/UTOT wurden vermisste und unbekannt tot aufgefundene Personen in Deutschland gespeichert. Ein Sammelsurium von toten Menschen, Personenbeschreibungen, Zeugenaussagen und Zeichnungen, angelegt vom Bundeskriminalamt. Seine Vespafahrerin dort zu finden würde eine ebensolche Puzzlearbeit bedeuten, immerhin waren in der Datei über eintausendfünfhundert Personen gespeichert. Haderlein grinste. Zum Glück gab es da jemanden in der Dienststelle, der für solche kleinkarierten Aufgaben geradezu prädestiniert war.

»Honeypenny!«, rief er zu Marina Hoffmann hinüber. »Honeypenny, möchtest du einmal richtige Polizeiarbeit machen?«, schmeichelte er in ihre Richtung, woraufhin sich das Gesicht von Marina Hoffmann sofort erhellte.

»Na klar«, gab sie begeistert zurück.


Lagerfeld und Huppendorfer wurden am Eingang der Erlanger Gerichtsmedizin von einem hübschen blonden Wesen in Empfang genommen. Der Umstand hob ihre Stimmung sichtlich, waren sie doch auf Siebenstädters griesgrämiges Gesicht gefasst gewesen. Ganz schnell war klar, dass sie nichts Besseres zu tun hatten, als Evelyn Breuer, Studentin der medizinischen Fakultät, auf den wenigen Metern bis zum Seziersaal plump anzugraben. Da diese solche Methoden der männlichen Gockelei jedoch schon des Öfteren erlebt hatte, fiel der Samen der polizeilichen Anbandelung auf keinen fruchtbaren, sondern stattdessen auf knallharten Betonboden. Trotzdem waren die beiden jungen Beamten jetzt sehr viel vergnügter als noch zuvor. Sie folgten dem entzückenden Rücken bis in die heiligen Hallen des Gebäudes, wo ihre Stimmung gleich wieder einige Punkte auf der nach unten offenen Siebenstädter-Beliebtheitsskala absackte.

Evelyn Breuer entfernte sich dezent, und Lagerfeld und Huppendorfer erblickten den Professor, der sich über den Schädel eines der aufgebahrten Skelette beugte und mit einem kleinen, spitzen Werkzeug daran herumhantierte. Der Umstand allein verursachte ihnen noch keine seltsamen Gefühle, eher schon der üppige Kopfschmuck aus bunten Indianerfedern, den der Leiter der Erlanger Rechtsmedizin auf seinem Kopf trug. Als sie näher traten, bemerkten sie außerdem noch ein Winnetou-Plakat an der ansonsten kahlen Wand des Sezierraumes. Pierre Brice lächelte sie in DIN-A1-Größe von seinem Pferd herunter an.

»Ich fand Indianer sowieso schon immer besser als Cowboys«, äußerte sich Siebenstädter nun, während er sich weiterhin mit seiner anscheinend diffizilen Arbeit am Skelett abmühte. Ansonsten beachtete er die beiden Kommissare nicht.

»Äh, bitte? Ich verstehe nicht?« Huppendorfer betrachtete noch immer das Plakat, während Lagerfeld interessiert die Skelette auf den anderen vier Tischen beäugte, die dort säuberlich sortiert ausgebreitet lagen. Das waren also die Ergebnisse der Grabungen, von denen ihm Huppendorfer auf der Fahrt hierher erzählt hatte. Den Leichnam ganz hinten auf dem fünften Tisch kannte er ja schon. Es war der Bräutigam vom Staffelberg, der nun auf dem Rücken lag. Siebenstädter hatte ihm den Pfeil anscheinend schon entfernt.

»Na, Sie wissen schon«, erklärte Siebenstädter, »an Fasching haben wir uns als Kinder doch immer entweder als Cowboys oder Indianer verkleidet und dann Krieg gegeneinander geführt. Wir Indianer haben meistens gewonnen. Und das, obwohl wir nur mit Pfeil und Bogen bewaffnet waren. Ich glaube, wir haben schon damals unsere moralische Überlegenheit erkannt. Und was ist das Bogenschießen nicht für eine hohe Kunst im Vergleich zum schnöden Abfeuern einer Schusswaffe, finden Sie nicht auch?«

Jetzt erst blickte Siebenstädter kurz auf, um die beiden Ankömmlinge zu mustern, bevor er sich wieder seinem Schädel zuwandte. Mit seinen Kindheitserlebnissen hatte er aber trotzdem noch nicht abgeschlossen. »Ich sage Ihnen was, meine Herren, Winnetou und Karl May wären stolz auf mich gewesen. Ich war wirklich sehr begabt, was den Umgang mit dieser Waffengattung anbelangt. Leider verlor ich mit meinem dreizehnten Lebensjahr das Interesse an solcherlei Faschingsvergnügen und stellte daher auch die Ausbildung meiner Fertigkeiten im Bogensportbereich ein. Schade eigentlich.«

Lagerfeld und Huppendorfer erduldeten zwar die Memoiren des Professors, ihr Interesse daran war allerdings reichlich begrenzt. Eigentlich waren sie ja hier, weil sie sich von ihm Ergebnisse bezüglich der Toten erhofften.

»Bei allem Respekt, Herr Professor«, konnte sich Huppendorfer trotzdem eine Bemerkung nicht verkneifen, »ich bin ja schon eine Generation weiter und mit ›Star Wars‹ und solchen Sachen aufgewachsen, aber ich wäre sogar bereit, mit einem Laserschwert gegen Sie anzutreten, wenn Sie das für moralisch vertretbar halten...« Der Kommissar verstummte auf der Stelle, weil ihm Lagerfeld den Ellenbogen in die Rippen rammte. Aus eigener leidvoller Erfahrung wusste der nämlich, dass es meistens schiefging, wenn man sich mit Siebenstädter humoristisch anlegen wollte. Zum Schluss fand meistens nur noch der Professor den laufenden Disput witzig, der Rest der anwesenden Konversationsbeteiligten war entweder beleidigt, gegangen oder benötigte einen Psychologen.

Huppendorfer ahnte bereits, dass er einen Fehler begangen hatte, als sich Siebenstädters Gesicht langsam zu ihm umwandte, während der Rest des professoralen Körpers in gebückter Stellung verharrte. Als er Huppendorfer von unten herauf angrinste, war sein Haifischgebiss unübersehbar. Spätestens jetzt wusste Lagerfeld, dass Gefahr im Verzug war. Und das alles nur, weil Huppendorfer seine Klappe nicht hatte halten können.

Plötzlich richtete sich Siebenstädter ruckartig auf, legte seine Untersuchungswerkzeuge auf die Seite und kam auf sie zu. Kurz vor ihnen blieb er stehen und schaute genüsslich von einem zum anderen. »Soso, Sie wollen mich also herausfordern, Herr Huppendorfer?«, fragte er. »Mit einem Laserschwert, wenn ich das richtig verstanden habe? Hat der junge Kommissar denn zufällig grad eins dieser Dinger dabei, damit er seine übergroße Geschicklichkeit unter Beweis stellen kann?« Siebenstädters Augen blitzten.

»Äh, nein, natürlich nicht, ich bitte um Verzeihung.« Huppendorfer wich vor dem alkoholischen Mundgeruch seines promovierten Gegenübers zurück. Hilfesuchend schaute er zu Lagerfeld, der ihn aber nur strafend ansah.

»Aha«, sagte Professor Siebenstädter selbstzufrieden und strich sich mit der rechten Hand durch seine Indianerfedern. »Dann schlage ich vor, dass wir das Nützliche mit dem Angenehmen verbinden und ein kleines Experiment durchführen. Wenn Sie mir bitte folgen möchten, meine Herren?« Er drehte sich auf dem Absatz um und schritt zu einem der Skelette. Auf dessen Schulterhöhe blieb er stehen und deutete durch die Rippenknochen hindurch auf ein Schulterblatt.

»Was sehen Sie, mein Herr?«

Huppendorfer betrachtete das Skelett aus gebührendem Abstand, wusste aber mit dem Ergebnis seiner optischen Begutachtung nichts anzufangen. »Na ja, das ist halt ein Schulterblatt, das ausgegraben wurde«, gab er nur wenig geistreich von sich.

Wieder erschien das zufriedene Haifischlächeln auf Siebenstädters Gesicht. »Sie sind aber ein ganz schlauer Dorfpolizist, nicht wahr? Tatsächlich, das ist das Scapula eines männlichen Tatopfers, welches mehrere Jahre im Boden vor sich hin gemodert hat. Das genaue Jahr seines Todes werde ich auch noch herauskriegen, aber erst einmal gratuliere ich Ihnen zu Ihrer scharfsinnigen Erkenntnis.«

Huppendorfer war klar, dass Siebenstädter sich über ihn lustig machte, konnte die Pointe aber nicht einmal erahnen. Lagerfeld seinerseits tat alles, um nicht aufzufallen. Wenn er so unsichtbar wie möglich blieb, würde dieser Kelch vielleicht an ihm vorübergehen. Das Vorhaben gelang ihm leider nur zum Teil, doch zuerst wedelte der Professor mit der rechten Hand um das Schulterblatt herum.

»So, dann wollen wir mal an die Arbeit gehen. Sie mit Ihrer Laserschwertausbildung nehmen jetzt das angesprochene Knochenteil an sich und folgen mir, Cesar Skywalker, haha.« Hoch amüsiert drehte sich der Professor um und wollte schon loslaufen, wurde aber von einem entsetzten Huppendorfer daran gehindert.

»Aber wie soll ich denn…? Meinen Sie, mit meinen blanken Händen?«, stieß der junge Kommissar hervor.

Siebenstädter lächelte nun nicht mehr, sondern bedachte Huppendorfer mit einem abfälligen Blick. »Na so was, was haben wir denn da für ein Weichei? Jetzt hören Sie mal zu, Sie werden auf der Stelle dieses Scapula aus dem Skelett entfernen und zu mir nach hinten bringen. Und zwar ein bisschen dalli, wenn ich bitten darf, ich habe nicht den ganzen Tag Zeit. Und falls der Knochen noch irgendwo festhängt, dann werden Sie eben so viel Kraft aufwenden, dass er sich löst, verstanden? So ein Skelett kann manchmal ein zäher Gegner sein, mein junger Freund, aber ich bin sicher, Sie werden gewinnen.« Er bedeutete Lagerfeld, ihm zu folgen, Huppendorfer hingegen blieb hilflos und allein bei den Knochen zurück.

Na gut, er würde sich vor einem frustrierten Altmediziner doch nicht blamieren. Mit spitzen Fingern griff er nach dem Schulterblatt und zog vorsichtig. Doch nicht nur der angepeilte Knochen, sondern das halbe Skelett, das irgendwie noch an ihm hing, bewegte sich. Angeekelt nahm Huppendorfer die andere Hand zu Hilfe und legte diese auf die Halswirbelsäule des Skelettes, um es am Wegrutschen zu hindern. Mit aller Macht zog er an dem Knochen, doch der wollte und wollte sich einfach nicht lösen. Irgendwie hatte die lange Zeit im Boden die Knochen zusammenwachsen lassen.

»Ja, Herrschaft, wo bleiben Sie denn?«, tönte Siebenstädter von nebenan, also riss Huppendorfer erneut an dem Scapula und hielt den dreckigen Knochen endlich schwer atmend in seiner rechten Hand.

Sofort ließ er das Skelett los und rannte in den hinteren Teil des Saales, wo Siebenstädter und Lagerfeld an einer

Art kleiner Werkbank standen. Der Professor hatte einen Akkubohrer in der Hand. Er war bereit loszulegen und hatte schon auf ihn gewartet. Ungeduldig rupfte er Huppendorfer das angemoderte Schulterblatt aus der Hand, legte es auf die Werkbank und setzte dann den Akkubohrer an. Mit quietschendem Geräusch arbeitete sich der Bohrer durch das Schulterblatt, um schon nach wenigen Sekunden auf der anderen Seite wieder herauszutreten. Cesar Huppendorfer und Lagerfeld betrachteten mit zunehmendem Schaudern das handwerkliche Können des Professors und hatten noch immer keinen Schimmer, wozu die Aktion eigentlich gut sein sollte.

Siebenstädter legte die Bohrmaschine weg und holte dafür einen Zimmermannshammer und einen langen Stahlnagel hervor. Beides reichte er Lagerfeld, der die Werkzeuge misstrauisch beäugte. Währenddessen hob der Professor den durchbohrten Knochen hoch und schaute zufrieden durch das etwa fünf Millimeter große Loch, bevor er Lagerfeld das gute Stück reichte.

»So, mein lieber Herr Schmitt. Sie sind doch gerade mit Renovierungsarbeiten beschäftigt, wenn ich mich nicht irre? Dann sollten Sie ja mit Hammer und Nagel umgehen können und werden uns das Schulterblatt problemlos etwa in Kopfhöhe hier an die Wand nageln.« Aufmunternd klopfte er dem jungen Kommissar auf die Schulter und räumte dann sein Werkzeug auf.

Lagerfeld warf einen bitterbösen Blick zu Huppendorfer hinüber, der aber auch nichts an der ihm hochnotpeinlichen Situation ändern konnte. Wie hätte er denn wissen sollen, dass er mit einer einzigen Bemerkung eine so irrsinnige Aktion auslöste? Lagerfeld hob den Knochen an die Wand, fädelte den Stahlnagel durch das kleine Loch und begann den verdammten Knochen mit dem verdammten Hammer an die verdammte Wand zu nageln.

\* \* \*

*Haderlein war auf dem Weg zum E.T.A.-Hoffmann-Gymnasium. Auch jetzt, nach einiger Zeit in Bamberg, kannte er sich im Herzen des Weltkulturerbes noch immer nicht richtig aus und hatte sich prompt verfahren. Er war eine halbe Stunde im Kreis gefahren, bis er schließlich anhielt und seinen frisch erworbenen Stadtplan studierte. Dann hatte er noch zweimal Passanten fragen müssen, bis er sich schließlich und endlich auf dem rechten Weg befand.*

*Es ging vorbei am »Zinser«, einer abgerissenen Studentenkneipe mit einem noch abgerisseneren Wirt. Das »Zinser« kannte er und wusste, wie er von hier aus fahren musste. Seine Kollegen hatten sich kurz nach seinem Zuzug den Spaß erlaubt, ihn zu seinem ersten Wirtshausbesuch in Bamberg ausgerechnet in diese Spelunke zu zerren. »Schwerter zu Pflugscharen, Tote trinken nicht. Wirte für den Frieden«, hatte irgendjemand an die Fliesen des Pissoirs geschrieben, das er damals nach seinem x-ten Bier aufgesucht hatte. Nie mehr würde er sich dort freiwillig hineinbegeben. Der Typ war kein Wirt, sondern ein Fall für den Psychoklempner oder für eine Studie über professionelles Gästequälen. Haderlein war es unerklärlich, warum sich abends dort so viele Bamberger versammelten und den Irren auch noch cool fanden. Für ihn war das nichts, aus Oberbayern war er eher gediegene Lokalitäten gewöhnt. Etwas weiter die Straße hinab hatte er den »Polarbär« aufgetan und noch etwas weiter in der Sandstraße den »Kachelofen«. Das war schon eher seine Welt.*

Immerhin hatte der Besuch im »Zinser« dazu geführt, dass er nun einen eindeutigen Bezugspunkt in der Bamberger Innenstadt hatte, den er so schnell nicht mehr vergessen würde.

Nicht weit davon den Berg hinauf in Richtung Spezi-Keller musste das E.T.A.-Hoffmann-Gymnasium liegen. Tatsächlich war es nicht schwer zu finden, und fünf Minuten später stellte Haderlein seinen Alfasud auf dem Parkplatz des hoch über der Stadt gelegenen Schulgebäudes ab.

Man hatte die Bamberger Kriminalpolizei darüber informiert, dass eine junge Lehrerin nach den Pfingstferien nicht zum Unterricht erschienen war. Nach einer Weile des Herumtelefonierens im familiären Umfeld hatte die Schulleitung schließlich festgestellt, dass die junge Lehrerin tatsächlich verschwunden war. Niemand hatte auch nur den leisesten Schimmer, wo sich Petra Ledang aufhielt. Eigentlich eine gute Möglichkeit für einen jungen Kommissar wie ihn, sich in einer für ihn noch fremden und neuen Stadt seine ersten Sporen zu verdienen. Vorher hatte er kurze Zeit in München gearbeitet und als geborener Oberbayer dort eigentlich auch bleiben wollen, schließlich hatte er exzellente Beurteilungen und damit in der Landeshauptstadt allerbeste Aufstiegschancen. Aber dann war ihm dieses langhaarige Geschoss aus Franken über den Weg gelaufen, sodass ihn die Liebe nach Bamberg gezogen hatte. Er war schon gespannt, wie das Leben hier auf dem Land so sein würde und wie die hiesigen Verbrecher gestrickt waren. Aber er war optimistisch: Schlimmer als in München würde es schon nicht werden.

Auch die Schulleitung in Person des Direktors konnte ihm nicht weiterhelfen, was den Aufenthaltsort von Frau Ledang betraf. Immerhin überließ er ihm freundlicherweise ein Foto und die Personalakte der Lehrerin. Haderlein ging nach unten in den Keller, um sich mit dem Hausmeister, Herrn Schurig, zu treffen. So wie die Dinge standen, war er der Letzte, der Petra Ledang lebend gesehen hatte.

Roland Schurig stand an seiner Werkbank und beschäftigte sich mit einem Stück grauem Abflussrohr, das er in den Schraubstock geklemmt hatte. Haderlein klopfte gegen die Innenseite der geöffneten Werkstatttür, woraufhin der Hausmeister erschrocken herumfuhr.

»Haderlein, Kriminalpolizei Bamberg«, stellte er sich dem Hausmeister vor und zog seinen Ausweis aus der Tasche. Sofort wurde der Gesichtsausdruck Schurigs unterwürfig und seine Haut blass, als ob der Kommissar gekommen wäre, um ihn auf der Stelle mitzunehmen.

»Entschuldigen Sie, Herr Kommissar, ich hab Sie gar nicht kommen hören.« Hektisch putzte er seine eingefetteten Hände an seinem Blaumann ab. »Der Herr Direktor hatte mir ja schon gesagt, dass Sie vorbeischauen wollen. Hier, bitte, wenn Sie sich setzen möchten.« Eilfertig schleppte er zwei rote Klappstühle aus Plastik herbei und bot einen davon dem Kommissar an. Misstrauisch nahm Haderlein auf dem wackligen Gestühl Platz, das wider Erwarten seinen Zweck erfüllte. Schurig ließ sich ihm gegenüber nieder, seine Hände hatte er jetzt leidlich gesäubert, und er schaute Haderlein schon etwas entspannter an.

»Keine Angst, Herr Schurig, ich bin nur hier, um Sie als Zeugen zu befragen. Sie sind kein Beschuldigter, das nur zu Ihrer Beruhigung.«

Sofort kehrte etwas Farbe in Schurigs Gesicht zurück. Wahrscheinlich hatte er noch nie etwas mit der Polizei zu tun gehabt, dachte sich Haderlein leicht amüsiert.

»Also, wann haben Sie Frau Ledang das letzte Mal gesehen?«, begann der Kommissar seine Befragung.

Schurig setzte sich aufrecht hin wie ein Erstklässler. Als er zu sprechen anfing, klang er so, als würde er auswendig einen Schulaufsatz vortragen. »Das war am letzten Schultag, Freitag vor zweieinhalb Wochen. Frau Ledang kam die Treppe runter, hat mir schöne Ferien gewünscht und ist dann gegangen. Ich hab noch gehört, wie sie mit ihrem Roller draußen losgefahren ist. Anschließend hab ich sie nicht mehr gesehen. Keine Ahnung, wo die hingefahren ist.« Der Hausmeister atmete tief durch. Er wirkte erleichtert, seinen Text runtergebetet zu haben.

»Kam Ihnen irgendetwas an Frau Ledang anders vor als sonst? War sie vielleicht nervös, traurig oder sonst irgendwie verstört?«, fragte Haderlein nach.

Schurig überlegte kurz, dann schüttelte er den Kopf. »Nein, nichts. Außer dass sie die letzte von allen Lehrkräften war, die gegangen ist. Danach konnte ich den Laden hier zumachen. Wahrscheinlich hatte sie noch irgendwas zu korrigieren. Mehr kann ich dazu leider nicht sagen.«

»Mit wem hatte sie denn zuletzt Kontakt? Wissen Sie vielleicht, ob sie jemanden besuchen wollte, hat sie sich dahin gehend eventuell geäußert?«, fragte Haderlein erneut nach. Manchmal fiel den Leuten erst etwas ein, wenn er die gleiche Frage modifiziert das dritte Mal stellte. Aber der Versuch war nicht von Erfolg gekrönt.

»Tut mir wirklich leid, Herr Kommissar. Ich habe im Haus niemanden mehr außer Frau Ledang gesehen. Und sie hat auch nichts erwähnt, dass sie jemanden besuchen wollte. Wissen Sie, Frau Ledang war ja auch nicht von hier. Ich glaube, die hatte noch keinen Anhang, wenn Sie verstehen, was ich meine.«

Haderlein verstand nur allzu gut. In seiner Anfangszeit in München war er auch über ein Jahr lang allein lebender Single gewesen. Wie dem auch sei, das Gespräch mit dem Hausmeister würde ihn nicht weiterbringen. Alles, was er zu sagen hatte, hatte er auch schon vom Direktor der Schule erfahren. Nicht weiter erhellend.

»Also gut, Herr Schurig, dann will ich Sie nicht weiter belästigen. Falls Ihnen noch etwas Wichtiges einfällt, können Sie mich über die Schulleitung erreichen, die haben meine Nummer.« Er stand auf und reichte Schurig die Hand. Die war zwar nun nicht mehr fettig, dafür aber verschwitzt. Auch nicht besonders angenehm.

Haderlein packte die Unterlagen zusammen und ging zu seinem Auto. Schon unterwegs suchte er in der Personalakte nach der Adresse der Lehrerin. Altenburger Straße 14. Die lag zwar luftlinientechnisch nicht weit vom Gymnasium entfernt, aber mit dem Auto musste er sich bestimmt wieder durch einhunderttausend Einbahnstraßen und über vierundachtzig Hügel seinen Weg suchen.

Tatsächlich fand er die Altenburger Straße fast auf Anhieb. Seiner eigenen Einschätzung nach eine navigatorische Meisterleistung. Petra Ledang wohnte im ersten Stock. Wie nicht anders zu erwarten gewesen war, öffnete niemand, als er klingelte. Aber er hatte ja den Zweitschlüssel von der Vermieterin bekommen. Hoffentlich musste er sich jetzt nicht mit einem Fall von Selbstmord beschäftigen. Das war gar nicht so unwahrscheinlich, nicht selten fand man den Vermissten mit einem Abschiedsbrief tot in seiner eigenen Wohnung auf. Doch die Räumlichkeiten von Frau Ledang waren leer und verlassen.

Gründlich inspizierte Haderlein jeden Raum der Drei-Zimmer-Wohnung, aber es war nichts zu finden, was auf ein Verbrechen hingedeutet hätte. Die Wohnung wirkte so aufgeräumt, als hätte sie jemand erst kürzlich einer Generalreinigung unterzogen. Nirgendwo lag Abfall herum, kein Staubkorn weit und breit. Lediglich der Briefkasten war voller Werbung. Einen Anrufbeantworter gab es nicht, der Kühlschrank war halb gefüllt, aber auf dem Wurstaufschnitt zeigten sich erste Anzeichen von Schimmel, und aus der halb vollen Milchtüte roch es verdorben. Auch die eine oder andere Kübelpflanze ließ mangels Wasser die Blätter hängen. Alles deutete darauf hin, dass in letzter Zeit niemand in der Wohnung gewesen war. In einer der Schreibtischschubladen fand Haderlein Personalausweis und Reisepass von Petra Ledang. Das hieß, dass sie Deutschland nicht verlassen haben konnte, und wenn, dann nur ohne Pass und mit viel Glück. Doch nichts wies auch nur irgendwie auf eine geplante Abwesenheit hin. Petra Ledang war einfach nicht mehr da. Sie war ohne erkennbaren Anlass verschwunden.

Also gut, dann würde er erst einmal einen Bericht schreiben und seinem Chef raten, eine offizielle Vermisstenmeldung herauszugeben. Er schloss die Tür wieder ab und sprach noch einmal mit der Vermieterin. Niemand durfte die Wohnung vorerst betreten. Auf dem Küchentisch hatte er einen Zettel mit einer Nachricht für die Lehrerin hinterlassen. Sie sollte sich umgehend bei der Polizei melden, falls sie zurückkäme. Gleiches teilte er auch der Vermieterin mit, dann verabschiedete er sich, schwang sich in seinen Alfasud und fuhr zurück zur Dienststelle.

\* \* \*

»Na, was grübeln Sie denn so, mein lieber Haderlein?«, fragte Robert Suckfüll mit väterlichem Ton in der Stimme, obwohl der Chef der Bamberger Kriminalpolizei fast fünf Jahre jünger war als sein dienstältester Mitarbeiter. Haderlein war tatsächlich in Gedanken versunken gewesen und schrak auf. Nachdenklich schaute er seinen Chef an und fragte sich, ob er ihn wohl jemals restlos verstehen würde. Manchmal glaubte er es, aber im nächsten Moment kam Suckfüll wieder mit einer Aktion um die Ecke, die Haderlein doch stark zweifeln ließ. Wie konnte ein hochintelligenter Mensch nur so fern der Realität existieren? Er seufzte tief.

Fidibus dachte nicht im Entferntesten daran, dass dieser Seufzer womöglich ihm und seinem gewöhnungsbedürftigen Umgang mit dem Leben gegolten haben könnte. Stattdessen vermutete er eine fallbedingte Seelenschwere Haderleins und dass sein bester Mitarbeiter vielleicht etwas emotionalen Beistand gebrauchen könnte. Fünf Leichen, vier davon seit Jahren im Boden vergraben, das kam nicht alle Tage vor.

»Können Sie mir noch etwas über diesen Josef Simon erzählen?«, fragte Haderlein plötzlich und lehnte sich in seinem Stuhl zurück. »Sie kennen doch schlichtweg jeden und alles auf dieser Welt, Chef. Also, was war der Simon für ein Mensch?«

Suckfüll blies kurz die Backen auf. Der Mann konnte aber auch Fragen stellen. Als ob er mit jedem seiner damaligen Studienkollegen intim gewesen wäre. Aber bitte, immerhin hatte er das Opfer leibhaftig gekannt. »Ich habe Josef während unseres Studiums an der Universität in Bayreuth kennengelernt. Er hatte bereits ein Studium in Bamberg hinter sich, ich glaube, es war Betriebswirtschaft.«

»Dann war er ein paar Jahre älter als die anderen?«, warf Haderlein fragend ein.

Fidibus schüttelte den Kopf. »Das hätte er im Normalfall sein müssen, da haben Sie recht. Aber Josef Simon war hochbegabt und hatte sowohl in der Schule als auch im Studium Klassen und Semester übersprungen. Er war sogar jünger als manche seiner Studienkollegen in Bayreuth, die frisch vom Wehrdienst kamen. Zudem war er ehrgeizig wie sonst keiner. Er wollte immer der Beste sein.«

»Und, war er es?«, fragte Haderlein.

Suckfüll legte den Kopf etwas schief und betrachtete nachdenklich seine Zigarre in der Hand. »Um ehrlich zu sein, ich weiß es nicht genau. Zumindest hat er sich immer so aufgeführt, als ob er es wäre. Ich hatte nie viel persönlichen Kontakt zu ihm, weiß aber, dass ich ihm in mindestens zwei Fächern absolut ebenbürtig war. Das hat allerdings eher dazu geführt, dass er mich gemieden hat, wenn wir uns einmal zufällig über den Weg gelaufen sind. Um es kurz zu machen: Wir waren uns nicht sonderlich sympathisch.« Fidibus war auf seinem Stuhl nach unten gerutscht, sein Blick schweifte nachdenklich in die Ferne.

»Und haben Sie nach dem Studium noch etwas von Ihrem Kommilitonen gehört?«, fragte Haderlein.

»Nicht mehr viel, nur das, was einem in Juristenkreisen eben so erzählt wurde. Aus den Augen, aus dem, äh, Sie wissen schon, was ich meine, Haderlein«, verhaspelte sich Fidibus und streckte sich. »Simon ist recht schnell bei Silverman Sachs in den USA gelandet und dort ein ziemlich hohes Tier geworden. Allerdings hat man ihn nie in der Öffentlichkeit gesehen. Ich glaube, er war eher der Typ, der im Hintergrund die Fäden zog. Was ich sicher weiß, ist, dass er regelmäßig alle zwei Jahre zu Pfingsten in seine Heimat zurückgekehrt ist, um seine alten Verbindungskameraden vom Coburger Convent zu besuchen. Das war wohl das stärkste Band, das ihn immer wieder in seine alte Heimat zog. Im Übrigen sind meinem Wissen nach mehrere aus dem Dunstkreis der Burschenschaft mit Simon in die USA gegangen und haben dort ihr Glück gemacht. Aber fragen Sie jetzt nicht nach, Haderlein, mit diesen Bruderschaften und Verbindungsleuten hatte ich noch nie etwas am Hut. Außerdem war ich nie der gesellige Typ, wenn ich ehrlich bin.«

In der Tat, das konnte sich Haderlein sehr gut vorstellen. Fidibus mit Ordensband und Verbindungskäppi auf dem Kopf, dazu noch angeheitert grölend unter lauter Kameraden? Das eher nicht.

»Glauben Sie denn, unsere Studentenzeit hat irgendetwas mit dem Fall zu tun, mein lieber Haderlein?«, fragte Suckfüll aufgeregt. »Könnte es sein, dass ein alter Studentenstreit hinter alldem steckt?«

»Ich glaube gar nichts«, sagte Haderlein bestimmt. »Der Mann ist gestern in aller Öffentlichkeit mit einem Pfeil hingerichtet worden. Anscheinend war der Mord so geplant, jeder sollte es sehen. Da war kein heimlicher Auftragskiller unterwegs, nein, die Art des Mordes sollte ein Zeichen, eine Botschaft sein, für wen auch immer. Wenn wir den Grund für die Verwendung dieser ungewöhnlichen Mordwaffe herausfinden, dann sind wir wahrscheinlich schon ein großes Stück weiter.« Nachdenklich kratzte er sich am Kinn und wusste, dass er soeben ein großes Wort sehr gelassen ausgesprochen hatte. Was sollte das für ein Grund gewesen sein? Er hatte keine Ahnung, noch nicht einmal einen Verdacht.

»Na, dann werde ich mich mal wieder meinem Büro zuwenden«, sagte Fidibus und erhob sich. »Das ist übrigens das Glück der Ertüchtigten, das Sie jetzt brauchen, mein lieber Franz«, sagte er im Vorbeigehen noch zu Haderlein, der aber schon nicht mehr hinhörte.

\* \* \*

Die Sekretärin der Dienststelle war sich nicht sicher, ob sie die Sache ernst nehmen sollte, über die Feiertage meldeten sich gern schon mal Spinner, die sich wichtig machen wollten und mit einem gefakten Anruf bei der Polizei die Langeweile aus ihrem Leben zu vertreiben suchten. Doch die junge Anruferin klang nicht wie eine Spinnerin, zudem hatte sie ihre Adresse und Telefonnummer hinterlassen. Es wurde Zeit, dass sich einer der Profis damit beschäftigte. Sie winkte den Kommissar herbei, der ihr gerade am nächsten stand, Franz Haderlein. Der Oberbayer mit seiner unerschütterlich korrekten Art und vor allem mit seinem Einfühlungsvermögen war für so eine Situation bestimmt bestens geeignet.

»Was gibt's denn?«, wollte Haderlein wissen.

»Da ist eine junge Frau aus Scheßlitz dran. Sie behauptet, bei ihr sei ein vermisstes Mädchen aufgetaucht, das aber nicht redet. Wir möchten doch kommen und es zu seinen Eltern bringen. Kannst du das übernehmen, Franz? Die anderen Herrschaften sind grad alle auswärts beschäftigt.«

Franz Haderlein musste lächeln. Na gut, es war Pfingstsamstag, er hatte Dienst, warum also nicht nach Scheßlitz fahren? Da konnte er endlich mit seinem neuen Wagen auf die Strecke gehen. Sein Alfasud, den er jahrelang besessen hatte, war vom Rost so zerfressen gewesen, dass jeder TÜV-Beamte ihn für wahnsinnig erklärt hätte, hätte er ihn behalten wollen. Also hatte er sich für einen nagelneuen

Mitsubishi Spacerunner entschieden. Das Modell war gerade neu auf dem Markt. Kompakt, aber trotzdem geräumig. Für seinen Geschmack genau das Richtige. Es würde dem Wagen guttun, bewegt zu werden. »Wenn du mir sagst, wie ich am besten fahr, gern«, sagte er, während er seine dunkle Lederjacke überstreifte. »Ich war da noch nie.«

Marina Hoffmann grinste. Ach, dieser arme Oberbayer. Schon so lange in Bamberg, aber Gügel und Giechburg hatte er noch nicht gefunden. Da hatte er was verpasst. »Also, Franz«, begann sie gönnerhaft, »da fährst du so ...«

Sie erklärte ihm die Strecke, so gut sie konnte, dann machte sie Schluss. Eigentlich hatte sie schon seit zwanzig Minuten Feierabend und eine sehr wichtige Verabredung. Ein Tête-à-Tête mit einem jungen Imker aus Leibarös. Der schien wirklich ein Süßer zu sein, freute sie sich, während Haderlein bereits die Tür des Büros hinter sich zugeschlagen hatte.

\* \* \*

»Und jetzt?«, fragte Lagerfeld mürrisch, als das Schulterblatt an der Wand hing.

»Jetzt kommen Sie mal zu uns«, meinte Siebenstädter, der mit Huppendorfer etwa zehn Meter entfernt am ersten Tisch mit Gerippe stand. Darunter holte der Professor einen länglichen Stoffsack hervor, aus dem er zwei Federkappen zutage förderte, wie er selbst schon eine auf dem Kopf trug. »Aufsetzen«, befahl der Professor lapidar.

Lagerfeld meinte, so etwas wie Erregung bei dem sonst so kalt und zynisch wirkenden Gerichtsmediziner erkennen zu können. Widerwillig zog er sich die Federkappe auf den Kopf. Dass er das überhaupt mitmachte, das war doch

269

wohl wirklich lächerlich. Irgendwann würde irgendwer Siebenstädter den Garaus machen, und es würde ihn nicht wundern, wenn bei der Beerdigung nur der Pfarrer und zwei Ministranten anwesend sein würden. Doch er hatte keine Zeit, diesen Gedankengang weiterzuverfolgen, denn Siebenstädter holte jetzt den Rest des Sackinhaltes hervor. Die beiden jungen Kommissare glaubten, ihren Augen nicht zu trauen, als der Leiter der Erlanger Gerichtsmedizin einen sehr teuer aussehenden Wettkampfbogen und mehrere schwarze Pfeile mit gefährlich aussehenden Spitzen, die jeweils mit drei rasiermesserscharfen Klingen bestückt waren, auf das Skelett legte.

Siebenstädter stieß Huppendorfer in Richtung Bogen und drückte ihm drei der schwarzen Pfeile in die Hand. »Na, dann mal los, Sie kriminalistischer Jedi-Ritter. Zeigen Sie uns mal, was Sie können. Sobald Sie das Scapula getroffen haben, sind wir hier fertig.«

Huppendorfer schaute ungläubig zwischen Bogen und Professor hin und her, als hätte ihn jemand aufgefordert, Frauenkleider anzuziehen. »Das ist doch nicht Ihr Ernst, Herr Professor?« Doch natürlich wusste er, dass Siebenstädter es mehr als nur ernst meinte. Todernst. Was soll's?, dachte sich Cesar Huppendorfer, dann würde er dem alten Sack eben zeigen, was er draufhatte. Noch immer war ihm absolut schleierhaft, wozu das Ganze gut sein sollte, aber immerhin war es nicht langweilig. Er nahm den Pfeil und steckte ihn unterhalb des Nockpunktes auf die Sehne. Dann zog er die Sehne des Bogens mit aller Kraft bis an seine Wange und ließ los. Der Pfeil schwirrte quer durch den Raum und traf. Allerdings nicht das von Huppendorfer angepeilte Knochenziel, sondern den Putz der Wand etwa einen Meter weiter links und einen Meter zu tief.

Doch Huppendorfer hatte keine Zeit, sich über das mäßige Ergebnis seines Schussversuches zu ärgern. Mit schmerzverzerrtem Gesicht hielt er sich den linken Unterarm, der fatalerweise von der nach vorn schnellenden Sehne getroffen worden war.

»Na, tut's weh?«, fragte Professor Siebenstädter hämisch. »Ist ein bisschen anspruchsvoller als so ein Laserschwert, was?«

\* \* \*

*Als Haderlein die angegebene Adresse in Scheßlitz erreichte, öffnete ihm eine junge Frau mit einem Mädchen an der Hand.*

*»Franz Haderlein, Kriminalpolizei Bamberg. Sie hatten vorhin bei uns angerufen?«, stellte er sich vor und zeigte Claudia Büchler seinen Dienstausweis.*

*»Kommen Sie doch herein.« Sie bat ihn in das Wohnzimmer, wo sich Franz Haderlein auf einem knallroten Sitzsack niederließ, die junge Frau und das Mädchen nahmen auf dem Sofa Platz. Haderlein fiel auf, dass sich das Mädchen an die Frau klammerte, als hätte es Angst, er würde ihr etwas antun.*

*»Und das ist also die kleine Ausreißerin ohne Namen?« Haderlein streckte dem Mädchen seine Hand hin. »Ich bin der Franz, und wer bist du?« Er lächelte das Kind mit den beiden langen blonden Zöpfen an, aber seine kommunikativen Bemühungen zeigten kein Resultat. Das Mädchen starrte ihn nur unverwandt an. Fragend warf er einen Blick zu Claudia Büchler.*

*»Ich weiß, Herr Kommissar. Sie sagt keinen Ton. Entweder will sie nicht, oder sie kann nicht. Auf jeden Fall*

scheint sie mir sehr verängstigt zu sein, als ob ihr etwas Schlimmes passiert ist.« Immer wieder fuhr sie dem Mädchen sanft mit ihrer Hand über den Kopf.

Haderlein schaute kurz in seine Aufzeichnungen. »Hier steht, dass Sie das Mädchen am alten Steinbruch von Ludvag gefunden haben. Was haben Sie dort gemacht?«

Clax Büchler schüttelte verärgert den Kopf. »Ach, das ist eine lange Geschichte. Ich wollte mich dort aus beruflichen Gründen mit ein paar Leuten treffen, aber dann ist alles schiefgelaufen. Der Einzige, der kam, war ein gewisser Herr Groh vom Landratsamt. Aber ich hatte etwas Wichtiges im Büro vergessen, also bin ich noch mal zurückgefahren. Als ich wiederkam, war Herr Groh nicht mehr da. Dafür stand dann plötzlich das Mädchen im Regen vor mir. Haben sich die Eltern denn schon bei Ihnen gemeldet? Das Kind ist jetzt fast einen ganzen Tag bei mir. Wer lässt denn seine Tochter so lange in der Weltgeschichte herumlaufen, ohne sie zu vermissen? Das ist doch unglaublich!«, erregte sich die Landschaftsarchitektin. Die Kleine tat ihr immer mehr leid, auch wenn durch die Umstände ihre Wochenendplanung zu scheitern drohte.

Auch Haderlein hatte keinen klaren Plan, wie er weiter vorgehen sollte. Nachdenklich rieb er sich das Kinn und betrachtete für eine kurze Weile den Fußboden. Dann schaute er abwechselnd Claudia Büchler und das Kind an und versuchte, die Lage aus seiner Sicht zu schildern. »Ich sehe das so. Im Moment wird unsere Pippi Langstrumpf hier offiziell von niemandem vermisst, zumindest ist bei uns auf der Dienststelle noch keine Vermisstenmeldung eingegangen. Dafür könnte es mehrere Ursachen geben. Die Eltern könnten das Kind beispielsweise nicht vermissen, weil es woanders untergebracht war und dort noch nach ihm gesucht wird. Ein Zeltlager oder Ähnliches. Wenn das der Fall ist, sollte es nicht mehr lange dauern, bis sich jemand bei uns meldet. Die Eltern könnten aber auch, was ich nicht hoffe, einen schweren Unfall gehabt haben, der noch nicht bemerkt wurde. Anschließend ist das arme Ding durch die Gegend gelaufen, bis es Sie getroffen hat. Oder wir haben es mit einem Heimkind zu tun, das einfach nur ausgebüxt ist. In diesem Fall müsste eigentlich schon eine Vermisstenmeldung bei uns eingegangen sein.« Er machte eine beruhigende Geste. »Jedes Jahr verschwinden bundesweit über fünfzigtausend Kinder, und fast alle tauchen innerhalb kürzester Zeit wieder auf. Nur in den allerseltensten Fällen bleiben sie verschwunden.«

»Fünfzigtausend«, wiederholte die Landschaftsarchitektin verblüfft. Das war allerdings eine stattliche Zahl. Sie mochte gar nicht darüber nachdenken, was es für Gründe geben mochte, warum so viele Kinder in Deutschland aus ihrem familiären Umfeld flüchteten.

»Und dann gibt es noch eine letzte Möglichkeit, die auf unsere Pippi hier zutreffen könnte. Es gibt tatsächlich Eltern, die ihre Kinder irgendwo aussetzen und das Weite suchen. Wenn das Mädchen beispielsweise gar nicht aus Deutschland stammt und unsere Sprache nicht versteht, könnte das auch der Grund sein, warum es nicht reden will.« Haderlein war mit seinem kriminalistischen Kurzvortrag am Ende.

Claudia Büchler schüttelte nur ungläubig den Kopf. »Und was machen wir jetzt?«, fragte sie ihn, während sie das Kind noch stärker an sich drückte.

»Ich würde Folgendes vorschlagen«, sagte Haderlein nun doch entschlossen. »Ich werde die Lage in der Dienststelle besprechen und dann umgehend einen Polizeipsychologen vorbeischicken. Das Jugendamt ist heute nicht zu erreichen, von dieser Seite können wir also keine Hilfe erwarten. Und vielleicht melden sich die Eltern ja auch innerhalb der nächsten Stunden und alles löst sich in Wohlgefallen auf. Wenn Sie mich fragen, ist das die wahrscheinlichste aller Möglichkeiten. Wie sieht es denn bei Ihnen aus, würden Sie das Kind noch etwas länger bei sich behalten? Sagen wir, erst einmal bis morgen früh, wenn sich bis dahin wider Erwarten niemand meldet?«

Claudia Büchler schaute ihn überrascht an. Darüber hatte sie noch gar nicht nachgedacht. Sie war davon ausgegangen, dass zwei verheulte Elternteile schon längst nach ihrer Tochter gesucht hatten. »Und was würde mit ihr passieren, wenn ich das nicht täte?«, fragte sie leicht verwirrt.

»Dann würde ein Psychologe das Kind erst einmal mitnehmen und übergangsweise im Heim unterbringen.«

Claudia Büchler konnte an Haderleins Gesicht sehen, dass der diese Lösung als suboptimal empfand. Sie holte tief Luft. »Na, dann bleibt Pippi eben bei mir, bis sich alles in Wohlgefallen aufgelöst hat, wie Sie es eben so schön formuliert haben.« Sie spürte, wie sich das Kind enger an sie drückte. Ein eindeutiges Indiz dafür, dass das Mädchen sehr wohl verstand, was hier besprochen wurde.

»Das halte ich im Moment auch für die beste Idee, wenn ich ehrlich bin«, sagte Haderlein. Er bedankte sich bei ihr und gab ihr seine Visitenkarte. »Sie können mich immer unter dieser Nummer erreichen. Sollte ich nicht rangehen, dann jemand, der zumindest weiß, wo ich zu finden bin. Und machen Sie sich nicht zu viele Gedanken, Frau Büchler, die Chancen stehen gut, dass sich bis morgen alles klärt.« Haderlein gab ihr die Hand und strich auch dem Mädchen noch einmal über den Kopf.

Als der große und durchaus sympathische Polizist gegangen war, waren sie wieder allein. Claudia Büchler nahm den Kopf des Mädchens in ihre Hände und schaute ihm in die Augen. »Du brauchst einen Namen. Wenn du nicht reden willst oder kannst, ist das deine Sache, aber ich werde dich irgendwie ansprechen müssen, du Unglückswurm.« Sie überlegte einen Augenblick. »Der nette Mann von der Polizei hatte eine wirklich kluge Idee. Bis du mir etwas anderes erzählst, werde ich dich Pippi nennen. Der Name passt aber auch wirklich zu dir.« Lachend hob sie einen der langen Zöpfe nach oben, und für einen Moment schien es so, als huschte ein Lächeln über das Gesicht des Mädchens. Doch der Eindruck war nur kurz, dann verfiel die Kleine wieder in regungslose Starre.

\* \* \*

»Geben Sie mal her«, meinte Lagerfeld, den jetzt der Ehrgeiz gepackt hatte. Es konnte ja wohl nicht so schwer sein, dieses Ding da vorn an der Wand zu treffen, das wäre ja gelacht. Er legte sich einen schwarzen Pfeil auf die Sehne, zielte kurz und ließ dann los. Der Pfeil bohrte sich wesentlich näher als der von Huppendorfer neben dem Schulterblatt in die Wand, fiel dann aber zusammen mit einem großen Stück weißem Kalkputz zu Boden. »Fast«, sagte er und reichte dem Professor den Bogen zurück.

Siebenstädter sah auf Bernd Schmitts Unterarm, dann in dessen Gesicht. Als Lagerfeld keinerlei Anzeichen von Schmerzen zeigte, nahm ihm der Professor enttäuscht den Bogen ab. »Ihre Arm-Auge-Koordination ist immerhin besser als die Ihres werten Kollegen. Wirklich gut war Ihr Versuch trotzdem nicht.« Er drehte sich um und legte nun selbst einen Pfeil auf die Sehne.

Während Siebenstädter sich konzentrierte, rieb sich Lagerfeld verhalten den Unterarm und unterdrückte ein schmerzhaftes Stöhnen. Sein Arm brannte wie Feuer, aber er würde sich eher in die Hose machen, als sich etwas anmerken zu lassen.

Der Professor hatte inzwischen seinen Bogen bis zum letzten Zentimeter gespannt und ließ den Pfeil von der Sehne. Bass erstaunt beobachteten die beiden Kommissare, wie der Pfeil den Schulterblattknochen genau in der Mitte traf und ihm eine gehörige Kerbe verpasste. Siebenstädter bedachte Huppendorfer und Lagerfeld mit einem triumphierenden Blick, dann schritt er zur Wand.

»Schauen Sie sich das Trefferbild genau an, meine Herren. Was sehen Sie?«, fragte der Professor oberlehrerhaft.

Lagerfeld betrachtete sich das Ganze kurz. »Die Spitze hat den Knochen ungefähr zu einem Drittel durchschlagen und ist dann stecken geblieben.«

»Sehr gut beobachtet, junger Mann.« Der Professor war voll des Lobes, was bei ihm nur selten vorkam. »Und jetzt kommen Sie einmal mit. Ich will Ihnen etwas zeigen.« Siebenstädter ging mit ihnen zu dem Skelett Nummer eins, welches sein rechtes Scapula für die eben veranstaltete Demonstration gespendet hatte. »Im Lichte Ihrer gerade gemachten Beobachtung würde ich gerne Ihre Meinung zum Zustand dieses Scapulas erfahren.« Er deutete auf das linke, noch vorhandene Schulterblatt.

Lagerfeld hatte nun doch endlich das Gefühl, dass der Professor in Richtung Aufklärungsarbeit umgeschwenkt war. Viel länger hätte er sich diesen Cowboy-und-Indianer-

276

Quatsch auch nicht mehr angetan. Auf Huppendorfer würde er heute nicht mehr zählen können. Der groß gewachsene Kommissar hatte sich inzwischen seinem Schicksal ergeben und stand demütig neben ihnen. Wahrscheinlich hätte ihm Siebenstädter in diesem Moment auch befehlen können, nackt in die Pegnitz zu springen. Er hätte ihm gehorcht.

Doch Lagerfeld hatte keine Augen für seinen Kollegen, ihn interessierte nur noch dieses Schulterblatt. Tatsächlich erkannte er in der Mitte ein kleines Loch mit drei ähnlich geteilten Einschnitten, die auch ihr Pfeil an dem Knochen an der Wand hinterlassen hatte. Nur waren die Einschnitte am Skelett viel breiter.

»Ich vermute, der Pfeil hat den Knochen hier durchschlagen. Die Schnitte entsprechen ziemlich genau der Klingenbreite des Pfeils«, folgerte Lagerfeld und schaute den Professor an. Er erwartete, dass dieser wieder ein Haar in seiner logischen Kette finden würde, aber nichts dergleichen geschah, im Gegenteil.

»Sehr gut, Herr Lagerfeld, ich ziehe meine Federn vor Ihnen«, posaunte der Professor so laut, dass die Worte sogar zu Huppendorfer durchdrangen. Mit einer weit ausholenden Geste und dem Federschmuck in der Hand verneigte Siebenstädter sich vor dem Kommissar. Als er sich wieder aufrichtete, lag der Federschmuck am Boden, und seine Hand hielt stattdessen die alte, abgebrochene Pfeilspitze, die Haderlein beim Ausgraben im Skelett gefunden hatte und die Lagerfeld noch nicht kannte.

»Toller Trick, nicht?« Der Professor lächelte sein Haifischlächeln. »Mein lieber Lagerfeld, das war eine ausgesprochen zutreffende Analyse der pathologischen Situation, die Sie da abgeliefert haben. Der Pfeil, der diesen armen Mann niedergestreckt hat, hatte solch eine Wucht, dass er das Scapula durchschlug und den kompletten Körper druchdrang. Und das heißt«, er machte eine kurze bedeutungsvolle Pause, um von einem zum anderen zu blicken, »das heißt, dass der Bogen, der diesen Pfeil abgefeuert hat, eine wesentlich höhere Zugkraft gehabt haben muss als der, den Sie gerade in Ihren stümperhaften Fingern hatten.«

»Und was bedeutet das in Zahlen ausgedrückt?«, fragte Lagerfeld gespannt, und auch Huppendorfer erwachte langsam wieder aus seiner komatösen Starre.

»Wenn wir davon ausgehen, dass unser Bogen mit circa fünfunddreißig Pfund Spannkraft aufgebaut ist, müssen wir für die Mordwaffe von mindestens sechzig, wenn nicht sogar siebzig Pfund ausgehen. Bei unserem Bräutigam konnte ich das allerdings noch nicht überprüfen, das bedarf noch einiger Experimente. Auf den ersten Blick scheint mir bei ihm allerdings ein wesentlich schwächerer Bogen am Werk gewesen zu sein.« Mit einem finsteren Blick, als hätte der ihm seine Brieftasche gestohlen, schaute er zum toten Josef Simon hinüber. »Wir können übrigens inzwischen davon ausgehen, dass alle Verwesten hier mit dieser oder einer ähnlichen Mordwaffe erschossen wurden.«

»Echt?«, entfuhr es dem nun endgültig reanimierten Huppendorfer. »Woher wollen Sie das wissen?« Skeptisch taxierte er die Skelette.

Siebenstädter betrachtete ihn mitleidig. Aller gute Wille half nichts, er musste diesem Naivling den verbalen Todesstoß versetzen. »Sagen Sie mal, Huppendorfer, was sind Sie nur für ein schwachsinniges Heimchen? Bei solch eingeschränktem Kombinationsvermögen werden Sie es in Ihrem Beruf sicher nicht sehr weit bringen. Das ist ja nicht zu fassen. Satteln Sie besser um, und ziehen Sie Berufsbilder in Betracht, die Ihren Fähigkeiten entsprechen. Schauen Sie irgendwelchen Pflanzen beim Wachsen zu, oder werden Sie Platzanweiser im Pornokino, aber bitte beleidigen Sie mit Ihren Kommentaren nicht weiter meine Intelligenz.«

Das war nun endgültig zu viel für Huppendorfer. Als einziger der Kommissare auf der Bamberger Dienststelle war er überzeugter Single, allein lebend und daher so einen Ton nicht gewohnt. Erst wurde er rot, dann blass, soweit man das bei seiner Hautfarbe erkennen konnte. »Mir reicht's jetzt, ich warte draußen auf dich, Bernd«, keuchte er, drehte sich um und stapfte wütend in Richtung Ausgang.

Befriedigt schaute Siebenstädter Lagerfeld an. »Das wäre erledigt. Und Sie gehen jetzt mal von Tisch zu Tisch und sagen mir, was Ihnen auffällt.«

Lagerfeld tat misstrauisch wie ihm geheißen. Er traute diesem Biest von Gerichtsmediziner nicht. Doch er musste die Skelettteile nicht lange betrachten, um zu wissen, was der Professor meinte. An jeder Leiche konnte er an den verschiedensten Knochenteilen Spuren von dreiklingigen Pfeilspitzen erkennen, die diese beim Durchschlagen des jeweiligen Körperteils hinterlassen hatten. Teilweise waren sogar die Spuren von mehrfachen Einschüssen zu erkennen. Besonders perfide war der getroffene Unterarm von Skelett Nummer eins. Der Pfeil war zwischen Elle und Speiche hindurchgedrungen und hatte schließlich das Schulterblatt durchschlagen. Beim Versuch, den Pfeil herauszuziehen, hatte jemand die Spitze abgebrochen, die Haderlein gefunden hatte.

»Sie können Ihrem Herrn und Meister berichten, dass wir es hier mit drei Männern und einer Frau zu tun haben, die allesamt mit der gleichen Mordwaffe hingerichtet wurden. Wie lange die jeweiligen Opfer schon in der Erde lagen, kann ich feststellen, aber es wird etwas dauern. Ich muss warten, bis übermorgen das Labor wieder aufmacht. Meinen Schätzungen zufolge sind die Körper jedoch nicht gleichzeitig eingegraben worden. Ich möchte wetten, da liegen Jahre dazwischen.«

Lagerfeld nickte und registrierte die Informationen nur noch beiläufig. Seine Gedanken kreisten bereits um das Rätsel des oder der unbekannten Bogenschützen. Die neue Erkenntnis musste er erst einmal verarbeiten. Mörder, die schon vor Jahren mit Pfeil und Bogen unterwegs gewesen waren...

»Und bevor Sie gehen, Lagerfeld, könnten Sie mir noch kurz helfen? Den krieg ich sonst allein nicht hoch.«

Lagerfeld schaute verwundert zum Professor, der einen Metallhaken von der Decke gezogen hatte, der seinerseits mittels einer Laufkatze in einer Eisenschiene in der Decke verlief. Schaudernd befürchtete Lagerfeld das Schlimmste.

»Wir müssen das Schwein an den Haken hängen, aber für mich allein ist es zu schwer.« Er deutete mit dem Daumen über den Rücken in Richtung des Bräutigams. Siebenstädter putzte sich die Hände an seinem weißen Kittel ab und schaute auffordernd zu Lagerfeld.

»Sie wollen... Sie wollen... An den Haken? Aber warum denn, um Gottes willen? Was haben Sie vor?« Das würde er nicht wagen, dachte er entsetzt, nicht einmal Siebenstädter war zu so etwas Unmenschlichem fähig.

»Aber natürlich.« Der Professor nickte bekräftigend. »Wir müssen doch herausfinden, welche Spannung der Bogen hatte, mit dem der Pfeil auf ihn abgeschossen wurde. Und das geht nur im tatsächlichen Experiment, sozusagen unter naturnahen Bedingungen. Jetzt stellen Sie sich nicht so an, Sie weiches Ei, Ihre Rehe können Sie später noch streicheln.«

Angewidert und widerwillig folgte Lagerfeld dem Professor an den Leichentisch, auf dem der verstorbene Josef Simon von einem Tuch bedeckt ruhte. Doch Siebenstädter kümmerte sich nicht um ihn, sondern deutete auf das, was die ganze Zeit eine Etage tiefer gelegen hatte. Als Lagerfeld die Absicht des Professors kapierte, atmete er erleichtert durch.

»Die hab ich mir extra aus dem Nürnberger Schlachthof anliefern lassen«, sagte Siebenstädter stolz, als sie schließlich gemeinsam die Schweinehälfte mit einem aufgeschlitzten Hinterbein an den großen Haken gehängt hatten. Er griff nach seinem Bogen und drehte an einigen Schrauben. Schließlich setzte er sich die Federn wieder auf den Kopf und zielte aus circa zehn Metern auf die kopfüber hängende frische Schweinehälfte. Mit einem feinen Sirren verabschiedete sich der Pfeil von der Sehne, um dann mit einem schmatzenden Geräusch im Hinterteil des Schlachtviehs einzuschlagen. Siebenstädter ging zur halben Sau, untersuchte mit leisem Murmeln die getroffene Stelle und notierte etwas auf einem Zettel. Dann drehte er wieder an seinem Bogen, Lagerfelds Anwesenheit hatte er offensichtlich bereits vergessen.

Ein ganz hervorragender Moment, um sich zu verdrücken, dachte sich der junge Kommissar. Er drehte sich um und eilte nach draußen, um den gedemütigten Huppendorfer einzusammeln. Sie würden einiges zu erzählen haben, wenn sie wieder in der Dienststelle waren.

\* \* \*

Haderlein klingelte noch einmal bei »Groh«, aber niemand öffnete. Kein Wunder, die arbeitende Bevölkerung war in den Pfingstferien in der Regel mit Urlaub beschäftigt. Nur masochistische Spinner wie etwa Kriminalbeamte mussten von früh bis spät in den Ferien arbeiten. Er holte sein nagelneues Diensthandy heraus und wählte sicherheitshalber die Nummer der Familie Groh. Er hörte es im Innern des Hauses klingeln, aber es meldete sich nur der Anrufbeantworter.

»Hier ist der Anschluss von Franziska und Felix Groh«, sagte eine Männerstimme. Die Worte hörten sich an, als wäre das ein kinderloses Ehepaar, dachte Haderlein und legte wieder auf.

Er notierte sich die Uhrzeit seines Besuches und verließ die Kleberstraße in Bamberg genauso schlau, wie er gekommen war. In seinem Mitsubishi fuhr er das enge Sträßchen entlang in Richtung Markusplatz. Hoffentlich kam jetzt kein Gegenverkehr, sonst würde selbst er als professioneller Rückwärtsfahrer seine Grenzen aufgezeigt bekommen. Er betete, dass die im Stadtrat mal auf die Idee kamen, aus diesem Nadelöhr eine Einbahnstraße oder Fußgängerzone zu machen, doch die verkehrstechnische Einfalt von CSU-Bürgermeistern kannte er schon aus Oberbayern zur Genüge. Er würde sich auf diesen innerstädtischen Ring in Bamberg wohl einfach einstellen müssen – oder Fahrrad fahren. Zynisch lächelnd steuerte er auf die Dienststelle zu.

Immer wieder gingen seine Gedanken zu dem Mädchen zurück, das niemand vermisste. Es gab schon wirklich tragische Fälle, was Kinder anbelangte. Manche Eltern hatten diese Bezeichnung wirklich nicht verdient, anderen gehörte das Gebären prinzipiell verboten. Und das quer durch alle Bevölkerungsschichten, da hatte er schon die übelsten Sachen erlebt. Bei dem Anblick des Mädchens hatte er dessen tief sitzende Angst verspürt. Ob diese Angst etwas damit zu tun hatte, dass es nicht redete, konnte er beim besten Willen nicht sagen, aber es war gut, dass die Landschaftsarchitektin sich der Kleinen angenommen hatte. Ein eher seltener Fall von Pflichtbewusstsein und Hilfsbereitschaft.

Morgen würde er etwas unternehmen, wenn sich bis dahin die Eltern nicht gemeldet hatten. Die Familie Groh schien jedenfalls nichts mit dem Kind zu tun zu haben, das Ehepaar war wahrscheinlich in den Pfingsturlaub ausgeflogen.

## Allein

Haderlein richtete sich seufzend in seinem Bürostuhl auf. Er hatte sein Gedächtnis intensiv durchforstet, aber soweit er sich erinnerte, hatte seit dieser Zeit niemand mehr etwas von der Lehrerin gehört. Sie war seit damals vergessen worden, bis, ja, er war sich sicher, bis zum gestrigen Moment, als sie ihren Roller am Windrad aus der Erde geholt hatten. War das damals auch nach Pfingsten gewesen? So wie das Auftauchen des Kindes? Was für ein seltsamer Zufall, wenn es denn einer war.

Die Tür zur Dienststelle öffnete sich, und Lagerfeld trat mit Huppendorfer im Schlepptau ein. Letzterer ging wortlos und vor sich hin starrend zu seinem Schreibtisch, ließ sich in seinen Sessel fallen und schmiss dann umgehend seinen Computer an. Was war dem denn über die Leber gelaufen? Haderlein schaute fragend zu Lagerfeld hinüber, der sich ebenfalls bereits auf einem Stuhl niedergelassen hatte – ihm gegenüber.

»Frag nicht, wie oder warum, Franz, ich sage nur: Siebenstädter. Aber irgendwie ist Cesar auch selbst dran schuld, er musste sich ja unbedingt mit ihm anlegen. Auf jeden Fall würde ich in den nächsten Minuten nicht mit unserem halben Brasilianer rechnen, der muss erst einmal wieder runterkommen.« Bernd Schmitt sah noch einmal zu seinem Kollegen hinüber, aber Cesar Huppendorfer beachtete nicht einmal die Tasse Kaffee, die ihm Honeypenny hingestellt hatte. Er hatte sich in seine Höhle zurückgezogen und wartete auf den emotionalen Frühling.

Lagerfeld wandte sich seufzend wieder Franz Haderlein zu und gab die neuesten Erkenntnisse wieder, die Professor Siebenstädter herausgearbeitet hatte.

»Das heißt also, dass wir es bei allen Opfern mit der gleichen Mordwaffe zu tun haben?« Haderlein war perplex. Damit ergab sich eine völlig neue Situation. Also doch. Seine Erfahrung und sein Instinkt hatten sich ja zu glauben geweigert, dass der Ermordete auf dem Staffelberg nur zufällig auf die gleiche Art erledigt worden war wie die armen Toten vom Windrad. Da steckte Methode dahinter. Aber welche? Wo war der konkrete Zusammenhang? Warum mit Pfeil und Bogen? Warum diese Robin-Hood-Masche?

Die neue Erkenntnis warf Fragen über Fragen auf. Sie hatten zwar jede Menge Leichen, von denen im Prinzip bereits zwei identifiziert waren, aber es fehlten die Verdächtigen. Auch ein Motiv war nicht in Sicht. Wenn er ehrlich zu sich war, wussten sie gar nichts, sie hatten nur Tote eingesammelt, mehr nicht. Haderlein war frustriert. Der ganze Fall ging ihm allmählich auf die Nerven und an die Nieren. Irgendwer hatte vor vielen Jahren damit angefangen, professionell mit Pfeil und Bogen zu töten, und hatte jetzt wieder zugeschlagen. Aber warum? Was trieb einen Menschen dazu, so etwas zu tun?

\* \* \*

*Als Haderlein am nächsten Vormittag in die Dienststelle zurückkehrte, war entgegen allen Erwartungen immer noch keine Vermisstenmeldung für das Mädchen eingegangen.*

Der Polizeipsychologe hatte sich am Morgen bereits mit dem Kind beschäftigt und dafür plädiert, das Mädchen mitsamt seiner Vertrauensperson Claudia Büchler auf die Dienststelle zu bringen.

Als alle drei dort eintrafen, gingen sie mit Haderlein zum Chef der Dienststelle, Egon Keune.

»Meines Erachtens sitzt hier ein aufgewecktes Kind, das vor Kurzem ein schweres Trauma erlitten hat«, erklärte der Psychologe. »Wahrscheinlich kann oder will es deshalb nicht sprechen. Auf jeden Fall ist das Mädchen nicht taub. Es kann alles verstehen, was wir sagen, ergo versteht es auch Deutsch.«

»Woher wollen Sie das wissen?«, fragte Claudia Büchler verblüfft. In ihrer Gegenwart hatte der Arzt nur erzählt und erzählt, Pippi ein paar Bilder gezeigt und dann ein Buch ausgepackt. Pippi selbst hatte dabei keinen Ton von sich gegeben. Woher also wollte er jetzt plötzlich wissen, dass sie alles verstand? Allerdings, das musste sie zugeben, hatte sie ja selbst schon den Verdacht gehegt, zum Beispiel als sie Pippi das mit der Toilette erklärt hatte.

»Ich weiß es eben, deshalb bin ich ja Psychologe«, sagte der Arzt lächelnd. »In der Psychologie gibt es für so etwas eindeutige Parameter, die man nicht gleich erkennt. Die Erklärung würde jetzt zu weit führen.«

Egon Keune hörte sich alles an, mischte sich aber nicht ein. Er hatte über vierzig Jahre Polizeidienst hinter sich und würde im nächsten Jahr in Pension gehen, da hatte er schon die ungewöhnlichsten Sachen erlebt. Ein Kind, das niemand vermisste, war für ihn allerdings auch etwas Neues, normalerweise verhielt es sich eher umgekehrt. Vermisste Eltern waren neu in seinem Dienstbereich.

»Ich finde, für das Kind wäre eine geschlossene Einrichtung am geeignetsten. Eine Einrichtung, in der es unter Gleichaltrigen ist und unter fachlicher Betreuung behandelt werden kann.«

Erschrocken schaute Claudia Büchler den Psychologen an, und auch »Pippi« sah mit einem Mal noch unglücklicher aus.

»Was meinen Sie zu der ganzen Angelegenheit, Haderlein?«, fragte Keune und blickte ihn prüfend an.

Der Kriminalkommissar kratzte sich unentschlossen am Kinn und tat sich etwas schwer mit seiner Antwort. Natürlich gab es Richtlinien und gesetzliche Vorgaben, insofern hatte der Polizeipsychologe sicherlich recht. Andererseits war zwischen dem Mädchen und Claudia Büchler innerhalb kürzester Zeit eine innige Beziehung entstanden, die offensichtlich auf Gegenseitigkeit beruhte. Und wie hieß es nicht so schön? Man sollte doch immer das Kindeswohl berücksichtigen. »Die Sache ist knifflig, aber im Sinne des Kindes würde ich vorschlagen, dass das Mädchen noch ein paar Tage bei Frau Büchler bleibt. Natürlich nur, wenn Sie einverstanden sind.« Er warf ihr einen kurzen Blick zu. »Ich glaube wie unser medizinischer Kollege, dass dem Kind etwas Unangenehmes widerfahren ist. Aber solange wir nicht herausgefunden haben, was genau, ist es für das Mädchen das Beste, erst einmal bei der Vertrauensperson zu bleiben, für die es sich entschieden hat. Vielleicht wissen wir ja morgen schon mehr.« Fragend schaute er zum Psychologen hinüber, der mit den Augen rollte.

»Das ist gegen die Vorschriften, Haderlein, und das wissen Sie auch«, sagte er verärgert. »Vertrauensperson hin oder her, das Kind braucht eine professionelle Behandlung.«

Egon Keune schaute von einem zum anderen und blieb

mit seinem Blick zum Schluss an Claudia Büchler hängen. »Was meinen Sie denn zu dem Vorschlag? Würden Sie das auf sich nehmen, bis, sagen wir einmal, Dienstag das Mädchen bei sich zu behalten? Sie hatten ja bestimmt andere Pläne?«

Doch Clax Büchler hatte keine anderen Pläne. Jedenfalls keine solchen, die sich nicht irgendwie anpassen ließen. Die Situation war für sie unverständlich. Wieso hatte man das Kind vergessen? Was war los mit dieser Welt? »Pippi kann bei mir bleiben, kein Problem. Bis Ende nächster Woche habe ich nichts Wichtiges vor und wollte sowieso Urlaub machen, anschließend müssten wir weitersehen.«

»Gut, dann machen wir das so. Ich werde das mit der Staatsanwaltschaft klären – wegen der Vorschriften.« Keune schaute den Psychologen an, aber der schwieg. »Und, Haderlein? Schauen Sie zwischendurch bei den beiden vorbei. Wenn wir bis Dienstagabend immer noch nichts von den Eltern gehört haben, geben wir eine Meldung in den Medien heraus, vielleicht erkennt ja jemand das Mädchen. Ich bedanke mich einstweilen bei Ihnen, Frau Büchler, Ihr Handeln verdient allerhöchsten Respekt. Herr Haderlein wird Sie jetzt nach Hause fahren.«

Es war der Dienstag nach Pfingsten, und bis zur Mittagszeit vermisste immer noch niemand die kleine Pippi. Dafür hatte Franz Haderlein einen Anruf vom Landratsamt in Bamberg erhalten. Die untere Naturschutzbehörde würde sich Sorgen machen, da ihr Chef, ein gewisser Felix Groh, unentschuldigt nicht am Arbeitsplatz erschienen sei und auch auf seinem Handy und zu Hause nicht zu erreichen war. Normalerweise machte sich Haderlein nicht die geringsten Gedanken, wenn ein Beamter nicht pünktlich am Platz seiner sogenannten Arbeit erschien, aber als der Name Groh fiel, war er sofort hellwach.

»Und Sie sind sicher, dass er nicht vielleicht mit seiner Frau im Urlaub ist?«, fragte Haderlein sicherheitshalber noch einmal nach.

»Aber, Herr Kommissar, die Frau von Herrn Groh liegt schon seit über einem Jahr im Koma. Schlaganfall. Meines Wissens lebt er allein mit seiner Tochter.«

Bei dem Begriff Tochter schrillten bei Franz Haderlein sofort alle Alarmglocken. »Tochter? Wie alt ist sie? Wie sieht sie aus?«, fragte er hektisch, obwohl er ahnte, dass er die Antwort schon kannte.

»Franziska ist elf oder zwölf, denke ich. Sie hat lange blonde Haare, trägt normalerweise Zöpfe. Ein wirklich süßes ...« Weiter kam der besorgte Anrufer aus dem Bamberger Landratsamt nicht mehr.

»Danke«, stieß Haderlein noch hervor, dann legte er auf. Das war ja nicht zu fassen. Er hatte ein Kind gefunden, dessen Vater vermisst wurde. Er sprang auf und wollte schon seine Jacke greifen, als ihn Marina Hoffmann zu sich herüberwinkte.

»Da ist eine Erzieherin von der Ferienbetreuung dran. Ein Kind ist heute unentschuldigt nicht erschienen.«

»Geht's um eine Franziska Groh?«, fragte Haderlein.

»Geht's um eine Franziska Groh?«, wiederholte Marina Hoffmann die Frage. Sie lauschte kurz der Antwort, dann wandte sie sich wieder verblüfft dem Kommissar zu. »Woher wusstest du das, Franz? Bist du unter die Hellseher gegangen?«

»Erklär ich dir alles später. Aber du kannst der Erzieherin sagen, wir haben das Kind gefunden, es ist alles in Ordnung.« Dann stürmte er zur Tür der Dienststelle hinaus.

Als er wieder in der Kleberstraße 11 vor dem Haus der Grohs stand, machte erneut niemand auf sein Klingeln auf. Nach wenigen Minuten traf der Schlüsseldienst ein und öffnete Haderlein die Haustür mit Spezialwerkzeug. Der Kommissar durchkämmte die sauber aufgeräumte Wohnung, fand aber nichts. Keinen Hinweis, kein Indiz für ein Verbrechen. Nur auf dem Küchentisch lag ein gelber Notizzettel: »20:00 Uhr, Ludvag«.

Haderlein steckte den Zettel ein und fuhr nach Scheßlitz, um Claudia Büchler die frohe Kunde zu überbringen, dass sich die Identität des Mädchens aufgeklärt hatte.

»Frau Büchler, es gibt Neuigkeiten.« Er lächelte sie an, als sie ihm die Tür öffnete.

Die Augen der Landschaftsarchitektin wurden groß, sie strahlte. »Das ist ja wunderbar, kommen Sie doch rein. Jetzt bin ich aber gespannt.« Sie bat ihn in die Küche, wo Pippi gerade ihr Mittagessen in Form von Tortellini mit Sahnesoße und Schinken in sich hineinlöffelte.

»Na, da hat jemand aber Appetit.« Haderlein schmunzelte und setzte sich auf ein Zeichen Büchlers ebenfalls an den Tisch. »Nun, es gibt Neuigkeiten zu unserer jungen Dame hier. Vor uns sitzt Franziska Groh, wohnhaft mit ihrem Vater in der Kleberstraße 11 in Bamberg«, verkündete Haderlein stolz.

»Das ist nicht wahr«, stieß Claudia Büchler verblüfft hervor. »Stimmt das, heißt du Franziska?«

Franziska nickte verschämt und Claudia Büchler drückte das Kind gerührt an sich. So überwältigt war sie, dass sie ein paar Tränen vergoss. Haderlein saß lächelnd daneben. Das war einer der eher seltenen Momente, in denen er in seinem Beruf Glück und Zufriedenheit auslöste. Zu schade, dass er nun gleich mit den nicht so schönen Neuigkeiten aufwarten musste. Er ließ noch ein paar Augenblicke verstreichen, bis sich die beiden gefasst hatten. Als er wieder anheben wollte, kam ihm die Landschaftsarchitektin zuvor.

»Nun, dann wollen wir keine Zeit verlieren und die verlorene Tochter dem Papa zurückbringen, nicht wahr?« Claudia Büchler machte bereits Anstalten aufzustehen, aber Haderlein hielt sie mit sanfter Gewalt zurück.

»Das können wir leider nicht. Da ist noch ein ungelöster Teil des Rätsels«, sagte er ernst. »Der Vater von Franziska, Felix Groh, ist fatalerweise verschwunden. Zu Hause ist er nicht, und auf seinem Arbeitsplatz ist er auch nicht erschienen. Seine Frau liegt anscheinend seit über einem Jahr im Koma im Bamberger Klinikum. Sie kann uns also auch nicht weiterhelfen.«

Das Lächeln war schlagartig aus Claudia Büchlers Gesicht gewichen. »Das ist ja schrecklich! Aber Sie meinen doch nicht etwa den Felix Groh, mit dem ich mich am Freitag getroffen habe?«

Haderlein richtete seinen Blick auf Franziska, holte den Zettel hervor, den er in der Wohnung gefunden hatte, und schob ihn dem Mädchen zu. »Das hab ich auf dem Tisch in eurer Wohnung gefunden. Du warst zusammen mit deinem Vater oben im Steinbruch von Ludvag, stimmt's? Was ist da oben passiert, Franziska?«

Das Mädchen schaute kurz auf den Zettel, dann Franz Haderlein ins Gesicht. Der Kommissar erschrak. In den Augen des Kindes war nichts zu sehen als absolute Leere. Haderlein und Claudia Büchler mussten fassungslos mit ansehen, wie Franziska wie in Trance wieder wortlos ihren Löffel nahm und fortfuhr, Tortellini zu essen.

*Franz Haderlein stand im alten Steinbruch von Ludvag*
*neben dem kleinen, glitzernden See und schaute sich um.*
*Die Kulisse, die sich ihm bot, war fast zu schön, um wahr*
*zu sein. In der Abendsonne glühte der Sandstein förmlich*
*auf. Haderlein riss sich von dem Anblick los und ging an*
*den steilen Abbrüchen vorbei um den Steinbruch herum.*
*Es war nichts zu finden, was auch nur ansatzweise auf ein*
*Verbrechen hingedeutet hätte. Er war ratlos. Felix Groh*
*war in diesem Steinbruch das letzte Mal gesehen worden.*
*Was war während der Abwesenheit von Claudia Büchler*
*passiert? Er wollte gerade wieder das Gelände verlassen,*
*als er etwas im Gras glitzern sah. Er bückte sich. Es war*
*eine Vierteldollarmünze. Neben den Plastikbechern und*
*vereinzelten Zigarettenkippen, die hier herumlagen, war*
*das definitiv ein Fundstück mit Wert. Wahrscheinlich hatte*
*der eine oder andere GI der Bamberger Garnison dieses*
*schöne Plätzchen auch schon für sich entdeckt. Haderlein*
*steckte die Münze in die Hosentasche. Vielleicht brachte*
*sie ihm ja Glück beim nächsten Fall. Diesen hier würde er*
*heute zumindest nicht mehr lösen können. Frustriert ging*
*er zurück zu seinem Mitsubishi.*

\* \* \*

Haderlein und Lagerfeld wollten sich gerade zu Fidibus begeben, um ihm von den neuen Erkenntnissen zu berichten,
als sich die Bürotür öffnete und Dr. Gerhard Irrlinger ohne
Ankündigung mt Dr. Werner Grosch den Raum betrat.

Haderlein ging auf die Herren zu, um sie zu begrüßen.
Diesmal waren sie in Zivil unterwegs, nicht in ihrer skurrilen Verbindungstracht. Heute schien allerhöchste Serio-
sität angesagt zu sein, denn Dr. Werner Grosch trug einen

sehr teuer aussehenden schwarzen Anzug, während sich
Dr. Gerhard Irrlinger für eine nicht minder feudal wirkende Tracht entschieden hatte. Die Herren kamen oder
gingen wohl zu einem wichtigen Event, von denen es heute,
am Tag der Abstimmung, bestimmt reichlich gab. Hoffentlich hatten es die Herrschaften geschafft, ohne die übliche
Journaille hier zu erscheinen, sonst würden sich die Pres-
severtreter gleich zu Hunderten vor der Dienststelle die
Nasen am polizeilichen Glas platt drücken.

»Grüß Gott, Herr Kommissar. Entschuldigen Sie bitte
unsere Verspätung, aber wir mussten noch unsere Pflicht
als fränkische Patrioten wahrnehmen.« Irrlinger reichte
Haderlein jovial lächelnd die Hand.

»Keine Ursache, wir haben doch immer größtes Verständnis für die Belange der Politik«, erwiderte Haderlein mit der gleichen Freundlichkeit. Er bat Irrlinger und
Grosch, ihm zu folgen, eine derlei delikate Angelegenheit
würden sie besser in abgeschotteten Räumlichkeiten besprechen. Sie hatten keine drei Schritte in Richtung Suckfülls Glaspalast gemacht, als dieser bereits aus seinem Büro
gestürmt kam, um den prominenten Besuch persönlich in
Empfang zu nehmen.

»Herzlich willkommen, Herr Dr. Irrlinger.« Fidibus
begrüßte ihn höflich, aber nicht so überschwänglich, wie
Haderlein es vermutet hätte. Konnte es sein, dass sein
Chef auch nichts mit Politikern am Hut hatte? Im Laufe
der Jahre hatte er schon öfter den Eindruck gehabt, dass
sein Dienststellenleiter bei Vertretern dieser menschlichen
Spezies viel konzentrierter war als sonst, und Konzentration war bei Robert Suckfüll stets ein Zeichen von einer
gewissen Abneigung. Bei Menschen, denen er nahestand,
pflegte er seinem verbalen Wirrwarr ungezügelt freien Lauf

zu lassen, nicht so bei politischen Mandatsträgern. Manchmal rutschte ihm in ihrer Gegenwart sogar eine fast zynische Bemerkung heraus, die dank seiner normalen verbalen Schusseligkeit in der Regel aber nicht ernst genommen wurde. Sympathien hin oder her, jetzt würden sie sich jedenfalls erst einmal in seinem Büro versammeln. Haderlein warf zur Sicherheit noch einen schnellen Blick aus dem Fenster, aber vor dem Gebäude war tatsächlich keine Menschenseele zu sehen. Irgendwie hatten es Irrlinger und Grosch geschafft, unverfolgt in die Dienststelle zu kommen. Eine reife Leistung, das musste selbst er zugeben.

»Hier hinein, bitte«, flötete Robert Suckfüll, doch seine Freundlichkeit klang nicht besonders echt.

Ohne darum gebeten worden zu sein, ließ sich Irrlinger sofort auf einem der schwarzen Sessel nieder, sein erneut ziemlich wortfauler Parteigenosse Grosch nahm neben ihm Platz. Haderlein und Fidibus setzten sich ihnen gegenüber und bemühten sich, nicht die Augen zu verdrehen.

»Was können wir für Sie tun? Was für ein Brett liegt Ihnen denn auf dem Herzen?« Fidibus schaute Dr. Irrlinger lächelnd an.

Der Politiker stutzte, irgendetwas an dieser Floskel war doch falsch? Da er auf die Schnelle nicht draufkam, beschloss er, sich nicht den Kopf darüber zu zerbrechen. Schließlich war er nicht hier, um seine kostbare Zeit zu verschwenden.

»Nun, wir wurden von Ihrem Kommissar einbestellt, um eine offizielle Zeugenaussage zu machen. Wenn es Ihnen nichts ausmacht, Herr Suckfüll, dann würden wir das gern schnell hinter uns bringen, wir haben noch einen langen und vor allem anstrengenden Tag vor uns. Ich wäre Ihnen im Übrigen sehr verbunden, wenn wir es dann auch mit diesem Besuch hier bewenden lassen könnten. Und sollte es zu einer Neuordnung des Bundesgebietes kommen, dann soll es nicht zum Schaden der hiesigen Behörde und deren Leiters sein. Sie verstehen, was ich meine?«

Suckfüll verstand durchaus, ließ aber trotzdem einige Sekunden ins Land gehen. Haderlein hatte den Eindruck, als würde sein Chef mit irgendetwas kämpfen. Auch er schwieg zu dem anmaßenden Angebot Irrlingers, der sich wie ein alter Landgraf in seinem Sessel breitgemacht hatte. Doch Suckfüll fing sich wieder, schluckte alles hinunter, was ihm auf der Zunge gelegen hatte, und begann schließlich mit seiner Befragung, bei der er von Haderlein unterstützt wurde. Sie gingen den Ablauf der Hochzeit noch einmal von vorn bis hinten durch und vergaßen auch nicht die kleinste Kleinigkeit.

Von draußen schauten Huppendorfer, Lagerfeld und Honeypenny neugierig zu, wie sich Haderlein und ihr Chef mit den beiden hohen Tieren abmühten. Nach nicht einmal dreißig Minuten war der Spuk auch schon wieder vorbei, und Irrlinger und Grosch reichten Haderlein und Suckfüll die Hände. Fidibus begleitete die beiden Politiker hinaus.

Lagerfeld schaute Haderlein an. Das schien eine eher unerquickliche Vernehmung gewesen zu sein. Vermutlich hatten die Herrschaften all das brav wiederholt, was sie sowieso schon wussten. Na gut, er würde jetzt erst einmal wählen gehen. Lagerfeld griff nach seiner Lederjacke. Er würde seine Stimme jedenfalls nicht ungenutzt lassen, dazu war er viel zu sehr Patriot. »Bin gleich wieder da!«, rief er Haderlein zu und verschwand durch die Tür.

\*\*\*

»Und Sie wollen das wirklich tun, Frau Büchler? Sie wissen, dass das sowohl für Sie als auch für das Kind weitreichende Konsequenzen hat. Das ist zwar noch keine Adoption, trotzdem übernehmen die Pflegeeltern große Verantwortung.«

Claudia Büchler nickte, sie hatte sich bereits eingehend mit dem Thema befasst. Sie dachte keine Sekunde über das Ob nach, sondern bestenfalls über das Wie. Franziskas Mutter war inzwischen verstorben, ihr Vater galt weiterhin als vermisst. Franziska wollte es, und auch sie war dazu bereit.

»Also gut, Frau Büchler, dann müssen wir jetzt die Formalitäten in Angriff nehmen. Wir werden Ihrem Antrag zustimmen, auch wenn eine Alleinstehende ohne Erfahrung als Pflegemutter nicht unbedingt unsere erste Wahl in solchen Fällen ist«, sagte die Angestellte des Jugendamtes.

Wortlos unterschrieb Claudia Büchler die Papiere. »Wann kann ich Franziska abholen?«, fragte sie ungeduldig.

»Gleich.« Die Beamtin lächelte. »Wenn ich richtig informiert bin, sitzt sie schon auf gepackten Koffern.«

Auch Claudia Büchler lächelte jetzt. »Das glaube ich gern.«

\* \* \*

Byron Gray hatte sich gerade auf die Veranda seiner Blockhütte gesetzt, als ihn das Geräusch eines herannahenden Fahrzeuges aus der frühmorgendlichen Ruhe brachte. Sofort stieg der Adrenalinpegel des schlanken Endfünfzigers an. Es gab nur zwei Möglichkeiten, wer das sein konnte: entweder die Polizei oder Ewan. Byron Gray blieb äußerlich relaxt. Realistisch betrachtet konnte es die Polizei nicht sein, schließlich hatte er einen solchen Besuch schon seit Jahren zu vermeiden gewusst.

Als er noch einmal lauschte, erkannte er das knatternde Dröhnen von Ewans Subaru. Der Auspuff des Allrads würde mit Sicherheit irgendwann einfach abfallen. Das Ding faulte schon viel zu lange an diesem Auto vor sich hin. Ewan Macfain ging mit der Karre genauso fürsorglich um wie mit sich oder seinem sozialen Umfeld – wobei Letzteres hauptsächlich aus den halb verhungerten Tieren seiner kleinen Farm und seinem Fernsehapparat bestand. Menschen mied Ewan, wo er nur konnte, doch diese Abneigung war durchaus beidseitig. Nur Byron Gray hatte regelmäßig Kontakt zu ihm, da Ewan Macfain ihm die Post vorbeibrachte. Hier draußen hatte er ein Satellitentelefon für Notfälle, das er nur einmal im Monat einschaltete. Und das eigentlich auch nur, um sich zu vergewissern, ob es noch funktionierte. Er hatte kein Telefonnetz, keinen E-Mail-Anschluss und auch keine Postadresse. Offiziell gab es Byron Gray gar nicht. Alles lief über Ewan Macfain. Wenn irgendetwas postalisch, elektronisch oder sonst wie zu ihm geschickt wurde, brachte ihm Macfain die Nachricht persönlich vorbei. Und zwar, ohne Fragen zu stellen. Er wusste nur, wie man Mails ausdruckte und Druckertinte nachfüllen konnte. Lesen konnte Ewan Macfain als typischer amerikanischer Analphabet nicht; wie man sich in einen Computer einloggte, hatte Gray ihm beigebracht. Für seine Zwecke war Macfain damit prädestiniert. Wer nichts verstand, konnte auch nichts ausplaudern. Und so kam es, dass Macfain immer dann den Weg zu ihm hinauf in die Berge antrat, wenn die Postsituation es erforderte.

Ewan Macfain war zuletzt vor fast einem Monat hier

gewesen. Byron Gray hätte demnächst sowieso die siebenundzwanzig Meilen zu dessen verfallenem Gehöft auf sich genommen, um nachzusehen, ob noch alles in Ordnung war. Nicht, dass er sich Sorgen um Macfain machte, aber sein einziger Kommunikationsweg zur Außenwelt musste gewährleistet bleiben. Insgeheim hatte er erwartet, dass Macfain sich totgesoffen hatte und seine Schweine Geschmack an ihm gefunden hatten. Wahrscheinlich würde ihn dieses Schicksal sowieso ereilen, aber fürs Erste brauchte Byron Gray ihn noch. Schön also, dass Macfain nun die Freundlichkeit besaß, selbst zu erscheinen. Etwas früh am Tag, aber das war Nebensache. Hauptsache, der heruntergekommene Penner lebte noch.

Als Macfain die Tür seines Subaru zuschlug und mit einem braunen Kuvert in der Hand auf Byron zuschlurfte, konnte der bereits die Whiskeyfahne riechen, die von Macfain ausging. Mit einem undefinierbaren Knurren übergab der bucklige Mann mit dem lückenhaften gelben Gebiss und den verfilzten langen Haaren Byron Gray den braunen Briefumschlag.

»E-Mail«, knurrte er leicht schwankend und sah Gray abwartend an. Er hatte kein Interesse an dem Inhalt des Kuverts, ihn interessierte auch nicht, warum es dieser seltsamen Methode der Postzustellung bedurfte, und schon gar nicht, warum Byron Gray so ganz allein in dieser Blockhütte in den Smoky Mountains lebte. Das Einzige, was ihn interessierte, waren die fünfzig Dollar, die er für seine Dienstleistung erhalten würde, dann würde er wieder zurück nach Hause zu seinem Whiskey fahren.

Gray zog die beiden zusammengefalteten Ausdrucke heraus und studierte sie. Dann nickte er kurz und ging in die Blockhütte, um Macfains Geld zu holen. Er wollte nicht,

dass er ihm folgte und die Hütte mit den Mikroben ver-
seuchte, die einen lebenslangen Pauschalurlaub auf ihm
verbrachten. Ein einziges Mal hatte Macfain in seiner Borniertheit versucht, ins Haus zu gelangen, aber Gray hatte
ihm noch auf der Veranda mit zwei Schlägen eine Lektion erteilt. Seither blieb der versoffene Aussteiger widerspruchslos draußen.

Als er mit den Geldnoten in der Hand wieder herauskam, stand sein persönlicher Postbote brav an genau der
Stelle wie zuvor. Er nahm das Geld an sich, seine trüben
Augen leuchteten auf, dann tippte er sich, einen Gruß an-
deutend, mit zwei Fingern an die Stirn. Gray nickte kurz
zurück, dann drehte sich Macfain um und schlurfte zu seinem verrosteten Subaru, in dem er wenige Momente später
davondröhnte.

Byron Gray setzte sich auf die Holzbank der Veranda,
die jetzt stärker von der Morgensonne beschienen wurde,
und studierte den Inhalt der E-Mail genauer. Zuerst wurde
er nicht ganz schlau aus der Geschichte, dann begann er allmählich zu begreifen.

Eigentlich hatte er sich hier oben zur Ruhe gesetzt und
wollte im Frieden mit sich und der Welt das Leben in seiner
Hütte genießen. Hier oben hatte er alles, was er brauchte.
Eine Quelle, kubikmeterweise Holz zum Heizen und jede
Menge Wild, das er jagen konnte. Um die Batterien zu spei-
sen, die ihm das bisschen Strom lieferten, das er brauchte,
hatte er sich ein Solarpanel auf das Dach geschraubt. Er
hatte ein außergewöhnliches und teilweise spektakuläres
Leben geführt, aber damit abgeschlossen. Er hatte nichts
von all dem bereut, Geld hatte er genug, mehr, als er jemals würde ausgeben können, selbst wenn er eine Dach-
terrassenwohnung in einem Hochhaus in Manhattan mie-

ten würde. Darum ging es nicht. Er wollte seinen Frieden haben, nichts mehr mit seinem ehemaligen Leben zu tun haben und nur noch von ausgesuchten Freunden kontaktiert werden – und selbst das ausschließlich in Notfällen. Und obwohl er nur noch allein sein wollte, gab es zwei Umstände, die ihn in regelmäßigen Abständen davon abhielten.

Erstens war er dem einen oder anderen noch den einen oder anderen Gefallen schuldig – aus den unterschiedlichsten Gründen. Meist waren es Ehrenschulden, die er selbst genauso eingefordert hätte. Sogar in seinem Metier gab es so etwas wie einen Ehrenkodex, an den er sich unter allen Umständen halten würde. Zweitens besaß er außerordentliche Fähigkeiten, die ihresgleichen auf diesem Planeten suchten. Diese waren in der Vergangenheit sehr gefragt gewesen und damit auch extrem gut bezahlt und waren es auch heute noch. Beides zusammen stellte eine Kombination dar, die ihn leider daran hinderte, endgültig abzutauchen. Er wusste, dass er nicht verschwinden konnte. Das Loch, in das er kriechen konnte, damit niemand ihn fand, gab es nicht. Irgendwann würde selbst er entdeckt werden, und dann konnte sein Lebensabend sehr kurz werden.

Was nun diese E-Mail anbetraf, so schien die Aufgabenstellung natürlich gut bezahlt und – gelinde gesagt – außergewöhnlich zu sein. Obwohl er das Geld nicht mehr brauchte, verlangte er es aus Prinzip, weil seine Arbeit es wert war. Sein Auftraggeber wusste anscheinend, dass er den Deutschen kannte. Er hatte früher mit ihm gearbeitet, ihm vor langer Zeit das Jagen beigebracht und auch das Wild mit zwei Beinen und Armen besorgt, das er getötet hatte. Sehr exklusives Wild. Es war ein Ritt auf der Rasierklinge gewesen, vor allem aber lukrativ. Diese Art Jagd hatte seinen Ruf in der Szene verfestigt. Er hatte den Millionären den ultimativen Kick geboten, ihnen gezeigt, wie man sich auf das Wesentliche konzentrierte und seine Leere im Leben mit etwas Neuem und Wertvollerem als Geld zu füllen vermochte. Für seine Kunden war es ein weiter Weg gewesen, bis sie das begriffen hatten. Doch als sie ihn verließen, hatte er sie zum Ursprung des Menschseins zurückgeführt, und sie hatten ihre verschütteten Instinkte wiedergefunden. Auch wenn der eine oder andere von ihnen einen steinigen, schmerzvollen Weg hatte gehen müssen, der Überwindung kostete, sie hatten ihn zum Schluss alle beschritten.

Jetzt, so viele Jahre später, schienen die Jagdgäste von einst in Schwierigkeiten zu sein. Jemand hatte den Spieß umgedreht. Das Wild hatte sich zum Jäger gemausert, und er, Byron Gray, sollte den Mist, den seine ehemaligen Studenten angerichtet hatten, beseitigen.

Er überlegte. Die Sache könnte auf ihn zurückfallen, sollten sie plötzlich plaudern, weil ihnen jemand eine Waffe an den Kopf hielt oder noch schlimmere Dinge androhte. Er wusste, wovon er redete, weil er oft genug auf der anderen Seite gestanden hatte. Und er hatte immer alles erfahren, was er wollte. Sollte das geschehen, dann war der schöne Plan mit der angedachten Restlebenszeit in seiner Hütte im Arsch, und das war vollkommen inakzeptabel. Für Fälle wie diesen gab es den »Code Red«.

Byron Gray war klar, was er zu tun hatte. Er würde sämtliche Spuren beseitigen, die zu ihm führen konnten.

Er schob die Papiere wieder in den Umschlag zurück und steckte sich erst einmal eine Pfeife an. Das alles musste gründlich überdacht werden. Vor allem brauchte er sämtliche Informationen, die verfügbar waren, erst dann würde er nach Knoxville fahren, einen Flug nach *Good Old Germany* buchen, das Wild aufspüren und es jagen. Mit der Sprache würde er keine Schwierigkeiten haben, Deutsch konnte er ganz gut. Seine Mutter stammte aus der Nähe von Fulda in der Rhön, und er selbst war als GI in Wildflecken stationiert gewesen, in der Nähe ihres Geburtsortes Gersfeld. »Wild Fleck City«, so hatten die Deutschen den Standort damals scherzhaft genannt. Mit seinen Opfern würde er sich jedoch nicht unterhalten, sondern sie töten. Denn genau das hatte er vor. Er würde jagen und töten.

Nachdenklich nahm er die ersten Züge. An der hölzernen Unterseite des Balkons verfingen und verwirbelten sich die Tabakschwaden in den vom Morgentau benetzten glitzernden Spinnennetzen. Europa, dachte er, und fast romantische Gefühle stiegen in ihm auf. Das würde bestimmt interessant werden. In Europa war er lange nicht gewesen.

* * *

*Es war ein schöner Tag gewesen, und der morgige würde hoffentlich noch schöner werden. Franziska würde ihren dreizehnten Geburtstag feiern. Der erste Geburtstag bei ihrer Pflegemutter Claudia Büchler. Die Landschaftsarchitektin hatte beim Metzger McNuggets mit Currysauce aus Eigenproduktion gekauft, Pippis Lieblingsessen, das vom Geburtstagskind in spe in Rekordzeit vernichtet wurde.*

*Sie hatten sich in den vergangenen neun Monaten zusammengelebt, als wären sie schon immer Mutter und Tochter gewesen. Es gab kaum Streit, doch Pippi wollte noch immer nicht sprechen. Sie kommunizierten mit Zetteln, Gesten oder Blicken. In der Schule hatte man großes*

*Verständnis für Franziskas Schicksal gezeigt, selbst die Blödeleien der Mitschüler über ihre Sprachlosigkeit hielten sich in Grenzen. Sie ging immer noch wöchentlich zum Kinderpsychologen in die Therapiestunde, aber auch wenn der meinte, sie würde Fortschritte machen, so konnte Claudia Büchler keine erkennen, zumindest keine, die das Sprachproblem betrafen. Nichts und niemand hatte Pippi dazu bewegen können zu sprechen.*

*»Möchtest du noch etwas Süßes zum Nachtisch?«, fragte Clax Büchler und schaute ihre Pflegetochter an. Inzwischen konnte sie schon an Franziskas Augenaufschlag die Antwort erkennen.*

*»Danke«, sagte Franziska und hielt sich den Bauch, »aber ich bin wirklich satt.«*

*Claudia Büchler starrte das Kind an und konnte nicht glauben, was da eben passiert war. Franziska hatte gesprochen.*

*Verwundert schaute das Mädchen zurück. »Was ist denn, Mama? Bist du krank?«*

*Noch während ihr die Freudentränen in die Augen traten, stand Claudia Büchler auf und nahm Pippi in die Arme. »Du sprichst ja«, stieß sie schluchzend hervor, »Pippi, du sprichst.«*

\* \* \*

Als Lagerfeld in die Dienststelle zurückkam, wurde er sofort von Haderlein an dessen Tisch gewunken. Auch Huppendorfers Schonzeit schien ein plötzliches Ende gefunden zu haben, denn er saß bereits am Tisch von Haderlein, der ein paar strenge Worte an ihn gerichtet haben musste. Jedenfalls sah Huppendorfer aus, als hätte er von seinem älteren Kollegen gerade einen Crashkurs in allgemeiner Gerichtsmediziner-Umgangsmethodik erhalten.

»Also gut, ihr zwei«, hielt sich Haderlein nicht lange mit Vorreden auf. »Ich möchte, dass wir jetzt ein bisschen System in die ganze Angelegenheit bringen. Vor nicht einmal achtundvierzig Stunden haben wir ...«

Die Tür ging auf, und ein junger Bursche mit einem riesigen Blumenstrauß in der Hand erschien im Rahmen. Sämtliche Anwesenden schauten ihn misstrauisch an. Blumen waren bei der Polizeiarbeit eher unüblich, ergo wurden sie von den Büroinsassen als Fremdkörper wahrgenommen. Der junge Mann bemerkte die plötzliche und nicht gerade freudige Aufmerksamkeit, die ihm zuteilwurde, und wollte seinen Auftrag daraufhin flott über die Bühne bringen.

»Gibt's hier eine Marina Hoffmann?«, fragte er mit lauter, aber unsicherer Stimme.

Alle Augenpaare drehten sich synchron in Richtung Honeypennys Schreibtisch, wo die Ausgerufene von aufkeimender Gesichtsrötung heimgesucht wurde.

»Ja, äh, das bin ich«, sagte sie unsicher. Jemand schickte ihr Blumen? Das hatte sie ja seit der Trennung von ihrem Imker nicht mehr erlebt. An sich ein freudiger Anlass, allerdings kannte sie ihre Pappenheimer, und es würde sie nicht wundern, wenn sich der eine oder andere in der Stube einen schlechten Scherz mit ihr erlaubt hatte. Unter den Augen der versammelten, aber schweigenden Mehrheit erhob sie sich und ging zu dem Fleurop-Boten.

»Da unterschreiben«, flüsterte der junge Mann fast lautlos und verschwand nach erhaltener Unterschrift flugs durch die Tür.

Honeypenny ging unter Gemurmel wieder zurück zu ihrem Schreibtisch, setzte sich und las das Kärtchen, welches an dem opulenten Strauß hing. Ein breites Lächeln erschien auf ihrem Gesicht. Marina Hoffmann musste etwas sehr Schönes widerfahren sein, was ganz offensichtlich mit der überbrachten Blütenorgie zusammenhing. Haderlein und Lagerfeld ließen es ratlos und kopfschüttelnd damit bewenden und wandten sich ernst wieder ihrem Gespräch zu, während Huppendorfer sich ein wissendes Grinsen nicht verkneifen konnte.

»So, wo waren wir stehen geblieben, meine Herren?« Haderlein verschränkte die Arme hinter dem Kopf und schaute seine jungen Kollegen erwartungsvoll an. »Ach so, ja, bei unseren Pfeiltoten. Gibt es irgendwelche Vorschläge, Vermutungen oder gar schon Schlussfolgerungen, mit denen ihr aufwarten könnt? Wenn ja, ich höre.«

»Na ja«, begann Lagerfeld, »zuerst einmal gibt es etwas zu dem Toten auf dem Staffelberg. Fakt ist, dass der Mann von einem sehr geübten Bogenschützen getötet worden sein muss. Ein Laie trifft niemals jemanden aus siebzig Metern mitten ins Herz. Dann glaube ich, dass es da um irgendeine persönliche Sache ging. Wenn's nur um das Umbringen als solches gegangen wäre, hätte der Täter doch andere Möglichkeiten gehabt, Herrn Simon vom Leben in den Tod zu befördern. Für mich war das eine Demonstration, eine Art Hinrichtung, die, warum auch immer, mit einem Bogen stattfinden musste.« Lagerfeld lehnte sich nun seinerseits im Stuhl zurück.

»Da gibt es noch etwas anderes«, meldete sich Cesar Huppendorfer zu Wort. »Wenn Siebenstädter recht hat, dann liegen die Toten schon ziemlich lange am Windrad, allerdings wurden sie seiner Meinung nach nicht gleichzeitig dort vergraben, sondern im Laufe der Jahre. Genaueres muss er erst noch rausfinden. Ich habe noch ein biss-

305

chen im Bogensportumfeld recherchiert, und mir ist etwas aufgefallen. Die Spitze, die ihr in dem einen Skelett gefunden habt, stammt von einem abgebrochenen Karbonpfeil mit einer Dreiklingen-Jagdspitze. Pfeile dieser Art werden eigentlich hauptsächlich für Compoundbogen verwendet, zum Jagen im Wald, weil sie kleinere Maße haben, also viel handlicher sind. Zudem haben die Dinger eine Zugkraft von bis zu siebzig Pfund. Der Pfeil, mit dem Josef Simon getötet wurde, unterscheidet sich allerdings davon. Es ist ein Hochleistungsaluminiumpfeil mit einer Karbonummantelung. Er hatte eine ganz normale Spitze, wie sie auch für das Schießen auf Zielscheiben verwendet wird. Pfeile wie dieser sind sehr viel dünner und werden auch noch nicht so lange hergestellt. Was ich damit nur sagen will: Es gibt sehr wohl Parallelen zu dem Fall auf dem Staffelberg, aber es gibt auch signifikante Unterschiede, die wir nicht außer Acht lassen sollten.«

Haderlein und Lagerfeld hatten Cesar Huppendorfer äußerst interessiert zugehört. »Ich hätte es nicht besser ausdrücken können, Cesar«, sagte Haderlein anerkennend. »Meine Herren, das ist doch schon mal eine Grundlage, auf der sich arbeiten lässt. Ich schlage vor, wir heften unsere Fakten jetzt geordnet an unsere Magnetwand, und anschließend möchte ich von euch beiden Ideen zum weiteren Vorgehen hören. Alles klar? Dann an die Arbeit.«

Sogleich entstand professionelle Betriebsamkeit, und die Magnettafel an Haderleins Fensterwand füllte sich mit Zetteln, Fotos und Hinweispfeilen.

\* \* \*

Franziska hatte also ihre Sprache wiedergefunden. In kürzester Zeit reagierte ihre Umwelt so, als hätte es das sprachlose Kind niemals gegeben. Es schien so, als wäre sie ein völlig normaler, fröhlicher Teenager, der keinerlei Auffälligkeiten zeigte. Nicht in der Schule, nicht im Sportverein und auch nicht zu Hause bei ihrer Pflegemutter, mit der sie nun eine kleine Familie bildete.

Doch darüber, was damals am Steinbruch von Ludvag geschehen war, verlor sie nach wie vor kein Wort. Obwohl noch immer nicht klar war, ob an jenem Freitag vor den Pfingstfeiertagen überhaupt etwas passiert war, vermuteten es die Spezialisten. Franziska hatte es bestimmt nicht grundlos die Sprache verschlagen. Doch auf Nachfrage von Polizei, Psychologen und Claudia Büchler erklärte sie beharrlich, keine Erinnerung mehr an diesen Nachmittag zu haben. Irgendwann ließen die Fragen dann nach. Der Psychologe hatte erklärt, dass es durchaus so sein könnte, dass sich ein traumatisches Erlebnis vom menschlichen Bewusstsein abspaltete, quasi in eine psychologische Bad Bank ausgelagert wurde. Dort blieb dieses Trauma dann und wurde von dem ihm eigenen Menschen ignoriert. Eine Selbstschutzfunktion, die oftmals erst das Weiterleben ermöglichte.

Auch Claudia Büchler ließ es schließlich dabei bewenden. Es half ja nichts, ständig in der Vergangenheit zu wühlen. Das Leben war nun einmal so, wie es war, besser, man nahm es an und lebte es, so gut man konnte. Damit war die Geschichte für sie gegessen, und in der Folgezeit kamen die Gedanken immer seltener und waren auch nicht mehr so schwer. Für Franziska hatte jetzt ein neues, glückliches Leben begonnen.

# Pippi

Zu zweit saßen sie auf der Kante von Franz Haderleins Schreibtisch und betrachteten die Magnettafel. Nur der Schreibtischbesitzer stand etwas abseits und besah sich das Ergebnis ihrer bisherigen Ermittlungen aus einer anderen Perspektive. Sie hatten sich dazu entschlossen, zwei Ereignisstränge darzustellen. Rechts der Mord auf dem Staffelberg mit all seinen Fakten und Fotos der Spurensicherung, links die Bilder der Skelette und ihrer sogenannten »Grabbeigaben«. Besonders die Vespa der Lehrerin beschäftigte den Kriminalhauptkommissar noch immer. Warum zum Teufel starrte er dauernd auf diesen Roller. Was wollte ihm sein Verstand damit sagen? Er wusste, dass da etwas war, was er nur nicht sah.

»Wo ist eigentlich diese Vespa, die wir ausgegraben haben«, unterbrach er das konzentrierte Schweigen.

»Die sollte unten im Hof bei den anderen konfiszierten Sachen stehen«, meinte Lagerfeld abwesend.

»Dann los. Schnapp dir deine Jacke, Bernd, wir werden den Roller jetzt mal unter die Lupe nehmen.«

Lagerfeld verzog das Gesicht. »Aber das Ding ist doch völlig verdreckt, Franz. Kann das nicht die Spurensicherung machen?« Ausgerechnet am hohen Feiertag fielen solche Drecksarbeiten für ihn an. Erst hatte er bei Siebenstädter eine Schweinehälfte an einen Haken hängen müssen, und jetzt war auch noch der vergammelte Roller dran. Super. Da war es ja noch angenehmer, seine eigene Mühle zu reparieren.

»Aber ich brauche dich dafür, Bernd. Du hast begnadete Augen, was technische Dinge anbelangt«, ließ sich Haderlein zu einem ungewöhnlichen Lob hinreißen. »Also hopp.« Er wartete schon ungeduldig an der Tür.

Seufzend warf sich Lagerfeld die Jeansjacke über und wollte mit Haderlein hinaus, doch als dieser die Dienststellentür öffnete, stand jemand vor ihnen, mit dem sie nicht gerechnet hatten: ein adrett im schwarzen Anzug gekleideter Hubert Fiederling.

»Oh, äh, hallo, Herr Kommissar, Sie hier?«

»Natürlich ich hier«, äffte er Fiederling genervt nach. »Ich hier arbeiten, weil Kommissar. Und nun stell ich hier die Fragen: Was wollen Sie hier, Herr Fiederling? Sollte Ihnen noch etwas zu Herrn Fiesder eingefallen sein, dann geben Sie das bitte drinnen bei Kommissar Huppendorfer zu Protokoll, ansonsten liefern Sie mir jetzt eine Antwort.«

Das kleine Männchen sah in seinem schwarzen Anzug noch schmächtiger aus als sonst, und Haderlein tat sein harscher Ton schon fast ein wenig leid, aber er wollte jetzt unbedingt zu dieser Vespa.

Fiederling hob abwehrend die Hände. »Oh, bitte lassen Sie sich nicht aufhalten, meine Herren, ich bin sozusagen in privater Mission hier. Nur keine Umstände.«

»Privat. Was macht man denn privat bei der Kriminalpolizei?«, wollte Lagerfeld jetzt wissen.

Der kleine Baustellenleiter der Firma Fiesder wurde sehr verlegen und stellte sich stramm, als wäre er beim Morgenappell der Grundausbildung der Bundeswehr. »Ja, nun, ich

309

bin hier, um Frau Hoffmann zu ihrem Wahlgang zu begleiten.«

»Wahlgang?«, fragte Haderlein verwirrt nach, der noch immer nichts begriff.

Doch bei Lagerfeld fing allmählich ein Licht an zu leuchten. »Sie meinen, Sie und Honeypenny, Sie gehen zusammen zum Wählen?«, fragte er mit breitem Grinsen. Der kleine Fiederling nickte eifrig, offensichtlich in freudigster Erwartung der bürgerlichen Nachmittagsgestaltung.

Lagerfeld wollte Haderlein schon aus der Türöffnung ziehen, um Fiederling vorbeizulassen, als Honeypenny auf den Plan trat. Sie hatte die Stimme des Männchens gehört und räumte den Hauptkommissar nun ziemlich konsequent aus dem Weg.

»Hubert hat sich angeboten, mich bei meiner Bürgerpflichterfüllung zu begleiten. Ich habe sein Angebot sehr gern angenommen. Wer wird heutzutage schon noch mit einem Strauß Blumen dazu eingeladen? So, meine Herren, und jetzt wäre die Bamberger Polizei Ihnen sehr verbunden, wenn Sie Ihren dienstlichen Nachforschungen unten im Hof nachkommen würden.« Honeypennys Stimme war spitz geworden. Sie fasste das Männchen auf dem Gang an dessen Anzugjacke und zog es ins Büro, dann schlug sie die Tür der Dienststelle vor Lagerfelds und Haderleins Nase zu.

\* \* \*

*Die Notarin legte ihnen die jeweiligen Formulare zur Unterschrift vor. Nach der Entscheidung des Amtsgerichtes war die Sache klar und diese leidige Angelegenheit endlich vom Tisch. Wenn es je eine gute und richtige Verwal-*

tungsentscheidung in diesem Hause gegeben hatte, dann diese. Mit dem heutigen Tag würde eine tragische Geschichte ein wahrlich gutes Ende finden.

Als die Unterschriften geleistet waren, blickte sie in die beiden Gesichter, denen man die Gefühle ansehen konnte. »In diesem Moment sind Sie, Frau Claudia Büchler, durch Unterzeichnung der Adoptionspapiere die rechtliche Mutter der hier anwesenden Franziska Groh. Und du, Franziska, hast durch deine Unterschrift den Namen deiner Adoptivmutter angenommen und heißt ab jetzt Büchler. Ich wünsche Ihnen von ganzem Herzen viel Glück für den weiteren gemeinsamen Lebensweg und möchte nicht verhehlen, dass ich selten so gern meinen Beruf ausgeübt habe wie in diesem Moment.« Die Notarin strahlte. Sie schüttelte den beiden die Hand, die sich anschließend innig umarmten.

Die Frauen packten ohne Umschweife die Dokumente zusammen und waren kurz danach wieder gegangen. Bei der Verabschiedung hatte Franziska Büchler wieder so ernst gewirkt, aber die Notarin hatte dafür absolutes Verständnis. Wer so eine Lebensgeschichte aufzuweisen hatte wie sie, der hatte sich zwangsläufig eine dicke Haut zulegen müssen. Wenn die Mutter starb und der Vater einfach spurlos verschwand, dann musste man sehr nachsichtig sein mit der Beurteilung eines solch gebeutelten Menschen. Seufzend, aber mit sich und der Welt zufrieden, bat sie den nächsten Klienten herein.

\* \* \*

»Die sieht ja fürchterlich aus!« Lagerfeld stand mit Haderlein vor der Primavera und betrachtete deren verrostete

Überbleibsel. »Was willst du eigentlich mit dem Roller? Wonach suchst du? Fingerabdrücke gibt's in diesem Zustand schon lange keine mehr, und zum Laufen werden wir die Kiste auch nicht wieder bringen.«

Wenn Haderlein ehrlich war, dann hatte er keine Ahnung, wonach er hier suchte. Aber manchmal musste man einfach mit dem ersten Schritt anfangen. »Wir suchen, Bernd. Das reicht schon mal, denn nur wer sucht, der wird auch finden. Frag bitte nicht weiter nach, ich hab doch selbst keine Ahnung. Und trotzdem würde ich drauf wetten, dass uns diese Vespa etwas sagen will.«

Bernd Schmitt schaute seinen Kollegen verdutzt an. Was waren das denn für neue Töne? Sprach Haderlein etwa von Bauchgefühl? Seit wann arbeitete der denn mit etwas anderem als Logik und Beweisketten. Aber wenn Franz wollte, dass sie ins Blaue hinein operierten, bitte, dann würde er das jetzt tun. Er warf einen kurzen Blick auf den am Boden liegenden Roller. Hinten links gab es ein kleines Staufach, aber das hatte schon jemand mit Gewalt aufgebrochen. Wenn sich etwas darin befunden hatte, hatten es die Totengräber genauso gründlich entfernt wie das Nummernschild des Rollers. Es würde nicht einfach werden, der Vespa ihr Geheimnis zu entlocken. »Ich hol mal einen Werkzeugkasten«, sagte Lagerfeld und trottete davon.

Haderlein zerrte derweil schon am Lenker des grünen Rollers herum, gab aber bald das sinnlose Bemühen auf, ihn auch nur irgendwie zu bewegen, und wandte sich den anderen Teilen der Vespa zu. Links über der Hinterradabdeckung entdeckte er eine kleine Klappe. War darunter vielleicht ein Fach, in dem man so etwas wie Hinweise finden konnte? Aber der Deckel saß dermaßen fest, dass er ihn ohne Werkzeug nicht würde öffnen können. So langsam bekam Franz Haderlein Zweifel, ob das wirklich eine gute Idee gewesen war, sich von diesem Schrotthaufen etwas Sachdienliches zu versprechen. Egal. Weitermachen. Die nächste Möglichkeit war der schwarze Sitz aus Kunstleder. Am Sitzende war ein kleines Schloss in einer rechteckigen Taste zu erkennen. Auch das versuchte er zu öffnen, aber nichts passierte. Entweder war der Sitz vor seiner Vergrabung der Vespa abgeschlossen gewesen, oder er war schlicht und einfach so verrostet, dass sich das Metall des Schlosses festgefressen hatte. Sie hatten nun zwei Möglichkeiten: Entweder ließen sie das Unterfangen sein, oder sie rückten dem Roller mit gröberen Werkzeugen auf den Leib, Vorschlaghammer, Flex oder Ähnlichem.

»Was schaust du so zerknirscht, Franz?« Lagerfeld stellte den Werkzeugkasten klappernd neben ihm ab.

»Ich habe grad versucht, den Sitz aufzumachen, aber da rührt sich nichts. Vielleicht sollten wir doch gleich zur Flex greifen, scheiß auf das Schloss«, gab der Kriminalhauptkommissar ungeduldig von sich.

Lagerfeld zuckte zuerst zusammen, dann lachte er lauthals. »Bist du irre? Wir haben Pfingstsonntag, und du willst hier mit einer Flex hantieren? Das kannst du vergessen. Vielleicht ist der Sitz dann offen, aber eine Viertelstunde später steht der Erdbeerschorsch auf dem Hof und zieht dir die Ohren lang. Außerdem kriegt die Bamberger Polizei dann am Dienstag eine Sonderseite im FT, darauf kannst du dich verlassen. Ich persönlich zweifle ja daran, dass auch schlechte Presse gute Presse ist.«

»Der Erdbeerschorsch? Wer soll das denn sein? Ein Erdbeerfarmer, oder was?« Haderlein verstand nur Bahnhof, was zu einem erneuten Lachanfall seines einheimischen Kollegen führte.

»Der Erdbeerschorsch ist der Erzbischof. Mensch, Franz, wie lange bist du jetzt schon in Bamberg? Das gehört doch zu den Fundamentals hier, das musst du doch langsam wissen.«

Doch Haderlein hatte keine Lust, sich über solche kulturellen Feinheiten den Kopf zu zerbrechen. Er wollte diese Vespa zum Reden bringen, und zwar schnell. »Von mir aus, Bernd, was immer du sagst. Du bist doch der Rollerfahrer. Sag mir also, wie wir den Sitz ohne Flex aufkriegen, du Klugscheißer«, raunzte Haderlein ihn an. Er brauchte jetzt dringend ein Erfolgserlebnis.

Lagerfeld umrundete nachdenklich das verrostete Gefährt und blieb hinter dem Sitz stehen. Dann holte er mit dem rechten Fuß aus und donnerte die Spitze seines ledernen Cowboystiefels gegen das eingerostete Schloss des Vespasitzes. Trockenes Knirschen war zu hören, dann öffnete sich der kunstlederne schwarze Sitz einige Zentimeter. »Noch Fragen?«, grinste Lagerfeld.

Haderlein bückte sich, griff mit beiden Händen unter den Sitz und zog. Er öffnete sich knirschend etwa fünfundzwanzig Zentimeter, dann ging nichts mehr. Auf der nach unten gewandten Seite rieselten Sand, Dreck und abgestorbene Pflanzenteile heraus. Haderlein legte sich auf den geteerten Hof und schaute von unten in die halb geöffnete Sitzbank. Zuerst konnte er nicht viel erkennen, dann aber meinte er, zwischen den rostigen Spannfedern des Sitzes etwas zu sehen. Er tastete mit der rechten Hand, und tatsächlich, da steckte etwas unter der Sitzbespannung. Vorsichtig fummelte er das längliche Plastikteil heraus und richtete sich wieder auf.

»Sieht aus wie irgend so ein Frauendings«, gab Lagerfeld kenntnisreich von sich.

»Ach was, da wäre ich jetzt gar nicht draufgekommen, Bernd«, spottete Franz Haderlein. »Dann wollen wir das Frauendings mal öffnen.« Er drehte an der Verschlusskappe des schwarzen Plastikutensils, und zum Vorschein kam ein roséfarbener Lippenstift, der durchaus noch einen zu gebrauchenden Eindruck machte. Ansonsten fand er nichts Verwertbares. Enttäuscht betrachtete er das Schminkutensil und überlegte, was sie als Nächstes mit dem Roller anfangen sollten.

»Ha, der sieht ja noch aus wie neu, den kann ich Ute schenken.« Lagerfeld schnappte sich den Lippenstift.

Haderlein glaubte, sich verhört zu haben. »Du willst den verschenken? Bist du verrückt? Das Ding liegt seit Jahren unter der Erde, und du willst es deiner schwangeren Frau andrehen? Du hast sie ja wohl nicht mehr alle.« Entrüstet schaute er erst Bernd, dann den Lippenstift an.

Doch Lagerfeld fand seine Idee gut. Er war als Franke aufgewachsen, da wurde nichts verschwendet oder weggeworfen. »Ach, hab ich also nicht?« Bockig drehte er den Lippenstift zwei Zentimeter heraus und bemalte damit seine Lippen.

Haderlein wusste nicht, ob er lachen oder weinen sollte. Er entschied sich für den Mittelweg. »Na schön, Bernd, ich wusste doch schon immer, dass da noch etwas anderes in dir steckt. Schmeckt's denn wenigstens?«

»Doch, hat was.« Anzüglich leckte sich Bernd Schmitt über die Lippen, verzog dann aber angeekelt das Gesicht. »Vielleicht doch ein bisschen ranzig ...« Erstaunt schaute er in die Lippenstiftkappe, die er noch immer in der linken Hand hielt. Mit dem kleinen Finger der anderen popelte er nach einigen Versuchen einen zusammengefalteten Zettel hervor. »Sieh mal, Franz, was ich gefunden hab. Die Rollerfahrerin hatte Heimlichkeiten, schau mal einer an.«

Haderlein nahm ihm den Zettel ab und faltete ihn auseinander. Eine Zahlenreihe war handschriftlich darauf verewigt worden. Die Lippenstiftverpackung war so dicht gewesen, dass sie den Zettel fast unbeschadet konserviert hatte.

»0171 ... Das ist eine Handynummer«, erkannte Lagerfeld sofort. »Früher gab's die nur im D1-Netz, sprich bei der Telekom. Vielleicht haben wir ja Glück, und der Besitzer der Nummer ist noch irgendwie zu ermitteln, das wär doch schon mal was.«

»Los, Bernd, lass den Roller liegen. Wir haben die Spur, nach der wir gesucht haben.« Mit diesen Worten stürmte Haderlein Lagerfeld voran in die Dienststelle und zu seinem Schreibtisch.

»Honeypenny, du stellst mir sofort eine Verbindung zur Telekom her, damit wir ...« Verwirrt schaute er sich um und dann fragend zu Huppendorfer, der irgendetwas an seinem Computer machte. »Wo ist Honeypenny?«, fragte er Cesar.

»Die ist doch beim Wählen.« Huppendorfer klickte weiterhin konzentriert auf seine Maus.

Haderlein schaute verärgert auf seine Uhr. »Seit eineinhalb Stunden? Ja, spinnt die denn?«, entfuhr es ihm.

Cesar Huppendorfer setzte ein wissendes Lächeln auf. »Nun, ich denke, Frau Hoffmann nutzt die Gelegenheit ihres Wahlgangs zu intensiven Gesprächen der Beziehungsanbahnung.«

Franz schaute ihn an, als hätte Huppendorfer ihm soeben die Römischen Verträge der EU vorgetragen. Was sollte der Quatsch? Sie hatten hier eine wichtige Spur, und Frau Hoffmann ging flanieren, oder wie?

»Gut, mein lieber Cesar, dann machst du mir jetzt die Sekretärin und findest jemanden bei der Telekom, der etwas über diese Handynummer weiß, klar?«

Huppendorfer bemerkte Haderleins strengen Tonfall und streckte diensteifrig seine Hand nach dem Zettel aus, aber Haderlein lief einfach an ihm vorbei. »Der Zettel hängt ab sofort an der Pinnwand, Cesar. Du kannst dir die Nummer abschreiben.« Huppendorfer stand auf und trottete folgsam hinter Franz Haderlein her.

Lagerfeld ließ sich derweil an Haderleins Schreibtisch nieder und forschte sicherheitshalber noch einmal in den Innereien des Lippenstiftes, als sich die Tür von Suckfülls Glasverschlag öffnete und Fidibus mit ein paar Akten heraustrat. Die plötzliche Geschäftigkeit und Lautstärke im Büro hatten ihn doch neugierig gemacht. Vielleicht gab es ja neue Erkenntnisse und Fortschritte, von denen er noch nichts mitbekommen hatte? Sein ältester Mitarbeiter heftete gerade einen kleinen zerknitterten Zettel mit einem Magneten an die Pinnwand, während der junge Huppendorfer danebenstand und sich eine Nummer von dem Zettel abschrieb. Kollege Bernd Schmitt saß derweil friedlich an Haderleins Schreibtisch und spielte mit einem rosa Lippenstift herum. Fidibus wollte den Mitarbeiter Schmitt eigentlich zu einer etwas konsequenteren Arbeitshaltung anhalten, als ihm etwas noch viel Seltsameres an ihm auffiel.

»Mein lieber Lagerfeld, es freut mich wirklich, Sie so intensiv mit polizeilicher Ermittlungsarbeit beschäftigt zu sehen.«

Erschrocken schaute der Angesprochene hoch. Er hatte Fidibus gar nicht kommen gehört. »Oh, hallo, Chef!«, erwiderte er. »Das ist in der Tat ein interessantes Beweisstück, welches wir in dem sichergestellten Roller…«

Doch Fidibus hatte nicht die Absicht, sich Lagerfelds übliche Ausflüchte anzuhören. Was zu viel war, war zu viel. »Sie haben also beschlossen, während der Arbeitszeit ans andere Ufer zu wechseln?«, fuhr ihn sein Chef ungewohnt harsch an, sodass sich auch Haderlein und Huppendorfer zu den beiden umdrehten.

Lagerfeld verstand nicht, was der Aufstand sollte, hatte er doch zur Abwechslung mal überhaupt nichts auf dem Kerbholz. Es war ihm schleierhaft, warum sich Fidibus so echauffierte. »Was ist denn los, Chef, stimmt etwas nicht?«, fragte er verwirrt.

»Allerdings stimmt etwas nicht«, antwortete Fidibus. »Da wir gerade das Pfingstfest feiern und nicht Fasching, muss ich aufgrund Ihres Verhaltens davon ausgehen, dass Sie sich geschlechtlich umorientiert haben. Oder beabsichtigen Sie, den Beruf zu wechseln, und bereiten sich auf Ihre zweite Karriere als Avon-Beraterin vor? Doch selbst dann wäre es nett, wenn Sie Ihre kosmetischen Selbstversuche auf die Freizeit beschränken würden, Herr Kriminalkommissar Bernd Schmitt. Wir sind hier doch nicht bei den Tottenhotten!«

Haderlein und Huppendorfer hatten ihrem Kollegen in den letzten Minuten aus dem Hintergrund Zeichen gegeben und auf ihre Lippen gedeutet, um ihn auf seine tatsächlich etwas tuntig wirkende Aufmachung hinzuweisen, doch Lagerfeld kapierte nichts. Kosmetische Selbstversuche, Avon-Beraterin? Wovon redete sein Chef eigentlich, verdammt? Und warum grinsten alle anderen so verklemmt? Erst als er sich mit der Zunge über die Lippen fuhr, traf ihn die ranzige Erkenntnis wie ein Schlag.

»Oh! Das ist gar nicht so, wie es aussieht, Chef.«

Doch Robert Suckfüll hob sofort die Hand. »Sagen Sie

jetzt nichts, Schmitt, ich will nichts hören. Und trotzdem verstehe ich Sie, ich meine, ich war ja auch mal jung, da experimentiert man schon mal ein wenig herum, hehe.« Wissend lachend wedelte er mit einer erhobenen Hand vor Lagerfelds Gesicht herum. Sein Angestellter wirkte ausgesprochen unglücklich und versuchte krampfhaft den Lippenstift mit einem Papiertaschentuch zu entfernen. Doch Fidibus hatte beschlossen, es erst einmal mit einer Rüge gut sein zu lassen. Er kannte seinen Pappenheimer ja zur Genüge. »Schon gut, mein lieber Schmitt, jedem Tierchen sein Pläsierchen. Ich hoffe nur, Sie reißen sich in Zukunft etwas mehr zusammen. Zumindest dann, wenn Sie in der Öffentlichkeit sind – oder auch bei uns im Büro. Immerhin sind wir eine Behörde, da kann nicht jeder machen, was er will. Da muss man sich auch optisch am Riemen reißen, das ist der hüpfende Punkt, Sie verstehen doch, mein lieber Schmitt?« Er klopfte dem jungen Kommissar noch einmal aufmunternd auf die Schulter und verschwand wieder in seinem Büro.

Während Lagerfeld noch immer den hartnäckigen Lippenstift wegzuwischen versuchte, eilte Haderlein seinem Chef kurzerhand hinterher und schloss die Bürotür hinter sich. »Was wissen Sie eigentlich über diesen Frankenpapst Irrlinger?«, fragte Haderlein.

Suckfüll blies die Backen auf, setzte sich und zog eine seiner teuren Zigarren heraus, damit seine Finger etwas zu tun hatten. Irgendwann hatte er festgestellt, dass eine Zigarre in der Hand seine latente Nervosität signifikant zu mildern vermochte, selbst wenn sie nicht angezündet war. Während Fidibus die Havanna also nachdenklich in seinen Fingern drehte, kramte er in seinem Gedächtnis, in dem er allerdings nicht allzu viel Verwertbares zu dem Mann finden konnte.

»Das, was ich weiß, kenne ich nur aus der Zeitung oder anderen Medien. Persönlich hatte ich bis heute keinen Kontakt zu ihm, aber meines Wissens ist der Mann ausgebildeter Jurist oder sogar Doktor der Betriebswirtschaft. Ich glaube, er hatte eine Zeit lang sogar einen Lehrauftrag in den USA, an der Uni hat man uns das damals erzählt. War zu seiner Zeit dort ziemlich angesehen. Als er zurückkam, verließ er das universitäre Umfeld und wurde Geschäftsführer oder Leiter von diesem riesigen kanadischen Konzern, der in einem gottverlassenen Nest bei Ebrach seine europäische Zentrale gebaut hatte. Santamon heißen die, glaube ich. Mittlerweile soll er da der maßgebliche Mann für das europäische Geschäft sein, und trotzdem ist seine Haupttätigkeit eigentlich die Politik, wie wir ja miterleben können. Ich bin sicher, dass er den Job bei Santamon sehr schnell aufgibt, wenn er fränkischer Ministerpräsident wird, was der Allmächtige verhindern möge.«

Haderlein schaute seinen Chef erstaunt an. Normalerweise hielt sich Suckfüll mit Bewertungen seiner Mitmenschen eher zurück. Er war der Meinung, dass jeder Mensch vor dem Gesetz gleich war. Ergo müssten sie als Polizisten also auch jeglichen Verdächtigen oder sonst wie Involvierten so behandeln. Insofern war die offene Unsympathiebekundung mehr als ungewöhnlich.

»Sie mögen Irrlinger wohl nicht besonders«, stellte Haderlein mit einem dünnen Lächeln fest.

Suckfüll drehte weiter gedankenverloren seine teure Havanna. »Nein, ich mag ihn nicht. Gar nicht, mein lieber Haderlein«, sagte er dann. »Der Mann ist mir zu amerikanisch. Er ist vielleicht hochintelligent und extrem erfolgreich, aber meinem Empfinden nach setzt er zu häufig Ellenbogen und zu viel Geld ein und strahlt zu viel Ehrgeiz und Machtstreben aus. Außerdem mochte ich noch nie Leute, die mir ein X für einen Uhu vormachen wollen.«

\* \* \*

*Claudia Büchler und ihre Adoptivtochter saßen im Bamberger Café »Riffelmacher« an der Oberen Brücke und genehmigten sich ein Eis in der warmen Frühlingssonne. Fünfzig Meter weiter in Richtung Altes Rathaus war die wahrscheinlich schiefste Tür in ganz Bamberg zu besichtigen, die optisch durchaus zu den Obdachlosen passte, die etwas weiter im schon genannten Rathaus eine barmherzige Bleibe finden konnten. So war das in der Altstadt des Weltkulturerbes: Es gab immer etwas zu sehen, nicht nur für die zahlreichen Touristen.*

*Die beiden Frauen hatten gerade ein wichtiges Etappenziel in ihrem Leben erreicht, das sie schon lange verfolgt hatten. Das wollten sie feiern, auch wenn ihre Stimmung nicht ganz ungetrübt war.*

*»Das willst du also wirklich tun?«, fragte die Landschaftsarchitektin ihre frisch gebackene Tochter, während sie nachdenklich ein Stückchen Eis in ihrem Mund zergehen ließ.*

*»Ja«, sagte Franziska Büchler entschlossen, während sie starr an die steinerne Wand blickte. »Irgendwo muss ich ja anfangen, und die Staaten bieten sich dafür einfach an.«*

*Ihr ernster Ton erschreckte Claudia Büchler schon lange nicht mehr. Sie wusste, dass sie Franziska nicht von ihrem Lebensplan abbringen konnte, aber sie würde sie, soweit es ihr möglich war, unterstützen. Sie war ihre Tochter, schon immer gewesen. Auch schon, bevor sie ihren Vater für tot erklärt hatten. Und sie war davon überzeugt, dass*

Franziska umgekehrt genauso dachte. Claudia war ihre Mutter, ihre Familie. Ohne sie wäre sie in einem Heim oder bei Pflegeeltern gelandet. Aber wie wäre es dort einem Kind ergangen, das nicht sprach und unter einem traumatischen Schock litt?

Es war alles so gekommen, wie es hatte kommen müssen, davon war Claudia Büchler überzeugt. Es war ihr Schicksal gewesen, dieses Kind zu finden und es großzuziehen. Sie hatte ihren Entschluss keine Minute bereut.

»Und was ist dein Plan?«, stellte nun Franziska ihrerseits die Frage nach der Zukunft.

Claudia Büchler lächelte. »Wenn meine Tochter so einfach zum Studium in die USA entschwindet, werde ich es wohl wagen und Sven fragen, ob er bei mir einzieht. Ohne dich wird die Wohnung öde und leer sein.«

Franziska grinste breit. »Echt? Du mit einem Mann in unserer Wohnung?« Damit hatte sie nun wirklich nicht gerechnet.

»Echt«, bestätigte Claudia Büchler lachend. »Und wer weiß, vielleicht fliegst du ja bald schon außerplanmäßig wegen einer Hochzeit aus den Staaten zurück?«

Franziska spuckte das Eis fast wieder aus, weil sie ihren spontanen Lachanfall nicht in den Griff bekam. Endlich war die Stimmung von Mutter und Tochter so unbeschwert, wie sie in einem solchen Moment sein sollte. Für ein paar Minuten waren die dunklen Gedanken vergessen, die sie seit so langer Zeit begleitet hatten und die bald auch wieder ihr Leben bestimmen würden. Aber nicht heute, nicht hier und jetzt.

\* \* \*

Der Anruf erreichte Huppendorfer, als Haderlein mit Lagerfeld wieder in den Hof hinuntergehen wollte, um die Vespa noch einmal zu untersuchen. Als er den Hörer auflegte, schüttelte er ein paarmal erstaunt den Kopf. »Franz, Bernd, kommt mal her. Das werdet ihr nicht glauben.«

»Was ist los?«, fragte Lagerfeld.

Huppendorfer schob ihnen wortlos einen Zettel hin, auf dem Jahreszahlen und ein Name standen. Den Namen kannten sie nur zu gut.

»Das ist ja eine Überraschung«, knurrte Haderlein. In seine Augen trat das gefährliche Leuchten, das bei ihm immer dann zu sehen war, wenn er einen Durchbruch geschafft hatte. »Da haben wir also unsere Verbindung. Das ist ja wirklich kaum zu glauben.«

Lagerfeld nahm Haderlein den Zettel aus der Hand. Die Handynummer in dem Lippenstiftbehältnis war in den letzten vier Jahren von der Telekom nicht mehr vergeben worden, aber bis dahin war sie mindestens fünfzehn Jahre lang einer einzigen Person zugeordnet gewesen. Diese Person war erst kürzlich auf der Bamberger Dienststelle gewesen. Sie hieß Gerhard Irrlinger.

»Volltreffer«, kam es Lagerfeld über die verblüfften und noch immer leicht rosa schimmernden Lippen.

Haderlein wurde plötzlich sehr betriebsam. »Cesar, finde bitte heraus, wann genau die Ledang vermisst gemeldet wurde. Und, Bernd, du findest heraus, wer ...«

»Ist alles schon gemacht«, unterbrach ihn Huppendorfer. »Honeypenny hat vorgearbeitet. Hier hast du alle Daten für deine Rollerschnecke. Petra Ledang, Lehrerin aus Bamberg, vermisst seit dem 1. Juni 1996. Mit ihr verschwunden ist eine limettengrüne Vespa der Firma Piaggio. Das ist sie doch, oder?«

Ungläubig nahm ihm Haderlein die Ausdrucke aus den Händen. »Cesar, du bist der Größte!«, rief er spontan. In Händen hielt er ein Bild seiner Vermissten und eins des Rollers, den sie auf den Eierbergen aus dem Dreck gehoben hatten. Dann stutzte er. »Aber das gibt's doch nicht, das kann doch nicht wahr sein. Cesar, kannst du mir sagen, was der 1. Juni 1996 für ein Tag war?«

Huppendorfer wusste zwar nicht, was Haderlein damit anfangen wollte, aber egal, er hatte die Antwort in null Komma nix herausgefunden. »Ein Montag. Der erste Tag nach den Pfingstferien, wenn du es genau wissen willst.«

Huppendorfers und Lagerfelds Blicke richteten sich auf Haderlein. Sie hatten keine Ahnung, was an diesem Datum so bedeutsam sein sollte.

Plötzlich drehte sich Haderlein um und warf Huppendorfer die Zettel mit den herausgefundenen Daten auf den Tisch zurück. »Du gehst jetzt die Vermisstendatei der letzten zwanzig Jahre durch und suchst mir sämtliche Daten von den Personen heraus, die über die Pfingstfeiertage vermisst worden sind, verstanden? Was meinst du, wie lange wirst du dafür brauchen?«

Huppendorfer hatte schon die Daten in die Suchmaske des Bundeskriminalamtes eingegeben. »Eigentlich sollte ich das gleich haben...«

Lagerfeld und Haderlein stellten sich hinter Huppendorfer und starrten gebannt auf dessen Computerbildschirm, während er den Suchvorgang startete.

In diesem Moment betrat von ihnen unbemerkt Honeypenny das Büro. Sie wusste, dass sie eigentlich nicht so lange hätte wegbleiben dürfen, aber sie war mit ihrem Hubert noch unterwegs gewesen und hatte eine wunderschöne Zeit verbracht. Minute um Minute war verflossen, als sie plötzlich bei einem beiläufigen Blick auf ihre Armbanduhr bemerkt hatte, dass seit ihrem Wählen schon zwei Stunden vergangen waren. Eilig hatte sie sich von ihrer neuen Liebe Fiederling verabschiedet und ihn herzlich an sich gedrückt.

»Was gibt's denn hier Spannendes zu sehen?«, fragte sie neugierig, als sie Haderlein, Huppendorfer und Lagerfeld so auffallend konzentriert erblickte. Als Antwort erntete sie nur ein kollektives »Pscht!«, sodass sie erst einmal zu ihrem Schreibtisch zurückging, um aufzuarbeiten, was in den letzten Stunden liegen geblieben war.

* * *

*Die Tage der Prüfungen nahten, es war eine anstrengende Zeit. Das College war ausgesprochen gut, was im Umkehrschluss bedeutete, dass von den Studenten sehr viel verlangt wurde. Zwischen Lernen und Freizeit bestand kein Unterschied mehr, irgendwie verschmolz gerade alles in ihrem Leben. Aber sie war gut, in einem halben Jahr würde sie an der Universität sein.*

*Im Prinzip gefiel ihr das neue Leben, das ihr durch ein Stipendium ermöglicht worden war. Sie war nicht nur klug, sondern auch sehr ehrgeizig, und wenn sie etwas unbedingt wollte, tat sie alles, um ihr Ziel zu erreichen.*

*Nicht zuletzt war sie es auch Claudia schuldig, etwas aus ihrem Leben zu machen. Sie würde die Frau, die ihre Mutter war und alles für sie gegeben hatte, auf keinen Fall enttäuschen. Im Gegenteil, sie würde ihr beweisen, was aus der kleinen Pippi alles werden konnte.*

*Doch jetzt würde sie sich einige Minuten Pause gönnen. Sie war gerade vom Training gekommen, hatte geduscht und sich mit einem Frozen Yoghurt in der Hand rücklings* auf das Bett in ihrem Studentenzimmer geworfen. Mit der Fernbedienung schaltete sie ihren Fernseher ein. Fox News. Der Sender stand zwar den Republikanern nahe, aber na gut. Sie legte die Fernbedienung auf die Seite und machte sich über den Joghurt her. Zuerst lief irgendein Quatsch über die sich nähernde Blizzardfront, dann die Börsennachrichten. Auch die interessierten sie eher wenig, sie hörte erst aufmerksam hin, als erwähnt wurde, dass auf einem Forum der Wall Street gerade der erfolgreichste Manager der USA gekürt worden war, der zur Überraschung aller nicht aus den Staaten stammte. Der Supermanager wurde in Großaufnahme gezeigt, dann begann ein längeres Interview, und anschließend würde noch eine kurze Dokumentation über ihn gesendet werden. Der dunkelhaarige Mann, der an den Schläfen schon etwas grau wurde, lächelte in die Kameras und gab bereitwillig, wenn auch fast ein wenig schüchtern Auskunft. Die Aufmerksamkeit der Öffentlichkeit schien ihm nicht zu behagen.

Als Franziska Büchler ihn genauer musterte, schien es ihr, als würde alles in ihrem Körper zu Eis erstarren. Die Finger ihrer linken Hand krampften sich um den Pappbecher, der Rest des Joghurts tropfte auf ihre Bluse, ohne dass sie es bemerkte. Sie hatte nur noch Augen für dieses Gesicht, das sich vor langer Zeit in ihr Gedächtnis gebrannt hatte. Für die Stimme, die sie nie vergessen hatte. Als sie wieder Herr ihrer Sinne war, sprang sie auf, krallte sich eine Videokassette, die eigentlich für Trainingsaufzeichnungen gedacht war, und schob sie in den Videorekorder. Als sie die Aufnahmetaste drückte, begann gerade die angekündigte Dokumentation über den Deutschen, der in hiesigen Finanzkreisen so weit gekommen war, dass er nun von den Besten der Besten geadelt wurde.

*Bleich und zitternd setzte sich Franziska Büchler wieder auf ihr Bett, unfähig, sich auf den Beinen zu halten, geschweige denn auch nur einen einzigen logischen Gedanken zu fassen. Wie erstarrt ließ sie den Bericht über sich ergehen. Sie saß noch immer dort, als der Bericht schon längst vorbei und die Nachrichten beendet waren. Sie wusste, dass ihr Leben von nun an nicht mehr dasselbe sein würde. Das, was sie hatte vergessen wollen, hatte sie eingeholt. Wieder und wieder lief ein Film vor ihrem geistigen Auge ab, von dem sie eigentlich geglaubt hatte, ihn aus ihren Erinnerungen gelöscht zu haben. Aber nun hatte der Mann, der ihr vor vielen Jahren am Steinbruch von Ludvag in die Augen geschaut hatte, wieder alles an die Oberfläche ihres Gedächtnisses gezerrt. Das Zittern nahm zu, und ein kalter Schauer nach dem anderen jagte über ihren Rücken. Als die Tränen kamen, fiel sie hemmungslos schluchzend auf ihr Bett.*

*Papa. Irgendwann in der Nacht stieß sie wieder und wieder nur dieses eine Wort hervor, und als die Morgensonne zaghaft durchs Fenster schien, war aus der gestern noch fröhlichen Franziska Büchler wieder ein kleines, trauriges, verängstigtes Mädchen geworden.*

\* \* \*

»Da ist es.« Erleichtert deutete Huppendorfer auf das Datenblatt, das soeben auf dem Bildschirm erschienen war.

»Ist vielleicht ein Jäger darunter?«, fragte Haderlein, während Lagerfeld noch immer nicht kapierte, worauf Franz hinauswollte.

»Woher weißt du das?«, rief Huppendorfer erstaunt aus. »Ein Marco Probst aus Großheirath bei Coburg. Ledig, gelernter Koch. Verschwunden in der Nacht von Freitag auf Pfingstsamstag 1998.« Er überflog, was die Polizei damals in Erfahrung gebracht hatte. »Wollte anscheinend auf die Jagd, kam aber nicht mehr zurück. Die Kollegen aus Coburg haben damals die Vermisstenanzeige aufgenommen.«

»Gut«, knurrte Haderlein befriedigt. Er schien genau das erwartet zu haben. »Steht da vielleicht auch, wo dieser Probst damals seine Jagd hatte? Das würde mich brennend interessieren.«

Wieder versenkte sich Huppendorfer in seinen Computer, dann weiteten sich seine Augen. »Das glaub ich jetzt nicht!«, rief er erstaunt. »Seine Jagdpacht war im Landkreis Lichtenfels. Ratet mal, wo genau.«

Lagerfeld zuckte ahnungslos mit den Schultern, doch Haderlein hatte eine Vermutung. »Eierberge?«

Huppendorfer grinste. »Nicht direkt, aber gleich daneben im Tal. Rund um Wiesen und Nedensdorf und bis nach Unnersdorf und Hausen hinunter. Aber was sagt dir das jetzt?« Huppendorfer schaute Haderlein fragend an.

»Ich fänd's auch ganz nett, wenn du uns an deinen Schlussfolgerungen teilhaben ließest, Franz«, sagte nun auch Lagerfeld, der wissen wollte, was für eine Theorie sich sein älterer Kollege da zusammengebastelt hatte.

»Gleich, ich muss nur noch etwas Letztes wissen.« Haderlein beugte sich näher an den Bildschirm und las die Liste genau durch. »Cesar? Jetzt lösch mal alle aus der Liste, die nicht in einem Umkreis von, sagen wir mal, hundert Kilometern um Bamberg oder Coburg vermisst werden.«

»Zu Befehl, Bwana«, spöttelte Huppendorfer, hatte aber seine Sucheinstellung innerhalb weniger Sekunden mit ein paar Klicks geändert. Nur noch vier Namen leuchteten auf.

Haderlein entließ mit einem aggressiven Pfeifen die Luft aus seiner Lunge und deutete derart erregt auf den Bildschirm, dass Huppendorfer es mit der Angst bekam. »Diese vier Namen da, das sind unsere Toten von den Eierbergen, da gehe ich jede Wette ein! Und der eine bisher Unbekannte sagt mir auch irgendwas, ich weiß nur nicht, was.«

Lagerfeld und Huppendorfer wurden blass. Woher wusste Haderlein das? Zwei der Namen sagten ihnen bereits etwas. Petra Ledang und der Jäger Marco Probst. Mit den anderen beiden konnten sie noch nicht viel anfangen. Bei ihnen handelte es sich um einen gewissen Elmar Ränkenschuh aus der Nähe von Ebern und um Felix Groh aus Bamberg. Alle vier waren jeweils an oder um Pfingsten herum auf Nimmerwiedersehen verschwunden und als vermisst gemeldet worden.

»Aha«, meinte Lagerfeld von Haderleins Schnelligkeit etwas überfordert, »und was macht dich da so sicher, Franz?« Sein Gefühl sagte ihm, dass Haderlein auf der richtigen Spur war, aber er hatte keine Ahnung, warum dem so war.

»Gleich, gleich«, murmelte der erregte Kriminalhauptkommissar und durchsuchte die Schubladen seines Schreibtisches. Als er sich wieder umdrehte, winkte er Huppendorfer. »Hol doch bitte mal unseren Chef aus seinem Glaskasten. Das, was jetzt kommt, geht auch ihn etwas an.«

Huppendorfer verschwand in Richtung Glastür, während Haderlein endlich gefunden zu haben schien, wonach er suchte.

Als Huppendorfer schließlich mit Robert Suckfüll auftauchte, hatten Haderlein und Lagerfeld eine Landkarte von Nordbayern mit Thüringen und den angrenzenden Bundesländern an eine der beiden magnetischen Rollwände geheftet, die im Büro standen. Sogleich bat Haderlein die Anwesenden, Platz zu nehmen, nur Huppendorfer schickte er wieder zu seinem Computer zurück. Er sollte ihm noch einmal die vier Namen der Personen vorlesen, die in dem eingegrenzten Suchgebiet an Pfingsten über die Jahre verschwunden waren.

Während Huppendorfer also langsam die Namen der Vermissten und deren letzte Wohnorte deklamierte, versah Haderlein die entsprechenden Stellen auf der Karte mit farbigen Magneten.

Suckfüll schaute gespannt zu, blickte aber immer wieder fragend zu Lagerfeld und Huppendorfer, doch auch die schienen noch nicht zu wissen, was Haderlein ihnen hier demonstrieren wollte. Selbst Honeypenny hatte sich zu ihnen gesellt und lauschte gespannt.

»Meine Herren«, begann der Kriminalhauptkommissar nun, »bei den Vermissten auf der Karte handelt es sich meiner Meinung nach um unsere Toten vom Windrad auf den Eierbergen. Alle Opfer starben sehr wahrscheinlich an den Pfingstfeiertagen verschiedener Jahre.«

»Moment, Moment!«, warf Lagerfeld ein. »Das würde ja bedeuten, dass jemand immer zur gleichen Zeit im Jahr an ganz ausgewählten Plätzen jemanden hinrichtet. Weißt du eigentlich, wie irre deine Theorie klingt, Franz?« Nicht völlig überzeugt schaute Lagerfeld wieder auf die Karte, während Haderlein beschwörend die Hände hob.

»Schon, und trotzdem sage ich euch: Da mordet jemand seit Jahrzehnten mit System. Allerdings habe ich noch keine Ahnung, wer und warum. Vielleicht eine Sekte, vielleicht Irre oder sonst welche Fanatiker, aber ganz bestimmt keine gewöhnlichen Kriminellen.« Mahnend hob er den rechten Zeigefinger in die Höhe. »Wenn meine Vermutung stimmt, dann haben wir es mit einem oder mehreren hochprofessionellen Mördern zu tun, die es über Jahre hinweg geschafft haben, unerkannt Menschen umzubringen und keinerlei Spuren zu hinterlassen. Respekt. Aber«, Haderleins Zeigefinger hob sich erneut, »aber jetzt sind die Mörder aufgeflogen, weil unser lieber Fiesder nicht an der vorgesehenen Stelle gebaggert hat und sein Baustellenleiter den Mut zur Wahrheit aufgebracht hat.«

»Mein lieber Haderlein, das ist ja alles schön und gut«, mischte sich Fidibus ein, »aber was soll das alles mit dem toten Josef Simon zu tun haben? Der fehlt mir bisher in Ihren Ausführungen. Außerdem ist das eine sehr gewagte Theorie, da sollten wir doch erst einmal den Ball im Dorf lassen, finden Sie nicht auch?«

Aber Haderlein fand das nicht, ganz im Gegenteil. »Ich kann's noch nicht beweisen, Chef, aber heute haben wir einen fast zwanzig Jahre alten Zettel gefunden, auf dem eine Telefonnummer steht. Ich glaube mit jeder Faser meines Körpers daran, dass der damalige Besitzer dieser Nummer, der allseits bekannte Dr. Irrlinger, uns alles erklären kann. Allerdings bin ich mir genauso sicher, dass er das nicht freiwillig tun wird.«

Suckfüll schüttelte den Kopf. »Sie glauben doch nicht im Ernst, dass ich Sie wegen einer alten Telefonnummer auf Gerhard Irrlinger loslasse. Dafür brauche ich schon stichhaltige Beweise. Wie wäre es, wenn Sie zuerst einmal Ihre Theorie untermauern? Sie könnten einen abgleichenden DNA-Test mit den Hinterbliebenen durchführen und herausfinden, ob Ihre Toten auch wirklich die sind, für die Sie sie halten? Das wäre doch mal ein guter Anfang, finden Sie nicht?« Fidibus blickte Haderlein auffordernd an, der eigentlich schon mit den Füßen scharrte und sich am liebsten auf Irrlinger gestürzt hätte. Andererseits konnte er sich den Argumenten Suckfülls nicht ganz verschließen. Er schob die Euphorie des Augenblicks beiseite, setzte sich auf seinen Stuhl und nickte seinem Chef zu. »Da ist tatsächlich etwas dran. Irrlinger läuft uns ja nicht weg, das würde ihn Wähler kosten.«

»Sehr gut, Haderlein. Dann bringen Sie mal die Gene in Einklang, und dann schauen wir weiter.« Suckfüll erhob sich. »Und alle anderen gehen auch wieder an die Arbeit, husch, husch. Nicht, dass uns die Bösen noch durch die, äh, Kuhhaut gehen.« Sprach's und verschwand in seinem Büro, während seine Mitarbeiter sich zusammensetzten, um das weitere Vorgehen zu besprechen.

\* \* \*

*Franziska Büchler stand mit beiden Beinen mittig über ihrer »Line« und war bereit für die letzten drei Pfeile ihrer Serie. Sie brauchte noch genau elf Punkte, dann war sie die erste amerikanische Collegemeisterin, die nicht aus den USA stammte, und die jüngste noch dazu. Sie war extrem entspannt. Bogenschießen war Kopfsache. Natürlich musste man auch körperlich hart trainieren, aber im Wettkampf waren Stressvermeidung und Entspannung am wichtigsten. Die Aufgabe bestand darin, sich ausschließlich darauf zu konzentrieren, das kleine gelbe Feld zu treffen. Sie hob ihren sündhaft teuren Bogen der Marke Hoyt, zielte und schoss in aller Ruhe ihre letzte Serie. Sofort brandete unter den Umstehenden Jubel auf. Das halbe College hatte sich um den Schießplatz versammelt. In der letzten Stunde hatte sich wie ein Lauffeuer herumgesprochen, dass hier und heute etwas Besonderes geschah. Eine deut-*

sche Gaststudentin schickte sich an, Collegegeschichte zu schreiben.

Franziska Büchler ging unter dem Jubel der Mitstudenten zu ihrem letzten Trefferbild. Siebzig Meter entfernt zogen die Sportdozenten gerade ihre Pfeile aus der Hartschaumscheibe. Sie hatte keine elf Punkte geschossen, sondern zweimal die Zehn und einmal knapp die Neun getroffen. Mit insgesamt neunundzwanzig Punkten in der letzten Serie hatte sie den Collegerekord mal eben um glatte achtzehn Punkte nach oben geschraubt. Das würde ihr nicht nur die Höchstnote in diesem Fach ihres Sportstudiums einbringen, sondern auch einen Ehrenplatz in der Ahnengalerie des Schützenhauses des altehrwürdigen Bow Courts.

»This is a historical moment, a new level.« Stolz lächelnd schüttelte ihr der betagte Leiter des berühmten White Cotton College die Hand.

\* \* \*

Lagerfeld ergriff als Erster das Wort. »Wenn du wirklich recht haben solltest, Franz, dann ist das eine ziemlich abgefahrene Geschichte, bei der mir aber immer noch das Motiv fehlt. Wer sollte denn konsequent an Pfingsten Menschen mit Pfeil und Bogen erschießen? Das ist doch krank.«

»Darin stimme ich Bernd vollkommen zu«, mischte sich nun auch Huppendorfer ein. »Oder haben die Mörder vielleicht gar kein richtiges Motiv, sondern veranstalten diese Psychopathen einfach nur eine Art Killerolympiade? Jetzt mal im Ernst, da könnte doch was dran sein.«

Haderlein schaute ihn einen Moment lang an. Eine Art Wettbewerb der Mörder? Das klang zwar abwegig, aber wie hatte es schon Einstein dem Sinn nach so schön formuliert? Eine Idee, die nicht verrückt genug klingt, ist es nicht wert, weiterverfolgt zu werden. Und mangels besserer Alternativen konnte man Huppendorfers Annahme ja wenigstens in Betracht ziehen.

»Aber wieso bringen diese Typen dann Jahre später plötzlich in aller Öffentlichkeit einen Menschen auf dem Staffelberg um, wenn sie vorher immer im Geheimen gearbeitet haben? Das ist doch seltsam«, warf Lagerfeld ein. »Wenn es einen Zusammenhang zwischen den Fällen gibt, muss es für den Mord auf dem Staffelberg einen anderen Beweggrund geben. Vielleicht Rache, der Mord hatte ja durchaus den Anschein einer öffentlichen Hinrichtung. Wer das Risiko auf sich nimmt, einen Mann aus dieser Entfernung mit einem Bogen zu töten, der will mit der öffentlichen Mordart doch etwas kommunizieren, oder was meint ihr?«

»Seht alle her, ich hab dieses Schwein mit Pfeil und Bogen umgebracht«, spann Huppendorfer den Gedanken weiter.

»Auf die gleiche Art, mit der er versucht hat, mich umzubringen, oder mit der er bei einem Menschen erfolgreich war, der mir nahestand und den ich hiermit gerächt habe«, beendete Haderlein die Schlussfolgerung, und die beiden Kommissare nickten ihm beipflichtend zu. »Was meint ihr, wie schwer ist das wohl, auf siebzig Meter Entfernung jemanden mit dem Bogen zu erschießen?«, überlegte der Kriminalhauptkommissar weiter. »Da muss man doch sicher eine Ausbildung gemacht haben oder mindestens in einem Verein gewesen sein.« Fragend schaute Haderlein seine jungen Kollegen an, von denen Huppendorfer bereits diensteifrig nickte.

»Ich habe mich schon informiert. Für Laien sollte das eigentlich unmöglich sein, für Trainierte hingegen kein Problem. Siebzig Meter ist die normale Wettkampfdistanz im Bogensport. Bei stabilen Wetterbedingungen treffen Schützen auf diese Entfernung ohne große Probleme einen Suppenteller. In Bamberg gibt es für Bogensportartikel eine angesagte Adresse, ›Stefans Outdoorladen‹. Ich habe dort angerufen und mich vom Besitzer aufklären lassen.«

Haderlein nickte stumm. Bei dem Laden würde er zu gegebener Zeit mal vorbeischauen.

Kollege Bernd Schmitt hatte sich derweil noch einmal die Unterlagen zu den vier Opfern von den Eierbergen geschnappt. Als er die Informationen zu dem damals verschwundenen Felix Groh studierte, stutzte er plötzlich. »Du, Franz, du hast damals anscheinend nicht nur die Sache mit der Lehrerin untersucht, sondern auch den Fall mit diesem Felix Groh. Steht hier jedenfalls.«

Haderlein runzelte die Stirn und nahm Lagerfeld die Unterlagen aus der Hand. »Ach Gott, ja. Deshalb kam mir der Name so bekannt vor.« Er seufzte, als er das Bild der kleinen Franziska erblickte. »Ein tragischer Fall. Ich habe damals gar nicht weiterverfolgt, was aus dem Mädchen geworden ist«, brummte Haderlein. Eigentlich eine gute Idee, das mal zu recherchieren, er brauchte sowieso eine Speichelprobe oder Haare von ihr, um die DNA mit der des Skeletts zu vergleichen, bei dem es sich seiner Meinung nach um ihren Vater handelte. Fidibus hatte schon recht, pflichtete Haderlein innerlich seinem Chef bei. Er würde jetzt Sicherheit in der Faktenlage schaffen, dann könnten sie auch den nächsten Schritt gehen. Er stand auf und teilte seinen Kollegen die Arbeitsvorgaben mit.

»Cesar, du treibst jetzt Hinterbliebene oder Verwandte

vom Jäger Probst und von diesem Ränkenschuh auf und lässt dir Speichelproben von ihnen geben. Morgen Mittag will ich Ergebnisse sehen, klar? Marina, du machst das Gleiche mit den Hinterbliebenen im Fall Petra Ledang. In diesem scheint die Sache zwar sonnenklar zu sein, aber trotzdem wäre es gut, ihre Identität mit einer DNA-Probe zu untermauern. Und wenn's geht, suchst du mir noch die momentanen Aufenthaltsorte von den Personen meines alten Falls in Scheßlitz raus.«

Honeypenny hatte sich die Diskussion für ihre Verhältnisse äußerst geduldig angehört, was hauptsächlich damit zusammenhing, dass sie in ihren verträumten Gedanken ganz woanders gewesen war. Dementsprechend hart wurde sie durch Haderleins Ansprache plötzlich aus ihren Träumen gerissen, zuckte zusammen und nahm dem Kommissar die Unterlagen hektisch aus der Hand.

»Außerdem überprüfst du sämtliche Verwandten der vier Vermissten. Und solltest du im Internet oder sonst wo auf Hinweise stoßen, dass einer von denen mal etwas mit Bogenschießen am Hut hatte, etwa Vereinsmitglied war oder an Meisterschaften teilnahm, dann rufst du mich sofort an, klar?«

Während Honeypenny nickend zu ihrem Schreibtisch eilte, wandte sich Haderlein wieder den anderen zu. »Um die Sache Groh kümmere ich mich dann später selbst. Das ist mir ein persönliches Anliegen, das war damals ein ziemlich tragischer Fall mit ihm und seiner Tochter.«

In diesem Moment öffnete sich Suckfülls Glaspalast, und sein Bewohner trat heraus. Wortlos lief er an seinen Bediensteten vorbei und steuerte auf die Tür zu, die zum Gang hinausführte. Als er sie erreichte, blickte er wissend zu ihnen zurück, bevor es auch schon von außen an der Tür klopfte. Haderlein, Schmitt und Huppendorfer schauten verdutzt, als Fidibus öffnete und zwei Personen ins Büro traten.

Der kleine dickliche Mann im schwarzen Anzug und mit schütterem Haar stellte sich ihnen als Dr. Kowalsky aus München vor, der Mann, der ihm folgte, war allseits bekannt. Georg Fiesder schlich mehr, als dass er ging, hinter seinem Anwalt herein, und Fidibus bat umgehend alle in sein Büro. Nur Huppendorfer wurde vorher von Haderlein abgefangen und zu seinem Tagesauftrag geschickt. Allerdings versprach Haderlein ihm, dass er ihm später brühwarm berichten würde, was das neuerliche Erscheinen des allseits beliebten Bauunternehmers zu bedeuten hatte.

»Meine Herren, Herr Kowalsky, der neue Rechtsbeistand von Herrn Fiesder, ist extra aus München angereist. Wenn ich das richtig verstanden habe, möchte Herr Fiesder eine Aussage machen«, verkündete Fidibus.

»Ach was. Und ich dachte, das hätte er schon getan?« Lagerfeld strafte Fiesder mit einem vernichtenden Blick.

»Nun, ich habe Herrn Fiesder davon überzeugen können, dass es besser für sämtliche Beteiligten ist, alles auf den Tisch zu legen, was ihm bei der letzten Aussage, nun...«, Kowalsky warf einen kurzen Blick auf seinen Klienten, »...ich möchte es mal so formulieren, was ihm entfallen ist. Ich bestehe allerdings darauf, dass die Ehrlichkeit meines Mandanten im weiteren Verfahren positiv berücksichtigt wird.«

Lagerfeld war schon wieder dabei, sich über diese Forderung aufzuregen, doch Haderlein legte ihm beruhigend die Hand auf die Schulter. »Jetzt lass unseren Herrn Bauunternehmer doch erst einmal erzählen und sein Gewissen erleichtern. Vielleicht hat er ja noch mehr Leichen vergraben, wer weiß das schon?«

Kowalsky beschloss, den im Raum schwebenden Sarkasmus zu ignorieren, und nickte seinem Klienten zu.

Georg Fiesder räusperte sich vernehmlich, dann schwallte es regelrecht aus ihm heraus. »Also, ich hab ja net gewusst, dass mer dafür auch in den Knast nei muss, und des geht ja net, weil ich muss ja auf mei Baustelln. Deswechen erzähl ich des, was ich da beim erschten Mal, also... also quasi vergessen hab.« Verunsichert schaute er zu seinem Anwalt, der ihm beruhigend zunickte.

Suckfüll hatte inzwischen ein Aufzeichnungsgerät auf die Tischplatte gelegt und harrte der Ausführungen des überraschend kleinlauten Baulöwen Fiesder.

»Na ja, ich hab die Baustelle da oben net einfach so verschieben könna, des hat nämlich noch richtig Ärger geben«, erzählte Fiesder entschuldigend. »Der Jäger vo da, der hat sich aufregen wolln, als mir mit dem Baggern angfangt ham. Der is dodal durchgedreht, er tut uns verklagen und so weiter und so fort, und mir solln sofort damit aufhören. Und weil mir da irgendwelche Bäum umgesägt ham, hat er sich noch mehr aufgekoffert. Des wären drei uralte Eichen gewesen und für sein Chef unersetzlich und was weiß ich noch alles. Aber so richtig ausgflippt isser, als mir gsacht ham, mir wern auf jeden Fall weitergraben. Na, schreit der Kaschber auf einmal rum, des wär hier sein Luderplatz. Da wären haufenweise Viecher vergraben, die gefälligst bleiben solln, wo sie sind. Des wär gegen die Seuchengesetze, und der Jagdpächter sei Chef wär ein berühmter Anwalt und würd uns von Bontius zu Bilatus ziehen, und ich wär völlig pleite, wenn der mit mir fertig wär.« Georg Fiesder musste kurz in seiner Erzählung pausieren, weil ihm die

Luft fehlte. Aufgeregt setzte er seinen schwarzen Hut ab. Ein wahrlich seltenes Ereignis.

Haderleins Blick war während Fiesders Vortrags indes immer kälter geworden. Obwohl er ihn am liebsten gleich nach den ersten Sätzen unterbrochen hätte, hatte er ihn gewähren lassen. Was der Bauunternehmer freiwillig ausplauderte, würde er anschließend nicht noch erfragen müssen. Nach seiner kurzen Verschnaufpause tat Fiesder Haderlein den Gefallen, genauso stürmisch in seiner Rede fortzufahren, wie er begonnen hatte.

»Na ja, des hat a ganze Weile gedauert, bis der Kerl sich widder a wenig beruhigt kabt hat. Nachert hammer a weng diskutiert, und schließlich hammer uns geeinicht.«

»Geeinigt? Worauf denn?«, fragte Lagerfeld angriffslustig. Es war ihm anzusehen, dass ihm sowohl Fiesders Anwesenheit als auch dessen Ausführungen gewaltig gegen den Strich gingen.

»Ich hab ihm gsacht, dass mir alles total leidtut und wir ihm selbstverständlich alle Bäume ersetzen und ihn für alle Unannehmlichkeiten entschädigen werden, wenn er seim Chef nix erzählt. Außerdem wern mir alle Viecher, die mir ausgraben, woanders schö wieder vergraben, des würde überhaupt niemand mitkriegen, da bräuchert er überhaupt keine Angst zu ham.« Georg Fiesder atmete tief durch.

»Und dann?«, fragte Haderlein wie beiläufig.

»Und dann hammer uns noch amol geeinigt.«

»Auf wie viel?«, knurrte Lagerfeld, der schon wusste, was an jenem Tag an der Baustelle abgelaufen war.

»Fünfundzwanzigtausend«, zischte Fiesder zwischen zusammengepressten Zähnen hervor. »Aber fei bloß als Wiedergutmachung. Des hat nix mit Korruption oder so zu tun, nur damit des fei gleich klar is.«

Für einen kurzen Moment herrschte absolutes Schweigen. »Und wie hieß der Mann, mit dem Sie sich geeinigt haben?«, wollte Haderlein dann von Fiesder wissen. Äußerlich wirkte er völlig ruhig, obwohl in seinem Inneren ein Orkan wütete.

Fiesder schaute ihn mit leicht säuerlichem Gesicht an, bevor er widerwillig antwortete. »Schurig. Roland Schurig. Irchend so a bensionierter Hausmeister aus Bamberch. Aber wohnen tut der in Hirschaid, da hab ich ihm nämlich den Koffer mit dem Geld drinna vorbeigebracht.« Man sah Fiesder an, dass es ihm eigentlich eine Ehrensache war, solche Geschäftspartner nicht zu verpfeifen.

»Und die Adresse haben Sie bestimmt noch im Kopf?«, fragte Haderlein gespielt lässig, obwohl es ihn kaum noch auf seinem Sitz hielt.

»Freilich, ich hab a Gedächtnis wie a Elefant.« Stolz nahm Fiesder den Kugelschreiber, den ihm Fidibus reichte, und schrieb die Adresse auf den Zettel, den ihm Haderlein hingeschoben hatte.

Kaum war er mit dem Schreiben fertig, rupfte ihm Haderlein den Wisch aus der Hand und sprang auf. »Bernd, wir haben Arbeit!« Haderlein schnappte sich Jacke und Autoschlüssel und eilte mit Lagerfeld zur Tür, während Fidibus, Fiesder und sein Anwalt den beiden überrascht hinterhersahen.

## Vergeltung

In der Scheune stand seit Kurzem ein frisch restaurierter Mercedes 190 SL aus dem Jahre 1961. Der Lack war weitestgehend noch im Originalzustand, und sollte es einmal Schäden gegeben haben, dann hatte sie Roland Schurig professionell beseitigen lassen. Das bei Kennern gesuchte Cabriolet war ein Star unter den Oldtimern der Welt. Seine graugrüne Farbe kontrastierte aufs Schönste mit dem eleganten Chrom der Stoßstangen, der Scheinwerferfassungen und natürlich des großen schwäbischen Sterns am Kühlergrill. Ein Traum für jeden Sammler und in der Regel unerschwinglich. Für ein solches Fahrzeug war normalerweise der Preis eines kleinen Einfamilienhauses fällig, und auch Schurig hatte fast so viel dafür bezahlt. Trotzdem hatte es langjährigen Verhandlungen bedurft, bis Leo Aumüller, der Oldtimerpapst aus Schönbrunn im Steigerwald, ihm den Mercedes schließlich verkauft hatte.

Roland Schurig hatte jedoch nicht nur eins, sondern gleich mehrere Fahrzeuge dieser Art in seiner Scheune stehen, die auch mit Alarmanlage sowie einem Transportlift der neuesten Bauart in den ersten Stock ausgestattet war, damit er dort weitere Oldtimer unterbringen konnte. Der SL war allerdings mit Abstand das Glanzstück seiner Sammlung. Voller Stolz hatte er ihn in den letzten Tagen von allen Seiten bewundert, selbst heute war er mitten in der Nacht aufgestanden, um ihn im Schlafanzug zu betrachten. Gerade eben war er noch kurz vor Toresschluss im Wahllokal gewesen, aber noch während er sein Kreuzchen machte, dachte er schon wieder an den SL. Er hatte seinen Stimmzettel durch den Schlitz in die Box gesteckt und sich dann fast fluchtartig auf den Rückweg zu seiner Scheune in Hirschaid gemacht.

Für den normalen Tagesgebrauch hatte er sich einen 1800er BMW von 1972 zugelegt. Der zählte zwar schon als Oldtimer, aber wenn er den mal an einen Pfosten setzte, würde es nicht die größte aller Katastrophen sein. Mit dem orangefarbenen BMW bog er in die Hofeinfahrt und stellte ihn an seinem Platz neben dem großen Scheunentor ab. Er musste die Rundungen seines neu erworbenen Mercedes einfach wieder in sich aufsaugen. Als er vor der Scheune stand und dabei war, das gesicherte Schiebetor zu öffnen, erfassten seine Augen jedoch etwas sehr Merkwürdiges. An der Holzverkleidung des Tores hing etwas, was da nicht hingehörte. Schurig ließ das Tor geschlossen und schaute sich misstrauisch auf seinem Hof um. Niemand war zu sehen, auch auf der Straße stand kein Auto, von dem aus ihn jemand hätte beobachten können. Der Bauernhof von Roland Schurig lag am Ortsrand von Hirschaid. Er war das letzte Anwesen, bevor die Wiesen begannen.

Er drehte sich wieder um und betrachtete den kleinen Stein genauer, der an einer Art Paketschnur vom Torrahmen herunterhing. Verärgert riss er ihn mit einem kräftigen Ruck vom Tor. Er betrachtete ihn noch einmal, holte weit aus und warf ihn dann mitsamt seiner dämlichen Schnur über den Zaun in die angrenzende Wiese.

»Unverschämtheit«, fluchte er leise. Er war sauer, dass ihm irgend so ein Spaßvogel die Vorfreude auf seinen Oldtimer versaut hatte. Als er sich dem Tor erneut zuwandte, fiel ihm ein, dass er es ja gar nicht abgeschlossen hatte. In seiner Eile, das Wahllokal noch rechtzeitig zu erreichen, hatte er das glatt vergessen. Er war nur eine knappe halbe Stunde weg gewesen, aber sollte es in dieser Zeit etwa jemand gewagt haben, eines seiner Heiligtümer zu berühren oder gar zu beschädigen? Wütend und mit einer dunklen Vorahnung schob Schurig das Rolltor einen knappen halben Meter auf und zwängte sich ins Innere. Seine Hände tasteten sich nach links an der Scheunenwand entlang und betätigten den Lichtschalter. Die Lampen flammten auf, und eine große Erleichterung machte sich in ihm breit. Sein Glanzstück, der Mercedes, schien unversehrt zu sein, genau wie seine anderen Fahrzeuge. Sicherheitshalber stieg er auf die Hebebühne des Lastenaufzuges, um in den oberen Stock zu fahren. Er würde jedes Auto einzeln inspizieren, nicht, dass doch noch irgendwer etwas ausgebaut hatte. Der Aufzug hatte gut die Hälfte der Strecke zurückgelegt, als plötzlich das Scheunenlicht erlosch und der Aufzug stehen blieb. Ein merkwürdiges Gefühl kroch Roland Schurig den Rücken hoch. Das konnte kein Stromausfall sein. Hier war vielmehr Gefahr im Verzug. Seine Vermutung wurde bestätigt, als er sah, wie ein Schatten durch den schmalen Spalt der geöffneten Scheunentür trat.

»Was wollen Sie, wer sind Sie?«, fragte Schurig ängstlich, bekam aber keine Antwort. Im Gegenlicht konnte er das Gesicht der Person nicht erkennen und auch nicht, was sie in der Hand hielt. Panik stieg in ihm auf, er musste irgendwie von der Hebebühne herunter. Verzweifelt schaute er sich um, aber die Höhe war zu groß zum Springen. Wenn überhaupt, dann konnte er nur versuchen, nach oben aufs Dach zu gelangen. Von dort könnte er dann um Hilfe rufen. Er blickte noch einmal zu dem geheimnisvollen Eindringling. Nach der Statur zu urteilen, musste es sich um eine Frau handeln. Sie trat näher an ihn heran. Jetzt konnte er sie besser sehen. Sie lächelte ihm mit einer angsteinflößenden Ruhe zu. Ein verzweifeltes Stöhnen entrang sich seiner Brust, dann drehte Schurig sich um und begann hektisch zu klettern.

Lagerfeld steuerte Haderleins Freelander, während dieser die Adresse in das Navigationssystem eingab.

»Was ist denn jetzt mit diesem Schurig? Warum müssen wir so schnell zu dem hin?«, fragte Lagerfeld.

»Roland Schurig ist der ehemalige Hausmeister vom E.T.A.-Hoffmann-Gymnasium in Bamberg. Ich habe ihn vor Jahren einmal vernommen. Aber das Pikante an diesem Umstand ist die Tatsache, dass Schurig derjenige ist, der Petra Ledang, unser Rollerskelett, das letzte Mal lebend gesehen hat. Und dann taucht er plötzlich als Helfershelfer des Jagdpächters auf den Eierbergen auf? Ich glaube ja an Zufälle, aber nicht an solche. Der Typ steckt so was von mit drin in dieser Sache, da gehe ich jede Wette ein.«

»Okay«, Lagerfeld begriff langsam die Zusammenhänge, »ich würde sagen, das reicht dann wohl ganz sicher für einen Haftbefehl.«

»Allerdings tut es das«, bestätigte Haderlein, während Lagerfeld auf die Autobahn Richtung Nürnberg fuhr und Vollgas gab.

»Wollen wir nicht die Bereitschaftspolizei für die Verhaftung alarmieren?«, fragte Lagerfeld sicherheitshalber nach, aber Haderlein schüttelte nur den Kopf.

»Wir machen das schön leise und unauffällig. Wir haben ja den Vorteil, dass Schurig nicht mit uns rechnet.« In diesem Moment klingelte Haderleins Handy. Er schaute auf das Display und verzog angewidert das Gesicht. »Bitte nicht«, stöhnte er, nahm das Gespräch aber trotzdem an.

»Aha, unser Superfahnder ist also auch am hohen Feiertag im Dienst. Na, das wird ihm der Steuerzahler sicher danken. Vor so viel Einsatz für das Gemeinwohl ziehe sogar ich den Hut.«

Haderlein schloss kurz die Augen, sammelte sich mühsam und öffnete sie wieder. »Siebenstädter. Tun Sie mir bitte einen Gefallen und sagen Sie kurz und knapp, was Sie von mir wollen. Wir sind gerade auf dem Weg zu einer Verhaftung. Also?«

Am anderen Ende entstand eine kurze Pause, dann war ein schwer beherrschtes Schnaufen zu hören, bevor der Leiter der Erlanger Gerichtsmedizin zu einer entrüsteten Entgegnung ansetzte. »Sonst geht's Ihnen aber noch gut, was?«, blaffte der Professor ins Telefon. »Nur, um das mal klarzustellen: Sie wollen etwas von mir wissen, nicht umgekehrt! Meinen Sie vielleicht, ein Mann von meiner Stellung und meinem wissenschaftlichen Rang hätte es normalerweise nötig, an einem Feiertag Untersuchungen, ach, was rede ich, hochspezifische ballistische Versuchsreihen zu machen, die normalerweise erst ab übernächster Woche von irgendwelchen Dilettanten Ihres Mitarbeiterstabes durchgeführt worden wären? Und da kommen Sie jetzt daher und sagen mir, ich soll mich kurz fassen?«

Haderlein war von Siebenstädters Gefühlsausbruch komplett überrollt worden. »Nun, äh, also…«, brachte er heraus.

Der Professor krakeelte derweil einfach weiter. »Ich will Ihnen mal was sagen, Sie und Ihre Fachidioten, Sie wären doch ohne die Erlanger Gerichtsmedizin ein Nichts. Die

Bamberger Polizei mit ihrem allseits bekannten Viertel- bis Halbwissen, die würde doch noch nicht einmal einen Ermordeten finden, wenn der ihnen auf den Kopf fiel. Also, wollen Sie jetzt meine Ergebnisse hören? Sollten Sie sich dazu entschließen, dann gebe ich diese aber vollständig wieder und nicht gekürzt von polizeilichen Gnaden!«

Haderlein resignierte. Er hatte heute wirklich keine Lust darauf, mit dem Professor zu streiten. Außerdem hatte der ja auch bis zu einem gewissen Punkt recht. Er hätte sich mit den Leichen nicht beschäftigen müssen, jedenfalls nicht vor Dienstag.

»Also gut, Professor. Ich habe zwar gerade überhaupt keine Zeit, aber noch weniger Lust, mich mit Ihnen zu duellieren. Deshalb bitte ich Sie jetzt höflich, mich wissen zu lassen, was Sie mir zu sagen haben, ansonsten werde ich mein Mobiltelefon aus dem Fenster werfen. Dann können Sie sich von mir aus mit ein paar Käferchen auf der Wiese oder mit wem auch immer unterhalten, haben wir uns verstanden?« Haderlein hatte sich sehr zusammenreißen müssen.

Doch der Professor war ob der genervten Widerrede des Hauptkommissars gar nicht sauer, im Gegenteil. »Respekt, Haderlein, Sie sind ja tatsächlich satisfaktionsfähig. Ich bin zutiefst erstaunt. Was haben Sie denn erwartet, wie ich reagiere, wenn Sie mir an den heiligen Tagen der Erlanger Bergkirchweih gepfeilte Leichen präsentieren?« Wieder herrschte auf der Erlanger Seite Schweigen, anscheinend erwartete Siebenstädter irgendeine Art von Anerkennung.

Haderlein resignierte. Er würde ihm geben, was er wollte. »Ich danke Ihnen aus tiefster Seele und ausdrücklich für die aufopferungsvolle Arbeit, die Sie seit Jahrzehnten für die Bamberger Polizei leisten und, so hoffe ich, noch weiter leisten werden. Und deshalb bitte ich Sie jetzt auch inständig, mir zu sagen, ob Sie etwas herausgefunden haben, was uns in dem Fall weiterbringt.«

»Geht doch, Haderlein, geht doch«, erwiderte Siebenstädter gönnerhaft.

Haderlein konnte das haifischartige Grinsen des Professors förmlich vor sich sehen und seinen alkoholgeschwängerten Atem riechen. Nur hören konnte er Siebenstädter nicht mehr. »Herr Professor?«, fragte er sicherheitshalber noch einmal.

»Bitte was?«, kam die fragende Antwort sofort zurück.

»Die Fakten, Siebenstädter, jetzt. Ich habe wirklich nicht viel Zeit, bitte, bitte, von mir aus auch mit Sahne obendrauf«, drängelte Haderlein. Sie fuhren bereits durch die Ortsmitte von Hirschaid.

»Aber natürlich, ich habe doch nur noch einmal auf das Zauberwort gewartet.« Doch dann kam der Gerichtsmediziner tatsächlich zur Sache. »Ich werde jetzt alles stichpunktartig zusammenfassen«, begann der Professor in dem ihm eigenen gestelzten Dozierton. »Wir haben es mit vier Menschen zu tun, die nachgewiesenermaßen alle durch Pfeilschüsse getötet wurden. Dabei handelt es sich um eine Frau von etwa dreißig Jahren und um drei Männer ähnlichen Alters. Durch ausführliche Tests am dem Menschen geistig und körperlich sehr ähnlich strukturierten gemeinen Hausschwein konnte ich durch das Messen der Eindringtiefe und den daraus resultierenden Beschädigungen der Knochenstrukturen herausfinden, dass die Pfeile der Schützen eine außerordentlich hohe Durchschlagskraft entwickelt hatten. Ich schätze die Zugkraft auf mindestens sechzig bis siebzig Pfund. Damit scheidet meiner Meinung nach eine Frau als Täterin aus. Wir reden also mit hoher

Wahrscheinlichkeit von einem oder mehreren männlichen Schützen.«

Haderlein hörte aufmerksam zu und machte sich auf einem Block Notizen. Das Handy klemmte er sich zwischen Ohr und Schulter. Lagerfeld gab ihm währenddessen ein Zeichen und deutete auf die andere Straßenseite. Sie waren am Ortsende von Hirschaid an einem Bauernhof angelangt. Haderlein warf einen kurzen Blick zu dem Haus und zu der Scheune hinüber, deren Tür leicht offen stand, und gestikulierte zurück. Lagerfeld sollte noch sitzen bleiben. Er wollte zuerst abwarten, was Siebenstädter zu sagen hatte. Im Moment passierte da drüben auf dem Grundstück ja sowieso nichts.

»Was soll der Scheiß?«, rief Schurig in seiner Hilflosigkeit, während er verzweifelt versuchte, die etwa zwei Meter bis zur nächsten Ebene zu erklimmen. Doch schon nach wenigen Sekunden erkannte er, dass das Unterfangen aussichtslos war. Er würde es niemals schaffen.

»Ich kenne dich«, sagte die Frau mit den blonden Haaren.

In seiner Panik registrierte Schurig den Inhalt des Gesagten nicht. Er drückte sich an die Rückwand des Aufzuges und überlegte fieberhaft. Dann kam ihm plötzlich eine Idee. Er bückte sich, um einen seiner schweren Werkstattschuhe auszuziehen, als im gleichen Augenblick dort, wo sich gerade eben noch sein Oberkörper befunden hatte, ein Pfeil an der metallenen Rückwand der Hebebühne zersplitterte.

Für einen Sekundenbruchteil war er irritiert, dann hatte er den Schuh von seinem Fuß gezogen und ihn mit aller Kraft, die er als über Sechzigjähriger noch aufbieten konnte, in Richtung des großen Fensters geworfen, das sich schräg über ihm an der Scheunenrückseite befand. Durch die Masse und die Wucht des geworfenen Schuhs zersprang das Glas des Fensters mit hellem Klirren und löste damit die Alarmanlage aus, die durch einen separaten Stromkreis gespeist wurde. Sofort war in der Scheune das laute Heulen einer Sirene zu hören und eine nicht sehr helle, aber ihren Zweck erfüllende Notbeleuchtung sprang an. Schurig ging sofort wieder in die Hocke, bevor er sich ganz langsam erneut etwas aufrichtete und triumphierend zu dem weiblichen blonden Eindringling nach unten schaute. Wahrscheinlich würde die Tussi jetzt rennen, was das Zeug hergab.

»Bei Ihrem getöteten Heiratswilligen vom Staffelberg bin ich jedoch erstaunlicherweise zu ganz anderen Ergebnissen gekommen, Haderlein«, ging Siebenstädter nun zu dem Mordopfer jüngeren Datums über. »Erstens war der verwendete Pfeil von anderer Bauart und zweitens die Eindringtiefe des Geschosses bei Weitem nicht so groß. Der Pfeil hat keinen einzigen Knochen touchiert und es gerade mal geschafft, den Brustkorb zu durchdringen und das Hemd des Toten leicht zu beschädigen. Durch meine umfassenden Testreihen am gemeinen fränkischen Hausschwein konnte ich für diesen Bogen eine maximale Zugkraft von achtundzwanzig Pfund ermitteln. Das ist weniger als die Hälfte dessen, was bei Ihrem Mörder in der Vergangenheit der Fall war. Meiner maßgeblichen Meinung nach könnte das geringere Zuggewicht unter Umständen auf einen weiblichen Schützen hindeuten. Ich betone, es könnte darauf hindeuten, muss es aber nicht. Bei sämtlichen Leichen wiederum konnte ich anhand der Proben aus dem Körper, soweit noch vorhanden, keinerlei verdächtige Ergebnisse ermitteln, keine Gifte, keine sonstige erkennbare Gewalteinwirkung. Also können wir fürs Erste daraus schließen, dass die entsprechenden Menschen unmittelbar und ausschließlich an den Folgen der Pfeilschüsse gestorben sind.«

Haderlein notierte alles fleißig mit, während Lagerfeld die Scheibe heruntergelassen und seinen Kopf mit dem dünnen Zopf an den Fensterrahmen gelehnt hatte, um den Bauernhof gegenüber zu beobachten. Es tat sich nicht das Geringste, bis plötzlich aus Richtung der Scheune der laute und schrille Ton einer Alarmsirene zu hören war. Haderlein schaute verblüfft von seinen Notizen auf, während Lagerfeld sich seinen Kopf so unsanft am Rahmen stieß, dass ihm beinahe seine geliebte Sonnenbrille heruntergefallen wäre.

Haderlein schaffte es gerade noch, ein »Sorry, Siebenstädter, wir müssen!« ins Handy zu rufen, dann zog er seine Waffe und öffnete zeitgleich mit Lagerfeld die Wagentüren. Sie rannten erst über die Straße, dann über den Hof, vorbei an einem orangefarbenen alten BMW bis zur geöffneten Scheunentür. Beiläufig bemerkte Haderlein, dass der Schlüssel zu der schweren Tür sogar noch im Schloss steckte. Von drinnen war nur das infernalische Sirenengeheul zu hören.

Lagerfeld brüllte mehrmals »Achtung, Kriminalpolizei, kommen Sie heraus!«, aber der Alarm war so laut, dass niemand im Inneren der Scheune Lagerfelds Geschrei verstanden hätte. Haderlein gab seinem Kollegen ein Zeichen, dass dieser links um das Haus herumgehen und nach einem eventuellen Hintereingang suchen sollte. Lagerfeld verschwand, während Haderlein innerlich bis zehn zählte, bevor er mit vorgehaltener Dienstwaffe in die Scheune stürmte. Er ging auf die Knie, um die direkte Umgebung zu sichern, sah aber niemanden – nur Oldtimer, die jeden Quadratzentimeter der Scheune bedeckten. Haderlein drückte sich an die Scheunenwand und bewegte sich vorsichtig nach links, von wo das Sirenengeheul herkam. Er hatte kaum zwei Schritte in die Richtung gemacht, als hinter ihm das Tor zugeschoben wurde. Sofort drehte er sich um und eilte zurück, doch es war zu spät. Von außen wurde der Schlüssel umgedreht, dann hörte er die Schritte einer davonrennenden Person. Sekunden später drang das Schlagen einer Autotür an sein Ohr, und als er den Motor des BMW draußen aufheulen hörte, wusste er, dass sie verarscht worden waren. Er trat noch immer wütend gegen das verschlossene Scheunentor, als Lagerfeld von der Rückseite der Scheune auf ihn zugelaufen kam. Er hatte anscheinend einen Hintereingang gefunden.

»Siebenstädter hat recht, wir sind Idioten!«, brüllte ihm Haderlein durch das Sirenengeheul zu. Doch Lagerfeld hatte ob des Lärms nichts verstanden und schaute ihn nur fragend an. Haderlein zog den Kopf seines jungen Kollegen heran. »Idioten! Wir sind Idioten!«, schrie er ihm ins Ohr, hob dann wütend seine Waffe und schoss zweimal gezielt auf die knallrote Sirene an der Scheunenwand, bis von ihr nur noch ein erbärmliches Krächzen zu hören war.

In den Ohren der beiden Kommissare klingelte es trotz der plötzlichen Stille weiter. Lagerfeld hatte zwar keine Ahnung, wie viel Dezibel die Sirene gehabt hatte, aber eins war sicher: Ein startender Airbus A 380 war ein Dreck dagegen. Sie rieben sich simultan die Ohren, doch Haderlein schaffte es dabei sogar noch, eine Fahndungsmeldung nach einem orangefarbenen BMW älterer Bauart an Honeypenny durchzugeben. Dann wurde aus dem Klingeln in seinem Ohr allmählich ein Rauschen und aus dem Rauschen eine Art Stöhnen. Als ob die eustachische Röhre im Ohr mitsamt Hammer und Amboss verzweifelt um Hilfe rufen wollte, es aber nicht konnte. Lagerfeld bemerkte als Erster, dass das Stöhnen gar nicht im Inneren seines Gehörs, sondern von externer Angelegenheit war. Angestrengt lauschend versuchte er die Geräuschquelle zu lokalisieren, als er etwas entdeckte. Von der Hebebühne der Scheune, die etwa zur Hälfte nach oben gefahren war, hing vorn ein Arm herunter, von dem es blutig tropfte. Oberhalb des Armes schauten ihn die verzweifelten Augen eines älteren Mannes an, in dessen Kopf fatalerweise ein Pfeil steckte. Der Anblick, welcher sich Lagerfeld in diesem Moment bot, war derart fremdartig, dass er für eine Sekunde außerstande war zu reagieren. Erst als sich die Augen des Mannes bewegten und wieder das dumpfe Stöhnen zu hören war, setzte Lagerfeld sich in Bewegung.

»Franz, einen Krankenwagen, schnell!«, schrie er und spurtete in Richtung Scheunenmitte. Auch Haderleins Gehirn brauchte einen Moment, um die Situation zu erfassen, dann aber flogen seine Finger über die Tasten des Mobiltelefons.

Die Boeing hatte Atlanta bereits mehrere Flugstunden hinter sich gelassen, Zeit, die Byron Gray genutzt hatte, um sich noch einmal eingehender mit der Gesamtsituation zu befassen. Seiner Fernanalyse zufolge hatten die Irren in Europa auf eigene Faust gehandelt und über Jahre hinweg ihre ganz persönliche Jagd veranstaltet. Das war wohl lange Zeit gut gegangen, aber jetzt war jemand ihrem Hobby auf die Spur gekommen. Jemand, der dieses Hobby nicht für gut befunden hatte, sodass nun die Jäger zu Gejagten geworden waren. Dumm gelaufen. Byron Gray musste bei dem Gedanken an den so offensichtlichen Dilettantismus lächeln. Nun gut, damals hatte er allen Beteiligten seiner Ausbildung klargemacht, dass spätere Eigenmächtigkeiten dazu führen würden, dass irgendwann irgendwer bei ihnen auftauchte, um sie zur Rechenschaft zu ziehen. Und dabei hatte er nicht an die Polizei gedacht, sondern an sich persönlich. Code Red.

Sein Handeln erfolgte aus purem Selbsterhaltungstrieb. Sollten seine Auftraggeber, die diese sehr spezielle Jagdausbildung bei ihm in den Smoky Mountains finanzierten, von den Kalamitäten in Europa Wind bekommen, wäre er fällig. Das war so sicher wie das gesungene Amen in einer presbyterianischen Kirche.

Um das zu verhindern, würde er alle Beteiligten finden und sämtliche Spuren, die zu ihm führen konnten, beseitigen müssen. Immerhin hatte er alle Namen, die er brauchte, und einen Zeitpunkt sowie einen Ort, an dem er sie alle antreffen würde. Das Einzige, was ihm fehlte, war der Name des geheimnisvollen Bogenschützen, der seit Kurzem als Rächer sein Unwesen trieb. Vielleicht würde es noch etwas dauern, aber fest stand, dass er auch ihn finden würde. Soweit er das überblickte, war die Zahl der Menschen mit einem möglichen Motiv doch sehr begrenzt.

Wenn er in Frankfurt gelandet war, würde er sich am Flughafen ein Hotelzimmer nehmen. Von dort aus konnte er alles organisieren, und am nächsten Tag würde er dann Joe aufsuchen und sich mit ihm über die Sache in allen Einzelheiten austauschen. Natürlich wusste Joe noch nicht, dass auch er sterben würde. Entweder durch den geheimnisvollen Bogenschützen oder durch ihn, durch Byron Gray. Eigentlich war alles gar nicht so kompliziert. Er verspürte Lust auf einen Kaffee und winkte eine der Stewardessen zu sich, die für die Businessklasse zuständig waren.

Lagerfeld hatte den kleinen Umweg über die Balkenkonstruktion der Scheune genommen, sodass er von oben auf die breite Fläche der Hebebühne springen konnte. Was er dort sah, hatte definitiv Potenzial für einen Horrorfilm. Ein älterer Mann mit grauschwarzen Haaren und einem kurzen, struppigen Vollbart lag bäuchlings auf der Rampe. Sein linker Arm sowie der Kopf hingen nach unten, aus Letzterem ragte die blutige Spitze eines Pfeiles heraus. Der Mann war von Kopf bis Schulter blutverschmiert. Nicht gerade das ideale Motiv für ein Stillleben, zudem bewegte sich der Alte noch. Ob man die willkürlichen Zuckungen allerdings noch als Leben bezeichnen konnte, war fraglich. Trotzdem, wenn der Mann sich noch bewegte, könnte man ihn vielleicht noch retten. Der Krankenwagen musste ja gleich hier sein.

Lagerfeld zog Schurig ein wenig auf die Plattform zurück, ansonsten ließ er die Finger von dem Mann. Er hatte keine Ahnung, wie er mit dem Pfeil umgehen sollte, der vorn und hinten aus dessen Kopf ragte. Wenn er den Mann berührte, würde er dessen Situation womöglich nur verschlimmern.

Haderlein rannte durch die Hintertür hinaus und um das Anwesen herum, um von außen die Scheunentür aufzuschließen. Sie hatten sich von dem Sirenengeheul derartig ablenken lassen, dass der – oder die – Täter sie wie die letzten Idioten hatte einschließen können. Eigentlich unfassbar. Haderlein hatte wenig Hoffnung, den Flüchtigen im BMW trotz sofort eingeleiteter Fahndung noch zu erwischen.

Er fluchte innerlich, weil genau das eingetreten war, was er befürchtet hatte. Der Unbekannte arbeitete überaus schnell. Dabei war es doch reiner Zufall gewesen, dass sie gerade jetzt auf Schurig gekommen waren. Lediglich einem rigorosen Anwalt aus München, der Georg Fiesder die Leviten gelesen hatte, war es zu verdanken, dass dieser mit dem Rest der Wahrheit noch herausgerückt war. Und trotzdem war der Fremde schneller gewesen. Haderlein hatte inzwischen den Sicherungskasten gefunden und ließ die Hebebühne langsam nach unten fahren.

Der Kriminalhauptkommissar schaute zu Lagerfeld, der Schurig jetzt doch angefasst hatte und ihm den Puls fühlte. Wo zum Teufel blieb nur der Krankenwagen? Endlich, nach schier endlosen Minuten, fuhr der Wagen des Notarztes auf den Hof. Beim Anblick Schurigs bat der Mediziner die Beamten, nach einer Zange oder Ähnlichem zu suchen. Haderlein wurde relativ schnell in der Autowerkstatt fündig, sodass der Notarzt den dünnen Pfeil vorn und hinten abschneiden konnte. Somit war er wenigstens in der Lage, Schurigs Kopf wieder in seine natürliche Position zu drehen.

Kurz darauf kam auf dem Hof auch ein Krankenwagen zum Stehen, Türen schlugen, dann rannten zwei Sanitäter mit einer Trage in die Scheune.

Lagerfeld und Haderlein wurden nun endgültig ihrer Hilfe entbunden und konnten nur noch mitansehen, wie Schurig aus der Scheune getragen wurde. Noch einmal schlugen die Krankenwagentüren, dann sprang der Motor an, und sie waren wieder allein.

Keiner der beiden sagte ein Wort.

»So kann das nicht weitergehen«, brach Lagerfeld schließlich das Schweigen. »Ich weiß zwar, dass seit dem

Mord gestern auf dem Staffelberg gerade mal eineinhalb Tage vergangen sind, aber dafür ist in dieser Zeit zu viel passiert, wenn du mich fragst. Was ist bloß aus dem guten alten Pfingstfest geworden?«, philosophierte Bernd Schmitt, während Haderleins Gedanken hin und her rasten.

Doch Lagerfeld hatte recht. Ihnen ging langsam die Zeit aus. Eine solch drastische Eskalation der Ereignisse hatte er noch nie erlebt. Irgendwer schien hier auf einem Rachefeldzug zu sein, bei dem die ehemals Schuldigen zu Opfern wurden. Aber für sie gab es keine andere Möglichkeit, als weiterhin systematisch vorzugehen.

»Ich versuche jetzt mal diesen Irrlinger beziehungsweise den Grosch zu finden, die müssen uns ja auch noch einige Fragen beantworten.« Auch Haderleins jüngerer Kollege hatte anscheinend Überlegungen in dieselbe Richtung angestellt. »Würde mich doch sehr wundern, wenn ich die Herren nicht in der Bamberger Konzerthalle finde. In wenigen Minuten ist es achtzehn Uhr, dann wird die erste Prognose verkündet.«

»Und wenn sie dir auch nur den geringsten Anhaltspunkt liefern, Bernd, dann nimm sie mit. Wie ich Fidibus einschätze, wird er dich in dieser Angelegenheit mit Sicherheit unterstützen.«

Lagerfeld nickte und erhob sich zusammen mit Haderlein von der Hebebühne, auf deren Kante sie nach Schurigs Abtransport gesessen hatten.

»Ich für meinen Teil werde meinem alten Fall durchgehen, vielleicht bringt mir das ja die nötige Eingebung.« Haderlein überließ Lagerfeld seinen Landrover und rief Honeypenny an. Sie sollte ihm einen Streifenwagen schicken, der ihn nach Bamberg zurückbrachte, und außerdem herausfinden, wer der Jagdpächter und zugleich Roland Schurigs Auftraggeber oben auf den Eierbergen gewesen war. Die genaue Rolle, die Schurig gespielt hatte, lag zwar immer noch im Dunkeln, trotzdem war sonnenklar, dass der Mann bis zur Halskrause im Dreck steckte. Der unbekannte Schütze schien das ebenso gesehen zu haben, sonst hätte er Schurig in Ruhe gelassen. Haderlein unterbrach seine Gedanken, als der Wagen der Bamberger Bereitschaftspolizei vorfuhr. Auf der Dienststelle würde er in Lagerfelds Auto umsteigen. Der altgediente Kommissar riss sich zwar nicht gerade um das rote Cabrio seines jungen Kollegen, aber im Zweifelsfall war Auto immer noch Auto.

Vorher musste er aber noch einmal Honeypenny anrufen. Haderlein begann in seinen Taschen nach dem Handy zu graben.

»Nur zu Ihrer Information, Herr Haderlein, grad sind die ersten Hochrechnungen gekommen«, sagte der Polizist, der vorn auf dem Beifahrersitz hockte. »Des wird fei echt eng. Angeblich isses ziemlich fifty-fifty.« Auffordernd schaute er Haderlein an. Anscheinend erwartete er, dass dieser sich irgendwie zum vermutlichen Wahlausgang äußerte. Doch der Blick, den Haderlein dem Polizisten zurückwarf, ließ diesen sich auf der Stelle wieder umdrehen und schweigend zum Seitenfenster hinaussehen. Inzwischen hatte Haderlein auch sein Handy wiedergefunden und tippte die Kurzwahl für die Dienststelle ein. Einen Moment später hatte er eine aufgeregte Honeypenny in der Leitung.

»Gut, dass du noch mal anrufst, Franz. Weißt du schon, was passiert ist?«

Sofort hörte Haderlein genauer hin. Hatten sie in den

357

letzten Minuten womöglich etwas Wichtiges herausgefunden? »Nein, Honeypenny, was gibt's denn?«

»Na, die Abstimmung. Die haben eine erste Hochrechnung, es steht fifty-fifty. Das wird total eng.« Ein fiebriger Ton lag in ihrer Stimme.

Haderlein umkrampfte sein Handy und war zutiefst dankbar für den Umstand, dass er während seiner Polizeiausbildung irgendwann einmal einen Yogakurs absolviert hatte. Jetzt war wieder mal so ein Moment, in dem man derartiges Wissen anwenden konnte.

»Franz, bist du noch dran?«, fragte Marina Hoffmann besorgt.

Haderlein beschloss, sich yogakonform auf sein Ermittlungs-Chakra zu konzentrieren. »Honeypenny, hättest du vielleicht die Güte, mir die Adresse der Zeugen meines damaligen Mordfalls in Scheßlitz mitzuteilen? Du weißt schon, von Claudia Bühner oder Büchler, oder wie auch immer die damals geheißen hat. Und von der Tochter des Mordopfers. Sie hieß, wenn ich mich nicht täusche, Franziska. Wir hatten für den Fall eine Akte angelegt. Die Frau wohnte damals in Scheßlitz.« Er schaute aus dem Wagenfenster, während er auf Honeypennys Antwort wartete. Sie hatten gerade die Bamberger Stadtgrenze erreicht, als Honeypenny sich zurückmeldete.

»Du, Franz, da bist du jetzt aber ein bisschen durcheinandergeraten. Eine Frau Büchler und eine Franziska sind nämlich zwei Zeugen von eurem Mordfall gestern auf dem Staffelberg. So sagt es mir zumindest der Computer«, sagte Honeypenny besserwisserisch.

»Was soll das heißen, sie sind Zeugen vom Staffelberg?« Haderlein konnte seiner Sekretärin nicht mehr folgen. Irgendetwas passte hier nicht zusammen, oder aber seine

Yogakenntnisse hatten auf ganzer Linie versagt und er litt bereits unter logischen Aussetzern.

Am anderen Ende der Leitung war erst ungeduldiges Schnaufen, dann Honeypennys betont mitleidige Stimme zu hören. »Dann noch einmal für dich zum Mitschreiben, Franz. Ihr habt gestern auf dem Staffelberg zwei Frauen als Zeugen vernommen, auf die die zwei Namen passen. Sie waren unter den Wanderern. Aber das war wohlgemerkt gestern auf dem Staffelberg, nicht vor Urzeiten in Scheßlitz, Mister Total Zerstreut.«

Haderlein versuchte verzweifelt die Worte zu begreifen. Wie sollten denn eine Frau Büchler und eine Franziska zu dem Mord auf dem Staffelberg passen? »Sag mir noch einmal die vollständigen Namen der beiden Zeugen von gestern. Das kann ja auch bloß ein blöder Zufall sein.« Haderlein war genervt. Diskussionen wie diese hielten ihn bloß auf.

»Ein bisschen anders hießen die schon. Franziska Büchler und Claudia Fraas. Laut deinem eigenen Vernehmungsprotokoll sind beide gestern den Berg hinaufgewandert und in der Hochzeitsgesellschaft gelandet.«

Haderlein fühlte sich nicht mehr in der Lage, sich auf das zu konzentrieren, was ihm seine resolute Sekretärin da soeben mitgeteilt hatte. Das musste er von Angesicht zu Angesicht mit ihr im Büro klären. Im Moment schwebten noch die gefundenen Skelette und vor allem Roland Schurig an seinem inneren Auge vorbei. Immer wieder musste er an die verstörenden Zuckungen des Opfers des neuen Mordversuches denken.

»Hat es dir die Sprache verschlagen? Ich schau mal, was ich über die beiden rausfinden kann, bis du wieder da bist«, bot sich Honeypenny an. Ihr war die plötzliche Stille Haderleins nicht ganz geheuer.

»Mach das, dauert nur noch zehn Minuten.« Haderlein legte frustriert auf und rieb sich mit der rechten Hand die Stirn. Wozu hatte man nur Angestellte, wenn die einem auch nicht weiterhelfen konnten?

In der Bamberger Konzerthalle war der Tag nach der großen Debatte relativ friedlich verlaufen. Nachdem sich der rhetorische Pulverdampf gelegt hatte, war in das kollektive fränkische Bewusstsein die Erkenntnis eingesickert, dass ihre am Tag zuvor vorgelebte Debattenkultur in den Medien vielleicht nicht ganz so positiv rübergekommen war wie erhofft. Also hatte sich die fränkische Schwarmintelligenz zu einer sofortigen und gewissen Büßerhaltung durchgerungen und beschlossen, am heutigen Wahltag ein braves und makelloses Bild patriotischer Einheit abzugeben. Jeder war nun damit beschäftigt, die Zeit bis zur ersten Prognose und der darauf folgenden Hochrechnung am Abend ohne größere Katastrophen totzuschlagen. Im Foyer der Bamberger Konzerthalle hatte man sich den Tag mit belegten Brötchenhälften und leichten alkoholischen Getränken vertrieben.

Als der Abend nahte und damit auch die Stunde der Entscheidung, begann sich das Gebäude zu füllen. Bald schon war die Konzerthalle vollgestopft mit Menschen, die sich berufen fühlten, bei diesem historischen Moment dabei zu sein. Franken, Freunde, aber vor allem Fernsehmenschen jeglicher Couleur samt Equipment. Das Frankenfernsehen aus Nürnberg hatte eine Leinwand vor der großen Orgel installiert und berichtete schon seit den frühen Morgenstunden in Liveschaltungen. Nur Vertreter aus den anderen bayerischen Landesteilen suchte man hier vergeblich. Bis auf ein paar vereinzelte Sympathisanten aus der Oberpfalz und einem Allgäuer war niemand von den Landtagsabgeordneten erschienen, von Entscheidungsträgern der CSU aus der Staatskanzlei ganz zu schweigen. Die Abstimmung der Franken wurde vom Süden des Freistaates großzügig ignoriert, nachdem sie monatelang lautstark missbilligt worden war. Ministerpräsident Teichhuber hielt in diesem Moment sogar demonstrativ eine Kabinettssitzung ab, doch natürlich würde auch er gebannt in die Mattscheibe schauen, wenn die ersten Ergebnisse verkündet wurden. Außerdem würde er sich später zum Ergebnis der Wahl äußern müssen, egal, wie diese ausfiel. Angekündigt hatte er, dass er fränkischen Boden und somit auch die Bamberger Festhalle erst wieder betreten würde, wenn klar war, dass Franken bayerisch bleiben würde.

Auch Manfred Zöder war auf dem Parkett zu finden. Er unterhielt sich gerade mit einer kleinen Gruppe fränkischer Abgeordneter aus dem württembergischen Hohenlohe, als ihn jemand von hinten auf die Schulter tippte. Er drehte sich in der Erwartung um, zum wiederholten Mal die intelligente Frage eines Journalisten nach seiner Wahlprognose beantworten zu müssen. Stattdessen stand ein leicht verlotterter Typ mit Sonnenbrille und Zopf vor ihm. Die Jeans des Mannes steckte in Cowboystiefeln, die farblich auch nicht mit viel gutem Willen mit der abgetragenen, speckigen Lederjacke korrespondieren wollten. Die modische Ausfallerscheinung hielt ihm einen Dienstausweis der Bamberger Kriminalpolizei unter die Nase.

»Sind Sie der Obermacker hier?«, fragte Lagerfeld, nachdem er über etliche Umwege endlich an Zöder verwiesen worden war. Irrlinger und dieser Grosch waren nicht auffindbar, also würde er sich an den nächsten in der Hackordnung wenden, an den abtrünnigen Ex-CSUler, der mit unwilligem Gesichtsausdruck vor ihm stand.

»Wenn Sie es so nennen wollen, Herr Kommissar Schmitt, dann bin ich hier im Moment zuständig, ja. Worum geht's denn?«

Lagerfeld konnte bei dem Mann keinerlei Überraschungstendenzen erkennen, von Schuldbewusstsein ganz zu schweigen. Aber das hatte er auch gar nicht erwartet. Schließlich war er eigentlich hier, um Irrlinger zu der Telefonnummer zu befragen, die sie in dem verscharrten und verrosteten Roller gefunden hatten. »Ich suche Ihren Vorsitzenden, Herrn Irrlinger. Ersatzweise würde ich auch mit seinem Schatten, Herrn Grosch, vorliebnehmen. Angeblich weiß niemand, wo sich die Herren herumtreiben, aber Sie können mir doch bestimmt weiterhelfen, nicht wahr?« Lagerfeld grinste Zöder an wie einen frisch Verhafteten, dem er gleich die offensichtliche Wahrheit entlocken würde.

Doch der Politiker war nicht so leicht zu beeindrucken. Wenn er vor etwas Angst hatte, dann bestenfalls vor den eigenen Parteigenossen, aber ganz bestimmt nicht vor der Bamberger Polizei. »Leider kann ich Ihnen da auch nicht weiterhelfen, Herr Kommissar. Gerhard hat sich an einen geheimen Ort zurückgezogen. Er wird erst wieder in der Öffentlichkeit erscheinen, wenn das Ergebnis einigermaßen sicher ist. Bis dahin möchte er nicht gestört werden. Ich nehme an, Werner Grosch ist bei ihm, was auch seine Abwesenheit erklären würde. Ist es denn so wichtig?« Zöder betrachtete den für den historischen Moment reichlich unpassend gekleideten Kommissar mit unverhohlener Abneigung.

»Das ist es in der Tat. Vielleicht hätten Sie ja die Güte,

Ihren Vorsitzenden einmal anzurufen? Ich würde dann in seinem geheimen Versteck vorbeikommen und die Sachen mit ihm klären, die ich zu klären habe.« Lagerfeld verschränkte die Arme und schaute Zöder an, ohne mit der Wimper zu zucken. Alles an ihm signalisierte gänzliche Kompromisslosigkeit sein Anliegen betreffend.

Zöder schwante, dass er den Kerl nicht loswerden würde, bis er Irrlinger nicht beigebracht oder sonst wie kontaktiert hätte. Nun denn, im Augenblick hatte er weiß Gott andere Sorgen. Er holte sein Mobiltelefon aus der Jacke. »Warum wollen Sie Gerhard Irrlinger überhaupt sprechen?«, fragte er beiläufig, während er die letzten Ziffern tippte.

»Ich will ihn verhaften«, sagte Lagerfeld trocken.

Zöder hielt sich das Telefon bereits an sein Ohr und verkniff sich einen bösen Kommentar zu dem blöden Scherz. »Tut mir leid, Herr Kommissar, da geht keiner ran«, sagte er nach vergeblichem Warten. »Wie schon gesagt, ich kann Ihnen nicht weiterhelfen. Wenn Sie ihn heute unbedingt noch sprechen wollen, müssen Sie wohl warten, bis er hier später auftaucht.« Zöder steckte das Mobiltelefon wieder weg.

Lagerfeld überlegte kurz. »Sagen Sie, die Snacks und der Prosecco, die hier überall rumstehen, sind die eigentlich alle kostenlos?«, fragte er, während er sich prüfend umschaute.

Zöder hatte keine Ahnung, worauf der Kommissar jetzt schon wieder hinauswollte. War er womöglich vom Ordnungsamt geschickt worden? »Ja, das alles ist heute kostenlos, lauter Spenden von Freunden der fränkischen Sache, wenn Sie es genau wissen wollen. Wein aus Würzburg, Schafswurst aus der Rhön, und dort hinten gibt's sogar Salzdillgurken aus Bad Rodach.«

Aber Lagerfeld hob schon beschwichtigend die Hände. »Nein, kein Problem, ich wollte ja gar nicht wissen, wo Sie das alles herhaben, ich hab nur Hunger, aber keinen Geldbeutel dabei. Aber wenn das alles kostenlos ist, werde ich hier halt so lange auf Herrn Irrlinger warten, wie's notwendig ist. Danke für die Mühe, Herr Zöder, und«, er klopfte dem verwunderten Politiker aufmunternd auf die Schulter, »viel Glück mit der Unabhängigkeit, wird schon klappen.« Dann drehte sich Lagerfeld um und mischte sich umgehend unter das anwesende fränkische Volk.

Als Haderlein das Büro betrat, kam ihm Fidibus mit besorgtem Blick entgegen. »Ja, sag einmal, Franz, was ist denn da bei euch in Hirschaid los gewesen? Man hört ja ganz schreckliche Sachen.«

»Allerdings, Chef, allerdings. Das muss ich auch erst einmal verdauen. Jedenfalls waren wir unserem unsichtbaren Schützen dicht auf den Fersen. Wäre dieser Fiesder mit seinem Staranwalt nur eine Stunde früher aufgetaucht, dann... Wo ist der Depp überhaupt?« Haderlein war überlastet, sauer und unzufrieden. Wegen Fiesders Ignoranz lag jetzt sehr wahrscheinlich ein wichtiger Zeuge im Sterben, und sie waren in eine ziemlich gefährliche Situation geraten. Hätte er Bauunternehmer Fiesder in diesem Moment habhaft werden können, dann gnade ihm Gott.

Der Fall zerrte wirklich an Haderleins Nerven. Er war anders als normal und sehr kompliziert. Dichte Nebel hingen noch immer über den Morden, nur sehr mühsam brachten sie etwas Licht in das Dunkel. Und wenn Haderlein dann mal hoffnungsfroh war, wurde der Zeuge umgehend mittels Kopfschuss niedergestreckt. Die vergangenen vierundzwanzig Stunden waren die mit Abstand ereignisreichsten, die er in seiner bisherigen Laufbahn erlebt hatte. Es war wirklich unglaublich. Erst gestern Mittag hatten sie den Mordfall Josef Simon aufgenommen, und jetzt, einein- halb Tage später, war der Teufel los – und das war noch nicht einmal übertrieben.

»Herr Fiesder hat uns mit seinem Anwalt vor Kur- zem verlassen«, beantwortete Robert Suckfüll Haderleins Frage. »Allerdings nicht, ohne seine Aussage zu unter- schreiben.« Zufrieden wedelte Suckfüll mit den Papieren herum. »Kann ich noch irgendetwas für Sie tun?« Seine Stimme war voll ehrlicher Anteilnahme. Ihm war nicht entgangen, dass sein erfahrener Kommissar niedergeschla- gen wirkte.

Doch Haderlein winkte nur ab und ließ sich in seinen Sessel fallen. Er brauchte eine Pause, um nachzudenken, doch die wurde ihm nicht gewährt. Sein Handy klingelte.

»Servus, Franz«, meldete sich Lagerfeld. Er schien gelös- ter Stimmung zu sein und wirkte nicht gerade so, als hätte er dramatische Neuigkeiten von dringlicher Wichtigkeit zu verkünden. »Ich bin gerade in der Konzerthalle, aber der Irrlinger ist nicht da, und es weiß auch sonst keiner, wo er sich aufhält. Mit dem Grosch verhält es sich genauso. An- rufen funktioniert auch nicht. Hab's schon versucht, aber da geht keiner ran.«

Enttäuscht seufzte Haderlein auf. War ja klar, das wäre ja auch zu schön gewesen. Doch Lagerfeld schien noch Ge- sprächsbedarf zu haben.

»Nicht traurig sein, Franz, es gibt schließlich auch posi- tive Nachrichten!«

»Ach ja? Und welche?« Haderlein richtete sich kerzen- gerade auf. Das hätte er seinem jungen Kollegen in dieser Situation gar nicht mehr zugetraut.

»Na, die Wahl, das ist ganz schön knapp. Im Fernsehen sagen sie grad, es stehe fifty-fifty.«

Für einen Moment herrschte Stille in der Leitung. Als Lagerfeld nachfragen wollte, ob Haderlein noch dran sei, hörte er nur dessen schwerlich beherrschte Stimme. »Bernd, du schwingst jetzt deinen oberfränkischen Arsch hierher in die Dienststelle. Und zwar zackig, sonst raucht's!« Er beendete das Gespräch und pfefferte sein Mobiltelefon auf den Schreibtisch, dass es nur so knallte. Wahrscheinlich hätte er das gute Teil auch noch aus dem Fenster geworfen, hätte Honeypenny an ihrem Schreibtisch nicht erstaunt ausgerufen: »Komm mal her, Franz!«

Kritisch schaute Haderlein zu Marina Hoffmann hinüber. Er konnte jetzt wirklich keine weiteren Belanglosigkeiten ertragen. Was er brauchte, waren handfeste Erfolgserlebnisse.

»Ist es wichtig?«, fragte er sicherheitshalber.

»Ob das wichtig ist?«, echote Honeypenny. »Keine Ahnung, schau's dir halt selbst an.« Sie drehte den Computerbildschirm etwas auf die Seite, während Haderlein zu ihr herüberkam.

Seine misstrauische Einstellung wandelte sich in dem Moment, in dem er erkennen konnte, was Honeypenny da im Internet gefunden hatte. In einer Wiese stand eine Frau, die einen teuer aussehenden Wettkampfbogen in der Hand hielt. Breit lächelnd nahm sie eine Urkunde entgegen.

»Wer ist das?«, fragte Haderlein. Die Frau kam ihm bekannt vor.

»Eine gewisse Franziska Büchler bei den deutschen Meisterschaften im letzten Jahr. Letzter Wohnort in Deutschland war Scheßlitz, zurzeit scheint sie in den USA zu leben.«

Haderlein starrte auf das Gesicht der jungen Frau und

nahm Honeypenny die Maus aus der Hand. Er klickte zweimal, dann war das Gesicht der frisch gebackenen Deutschen Meisterin der Bogenschützen groß auf dem Bildschirm zu sehen. Franziska Büchler hatte überlegen mit neuem Europarekord gewonnen.

»Das ist sie«, sagte Haderlein sofort, und seine Stimme wurde kalt. »Die Frau hat gestern in der Staffelbergklause gesessen. Angeblich war sie wandern und nur zufällig da.«

»Warte mal.« Honeypenny rief eine neue Seite auf. »Da gibt es noch einen Wikipedia-Eintrag über sie. Siehst du? Hier steht's.«

Endlich hatte Haderlein die Offenbarung gefunden, nach der er so lange gesucht hatte.

»Franziska Büchler, geborene Groh aus Bamberg. Nahm den Namen ihrer Pflegemutter Claudia Büchler an, nachdem sie von ihr adoptiert wurde. Seit Kurzem Studium der Biologie an einer renommierten Universität in den USA. Zweite der internationalen US-Meisterschaften der Bogenschützen in der olympischen Distanz sowie Deutsche Meisterin mit neuem Europarekord im letzten Jahr.«

»Hast du auch etwas über Claudia Fraas gefunden?«, fragte Haderlein, dessen Gehirnwindungen bereits vor Arbeitseifer glühten.

»Nicht wirklich viel. Nur ihre Facebook-Seite.«

Haderlein nickte. Er wusste zwar noch immer nicht genau, was Facebook eigentlich war und was man dort sollte, aber wenn dieser Zirkus ihm Informationen lieferte, sollte es ihm recht sein.

Die Facebookseite von Claudia Fraas sah für ihn im ersten Moment aus wie ein Buch mit sieben Siegeln. Honeypenny war da schon wesentlich geübter und klickte zuerst die Angaben zur Person an, die öffentlich für jeden zugänglich waren. Da stand es schwarz auf weiß: Claudia Fraas, wohnhaft in Scheßlitz bei Bamberg, verheiratet mit Gernot Fraas.

Haderlein konnte es kaum glauben, als er sich die Fotos auf der Seite anschaute. Franziska Groh hatte mit ihr gestern auf dem Staffelberg am Tisch gesessen. Jetzt endlich erkannte er auch sie wieder. Das erste Gefühl des Vertrautseins von gestern Mittag hatte ihn also nicht getäuscht, er hatte diese Frau schon einmal getroffen. Vor Jahren hatte die Landschaftsarchitektin bereitwillig das kleine Mädchen aufgenommen, dessen Vater auf mysteriöse Weise verschwunden war. Damals hatte sie noch Claudia Büchler geheißen. Und ihr jetziger Mann Gernot, den sie auf einem zweiten Foto so herzlich in den Arm nahm, jener Gernot war gestern ebenfalls auf dem Staffelberg gewesen.

»Das darf doch alles nicht wahr sein«, sagte Haderlein laut.

Honeypenny hatte keine Ahnung, ob das jetzt anerkennend, erleichtert oder frustriert gemeint war.

»Nach denen suchen wir. Aber wie haben sie das nur angestellt?« Grimmig lächelnd drehte sich Haderlein zu seiner Sekretärin um, die ein bisschen ob seines Lächelns erschrak. »Ich sag dir was, Honeypenny, diese Franziska Büchler hat den Simon an der Kapelle erschossen, oder formulieren wir es treffender, sie hat ihn hingerichtet.« Sein grimmiges Lächeln wurde immer breiter.

»Aber es ist kein Bogen gefunden worden. Hätte sie den weggeworfen, wäre er Ruckdeschl doch nicht entgangen.« Honeypenny war ratlos.

»Da hast du vollkommen recht, Marina«, Haderlein nickte. »Das ist ja das Mysteriöse. Ich sag doch: Wie haben die beiden das angestellt? Wie haben sie es geschafft, diesen Simon zu erschießen und hinterher noch so eine clevere Nummer abzuziehen?« Fast anerkennend schüttelte Haderlein den Kopf. Der Aktion war eine gewisse sportliche Raffinesse nicht abzusprechen. Er hätte durchaus Sympathie dafür aufbringen können, hätte nicht ein Mensch dabei sein Leben verloren. Und vielleicht erhöhte sich die Zahl sogar auf zwei, wenn Schurig den Pfeil im Kopf nicht überlebte. Für Haderlein war klar, dass die Aktion in der Hirschaider Scheune auch auf das Konto der Frau ging.

»Ja, aber ich versteh das immer noch nicht, Franz.« Honeypenny fand das alles insgesamt noch nicht so schlüssig. »Bernd ist doch mit Riemenschneider sogar den ganzen Staffelberg runtergelaufen und zurück, aber rausgefunden hat er nichts. Deshalb hat er unsere arme Kleine doch sogar im Auto eingesperrt, also glaube ich nicht, dass ... Was ist denn?«

Haderlein war aufgesprungen und schaute sie mit großen Augen an. »Honeypenny, du bist die Größte! Mein Gott, war ich blöd!« Plötzlich hatte er es sehr eilig. »Honeypenny, Fahndung rausgeben für Franziska Büchler, Claudia Fraas und ihren Mann, zack, zack. Fidibus soll sich um die Haftbefehle kümmern, ich hab zu tun.« Er eilte zur Tür und griff im Gehen nach seiner Jacke.

»Was soll ich denn Bernd sagen, Franz, wo du bist, wenn er zurückkommt?«, rief Honeypenny verstört.

»Sag ihm, wir treffen uns auf dem Parkplatz vom Staffelberg bei Romansthal. Ich fahr vorher noch schnell heim und hol die Riemenschneiderin ab.«

Honeypenny begriff nun gar nichts mehr. »Die Riemenschneiderin? Du willst mit der Riemenschneiderin wieder auf den Staffelberg? Aber es wird doch draußen schon dunkel, Franz, ihr seht doch gar nichts mehr. Und wie soll ich das Fidibus erklären?« Honeypenny befand sich in emotionaler Auflösung, doch Haderlein konnte darauf keine Rücksicht nehmen.

»Erzähl ihm einfach das, was du für richtig hältst.« Mit dieser dünnen Erklärung verschwand er durch die Tür.

Just als Haderlein zum Haupteingang der Dienststelle herauskam, um sich mit Lagerfelds Cabrio zu seiner Heimstatt in der Judenstraße aufzumachen, traf Lagerfeld mit dem Freelander ein. Sehr schön, dann konnten sie ja gleich zusammen fahren und er konnte Lagerfeld auf dem Weg zum Staffelberg die neuesten Entwicklungen mitteilen. Als sie Riemenschneider eingeladen hatten, machten sie sich in der hereinbrechenden Dämmerung auf den Weg in den »Gottesgarten«, wie die Gegend zwischen Staffelberg und Kloster Banz auch genannt wurde. Lagerfeld hörte sich den Bericht seines älteren Vorgesetzten an, kam aber zu der gleichen Schlussfolgerung wie Honeypenny.

»Alles schön und gut, Franz, aber deine Theorie hat einen Schwachpunkt. Wo ist die Mordwaffe, wo ist der Bogen? So ein Teil ist ja ziemlich sperrig, das kann man nicht einfach so entsorgen. Und weggeworfen oder vergraben haben die den Bogen sicher nicht, sonst hätten entweder Riemenschneider oder Ruckdeschl und seine Leute ihn gefunden. Also bleibt die Frage: Wo ist er?«

Haderlein nickte zustimmend. »Ich weiß, Bernd, ich weiß. Das ist mir auch noch nicht ganz klar, aber deshalb sind wir jetzt auch hier. Ich hab da so eine Idee, aber dafür brauche ich die Riemenschneiderin. Überhaupt ist mir vieles noch nicht ganz klar. Nur, dass wir mit jener Franziska Büchler, ehemals Groh, und Claudia Fraas, ehemals Büchler, unsere wahrscheinliche Täterin mit Komplizin gefunden haben. Franziska Büchler besitzt alle Fertigkeiten, die für die zwei aktuellen Morde notwendig waren, und ich glaube sogar, das Motiv zu kennen. Ich vermute, es hat etwas mit dem alten Steinbruch in Ludvag zu tun, in dem Franziska als Kind aufgefunden wurde. Damals hatte sie nicht nur ihren Vater, sondern auch die Sprache verloren. Sie muss dort etwas Furchtbares erlebt haben. Jetzt scheint die Lady sich auf ihrem privaten Rachefeldzug zu befinden. Sie will die töten, die damals ihren Vater umgebracht haben. Und hier kommen nun auch unsere Toten vom Windrad ins Spiel. Mit ihnen wird alles erst zu einer logischen Theorie«, beendete Haderlein seine Analyse.

Eine nachdenkliche Pause entstand, während der Landrover durch Staffelstein und dann nach Romansthal fuhr.

»Alles schön und gut, Franz, nur beweisen können wir nichts davon«, wandte Lagerfeld ein. »Der Einzige, dem wir eventuell auf die Eier hauen können, ist Schurig, aber der ist gerade nicht vernehmungsfähig, um's mal vorsichtig auszudrücken. Außerdem passt er meiner Meinung nach irgendwie nicht so richtig in deine Theorie. Wenn ich deinem Gedankengang folge, dann hängen eher die schrägen Vögel rund um Irrlinger mit drin, die vom Convent. Schließlich ist seine alte Telefonnummer aufgetaucht, und er hat Josef Simon gut gekannt. Mit dem Verein ist doch etwas faul, fast die gesamte Hochzeitsgesellschaft hat Käppis und Brustbänder getragen. Also frage ich dich: Was hat Hausmeister Schurig mit den Leuten vom Coburger Convent zu tun? Der Typ hat doch nicht mal studiert.«

Haderlein gab Lagerfeld recht, und trotzdem musste es zwischen Schurig und dem Irrlinger-Clan eine Verbindung geben. Einfach so hatte man den Hausmeister sicher nicht als Ziel auserwählt. Zum wiederholten Mal an diesem Tag holte Haderlein sein Handy aus der Jacke und wählte die Nummer seiner Sekretärin.

»Honeypenny? Du musst etwas für mich herausfinden. Wir brauchen die Kontobewegungen von Roland Schurig. Hab ein besonderes Auge darauf, wer ihm in den letzten Jahren größere Beträge überwiesen hat. Huppendorfer soll dir dabei helfen, die Speichelproben, die er besorgen sollte, haben keine Priorität mehr.« Er wollte schon auflegen, als Lagerfeld ihm bedeutete, das Handy rüberzureichen.

»Honeypenny? Ich bin's. Wenn du schon dabei bist, dann sag Cesar auch, dass wir jetzt endlich wissen müssen, wer die Jagd oben am Windrad besitzt, okay?«

»Alles klar, wird sofort erledigt«, antwortete Marina Hoffmann. Dann fügte sie noch hinzu: »Übrigens ist euer orangefarbener BMW gefunden worden. Parkte nur zwei Straßen weiter in Hirschaid. Der Fahrer hatte wohl selbst ein Auto vor Ort stehen. Ich habe übrigens auch noch eine Bitte an euch: Wenn meine Riemenschneiderin bei euch ist, dann richtet ihr doch bitte einen schönen Gruß von mir aus.«

Riemenschneider, die die ganze Aufregung mit stoischer Ruhe auf dem Rücksitz ertragen hatte, quittierte den ausgerichteten Gruß mit einem zufriedenen Grunzer, gab sich dann aber wieder ihrer feiertäglichen Meditation hin. Wenn sie ehrlich war, verstand sie eh kein Wort von dem, was die zwei da vorn redeten.

»Wieso willst du so dringend wissen, wer der Jagdpächter auf den Eierbergen ist? Ich dachte, Schurig wäre derjenige, welcher?«, fragte Haderlein verwundert.

Lagerfeld schüttelte nur vehement den Kopf und hob an, ihm ein paar Feinheiten des Jagdrechtes zu erklären. »Laut Fiesders Aussage war Schurig der Begeher. Ein Begeher ist nicht der Jagdpächter, sondern nur dessen bestellter Handlanger. Er kümmert sich für ihn um die Arbeit im Wald, solange der Jagdpächter selbst nicht da sein kann oder will. Verstehst du? Meiner Meinung ist nicht Schurig die maßgebliche Person, sondern derjenige, für den er das Waldstück betreut.«

Haderlein schüttelte erneut verwundert den Kopf. »Du schaffst es immer wieder, mich zu verblüffen, Bernd. Auf die einfachsten Schlussfolgerungen kommst du manchmal nicht, aber so was weißt du. Respekt.«

Lagerfeld grinste, als sie im diffusen Mondschein auf den Parkplatz bei Romansthal fuhren. »Ich bin Franke, Franz. Wir Franken sind einfach anders, das müsstest doch selbst du langsam wissen.«

Die Biber hatten endlich einen Platz an der Itz gefunden, der ihren Vorstellungen im Großen und Ganzen entsprach. Da am Main und der Itzmündung bei Baunach schon regelrechtes Gedränge herrschte, hatten sie sich dazu entschlossen, die übervölkerten Gefilde zu verlassen, sich nach den expeditionsorientierten Genen ihrer Vorfahren zu richten und dem Lauf der Itz flussaufwärts zu folgen.

Sie hatten sich niedergelassen, einen Staudamm gebaut und mit Begeisterung dem Bibern ohne Verhütungsmaßnahmen zugesprochen. Als natürliche Folge war es nach einiger Zeit zum Erscheinen vieler junger Biber gekommen. Da dies der einzige beabsichtigte Zweck des Biberns war, waren sie mit dem Ergebnis ihres feuchten Treibens durchaus zufrieden. Weniger zufrieden waren sie jedoch mit dem regelmäßigen Auftauchen von Menschen und deren geschäftigem Tun. Kaum hatten sie ihre große wasserdichte Biberburg errichtet – entgegen anderslautenden Ge-

373

rüchten haben es Biber beim Sex lieber trocken –, konnten sie eigentlich schon darauf warten, dass die Menschen damit begannen, in den großzügig überschwemmten Itzwiesen Reis anzubauen. Besten fränkischen Biberreis. Eine hochgradig nervige Angelegenheit, denn Biber waren bei der Kinderaufzucht gern unter sich. Menschen, die mehrmals am Tag laut plaudernd an ihrem Gewässer vorbeistapften, fanden sie störend.

Also fühlten sie sich Jahr für Jahr genötigt, den Itzgrund weiter und weiter nach oben zu wandern. Im Zuge dessen hatten sie vor Jahren von den Menschen unbemerkt sogar die Stadt Coburg durchquert und unter zwei großen Brücken direkt hinter der Stadt haltgemacht. Auf der einen Brücke fuhren viele Autos, auf der anderen, schmaleren Brücke herrschte überhaupt kein Verkehr. Das allerdings schon seit Jahren. Die Biber beschlossen, sich unter der unbefahrenen Brücke niederzulassen, vielleicht würde ja hier alles anders werden.

Und tatsächlich: Sie konnten überschwemmen, wie sie wollten, es waren weit und breit keine fränkischen Reisbauern in Sicht. Nur einmal im Monat kam ein Mensch vorbei, der etwas entfernt einen Holzkasten aufgestellt hatte, um ebendiesen zu kontrollieren. Doch der Kasten mit dem kleinen Loch in der Mitte störte sie nicht weiter. Sie hatten hier schon seit drei Jahren ihre Ruhe. Da machte das Bibern gleich doppelt so viel Spaß. Vor allem jetzt, im späten Frühling, wenn die Triebe sprossen.

Als der Bibervater von draußen ein ungewohntes Geräusch hörte, verließ er den Bau über den unter Wasser liegenden Eingang und tauchte neben der Biberburg wieder auf. Tatsächlich, er hatte richtig gehört. Da waren Menschen, genauer gesagt: Da war ein Mensch. Ein Reispflanzer war es jedoch augenscheinlich nicht, die bauten normalerweise keine kleinen Häuser auf. Der Bibervater wusste inzwischen, dass Menschen solche kleinen Häuser Zelte nannten. In denen übernachteten sie dann in der freien Natur, was das Bibervolk freilich sein ganzes Leben lang tat. Der Bibervater schnupperte und beobachtete den Menschen noch eine ganze Weile, doch viel tat sich dort drüben nicht mehr. Er hatte sein kleines Haus aufgebaut und mit Ästen und Zweigen getarnt. Es war kaum noch zu sehen, fast wie eine Biberburg. Der Chef der Biberfamilie hoffte, dass dieser Mensch nicht wie die anderen etwas pflanzen würde, aber wenn doch, würde er ganz genau beobachten, was da im Laufe des Jahres heranwuchs. Wenn es eine Art Riesenreis war, dachte er verärgert, dann würden sie hier jedenfalls sofort die Segel streichen. Und dabei hatte er so gehofft, hier endlich auf unbestimmte Zeit ungestört mit seiner Familie leben zu können.

Jetzt saß der Mensch seelenruhig vor seinem Zelt und schaute zu ihm herüber. Er hatte sich eine Art Holz in den Mund gesteckt, das plötzlich rotgelb aufglühte. Bald darauf roch es leicht, aber dennoch störend nach verbrannten Tabakblättern. Das durfte ja wohl nicht wahr sein! Missmutig trollte sich der Bibervater zurück auf sein Reisigbett. Sein Weibchen warf ihm zwar einen verlangenden Blick zu, aber die Lust zum Bibern war ihm für heute vergangen.

»Komm, wir haben keine Zeit zu verlieren.« Haderlein deutete nach links. »Drüben am Skilift vorbei gibt's eine Teerstraße, die können wir hochfahren.«

»Ich kenne den Weg, ich bin von hier, schon vergessen?« Lagerfeld seufzte.

Doch der Kriminalhauptkommissar hörte gar nicht hin,

sondern hatte seine Hand bereits nach hinten ausgestreckt, um Riemenschneider hinter den Ohren zu kraulen, sie sozusagen aufzuwärmen. Im Laufe der Jahre hatte er festgestellt, dass Ohrenkraulen bei Riemenschneider zweierlei bewirkte: erstens gesteigerte Leistungsbereitschaft und zweitens Harndrang.

Nach der Ankunft an der schon geschlossenen Staffelbergklause pinkelte das kleine Ferkel denn auch ausgiebig an die Mauer, stellte aber anschließend die rosa Ohren senkrecht und schaute zu seinem Herrchen, gespannt, welche spannende Aufgabe es heute Abend zu lösen gab. Haderlein leinte Riemenschneider an, dann gingen die drei im Schein des gerade aufgegangenen Mondes an der Adelgundiskapelle vorbei und zur Abbruchkante des Staffelberg-Plateaus, wo der Weg nach Horsdorf hinunterführte.

Dort blieb Haderlein stehen. »Such, Riemenschneider, such«, flüsterte er leise.

Sofort senkte Riemenschneider den Rüssel und nahm Witterung auf. Sie war schon drauf und dran, sich erneut auf den Weg bergab zu begeben, als sie plötzlich stockte und sich umdrehte. Sie warf einen prüfenden Blick auf Haderlein und einen bitterbösen zu Lagerfeld hinüber. Das kleine Ferkel konnte logischerweise nicht reden, aber das war auch gar nicht notwendig. Sein Blick sprach Bände. »Wenn ich dir helfen soll, Franz, dann sieh zu, dass dieser drüsenkranke Halbaffe neben dir mir nicht noch einmal in die Quere kommt.« So oder so ähnlich hätte es sich angehört, wäre Riemenschneider des Sprechens mächtig gewesen.

Doch Haderlein verstand sein kleines Schwein auch ohne Worte. »Mach dir keine Gedanken, Süße, Lagerfeld wird dich diesmal nicht anfassen. Das verspreche ich dir hoch und heilig.«

Lagerfeld verschränkte missmutig die Arme vor der Brust und beschloss, sich erst einmal der Stimme zu enthalten. Nichtsdestotrotz warf ihm Riemenschneider noch einmal einen vernichtenden Blick zu. »Schweineschänder!« stand groß und breit in ihrem verärgerten Gesicht geschrieben. Dann drehte sie sich um und stürmte genauso ungeduldig den Wanderweg hinab wie am Tag zuvor. Wieder lief sie wie der Blitz, bis der Pfad in den breiteren Fahrweg mündete. Die Kommissare stolperten in der Dunkelheit hinterher. Sie hatten zwar Taschenlampen dabei, aber das Tempo, das Riemenschneider vorlegte, war zu flott, als dass sie diese hätten hervorkramen können. Wieder lief das kleine Ferkel vor Ort immer größer werdende Kreise, dann ging's im gleichen hohen Tempo wieder bergauf, den gleichen Weg zurück, den sie gekommen waren.

»Verfluchte Rennerei!«, schimpfte Lagerfeld, dem das Nikotin seiner zigarettenverseuchten Lunge rechts und links aus den Ohren kam. Wieder oben auf dem Plateau, blieb die Riemenschneiderin kurz stehen und schaute sich sicherheitshalber um, ob nicht doch noch ein gewisser Lagerfeld angeflogen kam, um sie zu meucheln. Doch der stand ausgepumpt hinter ihr und stützte seine Hände auf die Knie, um zu verschnaufen. Ihr Herrchen, das zwar weit älter war, aber besser trainiert, gab ihr mit dem Kopf ein aufmunterndes Zeichen, woraufhin Riemenschneider erneut losstürmte, diesmal an der Kapelle vorbei und auf die Staffelbergklause zu. Vor der verschlossenen Eingangstür blieb sie stehen und grunzte laut und vernehmlich.

»Sie will da rein«, stellte Haderlein wenig überrascht fest.

»Ist zu, oder?«, keuchte Lagerfeld sinnloserweise. Die Zunge hing ihm bis zum Boden.

Haderlein drehte sich um und bedachte seinen jungen Kollegen mit einem mitleidigen Blick. »Natürlich ist zu. Aber dafür darfst du jetzt die Tür öffnen, das kannst du hoffentlich besser als Laufen.« Sein Tonfall war bissig.

»Aber wir haben keinen Durchsuchungsbeschluss, das ist doch Einbruch«, keuchte Lagerfeld erstaunt. Wo war denn der sonst so korrekte Haderlein abgeblieben?

»Natürlich ist es das. Aber wir wollen ja nichts stehlen, sondern nur schauen, wohin Riemenschneider will, nicht wahr?« Auffordernd blickte er den langsam wieder normal atmenden Lagerfeld an, der sich in sein Schicksal fügte. Hauptsache, er musste nicht mehr rennen.

»Aber auf deine Verantwortung, Franz«, raunzte er und zog sein kleines Notbesteck aus der Tasche, das er für solche Fälle immer bei sich trug.

Das Sicherheitsschloss stellte kein wirkliches Problem für einen Künstler des Schlossknackerhandwerks wie Lagerfeld dar. Es dauerte nicht einmal eine Minute, dann hatte er die Tür geöffnet.

Riemenschneider zog sofort an der Leine und schnüffelte sich nach rechts in die Gaststube. Die beiden Kommissare folgten ihr mit ihren Taschenlampen bis in die hintere linke Ecke. Dort lief Riemenschneider um einen Tisch herum, blieb dann zielsicher an einer Stelle stehen, setzte sich auf ihren Allerwertesten und stieß eine Art heiseres Bellen aus. So, wie sie es während ihrer Zeit in der Polizeihundeschule in Neuendettelsau gelernt hatte. Haderlein strich ihr über den Kopf und holte ein paar Apfelstücke aus seiner Jackentasche, die sie mit großer Begeisterung unter dem Tisch verspeiste.

Die Beamten setzten sich an den Tisch und schalteten ihre Taschenlampen aus. Als sich ihre Augen an das spärliche Licht gewöhnt hatten, das durch die Fenster der Klause drang, meinte Lagerfeld ratlos: »Und was hat uns die ganze Rennerei jetzt gebracht, Franz?«

Der Angesprochene reagierte zuerst gar nicht, dann aber sehr selbstsicher. »Was uns das gebracht hat? Ganz einfach, Bernd, ich weiß jetzt, wie sie es gemacht haben. Ich muss schon sagen, die haben eine wirklich eiskalte Nummer abgezogen.«

»Tatsächlich?«, hörte man daraufhin Lagerfeld, den nicht nur rein visuell große Dunkelheit umgab.


Byron Gray hatte gefunden, wonach er gesucht hatte. Der Platz am kleinen Flüsschen unter den großen Brücken war genau der richtige für ihn. Auch wenn er sonst seine Aufträge erledigt hatte, hatte er nie ein Haus, Hotel oder eine Mietwohnung gebraucht. Die naturnahe Lösung war ihm schon immer die liebste gewesen. Außerdem hatte ein Zelt an so einem Flüsschen durchaus handfeste Vorteile. Er wurde nicht gesehen, er musste keine Daten an irgendwelchen Rezeptionen hinterlassen, er hatte seine Ruhe vor anderem Menschenvolk, und er konnte schnell verschwinden.

Das Einzige, was er nicht hatte, war Komfort, aber den brauchte Byron Gray auch nicht. Das wirklich Notwendige befand sich in seinem Rucksack in dem dunkelgrünen Jeep Wrangler, den er sich besorgt hatte. Mit ihm konnte man im Ernstfall auch durch Gelände fahren, in dem Verfolger stecken blieben.

Nein, dieser Platz hier war perfekt, und er war im Besitz aller Fakten und Informationen, die er brauchte. Eine kurze Pause, dann würde er sich auf den Weg machen, um die Sache zu bereinigen. Wenn es stimmte, was man ihm mitgeteilt hatte, dann würden sich sämtliche Personen in einem Haus versammelt haben. Sehr praktisch. In aller Ruhe steckte er sich eine Pfeife an und beobachtete den etwas verstört wirkenden Biber am gegenüberliegenden Ufer. Irgendwie war es hier fast so wie daheim in den Smoky Mountains. Wenn nur die beiden Brücken über ihm nicht gewesen wären.

»Einfach und genial, so würde ich das nennen. Trotzdem muss man erst mal darauf kommen«, überlegte Haderlein laut, während er weitere Apfelstücke zu Riemenschneider warf. »Ich wette, das kleine blaue Auto gehört diesem Gernot Fraas. Damit hat er Franziska Büchler zum Fuß des Staffelberges gebracht, genau bis dahin, wo Riemenschneider die Witterung verloren hat. Als er wegfuhr, wurde sein Auto noch von einem älteren Ehepaar gesehen. Franziska Büchler ist dann nach oben gelaufen und hat gewartet, bis der Bräutigam sich ihr als Zielscheibe präsentiert hat. Dann, als ihr Opfer tot war, ist sie einfach ein paar Schritte nach unten zu ihren Komplizen und damit außer Sichtweite gegangen. Und als auf dem Plateau das Chaos ausbrach, hatte sie schon in aller Seelenruhe ihren Bogen zerlegt und in ihren Rucksack gesteckt. An den großen Rucksack, den sie dabeihatte, kann ich mich noch gut erinnern.«

Lagerfeld hörte genau zu und begriff allmählich, wie der Mord abgelaufen sein musste. »Ich verstehe«, entfuhr es ihm. »Die Mörderin ist nicht nach unten geflüchtet, sondern hat sich eiskalt als brave Wanderin ausgegeben.«

»Ganz genau«, pflichtete ihm Haderlein bei.

»Und nach unserer Vernehmung haben alle drei dann frank und frei den Tatort verlassen, während wir uns wilden Theorien hingegeben haben.« Wieder saßen sie eine Weile schweigend da und sagten nichts, nur Riemenschneiders genüssliches Schmatzen drang leise unter dem Tisch hervor. »Jetzt müssen wir unsere Theorie nur noch irgendwie beweisen, sonst machen die immer weiter. Weiß der Teufel, wie viele Menschen sie noch umbringen wollen.«

Nun musste auch Haderlein anerkennen, dass Lagerfeld die Situation durchaus völlig realistisch einschätzte. Sie mussten jetzt das beweisen, was sie bereits herausgefunden hatten. Blieb nur noch die Frage nach dem Wie. Doch Lagerfeld hatte schon eine Idee.

»Wenn ich das richtig sehe, Franz, dann sind die ehemals Schuldigen zu Gejagten geworden, und das heißt«, nachdenklich kratzte er sich an seinem unrasierten Kinn, »dass wir die potenziellen Ziele ausfindig machen und sie überwachen müssen. Irgendwann werden die beiden Ladys samt männlicher Unterstützung bei denen auftauchen, um ihr Werk zu vollenden.«

Haderlein brummte zustimmend.

»Und eigentlich wissen wir ja auch schon, von wem wir reden: Irrlinger, Grosch und deren Burschenschaft aus Coburg«, fuhr Lagerfeld fort. »Dieser Coburger Convent findet doch jedes Jahr an Pfingsten statt. Dann kommen die Mitglieder aus aller Herren Länder eingeflogen. So wie unser Bräutigam Simon. Ich vermute fast, dass Irrlinger und seine Freunde die jährlichen Treffen für ihre Mordkommandos genutzt haben. So zufällig kann doch kein Zufall sein, dass immer um Pfingsten Menschen verschwanden.«

Haderleins Handy auf dem Tisch in der Staffelbergklause klingelte und vibrierte. »Was gibt's?«, meldete sich der Hauptkommissar. Er hörte interessiert zu, was Honeypenny ihm zu erzählen hatte, und legte nach wenigen Augenblicken mit einem kurzen Gruß auf.

»Langsam scheint es eng für unseren zukünftigen Ministerpräsidenten zu werden«, sagte Haderlein zu Lagerfeld, der ihn fragend anblickte.

»Der Jagdpächter auf den Eierbergen ist Gerhard Irrlinger. Und zwar seit dem Tod von Marco Probst, dem Jäger, den wir als Skelett gefunden haben. Was für ein Zufall, findest du nicht?« Mit der rechten Faust schlug er auf den hölzernen Tisch. »Wir müssen herausfinden, wo Irrlinger sich aufhält, und zwar sofort.« Haderlein sprang auf. Der Tatendrang hatte ihn wieder gepackt. »Und ich weiß auch schon jemanden aus unserer Dienststelle, der uns bei der Aufgabe weiterhelfen kann. Los, zurück zum Auto!« Haderlein stürmte zur Tür der Klause hinaus, Lagerfeld und Riemenschneider hinterher. Draußen deutete Haderlein zuerst auf Lagerfeld, dann auf die vom Mond beschienene Tür der Staffelbergklause. »Abschließen, Bernd, wir hatten schließlich keinen Durchsuchungsbeschluss.« Während Lagerfeld sich artig mit seinem Spezialwerkzeug der Tür widmete, fingerte Haderlein einmal mehr nach seinem Mobiltelefon.

In Coburg stiegen Werner Grosch und Gerhard Irrlinger aus dem Auto und gingen zur gelben Villa hinauf. Eigentlich war Irrlinger heute in Bamberg unentbehrlich, aber er hatte beschlossen, das Ergebnis der Abstimmung im engsten Kreis abzuwarten. Alle Augen waren heute auf ihn, den Vorsitzenden der Frankenpartei, gerichtet, aber er plante, sich erst wieder blicken zu lassen, wenn ein Ergebnis abzusehen war.

Die anderen waren bestimmt schon da, aber das war

egal. Seit Josefs Tod mussten sie sowieso improvisieren. In der Luft lag eine Gefahr, von der sie nicht genau wussten, was von ihr zu befürchten war. Über die Schlimmste aller Möglichkeiten wagte Grosch gar nicht nachzudenken, immerhin war sie faktisch eigentlich unmöglich. Sie konnten nichts übersehen haben, und trotzdem konnte es kein Zufall gewesen sein, dass Josef mit einem Bogen erschossen worden war und sie diese merkwürdigen Steine mit der Botschaft erhalten hatten.

Einige Kameraden der freien Landsmannschaft »Rhenania Bavaria« empfingen sie, indem sie über ihnen auf dem Balkon der Villa standen. Von dort hatte man einen weiten Blick bis hinunter zum Coburger Bahnhof.

»Hallo, Herr Ministerpräsident!«, tönte es fröhlich, und Irrlinger winkte und lächelte zum Balkon hinauf. In seinem Innern sah es anders aus. Ihm war nicht nach Feiern zumute. Wenn er ehrlich war, hatte er wegen des toten Simon und auch wegen der Wahl ein ungutes Gefühl. Allein die extrem hohe Wahlbeteiligung von weit über achtzig Prozent, die sich abzeichnete, ließ ihn etwas Optimismus verbreiten. Er legte die rechte Hand auf die Klinke der Eingangstür der Villa, als er stutzte. Direkt vor seinem Gesicht baumelte etwas an einer Paketschnur. Ein kleines Stück rötlichen Sandsteins. Er drehte sich um und zeigte Grosch den Stein, der sofort einen Schritt zurücktrat und sich hektisch umschaute. Irgendwer trieb ein Spielchen mit ihnen. Am liebsten hätte er die Schnur heruntergerissen, doch er beherrschte sich und ließ den kleinen Stein einfach hängen. Vielleicht war es besser, sich nichts anmerken zu lassen.

Irrlinger schaute ihn fragend an. »Nervös, Werner? Immer ruhig bleiben, auch im Moment der größten Unsicherheit«, sagte er gelassen. Er riss den Stein mitsamt seiner Schnur von der Tür und warf alles ins nächste Gebüsch. »Siehst du, so löst man das.« Er öffnete die Tür und ging geradeaus die Treppe hinauf, Werner Grosch folgte ihm. Schon auf den ersten Stufen konnten sie hören, dass sich alle im Chargiertenzimmer im ersten Stock befanden.

Irrlinger begrüßte die Versammelten freundlich. »Jetzt bleibt uns nur zu warten und die Daumen zu drücken«, sagte er lächelnd. »Ich wünsche uns allen viel Glück und bis dahin einen entspannten Abend.« Applaus brandete auf, dann wurden die sonoren Diskussionen wieder aufgenommen.

Irrlinger winkte Rene Amann zu sich und gab ihm sein Handy. »Pass bitte heute Abend darauf auf. Wenn irgendwer Wichtiges anruft oder eine Nachricht schickt, dann holst du mich. Ansonsten möchte ich nicht gestört werden, verstanden?«

Rene Amann nickte, nahm Irrlingers Handy wortlos an sich und ging zu Werner Grosch, der mit einem Glas Sekt in der Hand in Überlegungen vertieft zu sein schien. Der Fuxmajor der Rhenania Bavaria zog Grosch unauffällig auf die Seite.

»Treffen in fünf Minuten im Paukraum«, flüsterte er leise.

Grosch sah ihn erstaunt an. »Was? Wieso denn? Ich dachte, wir warten erst einmal die Wahl ab? So war doch die Absprache, oder etwa nicht?«

Amann schüttelte energisch den Kopf. »Schurig ist heute Nachmittag in seiner Scheune umgebracht worden. Mit einem Pfeil.« Es bedurfte keiner weiteren Erläuterungen. Grosch nickte, sah sich unauffällig um, nahm sich ein Glas von dem teuren Auchentoshan-Single-Malt-Whisky, dann verließ er das Chargiertenzimmer und begab sich mit

Rene Amann in den Paukraum auf der gegenüberliegenden Seite des Flurs. Als er die Tür hinter sich geschlossen hatte, drehte er den Schlüssel. Er wandte sich um und blickte in die Gesichter der bereits Anwesenden. Er sah Verunsicherung, Ratlosigkeit, aber auch Wut und kalte Entschlossenheit. Nur ein Objekt oder Ziel, auf das man diese Gefühle richten konnte, fehlte ihnen.

»Setzt euch«, gab er die Anordnung aus, und alle nahmen am großen Holztisch Platz. Grosch wusste, dass er etwas unternehmen musste, um die Verunsicherung in geordnete Bahnen zu lenken. Wilde Spekulationen und blindem Verdacht geschuldeter Aktionismus würden sie nicht weiterbringen. Aber vor allem mussten sie jegliche Aufregung von Irrlinger fernhalten. Wenn er heute nach der Bekanntgabe des Wahlergebnisses an die Öffentlichkeit trat, würden sämtliche Kameras der Republik auf ihn gerichtet sein. Natürlich würden die Journalisten ihn auch zu dem inzwischen bekannt gewordenen Todesfall von Josef Simon befragen wollen. Noch so eine Verwicklung, dann war es aus mit der Unternehmung Bundesland Franken, dann war alles, was sie so sorgsam geplant und erarbeitet hatten, zum Teufel.

Grosch stellte sich mit dem Gesicht zum Fenster, um sich noch einen Moment zu sammeln. Der Fuxmajor gesellte sich zu ihm. Hinter ihnen saßen die anderen wie die Ritter an Artus' Tafelrunde im Kreis und warteten auf Anweisungen.

Doch selbst der Fuxmajor schaute ratlos aus der Wäsche. Ganz in Zivil und ohne seinen imposanten Chargenwichs sah er weit weniger martialisch aus. Er wollte sich gerade vom Fenster wegdrehen, als Irrlingers Handy vibrierte. Jemand Unbekanntes hatte ihm eine SMS geschickt, die nur aus einem einzigen kurzen Satz bestand: »Schau aus dem Fenster.«

Während Lagerfeld den Wagen wieder nach Staffelstein hinunterlenkte, besprach sich Haderlein bereits mit ihrem Chef. Fidibus hatte tatsächlich einen Tipp, wo sich die feine Gesellschaft aufhalten könnte. Er vermutete sie in Coburg in einem sogenannten Verbindungshaus.

»Wo ist das?«, fragte Haderlein noch einmal nach, dann kritzelte er etwas mit der freien Hand auf seinen Notizblock. »Okay, hab ich, das werden wir schon finden. Und natürlich werden wir diplomatisch vorgehen, ich weiß ja, dass wir keinen Haftbefehl haben. Ich werde Sie auf dem Laufenden halten.« Haderlein steckte das Handy weg und gab die Adresse, die er von Fidibus erhalten hatte, umgehend in das Navigationssystem des Landrovers ein. »Wir müssen nach Coburg, Bernd. Fahr schon mal auf die Autobahn Richtung Suhl.«

Lagerfeld verzog ungläubig das Gesicht. »Nach Coburg? Bist du sicher? Aber die Riesenshow läuft doch in Bamberg in der Konzerthalle ab. Hab ich doch mit eigenen Augen gesehen. Warum sollte Irrlinger in Coburg auf das Ergebnis warten?« Zweifelnd schüttelte er den Kopf.

»Solange wir keinen besseren Tipp haben, fahren wir erst einmal dorthin. Außerdem hat Fidibus die Information vom bayerischen Innenministerium, die werden ihm ja wohl keinen Mist erzählt haben. Und jetzt drück auf die Tube, Mensch, wir haben keine Zeit zu verlieren.« Nervös rutschte Haderlein auf seinem Sitz hin und her. Irgendwie hatte er das Gefühl, es wäre besser, nicht zu trödeln.

Es hatte lange gedauert, sie zu finden, und genauso lange, um zu wissen, wie alles zusammenhing. Doch sie war intelligent, zäh und geduldig, deshalb hatte sie jetzt auch ihr Ziel vor Augen. Es war wieder Pfingsten, und sie waren zurück in Deutschland. Sie wusste nicht, ob ihre Gemeinschaft noch bestand, ob »Three Oaks« noch Menschen tötete, aber das war ihr auch egal. Fest stand, dass diesmal die »Drei Eichen« es sein würden, die gejagt wurden. Sie waren sehr clever, einflussreich, aber kalt und skrupellos. Sie hatten sich angemaßt, über Leben und Tod zu entscheiden, und niemand hatte sie daran gehindert. Doch jetzt war die Zeit gekommen, den Spieß umzudrehen. Jetzt nahm sie das Gesetz in ihre Hände, jetzt würde sie Gleiches mit Gleichem vergelten. Sie hatte in ihrer Zeit in Amerika viel gelernt, und sie wusste, was sie wollte. Sie war selbst kalt und skrupellos geworden.

Sie schaute zu der gelben Villa hinüber. Inzwischen kannte sie das Prozedere und die Gepflogenheiten der Rhenania Bavaria. Der Coburger Convent folgte seinen Traditionen immer sehr genau, genauso wie die Mitglieder ihren Ritualen. Sie wusste also, wann sie wo sein würden. Heute wurde in der Villa eine außerordentliche Sitzung abgehalten, weil Irrlinger auf sein Wahlergebnis wartete. Doch das war nur eine Nebensächlichkeit. Sie war ihnen auf den Fersen, hatte einen nach dem anderen aufgespürt, ihre Wege und Zusammenkünfte zurückverfolgt. Sie hatte Computer angezapft, Telefone abgehört und Menschen beschattet. Das alles war keine Sache des Geldes gewesen, sondern des Know-hows und der Konsequenz. Der Konsequenz, die sie nun hierhergeführt hatte.

Sie beobachtete, wie er aus dem Auto stieg und Richtung Eingang schritt. Sie erschauerte. Ihre Nackenhaare stellten sich auf, als sie ihn so aus der Nähe sah. Kein Zweifel, das war er. Kalte Wut kochte in ihr hoch. Natürlich würde er die Bedeutung des kleinen Sandsteinstückes aus dem Steinbruch von Ludvag nicht verstehen. Nur sie verstand, und grenzenloser Schmerz durchflutete sie. Sekunden später hatte sie sich wieder im Griff. Dort oben waren alle von ihnen versammelt, und in Kürze würde den Nächsten sein gerechtes Schicksal ereilen. Auge um Auge, Zahn um Zahn.

Sie schlich um die Villa herum in den Garten, zog die Einzelteile aus ihrem Rucksack und montierte sie mit geübten Griffen zu ihrem Bogen zusammen. In weniger als zwei Minuten war er einsatzbereit. Sie trat zurück, schaute nach oben, schickte die SMS und steckte das Handy ein. Sie hob den Bogen, spannte ihn, bis die Sehne eine gerade Linie von der Nase abwärts über ihr Kinn nach unten bildete. Der schwarze Pfeil lag ruhig in der Führung des Hoyt-Bogens, wurde nur von den Fingern ihrer rechten Hand und der sanften Federspannung des Klickers gehalten.

Jetzt geh schon ans Fenster, betete sie innerlich. Sie hatte ihn beobachtet. Wenn er hier war und überlegen musste, hielt er sich häufig in diesem Zimmer auf und trat an dieses Fenster. Auch deswegen hatte sie den Stein an die Tür gehängt. Damit er überlegte.

Geh endlich, flehte sie erneut nach oben. Als sich der Vorhang bewegte und sie den Umriss eines Mannes ausmachen konnte, schwirrte der Pfeil von der Sehne und schickte ihre tödliche Botschaft nach oben.

Verblüfft drehte Rene Amann sich um, las noch einmal die SMS und schob dann mit der rechten Hand den braunen Vorhang leicht zur Seite. Tatsächlich glaubte er, draußen im

Garten eine Bewegung wahrzunehmen. Schlich da etwa jemand um ihr Verbindungshaus?

Er kniff die Augen zusammen und öffnete den dünnen Vorhang noch etwas mehr, um besser sehen zu können. Plötzlich blieb er wie angewurzelt stehen, dann zersprang eine Sekunde später die alte Fensterscheibe mit einem hellen Klirren und ein schwarzer Pfeil durchdrang den Hals und die Luftröhre des Fuxmajors. Mit einem verzweifelten Gurgeln versuchte Rene Amann, sich am blanken Holz des Fensterrahmens abzustützen, doch der sinnlose Versuch wurde von einem weiteren Pfeil zunichtegemacht, der ihn von schräg unten mitten ins Herz traf. Verschwommen beobachtete er, wie die Gestalt mit dem Bogen nach hinten um das Haus aus seinem Sichtfeld verschwand, dann konnte er sich nicht mehr auf den Beinen halten und sank kraftlos zu Boden.

Die anderen waren aufgesprungen, standen wie erstarrt da, unfähig, sich zu bewegen. Als Werner Grosch sich endlich neben den Fuxmajor kniete, war dessen Schicksal bereits besiegelt. Blut breitete sich auf dem Holzboden des Paukraumes der Rhenania Bavaria aus, während das Leben unwiederbringlich aus Rene Amanns Körper wich.

Franziska Büchler warf den Bogen über die Mauer auf das Nachbargrundstück, dann kletterte sie behände hinterher und duckte sich. Schnell zerlegte sie ihren Bogen und packte ihn in den Rucksack zurück. Aus der Villa nebenan erklang bereits eine wilde Mischung aus aufgeregten Rufen und nervösem Geschrei. Sie hatte es vollbracht, jetzt konnte sie erst einmal untertauchen. Nur noch einer war übrig. Der letzte der vier Männer, die sie damals in dem Steinbruch in Ludvag gesehen hatte, doch auch ihn würde sie erwischen, daran zweifelte sie nicht. Er würde leiden und jeden Tag tausendmal über die Schulter schauen vor Angst, dass sie auf ihn lauerte. Und irgendwann würde sie ihn dann stellen. Irgendwann, wenn er am wenigsten damit rechnete. Dann endlich würde sie die Bestie endgültig aus ihrem Leben tilgen, die dunklen Archetypen ihrer Kindheit endlich in die Freiheit entlassen.

Sie hatte alles verstaut, den Rucksack auf den Rücken geschnallt und erhob sich, um einen letzten kurzen Blick über die Mauer zu riskieren. Langsam schob sie ihren Kopf über die Mauerkante. In etwa fünf Metern Entfernung stand ein Mann in Jeans und dunkler Wildlederjacke und sah sie an. In der Hand hielt er eine Waffe. Eine Sekunde lang war sie wie gelähmt. Erst als der Mann blitzschnell die Waffe hob, duckte sie sich reflexartig wieder hinter die Mauer. In der gleichen Sekunde, als sie ein dumpfes Plopp hörte, knallte ein Projektil gegen die obere Mauerkante, über die sie gerade noch geklettert war. Nach einer weiteren Schrecksekunde fing sie endlich an, gebückt zu rennen. Etwa zehn Meter an der Mauer entlang, dann links durch einen Holzzaun auf das sich anschließende Grundstück. Das Loch war nicht sehr groß, sie passte gerade so hindurch. Tagelang hatte sie an einem komplizierten Labyrinth gearbeitet, das sich über mehrere Grundstücke erstreckte, um ihr eine sichere Flucht zu ermöglichen.

Franziska Büchler rannte, erreichte den Holzzaun, nahm den Rucksack ab, warf ihn über den Zaun, zwängte sich selbst durch das enge Loch, griff sich noch in der Aufstehbewegung den Rucksack und warf ihn sich wieder auf den Rücken. Sie wusste instinktiv, dass der Mann hinter ihr her war, und lief so schnell sie konnte weiter. Kurz bevor sie die nächste Ecke erreichte, an der es rechts um eine Steinmauer herum auf das nächste Grundstück ging, verspürte sie einen stechenden Schmerz an der Außenseite ihres linken Oberschenkels. Sie stöhnte leise auf, lief aber weiter. Kurz darauf traf sie ein Schlag in den Rücken und warf sie nach vorn. Mit einem Aufschrei ging sie zu Boden und kroch um die Ecke der Grundstücksmauer. Als nichts mehr passierte, robbte sie noch ein paar Meter an der Steinmauer entlang, richtete sich wieder auf und rannte trotz des Schmerzes in ihrem Oberschenkel zurück zu Claudia, die in der Dunkelheit in ihrem Wagen auf sie wartete.

»Wir müssen tanken«, sagte Lagerfeld lakonisch, als die Lichter der Stadt Coburg vor ihnen auftauchten. »Bis zu Suckfülls Adresse schaffen wir es keinesfalls, ich fahr schon seit vierzig Kilometern auf Reserve.«

Franz Haderlein fiel aus allen Wolken. »Das ist doch nicht dein Ernst, Bernd. Wieso hast du nicht schon früher getankt, das ist jetzt ein absolut dämlicher Zeitpunkt!« Lagerfelds väterlicher Vorgesetzter war sichtlich genervt.

Doch Bernd Schmitt wusch seine Hände in Unschuld. »Das hier ist dein Landrover, nicht meiner. Ich weiß ja nicht mal, wo der Tank ist.«

»An der nächsten Ausfahrt raus, dann kommt nach zweihundert Metern eine Tankstelle, verstanden?« Haderleins Ton wurde ungeduldiger. Er hatte es satt, den Geschehnissen hinterherzulaufen und immer zu spät zu kommen. Sie mussten diese Burschenschaftler finden, bevor Franziska Büchler womöglich wieder zuschlug. Außerdem zerbrach sich Haderlein den Kopf darüber, was er machen würde, wenn er wieder auf Irrlinger traf. Natürlich würde er ihn am liebsten verhaften, aber dafür fehlten ihm noch immer die entscheidenden Beweise.

»Sag mal, hast du eigentlich Geld dabei?«, unterbrach Lagerfeld unschuldig seinen Gedankengang. »Ich nämlich nicht.«

Leise fluchend zog Byron Gray den Arm aus dem Loch in dem Zaun. Es war für ihn zu klein und der Zaun zu hoch gewesen, als dass er ihn irgendwie hätte überwinden können. Obwohl er sie getroffen hatte, war sie hinter der Mauer verschwunden. So eine verdammte kleine Hexe, wo war sie nur auf einmal hergekommen?

Nun, um dieses Problem würde er sich später kümmern, zuerst musste er wieder zur Villa. Er ging den Weg an der Grundstücksgrenze zurück, lud das Magazin seiner Beretta nach, sprang über die nächste, niedrigere Mauer und ging zum Haupteingang der Villa.

»Ich glaube, der ist weg«, sagte einer Anwesenden.

»Er ist also weg, soso?« Werner Grosch hatte nur beißenden Spott für ihn übrig. »Wenn du dir so sicher bist, geh doch zum Fenster und schau nach, du Vollidiot. Brauchst uns auch nicht Bescheid zu sagen, falls er doch noch draußen steht, das kriegen wir schon automatisch mit.«

»Wer war das überhaupt? Und was will er von uns?«, fragte ein anderer, und Werner Grosch wurde immer wütender. Er fühlte sich in seiner Hilflosigkeit gefangen und verspürte zum ersten Mal in seinem Leben ernsthaft so etwas wie Angst. Die Kombination machte ihn wahnsinnig. Und dann auch noch die überflüssigen Kommentare dieser sinnbefreiten Idioten. »Was meinst du denn, was der von uns will? Wie bescheuert muss man eigentlich sein, um ernsthaft solche Fragen zu stellen?«

Daraufhin wagte erst einmal niemand mehr eine Äußerung. Sie saßen auf dem Boden und betrachteten mehr oder weniger verstört den blutüberströmten Fuxmajor. Werner Grosch, der neben ihm auf dem Boden hockte, hatte es bereits aufgegeben, dem Sterbenden Hilfe zu leisten. Die Augen seines Kameraden hatten ihn flehend angeblickt, wurden aber immer matter. Nicht mehr lange, dann würde auch Rene Amann tot sein.

Düsteres Schweigen breitete sich im Paukraum der Rhenania Bavaria aus. Niemand hatte eine Lösung für die Situation an der Hand oder wollte gar einen schlauen Vorschlag machen. Schließlich fasste sich Werner Grosch ein Herz, kroch über den verblutenden Amann hinweg zum Fenster und spähte in den Garten hinunter. Mittlerweile war es Nacht geworden, und im Schein der Straßenlaternen konnte man nur noch schlecht sehen. Die Villa und die Straße wurden zwar beleuchtet, doch der Garten lag weitestgehend im Dunkeln. Bevor sich Werner Grosch weitere Schritte überlegen konnte, klopfte es an der Tür.

»So, Sie haben also kein Geld dabei? Dann werde ich wohl die Polizei verständigen müssen!« Der aufgebrachte Tankstellenbesitzer machte Anstalten, zum Telefon zu greifen.

Haderlein hielt ihm schnell seinen Dienstausweis unter die Nase. »Das können Sie sich sparen, Meister. Wir sind die Polizei, und das ist ein Notfall. Selbstverständlich werden wir unseren Sprit bezahlen, nur eben später. Wenn Sie möchten, können wir auch gern unsere Ausweise hierlassen.«

Auch Lagerfeld präsentierte nun seinen Ausweis, doch der Besitzer der freien Tankstelle in Rödental, Wolfgang Friedrich, war alles andere als überzeugt. Er musterte die Ausweise und machte dann eine verächtliche Handbewegung.

»Das beweist überhaupt nichts, ihr Komiker. Außerdem seid ihr die ersten Bullen, die ich mit einem SUV rumfahren seh. Lächerlich. Wieso seid ihr nicht gleich mit einem Cabrio unterwegs? Und so einen Ausweis wie euren mach ich euch in zwanzig Minuten am Computer. Wer sagt mir denn, dass ihr keine Trickbetrüger seid? Nix da. Entweder ihr blecht, oder ich ruf die Bullen, basta.« Wolfgang Friedrich verschränkte die Arme und baute sich vor ihnen auf.

Haderlein war ob solcher massiver Borniertheit unschlüssig, wie er reagieren sollte, Lagerfeld hatte indes die Sinnlosigkeit ihrer Überzeugungsversuche erkannt und zupfte seinen Kollegen am Ärmel. »Vergiss es, Franz. Los, wir gehen. Soll er uns doch anzeigen. Komm jetzt, wir müssen weiter.«

Haderlein nickte, und beide Kommissare drehten sich um, um die Tankstelle schnurstracks zu verlassen. Doch darauf hatte der verlebt wirkende Tankstellenbesitzer nur gewartet. Mit einem zufriedenen Gesichtsausdruck drückte er eine unscheinbare Taste unterhalb der Kasse. Sofort schlossen sich die Schiebetüren und eine Lampe begann rot leuchtend und von einem lauten Heulton begleitet zu rotieren. An den Zapfsäulen fuhren die Menschen erschrocken herum, um zu sehen, wer oder was den Radau verursachte. Friedrich betrachtete zufrieden die Szenerie. Niemand würde ihn um sein sauer verdientes Geld bringen. Zu oft schon hatten Betrüger einfach das Benzin nicht bezahlt und waren nach dem Tanken wieder davongefahren. Dagegen hatte er jetzt Videokameras. Wieder andere hatten die Nummernschilder abgedeckt. Gegen die hatte er Krallenbretter in die Fahrbahn montiert, die automatisch ausfuhren. Und sollte jemand einen Überfall durchziehen wollen, so führte das unweigerlich zu dem Radau, der gerade zu hören war, und der Alarm wurde zeitgleich direkt zur Polizei in Coburg weitergemeldet, die auch ein Videobild vom Inneren der Tankstelle sowie von den sich darin abspielenden Vorgängen empfangen konnte. Die zwei Kleinganoven würden ihm jedenfalls nicht so schnell entkommen.

»Macht auf«, hörten sie eine männliche Stimme mit leichtem Akzent, während die Türklinke hinuntergedrückt wurde. Derjenige von ihnen, der der Tür am nächsten saß, drehte erleichtert den Schlüssel. Die Tür öffnete sich, und ein Mann in Bluejeans, mit dunkler Wildlederjacke und einer Waffe mit Schalldämpfer in der Hand betrat den Raum und schloss ruhig hinter sich die Tür. Die Anwesenden erstarrten, nur Werner Grosch erhob sich vom Boden und blickte dem Ankömmling in die Augen.

»Wer sind Sie?«, fragte er mit tonloser Stimme. Er konnte den Besucher nicht einordnen.

»Ich bin Magnus.«

Werner Grosch war verwirrt. »Wer? Was wollen Sie hier?«

Für den Moment sah es so aus, als ob das der Typ war, der es auf sie abgesehen hatte, auch wenn er mit einer schallgedämpften Waffe und nicht mit einem Bogen mitten in ihrem Paukraum stand.

»Was ich hier will? Jemand hat mir eine E-Mail geschickt.« Er deutete auf den leise stöhnenden Fuxmajor und auf den Pfeil, der aus dessen Hals herausragte. »Darin wurde von dem Problem mit einem Bogenschützen berichtet und die Frage gestellt, ob ich es beheben könnte. Deshalb bin ich jetzt hier: um dieses Problem zu beheben.«

Grosch verstand nur Bahnhof. Er hatte jedenfalls niemanden benachrichtigt. Was sollte der Quatsch? Nichts machte mehr Sinn, und schon gar nicht, was Magnus da erzählte. Doch das würden sie später klären. Wenn Magnus ihnen wirklich helfen wollte, dann würde er ihm jetzt keine Fragen stellen. Erst einmal musste dieser Irre aus dem Weg geschafft werden, der es auf sie abgesehen hatte.

»Ich war es jedenfalls nicht, der dir geschrieben hat, aber das ist jetzt auch völlig egal. Kannst du diesen Irren da draußen für uns erledigen? Geld spielt keine Rolle, tu es einfach.« Grosch wurde immer aufgeregter.

Byron dachte nach und blickte sich um. Joe war nicht hier. Die Sache wurde allmählich kompliziert. Die Umstehenden erhoben sich und unterhielten sich leise.

»Ruhe!« Byron Gray hatte eine Entscheidung getroffen. Er hatte hier einen Job zu erledigen, mit oder ohne Joe. Sofort war es wieder mucksmäuschenstill in dem Raum. »Code Red«, sagte er leise, aber entschlossen.

Haderlein war erst fassungslos, dann wütend. Verdammt wütend sogar. In der Regel schaffte es nur Siebenstädter, diesen Gemütszustand in ihm hervorzurufen. »Sie haben sie ja wohl nicht alle! Das ist Behinderung der Polizei, Sie Irrer. Wir sind auf dem Weg zu einem wichtigen Einsatz, bei dem es womöglich um Leben und Tod geht!«

Lagerfeld zog ihn am Ärmel.

»Vergiss den Arsch, Franz.« Er hatte seine Dienstwaffe gezückt, die er jetzt ansatzlos auf die zweiflügelige Eingangstür der Tankstelle richtete. Er schoss zweimal, sodass in der Glastür zwei kleine Löcher mit einem spinnennetzartigen Bruchmuster erschienen. Mit einem seiner Cowboystiefel trat er anschließend kräftig gegen die perforierte Fläche, und die Scheibe splitterte und fiel widerspruchslos und komplett nach draußen auf den Teer. Schreiend und kreischend warfen sich die Kunden der Tankstelle hinter oder gar unter ihre Fahrzeuge, während Lagerfeld wie der Rächer der Enterbten mit der Waffe in der Hand durch den leeren Türrahmen stieg.

»Echt filmreif, Herr Kollege!«, entfuhr es Haderlein anerkennend, als er Lagerfeld durch die zerschossene Tür folgte. Mehrere verängstigte Augenpaare beobachteten derweil sorgenvoll, wie die beiden Verbrecher ruhigen Schrittes zu ihrem geparkten Fluchtfahrzeug gingen, einstiegen und davonfuhren.

Der Inhaber der freien Tankstelle in Rödental war über die unerwartete Wendung der Situation nicht etwa erschrocken, sondern eher verärgert. Es schien, als wäre sein Sicherheitssystem doch noch verbesserungsfähig. *Schusssichere Eingangstür* notierte Wolfgang Friedrich unwirsch auf einem Zettel, während das Radio hinter ihm gerade verkündete, dass sich das offizielle Wahlergebnis noch weiter verzögern würde, da es sehr knapp zuging. Anscheinend stand es fifty-fifty.


»Vorsicht!«, schrie Haderlein, als direkt vor ihnen aus dem Teer scharfe Krallen hervorragten, die die Reifen des Freelanders wie Papier zu zerschneiden drohten.

Geistesgegenwärtig riss Lagerfeld den Landrover nach links und nahm die Abkürzung über den gewölbten Rasenstreifen Richtung Hauptstraße. Die Werbetafel, die lästigerweise auf dem kleinen Hügel stand, musste als unvermeidbarer Kollateralschaden dran glauben – genauso wie der linke Nebelscheinwerfer von Haderleins Wagen.

»Der Vollpfosten kann sich jedenfalls auf eine Rechnung gefasst machen«, knurrte Haderlein und spielte gedanklich bereits die eine oder andere Foltermethode durch, mit der er den Tankstellenbesitzer zu beglücken gedachte. Als sie sich wieder auf der Hauptstraße befanden, gab Lagerfeld Vollgas.

»Wie weit ist es noch?«, fragte er seinen Beifahrer, da er sich bei dem Affentempo uneingeschränkt auf die Straße konzentrieren musste.

»Laut Navi höchstens noch vier Minuten«, meldete ihm Franz Haderlein. »Ich hoffe nur, dass Fidibus mit seinen Insiderinformationen richtiglag, sonst stehen wir endgültig da wie die Könige der Idioten.«

Mit über hundert Sachen, Aufblendlicht, Hupen und Warnblinkanlage donnerte der Landrover durch die Coburger Innenstadt. Es konnten nur noch wenige hundert Meter bis zum Ziel sein, als Lagerfeld voll in die Eisen stieg und die zwei Tonnen Leergewicht des Freelanders in Rekordzeit zum Stehen brachte. Vor ihnen hatte die Polizei eine Straßensperre errichtet, blaue Warnlichter blinkten, und Polizisten standen mit ihren Waffen im Anschlag herum, während hinter ihrem Fahrzeug weitere Polizeiwagen nun auch den Rückweg versperrten.

»Wirklich filmreif«, wiederholte Haderlein trocken. »Da haben wir an zukünftigen langen Winterabenden wenigstens etwas zu erzählen.«

»Los, mit erhobenen Händen aussteigen!«, rief ein Polizist mit auf sie gerichteter Waffe.

»Okay, Riemenschneider«, flüsterte Haderlein leise nach hinten zu dem verstört dreinblickenden Ferkel, das bei der Vollbremsung vom Rücksitz gerutscht war. »Du bleibst in Deckung unten auf dem Boden liegen, sonst halten die uns hier noch endgültig für bescheuert.«

Seufzend öffneten die beiden Beamten daraufhin die

Türen. »Wir sind von der Bamberger Polizei, das ist alles ein Missverständnis!«, versuchte Lagerfeld die Situation zu entschärfen.

Der Polizist musterte Lagerfeld kritisch von oben bis unten. Vor ihm stand ein Typ, der mitten in der Nacht mit Sonnenbrille in einem SUV herumfuhr und Lederjacke, alte Jeans und Cowboystiefel trug. Er konnte sich ein Grinsen nicht verkneifen. »Klar, Bruder, und mein Känguru scheißt goldene Milchtüten.«

»Aber er hat recht«, meldete sich nun auch Haderlein energisch zu Wort. »Wenn ich hier in meine Jacke greifen dürfte, könnte ich Ihnen auch meinen Dienstausweis zeigen.« Er stockte und schaute verzweifelt zu Lagerfeld hinüber. Ihre Dienstausweise lagen noch auf dem Tresen einer freien Tankstelle in Rödental bei Coburg.

»Mein Gott, siehst du das auch?« Der Polizist wandte sich an seinen Kollegen und deutete lachend auf die Rückbank. »Da sitzt ja ein Ferkel!«

Magnus alias Byron Gray hob die Beretta und schoss Werner Grosch einmal ins Herz und einmal in den Kopf. Die Wucht der Kugeln war so stark, dass Grosch alias Steve rückwärts durch den fensterlosen Rahmen geschleudert wurde und mit einem dumpfen Geräusch unten im Garten aufschlug.

Byron Gray drehte sich zu den anderen um und schaute jeden von ihnen mit kalten grauen Augen an. »Wo ist Joe?«, fragte er ruhig.

Niemand der Anwesenden wagte sich zu rühren oder brachte auch nur einen Ton heraus. Niemand würde reden, es war eine Sache der Ehre. Doch dieser Magnus schien hier zu sein, um aufräumen zu wollen. Er gab ihnen noch einmal zwanzig Sekunden, dann hob er die Beretta und drückte mehrmals ab. In diesem Moment fand das Jagdabenteuer der Gruppe »Three Oaks« für die hier anwesenden Mitglieder ein tödliches Ende.

Als außer ihm selbst niemand mehr in dem Raum am Leben war, hörte er durch das zerbrochene Fenster sich nähernde Polizeisirenen. Er musste verschwinden. Bevor er den Raum verließ, schoss er dem am Boden liegenden Amann noch zweimal in die Brust, woraufhin das leise Stöhnen des Fuxmajors endgültig erstarb. Byron Gray schloss die Tür des Paukraumes von außen ab, dann verschwand er genauso unauffällig, wie er gekommen war, während aus dem Chargiertenzimmer der Ton des Fernsehers und laute Diskussionen zu vernehmen waren.

Franziska stürmte aus dem Gebüsch, riss die Beifahrertür auf und warf sich auf den Sitz. »Fahr los, fahr!«, schrie sie.

Sofort gab Claudia Fraas Gas, und der Peugeot setzte sich quietschend in Bewegung. Irgendetwas musste schiefgelaufen sein, doch für Fragen war keine Zeit, sie musste sie beide so schnell wie möglich von hier wegbringen. Aus dem Augenwinkel bemerkte sie, dass Franziska am Bein blutete und ihr Gesicht schmerzverzerrt war. Ihre Tochter öffnete ihren Rucksack, nahm die zerlegten Teile des Bogens heraus und fand, wonach sie suchte. Im Mittelteil des Bogens, das aus leichtem Magnesium gefertigt war, steckte der platt gedrückte Rest einer Kugel. Das Stück Leichtmetall hatte ihr soeben das Leben gerettet.

Claudia drehte sich zu ihr. »Was ist, hast du ihn erwischt?«

Doch Franziska winkte ab. »Frag nicht, Mama, fahr einfach. Bring uns bloß schnell von hier weg.« Sie war erschöpft und merkte erst jetzt, dass sie am ganzen Körper zitterte. Wer war dieser Mann gewesen? Wo war er so plötzlich hergekommen? Es dauerte nicht lang, dann hatte sie realisiert, dass auch sie von einem Moment auf den anderen von der Jägerin zur Gejagten geworden war.

Byron Gray saß bereits in seinem Jeep. Er wollte den gleichen Weg zurückfahren, den er gekommen war, als er plötzlich vor sich eine Polizeisperre sah. Zuerst wollte er schon mit Vollgas zurückstoßen und schnellstens verschwinden, dann aber sah er, dass die Polizei auf der anderen Seite der Sperre zwei Männer festnahm.

»Bitte, fahren Sie hier rechts. Das ist nur eine Polizeimaßnahme«, teilte ihm ein freundlicher Polizist mit und lotste ihn um die gesperrte Straße herum. Sein Puls hatte sich zwar nicht beschleunigt, aber er hatte sofort in den Gefahrenmodus umgeschaltet und innerlich schon die Szenarien durchgespielt, die an einer solchen Sperre möglich waren. Doch die Polizisten schienen nicht nach ihm zu suchen.

Als er die Straßensperre hinter sich gelassen hatte, kreisten seine Gedanken wieder um die Geschehnisse in der Villa. Joe war nicht dort gewesen. Hatte er seine Auftraggeber benachrichtigt? Er selbst hatte in der Villa alles so vorgefunden wie angekündigt, nur die Bogenschützin im Garten war völlig unerwartet aufgetaucht. Wäre er nicht so überrascht gewesen, hätte sie niemals die Zeit gefunden, um durch dieses winzige Loch zu verschwinden. Er überlegte. Eigentlich hätte jetzt alles erledigt und er bereits auf dem Weg nach Frankfurt zum Flughafen sein sollen. Doch die Situation war nicht so, wie sie sein sollte. Joe hatte bei der Zusammenkunft gefehlt.

Als er den Wrangler wieder unter der Brücke abgestellt hatte, setzte Byron Gray sich erst einmal auf einen großen Stein am Ufer des kleinen Flüsschens. Er hatte dringend eine Pfeife nötig. Ein paar Stunden verharrte er in dieser Position und durchdachte die Gesamtsituation, während die Geräusche der Autobahn durch die Nacht zu ihm drangen.

Mindestens zwei Menschen wussten von ihm. Diese schießende Amazone und der Schreiber des Hilferufes, hinter dem sich wahrscheinlich Joe verbarg. Er konnte es drehen und wenden, wie er wollte, er konnte es sich nicht leisten, die beiden am Leben zu lassen. Sie mussten sterben, denn es durfte keine Zeugen geben. Niemals.

Er atmete tief durch, und ein kaltes Lächeln breitete sich auf seinem Gesicht aus. Also gut. Dann würde er seinen Aufenthalt in Deutschland eben verlängern, und der Jagdausflug würde etwas umfangreicher als geplant werden. Im Improvisieren war er schon immer gut gewesen. Improvisieren war auch beim Jagen sehr wichtig, und deshalb war er ja schließlich gekommen. Zum Jagen.

Irrlinger blickte auf seine Uhr. »Liebe Kameraden«, sagte er laut, »es hilft nun alles nichts, die Auszählung läuft, und wir können nichts anderes tun, als zu warten. Ich würde mich sehr freuen, wenn ihr mit mir zusammen in diesem Raum die Zeit bis zur Entscheidung verbringen würdet. Immerhin kann ich euch mit einem Büfett und gekühlten Getränken locken. Außerdem habe ich extra für diesen historischen Tag einen Fernseher bringen lassen, der uns bezüglich der Hochrechnungen auf dem Laufenden halten wird.« Er schaltete den achtundvierzig Zoll großen Loewe-Fernseher ein und gab sich genüsslich dem Applaus hin. »Natürlich ein fränkisches Produkt, wie ihr seht, liebe Kameraden. Und jetzt wünsche ich uns allen einen spannenden und vor allem erfolgreichen Wahlabend.« Er drehte den Ton am Fernseher so laut, dass man sich in einem kleinen Kino wähnen konnte.

In der folgenden Zeit unterhielt sich Gerhard Irrlinger mit dem einen oder anderen Gast, blieb aber stets in der Nähe des Fensters und schaute auch immer wieder vorsichtig durch einen Spalt in den Garten hinaus.

Im Fernsehen wurde die spannende Situation immer wieder von allen Seiten beleuchtet und diskutiert. Fachleute wurden befragt, Wählerwanderungen gedeutet, Motivationslagen erklärt. Doch nach eineinhalb Stunden und der zweiten Hochrechnung des Frankenfernsehens stand es nach wie vor unentschieden. Kurz danach hielt sich Gerhard Irrlinger wieder am Fenster des Chargiertenzimmers auf und schaute in die diffuse Nachtbeleuchtung. Aufmerksam beobachtete er, was dort draußen vor sich ging. Als die Person in ihrem großen Wagen davonfuhr, drehte er sich von seinem Fenster weg und lächelte zufrieden in den Raum. Hoffentlich war damit das Problem gelöst.

»Was ist los, Gerhard, haben wir gewonnen?«, fragte ihn der Fechtwart. Er war in vollem Wichs gekommen und deutete Irrlingers Lächeln so, als wüsste dieser bereits mehr als alle anderen.

»Nein, Gottfried, ich weiß genauso viel wie ihr. Es ist nur meine unerschütterliche Zuversicht, die mich lächeln lässt.«

Der Fechtwart lachte wissend. »Natürlich, Gerhard, was sonst?« Dann nippte er an seinem Sekt, den er schon geraume Zeit durch die Gegend trug.

»Aber, Gottfried? Hol doch schon mal unsere Fahne, die

können wir hier gut gebrauchen, wenn das Ergebnis durchgegeben wird. Und dann werden wir zur Feier des Tages den Coburger Marsch spielen lassen.« Irrlinger schaute noch einmal prüfend auf seine Uhr.

»Gute Idee«, sagte der Fechtmeister und stellte sein Sektglas zur Seite.

»Ist die nicht im Paukraum?«, fragte Irrlinger sicherheitshalber nach.

»Stimmt. Lass nur, ich hol sie gleich.« Eilig ging Gottfried Eckstein hinaus.

Gerhard Irrlinger schaute derweil noch einmal aus dem Fenster. Im Gras konnte er schemenhaft etwas regungslos liegen sehen. Alles war so, wie es sein sollte.

Einige Momente später betrat Fechtwart Gottfried Eckstein wieder den Raum. Ohne Fahne, allerdings mit kreidebleichem Gesicht.

»Wo ist die Fahne?«, fragte ihn Irrlinger fast vorwurfsvoll.

Eckstein trat nahe an ihn heran und flüsterte ihm etwas ins Ohr, woraufhin die beiden Männer das Chargiertenzimmer verließen und unter der Führung des aufgelösten Fechtwartes zum Paukraum hinübergingen, wo Eckstein erkennbar unter Schock stehend die Tür öffnete. Der Anblick, der sich ihnen bot, war grauenhaft. Der Raum war voller Leichen, die Wände und der Boden des Paukraumes waren voller Blut, und durch das zerbrochene Fenster strömte kühle Mailuft herein.

Irrlinger legte dem Fechtwart die Hand auf die Schulter. »Das ist ja schrecklich. Wie spät ist es?«

Der sichtlich um Fassung ringende Fechtwart schaute auf seine Uhr. »Halb zehn«, presste er hervor.

»Gut. Wir müssen umgehend die Polizei verständigen.

Das übernimmst du. Aber bis die Beamten hier sind, hältst du diese Tür verschlossen und erzählst niemandem ein Wort, verstanden? Ich möchte nicht, dass unnötige Aufregung entsteht. Ich werde unten vor der Tür auf die Polizisten warten und dann alles Weitere mit ihnen klären.« Eckstein nickte dankbar, und Irrlinger klopfte ihm aufmunternd auf die Schulter.

»Hier ist ein furchtbares Verbrechen verübt worden, Gottfried, aber die Polizei wird das schon aufklären. So, und jetzt tu, was ich dir gesagt habe.« Noch einmal tätschelte er ihm die Schulter, dann ging er die Treppe hinunter ins Erdgeschoss, um zu warten.


»Bernd, bist du das?« Die Frage wurde von einem jungen Polizisten gestellt, der eben erst zu seinen Kollegen gestoßen war.

»Ach, der Herr Geisfelder, welche Ehre«, antwortete Lagerfeld erfreut, als die Kollegen der Coburger Polizei ihm und Haderlein gerade Handschellen anlegen wollten. »Könntest du die Heinis da vielleicht einmal aufklären, dass auch wir auf der guten Seite der Macht kämpfen?« Martin Geisfelder war ein Exkollege aus Bamberg, der mit ihm bei der Sitte gearbeitet hatte. Im Grunde ein schlichtes Gemüt, aber der Herr sollte ihn dafür segnen, dass er gerade jetzt Dienst hatte.

»Kennst du den etwa?«, fragte ein älterer Kollege ungläubig.

»Natürlich. Darf ich vorstellen: Kriminalhauptkommissar Haderlein und Kriminalkommissar La ... äh, ich meine, das ist Bernd Schmitt, und beide sind von der Dienststelle Bamberg. Warum verhaftet ihr die, die gehören doch zu uns?«, wollte Geisfelder erstaunt wissen.

405

Im gleichen Moment meldete sich der Funk in den anwesenden Einsatzfahrzeugen zu Wort. Der Kollege, der die beiden Bamberger Kommissare gerade hatte verhaften wollen, hörte die Meldung ab, kam wieder zurück und nahm ihnen die eben erst angelegten Handschellen ab.

»Ich bitte vielmals um Entschuldigung. Wir werden mit dem Herrn Friedrich mal ein ernstes Wort sprechen müssen, aber das ist jetzt nebensächlich. Gerade ist eine Meldung über einen Mordfall reingekommen, den können Sie dann ja gleich übernehmen.« Man sah dem Polizisten an, dass er die Anwesenheit von Lagerfeld und Haderlein plötzlich als äußerst praktischen Umstand wertete. Um den bitterbösen Blick von Lagerfeld scherte er sich nicht.

»Wo?«, fragte Haderlein einer bösen Ahnung folgend sogleich nach.

»Gleich hier, in der gelben Villa der CCler«, erwiderte der Polizeihauptwachtmeister und ging zu seinem Auto. »Fahren Sie mir einfach nach!«

»Meinst du, dass wir wieder zu spät kommen?«, rief Lagerfeld Haderlein zu, als sie zu ihrem Landrover liefen.

Doch der knallte nur wütend die Beifahrertür hinter sich zu. »Fahr!« Er ahnte, dass die große Show inklusive tödlichem Finale schon wieder ohne sie abgelaufen war.

Schweigend folgten sie den Einsatzfahrzeugen der Polizei einige Meter bis zu dem gelb verputzten Haus mit den drei Fahnen. Als sie ausstiegen, wurden sie schon von einem älteren Polizisten herbeigewunken und sahen ihre schlimmsten Befürchtungen bestätigt. Links neben dem Haus lag der tote Werner Grosch verkrümmt im Gras. Auf seiner Stirn und Brust waren die Einschusslöcher eines großen Kalibers zu erkennen.

»Im ersten Stock gibt's noch mehr Tote«, sagte ein Polizist erschüttert, der gerade aus dem Haus gekommen war.

Kommissar Bernd Schmitt hatte sich über den am Boden liegenden Grosch gebeugt und schaute nun auf. »Ach, und keine Pfeile weit und breit?«, entfuhr es ihm.

Haderlein hatte sich einem unbestimmten Gefühl folgend umgedreht und sah nun nach oben zum Balkon der Villa hinauf. Im diffusen Mondlicht stand dort Dr. Gerhard Irrlinger und sah ihn mit ausdruckslosem Gesicht und stechendem Blick aus seinen graublauen Augen an. Haderlein schauderte, aber dann fühlte er die kalte Wut des heutigen Tages wieder in sich aufsteigen. »Ich werde dich kriegen«, murmelte er leise, als der Mann auf dem Balkon sich umdrehte und im Innern der Villa verschwand.

## Epilog 1

Der Wahlraum im Coburger Rathaus war schon den ganzen Tag über gut besucht gewesen, doch kurz vor Toresschluss nahm der Ansturm auf die Wahlurne noch einmal zu. Noch um fünf vor sechs ging es in dem Wahlraum zu wie in einem Taubenschlag. Wahlzettel wurden eiligst überprüft, Ausweise kontrolliert, es bildeten sich sogar kleine Schlangen, da der Zuständige der hiesigen Wahlurne, Kreisrat Eisenhardt, mit dem ihm eigenen peniblen Perfektionismus das Einwerfen der Wahlzettel beaufsichtigte.

Von all dem unbemerkt wurde draußen vor dem Rathaus ein Fahrrad abgestellt, ein wahlberechtigter Bürger betrat den Wahlraum und holte unter Vorlage seines zerfledderten, aber gültigen Reisepasses seinen Wahlschein ab. Der Umstand, dass der Wahlberechtigte einen mittelgroßen Kassettenrekorder unter seiner Kleidung versteckt hielt, entging den Wahlbeamten in dem Gedränge, und so erklang um Punkt achtzehn Uhr aus einer der Wahlkabinen Musik, die vom infernalischen Gesang eines Mannes begleitet wurde. Er hatte eine bekannt-berüchtigte Weise umgedichtet und wollte diese nun offensichtlich zum Besten geben: »Franken, Franken über alles, über alles in der Welt!«

Der Erste, der seine Fassung wiederfand und reagierte, war der zuständige Leiter des Wahlraumes, Kreisrat Benno

Eisenhardt. Als der stadtbekannte Sänger bei der Zeile »Von der Itz bis an die Altmühl« angelangt war, riss ihm der Geduldsfaden, und er zerrte den immer lauter singenden Mann aus der Wahlkabine hervor.

»Ich glaub, dir geht's nicht gut!«, brüllte Eisenhardt die verblüffte Lärmquelle an, die sich unversehens mehr oder weniger in der Horizontalen befand.

In der Hand hielt der Sänger seinen ausgefüllten Wahlzettel. »Ihr könnt mich net am Wählen hindern«, protestierte er umgehend. »Des is mei gutes Recht! Lass mich los, sonst ruf ich die Polizei!«

Selbst wenn er nicht sang, war die Stimme des Mannes unerträglich schrill, sodass ihn Eisenhardt wegen des schmerzhaften Schalldruckes, der auf seine Ohren wirkte, loslassen musste. »Isjagutisjagut!«, rief der Kreisrat verzweifelt und hielt sich wie alle anderen im Raum die Ohren zu. »Wählen darfst du, aber nicht singen!« Er musste seine Stimme erheben, um den noch immer plärrenden Kassettenrekorder zu übertönen. Der Gescholtene stand auf, blickte wild um sich, dann nahm er seinen Wahlzettel und hielt ihn bedeutungsvoll über den Schlitz der Urne, während hinter ihm endlich jemand dem Gettoblaster den Saft abdrehte. Eigentlich hätte er nur noch den Zettel einwerfen und gehen müssen, dann hätte der Tag im Wahlraum für alle Beteiligten ein friedliches Ende genommen, doch der in seinem Sängerego Gekränkte konnte es nicht lassen: »...von der Rhön bis zu die Schwaben, über alles in der Welt!«

Das war's. Eisenhardt und zahlreiche Umstehende packten den Poeten und beförderten ihn unsanft neben sein Fahrrad auf den Coburger Marktplatz. Die zufällig anwesende Journalistin der Coburger Neuen Presse, Gabi

Habermann, schoss sofort eine Bilderserie des wütenden Sängers, der bereits mit Anwalt, Tod und Teufel drohte. Er fuchtelte noch eine Weile wild mit seinem nicht eingeworfenen Wahlzettel herum, stieg dann aber schlussendlich doch auf sein klappriges Rad und entschwand durch die nächste Gasse der Coburger Altstadt, indem er lauthals die neue »frankierte« deutsche Nationalhymne sang.

*Bekannter Coburger Mitbürger am Wählen gehindert!* Gabi Habermann wusste schon, wie die witzig gemeinte Schlagzeile am nächsten Tag lauten würde. Doch jetzt würde sie erst einmal in die Redaktion eilen und die neuesten Nachrichten sehen. Schließlich war sie selbst gespannt, wie die Wahl ausgehen würde.

**Epilog 2**

Um Punkt zweiundzwanzig Uhr dreißig betrat der Wahlleiter Richard Behm das Podium in der Bamberger Konzerthalle, und wenige Sekunden später war es in dem
großen Saal mucksmäuschenstill. Behm ging zum Haupt-
rednerpult und justierte das Mikrofon. Fast eintausendfünfhundert Augenpaare waren gespannt auf ihn gerichtet, während er einen Computerausdruck vor sich legte.
An seinem Gesicht war nicht abzulesen, wie die Abstimmung ausgegangen war, doch Richard Behm war mit ganzer Seele Notar, er war also schon von Berufswegen darin
geübt, neutral zu wirken.

»Meine Damen und Herren, liebe anwesenden Gäste,
ich darf Ihnen nun das offizielle Wahlergebnis der heutigen
Abstimmung über die Antragstellung zur Neuordnung des
Bundesgebietes bekannt geben.«

Aus der absoluten Stille wurde eine Totenstille.

»Meine Damen und Herren, auch ich konnte es zuerst
nicht glauben, aber ich habe die Zahlen hier vor mir liegen. Wir haben zweimal nachzählen lassen, ein Fehler ist
also ausgeschlossen. Knapp über drei Millionen Wahlberechtigte waren in Franken aufgerufen. Abgestimmt
haben 2.824.055 Personen. Ungültige Stimmen: 47. Für Ja
haben gestimmt – 1.412.004«, mit Nein haben gestimmt –
1.412.004. Das heißt, wir haben ein exaktes Patt. Nach

Auszählung sämtlicher Stimmen steht es genau fifty-fifty. Nachdem für diesen Fall eine ungeklärte und damit unsichere Rechtslage vorliegt, muss ich Sie bitten, sich noch etwas zu gedulden, bis sich der Wahlausschuss ein endgültiges Bild von der juristischen Lage gemacht hat. Wir werden uns nun zur Beratung zurückziehen. Sobald wir zu einem Ergebnis gelangt sind, werden wir Sie umgehend informieren. Ich danke Ihnen.«

Richard Behm erhob sich, und eine Sekunde später war im Saal des Bamberger Festhauses wie auch im Rest der Republik die Hölle los.

## Mein von Herzen kommender Dank!

Ohne die Hilfe folgender Menschen wäre dieses Buch so nicht möglich gewesen.

Ein herzliches Dankeschön an: Ina Eckstein, Alexander Luthard, Beier Bogensport Sesslach, Dr. Thomas Neundorfer, Dr. Peter Pechmann, Dr. Dr. Uwe Greese, Prof. Dr. Dr. Marika Geldmacher von Mallinckrodt, Deutscher Bogensport-Verband Hamburg, Landrover Deutschland, HUK Coburg, »La Stazione Kaltenbrunn«, Josef Sanfillippo, Konzertagentur Friedrich, den Emons Verlag in Köln und ganz besonders an Elke und Hannah sowie meine unersetzlichen und tapferen Probeleser/-innen: Martina, Martin, Denise, Beate, Uwe, Michael, Andrea, Matthias und Udo.

Besonders danke ich dir, Maren, für das Licht in so manch dunkler Stunde.

# Das fünfte Glas

# Prolog

Byron Gray las alles mehrmals und Wort für Wort durch, dann legte er das Blatt Papier neben sich auf die Motorhaube und zog mit der rechten Hand seine Beretta aus der Jacke. Er legte die Waffe auf den Brief – nicht, dass ein plötzlicher Windstoß das wertvolle Stück noch davonwehen würde. Die Arme verschränkt, stand er minutenlang an die Kühlerhaube seines Jeeps gelehnt und schaute der untergehenden Abendsonne zu. Ein Unbeteiligter hätte in ihm zweifelsohne einen Mann gesehen, der verträumt die romantische Stimmung des Momentes genoss und in die Weiten des Obermaintals sah. Ein Anblick, wie er friedlicher nicht hätte sein können. Niemand, der Byron Gray so betrachtete, hätte sich jemals vorstellen können, dass ihn einzig und allein eines beschäftigte: was Franziska Büchler genau vorhatte und wie er sie möglichst schnell finden und töten konnte.

# Teil 1

# Der Plan

Teil 1

Der Plan

## Die gelbe Villa

Er saß auf einem Stuhl und betrachtete ihn. Hätte er das Gefühl, mit dem er sein Gegenüber gerade musterte, beschreiben sollen, er hätte sich reichlich schwergetan. Es war eine undefinierte Mischung aus Fassungslosigkeit, Wut und kalter Entschlossenheit. Sie saßen sich gegenüber wie zwei Schwergewichtsboxer vor dem ultimativen Kampf. Nur dass es sich hier nicht um einen Boxring handelte und es auch keine Siegesprämie gab. Wie es schien, war der Kampf bereits entschieden, zumindest standen die Verlierer augenscheinlich fest. Ob da vor ihm auf dem Stuhl jedoch der Sieger saß, das war Kriminalhauptkommissar Franz Haderlein noch nicht wirklich klar. Auf jeden Fall war der Mann maßgeblich in den verworrenen Mordfall verwickelt. Jede Faser seines Körpers, jegliches kriminalistische Feingefühl, das er jemals entwickelt hatte, sagte dem erfahrenen Ermittler der Bamberger Kriminalpolizei, dass hier ein eiskalter Verbrecher vor ihm saß. Eine Ewigkeit hatten sie ihre Blicke bereits ineinander versenkt. Ruhig, kalt und mit dem Wissen auf beiden Seiten, dass nichts und niemand diesen Status quo würde ändern können, auch wenn Haderlein nichts lieber getan hätte als das. Doch die Dinge waren nun einmal so, wie sie waren.

Der Mann vor ihm hatte keine Angst, sondern war vielmehr die absolute Selbstsicherheit in Person. Angespannt, ja, aber nichtsdestotrotz hundertprozentig von sich und seinem Plan überzeugt. Mit einem arroganten Lächeln auf den Lippen erwiderte er nun schon seit geraumer Zeit Haderleins forschenden Blick. In seinen tiefen, kalten Augen lag unverstellte Bosheit. *Du ahnst die Wahrheit, wirst sie aber nicht beweisen können, niemals.* Leider wusste Kriminalhauptkommissar Haderlein, dass nach Lage der Dinge Dr. Gerhard Irrlinger damit womöglich recht haben könnte.

Bernd Schmitt blickte erschüttert auf das Bild des Grauens, das sich ihm darbot. In seiner jungen Karriere war ihm schon so einiges an Verbrechen untergekommen, aber so ein Massaker hatte er noch nie gesehen. Fünf Leichen lagen hier, mehr oder weniger willkürlich angeordnet, auf dem Boden, anscheinend aus nächster Nähe erschossen. Dazu kam noch die eine Leiche mit dem schwarzen Jagdpfeil im Hals. Der Paukraum der Coburger Studentenverbindung »Rhenania Bavaria« war nicht mehr länger eine bloße Übungsstätte für sich selbst verstümmelnde, rechtslastige Traditionalisten, nein, der Trainingsraum in der gelben Villa war zu einer üblen Leichenhalle geworden. Lagerfeld schaukelte seine leicht überdimensionierte Sonnenbrille unmotiviert mit der rechten Hand in der Luft herum. Auch ohne Spurensicherung und Scheinwerfer konnte er sehen, dass der Mörder sich erst vor Kurzem vom Acker gemacht haben musste. Das Blut auf dem alten Holzboden breitete sich noch immer weiter aus und versickerte in dem einen oder anderen Holzspalt. Diese Menschen hier hatten gerade eben erst ihr Leben ausgehaucht, und sie, die Polizeibeamten, hatten den Mörder um Haaresbreite verpasst. Und alles nur wegen eines durchgeknallten Tankstellenbesitzers in Rödental, der sie für Benzinpreller gehalten hatte.

Bei dem Gedanken an diesen oberfränkischen Vollidioten ballte Lagerfeld spontan seine Hand in der Tasche zu einer Faust. Von der Treppe erklangen Stimmen und das Getrappel von Schuhen. Die Spurensicherung war endlich eingetroffen. Nun, dann sollten die mal sehen, was sie in diesem bluttriefenden Zimmer feststellen konnten. Um ihren Job beneidete Lagerfeld die Jungs von der Spusi definitiv nicht.

Er drehte sich um und ging den Männern entgegen. Er würde ihnen erst mal den ganzen Schlamassel hier überlassen und sich um Leiche Nummer sechs kümmern, die im Garten lag. Das Opfer war wohl durch den Rückschlag der Kugeln durch das Fenster gestürzt. Insgesamt waren es sechs Opfer, die alle zur gleichen Zeit umgebracht worden waren. Fünf durch eine Schusswaffe, eines mit Pfeil und Bogen. Keine offensichtlichen Spuren, keine Zeugen, keine Anhaltspunkte. Sie hatten sechs Ermordete, und die Kriminalpolizei stand auf dem Schlauch.

In einem Fernsehzimmer saßen lauter Figuren der Frankenpartei herum, die auf dem Riesenfernseher angeblich das Ergebnis der heutigen Volksabstimmung mitverfolgen wollten. Aber ob die Franken jetzt für oder gegen ein eigenes Bundesland gestimmt hatten, war Kriminalkommissar Schmitt im Moment scheißegal. Denn die Eindrücke vor Ort waren zu erschütternd.

In ihrem Adrenalinrausch kurz vor der ersten Hochrechnung wollte die politische Gesellschaft vom Sechsfachmord im Nebenzimmer angeblich nichts mitbekommen haben. Eigentlich unglaublich, aber gerade die unglaublichen Begebenheiten stellten sich im Nachhinein oft als wahr heraus. Außerdem waren im Nebenraum lauter honorige Mitbürger zu finden. Da gab es niemanden, der nicht Jurist, Oberarzt, Firmenbesitzer oder so was in der Art war.

Irgendwie schien es ziemlich unwahrscheinlich, dass die Crème de la Crème der oberfränkischen Gesellschaft in ein brutales Verbrechen verwickelt sein sollte. Lagerfeld traute den dort versammelten Figuren ja wirklich fast alles zu, aber keinen gemeinschaftlich verübten Mehrfachmord. Andererseits konnte man ja nie wissen…

Interessanterweise hatte sich sein Spiritus Rector im Bamberger Polizeidienst, Kriminalhauptkommissar Franz Haderlein, gleich mit dem Anführer der Wahlveranstaltung ins Separee verzogen, um Dr. Irrlinger zu verhören. Lagerfeld hatte den Eindruck, dass Haderlein den Möchtegernministerpräsidenten von Anfang an auf dem Kieker gehabt hatte. Schon als sie hier angekommen waren, hatte er gespürt, dass zwischen den beiden Männern eine undefinierte Spannung in der Luft lag. Allerdings war Dr. Gerhard Irrlinger bis jetzt offiziell auch nicht verdächtiger als alle anderen, schließlich besaß er das, was auch die anderen Gäste ihr Eigen nennen durften: ein wasserdichtes Alibi. Entweder waren alle Anwesenden hier zum Mörder geworden – oder keiner von ihnen.

Die Wächterin der Gattung Apis mellifera carnica war müde. Sie war eine überlastete westliche Honigbiene, fühlte sich schlapp, leer und ausgelaugt. Fast schon war sie froh darüber, dass dies hier nun ein etwas geruhsamerer Job in ihrem Leben sein würde. Allerdings dachte sie auch nicht sonderlich darüber nach, ob sie bis hierhin ein erfülltes Leben geführt hatte oder ob ihr die Arbeit immer Spaß gemacht hatte. Nein, solche Fragen stellte man sich in ihrem Volk nicht, stattdessen folgte man einfach seinem seit Jahrtausenden festgelegten Programm.

Ihr erstes Engagement nach dem Schlüpfen war als Putzbiene gewesen. Einige Tage lang säuberte sie vor allem die gerade verlassenen Zellen ihrer jüngeren Schwestern, um sie einer weiteren Verwendung zuführen zu können. Typische Frauenarbeit, dachte sie sogleich enttäuscht.

Dann wandte sie sich ihrer nächsten Tätigkeit zu, die schon anspruchsvoller war: Sie wurde Amme und fütterte die kleinen Larven drei Tage lang mit einem nahrhaften Futtersaft, den sie aus ihrer Kopfspeicheldrüse absonderte, dem Gelée royale. Nach dieser dreitägigen Völlerei gab es für die Larven dann nur noch die übliche Magerkost, die hauptsächlich aus Nektar und Pollen bestand. Nur eine einzige Biene gab es im ganzen Volk, die bis zum Ende ihres Lebens mit Gelée royale gefüttert wurde, und das war die Königin. Ihr allein war der edle Futtersaft vorbehalten, der bei den kleinen Larven zudem darüber entschied, als was sie auf die Welt kommen würden: als Königin oder als Arbeitsbiene.

Doch auch die Zeit der Kinderaufzucht war für die Ammenbiene bald wieder vorbei, und sie wurde für die nächste Aufgabe eingeteilt, die ihr bis dato am meisten Spaß machte. Als Lageristin für den hereingebrachten Nektar nahm sie den wertvollen Stoff von den Flugbienen in Empfang, kaute ihn gut durch und füllte ihn in die entsprechende Wabe, die anschließend von ihr sorgfältig mit einem Wachsdeckel verschlossen wurde. Das war ein Beruf nach ihrem Geschmack, ein Job, den sie gern noch etwas länger ausgeübt hätte, aber leider wurde sie nach einiger Zeit wieder abkommandiert und zu den Wachsbienen gesteckt, wo es ihr überhaupt nicht gefiel. Dort musste sie aus speziellen Drüsen an ihrem Hinterleib, den sogenannten Wachsspiegeln, Wachs ausschwitzen und zu Waben basteln. Das war anstrengend, mühselig und pure Schinderei. Aus über zweihundert verschiedenen Verbindungen das Wachs herzustellen und auszuscheiden, das ging schon an die Substanz.

Und dann kam auch noch die Mehrarbeit durch diese ekelhaften Milben dazu. Sie kam gar nicht so schnell hinterher mit dem Hinausschaffen, wie sich die Varroa in die frische Brut hineinbiss und festsaugte. Der ganze Stock tat zwar sein Möglichstes, aber immer blieben genug Varroamilben übrig, um die Nachkommenschaft zu schwächen, die dann teilweise gar nicht oder verkrüppelt auf die Welt kam. Auch die Arbeiterinnen gelangten durch die Varroa destructor allmählich an die Grenzen ihrer Leistungsfähigkeit, und das konnte man ihnen auch ansehen. Das gesamte Bienenvolk war geschwächt.

Und nun hatte man sie, quasi um ihr eine Verschnaufpause zu gönnen, als Wächterbiene für den Stock eingeteilt. Sie sollte nur diejenigen durch das Flugloch hereinlassen, die hier auch hingehörten. Mit den anderen Wächterbienen am Einflugschlitz würde sie nur Bienen mit dem richtigen Geruch, also dem ihres Volkes, den Zutritt zum Bau gestatten. Bienen eines anderen Stammes hatten keine Chance, hier illegal einzudringen und Honig zu rauben, das würde sie mit ihren Kolleginnen sehr wohl zu verhindern wissen.

Die zweite potenzielle Gruppe unerwünschter Eindringlinge entstammte zwar sehr wohl ihrem eigenen Volk, hatte aber das Wohnrecht in dem Augenblick verwirkt, in dem sie den Bienenstock verlassen hatte. Es war ein arbeitsscheues, vergnügungssüchtiges Pack, das sie teilweise persönlich in separaten Wabenzellen großgefüttert hatte. Faule männliche Müßiggänger, die unbefruchteten Eiern entstammten und nur aus einem einzigen Grunde auf dieser Welt waren – wegen Sex.

Das musste man sich mal vorstellen: Sie selbst ging bereits ihrer dritten beruflichen Tätigkeit nach, während diese Drohnen sich bisher nur den Bauch vollgeschlagen und auf eine vorbeifliegende Königin gewartet hatten. Dann allerdings konnte es diesen notgeilen Figuren nicht schnell genug gehen: In ausufernder Polygamie stürzten sie sich auf die begattungswillige Königin, sozusagen ihren Schwarm. Aber da sich das Blut beim Sex ja nicht unbedingt im Kopf befindet, wo es das Denken fördert, sondern in weiter unten gelagerten Körpergliedern, folgte das böse Erwachen für die Kerle auf dem Fuß.

Diejenigen unter den Drohnen, die es schafften, sich mit der Königin zu paaren, erlebten zwar den erregendsten Moment ihres kurzen Lebens, fielen danach aber von der Königin ab, um umgehend zu sterben. Ein wirklich schöner Tod, sollte man meinen, genau dann abzutreten, wenn's am schönsten ist.

Blöd wurde es hingegen für die Drohnen, die bei Frau Königin nicht zum Zuge gekommen waren und nun frustriert und sozusagen mit noch offenem Hosenstall zum heimatlichen Bienenstock zurückkehrten. Wenn schon der One-Night-Stand nicht geklappt hatte, so wollte man sich doch wenigstens wieder in dem behaglichen All-inclusive-Hotel niederlassen, um sich weiterhin durchfüttern zu lassen. Aber da hatten sie die Rechnung ohne die militanten Mädels am Einflugloch gemacht, die ihr Leben lang ohne Aussicht auf Weihnachtsgeld oder flächendeckenden Mindestlohn gearbeitet hatten. Sie hatten Gott und die Welt gefüttert, gepflegt und aufgezogen und sollten jetzt die Taugenichtse im Hotel Mama weiterschmarotzen lassen? Nicht mit ihnen!

Die Evolution hatte schließlich ein Einsehen mit der

bienlichen Arbeiterschicht und die Gruppe der Wächterbienen erfunden. Diese bereits in die Tage gekommenen,
gereiften Bienenladys waren allesamt Singles mit Frustra-
tionshintergrund und dementsprechend ungnädig. Erschienen die fliegenden Drohnen am Flugloch und setzten zur
Landung an, trafen sie auf eine Mauer voller bitterbös bli-
ckender Wächterbienen, die ihnen klarmachten, dass das
süße Leben in dem Bienenstock für sie endgültig vorbei
war. Für die begriffsstutzigsten unter den verblüfften Gigo-
los wurde da schon mal der Stachel ausgefahren. Diese Behandlung führte schließlich dazu, dass der männliche Teil
der diesjährigen Bienenbevölkerung sich ab sofort völlig
verstört und konsterniert von der Schlechtigkeit der Welt
das Mittagessen in der Wiese selbst organisieren musste.
Und da Bienendrohnen dieses genauso wenig gelernt hatten wie bügeln oder Essen einkaufen, hungerten sie erst
einmal eine Weile verzweifelt vor sich hin, bis sie jämmer-
lich zugrunde gingen.

Aber jetzt im Juni focht diese düstere Zukunft die Drohnen noch nicht an. Noch waren sie für die Fortpflanzung
des Volkes wichtig und wurden durchgefüttert, um weitere
Königinnen beglücken zu können. Erst ab August, dem
Beginn des Bienenjahres, würden sie endgültig der Tür verwiesen werden, bis dahin stand ihnen noch ein feudales Leben mit Pollen, Weib und Gesang bevor. Bis dahin konnten
die Herren der Schöpfung noch mit einem jämmerlichen
Gesichtsausdruck zurückgeflogen kommen, wenn sie keine
Königin abbekommen hatten. Allerdings hielt sich das Mitleid des Matriarchats im ersten Stock sehr in Grenzen –
auch an Einflugloch Numero sieben, dem Arbeitsplatz
unserer etwas überarbeiteten Wächterbiene, die missmutig
auf die Rückkehr der Drohnengesellschaft wartete.

Dr. Gerhard Irrlinger war der Erste, der nach Minuten des Schweigens das Wort ergriff. Zuvor hatte ihn Haderlein noch einmal mit den Fakten konfrontiert, die sie in der kurzen Zeit bereits hatten sammeln können: mit den gefundenen Leichenresten auf den Eierbergen, dem Mordanschlag auf Irrlingers Begeher und mit der Handynummer, die in der Vespa der ermordeten Lehrerin gefunden worden war. Für Haderlein waren das alles glasklare Hinweise darauf, dass er einen eiskalten Mörder vor sich sitzen hatte. Allein, es waren sehr dünne und vor allem sehr unzureichende Indizien, die nie und nimmer für eine Verhaftung ausreichen würden, ganz zu schweigen für eine Mordanklage. Haderleins Überzeugung nach hatte Irrlinger alles genauso geplant, und nichts und niemand schien ihn in seinem Selbstbewusstsein erschüttern zu können. Seine Botschaft, die er Haderlein übermittelte, war glasklar, seine Stimme ruhig und kalt, während er dem Kriminalhauptkommissar ruhig in die Augen sah.

»Es ist und bleibt, wie ich es Ihnen bereits mehrfach geschildert habe, Herr Kommissar. Wir waren zusammen im Chargiertenzimmer und haben uns intensiv mit der Wahl zur fränkischen Unabhängigkeit beschäftigt. Die Stimmung war gut, wir unterhielten uns angeregt, und im Hintergrund lief die ganze Zeit der Fernseher. Niemand von uns hat zu der von Ihnen angedeuteten fraglichen Zeit das Zimmer verlassen, keiner meiner Gäste, mich eingeschlossen, hat von diesen schrecklichen Geschehnissen und Vorfällen etwas gehört oder gesehen. Im Moment kann ich Ihnen leider nicht weiterhelfen, Herr Haderlein. Und nun würde ich wirklich gern wieder zurück zu meinen Gästen. Außerdem werde ich in Kürze in der Bamberger Konzerthalle erwartet, um das vorläufige amtliche Endergebnis der

Abstimmung mit meinen Freunden zu feiern. Selbstverständlich werde ich in den nächsten Tagen wieder zu einer Vernehmung Ihrerseits zur Verfügung stehen, aber im Moment kann ich Ihnen wirklich nicht mehr sagen. Mir ist das alles ja auch ein Rätsel, die furchtbare Tat ist einfach unerklärlich. Ich werde Sie meinerseits unterstützen, wo ich nur kann, aber wenn Sie mich nun entschuldigen würden, Herr Kommissar?« Dr. Gerhard Irrlinger wartete die Antwort des Kriminalhauptkommissars nicht mehr ab, sondern erhob sich, nickte Haderlein kurz und förmlich zu und verließ dann mit schnellen, gleichmäßigen Schritten das Zimmer.

Haderlein saß da wie ein gemaßregelter Schuljunge und hätte am liebsten voller Wut seinen Stuhl durch das nächstbeste Fenster der gelben Villa geworfen.

Als sie das charakteristische Summen von herannahenden Bienenflügeln vernahm, schrak die Wächterin in ihrem Erschöpfungszustand hoch. Zuerst glaubte sie, die zurückkehrenden Drohnen vor sich zu haben, erkannte dann aber sehr schnell die andere Form und Färbung der Hinterleiber. Die Neuankömmlinge waren Bienen eines fremden Volkes. Und es waren zu viele, als dass es sich bei ihnen nur um zufällig verirrte Pollensammlerinnen handeln konnte. Hunderte, Tausende von ihnen flogen auf den Stock zu. Sofort war ihre Müdigkeit verschwunden, und sie schlug Alarm, indem sie ein leicht flüchtiges Pheromon ausstieß, das sich schnell in der Luft und im Stock ausbreitete. Das Pheromon signalisierte allen Bienen eine einzige Botschaft: Gefahr, Gefahr! Wir werden angegriffen!

Sofort schwangen sich alle in die Lüfte, um ihr Volk zu verteidigen, aber die erste Angreiferin mit ihrem länglichen

Hinterleib und dem breiten gelben Ring darauf war bereits am Flugloch gelandet. Sofort stürzte sich die Wächterin mit Engagement und aller Kraft, die sie aufbringen konnte, auf die Fremde, die von der Wucht des Angriffs umgestoßen wurde und auf den Rücken fiel. Die Wächterin nutzte ihren Vorteil und stieß der Fremden sofort ihren Stachel in ihren Körper. Eine tödliche Attacke. Die Angreiferin rollte sich krümmend vom Einflugbrett und fiel hilflos ins Gras der Frühlingswiese, um dort an dem gegnerischen Bienengift zu sterben.

Vom schnellen Sieg berauscht, drehte sich die Wächterin zu neuen Verteidigungstaten bereit um – und sah sich einer Übermacht gegenüber. Das Einflugloch wimmelte nur so von Angreiferinnen, und auch in der Luft davor tummelten sie sich in Massen. Die Wächterin erkannte sofort, dass ihr Volk verloren war, es gab keine Chance. Von der Varroa geschwächt und in Unterzahl, hatten sie gegen die Angreiferinnen keine Chance. Wäre die Wächterin ein vernunftbegabtes Insekt gewesen, hätte sie mit der Königin ihres Volkes sofort fliehen müssen, aber sie war nur eine kleine Honigbiene, darauf programmiert, ihre Nachkommenschaft zu beschützen, koste es, was es wolle. Also stürzte sie sich mit einem verzweifelten Brummen todesmutig auf die nächstbeste Angreiferin.

Als Lagerfeld das Zimmer betrat, saß Franz Haderlein noch immer auf seinem Stuhl, den Kopf in die Hände gestützt, und starrte die Wand an. Kriminalkommissar Schmitt war verblüfft. Das Bild der absoluten Ratlosigkeit, vermischt mit genauso viel Wut, kannte er von seinem erfahrenen Kollegen nicht. Aber Franz Haderlein schien tatsächlich hilf- und ratlos zu sein. Lagerfeld nahm seine Sonnenbrille ab, zog sich mit der freien Hand einen Stuhl heran und setzte sich seinem dienstälteren Kollegen schräg gegenüber. Haderlein würdigte ihn keines Blickes, dafür konnte man sehen, wie es in ihm arbeitete. Lagerfeld war sich nicht ganz sicher, ob er ihn lieber in Ruhe vor sich hin köcheln lassen sollte oder ob der liebe Franz etwas psychologische Stütze brauchte.

»Also, ich weiß ja jetzt nicht so genau...«, wollte er einen Testballon steigen lassen, doch Haderlein fiel ihm sofort ins Wort.

»Ich werde ihn kriegen. Ich werde diesen arroganten, eiskalten Finanzarsch an die Wand nageln. Ich weiß, was er getan hat, und er weiß, dass ich es weiß. Allerdings weiß er auch, dass wir es ihm nicht beweisen können. Er hat geplant, dass seine Kumpels und Spielgefährten dieser Hobbykillertruppe jetzt alle mausetot dort drüben in dem Zimmer liegen. Er hat sie einfach um die Ecke gebracht, um sich von seiner schmutzigen Vergangenheit reinzuwaschen«, zischte Haderlein äußerst erregt die Wand an, während Lagerfeld den Ausführungen seines Gegenübers nur staunend lauschte.

»Aber Franz, das ist doch völlig unmöglich. Der Typ hat ein absolut wasserdichtes Alibi, so wie die ganze restliche Politikertruppe da drüben, alle waren...«

»Sag mal, Bernd, wie naiv bist du eigentlich?«, platzte es aus Haderlein heraus. »Glaubst du wirklich, dieser aalglatte, smarte Finanzhai hat sich selbst die Finger schmutzig gemacht? So blöd kannst nicht mal du sein.«

Lagerfeld schrak zurück und betrachtete Franz Haderlein mit etwas mehr Abstand. So hatte er ihn wirklich noch nie erlebt. Nahm er die ganze Angelegenheit etwa persönlich? Ironischerweise war genau das die erste Lektion gewesen, die Haderlein ihm seinerzeit beigebracht hatte: niemals etwas persönlich zu nehmen. Es zählten nur Fakten, Fakten, Fakten und der nüchterne Verstand. Und trotzdem saß sein erfahrungsweiser Kollege jetzt völlig außer sich auf einem Stuhl und musste sich mühsam zusammenreißen, um nicht gleich an die Decke zu gehen. Diesen Tag muss ich mir in meinem Kalender rot anstreichen, dachte sich Bernd »Lagerfeld« Schmitt.

»Wir können es ihm nicht beweisen«, wiederholte Haderlein grimmig und heftete seinen Blick wieder auf die Wand. »Das alles ist viel zu lange her, die Opfer sind mittlerweile verwest, die Mittäter sind umgebracht oder liegen mit einem Jagdpfeil im Kopf im Krankenhaus, es gibt keine Zeugen. Das perfekte Verbrechen.« Der sonst so beherrschte Franz Haderlein erhob sich und tat etwas, womit Lagerfeld in seinem Leben nicht gerechnet hätte: Er packte den alten Holzstuhl und warf ihn mit einem lauten wütenden Schrei durch das Fenster. Willenlos zerbrachen die in die Jahre gekommenen Sprossen unter der Wucht des heranfliegenden Möbelstückes und fielen zusammen mit den Glassplittern und den Stuhlüberresten auf den geteerten Vorplatz.

Sofort stürzte Lagerfeld zum Fenster und winkte den Kollegen unten hektisch zu. »Alles in Ordnung, alles gut, war nur ein Versehen!« Verwirrt, aber auch verärgert starrten die Beamten nach oben, widmeten sich dann aber wieder ihrer momentanen Tätigkeit. Lagerfeld wandte sich wieder zu dem schwer atmenden Haderlein, der ihn von der Zimmermitte her frustriert anblickte.

»Keine Beweise, keine Zeugen«, wiederholte Haderlein noch einmal wütend und funkelte Lagerfeld böse an, als wollte er auch ihn gleich durch das zerbrochene Fenster befördern.

»Natürlich gibt es Zeugen«, stellte Lagerfeld lapidar fest und setzte sich seine Sonnenbrille wieder auf. »Eine Zeugin, um genau zu sein«, präzisierte er seine Angaben. »Unsere Bogenschützin, die liebe Franziska, die ist doch die beste Zeugin, die man sich wünschen kann, sollte deine Vermutung zutreffen, mein lieber Franz. Wenn sie wirklich auf einem Rachefeldzug ist, weil die irren Verbindungsfritzen hier ihren Vater gekillt haben, dann ist sie eine Mörderin, aber eben auch eine Zeugin, mit der wir Irrlinger an die Wand nageln können, wie du deinem Wunsch so schön Ausdruck verliehen hast, oder nicht?« Ruhig, fast triumphierend schaute er seinen älteren Vorgesetzten an. Fakten, Fakten, Fakten und ein klarer Verstand, so hatte es ihm sein Gegenüber vor längerer Zeit beigebracht. Schön, dass er dieses Wissen auch mal zurückgeben konnte.

Franz Haderlein brauchte nur einen kurzen Moment, dann war er wieder ganz der Alte, und Verzweiflung und Wut waren schlagartig verflogen. Lagerfeld hatte ja recht. Natürlich hatten sie eine Zeugin, die allerdings, wie bereits erwähnt, flüchtig war und ebenfalls wegen Mordes gesucht wurde. Zwar konnte er Franziskas Motiv eher gutheißen, trotzdem rechtfertigte auch die nachvollziehbarste Rache keine Selbstjustiz. Franziska Büchler alias Groh war eine Mörderin und würde auch als solche verurteilt werden. Doch zuvor mussten sie sie erst einmal finden, und das würde wohl kein Kindergeburtstag werden. Wie sich die Dinge darstellten, war sie mit einer gehörigen Portion Cleverness gesegnet und hatte bisher alle genarrt. Irrlinger, die Polizei, einfach alle. Aber wenn sie Irrlinger etwas beweisen wollten, mussten sie sie finden. Und dann war da ja auch noch dieser unbekannte Killer, der das Massaker im Paukraum der Rhenania Bavaria angerichtet hatte und von dem sie noch gar nichts wussten. Haderlein wurde es bei der Überlegung endgültig zu viel. Er packte Lagerfeld am Ärmel und zog ihn zur Tür. »Los, wir gehen jetzt an die frische Luft, ich muss nachdenken«, brummte er und zog ihn hinter sich her durch den Flur.

Als Josef Schauer sich seinen Bienenkästen näherte, beschlich ihn eine böse Vorahnung. Die Ahnung wurde zur Gewissheit, als er Kasten Nummer sieben erreichte. Vor ihm im Gras lagen Hunderte, vielleicht sogar Tausende getöteter Bienen. Ein ganzes Volk hatte sein Leben ausgehaucht. Natürlich wusste Josef Schauer als erfahrener Imker, was das zu bedeuten hatte. Ein Überfall. Ein fremdes Volk hatte sich der Einfachheit halber über seine Honigbienen hergemacht, hatte sie zusammengestochen und den Honig mitgenommen. Was für eine Sauerei, dachte er grimmig. Da hatte er in den letzten Jahren seine gesamte Freizeit und viel Geld, Know-how und Energie im Kampf gegen die Varroa und das Völkersterben geopfert und nun das.

Seufzend machte er sich daran, den Deckel des Bienenkasten zu entfernen. Er gab sich keinen Illusionen hin. Außer weiteren toten Bienen und leeren Honigwaben würde er nichts mehr vorfinden. Es würde ihm nichts anderes übrig bleiben, als den Stock zu säubern, ein neues Volk zu kaufen und mit einem neuen Schwarm von vorn anzufangen. Missmutig bereitete er sich innerlich auf den desaströsen Anblick vor, der sich ihm gleich bieten würde.

Doch als sein Blick in das Innere des Stockes wanderte, traute er seinen Augen nicht. Er hatte eine verlassene Wabenruine erwartet, aber in diesem Stock wimmelte es nur so von Bienen. Josef Schauer blieb stocksteif stehen, um das, was er da vor sich sah, zu begreifen. In Bienenstock Numero sieben herrschte auf den ersten Blick *business as usual*. Allerdings bemerkte Schauer bald, dass trotz des Anblicks etwas überhaupt nicht stimmte. In dem Stock waren nämlich nicht seine Carnicas, die lagen alle tot und verstreut in der Wiese, die neuen Bewohner gehörten einer Bienenrasse an, die er nicht kannte und noch nie gesehen hatte. Der Hinterleib der Bienen war länger als der seiner Apis mellitus carnica und hatte einen markanten gelben Ring direkt hinter den Flügeln: definitiv eine fremde Art, aber das Volk schien gesund und robust zu sein.

Nach einer Minute der Unschlüssigkeit setzte Josef Schauer den Deckel wieder auf die Kiste und ging grübelnd zu seinem Bauernhof am Ortsrand von Neudorf zurück. In seinem Arbeitszimmer holte er sämtliche Bücher aus den Regalen, die zur Artenbestimmung der neuen Bienenrasse herhalten konnten, und begann zu lesen.

Haderlein und Lagerfeld standen vor der Tür der Villa. Um sie herum herrschte das geschäftiges Treiben der Spurensicherung und Polizeibeamten. Die beiden Kriminalbeamten wurden nur mit einem kurzen Augenaufschlag bedacht, dann wandte sich jeder wieder seiner Arbeit zu, die bei einem solchen Blutbad umfangreich war. Die zwei Kommissare standen also etwas verloren und unbeachtet herum, aber das war ihnen eigentlich sogar ganz recht.

»Okay, Bernd, ich glaube, hier kommen wir erst einmal nicht weiter«, sagte Haderlein etwas resigniert. »Die Spurensicherung hat vor Ort sowieso noch mehr als genug zu tun, und für uns beide war es ein langer Tag. Ich würde vorschlagen, du gehst jetzt nach Hause zu deiner schwangeren Ute, und ich bleibe hier, bis die Baustelle abgeschlossen ist.«

Lagerfeld nickte zufrieden. Der heutige Tag, der schließlich in diesem beispiellosen Gemetzel gemündet hatte, war wirklich nicht gerade überraschungsarm gewesen. Er musste Franz recht geben: Im Moment war er kaum noch in der Lage, einen klaren Gedanken zu fassen. Abgesehen von dem Desaster hier hatten sie ja auch erst vor Kurzem die Skelette auf den Eierbergen ausgegraben, und als ob das alles nicht genug gewesen wäre, hatte er auch noch erfahren, dass er Vater werden würde. Übermüdet, wie er war, musste das alles erst einmal gründlich verdaut werden.

Aber noch bevor Lagerfeld Haderlein seine uneingeschränkte Zustimmung zu diesem Plan mitteilen konnte, fuhr eine schwarze Limousine mit abgedunkelten Scheiben an ihnen vorbei. Jedem der Anwesenden war klar, dass nur Dr. Gerhard Irrlinger in ihr sitzen konnte, der zur Bamberger Konzerthalle wollte, um sich um seine Frankenpartei und das amtliche Endergebnis der Volksabstimmung zu kümmern. Schließlich stand immer noch nicht fest, ob die Franken für ein eigenes Bundesland gestimmt hatten oder nicht. Nach den letzten Hochrechnungen vor dem Mordgeschehen hatte es noch fifty-fifty gestanden. Mit grimmigem Blick, aber immerhin ohne weiteren Gefühlsausbruch ließ Haderlein den schwarzen BMW an sich vorbeigleiten. Er war wieder ganz der alte graue Silberrücken der Bamberger Kriminalpolizei und arbeitete innerlich schon voller Entschlossenheit an seiner weiteren Strategie.

Als die schwarze Karosse auf der Straße verschwunden war, klopfte Lagerfeld Haderlein kurz auf die Schulter. »Echt geile Idee mit dem Feierabend, Franz«, sagte er. »Mich legt's nämlich wirklich gleich zam. Mir langt's. Mir treffen uns dann morchen früh in der Dienststelle. Schau mer mal, dann sehn mer scho«, sagte er in seinem berüchtigten Fränkisch. »Ich geh jetzt ham zur zukünftigen Mama, da gibt's ja aach noch reichlich Gesprächsbedarf«, fügte er mit gespielt gequältem Augenaufschlag hinzu, drehte sich dann um und winkte einem der Streifenbeamten. Irgendwer musste ihn ja nach Hause zu seiner Mühle fahren.

Haderlein war mit seinen Gedanken schon ganz woanders. Es gab so viele Fakten und Vorkommnisse zu ordnen und sortieren, dass ihm fast schwindelig wurde. Da waren zuerst einmal die regelrecht hingerichteten Mitglieder einer Studentenverbindung, die früher wohl in ihrer pfingstlichen Freizeit mit Pfeil und Bogen Jagd auf ausgewählte menschliche Opfer gemacht hatten. Doch jetzt hatte jemand den Spieß umgedreht und machte seinerseits Jagd auf die durchgeknallte Truppe. Und inzwischen wussten sie auch schon, wer dieser Jemand war: Franziska Büchler, Waise eines der Mordopfer längst vergangener Tage. Aber bevor Franziska ihre Rache hatte vollenden können, waren alle Übriggebliebenen des Clubs der »Drei Eichen« auf einen Schlag selbst Opfer eines bisher unbekannten Mörders geworden. Alle, bis auf ihren mutmaßlichen Anführer, Dr. Gerhard Irrlinger, international anerkannter Finanzexperte und Vorsitzender der Frankenpartei, waren tot.

Und auch Franziska Büchler war womöglich heute hier gewesen, denn eines der Opfer war mit einem ihrer Pfeile getötet worden. Steckte sie womöglich auch hinter dem Gemetzel im Paukraum? Hatte sie plötzlich beschlossen, zur Pistole zu greifen und kurzen Prozess zu machen? Eine durchaus mögliche Theorie, aber so ganz wollte Haderlein nicht daran glauben. Während dieser Gedankengänge war er mehrmals über das Gelände gewandert. Jetzt saß er auf der Mauer, die das Grundstück umgab. Gedankenverloren blickte er sich um und stutzte, als er sich umdrehte und an der anderen Seite der Mauer hinuntersah. Er sprang ins Gras und bückte sich, um das schwarze Etwas, das er am Boden gesehen hatte, genauer zu untersuchen. Ein wissendes Lächeln breitete sich auf seinem Gesicht aus, als er den schwarzen Jagdpfeil aufhob. Es handelte sich um genau die Sorte Pfeil, mit der der Bräutigam auf dem Staffelberg niedergestreckt worden war, die dem um sein Leben kämpfenden Hausmeister Roland Schurig aus dem Kopf entfernt worden war und die dem abgelebten Mitglied der Freien Landsmannschaft Rhenania Bavaria mit Namen Amann im Hals steckte. Franziska Büchler war also definitiv hier gewesen. Haderlein blickte von der Mauer zu dem zerbrochenen Fenster der Villa hinauf. Alles klar, der unglückselige Amann war von hier unten von Franziska mit ihrem Jagdbogen angeschossen worden. Er sah auf den Boden und entdeckte die Fußspuren, die an der Mauer entlang Richtung naheliegendem Zaun verliefen. Sie schienen von zwei Menschen zu stammen, einem Mann und einer Frau. Es gab einen kleineren Abdruck, dessen Spur zusammen mit einer anderen, die von größeren Schuhen herrührte, zum Zaun führte, aber nur die Männerschuhe schienen wieder zurückgelaufen zu sein. Was sollte das denn nun wieder heißen?

Riemenschneider, schoss es ihm durch den Kopf. Das kleine Ferkel musste ihm in seiner Notlage helfen, Spuren wie diese waren genau sein Terrain. Haderlein legte den Pfeil auf die Mauer und spurtete zu seinem Landrover zurück, der hinter der Villa parkte.

Riemenschneider war gelinde gesagt *not amused*, nach diesem anstrengenden Arbeitstag aus ihrem wohlverdienten Schlaf gerissen zu werden. Gerade noch war sie in allergrößter Dunkelheit auf dem Staffelberg herumgerannt und hatte wertvolle Spürarbeit geleistet, dann wieder hatte eine wilde Hetzjagd quer durch Coburg sie auf dem Rücksitz hin und her geschleudert. Als Ermittlerferkel hatte man sich nach so einem Tag doch wirklich seinen Feierabendschlaf verdient, oder etwa nicht? Aber nein, stattdessen wurde man nach unnatürlich kurzer Zeit wieder von seinem Herrchen geweckt, um weiterzuschuften. Eigentlich ging das ja gar nicht. Riemenschneider war eine ausgeprägte Verfechterin des natürlichen Erwachens, und außerdem verstieß diese nicht enden wollende Nachtschicht hier ganz sicher gegen jegliche Arbeitsschutzgesetze für Polizeiferkel. Doch Herrchen Haderlein schien von alldem nichts wissen zu wollen. Mit ungeduldigem Blick stand er an der geöffneten Landrovertür und schaute sie an. Mein Gott, welches Schwein konnte einem solchen Bild des Jammers schon widerstehen? Dann würde sie ihm halt wieder helfen. Ohne sie ging hier anscheinend gar nichts mehr. Allerdings erwartete sie nach getaner Arbeit schon eine Extraportion Äpfel. Eine sehr, sehr große Extraportion…

Als Haderlein mit Riemenschneider an der versammelten Truppe der Spurensicherer vorbeilief, hob sich bereits die eine oder andere Augenbraue. War Haderlein mit dem kleinen Schwein unterwegs, so bedeutete das für die Kollegen eigentlich nur, dass er ihnen ihre Arbeit nicht zutraute und die Bamberger Spurensicherung kurz davorstand, weitere Minuspunkte einzuheimsen. In Fachkreisen hatte man Heribert Ruckdeschl und seine Spusi-Mannen bereits der Lächerlichkeit preisgegeben. Weil die Bamberger an Tatorten versäumten, ihre Arbeit korrekt zu verrichten, habe man ein Schwein engagiert, um die Aufklärungsquote nicht gegen null sinken zu lassen, so hieß es. »Na, wieder mal

Schwein gehabt?«, war bereits zu einem lustigen Kalauer unter Kollegen geworden, wenn die Bamberger Kriminaler wieder einmal einen Fall gelöst hatten. Ein nicht gerade erbauliches Image, was die Riemenschneiderin ihnen da eingebrockt hatte.

Und jetzt war dieses kleine Schwein schon wieder unterwegs, um ihren ohnehin schon ramponierten Ruf noch weiter zu demolieren. Äußerst ungehaltene Blicke verfolgten Haderlein samt tierischem Anhang auf dem Weg vom Landrover bis zu der steinernen Mauer auf der Rückseite der Villa.

Haderlein zeigte Riemenschneider die Fußspur des Mannes und flüsterte ihr ein dringliches »Such!« ins herabhängende rosa Ohr. Bei Riemenschneider zeigte der Befehl in etwa die gleiche Wirkung wie ein Freibier bei einem Stammgast eines Bamberger Bierkellers: Der Adrenalinspiegel stieg schlagartig, ihre kleinen Füße wurden unruhig, und es stellte sich massiver Speichelfluss ein. Dann ging sie ab wie Schmidts Katze.

Obwohl Haderlein damit gerechnet hatte, war er vom Temperament seines Ferkels doch etwas überrascht. Aber die olfaktorische Sachlage war für den außerordentlich feinen Spürsinn Riemenschneiders vollkommen klar. Ein eindeutiger Geruch war am Boden auszumachen. Und je schneller sie der Spur bis zu deren Ende gefolgt war, desto zügiger konnte sie mit ihrem Herrchen die Heimreise nach Bamberg antreten. Mit diesem Hintergrundwissen zerrte sie an ihrer Leine wie ein verdurstender Hund auf dem Weg zur Wasserstelle.

Als sie den Holzzaun zum Nachbargrundstück erreicht hatte, zwängte sie sich zwischen den lockeren Latten hindurch und spurtete auf der anderen Seite weiter. Ihr Enthusiasmus führte dazu, dass Herrchen Haderleins rechte Schulter fast ungebremst in den alten Holzzaun krachte, trotzdem hielt er die Leine mit aller Kraft fest, woraufhin Riemenschneider, den allgemeinen physikalischen Gesetzen folgend, einen schwungvollen Rückwärtssalto hinzauberte und sich auf dem Rücken liegend im Gras wiederfand. Als sie wieder auf ihren vier kurzen Beinen stand, schaute sie Haderlein mit dem gleichen entrüsteten Blick an, den auch er ihr zuwarf, als er zwischen den Latten durchkroch.

»Also gut, weiter«, brummte Haderlein, nachdem er sich notdürftig trockenes Gras aus den Klamotten geklopft hatte.

Sofort schaltete Riemenschneider wieder den Nachbrenner ein, und Haderlein wurde erneut im Tiefflug hinter seinem Ferkel hergezerrt. Die wilde Jagd führte über das nächste Grundstück, wo am Ende des akkurat gemähten Rasens ein Loch in einem Maschendrahtzaun lockte, das gerade groß genug war, dass Riemenschneider im gestreckten Galopp hindurchsausen konnte.

Haderlein sah das Unglück auf sich zukommen und sonderte noch ein halblautes »Riemenschneider, nicht!« ab, was von der kleinen Zugmaschine aber geflissentlich ignoriert wurde. Mit schweinischer Maximalgeschwindigkeit schoss sie durch die Zaunlücke, und Haderlein klatschte, diesmal mit ausgebreiteten Armen und mit dem Gesicht voraus, gegen die verdrahtete Grundstücksbegrenzung. Auch diesmal versuchte er, die Leine zu halten, aber schlussendlich rutschte ihm die Lederschlaufe doch aus der Hand. Immerhin hatten die letzten seiner rudimentären Haltekräfte noch dazu geführt, dass Riemenschneider mit einem weiteren Rückwärtssalto, diesmal mit halber Pirouette, wieder in der Wiese landete.

Haderlein blieb die Luft weg und kippte rücklings auf den vorbildlich gepflegten Rasen. Vor seinen Augen tanzten Sternchen, er musste sich erst einmal sammeln. Riemenschneider tat es ihm gleich, während in dem dem englischen Rasen zugehörigen Haus sämtliche Lichter angingen. Haderlein schaffte es nach kurzer Verschnaufpause zwar mühsam, über den etwa zwei Meter hohen Zaun zu klettern, sank aber auf der anderen Seite wieder auf die Knie, schwindelig, wie ihm war.

Der Kriminalhauptkommissar war noch damit beschäftigt, schwankend auf die Beine zu kommen, als der Hausbesitzer mit Taschenlampe in der einen und Weinflasche in der anderen Hand wild gestikulierend auf sie zugelaufen kam.

»Was machen Sie auf meinem Grundstück, das ist Privatbesitz, verdammt noch mal!«, schallte es Haderlein laut und unmissverständlich ins Ohr, während er noch leicht schwankend um die Wiederherstellung seiner Sehfähigkeit kämpfte. Irgendwie wollten diese kleinen Sterne vor seinen Augen einfach nicht verschwinden. Im Gegenteil: Eines der funkelnden Dinger wurde sogar immer größer, bis es sich direkt vor seinem Gesicht zu einer Supernova aufgebläht hatte. Haderlein bemerkte erst, dass mit dem Gestirn etwas faul war, als die Supernova ihn laut und vernehmlich anschnauzte.

»Sie sagen mir jetzt sofort, was Sie hier machen, oder ich rufe die Polizei«, belferte die Stimme.

Haderlein hielt sich schützend die Hände vors Gesicht, um nicht länger geblendet zu werden.

»Haben Sie etwa was mit dem Tumult dort drüben in der Villa zu tun?«, zeterte die hohe Stimme der Supernova weiter. »Wissen Sie was, ich glaube, ich rufe sicherheitshalber gleich die Polizei!«

Jetzt erst begriff Haderlein, dass das vor seinen Augen keine explodierende Sonne, sondern nur eine Taschenlampe war, neben der eine wild gewordene Weinflasche auf- und abtanzte. Der Kriminalhauptkommissar erinnerte sich an seine Kampfausbildungen und griff mit der rechten Hand an der Taschenlampe vorbei und vehement zu. »Schluss jetzt mit dem Blödsinn«, knurrte er. Er bekam eine Art Kragen zu fassen und wollte gerade mit einer schnellen Beinschere den Lampenbesitzer zu Boden werfen, als die Weinflasche mit einem hellen Klirren auf seinem Kopf zerbarst. Erneut sah er eine erstaunliche Vielzahl an Gestirnen vor sich und sank zurück auf seine Knie, während der Geruch von frisch dekantiertem Rotwein ihn umwehte. Dann verabschiedete sich sein Bewusstsein.

Bernd Schmitt bedankte sich bei den Kollegen der Bereitschaftspolizei und öffnete die Tür seiner Mühle. Er war hundemüde und wollte nur noch in die Heia. Was für ein Tag, was für ein ekelhafter Fall. Tief in ihm dämmerte die Erkenntnis herauf, dass die Aufklärung der Mordfälle sicher nicht von heute auf morgen erfolgen würde. Außerdem war er sich nicht ganz so sicher wie Haderlein, dass dieser Frankenpapst Irrlinger wirklich eindeutig als Hauptverantwortlicher überführt werden konnte. Gut, auch er konnte sich vorstellen, dass dieser aalglatte Typ da irgendwie mit drinsteckte, aber noch war nichts bewiesen. Jetzt wollte er erst einmal darüber schlafen, und morgen sah die Welt bestimmt schon wieder ganz anders aus. Ute war sicher auch schon im Bett, also würde er mal lieber ganz vorsichtig und leise ...

»Wo kommst du denn jetzt her?«, tönte es fragend aus der Küche.

Als Lagerfeld den Kopf durch die Küchentür steckte, sah er seine Freundin im Bademantel am Küchentisch sitzen. Wie so oft in letzter Zeit hatte sie eine Kerze angezündet und ihre Hände um eine Tasse Tee gelegt. Manchmal glaubte Lagerfeld, dass seine liebe Ute den Tee gar nicht machte, um ihn zu trinken, sondern um sich ihre langen hübschen, aber meistens kalten Finger an ihm zu wärmen.

»Na, wie geht's denn meiner schönen Mama?« Grinsend nahm er neben ihr auf einem Stuhl Platz. Er versuchte, seinen Arm um sie zu legen, aber sie reagierte nicht im Geringsten auf seine Annäherungsversuche und schaute nur streng in die flackernde Kerzenflamme.

»Du wirst jetzt Vater, Bernd«, sagte sie. Und dann: »Ich finde, du solltest mal langsam darüber nachdenken, ob ein so gefährlicher Beruf wirklich das Richtige für dich ist. Schließlich habe ich keine Lust, irgendwann als alleinerziehende Mutter dazustehen, nur weil der Vater meines Kindes von einem Pfeil oder etwas Ähnlichem getroffen wurde.«

Lagerfeld glaubte, sich verhört zu haben. Was sollte das denn jetzt? »Äh, ich glaube, das ist wirklich nicht das richtige Thema, so abends um halb elf«, versuchte sich der junge Vater in Abwiegelung.

Doch Ute von Heesen hatte sich anscheinend den ganzen Abend auf das Thema vorbereitet. »Hör mal, Bernd, ich möchte, dass du dich in nächster Zeit ernsthaft mit dem Thema auseinandersetzt, ja? Schließlich ist das ja auch dein Kind. Wir haben damit jetzt eine ganz andere Verantwortung, unser Leben wird sich fundamental ändern. So ein Kind zu bekommen, damit geht schließlich auch eine gänzlich andere Art zu leben einher. Und ich weiß wirklich nicht, ob so ein Beruf mit tödlichen Gefahren das Richtige für den Vater einer kleinen Familie ist«, sagte sie mit einem fast religiösen Unterton in der Stimme.

Lagerfeld hielt lieber erst einmal den Mund. Ob ihrer merkwürdigen Einlassungen war er zudem so konsterniert, dass er gar nicht gewusst hätte, was er darauf sagen sollte, hätte er denn etwas sagen wollen. Noch nie zuvor hatten sie darüber gesprochen, noch nie hatte Ute irgendwelche Andeutungen in diese Richtung gemacht. Aber der Umstand, dass sie jetzt im dritten Monat schwanger war, schien doch einiges in ihr ausgelöst zu haben. Aus dem Augenwinkel heraus sah er einige Bücher auf der anderen Seite des Küchentisches liegen. Im unsteten Schein der flackernden Kerzenflamme konnte er nur schwer die Buchtitel entziffern: »Die alleinerziehende Frau, das Gerüst der Gesellschaft«, und auch das zweite Buch befasste sich mit dem gleichen Thema: »Die emanzipierte Mutter, unabhängig, selbstbewusst, frei«. Der Untertitel war auch nicht zu verachten: »Das Matriarchat als Konsequenz der Evolution von A.S.« Die Abkürzung konnte nur Alice Schwarzer heißen. Hoffentlich stand da auch was von Steuergerechtigkeit und geheimen Auslandskonten drin, dachte Lagerfeld sarkastisch, bevor ihn ein merkwürdiges Gefühl beschlich. Auf welchem Trip war seine Ute da eigentlich? Es war höchste Zeit, der Situation die Brisanz zu nehmen. Am besten trat er die Flucht nach vorn an.

»Schluss jetzt. Auf so einen Pseudofeministihnenquatsch habe ich echt keine Lust. Ich hatte mit Verlaub einen Scheißtag, und morgen wird's auch nicht viel besser werden. Die hübsche Mutter und der stolze Papa sollten sich jetzt besser zu Bett begeben.« Mit diesen Worten umfasste Lagerfeld Hüfte und Allerwertesten der Dame des Hauses, hob sie hoch und machte sich mit ihr auf dem Arm auf in

Richtung oberes Stockwerk. Erst wollte sich die so plötzlich Angehobene noch wehren, schließlich war das ja ein ernstes Thema, aber dann musste sie doch lachen.

»Soll das heißen, du willst uns zwei jetzt die Treppe rauftragen?«, meinte sie amüsiert.

»Allerdings«, erwiderte ihr Kommissar grinsend. »Wer weiß, wie lange ich das noch kann. In ein paar Monaten wirst du die Figur eines aufgeblasenen Gymnastikballs haben, dann werde ich dich nur noch hochrollen können.«

»Also, das ist doch …« Ute von Heesen war von Lagerfelds Frechheit so verblüfft, dass sie erst kurz vor der elterlichen Lagerstatt die Fassung wiedererlangte. Aber da war es zum Protestieren bereits zu spät. Ihr Kommissar senkte sie sanft, aber konsequent auf die Matratze und verschloss ihr mit einem Kuss sofort den Mund.

Als Kriminalhauptkommissar Franz Haderlein wieder zu sich gekommen war und sich aufrappelte, fiel ihm zuallererst sein kleines Ferkel auf, das sich nur wenige Meter von ihm entfernt in den linken Schuh eines kleinen dicklichen Mannes verbissen hatte, der im Gras liegend verzweifelt versuchte, das angriffslustige Schwein loszuwerden. Immer noch leicht benommen und reichlich vom Rotwein durchnässt, krabbelte Haderlein zu dem Dicken und drehte ihm die Hände auf den Rücken.

»Riemenschneider, aus, Platz!«, rief er dann energisch, woraufhin sich Riemenschneider sofort von dem Grundstücksbesitzer löste und in circa einem Meter Entfernung in Habachtstellung im Gras sitzen blieb. Gelernt war eben gelernt. Haderlein hockte sich seinerseits breitbeinig auf den Rücken des lautstark protestierenden Mannes, um ihn zu belehren.

»Jetzt hören Sie mal zu, Sie Giftzwerg«, sagte er laut, während sich ein Paar Handschellen klickend um die Handgelenke des auf dem Rücken Zappelnden schloss. »Statt hier rumzubrüllen und zu schimpfen, sollten Sie mir besser zuhören, guter Mann«, versuchte es Haderlein noch einmal mit schlichter Vernunft, während er mit der linken Hand den eigenen dröhnenden Schädel abtastete. Aber noch bevor er weiter an den Gefangenen appellieren konnte, spürte er einen heftigen Schlag. Ein lautes metallisches »Dong!« erklang, Schmerz durchfuhr seinen Kopf, an dem eben erst die Weinflasche zerschellt war, dann wurde es erneut dunkel in seinem Bewusstsein.

Riemenschneider saß wie befohlen artig aufrecht in ihrer Habachtstellung da und sah ihr Herrchen ein weiteres Mal mit dem Gesicht voraus auf den Rasen fallen. Über ihrem Kommissar erhob sich eine kleine Frau, die noch dicker war als der Mann, den Riemenschneider vorhin in den Fuß gebissen hatte. Sie hielt eine fettverschmierte Bratpfanne in der Hand und bückte sich heulend zu ihrem Mann, der verzweifelt versuchte, sich auf den Rücken zu drehen, was ihm aber ob seiner Leibesfülle nicht gelingen wollte. Daraufhin warf die dicke Frau die Bratpfanne ins Gras und versuchte hektisch und tränenüberströmt, ihren Mann von den Handschellen zu befreien beziehungsweise ihn auf den Rücken zu drehen. Keines ihrer beiden Vorhaben gelang, was den am Boden liegenden Hausherrn irgendwann zu immer schrilleren Ausbrüchen animierte.

»Jetzt sag mir doch, was ich tun soll, Gerold. Ich weiß doch auch nicht, wie ich diese Metallfesseln abkriegen soll, die sind verschlossen. Jetzt sag doch endlich, was ich tun soll, Gerold.« Sie zerrte an den Handschellen, wogegen der am Boden liegende Ehegatte aufs Heftigste protestierte.

Haderlein ruhte derweil bewusstlos quer über den Unterleib des Gefesselten gestreckt und bewegte sich nicht.

Riemenschneider beschloss, sich aus dieser ganzen unangenehmen Sache rauszuhalten. Haderlein hatte gesagt, sie solle sitzen bleiben, und als Absolventin einer Polizeihundeausbildung mit Diplom würde sie den Befehl auch so lange ausführen, bis sie eine neue Anweisung von ihrem Herrchen erhielt, komme, was da wolle – oder auch nicht.

Josef Schauer klappte nachdenklich auch das letzte Fachbuch über das Imkereiwesen zu und setzte sich an den Computer, um das Internet zu durchforsten. Doch auch in den Weiten des Netzes fand er nicht das, wonach er suchte. Keine der existierenden Bienenarten, auch nicht die exotischste, wies eine signifikante Ähnlichkeit mit dem eingeflogenen Volk in Stock Nummer sieben auf. Wenn überhaupt, dann hatten die Neulinge eine entfernte Ähnlichkeit mit der afrikanisierten Honigbiene, die gemeinhin als mittelamerikanische Killerbiene bekannt war. Aber das konnte doch nicht sein, dazu hatte das Volk, das ihm zugeflogen war, einen viel zu friedlichen Eindruck gemacht. Bei Killerbienen hätte allein schon das Abheben des Holzdeckels ausgereicht, um ihn aus ihrer Sicht zum Staatsfeind Nummer eins zu erklären. Die Konsequenz wollte er sich lieber nicht ausmalen. Resigniert schaltete Josef Schauer den Computer wieder aus, blieb im Halbdunkel seines Arbeitszimmers sitzen und überlegte. Wenn er ehrlich war, hatte er keine Ahnung, was er machen sollte. Er betrieb in Neudorf eine ökologische Landwirtschaft, und auch bei seiner Imkerei arbeitete er ausschließlich mit ökologischen Methoden. Das bedeutete erstens, nur heimische Völker zu verwenden, zweitens, auf jegliche Art von Chemie zu verzichten, und drittens, der Natur weitestgehend ihren Lauf zu lassen. Wenn also ein Volk schwärmte, dann schwärmte es eben, und er würde es sicher nicht wieder einfangen. Genauso wenig halbierte er Völker und pflanzte der einen Hälfte irgendeine fremde Königin ein. Nein, seine Imkerei war so natürlich, wie es nur ging. Im Umkehrschluss bedeutete das, dass er das neue Volk, das in seinen Stock eingezogen war, auch dort belassen würde, da musste er jetzt konsequent sein. Entschlossen sprang er auf und griff sich seinen Fotoapparat. Er würde noch einmal zu dem Stock zurückgehen und ein paar Fotos von den Bienen machen. Er musste sich beeilen, stand doch heute noch die Bauernversammlung in der »Zehendner Bräu« in Mönchsambach auf dem Programm, und die wollte er auf keinen Fall versäumen. Eilig packte Josef Schauer die Kamera in einen Rucksack und machte sich auf den Weg zu seinem Bienenkasten Nummer sieben.

Langsam ließ das Dröhnen nach, und ein Lichtschein drang durch seine halb geschlossenen Lider. Auch konnte er die aufgeregten Stimmen eines Mannes und einer Frau vernehmen, die sich in seiner direkten Nachbarschaft über irgendetwas zu streiten schienen.

»Dann hol eben eine Säge, eine Kneifzange, von mir aus auch eine Flex aus dem Keller, Hauptsache, ich werde diese Dinger wieder los!«, hörte er die Männerstimme, und gleich darauf waren davoneilende Tippelschritte zu vernehmen.

Mühsam öffnete Franz Haderlein die Augen und musste wegen der extremen Helligkeit blinzeln. Als er sich an die flutlichtartige Ausleuchtung gewöhnt hatte, erkannte er, dass er zweifelsohne in einer Küche saß, in einem fast quadratischen Raum mit makellos weißen Möbeln und hell marmorierter Arbeitsplatte. Unwillkürlich fühlte sich Haderlein an das kalte sterile gerichtsmedizinische Reich von Siebenstädter erinnert. Allerdings gab es zu den dortigen Räumlichkeiten einen signifikanten Unterschied in Form des kleinen dicklichen Mannes mit Stirnglatze, der verzweifelt darum bemüht war, die Handschellen loszuwerden, die seine Arme auf den Rücken zwangen.

Der Kriminalhauptkommissar wandte seinen Blick ab und sondierte seine eigene Lage. Als er an sich hinuntersah, stellte er fest, dass er mit Hunderten von Metern grauen Klebebands an einem Stuhl fixiert worden war. Sogar seine Füße hatte man an die Stuhlbeine geklebt. Aus eigener Kraft würde er sich ganz sicher nicht befreien können.

»He, Sie!«, rief er dem sich verrenkenden Wonneproppen an der Spüle zu und stöhnte auf, als sich bereits nach dem ersten Laut, der seinem Mund entwich, wieder heftiges Dröhnen im Schädel einstellte.

Ruckartig flog der Kopf des Mannes herum, er stierte Haderlein an, dann kam er in leicht gebückter Haltung und mit seiner Stirnglatze voraus aus der linken Küchenecke auf den Kommissar zugeschossen. Irgendwie wirkte er wie ein aus dem Leim geratener Skispringer kurz vor dem Schanzentisch. Aber wenige Zentimeter vor dem geplanten Absprung stoppte die Stirnglatze, und zwei blutunterlaufene Schweinsäuglein schauten Haderlein aus nächster Nähe an.

»Na warte, du Gauner!«, kam es wie aus der Pistole geschossen aus dem Mund des behandschellten Küchenbesitzers. »Nur dass du es weißt, Schurke, wir haben die Polizei gerufen, du wirst uns also nicht mehr entkommen.« Das schweißnasse Gesicht verzog sich zu einer hämischen Fratze. »Wahrscheinlich gehörst du zu einer dieser rumäni-

451

schen Einbrecherbanden, die mit schweren Ketten Tresore aus der Wand reißen, um dann mit ihrer Beute im Wald zu verschwinden, nicht wahr? Aber nicht mit mir, Bürschchen, da bist du an den Falschen geraten! Ich bin durchaus in der Lage, mein teures Hab und Gut...«

»Die Polizei ist da, Gerold«, unterbrach ihn seine Frau, die mit zwei Streifenbeamten in der Küchentür stand.

Der Angesprochene fuhr herum, um wieder in Skispringermanier auf das Trio an der Küchentür zuzuschießen. Am nächsten Schanzentisch angekommen, hatte Gerold ziemliche Probleme, sein Anliegen von Angesicht zu Angesicht verständlich zu formulieren, da er durch seine unterdurchschnittliche Körpergröße, die überdurchschnittliche Körperfülle und vor allem durch seine auf den Rücken gefesselten Arme Schwierigkeiten hatte, sein Sprechorgan auf adäquate Kommunikationshöhe zu bringen, was beide Polizisten dazu animierte, fast synchron einen Schritt zurückzutreten. Die Ehefrau des potenziellen Vierschanzentourneesiegers stand in ihrem langen geblümten Nachthemd daneben und wischte sich stumm die Tränen der Verzweiflung von der Backe.

»Na, das ging ja richtig flugs, meine Herren!«, rief Gerold schließlich grimmig begeistert, während er angriffslustig von schräg unten zu den beiden Beamten hinaufblickte. »Meine Herren, mein Name ist Gerold Bittermann, Oberstudienrat a. D., und ich habe hier ein undurchsichtiges Individuum ungeklärter Herkunft, welches meiner Meinung nach gerade dabei war, einen Raubzug durch die Anwesen der hier wohnenden gut situierten Coburger Bürgerschaft zu verüben. Jedoch konnten ich und meine Frau den Verbrecher auf frischer Tat ertappen und in unserem Garten bewusstlos schlagen. Leider hatte der Mann noch kurz zuvor die Gelegenheit, mich zu überrumpeln und mir diese Handschellen anzulegen. Wenn Sie also so freundlich wären, mir zuerst diese Dinger abzunehmen und dann in Ihrer Verbrecherdatenbank nachzuforschen, woher dieses Subjekt stammt? Und dann hoffe ich doch, meine Herren, dass Sie den Rumänen so schnell wie möglich ausweisen.« Er strahlte die beiden Beamten an, und auch seiner Frau im Nachthemd stahl sich nach dem überzeugenden Auftritt ihres Mannes ein gewisser Hoffnungsschimmer in das tränennasse Gesicht. Gerold Bittermann hatte sich inzwischen umgedreht und streckte seine gefesselten Arme so weit und so hoch er konnte nach hinten. Spätestens jetzt war seine Absprunghaltung vorbildlich, beispielsweise für die Bergiselschanze in Innsbruck. Allerdings würde sein Bauch in diesem Fall noch eine breite Extraspur zwischen den beiden Skispuren im Anlauf hinterlassen.

Die beiden Polizisten waren die gleichen, die Haderlein und Lagerfeld vor wenigen Stunden unberechtigterweise an der Straßensperre hatten festnehmen wollen. Entsprechend vorsichtig verhielten sie sich nun. Aus der Ferne betrachtet sah der Mann auf dem Stuhl dahinten nämlich gar nicht wie ein rumänischer Einbrecher aus, sondern eher wie der Bamberger Kriminalkommissar, der gerade noch in der gelben Villa mit seinem Schwein ermittelt hatte. Aber konnten sie sicher sein? Nein, sicher war nur der Tod, besser, sie fragten noch mal nach, bevor sie schon wieder einen peinlichen Fehler machten.

»Das ist also ein gefährlicher rumänischer Einbrecher, den Sie auf frischer Tat in Ihrem Garten ertappt haben?«, erkundigte sich der Polizist.

»Genau. Sie sollten umgehend jemanden dazuholen, der als Übersetzer fungieren kann«, erwiderte Bittermann und versuchte, seine Arme inklusive Hintern dem Beamten noch etwas mehr entgegenzustrecken.

Doch der Polizeibeamte machte keinerlei Anstalten, ihn von den Handschellen zu befreien. Im Gegenteil, er hatte erst noch weitere Fragen. Die Situation war kompliziert und bedurfte einer Klarstellung. »Hatte der Mann denn Komplizen dabei, war er bewaffnet, trug er Einbruchswerkzeuge bei sich, oder wie kommen Sie darauf, dass er bei Ihnen einbrechen wollte?«, fragte der Polizist misstrauisch.

Gerold Bittermann drehte sich halb erstaunt, halb verärgert um. Was sollte das denn jetzt? Warum wurden ihm nicht umgehend diese Fesseln abgenommen, und warum wurde dieser Rumäne nicht sofort an seinen Haaren aus der Küche gezerrt und in die tiefsten Tiefen eines deutschen Verlieses geworfen? »Warum fragen Sie nach Einbruchswerkzeugen und Komplizen? Er hat Löcher in meinen Zaun geschnitten... Und ein Schwein hatte der Ganove auch noch dabei. Ein wirklich aggressives Vieh, das mich zu allem Überfluss auch noch in den Fuß gebissen hat. Das Tier sitzt seit geraumer Zeit draußen im Garten und rührt sich nicht vom Fleck. Wahrscheinlich hat es Angst und ist ohne sein rumänisches Herrchen völlig hilflos.« Wieder erschien ein hämischer Zug auf Bittermanns Gesicht, der aber sogleich von einem fordernden Blick abgelöst wurde. Er drehte sich um und nahm wieder seine Skisprunghaltung ein. »Wenn Sie mir jetzt bitte die Handfesseln entfernen könnten.« Es war keine Frage, sondern eine Feststellung.

Doch der dienstältere der beiden Streifenbeamten ging einfach an Gerolds Hintern vorbei, ohne ihn zu beachten, und besah sich den Delinquenten auf dem Küchenstuhl genauer.

Haderlein hatte die ganze Zeit geschwiegen, und auch jetzt schaute er den Polizeibeamten nur stumm mit dunklem Blick an. Erst in diesem Moment erkannte der Streifenbeamte sicher, wen der Oberstudienrat a. D. an den Stuhl geklebt hatte. Er schaute sich kurz um, griff sich das nächstbeste Küchenmesser und begann, das graue Klebeband, mit dem Haderlein gefesselt war, so schnell wie möglich durchzuschneiden.

»Ja, aber was machen Sie denn da?«, rief Frau Bittermann schrill, als sie realisierte, dass der Polizist drauf und dran war, den mühsam überwältigten rumänischen Verbrecher eigenhändig zu befreien.

Auch Skispringer Gerold richtete sich jetzt wieder auf und bemerkte das schändliche Unterfangen der deutschen Polizei. »Aber, aber, das ist bestimmt ein gesuchter Verbrecher«, stieß er verdattert und ungläubig hervor, bevor er es nicht mehr aushielt und zum finalen Angriff überging. In gebückter Haltung schoss er aus seiner Ecke und stieß den Polizisten mit einer Schulter zur Seite, sodass dieser fast das Gleichgewicht verlor. Dann presste er seine schweißnasse Stirn auf die seines rumänischen Gefangenen und rief lautstark, dass auch jeder anwesende Beamte es hören konnte: »Los jetzt, sprich endlich, Rumäne, wer bist du?«

Von Angesicht zu Angesicht erkannte Haderlein nun auch, dass das Augenpaar, das nur wenige Zentimeter vor seinem eigenen schwebte, mit einem dezenten Sehfehler gesegnet war. Gerold Bittermann schielte, und zwar anscheinend umso mehr, je aufgeregter er war.

Bevor Haderlein noch antworten konnte, hatte der angerempelte Polizist Bittermann von hinten gepackt und zerrte den wild Protestierenden vom Stuhl weg.

»Franz Haderlein, Kriminalhauptkommissar, Dienststelle Bamberg«, knurrte Haderlein und versuchte währenddessen mit den inzwischen befreiten Händen, das durchgeschnittene Klebeband an seinen Füßen zu entfernen.

Schlagartig hörte Oberstudienrat Bittermann auf zu strampeln. »Was?«, stieß er aus, während seiner geblümten Frau bereits neue Tränen der Verzweiflung über das Gesicht strömten.

Der Ortsobmann der Gemeinde Mönchsambach hob beide Hände zu einer beschwichtigenden Geste. »Jetzt hockt euch doch amal hie, so wird des doch nie was, Herrschaftszeiten!«

Nur allmählich folgte die Versammlung der Grundstücksbesitzer in der »Zehendner Bräu« seiner energischen Aufforderung. Schließlich war das Treffen am heutigen Abend wegen eines äußerst emotionalen Themas einberufen worden: Der großflächige Verkauf von landwirtschaftlichen Nutzflächen stand zur Debatte. Sämtliche Bauern rings um Burgebrach waren von der Gesellschaft für konservative Bodenbearbeitung angeschrieben worden, um ihnen, den fränkischen Landökonomen des westlichsten Zipfels im Bamberger Landkreis, großzügige Angebote für ihre Äcker und Wiesen zu unterbreiten. Um es genauer zu formulieren: Die GKB bot gut das Zehnfache dessen pro Quadratmeter landwirtschaftlicher Nutzfläche, was diese eigentlich wert waren. Eigentlich also ein Glücksfall für den oberfränkischen Landwirt, der aufgrund sinkender Milchpreise und Regulierung durch die EU sowieso schon am Rande der Rentabilität entlangkrebste. Trotzdem waren die Meinungen zu dieser Offerte durchaus geteilt. Auf der einen Seite standen die Nebenerwerbslandwirte inklusive mehrerer Großbauern, die ein gigantisches Geschäft witterten und sich den landwirtschaftlichen Lebensabend versüßen wollten. Auf der anderen Seite standen ihnen die heimatbewussten Landwirte gegenüber, die die Flächen unbedingt für den generationenalten Hof benötigten, sowie ein widerborstiger Ökobauer, der hier schon länger globalisiertes Teufelswerk vermutete.

Doch die Ökoansichten waren den verkaufswilligen Landwirten scheißegal. Wenn ihnen für den Quadratmeter ihrer Ackerflächen das Zehnfache des Wertes geboten wurde, dann wären sie ja wohl völlig bescheuert, den Deal auszuschlagen. Nur einige wenige hingen hartnäckig an der Scholle und wollten erst einmal nicht verkaufen, aber nur einer von ihnen war unumstößlich dagegen, auch nur einen Quadratzentimeter seiner Ackerfläche zu verkaufen. Diese erste Versammlung war von Obmann Dütsch einberufen worden, um die Fronten zu klären und alle Betroffenen erst einmal wieder zu beruhigen. Ein Haken des unterbreiteten Angebots war der Umstand, dass es nur für die angefragten Flächen insgesamt galt. Willigte auch nur einer der angefragten Eigentümer nicht ein, so war das gesamte Angebot hinfällig. Warum das so war, begründete die GKB nicht. Mit diesem Hintergrundwissen war es nur leicht verständlich, dass der Querulant Josef Schauer nicht der große Sympathieträger auf der Bauernversammlung in der »Zehendner Bräu« war.

»Jetzt hockt euch doch erscht amal alle auf euern Arsch, sonst wird des doch nix«, wiederholte Ortsobmann Dütsch energisch seine Aufforderung, und ganz allmählich wurde es ruhiger im Wirtshaus in Mönchsambach. Auch Josef Schauer suchte sich einen Platz an einem noch nicht besetzten Tisch. Er erwartete, dass es ein ziemlich ungemütlicher Abend werden würde, da er mit seinen Ansichten eindeutig in der Minderheit war, wenn nicht sogar allein dastand. Aber er würde den Ignoranten hier einen Kampf liefern, den sie so schnell nicht vergessen würden.

Haderlein hatte die beiden Polizisten angewiesen, den guten Bittermann von seinen Fesseln zu befreien und ihm im Groben die Lage der Dinge darzulegen. Letztendlich war der Vorfall ja tatsächlich seine eigene Schuld gewesen, er hatte ja unbedingt unangemeldet über fremde Grundstücke laufen müssen, auch wenn Bittermanns Methode – erst eine Flasche über die Rübe ziehen, dann fragen – auf ihn doch sehr rustikal wirkte.

Anschließend war Haderlein in den Garten geeilt, wo Riemenschneider noch, immerhin seit fast einer Stunde, kerzengerade auf ihrem Platz im Garten gesessen hatte. Nach einem kurzen Begrüßungsleckerli hatte er das tapfere Schweinchen auf den Arm genommen und in die Küche zurückgetragen, wo Herr Bittermann ziemlich kleinlaut auf einem Stuhl saß. Neben ihm stand einer der Streifenbeamten, während der andere die Hausherrin betreute, die einem Nervenzusammenbruch nahe im Wohnzimmer auf dem Sofa lag und Taschentücher im Sekundentakt verbrauchte.

Haderlein stellte Riemenschneider neben dem Backofen ab und setzte sich auf seinen schon angestammten Platz, von dem noch immer graue Klebestreifen in Fetzen hinabhingen. Gerold Bittermann hockte ihm mit verstörtem Gesichtsausdruck gegenüber. Zwar schien er sich gewaschen und umgezogen zu haben, und auch eine recht hässliche rechteckige Brille saß jetzt auf seiner Nase, aber glücklich wirkte er dennoch nicht. Sein Erscheinungsbild glich beileibe nicht mehr einem übermotivierten, vollschlanken Wintersportler, sondern eher einem fehlsichtigen Mäusebussard, der verpeilt, wie er war, gegen einen Telegrafenmast geflogen war.

Das Dröhnen in Haderleins Kopf war einem gleichmäßig dumpfen Druck gewichen. Lediglich die massive Beule am Hinterkopf verursachte noch höllische Schmerzen, wenn er sie zufällig berührte. Also ließ er seine Hände erst einmal da, wo sie waren, und beschloss, jetzt dem unschuldigen, aber etwas übermotivierten Rasenwächter vor ihm ein paar Fragen zu stellen. Wenn dieser vermaledeite Tag noch einen einigermaßen versöhnlichen Ausgang nehmen sollte, dann brauchte er jetzt dringend ein paar Erfolgserlebnisse. Vielleicht konnte der drüsenkranke Oberstudienrat ja etwas zur Wahrheitsfindung beitragen.

»Gut, Herr Bittermann ...«, begann Haderlein sehr förmlich, wurde aber sofort von dem pensionierten Gymnasiallehrer unterbrochen.

»Um das gleich einmal klarzustellen, Herr Kommissar, ich hatte ja keine Ahnung«, erregte er sich, was dazu führte, dass der Polizeibeamte neben ihm mahnend die Hand hob und Riemenschneider tief und drohend knurrte. Während sie die dunklen kehligen Laute produzierte, schielte sie überdeutlich auf Bittermanns linken Schuh, der deutliche Spuren von Riemenschneiders Gebiss aufwies, die dieses bei der Nahkampfaktion auf dem Rasen hinterlassen hatte. Erschrocken schaute Gerold Bittermann auf das knurrende Ferkel und zog seine Füße instinktiv unter seinen Stuhl.

Haderlein hob beschwichtigend die Hände. »Sie sitzen hier nicht als Beschuldigter, sondern als Zeuge, Herr Bittermann. Was Ihre Rasenverteidigungsmethoden anbelangt, werden wir uns wohl noch einmal gesondert unterhalten müssen, aber jetzt will ich von Ihnen nur wissen, ob Sie heute Abend irgendetwas Ungewöhnliches bemerkt haben – also mal abgesehen von meiner Person. Bei Ihren Nachbarn in der gelben Villa gab es heute mehrere Mordfälle, ist Ihnen also etwas aufgefallen, was uns in den Ermittlungen weiterhelfen könnte?« Haderlein beobachtete Bittermann, während er sich erneut verkneifen musste, seine stetig anwachsende Beule am Kopf zu befühlen.

Bittermann schaute ihn erschrocken, aber wortlos an. Man konnte sehen, wie der Terminus »Mordfälle« durch sein Gehirn kreiste und Wellen schlug. Kurz schien er zu überlegen, dann aber sprudelte es nur so aus ihm heraus. »Ob ich etwas bemerkt habe? Aber natürlich habe ich etwas bemerkt, Herr Kommissar. Heute Nacht war hier in der Gegend der Teufel los. Zuerst habe ich gehört, wie in der Villa drüben Glas zerbrochen ist, ein Fenster oder so etwas. Also bin ich nach draußen gegangen, um nach dem Rechten zu sehen. Doch der Tumult war gleich wieder vorbei, alles war wieder still. Aber da ich schon mal draußen war, dachte ich mir, dass ich bei der Gelegenheit ja gleich einmal den Rasen nach Maulwurfshügeln und Wühlmäusen absuchen könnte. Schließlich haben wir Vollmond, da sieht man die besonders gut.« Gerold Bittermann lächelte. Er wirkte sehr zufrieden bei dem Gedanken an seinen nächtlichen Maulwurfsrundgang. »Ich hatte die Raseninspektion gerade beendet und war im Mondlicht bereits auf dem Rückweg zur Terrasse, als ich plötzlich eine junge Frau sah, die sich durch ein Loch meines Gartenzaunes zwängte und danach wie von der Tarantel gestochen mit ihrem Rucksack quer über mein Grundstück rannte. Kurz vor der Mauer meines Nachbarn stolperte oder stürzte sie, sie schien sich den Fuß vertreten zu haben, ist aber sofort wieder aufgestanden und zur Straße hochgerannt, wo sie in ein Auto gestiegen ist, das dann auch gleich weggefahren ist.«

Haderleins Unterkiefer war schon zu Beginn des Vortrages nach unten geklappt, sodass er den ausführlichen Erzählungen mit offenem Mund gefolgt war. Eigentlich hatte er mit einem »Danke, nein, es war dunkel, ich habe gar nichts gesehen« gerechnet, aber stattdessen hatte dieser Kerl wasserfallartig alles ausgeplaudert, was er ansonsten hätte mühsam ermitteln müssen. »Ach, was!«, brachte Haderlein nur staunend heraus.

»Ja, und dann war da ja noch dieser Mann«, fuhr der auskunftfreudige Zeuge auch schon wieder mit seinen Beobachtungen fort.

»Der was?«, stieß Haderlein ungläubig aus.

»Na, der Mann, der am Zaun stand. Direkt bei dem Loch, durch das die junge Frau gekrochen war«, wiederholte Gerold Bittermann ungeduldig. Konnte es sein, dass dieser Kommissar etwas schwerhörig war? Oder sprach er zu schnell? Aber eigentlich sprach er doch ganz deutlich. Immerhin war er Studienrat a. D. und hatte sich durch das jahrelange Unterrichten einen hervorragenden Ausdruck der deutschen Sprache angeeignet. Aber der Bamberger Kommissar schaute ihn so an, als würde er Kisuaheli sprechen. Na, egal. Er würde jetzt jedenfalls alles erzählen, was er wusste, und sich dann um seine Frau kümmern, die war nämlich nervlich nicht sehr belastbar, die Gute. »Also, dieser Mann, der stand da und hat dem Auto mit der Rucksackfrau nachgesehen. Aber nur kurz, dann hat er sich umgedreht und ist verschwunden«, beendete Bittermann seine Ausführungen.

»Der Mann am Zaun, können Sie mir sagen, wie der ausgesehen hat?«, fragte Haderlein hektisch. Das war ja alles nicht zu glauben.

Erleichtert, dass die Botschaft doch rübergekommen

war, konkretisierte Oberstudienrat a.D. Gerold Bittermann seine Beobachtungen. »Nun ja, das ist es ja eben, Herr Kommissar. Nach allem, was ich im Mondlicht sehen konnte, war er Ihnen von der Statur her ganz ähnlich, würde ich sagen. Groß, schlank, er trug eine Jeans und eine hellbraune Lederjacke, wenn mich meine Erinnerung nicht täuscht«, sinnierte er vor sich hin. »Ja, doch, ich glaub, die Jacke war aus Wildleder, aber ganz sicher bin ich mir nicht... Und jetzt fragen Sie bloß nicht nach Gesicht, Haarfarbe und wo dieser Mensch wohnt, Herr Kommissar, damit kann ich Ihnen nämlich beim besten Willen nicht dienen.« Zufrieden mit sich lehnte er sich zurück und schaute sicherheitshalber noch einmal zu dem Ferkel, das nicht mehr knurrte, ihn aber noch immer mit seinen kleinen Augen fixierte.

Haderlein brauchte einen Moment, um zu notieren, was der gute Bittermann ihm erzählt hatte. »Und diese junge Frau, haben Sie die auch genauer gesehen?«, wollte er noch wissen.

»Nein, eigentlich nicht, wenn ich ehrlich bin«, gab Gerold Bittermann zurück. »Ich war zu überrascht. Ich weiß nur noch, dass sie lange blonde Haare hatte, mittelgroß, schlank, bestenfalls dreißig Jahre alt war, würde ich sagen, eher jünger. Aber eigentlich habe ich sie ja nur von der Seite und von hinten gesehen, als sie zu dem Auto gerannt ist. Und fragen Sie mich jetzt bloß nicht nach dem Auto, das war zu weit weg«, fügte er noch hinzu.

Haderlein notierte auch das, dann hatte er es plötzlich sehr eilig. »Herr Bittermann, ich danke Ihnen vielmals, Sie waren uns wirklich eine große Hilfe. Ich verzeihe Ihnen sogar die Beule«, schob er noch bittersüß lächelnd hinterher und erhob sich.

462

»Ach, da bin ich aber froh«, sagte der Oberstudienrat erleichtert und erhob sich ebenfalls, was der Riemenschneiderin sofort wieder ein leises Knurren entlockte. »Eine Frage noch, Herr Kommissar. Ich lasse morgen gleich meinen Zaun reparieren und würde gern wissen, wer das bezahlen wird. Ich meine, immerhin ist dieser Zaun eine Sonderanfertigung aus englischem Spezialdraht, der auf zwanzig Metern Länge nur eine Abweichung von höchstens ...«

»Herr Oberstudienrat«, unterbrach Haderlein den Redeschwall des Mannes, »ich muss Sie leider bitten, erst einmal von der Reparatur abzusehen. Um es noch genauer zu sagen: Bis auf Weiteres werden Sie Ihren Garten nicht mehr betreten. Erst wenn die Spurensicherung, die ich sofort vorbeischicken werde, ihre Arbeit auf Ihrem Grundstück beendet hat, dürfen Sie dort wieder schalten und walten. Ich lasse Ihnen die beiden Beamten gleich hier, die werden sich dann um alles Weitere kümmern«, stellte Haderlein nüchtern und lapidar fest.

Nun war es am Hausherrn, den Vortrag des Kommissars mit offenem Mund zu verfolgen. Was er da hörte, gefiel ihm nicht, doch seine Einwände würde er wohl den beiden Polizeibeamten erzählen müssen, denn Haderlein packte Riemenschneiders Leine und verabschiedete sich. Beim Hinausgehen traf der Hauptkommissar auf den zweiten Beamten, der auf der Suche nach einer weiteren Packung Papiertaschentücher war.

Zusammen mit Riemenschneider ging Haderlein im hellen Mondlicht durch den Garten zurück und kletterte wieder mühsam über den Zaun. Riemenschneider benutzte der Einfachheit halber das Loch im Maschendraht. Haderlein ging in die Knie und deutete auf einen großen Fußabdruck im Rasen. Umgehend nahm das Ferkel Witterung auf und wollte sein Herrchen wieder lokomotivenartig Richtung Villa ziehen, aber diesmal war Haderlein auf die Reaktion gefasst gewesen und stemmte sich mit aller Kraft gegen den Vorwärtsdrang seiner kleinen Zugmaschine. Riemenschneider folgte also gebremst und mit dem Rüssel am Boden der Spur bis zu der steinernen Mauer an der Villa und überquerte dann auch noch den Vorplatz. Vorbei an den staunenden Ermittlungsleuten erreichte sie den Hauseingang und folgte dort der Spur die Treppe hinauf bis zur Tür des Paukraumes, in dem das blutige Massaker stattgefunden hatte. Dort knurrte sie kurz, schaute Haderlein an, senkte ihren Rüssel wieder auf den Boden und ging zum Erstaunen des Hauptkommissars die Treppe hinunter und hinaus. Draußen lief sie schnurstracks bis zum Parkplatz, wo sie sich hinsetzte und ihr Herrchen fragend anblickte. Aber sie brauchte nichts erklären, Haderlein konnte sich auch so alles zusammenreimen.

Killer war auf Killerin getroffen. Franziska Büchler war geflohen, und der fremde Mann hatte sie verfolgt, aber nicht erwischt, und war in die Villa zurückgekehrt, um sein blutiges Werk zu vollenden. Anschließend war er zur Tür hinausspaziert, hier auf dem Parkplatz ins Auto gestiegen und verschwunden. Und die ganze saubere Gesellschaft im Fernsehzimmer nebenan hatte von alldem nichts mitgekriegt, da die fränkischen Patrioten während ihrer Veranstaltung einen euphorischen Krach fabriziert hatten. Haderlein kniete sich hin und betrachtete die Spur vor sich genauer. Grobstollige Reifen, sah nach irgendeinem Geländewagen aus. Auf dem Gebiet kannte er sich aus, er fuhr ja selbst einen. Seufzend richtete er sich wieder auf. Also mussten sie neben Franziska Büchler auch noch einen unbekannten Killer finden. Männlich, groß, schlank, eiskalt, in Jeans und Lederjacke, der einen Geländewagen fuhr. Das war ja immerhin schon mal etwas, dachte sich Haderlein, während Riemenschneider sich geruchstechnisch vergeblich damit beschäftigte, wohin dieser unbekannte grobe Autoreifen wohl gefahren sein könnte. Haderlein überlegte kurz und beschloss dann, die Spur erst einmal dort aufzunehmen, wo er sie vor vielen Jahren verloren hatte. Wortlos packte er sein Ferkel und ging zu seinem Wagen.

Byron Gray hatte es sich gerade in seinem Jeep gemütlich gemacht, als ein leises »Beep« aus seiner Westentasche erklang. Auf seinem Smartphone war eine E-Mail eingegangen. Das an sich wäre in der heutigen Welt nicht weiter erwähnenswert gewesen, denn E-Mails konnte inzwischen jeder auf seinem Mobiltelefon empfangen, wenn er das nur wollte, doch bei Byron Gray war die Sache etwas anders gelagert. Erstens gab es nur eine Person, die seine Handynummer kannte, sein anonymer Auftraggeber. Und zweitens gab es auch nur eine Person, die von seiner E-Mail-Adresse wusste, nämlich Ewan Macfain aus den Smokey Mountains. Hier in Europa konnte der versoffene Trottel ihm die Mails natürlich nicht wie gewohnt persönlich vorbeibringen, also hatte Gray ihm gezeigt, wie man derartige Nachrichten einfach auf sein E-Mail-Konto weiterleitete. Die Bezahlung dafür würde er Ewan dann in bar geben, wenn er wieder in den USA war und sich in seine einsame Blockhütte zurückgezogen hatte. Aber das war nun wirklich nebensächlich, wichtig war allein der Inhalt der Mail.

Er langte nach vorn über den Fahrersitz, über dessen Kopfstütze seine Weste hing, und fingerte das Mobiltelefon aus der Innentasche. Er tippte auf den Bildschirm, und die

Nachricht erschien auf dem Display. *Morgen früh 6.30 Uhr Wipfelwanderweg Schmerb. Code Red*

Byron ließ die Worte auf sich wirken. Was bedeuteten sie? *Code Red* hieß ganz eindeutig, dass diese Mail von seinem Auftraggeber stammte. Code Red war das Erkennungsmerkmal, mit dem er viele Jahre schon seine Aufträge entgegennahm. Von ebenjenem Auftraggeber, der ihn hierhergeschickt hatte, um seine, Grays, ehemaligen Schüler in dem Verbindungshaus in Coburg zu töten. Der Auftrag hatte auch leidlich gut geklappt, nur war ausgerechnet der Anführer der ehemaligen Schüler nicht dabei gewesen. Joe konnte Gray noch nicht abhaken, obwohl ihm sein unbekannter Auftraggeber doch mitgeteilt hatte, dass Joe sich mit den anderen in diesem Raum befinden würde. Wahrscheinlich deshalb die Mail. Wahrscheinlich sollte geklärt werden, wie mit Joe weiterverfahren werden würde. Gray war jedenfalls klar, dass Joe den nächsten Tag auf keinen Fall überleben durfte. Wer lebte, plauderte. Und wer plauderte, verriet, und das durfte keinesfalls geschehen. Sein Auftraggeber würde nie und nimmer das Überleben der Zielperson dulden.

Er hatte ihn in den vergangenen Jahren nie kennengelernt. Nicht seine Stimme gehört, ihn nie gesehen. Alles war nach den Regeln der modernen digitalen Technik abgelaufen. E-Mails waren ausschließlich über nicht zu hackende, eigens installierte Server verschickt worden, immer mit dem Zusatz: Code Red.

Seinem Auftraggeber hatte er bereits unmissverständlich klargemacht, dass dies nun sein letzter Auftrag sein würde. Danach war Schluss, für immer. Es schien, als müsse er zum ersten Mal improvisieren, denn irgendetwas an dem Auftrag war anders als an denen zuvor. Er konnte den Unterschied nicht benennen, aber es gab ihn. Vielleicht die eine oder andere Kleinigkeit im Ablauf der Aktion, E-Mails, die ihn plötzlich abends statt am Morgen erreichten, oder Ungenauigkeiten wie das Fehlen des Zielobjektes Joe? Auf jeden Fall gab es gute Gründe, die Augen offen zu halten. Gray war nicht misstrauisch, aber vorsichtig geworden. Wie auch immer, morgen würde er an diesem Wipfelwanderweg erscheinen, egal, wer sich da mit ihm warum auch immer treffen wollte, und zwar gut vorbereitet. Ein Treffpunkt im Wald kam ihm sehr gelegen, denn in einer solchen Gegend kannte er sich aus. So viel anders als die Smokey Mountains konnte dieser Steigerwald nun auch nicht sein. Er steckte das Smartphone zurück in seine Westentasche und lehnte sich auf der Rückbank des Jeeps zurück. Nachdenklich griff er nach einiger Zeit zu seiner Pfeife und begann, sie langsam und konzentriert zu stopfen. Ein Wipfelwanderweg in einem von Buchen dominierten Mischwald, soso. Nun, er würde bald losfahren und alles über diesen Wipfelwanderweg herausfinden, was es herauszufinden gab. Auch das würde er konsequent erledigen. Alles, was er in diesem Leben tat, unterwarf er dieser Vorgehensweise: langsam und voll konzentriert.

# Der Auftrag

Dr. Gerhard Irrlinger saß im Fond des BMW und analysierte während der Fahrt, die etwa vierzig Minuten dauerte, intensiv die Situation. Im Grunde war alles nach Plan verlaufen. Der Club der »Drei Eichen« war eliminiert, und nichts und niemand konnte eine Spur zu ihm zurückverfolgen. Selbst dieser Bamberger Kommissar würde nichts ausrichten können. Aus Gründen, die Dr. Gerhard Irrlinger vollkommen schleierhaft waren, war der Mann anscheinend auf ihn und seine albernen Jugendsünden gestoßen. Dabei war es doch absolut unwahrscheinlich gewesen, dass irgendwer ausgerechnet auf den Eierbergen, ausgerechnet an dieser Stelle im Boden, jemals graben würde. Doch selbst dieser irrwitzige Zufall würde dem Kommissar nicht helfen. Selbst wenn er zugegebenermaßen vieles wusste, selbst wenn er den Rest der Wahrheit ahnte, am Ende würde er doch nichts beweisen können. Beweise waren alles, was zählte, doch sämtliche davon waren inzwischen verrottet und vergessen. Seit dem heutigen Abend waren die »Drei Eichen« Geschichte. In der ganzen Angelegenheit gab es eigentlich nur eine ernst zu nehmende Unwägbarkeit. Nun ja, eigentlich eineinhalb, wenn er denn ehrlich zu sich selbst war. Der gute Schurig lag mit einem Pfeil im Kopf im Bamberger Klinikum und würde mit hoher Wahrscheinlichkeit den heutigen Tag nicht mehr überleben. Und wenn doch, dann stellte sich die Frage, ob er überhaupt jemals wieder aus dem Koma erwachen würde. Dieser naive Hausmeister. Für Geld hatte Roland Schurig fast alles für ihn gemacht, sogar Leichen auf den Eierbergen hatte er vergraben. Schurig hatte nur an seine Oldtimer gedacht, die er mit dem Geld in seiner Scheune stapeln könnte. Aber Schurig war das geringste Problem, das würde sich schon von allein regeln. Nein, nicht die Polizei und Schurig lagen ihm im Magen, sondern der unbekannte Bogenschütze. Irrlinger hatte keinen Plan, wo der so plötzlich hergekommen war. Er war es doch auch gewesen, der Josef Simon bei seiner eigenen Hochzeit auf dem Staffelberg regelrecht hingerichtet hatte. Und dann noch diese merkwürdigen Sendungen mit dem Sandstein. Den Stein, den er erhalten hatte, hatte er einem geologischen Institut in Nürnberg zur Bestimmung bringen lassen. Morgen im Laufe des Tages würde er das Ergebnis über dessen Herkunft erhalten, und mit diesem Wissen würde er vielleicht dann auch die Botschaft entschlüsseln können, die ihm sein unsichtbarer Feind gesandt hatte. Ihm und den anderen der »Drei Eichen«. Dieser Unbekannte wusste, was sie getan hatten. Er wusste von den sogenannten »pfingstlichen Jagdausflügen«, die sie vor langer Zeit im Schutze der Coburger Verbindungsfeierlichkeiten im Lande gemacht hatten. Und dieser Unbekannte war nicht zur Polizei gegangen. Er hatte sich explizit ihrer eigenen Methode bedient und damit begonnen, Jagd auf die Gruppe zu machen. Zwar hatte Dr. Irrlinger sofort gehandelt und die Gruppe eliminieren lassen, trotzdem hatte er noch einen unbekannten Gegner, den er ernst nehmen musste. Auf jeden Fall weit ernster als die Polizei.

Dieser Kommissar hatte ihn ausgefragt, aber keinen Ton

darüber verloren, was er über den unbekannten Schützen wusste und ob es schon Verdächtige gab. Aber das war kein Problem, das würde er in Kürze herausgefunden haben, schließlich besaß er allerbeste Verbindungen in die bayerische Staatsregierung – auch wenn er die Loslösung Frankens mit Vehemenz betrieben hatte. Er lächelte bei dem Gedanken, dass Zöder immer noch glaubte, er, Dr. Gerhard Irrlinger, wolle wirklich fränkischer Ministerpräsident werden. Wahrscheinlich schmiedete dieser Ex-CSU-ler bereits Pläne, wie er Irrlinger irgendwann beerben oder, besser noch, frühzeitig loswerden könnte. Das Lächeln auf den schmalen Lippen Irrlingers wurde etwas breiter, als der BMW auf den für ihn reservierten Parkplatz hinter der Bamberger Konzerthalle einbog.

Es hatte nicht lange gedauert, alles zusammenzupacken. Er war es gewohnt, sich schnell niederzulassen, aber auch schnell wieder zu verschwinden. Eigentlich war es ein schöner Platz gewesen. Wenn diese Autobahnbrücke über ihm nicht gewesen wäre, sogar regelrecht idyllisch: ein kleiner Fluss unter einer Autobahnbrücke. Er hatte alles auf seinen Jeep verladen und ging noch einmal zu dem Flüsschen hinunter, um sich Hände und Gesicht zu waschen und, was viel wichtiger war, um die Tatwaffe verschwinden zu lassen. Ein Ritual, das er nach jedem seiner Aufträge absolvierte. Vielleicht war er sentimental, vielleicht aber wollte er sich damit von der Tat auch einfach nur »reinwaschen«.

Der Auftrag war schnell und einfach erledigt gewesen, und war die Waffe entsorgt, würde auch seine Erinnerung an den Auftrag verblassen. Er war Profi, er kannte kein schlechtes Gewissen, nur weil er ein paar Menschen umgebracht hatte. Alles war ein Geschäft, und seine Zielpersonen waren nun einmal Teil eines bestimmten Geschäftes gewesen. Er lief den schmalen Pfad zum Wasser hinunter, ging in die Knie und tauchte die Hände in das kühle Nass. Als das Wasser über sein Gesicht rann, hielt er plötzlich inne und lauschte. Er hatte etwas gehört. Regungslos verharrte er in der kauernden Haltung und horchte erneut, aber es war nichts Verdächtiges zu hören. Nur das leise Plätschern und Fließen der Itz und das sonore Geräusch von Automobilen auf der Autobahnbrücke hoch über ihm. Er blieb noch minutenlang sitzen und horchte in die Nacht, aber nichts an der Geräuschkulisse veränderte sich.

Schließlich zog er die Waffe aus seinem Gürtel, wickelte sie in einen alten Baumwolllappen und legte sie zur Seite. Auf einem angeschwemmten Holzstück kniend hob er mit den Händen ein tiefes Loch im überschwemmten Uferdreck aus und legte die eingewickelte Waffe hinein, sodass sie sich etwa fünfzig Zentimeter unter der Wasseroberfläche befand. Sofort danach schob er den zähen Schlick, den er aus dem Uferbereich entfernt hatte, zurück und ebnete die Stelle wieder ein. Erneut wusch er sich die Hände und betrachtete zufrieden sein Werk. Von einem Loch war nichts mehr zu sehen. Wie eh und je floss die Itz leise plätschernd über die Uferstelle, und das Beweismittel war verschwunden. Wenn in vielen Jahren jemand vielleicht die Waffe ausgraben würde, wäre er schon lange nicht mehr hier.

Irgendwann richtete er sich erleichtert auf, blieb aber sofort wieder stehen. Wieder meinte er, ein Geräusch vernommen zu haben. Ein leises Klicken. Fast unhörbar, und trotzdem hatten seine geschulten Ohren den Laut vernommen. Er schaltete in einen anderen Modus, ahnte, dass er nicht allein war. Langsam fuhr Byron Grays Hand in die Innentasche seiner Wildlederjacke und schoss dann blitzschnell wieder hervor. In den Fingern hielt er eine kleine moderne Taschenlampe mit einer Hochleistungs-LED. Ein scharf umrissener Lichtkegel flammte auf und brannte ein helles Loch in das etwa sieben Meter entfernte, gegenüberliegende Ufer. Zwei Biber schauten ihn halb erstaunt, halb empört an. Was sollte denn der Quatsch, konnte man denn nirgendwo in Ruhe seine Bäume fällen? Mehr frustriert als erschrocken suchten sie im Ufergestrüpp der Itz das Weite.

Byron Gray entspannte sich und atmete tief durch. Lieber einmal zu viel aufmerksam als einmal zu wenig, dachte er erleichtert. Es hatte schon seinen Grund, warum er noch immer am Leben war. Er drehte sich mit seiner Taschenlampe um und ging über die Böschung zu seinem Wrangler zurück. Ohne sich noch einmal umzusehen, stieg er in den Wagen und machte sich auf den Weg nach Ebrach im Naturpark Steigerwald.

Claudia Fraas hatte den Wagen irgendwo in der Nähe von Großheirath auf einen Feldweg gelenkt und den Motor abgestellt. Franziska saß schweigend neben ihr. Die langen blonden Haare hingen ihr wirr über die Schultern und ins Gesicht, während sie mit leerem Blick durch das Fenster der Beifahrertür schaute. Claudia Fraas, die auch Clax genannt wurde, stieg aus und ging um den Wagen herum, um auf der anderen Seite ebenfalls die Tür zu öffnen. Sofort fiel ihr Blick auf das Blut an Franziskas Hose, offensichtlich war sie von der Kugel am Oberschenkel getroffen worden. Sie untersuchte die Wunde, aber es war wohl nur ein Streifschuss gewesen. Franziska hatte unglaubliches Glück gehabt. Claudia Fraas holte den Verbandskasten aus dem Kofferraum und versorgte die oberflächliche lange Wunde mit Hansaplast. Fürs Erste würde das reichen.

Dann ging sie in die Hocke und schaute Franziska ins Gesicht. Es spiegelte eine tiefe, wilde Verzweiflung, die nun in Form von immer mehr Tränen aus ihr herausbrach. Claudia Fraas nahm ihre Adoptivtochter in den Arm und ließ sie eine Weile weinen. Sie wiegte sie hin und her, so wie sie es mit ihr schon als Teenager gemacht hatte. Einige Minuten lagen sich Mutter und Tochter schweigend in den Armen, bis Franziskas Tränen versiegten. Claudia Fraas fasste einen Entschluss: Sie würde ihrer Tochter etwas sagen, was sie schon längst hätte sagen sollen. Sie nahm Franziskas tränennasses Gesicht in die Hände und schaute ihr tief in die Augen.

»Es ist vorbei, Franziska.« Sie sprach ruhig und bestimmt. »Du kannst so nicht weitermachen. Du wärst vorhin fast umgebracht worden. Du weißt genauso wenig wie ich, wer dieser Mann ist, aber er hat dich gesehen, und er war kein Kappe tragender Armleuchter wie die anderen. Aber das ist auch gar nicht der Punkt, mein Mädchen. Ich kann deine Gefühle gut verstehen, aber du kannst deinen Vater auch nicht zurückbringen, indem du zur Massenmörderin wirst. Von nun an werde ich dir nicht mehr dabei helfen, Menschen zu töten, auch wenn sie noch so viel Schuld auf sich geladen haben, hast du mich verstanden, Liebes? Du musst damit aufhören, Menschen zu töten. Wie willst du den Rest deines Lebens in Frieden mit dir selbst verbringen, wenn du dich weiter in Selbstjustiz ergehst? Und was, wenn du womöglich irgendwann einen Unschuldigen tötest, was dann?« Clax Fraas legte sanft ihre Hand auf Franziskas Kopf.

»Aber er ist nicht unschuldig, Mama«, kam endlich eine Reaktion. »Ich habe ihn gesehen. Er stand direkt vor mir und hat mir in die Augen geblickt. Ich werde ihn niemals

vergessen und kann nicht aufhören, bevor er nicht tot ist.«
Wieder trieben ihr die Gefühle die Tränen in die Augen.

Ihre Mutter wich keinen Zentimeter zurück. Sie liebte
ihre Tochter von ganzem Herzen, unter anderem auch gerade deshalb, weil Franziska in ihrer Kindheit so etwas
Schreckliches widerfahren war. »Dann musst du diesen
Konflikt anders lösen, Kleines. Aber hör auf, Böses zu tun.
Bestrafe ihn, aber tue es so, dass du dir anschließend noch
selbst in die Augen schauen kannst. Schlaf eine Nacht drüber und mach morgen einen Plan B, einen Plan, der diesen
Irrlinger vor den Richter bringt. Am einfachsten wäre es
natürlich, wenn du zur Polizei gehen würdest, aber davon
willst du wahrscheinlich nichts wissen, oder?« Sie schaute
ihrer Tochter eindringlich in die Augen.

»Nein, aber vielleicht wäre ein Plan B tatsächlich nicht
schlecht.« Franziska Büchler rannen noch immer die Tränen über das Gesicht, aber sie nickte ihrer Mutter lächelnd
zu.

»Gut.« Clax Fraas nahm ihre Tochter wieder in den
Arm.

Franziska war erleichtert. Ihre Mutter hatte es geschafft,
Klarheit in ihre Gedanken zu bringen. Rache war ein star-
ker Antrieb, vielleicht der stärkste überhaupt, und doch
hatte ihre Mutter recht, sie musste aufhören zu töten. Sie
selbst hatte gespürt und eigentlich schon immer gewusst,
dass sie dieser Weg geradewegs ins Verderben führen
würde. Deswegen gab es ihn auch schon, den Plan B, sehr
lange sogar, wovon ihre Mutter aber nichts wusste. Erleichtert drückte Franziska sie an sich. Ihre Mutter war all das,
was sie selbst bisher nicht sein konnte: selbstlos, ein guter
Mensch. Aber irgendwann würde auch Franziska versuchen, ein guter Mensch zu werden. Doch jetzt war es da-

474

für noch zu früh, der Tod ihres Vaters saß noch immer tief. Ihre Mutter konnte wirklich alles von ihr verlangen, aber nicht, dass Irrlinger, der Mörder ihres Vaters, weiterleben durfte. Trotzdem musste sie an dem Weg, den sie bisher gegangen war, etwas ändern. Vielleicht war die Methode ja tatsächlich falsch, aber das Ziel war es nicht.

Als Gerhard Irrlinger die Bamberger Konzerthalle betrat, brandete ihm sofort allgemeiner Applaus entgegen. Obwohl in dieser Nacht noch nichts entschieden war, klopften ihm bereits alle Umstehenden auf die Schulter, und Bravorufe ertönten. Irrlinger war Politprofi genug, um zu wissen, dass er jetzt erst einmal Hände über Hände schütteln musste. Auf die Bühne würde er sich erst dann begeben, wenn der Wahlleiter ein offizielles Ergebnis gemeldet hatte. Nach einem schier endlosen Ovationsmarathon erreichte Gerhard Irrlinger schließlich die Bühne, vor der Manfred Zöder schon auf ihn wartete. Sein Vize zog ihn auf die Seite, um ihm den letzten Stand der Dinge mitzuteilen.

»Na, du hast vielleicht Nerven, Gerhard«, fuhr ihn Zöder verärgert an. »Ich muss hier ganz allein die Show schmeißen, während du in Coburg deine Privatfete mit irgendwelchen Verbindungsheinis feierst. Für einen zukünftigen Ministerpräsidenten etwas unambitioniert, mein Lieber. Außerdem war die Polizei hier und hat sich nach dir erkundigt. Kannst du mir vielleicht erklären, was du für eine Suppe kochst, Herr zukünftiger Ministerpräsident?« Zöder funkelte Irrlinger unverhohlen aggressiv an.

Aha, dachte sich Irrlinger, jetzt geht es also los. Der Kronprinz hat am alten Herrn schon etwas gefunden, an dem er sich festbeißen kann. Aber den Wind würde er ihm gleich aus den Segeln nehmen, und zwar auf eine Art, mit der Zöder ganz bestimmt nicht rechnete. Mit Zöder verband ihn sowieso nicht gerade eine Freundschaft. Viel eher war ihre Beziehung eine Zweckgemeinschaft auf Zeit zwischen zwei Machtmenschen. Und diese Gemeinschaft würde sich nun auflösen, beziehungsweise würde er, Gerhard Irrlinger, sie verlassen. Aber davon ahnte der gute Zöder noch nichts. »Pass mal auf, Manfred, ich habe dir etwas zu sagen.« Irrlinger zog seinen karrierelüsternen Vize hinter die Bühne. »Egal, wie diese Wahl ausgeht, ob für oder gegen uns, nach dem offiziellen Ergebnis werde ich von allen Ämtern zurücktreten und dir das Feld überlassen«, offenbarte Irrlinger seine schon lange getroffene Entscheidung.

Manfred Zöder glaubte, sich verhört zu haben. Gerhard überließ ihm einfach so das Feld? Kampflos? »Ja, äh, aber wie, wann, warum?«, stotterte er überrascht.

Irrlinger musste unwillkürlich lächeln. Seine dünnen Lippen verzogen sich zu einem feinen, scharfen Strich. »Sobald wir die Zustimmung für unser fränkisches Bundesland haben, darfst du Ministerpräsident werden, Manfred, und ich bleibe einfacher Abgeordneter«, sagte er emotionslos. »Das Einzige, was ich von dir dafür verlange, sind Loyalität und ein gewisses Entgegenkommen, was meine Tätigkeit als Vorstandsvorsitzender bei Santamon-Europa anbelangt. Ich werde dich zu gegebener Zeit an deine Zusagen und Versprechen Santamon gegenüber erinnern, verstanden?« Prüfend schaute er Manfred Zöder an, dessen Hirn sichtbar arbeitete.

Das alles war ziemlich plötzlich über ihn gekommen. Natürlich freute er sich maßlos darüber, dass er zur Nummer eins auf der Rangliste der Frankenpartei aufgerückt war. Womöglich würde er der erste fränkische Ministerpräsident in der Geschichte werden, andererseits war er sich fast sicher, dass an der Sache etwas faul sein musste. Gerhard Irrlinger war ein hundertprozentiger Machtmensch, eigentlich schon fast ein Psychopath, der seinen Willen stets mit allen ihm zur Verfügung stehenden Mitteln durchsetzte. Dabei kannte er keine Freunde und Feinde. Das hatte auch er, Manfred Zöder, schon am eigenen Leib erfahren müssen. Trotzdem hatten gerade Irrlingers Rücksichtslosigkeit und sein Durchsetzungsvermögen die Franken und ihre Unabhängigkeitsbestrebungen bis zu diesem Punkt gebracht, an dem sie nun standen, das musste man ihm lassen. Und jetzt, nach jahrelangem zermürbendem politischem Kampf um die Unabhängigkeit wollte er den Erfolg einfach so verschenken? Den Lohn sollte ein anderer einheimsen, der ihm Santamon betreffend nur entgegenkommen sollte? Gerhard Irrlinger tat nichts in seinem Leben ohne Sinn und Grund, und er bekam immer, was er wollte, also stellte sich Zöder die Frage: Was wollte Dr. Gerhard Irrlinger, der momentan so seltsam ruhig und aufgeräumt vor ihm stand? Offensichtlich nicht diesen Ministerpräsidentenposten.

»Hat dein Meinungsumschwung irgendetwas mit dieser Polizeigeschichte zu tun? Bist du in eine unsaubere Sache verwickelt, Gerhard?«, ließ Manfred Zöder den ersten Testballon steigen. Er konnte nur instinktiv im Nebel herumstochern, etwas anderes blieb ihm nicht übrig.

»Nicht direkt, Manfred«, lächelte Irrlinger. »Es gibt zwar tatsächlich einen Mordfall in Coburg, in dem mich die Polizei als Zeuge benötigt, aber das ist nichts, was mich direkt betrifft. Und es hat nichts mit meiner Entscheidung zu tun.« Er legte seine linke Hand gönnerhaft auf Zöders Schulter und sagte fast feierlich: »Wenn das alles hier überstanden ist, Manfred, dann ist die Politbühne ausschließlich deine Kiste. Dann wirst du dich um alle Angelegenheiten kümmern, die die Wahl betreffen. Ich werde natürlich noch offiziell repräsentieren, bis alles vorbei ist, aber dann bist du an der Reihe. Und«, der Griff um Zöders Schulter wurde eine Spur fester, »zu gegebener Zeit werde ich auf dich zurückkommen und dich an dieses Gespräch erinnern, mein Freund.« Irrlinger schaute Manfred Zöder mit einem solch kalten Blick in die Augen, dass dieser fröstelte, drehte sich wortlos um und mischte sich wieder unter das ungeduldige fränkische Wahlvolk. Im Joseph-Keilberth-Saal warteten schon reihenweise Reporter und Kameras sämtlicher deutscher Fernsehanstalten auf ihn, um ein paar Worte von ihm zu erhaschen. Lächelnd öffnete er die Tür.

Claudia Fraas saß mit ihrer Tochter in der gemeinsamen Wohnung in Scheßlitz am Küchentisch. Sie mussten Entscheidungen treffen, die Lage hatte sich geändert. Nun, eigentlich nicht nur die Lage, sondern alles, vor allem aber das Verhältnis von Claudia und Franziska zueinander.

»Du kannst nicht mehr bei mir bleiben, du bist hier nicht sicher«, sprach Claudia Fraas die unangenehme Wahrheit aus, woraufhin Franziska unmerklich nickte. In dem Moment, als der fremde Mann nahe der Villa aufgetaucht war und sie gesehen hatte, hatte sie bereits gewusst, dass sie nicht mehr unerkannt durch die Welt laufen konnte. Sie war gesehen worden, der Mann hatte sie töten wollen. Natürlich musste das nicht zwingend dazu führen, dass ihre Spur bis zur Wohnung ihrer Mutter in Scheßlitz zurückverfolgt werden konnte, aber es war auch nicht ausgeschlossen.

»Pack alles zusammen, was du brauchst, und versteck dich irgendwo. Ich will nicht wissen, wo du bist, und ruf mich nur im äußersten Notfall an, Kleines. Und wenn du Hilfe brauchst, wende dich an die Polizei. Du erinnerst dich doch noch an den Kommissar, der dich damals zu mir gebracht hat, Haderlein hieß er. Wenn alle Stricke reißen, wende dich an ihn. Ich glaube, ihm kannst du vertrauen.«

Wieder nickte Franziska Büchler, erst verhalten, dann aber kam urplötzlich die wilde Entschlossenheit zurück, die sie die letzten Jahre ausgezeichnet hatte. Sie erhob sich, ging in ihr altes Zimmer und begann zu packen, während Clax Fraas nachdenklich den Rucksack mit dem zerlegten Hochleistungsbogen an sich nahm. Sie würde das Mordinstrument beseitigen, ein für alle Mal. Immerhin das konnte sie ihrer Tochter abnehmen.

Als Franziska mit einer gepackten Reisetasche aus ihrem Zimmer kam, wollte sie nach dem Rucksack greifen, der auf dem Schoß ihrer Mutter lag, aber die zog ihn nur an sich und schüttelte den Kopf. Franziska nickte lächelnd, sie hatte verstanden. Sie stellte ihre Tasche auf den Boden, umarmte ihre Ziehmutter noch einmal, dann packte sie ihre Siebensachen und verließ eilig das Haus.

Ein seltsames Gefühl bemächtigte sich Claudia Fraas'. Sie ahnte, dass die Chancen darauf, Franziska jemals wiederzusehen, nicht besonders gut standen. Sie hatte Angst um ihre Adoptivtochter, große Angst.


Die Bauernversammlung in der »Zehendner Bräu« strebte ihrem stimmungsmäßigen Höhepunkt entgegen. Wobei unter dem Begriff Stimmung nicht zwingend etwas Positives zu verstehen war. Die Standpunkte waren klar verteilt. Es gab die, die verkaufen wollten, und die, die eben nicht.

Landwirt Erwin Dittberner wollte auf jeden Fall verkaufen. Für das Geld, das ihm die GKB zahlen würde, konnte er doppelt so große Flächen bei Rauhenebrach kaufen oder pachten. Dafür würde er seine Äcker in Neudorf gern hergeben. Vor allem musste man ja auch nicht zwingend verkaufen, alternativ würde die GKB die Flächen auch für fünfundzwanzig Jahre pachten. Auch die Pacht überstieg den tatsächlichen Wert um ein Vielfaches, und anschließend bekam man seinen Grund und Boden ja wieder. Aus Dittberners Sicht gab es kein Argument, das Angebot der Amerikaner, die hinter der GKB standen, nicht anzunehmen. Wenn dieser Schauer nur nicht wäre, dieser grüne Bienenfreund, dann wäre das ganze Geschäft sowieso schon längst unter Dach und Fach. Ohne diesen Müslifresser hätte Dittberner die paar kleinen Mondscheinbauern, die Schauer mit seinem Ökogeschwafel angesteckt hatte, schon längst mit Geld oder weit rabiateren Mitteln vom Gegenteil überzeugt. Wut stieg in ihm auf, er würde dem Schauer jetzt mal so richtig die Meinung geigen. Ohne auf die Genehmigung von Obmann Dütsch zu warten, sprang er auf und brüllte in Richtung Josef Schauer los. »Ei, Schauer, waasd du was, du hast ja an dodalen Badscher hast ja du. Mir ham fei hier ka Lust, wechen so am Ökofuzzi wie dir so an Haufen Kohle liechen zu lassen. Was für a Bioviech hat denn dir neis Hirn gschissn, sach amal?« Seine Augen funkelten, während er mit massigen Händen wild über seinem Kopf herumgestikulierte. »Ei, Josef, ich waas scho, du hältst dich für so eine Art Heilicher, so a Art Beschützer der Diere und Bflanzen. Aber ich kann mir so an Quatsch ned leisten, ich muss mei Geld verdiena a. Ich kann ned übers Wasser laafen wie unner Bienajesus da, und mir wächst aach ka Gras aus der Daschen. Und wenn die vo dera GKB, aus welchem Grund aach immer, maane, sie müsserden uns so viel Geld geben, dann lass mer uns des doch nich entgehen, Herrschaftszeiten. In meim ganzen Leben hab ich noch nie so viel Geld einfach so liechen gelassd. Aans sach ich dir, Josef, wenn du des Gschäft bladzen lässd, dann grichsd du richtich Ärcher. Dann babbt irchendwann auf daaner Bladdn a Babierla, wo draufstehd: ›Achdung, Debb‹. Und wenn du dann widder aagerennt kommst, weil ich dein Schlebber ausm Agger zia soll, Josef, dann hab ich dir ned helfen gekonnt, weil ich halt grad was anneres machen gemussd hab!« Schnaufend setzte sich Erwin Dittberner wieder auf seinen Platz, während seine Anhänger um ihn herum nickten und fleißig Beifall klatschten.

Josef Schauer hatte während des Monologs die Augen an die Decke gerichtet und überlegt, was er seinem adrenalingeschwängerten Gegenüber antworten sollte. Aber wenn er ehrlich war, musste er sich eingestehen: So richtig gut stand es für ihn und seine Argumente nicht.


Haderlein erwartete nicht wirklich, dass er jemanden unter der alten Adresse antreffen würde, geschweige denn, dass noch jemand wach wäre. Umso überraschter war er, als in dem Haus in Scheßlitz Licht brannte. Er bedeutete den beiden Streifenbeamten, die ihn begleiteten, auf der Straße zu warten, während er ausstieg und klingelte. »Claudia Fraas, Landschaftsarchitektin« stand auf einer kleinen Tafel über der Klingel. Kurz darauf öffnete ihm die Frau, der er vor Kurzem auf dem Staffelberg und vor vielen Jahren bereits in einem anderen Fall begegnet war. Obwohl, wenn er es recht bedachte, war es eigentlich immer noch derselbe Fall, überlegte Haderlein und unterdrückte ein Gähnen. So langsam machte sich auch bei ihm der lange Arbeitstag bemerkbar.

»Kommen Sie rein, Herr Haderlein«, begrüßte ihn

Claudia Fraas und tat so, als würde sie die Polizeibeamten am Gartenzaun nicht bemerken. Haderlein nickte den beiden Männern noch kurz zu und betrat dann die Wohnung. Nur noch verschwommen konnte er sich an die Räumlichkeiten erinnern, aber vom Mobiliar her schien sich so einiges geändert zu haben. Nur in der Küche sah es noch fast so aus wie damals. Einen Moment lang saßen sie schweigend am Küchentisch, dann fiel Haderleins Blick auf den Rucksack, der an der Wand neben der Tür lehnte. Er kannte ihn, er hatte ihn erst vor wenigen Tagen auf dem Staffelberg gesehen. Claudia Fraas hatte seinen Blick bemerkt, ging, ohne zu zögern, zu dem Rucksack, hob ihn hoch und drückte ihn Haderlein in die Hand. »Es ist vorbei«, sagte sie, bevor sie sich wieder auf ihren Küchenstuhl fallen ließ.

Haderlein öffnete stumm den oberen Reißverschluss des Rucksacks und schaute prüfend hinein. Der Inhalt überraschte ihn nicht: ein zusammengelegter, sündhaft teurer Jagdbogen neuester Bauart mit einem kompletten Satz schwarzer Carbonpfeile. Er ersparte es sich, die Pfeile genauer zu untersuchen, er konnte auf den ersten Blick sehen, dass es sich um genau die Sorte Pfeil handelte, mit der auf Josef Simon auf dem Staffelberg und Roland Schurig in seiner Scheune geschossen worden war. Er schloss den Reißverschluss wieder und hob den Kopf. »Wo ist sie?«, fragte er.

»Ich weiß es nicht, und ich will es auch nicht wissen«, erwiderte die Landschaftsarchitektin, die mit einer tiefen Traurigkeit zu kämpfen hatte. So schnell hatte Claudia Fraas dann doch nicht mit dem Auftauchen der Polizei gerechnet. Aber egal, nun hieß es, Abschied nehmen. In dem Moment, als sie sich bereit erklärt hatte, mit Franziska auf den Staffelberg zu gehen, war sie auch bereit gewesen, das alles hier aufzugeben und für ihre Tochter ins Gefängnis zu wandern.

»Und wo ist Gernot, Ihr Mann?« Haderlein schaute sich prüfend um.

»In Oberhof bei Suhl. Wir leben seit kurzer Zeit getrennt. Wir sind in Frieden auseinandergegangen. Gernot hat uns nur zum Staffelberg gebracht und oben wieder abgeholt. Er weiß nichts. Wir wollten es ihm nicht antun, da hineingezogen zu werden. Aber Sie können ihn gern besuchen und selbst fragen.«

»Wo ist Franziska?«, wiederholte Haderlein seine Frage. »Um das klarzustellen, ich suche sie nicht in erster Linie, um sie zu verhaften.« Er legte seine Unterarme auf den Tisch und faltete die Hände. Streng genommen hatte er ja keine Verbrecherin vor sich, ja, bis zu einem gewissen Grad hatte er sogar Verständnis für das, was Claudia Fraas und Franziska Büchler getan hatten. Er konnte es verstehen, aber nicht billigen. Ein Mord blieb auch dann noch ein Mord, wenn die Gründe dafür nachvollziehbar waren. Trotzdem wollte er Claudia Fraas vermitteln, dass er zuvorderst hier war, um zu helfen. Die Bestrafung oblag einer anderen Instanz, die zu einem späteren Zeitpunkt über diesen Fall zu richten hatte. »Ich möchte, dass Franziska diesen ganzen Wahnsinn überlebt und gegen Irrlinger als Zeugin aussagt, verstehen Sie mich?«

Tatsächlich war Claudia Fraas überrascht. Das Gespräch nahm einen anderen Verlauf als gedacht. Obwohl ihr dieser Kommissar schon damals ehrlich, ja sogar hilfsbereit begegnet war, hatte sie wegen Franziskas Verschwinden mit massiven Vorwürfen gerechnet, stattdessen spürte sie erneut fast etwas wie Verständnis, das ihr dieser Polizeibeamte entgegenbrachte. Aber schließlich hatte Haderlein schon damals, als er das mit Franziska und dem Jugendamt für sie geregelt hatte, sehr sympathisch und hilfsbereit gewirkt. Sie schien ihm vertrauen zu können. Sie lächelte erleichtert und überlegte nur kurz, dann nickte sie kaum wahrnehmbar. »Wissen Sie, was damals passiert ist?«, fragte sie. Ihre Finger wanderten hilfesuchend über die Platte des Küchentisches, dann hatten sich ihre beiden Hände gefunden und verschränkten sich ineinander. Claudia Fraas' Blick war traurig und verzweifelt.

»Ich denke schon, aber es wäre trotzdem gut, die ganze Wahrheit zu hören. Ohne Ausnahme«, meinte Haderlein und lehnte sich zurück.

Claudia Fraas nickte erleichtert. »Dann hol ich uns jetzt einen Rotwein«, sagte sie mit sarkastischem Ton in der Stimme. »Das wird höchstwahrscheinlich länger dauern. Außerdem wird es womöglich mein letzter Rotwein für längere Zeit sein.« Sie stand auf und ging gemessenen Schrittes zum Küchenschrank.

Haderlein war nur kurz verblüfft, aber er wollte die Geschichte unbedingt hören, und fahren musste er heute auch nicht mehr. Wenn der Alkohol also der Wahrheitsfindung diente, warum nicht.

Claudia Fraas stellte zwei große Weingläser auf den Tisch und schenkte ihnen dunkelroten spanischen Tinto ein. Als sie wieder Platz genommen hatte, nahm sie einen tiefen Schluck und begann dann zu berichten. Sie erzählte von den schrecklichen Geschehnissen im verlassenen Steinbruch von Ludvag, davon, wie Irrlinger und seine Helfershelfer Franziskas Vater vor deren Augen umgebracht hatten. Vollkommen grundlos, einfach nur aus Spaß. Sie waren auf der Jagd gewesen und hatten sich Franziskas Vater als Wild ausgesucht, das es zu erlegen galt. Die gerade mal zwölfjährige Franziska hatte alles aus nächster Nähe mitansehen müssen. Entdeckt hatten die Männer das Mädchen in seinem Versteck im Gebüsch zum Glück nicht, nur durch einen Zufall war sie damals von ihrer jetzigen Adoptivmutter aufgegriffen und gerettet worden. Nach längerem Hin und Her hatte sich schließlich herausgestellt, dass das Kind, das bereits sehr an seiner Retterin hing, keine Eltern mehr hatte.

Claudia Fraas hatte die kleine Franziska also bei sich aufgenommen und adoptiert, aber die Geschehnisse hatten tiefe Spuren in Franziskas Seele hinterlassen. Claudia Fraas erinnerte daran, wie das verwaiste, traumatisierte Kind wochenlang nicht gesprochen hatte. Die ganze Wahrheit hatte sie ihrer Ziehmutter erst viel später erzählen können, als sie aus den USA zurückgekehrt war, wo sie Sport und Biologie studiert hatte. Während ihres Studiums hatte sie Dr. Gerhard Irrlinger durch Zufall im amerikanischen Fernsehen gesehen, als man den international anerkannten, aber eher medienscheuen Finanzfachmann und Politiker interviewt hatte. Zuerst war sie geschockt gewesen, als sie ihn als den Mörder ihres Vaters erkannte, dann hatte sie angefangen zu recherchieren. Konsequent und geduldig. Irgendwann lag die grausame Wahrheit vor ihr wie ein offenes Buch. Die internationale Gruppe der »Three Oaks«, übersetzt »Drei Eichen«, deren Chef Irrlinger gewesen war, hatte sich jedes Jahr zu Pfingsten in fränkischen Gefilden einem perfiden, grausamen Spiel hingegeben. Warum und weshalb die Männer so handelten, hatte Franziska nicht herausfinden können, sie wusste nur, dass es so war. Sie recherchierte weiter, und irgendwann besaß sie eine komplette Mitgliederliste der »Drei Eichen«. Einen nach dem anderen hatte sie aufgespürt.

Erst zu diesem Zeitpunkt hatte sie beschlossen, ihrer Mutter zu erzählen, was sie herausgefunden hatte, und ihr bei der Gelegenheit auch gleich mitgeteilt, dass sie beabsichtige, nun ihrerseits Jagd auf diese Psychopathen zu machen – und zwar mit exakt der gleichen Waffe, mit der vor vielen Jahren ihr Vater ermordet worden war. Vor allem den Mann, den sie im Steinbruch damals aus nächster Nähe gesehen hatte, wollte sie tot wissen. Doch ausgerechnet Irrlinger war am schwersten zu erwischen, weil er schon immer sehr vorsichtig war und normalerweise die Öffentlichkeit mied. Das änderte sich erst, als er beschlossen hatte, in der Politik mitzumischen, aber auch in dieser Funktion war er in der Öffentlichkeit eher zurückhaltend gewesen.

Claudia Fraas hatte lange Zeit versucht, Franziska von ihrem Plan abzubringen, und angeregt, stattdessen doch einfach zur Polizei zu gehen. Aber das kam für Franziska Büchler nicht in Frage. Sie würde sich auf einen Rachefeldzug begeben, auf dem es für sie kein Zurück gab, niemals. So war der Stand bis heute Abend gewesen, bis sie in Coburg fast selbst das Opfer eines unerwartet aufgetauchten Killers geworden war.

Jetzt war Franziska verschwunden, und niemand wusste, wohin, nicht einmal ihre Mutter Claudia. Auch was sie als Nächstes tun würde, war ihr nicht bekannt. Sicher schien nur zu sein, dass Franziska niemanden mehr mit ihrem Jagdbogen hinrichten würde. Claudia Fraas nahm noch einen Schluck aus ihrem Weinglas und stand auf. Sie hatte es getan, sie hatte ihre Geschichte gewissenhaft und wahrheitsgemäß erzählt. Einen Moment lang kämpfte sie mit ihren Gefühlen, die sie zu überwältigen drohten. »Können wir jetzt gehen?«, fragte sie Haderlein schließlich und lächelte ihn traurig an.

Fast schien es dem Kommissar so, als wäre die Frau trotz allem froh, sich der üblen Geschichte endlich entledigt zu haben. »Bitte, Claudia, wo ist Franziska?«, versuchte er es ein letztes Mal eindringlich.

»Ich weiß es nicht«, sagte sie leise, »ich weiß es wirklich nicht, niemand weiß, wo sie sich befindet, nur Franziska selbst.« Doch plötzlich verschwand die Traurigkeit aus ihrem Blick, und sie hob selbstbewusst ihren Kopf. Ihre Augen hatten einen seltsamen Glanz angenommen. »Franziska wird ihr Ziel nicht aus den Augen verlieren, Herr Kommissar, aber vielleicht wird sie die Kurve kriegen und niemanden mehr töten. Trotzdem wird sie bekommen, was sie will, und auch die Polizei wird sie nicht daran hindern können. Ich kenne meine Tochter. Sie ist intelligent und hat nichts mehr zu verlieren. Sie wird Irrlinger erwischen, wenn auch vielleicht nicht mehr mit einem Bogen.«

Haderlein zweifelte nicht an ihren Worten. Franziska Büchler war untergetaucht, und wenn er Irrlinger etwas nachweisen wollte, dann musste er sie finden, und zwar lebend.

»Ich kann Ihnen noch die Namen von ein paar Personen nennen, zu denen sie als Kind und Jugendliche ein gutes Verhältnis hatte. Auch auf diesem Jugendzeltlagerplatz in Untermerzbach hat es ihr damals gefallen.« Claudia Fraas holte einen Zettel, notierte ein paar Namen darauf und reichte ihn dem Kriminalhauptkommissar. »Das ist alles, was ich für Sie tun kann«, sagte sie, und für Franz Haderlein klangen ihre Worte ehrlich.

Die Bauernversammlung in der »Zehendner Bräu« beschloss nach stundenlanger Diskussion, erst einmal nichts zu beschließen. Die Meinungen über den Felderverkauf oder die Verpachtung an die GKB prallten nach wie vor hart und unversöhnlich aufeinander. Die große Mehrheit der Anwesenden wollte ihre Äcker, Wiesen oder den Wald opfern und im Gegenzug einen satten Gewinn einstreichen. Einwände vonseiten der Bedenkenträger, insbesondere in Person von Josef Schauer, wurden kurz andiskutiert, dann aber weggebrüllt. Ortsobmann Dütsch brach die Versammlung schließlich ab, weil die Lage in der Gaststube kurz davor war, aus dem Ruder zu laufen. Sie würden die Debatte an einem anderen Tag fortsetzen müssen, an diesem Abend würde ein Versuch nur in einer Katastrophe, womöglich sogar in Handgreiflichkeiten enden. Also bog er die Stimmung in einem Gewaltakt in eine halbwegs friedliche Richtung, sodass alle Teilnehmer der Versammlung am späten Abend gesund und munter den Heimweg antreten konnten. Sollte doch jeder daheim und in Ruhe die ganze Sache noch einmal überdenken. Beim Verlassen der Gaststätte hatte Roman Dütsch den wildesten Streithähnen noch einmal ins Gewissen geredet. Auch Josef Schauer hatte er eindringlich gebeten, etwas mehr Kompromissbereitschaft an den Tag zu legen, aber der hatte nur verbittert den Kopf geschüttelt.

Josef Schauer hatte auf dem Weg nach Hause noch einmal bei seinen neuen Bienen vorbeigeschaut und sich im Bett die schlaflose Zeit mit Abregen vertrieben. An diesem Tag war etwas mehr als normalerweise im Leben eines einsamen Ökobauern oben auf den Höhen des Steigerwaldes passiert. Doch selbst Josef Schauer schaffte es in dieser Nacht irgendwann, das Licht zu löschen und seine Augen zu schließen.

Im Kasten Nummer sieben des Imkers Josef Schauer wurde in dieser Nacht hingegen alles andere als geschlafen. Zuallererst passten die Putzbienen der Kolonie das neue Zuhause ihren Bedürfnissen an. Das hieß in erster Linie: sauber machen. Das erste Opfer der Putzkolonne war die Varroa destructor. Alle im Stock auffindbaren Milben wurden von den Putzbienen kurzerhand hinausgeworfen. Als diese Arbeit erledigt war, machten sich die emsigen Arbeiterinnen daran, die zurückgelassene infizierte Brut aus den Waben zu holen und auch diese aus dem Stock zu entfernen. Wabe für Wabe arbeiteten sie sich penibel vor, bis auch die wirklich letzte Varroa-Milbe an die frische Luft gesetzt oder getötet worden war. Zufrieden verkündeten die Arbeiterinnen über Botenstoffe die freudige Nachricht der vollendeten Reinigung, was aber mitnichten dazu führte, dass sich das Volk für den Rest der Nacht zur Ruhe legte. Nein, stattdessen rief die Nachricht regelrechte Hektik hervor. Emsig und ausgiebig verbreitete das Volk Pheromone, was dazu führte, dass die zweite Königin, die bis dato auf Abruf bereitgestanden hatte, nun ziemlich genau die Hälfte der anwesenden Bienen um sich versammelt hatte. Innerhalb weniger Minuten spaltete sich das Volk in zwei gleichberechtigte und gleich große Teile, bevor sich die wiedererwachte zweite Königin durch das Flugloch nach draußen verabschiedete. Kaum war sie in die Dunkelheit der Nacht entschwunden, folgte ihr umgehend ihre Hälfte des Volkes, die sie im Laufe der letzten Stunde um sich geschart hatte.

Der ganze Schwarm summte nun durch die Luft und wartete auf das weitere Verhalten seiner Königin. Die hielt für einige Minuten ihre ungefähre Position, bevor sie urplötzlich, geradezu explosionsartig, eine leicht flüchtige Substanz ausstieß, die sich binnen Sekunden in der Luft und zwischen den um sie herum fliegenden Bienen ausbreitete. Die hochkomplexen Geruchsstoffe wurden von den Bienen gierig aufgesogen und bewirkten sofort zweierlei. Zuallererst bemächtigte sich jeder Biene eine wilde, unbändige Wut. Die Aggression war so gewaltig, dass der Schwarm sich innerhalb von Sekunden in ein bösartig summendes Inferno verwandelte. Ohne weiteres Zögern verließ das aufgepeitschte Bienenvolk seine Position in etwa zehn Metern Höhe und schoss auf die Bienenkästen zu, von denen es soeben erst emporgestiegen war. Das Ziel war dabei nicht der Kasten Nummer sieben, sondern der mit der rot aufgemalten Nummer drei. Wütend landeten sie am Einflugloch der dort beheimateten Carnicas und drangen in deren Stock ein. Sofort begann das fürchterliche Gemetzel. Die Angriffslust der schwarzen Bienen mit dem gelben Ring am Hinterleib war so groß, dass teilweise gleich mehrere von ihnen über eine der heimischen Bewohnerinnen herfielen und ihre Stachel in den Leib der Überraschten stießen. Innerhalb kürzester Zeit war der Sieg des fremden Volkes trotz numerischer Unterlegenheit besiegelt.

Nur langsam ebbte die Aggression im Bienenvolk wieder ab. Als die Immen wieder zu sich kamen, machten sie sich sofort wieder an die Arbeit, um die Varroa und auch sonstigen Unrat aus dem neu eroberten Stock zu entfernen.

Inmitten des emsigen Treibens hatte die Königin bereits damit begonnen, erste Eier in die gereinigten Waben zu legen. Nachschub für das Volk hatte jetzt höchste Priorität. Neue Arbeiterinnen und Drohnen wurden gebraucht, und vor allem fehlte eine neue zweite Königin, die den Auftrag, der in ihnen allen schlummerte, ausführen würde. Den Auftrag, sich so schnell wie möglich zu vermehren und dann weiterzufliegen. Weiter, weiter und immer, immer weiter.

Entsetzt schaute er auf die kleine, etwa zehn mal zehn Zentimeter große quadratische Öffnung. Sein Entsetzen rührte nicht etwa daher, dass diese Öffnung vorhanden war, nein, dieser Umstand an sich war völlig in Ordnung. Weniger in Ordnung war allerdings die Tatsache, dass das Drahtgitter in dem kleinen Loch fehlte. Normalerweise hätte sich in der Öffnung ein kleinmaschiger Drahtverschluss befinden sollen, der an den Seiten aus Beton mit einem Spezialkleber befestigt war. Einen Moment lang schaute er konsterniert auf die unverschlossene Öffnung, dann stopfte er das Nächstbeste in das Loch, was er finden konnte. Es handelte sich um einen kleinen Schwamm, der normalerweise zum Abwischen der kleinen Steinflächen neben dem Loch verwendet wurde. Er hob den Deckel des Kastens an, doch seine schlimmsten Befürchtungen wurden nicht bestätigt. Der Kasten war noch immer voller Bienen. Erleichtert setzte er sich in seiner Schutzmontur auf den Boden des weißen Raumes und hätte sich gern den Schweiß aus dem Gesicht gewischt, aber die durchsichtige Plastikscheibe des Schutzanzuges hing ihm vor dem Gesicht. Er konnte nichts gegen den kalten Angstschweiß machen, der ihm von der Stirn lief. Das Volk war noch da. Gott sei Dank. Nicht auszudenken, hätten die Bienen den Weg ins Freie gefunden.

Hahns Puls näherte sich langsam wieder den Normalwerten. Er war nur wissenschaftlicher Assistent und nicht wirklich mit dem eigentlichen Anliegen der Experimente vertraut, denn eines hatte man ihm eingeschärft: Er hatte sich um die ihm zugewiesene Aufgabe zu kümmern und um sonst nichts. Er brauchte nicht zu wissen, um was genau es hier ging, er musste nur wissen, dass er mit ernsten Konsequenzen zu rechnen hatte, wenn auch nur eine der Königinnen des Volkes oder womöglich das gesamte Volk entkommen sollte. Sehr ernsten Konsequenzen. Aber zum Glück war das Volk noch da. Blieb nur die Frage, wer vom Einflugloch das feinmaschige Gitter entfernt hatte, das nirgendwo zu sehen war. Eilig verließ er den quadratischen weiß gestrichenen Raum, schloss die Tür mit dem kleinen Glasfenster hinter sich und drückte den roten Knopf, der die zweite Glastür der Schleuse öffnen würde. Weißer Dampf schoss aus der Decke, hüllte ihn ein und wurde Sekunden später durch eine spezielle Ventilation abgezogen. Kurz darauf öffnete sich die Tür vor ihm mit einem hellen, seufzenden Ton. Ein schmaler Raum lag vor ihm, rechts und links an der Wand standen Spinde. Weiß lackierte Kleiderschränke, die alle mit je einem Namen beschriftet waren. Er öffnete seinen Spind und warf die weiße Schutzkleidung hinein, der er sich schon im Gehen entledigt hatte. Als er den Schrank wieder verschlossen hatte, ging er durch die Tür ins Labor. Zügig durchquerte er den Raum, in dem sich mehrere Mitarbeiterinnen auf ihre Arbeit konzentrierten. Er lief an den Reihen aufgebauter Apparaturen und Versuchsanordnungen vorbei, bis er die nächste Tür erreichte, die diesmal nicht aus Aluminium, sondern aus Edelstahl bestand, aber ebenso ein eingebautes Fenster aus Sicherheitsglas hatte. Es bedurfte einiger Kraft, um die massige Tür zu öffnen, aber dann stand er in einem Flur und schlug den Weg nach rechts ein. An der Wand hingen mehrere kleine grüne Schilder, auf denen mit einem weißen Symbol der Fluchtweg gekennzeichnet war. Am Ende des Ganges stieß er eine schwere Edelstahltür auf, dann stand er endlich im Freien auf einem geteerten Platz. Links parkten mehrere Fahrzeuge, die einheitlich weiß lackiert waren, rechts wurde der kleine Platz von einem hohen Maschendrahtzaun begrenzt, in dem sich eine Tür befand, die sein nächstes Ziel war. Er rannte die etwa fünfzig Meter bis zum Zaun, während seine Hand bereits in der Manteltasche nach dem Schlüsselbund fingerte. Hektisch holte er ihn heraus und steckte den Generalschlüssel für die Außenanlagen schließlich klimpernd ins Schloss. Kaum hatte sich die Metalltür quietschend geöffnet, huschte er hindurch und hastete zur Rückseite des Gebäudes.

An der nach Süden ausgerichteten Wand konnte er die zehn quadratischen Öffnungen erkennen, die sich nebeneinander im Abstand von circa zwei Metern auf Hüfthöhe befanden. Er ging zu der ersten Öffnung und schaute sich alles etwas genauer an. Er konnte seinen Schwamm sehen, den er als Notmaßnahme in das Loch gesteckt hatte. Direkt an den Innenseiten waren noch die zerfledderten Reste des weichen Spezialklebers zu erkennen, mit dem er das Gitter befestigt hatte. Von dem Gitter selbst war allerdings nichts mehr zu sehen. Suchend wanderte sein Blick durch das hohe Gras vor der Wand, und sofort wurde er fündig. Das kleine Gitter lag verkehrt herum am Boden, nicht weit von seinem angestammten Platz entfernt. Er hob es auf und unterzog es nachdenklich einer kurzen, aber genauen Prüfung. Das drahtige Viereck war an sich intakt, doch in der Mitte konnte er eine kleine runde Ausbuchtung erkennen, so als hätte es jemand mit einem Besenstiel oder etwas Ähnlichem nach außen und so schließlich aus der Verklebung gedrückt. Kopfschüttelnd schob er das Gitter wieder zurück an seinen Platz und drückte mit den Fingern seine Ränder wieder in die weiche Klebemasse. Die Dichtigkeit im Sinne der Versuchsanordnung war wiederhergestellt.

Es war ihm unerklärlich, was genau hier vorgefallen war, aber offensichtlich hatte jemand mit Absicht das Gitter entfernt. Nachdenklich wanderte Hahns Blick vom Haus in Richtung der blühenden Wiesen, die sich fächerförmig vor dem Gebäude erstreckten. Bis zum Waldrand fügte sich eine Blütenplantage an die nächste, zusätzlich war eine das ganze Areal umfassende Streuobstwiese mit zahlreichen Obstbäumen angelegt worden. Markus Hahn schaute sich um, konnte aber weder Fußspuren noch niedergetretenes Gras erkennen. Offensichtlich war er seit Längerem die erste Person, die sich hinter dem Haus aufgehalten hatte. Das alles war absolut rätselhaft.

Beim Zurücklaufen rekapitulierte er, was man ihm über die Drahtgitter gesagt hatte. Die Maschenweite war exakt so berechnet, dass die Arbeiterinnen und Drohnen eines Bienenvolkes hindurchpassten, die Königin jedoch nicht. Damit wurde das Schwärmen eines Volkes beziehungsweise der unkontrollierte Hochzeitsflug der Königin verhindert, sodass diese sich nicht wahllos mit irgendwelchen fremden Genen fortpflanzen konnte. Durch das Gitter hatte man alles schön unter Kontrolle.

Seufzend begab sich Markus Hahn auf den Rückweg. Er beschloss, den seltsamen Vorfall für sich zu behalten und damit eventuellem Ärger erst einmal aus dem Weg zu gehen, aber im Grunde genommen war ja auch nichts Schlimmes geschehen. Allerdings wusste er ganz genau, was passieren konnte, funktionierte man nicht zur vollsten Zufriedenheit von Santamon. Amerikanische Firmen verhielten sich sehr viel restriktiver als deutsche Firmenleitungen. Von wegen soziale Marktwirtschaft. Aber was machte er sich darüber eigentlich Gedanken? Er hatte einen sicheren Arbeitsplatz, und Santamon bezahlte ihm gutes Geld. Er schaute in die frühlingshafte Morgensonne, schob alle Bedenken zur Seite und begab sich zurück ins Labor.

Manfred Zöder betrat die Bühne der Stadthalle, stellte sich hinter das reich mit Blumen geschmückte Rednerpult, das von Dutzenden von Kameras umlagert wurde, und holte sein Redemanuskript hervor. Unglaublich enthusiastischer Applaus brandete auf und ebbte erst nach geraumer Zeit wieder allmählich ab. In dem Moment des Jubels und der Begeisterung erinnerte sich der erste fränkische Ministerpräsident an die vergangenen drei Jahre. Die ersten drei Jahre des Bundeslandes Franken waren eine einzigartige Erfolgsgeschichte gewesen. Die Loslösung von Bayern hatten die Münchner, neben der Tatsache, dass sie sämtliche geraubten Kulturgüter nach Franken zurückbringen mussten, auch anderweitig teuer bezahlt, und die anderen Bundesländer der Republik hatten sich ebenso kräftig am Neuaufbau des Bundeslandes Franken beteiligt. Im Rahmen des Länderfinanzausgleichs waren immense Summen in die neu gebildete Kasse geflossen, aber vor allem aus privater Hand hatte das Land völlig unerwartet großzügige Spenden erhalten. Umso bedeutungsvoller war der heutige Tag, umso stolzer waren die Franken und an erster Stelle ihr Ministerpräsident Manfred Zöder.

Als die Geräuschkulisse im Saal ein erträgliches Maß erreicht hatte und auch die Kameramänner ihre Linsen wieder fest im Griff hatten, begann Manfred Zöder endlich mit seiner lang erwarteten Rede. Es war mucksmäuschenstill im Saal.

»Liebe Bürgerinnen und Bürger, liebe Anwesende, liebe Franken.« Erneut brandeten Jubel und Applaus auf, wieder verging eine gute Minute, bis sich das Publikum beruhigt hatte und Manfred Zöder fortfahren konnte. »Liebe Freundinnen und Freunde, liebe Gäste. Als erster fränkischer Ministerpräsident heiße ich Sie hier in Haßfurt recht herzlich willkommen. Wie Sie wissen, wollen wir gemeinsam den bedeutendsten Moment in unserer jungen Landesgeschichte feiern, den Start der ersten fränkischen Marsmission. Die Trägerrakete mit dem Namen ›Allmächd 4‹ steht bereits auf der Startrampe am alten Rathaus in Haßfurt, und auch das Marsmodul ›Adela 1‹, das den ersten Frankonauten auf dem roten Planeten absetzen wird, ist bereits eingetroffen.«

Wieder rollte frenetischer Jubel durch die Haßfurter Stadthalle, der durch andauernden Applaus begleitet wurde. Die Kameras der versammelten deutschen Fernsehsender kamen mit dem Schwenken der Objektive gar nicht mehr hinterher, unter den Zuschauern herrschte bombastische Stimmung. Manfred Zöder quittierte den Jubel mit einem milden Lächeln und wartete ab, bis sich alle wieder beruhigt hatten, bevor er seinen ersten Ehrengast hereinbat. »Besonders begrüßen möchte ich an diesem denkwürdigen Tag den Leiter der FASA, der Franconian Aeronautic Space Agency, Herrn Professor Dr. Habermehl aus Bamberg!«

Unter Bravorufen betrat ein weißhaariger älterer Herr die Bühne der Stadthalle, verneigte sich und stellte sich seriös lächelnd neben den Ministerpräsidenten. Der zögerte nicht lange und rief sogleich seinen zweiten Ehrengast des Abends zu sich.

»Des Weiteren möchte ich an dieser Stelle den womöglich ersten Menschen auf dem Mars begrüßen, unseren tapferen Frankonauten, Herrn Dr. Dr. Rudolf Eck aus Haßfurt!«

Auf sein Stichwort betrat Frankonaut Rudolf Eck in voller Astronautenmontur, den Helm unter dem Arm geklemmt, die Bühne und winkte strahlend ins Publikum. Die Begeisterung im Saal kannte keine Grenzen mehr. Es wurde geklatscht, gejohlt, gepfiffen, getrampelt, Jubelstürme brandeten in Richtung Bühne und zurück, während sich Frankens inzwischen wohl bekanntester Bürger, Frankonaut Rudi Eck, neben Habermehl und Zöder stellte. Der erste Mensch, der den Mars betreten würde, kam noch dazu aus der fränkischen Landeshauptstadt Haßfurt, ein weiterer Grund für den überschäumenden Enthusiasmus der Anwesenden. Alle Franken waren stolz auf ihren Rudi, auch wenn der eine oder andere Zweifel hegte, ob es wirklich so eine gute Idee war, einen Haßfurter die Marsrakete steuern zu lassen. Doch Manfred Zöder ging auf solche antipatriotischen Gedankenspielchen gar nicht ein, sondern begann sofort mit der Befragung des Nationalhelden.

»Herr Eck, bevor wir in die Details gehen, vielleicht eine kurze Frage: Wie weit sind Sie mit Ihren Vorbereitungen für den Aufenthalt im All, wie steht es mit Ihrem Trainings- und Fitnesszustand?« Sofort kehrte im Saal absolute Stille ein.

Rudi Eck streckte sich ein wenig in seinem Raumanzug, bevor er lässig antwortete: »Alles genau im Zeitplan, Herr Ministerpräsident. Ich fühle mich absolut fit, was ganz sicher auch an den hervorragenden Trainingsbedingungen liegt. Seit drei Monaten trainieren wir Frankonauten bereits für unsere Mission in den Haßbergen, weil wir dort sehr marsähnliche Bedingungen vorfinden. Seit Jahrmillionen hat sich dort nichts geändert, in der Gegend ist überhaupt nichts los, und die Einwohner eignen sich ganz hervorragend als Attrappen für etwaige Aliens.«

Erneut brach Jubel unter den versammelten Saalgästen aus, auch wenn sich der eine oder andere Zuschauer aus Hofheim oder Königsberg im Stillen fragte, was der liebe Rudi Eck damit jetzt wohl genau hatte sagen wollen. Doch leidige Überlegungen wie diese wurden vom fränkischen Ministerpräsidenten sofort unterbunden, indem er umgehend mit seiner Befragung fortfuhr.

»Gut zu hören, und was ist mit den Schwierigkeiten die Verpflegung für den Raumflug betreffend, von denen zuletzt doch häufiger berichtet wurde? Haben Sie die auch endlich in den Griff bekommen, Herr Eck?«

Der Angesprochene strahlte mit dem Wissen ins Publikum, auch auf diese Frage nur Positives berichten zu können. »Allerdings, Herr Ministerpräsident. Ich darf hiermit feierlich verkünden, dass es unserer wissenschaftlichen Abteilung endlich gelungen ist, blaue Zipfel in Tuben zu pressen. Sie sehen, die Schwierigkeiten mit dem Proviant sind umfassend gelöst, wenn überhaupt, haben wir nur noch kleinere Probleme mit den Auswirkungen des Startvorgangs im Allgemeinen und Speziellen.« Der strahlende Gesichtsausdruck Ecks wich einer gewissen Verunsicherung.

»Und was sollen das für Problemchen sein?«, fragte Manfred Zöder verwirrt, denn von noch bestehenden Problemen hatte ihm niemand etwas gesagt. Hoffentlich war es nichts Ernstes, das konnte er so kurz vor dem Start nicht gebrauchen. Bis zum Abheben der Marsrakete hatten sie einen streng terminierten Zeitplan einzuhalten, und schließlich war hier die gesamte Politprominenz Deutschlands anwesend. Da durfte es um Gottes willen keine Verzögerungen oder Problemchen geben, mochten sie auch noch so klein sein.

»Nun, Herr Ministerpräsident«, sprang Professor Dr. Habermehl, der Chef der FASA, seinem Frankonauten argumentativ zur Seite. »Es ist lediglich ein kleines Problem, das sich im Laufe der nächsten Tage sicher noch auf einfache Art und Weise lösen lässt.«

Erleichtert atmete Zöder auf. Was er, was Franken jetzt nicht gebrauchen konnte, war ein Rückschlag in diesem ganzen Unternehmen. Zudem war kein Geld mehr da. Weitere Verzögerungen oder finanzielle Nachforderungen würden die privaten Sponsoren der Marsmission wie Brose, Bosch, die HUK Coburg und der Landgasthof Hummel in Prächting nicht so ohne Weiteres mitmachen.

Habermehl legte seinem Ministerpräsidenten beruhigend die Hand auf die Schulter. »Es ist einfach nur so, dass unsere Computermodelle beim Testlauf gestern errechnet haben, dass der Rückstoß der Triebwerke beim Start ganz Haßfurt dem Erdboden gleichmachen wird.«

»Und wo ist das Problem?«, fragte Manfred Zöder, der technisch ein absoluter Rohrkrepierer war und deswegen auch nicht Raketentechniker, sondern Politiker geworden war. Hilflos schaute er in Richtung Habermehl.

Bereitwillig erklärte ihm der Professor die Sachlage. »Nun, der Rückstoß wird womöglich unkalkulierbare gesundheitliche Auswirkungen auf die in Haßfurt lebenden Einheimischen haben. Das muss ich zumindest der Form halber erwähnen.«

»Gesundheitliche Auswirkungen?« Dem fränkischen Ministerpräsidenten schwante Übles. Wahrscheinlich war es besser, da etwas genauer nachzubohren. »Könnten Sie uns ahnungslosen Laien diese gesundheitlichen Auswirkungen nicht wenigstens einmal in Stichpunkten skizzieren, Herr Professor?«

»Ja, aber natürlich, gern«, erwiderte Habermehl sofort, »es ist ja auch schnell erklärt. Nun, also, beim Start einer Marsrakete vom Typ ›Allmächd 4‹ wird bei der Zündung der Triebwerke innerhalb von wenigen Sekunden natürlich unglaublich viel Energie freigesetzt, damit die Rakete die

Erdanziehungskraft überwindet. Das heißt, in ganz Haßfurt wird in kürzester Zeit eine Temperatur von mehreren tausend Grad erreicht. Diese Temperatur hält ungefähr siebzehn Sekunden an, bis die Rakete eine Höhe von einem Kilometer erreicht hat. Dann beginnt die Temperatur langsam wieder zu sinken, bis man nach spätestens zwanzig Minuten in der Stadt wieder eine der Jahreszeit entsprechende Temperatur vorfindet.«

Manfred Zöder glaubte, sich verhört zu haben. War Habermehl nicht mehr ganz dicht, oder machte er nur einen schlechten Scherz? »Nur der Korrektheit halber, Sie meinten tatsächlich mehrere tausend Grad in ganz Haßfurt?«, fragte Zöder noch einmal vorsichtig nach.

»Ja, in der Tat, das wären die physikalischen Abläufe«, meinte Habermehl nüchtern, aber zufrieden, etwas zum allgemeinen wissenschaftlichen Verständnis von Raketenstarts in Wohngebieten beigetragen zu haben.

Der fränkische Ministerpräsident stand unter Schock. Wusste Professor Habermehl überhaupt, wovon er da redete? Das konnte er doch nicht ernst meinen! Auch unter dem Publikum war es verdächtig ruhig geworden. Unsicherheit machte sich breit, der Professor hatte gerade Dinge verkündet, die sich nicht unbedingt zum Vorteil der hiesigen Bevölkerung auswirken könnten, um es mal vorsichtig auszudrücken. Als erfahrener Politprofi spürte Manfred Zöder, dass die Stimmung im Saal zu kippen drohte, und machte sich zum Anwalt des verwirrten Volkes im Parterre.

»Ja, aber, Herr Habermehl, mehrere tausend Grad, das ist ja ziemlich heiß, oder nicht? Was wird denn dann bei diesem Szenario aus den ganzen Haßfurtern, wenn ich mal fragen darf?«

Aber Professor Habermehl ließ sich nicht aus dem Konzept bringen, er hatte mit dieser Frage gerechnet. Solche Auskünfte waren natürlich dafür prädestiniert, bei der Zuhörerschaft ungute Gefühle zu produzieren, das kannte er schon von früheren Vorträgen. Irgendwann konnte das ahnungslose Gesocks einem Fachvortrag wie dem seinen intellektuell nicht mehr folgen. Ergo war ihm die Stimmung im Saal als Wissenschaftler von internationalem Rang im Grunde egal.

»Nun, auch das ist recht einfach und schnell erklärt, Herr Ministerpräsident. Der gemeine Haßfurter wird zu Anfang des Raketenstartes leichte Unruhezustände zeigen und verdampft schließlich.«

»Verdampft?«

»Verdampft«, bestätigte Habermehl nüchtern. Kein Mucks war aus dem Saal zu hören, die Kameras blieben konsequent auf die Bühne gerichtet, und Manfred Zöder stand am Rand eines Nervenzusammenbruchs.

»Mit Verlaub, Herr Professor Habermehl, das kann ich nicht zulassen. Beim besten Willen, das geht so nicht. Verdampfen...«

»Damit verweigern Sie sich dem Fortschritt«, bockte Habermehl.

»Nein, ich verweigere mich der Vernichtung meiner Landeshauptstadt und deren Bewohner!«, fauchte Zöder zurück und erntete zögerlichen, zustimmenden Applaus aus dem Saal. Doch Habermehl schien nicht begreifen zu wollen, was die Stunde geschlagen hatte, und auch Frankonaut Eck stand einigermaßen verstört in der Gegend herum.

Dann aber begann Habermehl richtig auszuteilen. Schließlich sollte das Projekt sein Lebenswerk werden, und das würde er sich von irgendwelchen Provinzpolitikern nicht madig machen oder kaputtreden lassen. »Ach, hören Sie doch auf, Zöder, das ist doch ein ganz durchsichtiges Manöver! Sie fürchten doch nur Verluste unter Ihrer Wählerschaft! Wie wäre es denn mit einem Kompromiss? Wir starten die Rakete wie geplant, und Sie bekommen als Kompensation dafür von der FASA einen großen Kinderspielplatz in Zeil am Main.«

»Sie wollen Haßfurt von der Landkarte radieren und uns als Ausgleich einen neuen Sandkasten in Zeil hinstellen? Nur über meine Leiche!«, knurrte Zöder.

»Auch das lässt sich einrichten, Herr Ministerpräsident. Dazu müssten Sie nur am Tage des Startes an der Startrampe in Haßfurt...« Er stockte, als er den wütenden Blick Zöders wahrnahm, und ging zu einer anderen Taktik über. »Also, Herr Ministerpräsident, mal im Ernst, ich verstehe Ihre Aufregung nicht ganz. Sie waren anfangs doch so stolz auf Haßfurt als ersten fränkischen Weltraumhafen.«

»Ja, aber da wusste ich auch noch nicht, was das alles für ein Riesenunsinn ist! Allein der Raketenantrieb, was ist das denn für ein Schnapsidee?«, schrie Zöder.

Die Stimmung im Saal schwankte bedenklich, aus dem Publikum waren erste Buhrufe zu vernehmen.

Doch der Professor reagierte erneut wenig einsichtig. »Wir sind sehr stolz auf unseren selbst entwickelten, revolutionären Antrieb auf Rauchbierbasis«, erwiderte Habermehl, während Frankonaut Rudi Eck so unauffällig wie möglich in geduckter Haltung von der Bühne der Stadthalle schlich. »Mit dem Antrieb sind wir außerdem völlig unabhängig vom ständig schwankenden Ölpreis in Rotterdam«, fügte der Professor noch hinzu, während Zöder ihn nur noch anglotzte. »Wir verwenden übrigens deswegen Rauchbier, weil wir Folgendes festgestellt haben: Je schlechter der Geschmack des Biers, desto höher ist dessen Brennwert«, schob Habermehl noch ein letztes Argument nach, das aber keinen mehr zu interessieren schien. Und da Manfred Zöder nicht mehr fähig war, auch nur ein Wort zu sagen, übernahm Professor Habermehl spontan die Saalhoheit und rief enthusiastisch: »So, liebe Franken, dann singen wir jetzt zum Abschluss noch unsere fränkische Nationalhymne: Wohlauf, die Luft geht frisch und rein ... «

Manfred Zöder erwachte zitternd und schweißgebadet. Was um Gottes willen war das nur für ein Albtraum gewesen? Auch ohne dieses Horrorszenario war es bereits eine der schlimmsten Nächte gewesen, die Manfred Zöder in seinem bisherigen Leben durchlebt hatte. Erst nach vier Uhr früh war er ins Bett gekommen, weil die Auszählung der Stimmen sich hingezogen hatte. Genauer gesagt war es nicht die Auszählung, sondern deren Nachzählung gewesen. Denn nach dem ersten Zählvorgang hatte der Landeswahlleiter bekannt gegeben, dass die Abstimmung tatsächlich nicht unentschieden, also fifty-fifty, ausgegangen war. Exakt ein Wahlberechtigter war das Zünglein an der Waage gewesen, ein Wähler, der sich für ein Bundesland Franken ausgesprochen hatte. Eine nervenzerreißende Situation für alle Beteiligten war die Folge dieser Nachricht gewesen. Und da man sich nicht sicher sein konnte, ob sich nicht irgendwer mit einem Wahlzettel womöglich vertan hatte, hing die Unabhängigkeit Frankens noch immer am seidenen Faden. Daraufhin hatten die Vertreter von CSU, SPD und FDP sofort eine Nachzählung beantragt, da sie gegen ein eigenes Bundesland Franken votierten, Freie Wähler und Grünen hatten sich enthalten.

Der Landeswahlleiter wies die einzelnen Stimmbezirke

also an, noch einmal gründlich auszuzählen. Aus dem Beamtenjargon übersetzt hieß das: langsam, also noch langsamer als sonst. Der Landeswahlleiter hatte schließlich den Anspruch, dass das vorläufige amtliche Endergebnis auch dem endgültigen entsprechen sollte.

Um kurz vor vier Uhr in der Frühe war es endlich so weit gewesen: Das vorläufig endgültige Endergebnis hatte vorläufig endgültig festgestanden. Und tatsächlich hatte sich niemand irgendwo in Franken verzählt. Die Unabhängigkeit Frankens war mit genau einer Stimme Mehrheit angenommen worden.

Nach der Bekanntgabe des Ergebnisses durch den Landeswahlleiter war in der Bamberger Konzerthalle, in Franken, in Bayern, eigentlich in der ganzen Bundesrepublik der Teufel los gewesen. Die Politiker aller Parteien mussten noch einmal den Kameras Rede und Antwort stehen. Der Wahlabend hatte dazu geführt, dass Manfred Zöders Gefühlsleben am Wahlnachmorgen einem verwahrlosten Schrottplatz glich, aber schließlich war er mit der erleichternden Gewissheit in sein Bett gesunken, mit großer Wahrscheinlichkeit erster fränkischer Ministerpräsident zu werden. Die totale Erschöpfung hatte etliche Albträume der abgedrehtesten Sorte zur Folge gehabt, etwa den der fränkischen Marsmission. Hoffentlich würden sich diese Phantastereien in der nächsten Nacht nicht wiederholen. Insgeheim wünschte er sich für seine Psyche etwas mehr Ruhe und Ausgeglichenheit.

Seufzend quälte er sich aus dem Bett und hörte seine Frau schon unten in der Küche mit dem Geschirr klappern. Er stolperte ins Bad. Erst einmal das Gesicht aufräumen, das ihn im Spiegel erwartete, und dann auf in den neuen Tag, dachte sich Manfred Zöder.

Die Nacht war für Byron Gray kurz und kalt gewesen. In Ebrach hatte er seinen Jeep direkt auf dem Besucherparkplatz der Kirche des Zisterzienserklosters geparkt und war noch in der Nacht zum Wipfelwanderweg hinaufgestiegen.

Zuvor hatte er alles Wissenswerte über den Holzpfad hoch in den Bäumen im Internet nachgelesen. Das ehrgeizige Projekt war wohl ein sehr ambitioniertes Unterfangen gewesen. Summa summarum fast fünf Kilometer war der Weg mit seinen zahlreichen Verästelungen und Verzweigungen lang. Es gab Aussichtspunkte, Erlebnisplateaus mit Informationstafeln über den Steigerwald, kleine Türmchen mit fest installierten Fernrohren, durch die man in die Weiten der fränkischen Lande schauen konnte, sowie zwei kleine Kioskhäuschen, die Miniaturausgaben von Blockhütten ähnelten.

Byron Gray war mit Nachtsichtbrille auf dem Kopf noch in der Nacht den ganzen Pfad von vorn bis hinten abgelaufen, auch die zwei Seitenarme hatte er nicht vergessen. Insgesamt verfügte der Weg über drei Zugänge, davon war einer der offizielle Eingang am Parkplatz, der leicht zu überwinden gewesen war. Eine lange Treppe führte direkt nach dem Kassenhäuschen hinauf in die Baumkronen, eine ebenso lange Treppe fußte am anderen Ende des Parkplatzes, zudem endete dort eine lange Rutsche für Wagemutige, die ihren Ausflugstag mit einer fast fünfzig Meter langen Rutschpartie krönen wollten. Ansonsten bewegte man sich in circa zwanzig Meter Höhe durch den Wald und konnte den Weg ohne Fallschirm oder Rettungshubschrauber nicht verlassen.

Mehrmals hatte Byron Gray von oben prüfende Blicke Richtung Waldboden geworfen. Einen Sprung hinab konnte man völlig vergessen, und auch Klettern war in dieser Höhe ein mehr als gewagtes Unterfangen und im Ernstfall sowieso zu umständlich und zu langsam. Als Treffpunkt mit einem Unbekannten war der Waldwipfelweg gänzlich unbefriedigend. Er verspürte deutliches Unbehagen und beschloss, neben dem Wipfelweg im Wald zu campieren, jedoch nicht ohne vorher noch zwei Stolperfäden aus hauchdünner Glasfaser zu installieren. Wirklich praktisch: Sollte jemand die Zugänge benutzen wollen, während er schlief, würde sich sein Smartphone bemerkbar machen.

Etwa zwanzig Meter vom Parkplatz entfernt schlug er im Steigerwald sein tarnfarbenes Einmannzelt auf. Von hier aus konnte er sowohl das Kassenhäuschen als auch die beiden Zugänge zu dem Wipfelpfad beobachten. Kurz nach drei Uhr schloss er die Augen.

Nach zwei Stunden Schlaf weckte ihn um fünf Uhr morgens seine Armbanduhr. Die Uhr war noch aus seiner Zeit bei den Navy Seals. Einfach unkaputtbar, das Ding. Byron Gray schlüpfte aus seinem Schlafsack, absolvierte seine Morgentoilette im Wald nach Manövermanier und harrte anschließend mit gepacktem Rucksack den weiteren Geschehnissen des Tages. Sein Auftraggeber hatte ihn hierherbestellt, also würde er sich zu gegebener Zeit melden.

Er saß am Waldrand neben dem Parkplatz auf einem abgesägten Baumstumpf und beobachtete die Zugänge zum Pfad, als um sechs Uhr einunddreißig sein Smartphone den Eingang einer E-Mail vermeldete.

*Kiosk 2, Dachrinne*

Byron Gray stutzte und schaute sich um. Niemand war auf oder um den Parkplatz herum zu sehen, auch die Zugänge zum Wipfelpfad lagen verlassen und ruhig im Dunst des Frühlingsmorgens. Gray schaute auf sein iPhone und tippte auf die selbst programmierte App. Laut Überwachungsprogramm waren seine Nylonfallen noch immer unbeschädigt, niemand war hindurchgegangen. Verließ man sich auf den gesunden Menschenverstand, dann war niemand außer ihm den Pfad hinauf- oder hinuntergekommen. Noch einmal warf er einen Blick ringsum, konnte aber nichts Verdächtiges entdecken. Der Wald lag still und friedlich da. Er stellte seinen Rucksack neben den Baumstumpf und legte sich einen Plan zurecht. Nachdem er sich sein Überlebensmesser in den Gürtel gesteckt und sich das Schulterholster mit seiner Beretta umgeschnallt hatte, checkte er der Reihe nach alle drei gesicherten Zugänge zum Wipfelweg, aber sämtliche Nylonfäden waren tatsächlich intakt. Okay. Wieder schaute er sich um, stieg dann vorsichtig über den Stolperfaden am Treppenausgang und lief die Holzstufen mit gezogener Waffe hinauf. Sie waren noch mit einem leichten Feuchtigkeitsfilm überzogen, und er musste aufpassen, mit den Gummisohlen seiner Lederstiefel nicht seitlich wegzurutschen. In den Baumwipfeln blickte er misstrauisch den gewundenen Verlauf des Weges entlang. Auch hier war nichts Ungewöhnliches zu erkennen. Mit der linken Hand holte Gray den Plan aus der Tasche, den er gestern Nacht auf einen Zettel skizziert hatte. Der Kiosk lag ungefähr zwei Kilometer von seiner jetzigen Position entfernt. Bis dorthin gab es auf dem Weg drei Plattformen und einen Aussichtsturm. Möglichkeiten genug für einen imaginären Gegner, um ihm aufzulauern. Sein Mund verzog sich zu einem ahnenden Lächeln, und kaltes Glitzern lag in seinen Augen. Okay, dann wollte er doch einmal sehen, ob es jemand wagen würde, sich mit einem ehemaligen Ausbilder der Navy Seals anzulegen. Geräuschlos und in leicht geduckter Haltung lief er los.

Lagerfeld hatte nicht gut geschlafen. Die vergangenen Tage waren aber auch wirklich ein bisschen viel für so ein einfaches Polizistenleben wie das seine gewesen. Vorsichtig drehte er den Kopf und schaute nach links in die Kissen, aber seine Behutsamkeit war völlig unnötig. Ute war schon weg, wahrscheinlich bereits auf dem Weg zur HUK in die Arbeit. Erleichtert ließ der junge Kommissar seinen Kopf zurück in die Kissen fallen, aber das gute Gefühl währte nur wenige Sekunden, dann füllte sich sein Denkapparat mit den Neuigkeiten, die ihm das berufliche sowie private Leben in den letzten Tagen ungebeten serviert hatte. Ermordete, Verweste, Vergrabene, Flüchtige, ein Hauptverdächtiger, eine fränkische Volksabstimmung und als Gipfel der Glückseligkeit die Nachricht, dass er ungeplant Vater werden würde. Irgendwie reichte das für ein Pfingstwochenende. Als strenger Verfechter einer eher unaufgeregten Lebensführung hoffte er darauf, dass sich die Aufgaben und Problemstellungen in seinem Leben allmählich wieder verringern würden, statt sich zu vervielfachen.

Am besten und einfachsten würde ihm das Abschalten, das er so dringend nötig hatte, sicher mit der Mühlradbaustelle gelingen, dachte er sich zufrieden. Heute sollten die Arbeiten für das Betonfundament des Wasserrades beginnen. Am ersten Arbeitstag nach den Feiertagen sollte die Baufirma aus Memmelsdorf noch am Morgen mit den Betonarbeiten anfangen, damit das Fundament für das Mühlrad in zwei Wochen stand. Er würde sich jetzt erheben, sich für die Dienststelle frisch machen und vor der Abfahrt den Betonbauern noch ein bisschen beim Einrichten der Baustelle zusehen. Wenigstens ein Erfolgserlebnis brauchte er heute Morgen, bevor er sich wieder mit Verbrechern, Mördern und sonstigen Halsabschneidern beschäftigen konnte.

Und so ein Haufen emsiger Arbeiter, der Anblick musste einen doch einfach aufbauen.

Allerdings beschlich ihn schon beim Zähneputzen ein erster Zweifel, was die Arbeiten im jetzt trockenen Bachbett anbelangte. Und zwar deshalb, weil er nicht das Geringste von Bauarbeiten bemerkte. Eigentlich hatte er das Geräusch der Bagger erwartet, das Klappern von Schalttafeln oder zumindest die Stimmen von Bauarbeitern. Doch nichts dergleichen war zu hören. Es herrschte idyllische Ruhe.

Als Lagerfeld in voller Arbeitskluft vor die Tür trat, wurde aus seiner Vermutung bittere Gewissheit. Von der Firma Bösel aus Memmelsdorf war weit und breit nichts zu sehen. Keine Bagger, keine Arbeiter, keine sonstigen Gerätschaften. Die Brüder schienen die Baustelle, Ute und ihn versetzt zu haben. Lagerfelds Gemüt verdüsterte sich. Klappte denn gerade überhaupt nichts mehr in seinem Leben? Mit schwerer Seele schickte er Ute eine kurze Nachricht, in der er die ruhende Baustelle erwähnte, und schwang sich dann in sein rotes Honda Cabriolet. Dann eben ohne Erfolgserlebnis auf zu den nächsten Baustellen der Verbrechensbekämpfung, dachte er verbissen und bretterte Richtung Bamberg.


Franz Haderlein hatte bereits die gesamte Dienststellenbesetzung um sich versammelt und wollte gerade mit einem Bericht zur Lage beginnen, als die Tür aufging und der Kollege Bernd Schmitt den Kopf hereinsteckte.

»Einen schönen guten Morgen an die Bamberger Polizei!«, rief er allen zu, aber jeder merkte, dass Lagerfeld bisher alles andere als einen schönen guten Morgen erlebt hatte. Offensichtlich war der Mann schon zu dieser frühen Stunde vom Leben gestraft.

Haderlein verkniff sich einen Kommentar und wartete geduldig, bis sein Bernd einen Platz in der Runde gefunden hatte. Doch als er endlich seinen ersten Tagesordnungspunkt an die große Metalltafel heften wollte, öffnete sich erneut die Tür. Wieder fuhren alle Köpfe herum, und wieder ließ Haderlein, jetzt ebenfalls genervt, seine Mappe mit dem vorbereiteten Informationsmaterial sinken. Robert Suckfüll, der Chef der Dienststelle und Hüter eines speziell für ihn aus Glas angefertigten Dienszimmers, betrat den Raum. Fidibus hängte seinen Mantel an einen Kleiderhaken neben der Tür und drehte sich zu den Anwesenden um. Als er die Versammlung um Haderleins Schreibtisch bemerkte, zuckte er kurz zusammen, kam dann aber mit neugierigem Blick näher und gesellte sich schließlich zu den reihum Stehenden.

»Na, mein lieber Haderlein, was haben Sie denn vor? Wohl wieder eins Ihrer taktischen Kabinettstückchen, die von Ihren Kollegen immer so über den grünen Mais gelobt werden, was? Dann machen Sie mal zu, Sie haben doch bestimmt schon einen Plan«, sagte Robert Suckfüll gespannt, ohne zu merken, dass in seiner Redewendung so einiges durcheinandergeraten war. In der Dienststelle regte sich niemand mehr darüber auf, was Robert Suckfüll alias Fidibus an germanistischem Schrott zum Besten gab. Seine Untergebenen hatten sich schon daran gewöhnt, dass ihr ansonsten fachlich hochkompetenter Chef sprachlich etwas unterbelichtet war. Wahrscheinlich hätten sich die Mitarbeiter der Bamberger Kriminalpolizei eher Sorgen gemacht, hätte sie Suckfüll zur Abwechslung mal mit einer korrekten Satzkonstruktion überrascht.

Marina Hoffmann bespaßte währenddessen lieber die Riemenschneiderin mit frisch geschälten Äpfeln, was ihr das kleine Ferkel mit lautem Grunzen dankte. Dienstbesprechungen waren für Polizeiferkel allgemein eine ziemlich trockene Angelegenheit, da war ein geachteter Gravensteiner die perfekte kulinarische Überbrückung. Auch Haderlein ging nicht auf seinen Dienststellenleiter ein, sondern eröffnete die große Besprechung nun energisch mit einer zusammengefassten Aktenlage.

Byron Gray hatte sich vorsichtig, aber kontinuierlich über den Wipfelpfad vorgearbeitet. An sämtlichen Kurven und Winkeln, die auch nur im Entferntesten als Hinterhalt taugen konnten, ließ er alle gebotene Vorsicht walten, aber nirgends war er auf irgendetwas oder irgendwen Bedrohliches gestoßen. Nun, nach über einer Stunde des überflüssigen Anpirschens, lag das Ziel direkt vor ihm. Kiosk Nummer zwei.

Letztendlich war er nur ein kleines Blockhaus, gebaut aus Fichtenrundlingen, die dem quadratischen Kiosk die rustikale Note einer fränkischen Waldläuferbehausung verliehen. Gedacht war er als Verpflegungsstation für durstige und hungrige Besucher. Um diese frühe Zeit war das Häuschen noch komplett verrammelt. Die massive Lärchentür war abgeschlossen, die dicken Fensterläden waren von innen versperrt. Als Byron Gray an allen verschlossenen Öffnungen der Hütte gerüttelt hatte, umrundete er die Holzbehausung. Wieder nichts Verdächtiges. Auch dieses Fleckchen lag genauso friedlich in der Morgensonne wie der komplette Wipfelwanderweg rings um ihn herum.

Er betrachtete das Dach der Blockhütte genauer. Ein Grasdach, ungefähr so wie die Dächer der Häuser in den Wäldern in den Smokey Mountains, seiner Heimat. Darum herum verlief eine Regenrinne aus ausgehöhlten halben, dünnen Baumstämmen, die schließlich in einem ebenfalls aus einem ausgehöhlten Stamm bestehenden Fallrohr mündete, das im Boden der Wegbeplankung verschwand.

Er streckte seine Arme Richtung Dach. Vergeblich. Aber wenn er nur einen Arm verwendete und sich auf die Zehenspitzen stellte, konnte er gerade so mit der Hand in die hölzerne Dachrinne greifen. Er tastete sich um sie herum, bis er nach wenigen Metern einen metallischen runden Gegenstand erfühlte. Er griff zu, nahm den Arm herunter und hielt in der Hand eine runde hellgraue Aluminiumbox, die auf einer Seite mit einem Schraubverschluss gesichert war. Vorsichtig drehte er den Deckel ab. Im Innern lag ein brauner Briefumschlag. Als er das große Kuvert öffnete, kam ein DIN-A4-Schnellhefter zum Vorschein, durch dessen durchsichtige Hülle ihm eine junge Frau entgegenblickte. Er studierte ihr Gesicht. Die Frau musste Mitte bis Ende zwanzig sein, sie wirkte freundlich, fast fröhlich. Und trotzdem schimmerte etwas Dunkles, Entschlossenes in ihrem Blick, stellte Byron Gray sofort fest, und irgendwoher kam ihm das Gesicht auch seltsam bekannt vor.

»Franziska Büchler« stand unter der Fotografie, dann folgte der Lebenslauf. Soso, bemerkte er überrascht, sie hatte also in den USA studiert. Er las die sonstigen Angaben, und als er zur Kategorie »Hobbys« kam, erstarrte er. Fast wäre ihm der Hefter aus den Händen gefallen. Franziska Büchler war Collegemeisterin im Bogenschießen gewesen. Sofort wusste Byron Gray, woher er das Gesicht kannte. Er hatte die Frau hinter der gelben Villa gesehen und auf sie geschossen, als sie mit ihrem Bogen geflüchtet war. Ob er sie getroffen hatte oder nicht, hatte er nicht mehr feststellen können. Es war schon zu dunkel gewesen, und er hatte ihr nur noch hinterherschauen können, wie sie ziemlich schnell verschwunden war.

Franziska Büchler aus Scheßlitz war also sein nächster und letzter Auftrag. Okay, dann sollte es so sein. Erneut las er die Angaben sorgsam durch und fotografierte mit seinem Smartphone jede Seite. Auf der letzten hatte jemand ein Zeichen aufgemalt. Eine große Null, die von rechts oben nach links unten durchgestrichen war. Darunter standen seine Initialen: B. G.

Ihm war sofort klar, was die durchgestrichene Null zu bedeuten hatte. Nach diesem Auftrag war Ende, Schicht im Schacht, Feierabend. Das war das Zeichen für seinen definitiv letzten Auftrag. Nur noch Joe und diese Frau erledigen, und danach konnte er in Ruhe …

»Hallo, Byron«, hörte er plötzlich eine Männerstimme hinter sich. Er war in Gedanken versunken gewesen und fuhr alarmiert herum. In leicht gebückter Haltung, das Überlebensmesser in der Hand seines ausgestreckten rechten Armes, starrte er in das schmallippig lächelnde Gesicht eines Mannes, das er nur zu gut kannte.

»Joe«, stieß er verblüfft aus, während der Mann die Fensterläden der Hütte nach außen öffnete. Byron Gray brauchte ein paar Sekunden, um den Anblick zu verdauen, aber dann verarbeitete sein Gehirn die soeben erhaltene optische Information rasend schnell und wandelte sie in die einzig mögliche Schlussfolgerung um. Wenn dieser Mann da Joe war, dann war Joe logischerweise auch sein Auftraggeber. Der Auftraggeber für diesen Trip nach *Germany* und auch der Auftraggeber für alle Aufträge in den Jahren davor. Die Ausbildung, die Joe in seiner Hütte in den Smokey Mountains absolviert hatte, war also die private Schulung seines langjährigen Auftraggebers gewesen, ohne dass

Gray etwas davon geahnt hatte. Byron Gray war sprachlos, während Gerhard Irrlinger in seinem Anzug ziemlich geschmeidig durch das geöffnete Fenster kletterte.

»Du wunderst dich bestimmt, wieso ich mich dir zu erkennen gebe«, stellte »Joe« die rhetorische Frage. »Nun, du hättest es sowieso erfahren, hättest du irgendwann Fernsehen geschaut, Byron. Schließlich wäre ich fast Ministerpräsident eines neuen Bundeslandes in Deutschland geworden, dann hättest du mich vielleicht von früher erkannt und eins und eins zusammengezählt.« Er lächelte noch immer dünn und relaxed.

Doch Gray reagierte nicht. Er stand wie zuvor in Angriffshaltung da, in der rechten Hand das Messer, in der anderen die Mappe mit den Unterlagen über sein nächstes Opfer.

»Gib mir den Hefter, Byron, ich werde ihn für dich vernichten.« Irrlinger hielt die Hand auf.

Zögernd hob Byron Gray den Arm. Wenn Joe ihn hätte töten wollen, so hätte er es längst getan. Trotzdem würde er diesem Mann nicht trauen, niemals. Schon damals, als er ihn ausgebildet hatte, hatte er es nicht getan. Auch wenn er jetzt im Zehntausend-Dollar-Anzug vor ihm stand und seriös wirkte, blieb er sein Auftraggeber, der über Leichen ging. Gray reichte ihm die Mappe und steckte das Messer zurück. Nur den Inhalt hatte er behalten und gefaltet unter sein Hemd gesteckt. »*For you, Joe*«, sagte er kühl lächelnd, während seine rechte Hand sicherheitshalber auf dem Messergriff liegen blieb.

Irrlinger tat so, als würde er Grays distanziertes Verhalten nicht bemerken, und nahm die Mappe wortlos an sich. »Es ist dein letzter Auftrag, Byron«, sagte er ruhig. »Und dein wichtigster. Soweit es mich betrifft, bist du danach von allen Verpflichtungen entbunden. Aber dieser Auftrag muss noch erledigt werden, zwingend und erfolgreich, hast du mich verstanden?« Irrlingers Blick war unmissverständlich.

Byron Gray ahnte bereits, dass es sich bei diesem Auftrag nicht um ein Geschäft, sondern um etwas Persönliches handelte. Anscheinend steckte Joe in Schwierigkeiten, die nicht finanzieller Natur waren. Den Unterlagen nach war diese Frau jetzt ein gläserner Mensch für ihn. Er wusste, wer sie war, was sie wusste, was sie konnte und was sie wollte. Er wusste mehr über diese Frau, als ihre Eltern, die es nicht mehr gab, je hätten wissen wollen. Das Einzige, was nicht in den Unterlagen gestanden hatte, war der Aufenthaltsort von Franziska Büchler. Allerdings gab es Hinweise darauf, vielleicht.

»*Searching is more expensive* – teurer«, teilte er Irrlinger mit. Es war keine Frage und auch kein Vorschlag, sondern eine feststehende Tatsache.

Irrlinger verstand. »Der übliche Betrag, Byron. Das Geld ist schon überwiesen. Aber wenn der Auftrag erledigt ist, bekommst du das Gleiche noch einmal«, bestätigte ihm Irrlinger.

Byron zog unmerklich die Augenbrauen hoch. Das Doppelte? Das war wirklich sehr spendabel. Warum nur?

»Betrachte es als Hinweis auf die Bedeutung deines Auftrages«, lächelte Irrlinger ihn immer noch an, »und vielleicht auch als Abschiedsprämie für deine lebenslangen Leistungen.«

Byron Gray nickte, drehte sich ohne einen Abschiedsgruß um und ging den gleichen Weg zurück, den er gekommen war. Beiden Männern war klar, dass das ihre einzige und letzte Begegnung in diesem Leben gewesen war. Auch

Irrlinger stieg nun durch die Fensteröffnung in die Hütte zurück, verschloss von innen den Fensterladen und kletterte durch die Bodenklappe und die Hängeleiter hinunter. Zurück am Boden zog er mit Hilfe eines Seiles und einer Umlenkrolle an der Hütte die Hängeleiter nach oben, sodass diese unerreichbar in Höhe der Bäume hing. Nachdem er das Seil unauffällig an einer extra für diesen Zweck an einem Baum verschraubten Krampe befestigt hatte, kehrte er zum Haupthaus des Santamon-Firmenkomplexes zurück, der nur etwa zweihundert Meter entfernt versteckt im Wald lag.

# Treibjagd

»Ich will mich gar nicht mit den ganzen Einzelheiten der vergangenen Tage aufhalten, die Indizien sprechen meines Erachtens eine deutliche Sprache«, eröffnete Franz Haderlein endlich die Besprechung und ließ seinen Blick entschlossen durch die Runde schweifen. »Auch wenn noch nichts wirklich bewiesen ist, stellt sich die Lage für mich folgendermaßen dar.« Er holte noch einmal tief Luft, um dann die Lage zu erläutern, wie sie sich ihm darstellte. Und dabei war Franz Haderlein gewohnt konsequent. Wenn er sich einmal festgelegt hatte, gab es kein Zurück mehr. Nur außerordentliche, nicht widerlegbare Argumente würden ihn von seinem Kurs abbringen können. »Wir haben eine Mördertruppe, die über Jahrzehnte hinweg immer zu Pfingsten zwischen Bamberg und Coburg Menschen umgebracht hat. Nach ersten Ermittlungsergebnissen sind sämtliche Gruppenmitglieder Mitmenschen aus hoch angesehenen Bevölkerungsschichten. Motiv der Taten sind allein sportliche Gründe, wie ich es mal bezeichnen möchte. Das klingt zuerst einmal pervers und ist es meiner Meinung nach auch.« Er warf seinen lodernden Blick in die Versammlung. Niemand hätte es in diesem Moment gewagt, auch nur eine Silbe des Widerspruchs zu äußern. Haderlein verstrahlte die Aura eines fürchterlichen Drachen aus der Unterwelt, der seine Gegner jeden Moment

517

zu Asche verbrennen würde, hätte er denn irgendwelche Gegner gehabt.

»Diese Truppe ist nun ihrerseits ins Fadenkreuz von Mördern geraten. Zuallererst wurden die Männer von einer Frau namens Franziska Büchler gejagt. Sie ist die Tochter eines der Mordopfer, Felix Groh, der im Steinbruch von Ludvag ermordet wurde. Jene Franziska ist beziehungsweise war auf einem privaten Rachefeldzug, weil sie während ihres Studienaufenthaltes in den USA zufällig den mutmaßlichen Anführer der Bande, den Mörder ihres Vaters, erkannt und nach und nach sämtliche Mitglieder enttarnt hat. Ihr erstes Opfer war unser Bräutigam auf dem Staffelberg, das zweite der ehemalige Hausmeister Roland Schurig, der momentan im Bamberger Klinikum im Koma liegt. Die Chance, dass der Mann jemals eine verwertbare Zeugenaussage machen wird, ist verschwindend gering, wobei es eigentlich sonnenklar und beweisbar ist, dass Franziska Büchler die Bogenschützin war, die ihn in seiner Scheune erwischt hat. Ihr drittes und bisher letztes Opfer hat sie gestern Nacht in einer gelben Villa vom Leben in den Tod befördert.«

Alle lauschten gebannt und auch ein wenig respektvoll dem engagierten Vortrag des dienstältesten Kommissars der Bamberger Kriminalpolizei. Niemand sagte ein Wort, aber es gab dem Gesagten ja auch nichts hinzuzufügen. Selbst vor Gericht war Schweigen gleichbedeutend mit Zustimmung, also fuhr Haderlein mit seiner Brandrede fort.

»Das Verrückte an der Geschichte ist nun, dass dieses Opfer nicht das letzte an dem Abend war, das ins Gras beißen musste. Nein, fast alle anderen der mörderischen Vereinigung wurden von einem Unbekannten im Paukraum der Villa kaltblütig erschossen, während nebenan die feuchtfröhliche Wahlparty zur fränkischen Unabhängigkeit stieg. Nach glaubwürdigen Aussagen eines Zeugen aus der Nachbarschaft hat der unbekannte Killer dann wohl auch noch die Bogenschützin Franziska Büchler verfolgt, die ihm aber mittels einer Helfershelferin entkommen konnte. Eine ungefähre Täterbeschreibung haben wir auch bereits erhalten. Der Mann hat laut der Aussage des Zeugen ungefähr meine Statur, trägt eine Jeanshose und eine Wildlederjacke. Das ist nicht wirklich viel, aber immerhin.«

»Deine Statur, aha«, warf Lagerfeld mit einem wissenden Grinsen flapsig ein, aber der Blick, mit dem Franz Haderlein ihm begegnete, hinderte ihn daran, weitere unpassende Kommentare abzugeben. Haderleins Augen erinnerten an ein geladenes Schnellfeuergewehr der neuesten Bauart, und in dessen Sperrfeuer wollte der junge Kommissar nicht geraten, besonders nicht heute.

»Der Punkt ist, dass der einzige Überlebende des ganzen Wahnsinns ausgerechnet der mutmaßliche Anführer der sogenannten ›Drei Eichen‹ ist. Das habe ich von der Ziehmutter der inzwischen flüchtigen Franziska Büchler erfahren. Jene Franziska war nämlich als Kind als Augenzeugin bei der Ermordung ihres Vaters im Steinbruch von Ludvag dabei. Und genau das ist jetzt unser Problem.« Franz Haderlein hob das letzte Foto in die Höhe und befestigte es mit einem Magneten an der Schautafel.

»Wir haben einen Mehrfachmörder, wir haben die Opfer, wir haben den Tathergang, wir haben das Motiv, wir haben einfach alles – bis auf den zwingenden Beweis, mit dem wir Irrlinger etwas anhängen können. Unter seiner Führung haben diese Typen in den letzten Jahrzehnten einen unschuldigen Menschen nach dem anderen umgebracht. Einfach so, weil sie es konnten und es ihnen Spaß gemacht hat.

Eine Art Großwildjagd für gelangweilte Investmentbanker. Alles liegt klar und eindeutig vor uns auf dem Tisch, aber«, wütend schüttelte er eine geballte Faust, »aber wir haben eben keinen Beweis. Es gibt nichts, womit wir Irrlinger festnageln können, nichts!« Haderlein war so wütend, dass alle erschrocken die Köpfe einzogen. Selbst Riemenschneider stellte unter Honeypennys Stuhl für einen kurzen Moment das Schmatzen ein und lauschte der lauten Stimme ihres Herrchens.

»Wir haben nur eine einzige Chance, diesen Wahnsinnigen dingfest zu machen«, deklamierte Haderlein eindringlich und schaute von einem zum anderen. »Wir müssen Franziska Büchler finden, wissen aber nicht, wo sie sich aufhält. Wir wissen nicht wirklich, wo sie sein könnte, haben nur Vermutungen und können davon ausgehen, dass sie sich an Irrlinger ranmachen wird. Vielleicht wird sie ihn nicht töten, aber irgendetwas wird passieren. Und noch etwas.« Er erhob die rechte Hand und den dazugehörigen Zeigefinger. »Die Fahndung nach Franziska Büchler läuft bereits seit gestern Nacht, trotzdem möchte ich euch bitten, sie nicht öffentlich ...«

»Ich möchte ja nicht dauernd meinen, äh, Keks dazugeben, aber da fällt mir gerade etwas ein«, war plötzlich die Stimme von Robert Suckfüll zu vernehmen, sodass Haderlein in seinem Vortrag innehielt. »Nun ja, beim Thema Geheimhaltung ist mir eingefallen, dass mich gestern Abend kurz vor Dienstschluss eine Anfrage der Innenministerin erreichte, in der sie um den aktuellen Stand der Ermittlungen und vor allem um die Akten der Verdächtigen bat.«

»Was?«, fragte Haderlein erstaunt. »Was wollen die in München denn mit unseren Ermittlungsakten? Was geht die das überhaupt an?« Dann kam ihm ein Verdacht. »Irrlinger«, knurrte er wie ein Hund, der ein Rudel Löwen vom Hof vertreiben wollte. Und er wusste auch schon ganz genau, wer sich hinter dem Anführer des Löwenrudels verbarg. »Wahrscheinlich nutzt er seine Kontakte in die bayerische Staatsregierung, schließlich war er ja mal Staatssekretär im Innenministerium. Wie praktisch.«

Auch Fidibus nickte, genauso hörte sich das gerade an. Und jeder seiner Untergebenen wusste, dass er nicht anders gekonnt hatte, als die Informationen herauszugeben. Da heutzutage ja alles digitalisiert war, hatte er eine E-Mail nach München geschickt. Trotzdem war noch nicht alles verloren. »Na, jetzt lassen Sie mal den Ball im Dorf, mein lieber Haderlein.« Aufmunternd klopfte Fidibus seinem erfahrenen Kommissar auf die Schulter. »Ich geh jetzt mal in meine bescheidene Hütte und lasse Sie allein mit Ihren Problemchen. Sie werden das Kind schon, äh, also… werden Sie schon«, sagte er im Abgehen, während seine Gedanken wieder Ringelreihen tanzten.

»Dann an die Arbeit!«, rief Haderlein energisch. »Cesar, Bernd und Honeypenny zu mir!« Die Gerufenen holten sich jeweils ein Gestühl und hockten sich rings um Haderleins Schreibtisch. Der Hauptkommissar nahm ein schlichtes weißes DIN-A4-Blatt aus der obersten Schreibtischschublade und machte sich daran, Arbeitsaufträge zu verteilen.

»Wir haben keine Chance, aber wir werden sie nutzen«, gab Lagerfeld sogleich die als Aufmunterung gedachte Lebensweisheit zum Besten.

Jetzt aber zu behaupten, Haderlein hätte den Sinnspruch inhaltlich aufgenommen und auf seine Logik hin überprüft, wäre glatt gelogen gewesen. Er widmete sich direkt dem heutigen Tagesplan. »So, Cesar, du wirst dich auf den Weg nach Suhl machen und nach dem guten Gernot Fraas suchen. Versuch rauszufinden, ob er uns etwas Neues zu Franziska Büchler erzählen kann. Laut seiner Exfrau hat er nichts gewusst, aber ich glaube der Aussage erst, wenn du sie überprüft hast. Außerdem ist der Mann derjenige, über den wir in dieser ganzen Angelegenheit am wenigsten wissen.«

Huppendorfer hatte sich alles notiert und kritzelte nun noch ein paar zusätzliche Anmerkungen auf seinen Notizblock.

»Honeypenny«, fuhr Haderlein fort, »du schwirrst durchs Internet und versuchst, alles über Irrlinger und seine Funktion bei der Firma Santamon herauszufinden. Ich will alles genau wissen: was die in Deutschland treiben, herstellen, verkaufen. Sobald du etwas von Belang herausgefunden hast, schickst du es uns als Rundmail auf die Handys, verstanden? Das Prozedere gilt übrigens für alle Beteiligten.« Wieder warf er seinen lodernden Blick in die Runde, erntete dafür aber nur routiniertes Kopfnicken, das Vorgehen war ohnehin klar gewesen.

»Und jetzt zu dir, Bernd. Du darfst jetzt etwas tun, was du in deinem Privatleben sowieso schon immer praktizierst, nämlich was du willst.«

Während Honeypenny und Huppendorfer so breit grinsten, wie sie nur konnten, zuckte Lagerfeld spontan zusammen. Er war mit Haderleins Aussage nicht wirklich einverstanden.

»Äh, Franz, nur mal so als zarter Hinweis meinerseits, ich mache privat neuerdings überhaupt nicht mehr, was ich will. Im Gegenteil, ich werde ja demnächst Papa, und da werde ich doch nicht...«

»Das ist jetzt nicht wahr, oder?«, juchzte Honeypenny sofort. Ihre Augen wurden groß wie Faschingskrapfen.

»Du wirst wirklich Papa, Bernd? Ach, dass ich das noch erleben darf, du und Vater!«

»Schluss jetzt damit!«, fuhr Haderlein ärgerlich dazwischen. »Das alles soll euch der Kollege Schmitt ein andermal erzählen. Ich habe jedenfalls beschlossen, dass wir uns für diesen Fall von jetzt an trennen. Jeder hat seine Aufgabe, jeder arbeitet fürs Erste für sich allein. Du, Bernd, hast ab jetzt völlig freie Hand, einzige Vorgabe ist: Du wirst losziehen und Franziska Büchler suchen. Da wir bis auf die paar dünnen Angaben ihrer Ziehmutter nichts zu ihrem möglichen Aufenthaltsort haben, wirst du deinem Bauchgefühl folgen müssen, von dem du ja bei deiner Polizeiarbeit sonst auch immer profitierst. Ausnahmsweise bitte ich dich diesmal sogar ausdrücklich darum, die Schemata der üblichen Polizeivorgehensweisen zu vergessen. Wir haben keine objektiven Anhaltspunkte, also ist das vielleicht der aussichtsreichste Weg. Und noch was, Bernd: Versuche, dich in eine Frau hineinzuversetzen. Das könnte dir vielleicht dabei helfen, die…«

»Ich soll was?«, warf Lagerfeld sofort halb entsetzt, halb belustigt ein.

Haderlein betrachtete ihn einen Moment lang und überlegte. »Du weißt schon, Bernd«, meinte er dann. »Du hast doch manchmal so abstruse Eingebungen, vielleicht helfen die dir ja diesmal sogar weiter.«

Lagerfeld wusste zwar nicht, was sein älterer Vorgesetzter genau mit »abstrusen Eingebungen« meinte, nahm aber seine Aufgabe hin. Eine verkehrte Welt war das plötzlich, dachte er verwundert. Dienstlich sollte er jetzt alle Freiheiten haben, während sich zu Hause in der Mühle mit Freundin und Kind die Schlinge um seinen persönlichen Freiraum allmählich zusammenzog? Der zukünftige Vater schluckte noch immer bei dem Gedanken an das, was da kommen sollte.

»Du wirst diese Franziska finden, Bernd, wie auch immer du es anstellst. Aber du musst schneller als Irrlinger und sein unbekannter Killer sein, denn auch die werden nach ihr suchen. Von mir kannst du jede Unterstützung erwarten, die du brauchst, Bernd.«

Lagerfeld nickte. Langsam begann ihm zu dämmern, was Haderlein von ihm wollte, und auch, dass eine solche Aktion gewisse Konsequenzen hatte. »Und was machst du in der Zeit, oh, großer Meister aller Jedi-Ritter? Rauchst du mit Fidibus Zigarren, oder was?«

Zum ersten Mal an diesem Tag huschte so etwas wie ein Lächeln über Haderleins Gesicht. Die Vorstellung, mit Fidibus in seinem Glaskasten zu sitzen und eine Zigarre zu rauchen, während sein Chef die seine mit den Fingern zerkrümelte, weil er im Dienst nicht mehr rauchen durfte, erheiterte ihn doch ungemein. »Nein, das werde ich nicht tun, Bernd«, wurde er gleich darauf dann aber doch wieder dienstlich. »Ich werde erstens versuchen, Irrlinger auf den Fersen zu bleiben, ihn zweitens zu nerven und drittens vielleicht zu irgendeinem Fehler zu verleiten. Er weiß, dass wir hinter ihm her sind, also macht es keinen Sinn, das Gegenteil vortäuschen zu wollen. Stattdessen werde ich ihm zeigen, dass ich ihm am Arsch hänge. Er wird keinen Schritt tun können, ohne das Gefühl zu haben, in den Rückspiegel schauen zu müssen. Er soll ruhig merken, dass es die Kriminalpolizei verdammt ernst mit ihm meint. Und dann wollen wir mal sehen.« Das wilde Leuchten war in Haderleins Augen zurückgekehrt. Ein Feuer, das erst erlöschen würde, wenn Irrlinger nicht mehr in Freiheit war.

Erwin Dittberner hatte der gestrige Abend im Wirtshaus so aufgeregt, dass er sich selbst jetzt, einen Tag später, noch nicht beruhigt hatte. Dieser Schauer ging ihm so was von auf den Senkel mit seiner Antihaltung zu dem Verkauf. Er hatte sich schon alles so schön ausgemalt. Mit der Pacht, die man ihm für fünfundzwanzig Prozent seiner Ackerfläche zahlen würde, könnte er locker zwei neue Ställe bauen, das musste man sich mal vorstellen! Wenn nur dieser Betonkopf Schauer nicht wäre. Über so einen Deppen musste man sich doch aufregen, verdammt noch mal.

Erst jetzt, zwischen seinem ganzen Vieh, wurde er wieder ruhiger. Kühe, Schweine und die Hühner waren ja quasi seine Familie, da fühlte sich Dittberner sichtlich wohl, da kehrte in des Bauern Seele Frieden ein. Allerdings auch die Sehnsucht. Landwirt Erwin Dittberner war nämlich Single, und zwar von Geburt an. Vielleicht lag es an seinem Beruf, vielleicht an der abgeschiedenen Lage seines Aussiedlerhofs, dass er keine Frau abbekommen hatte. Dass es vielleicht an ihm selbst liegen könnte, darauf kam Erwin Dittberner allerdings nicht. Ihm reichten ja eigentlich auch die alltäglichen Vergnügen wie weißer Presssack mit Bier oder Bier mit rotem Presssack. Sonntags gab's dann auch schon mal Spanferkel mit Bier und abends zur Abwechslung Bier mit Leberwurscht.

Einen Gemüsegarten besaß Erwin Dittberner nicht, Fleisch war sein Salat. Aber würde sich zufällig eine Frau auf seinen Hof verlaufen, die das alles gut fand, dann könnte die von ihm aus ruhig bleiben. Wirklich bemüht hatte sich der Neununddreißigjährige allerdings bisher nicht um eine Lebensgefährtin. Zwar war er ein stattliches Mannsbild mit fast hundertvierzig Kilo, aber in Gefühlsdingen äußerst unbedarft und überraschend schüchtern. Also hatte er schon in jungen Jahren mit dem Thema Frauen abgeschlossen. Das weibliche Geschlecht hatte für Erwin Dittberner somit nur grammatikalische Bedeutung.

Alles hatte sich schlagartig in dem Moment geändert, als er im Fernsehen die Kuppelsendung »Bauer sucht Frau« entdeckt hatte. Fast wäre ihm das Presssackbrot ins Bier gefallen. Es gab also doch noch Hoffnung für Bauern wie ihn. Selbst solche bisher von Romanzen verschonte Gesellen wie er konnten anscheinend Frauen finden. Schon länger hatte ihm geschwant, dass es im Leben womöglich noch höhere Genüsse und Freuden als Presssack mit Bier gab, auch wenn das konkret nur schwer vorstellbar war. »Bauer sucht Frau« wurde zu seiner konsequenten alleinigen Abendunterhaltung. Er hatte alle bisherigen Folgen mit seinem antiquierten Videorekorder auf Band gebannt und schaute sie sich abends auf dem Sofa mit Bier und Presssack an, bis er müde in den Schlaf fiel. Aber irgendwann hatte er bei einem Wortwechsel im Fernsehen eine Eingebung gehabt. Als einer der bäuerlichen Junggesellen erwähnt hatte, er hätte zuvor schon im Internet inseriert, da hatte Erwin Dittberner beschlossen, das auch mal zu versuchen. In eine Fernsehsendung würde er sich niemals freiwillig begeben, dazu war er viel zu schüchtern, aber für das Internet ein Video aufnehmen, das kriegte er gerade noch auf die Reihe, schließlich hatte er vor drei Wochen auch ein Video davon gedreht, wie seine beste Milchkuh gekalbt hatte. Also war er quasi ein Fachmann. Er legte die einzige Garnitur sauberer Kleidung an, die er besaß, und setzte sich vor der Digitalkamera in der Küche in Positur. Der gelbe Pullover, den ihm seine Mutter vor vielen Jahren einmal gestrickt hatte, spannte sich über seinen gewaltigen Presssackbauch, als er Luft holte, um seinen Text vorzutragen. Zwischendurch immer wieder auf seinen Zettel spähend, begann er, durch seine Bewerbungsrede zu stolpern:

»Hallo. Also, ich bin der Erwin. Ich bin neununddrei-ßig Jahre alt und suche also a Fraa. Ich bin Bauer auf aaner Bauerei. Das ist a spannender und sehr sicherer Beruf. Ich hab nämlich über fuffzich Säu und fast hunnerd Küh. Ich hab also so aan Weg des Kennenlernens gewählt, weil, also, ich hab's aach scho im ›Fränggischen Daach‹ probiert, aber da ham sich bloß Grundschullehrerinnen gemeldet. Na ja, deswegen etzerd übers Inderned. Also, ich hab noch nie a Fraa kabt, aber dafür hald die Küh.« An dieser Stelle stockte Erwin mit seinem Vortrag, die Stelle war ihm ein wenig peinlich und machte ihn verlegen. Nach einigen Se-kunden machte er dann mit rotem Kopf trotzdem weiter, schließlich war das da vor ihm ja bloß eine Kamera und keine richtige Frau.

»So. Ach ja, meine sexuellen Vorlieben.« Noch einmal schluckte er, seine Augen wurden größer und bekamen einen fiebrigen Glanz. Aber dann erinnerte er sich an seine Vorbilder aus der Fernsehsendung, die für die Vorstellungs-runde ja auch so ein Video gedreht hatten. »Also, ich bin ja Bauer, und ich find, also, Sex muss ned unbedingt sein. Aber wenn, ja, dann hätt ich also auf jeden Fall gern a Fraa, die mich respektiert und sich an meine Anordnungen hält. Ich bin beim Sex ja dodal dolerand, aber ich hasse Wider-rede und Gridig. Ich muss auch ned jedes Jahr Sex ham, da bin ich flexibel und liberal.«

Erwin Dittberner schnaufte tief durch. Das war schon mal geschafft. Erleichtert grinste er in die Kamera und wischte sich mit dem behaarten rechten Handrücken den Schweiß von der Stirn. Er wollte die Kamera schon aus-schalten, als ihm noch etwas Wichtiges einfiel. Eigentlich etwas Essenzielles. Noch einmal setzte er sich in Positur und strahlte in die Kamera: »Aussehen, ja genau. Du solltest also gut aussehen und einen großen Busen haben ...« Er stutzte, dann fügte er hinzu: »Äh, naa, besser zwei. Und du solltest so ungefähr zwischen siebenunddreißig und siebenunddreißigeinhalb Jahre alt sein und noch keinen Sex mit annere Männern gehabt ham.« Verschämt richtete er seinen Blick gen Boden, das, was folgen sollte, war ihm wieder peinlich. »Es is nämlich so, dass ich großen Werd auf Sauberkeit lech, und wenn ich mir vorstellen tu, dass da scho a annerer, also, da quasi so in dir rum ... also, naa!« Bei diesem widerwärtigen Gedanken verzog sich Dittberners Gesicht zu einer angeekelten Grimasse. »Also, a Kind könntest du aber scho ham«, fügte er sicherheitshalber noch dazu. Erleichtert, dass er wenigstens dieses Zugeständnis gemacht hatte, entspannten sich seine Gesichtszüge wieder, er blätterte emsig in seinen Spickzetteln und kam zu seinem wohlvorbereiteten Schluss.

»Schick mir jetzt also eine E-Mail mit einem Bild von deinem Busen. Bitte sei a weng geduldich, wenn ich ned gleich antworten tu, ich griech nämlich jetzt bestimmt viele Zuschriften. Also dann, bis bald, ich liebe dich, dei Erwin.« Noch einmal strahlte er übers ganze Gesicht, dann erst schaltete er die Kamera aus und machte sich nach dem ganzen Stress über fünf Presssackbrote mit Bier her.

Die Nachricht vom Landeswahlleiter, dass die CSU Protest gegen das Wahlergebnis einlegen würde, überraschte Manfred Zöder nicht. Schon im Vorhinein war ihm klar gewesen, dass die nach jedem Strohhalm greifen würden, der sich ihnen bot, um das Wahlergebnis anzufechten und die fränkische Unabhängigkeit zu verhindern. Sorgen machte ihm hingegen der Umstand, dass ihn der Landeswahlleiter persönlich angerufen hatte. Hieß das, die Anfechter hatten wirklich etwas in der Hand? Anscheinend war in der »Coburger Neuen Presse« ein Artikel aufgetaucht, in dem von einem Mann berichtet wurde, der in Coburg am Wählen gehindert worden sei. Eine Zeitungsreporterin namens Habermann hatte den ganzen Vorgang sogar bildlich dokumentiert und den Wahlschein des Mannes aufgehoben. Es wusste zwar niemand, ob und wie der Mann ihn ausgefüllt hatte, aber der Vorfall war Grund genug für die CSU, ein Treffen mit der Landeswahlleitung zu fordern und prüfen zu lassen, ob diese eine Stimme noch gezählt werden würde oder nicht. Immerhin konnte sie das Ergebnis der Wahl erheblich beeinflussen. Bei Stimmengleichheit wäre die Unabhängigkeit nämlich beim Teufel. Zöder blieb nichts übrig, als die Entscheidung des Landeswahlleiters in der Bamberger Konzerthalle abzuwarten. Dabei hatte er ein mulmiges Gefühl, schließlich war er im Grunde ja schon fränkischer Ministerpräsident. Doch er war wild entschlossen, sich so kurz vor dem Ziel von der CSU nicht mehr die Butter vom Brot nehmen zu lassen.

Gerhard Irrlinger hatte es sich gerade vor seinem Schreibtisch in seinem Sessel bequem gemacht. Langsam fiel ein Teil der Anspannung der letzten Tage von ihm ab. Alles lief im Grunde so, wie er es vorausberechnet hatte, alles lief nach Plan. Natürlich, gewisse Unwägbarkeiten gab es immer, aber auch die waren einkalkuliert. Das Einzige, was er nicht vorausgesehen hatte und was ihm wirklich gefährlich werden konnte, war diese kleine beschissene Bogenschützin, diese Büchler. Wo zum Teufel war die auf einmal hergekommen? Zum Glück verfügte er noch über seine

Kontakte zur Staatskanzlei und zum Justizministerium, so hatte er ein paar alte Gefallen einfordern können und die Akte über die Frau bekommen, die die Bamberger Ermittler bereits angelegt hatten. Allerdings waren die Ergebnisse gelinde gesagt oberflächlich gewesen. Die Polizei wusste zwar, wer die Frau war, Geburtsort, Alter, Lebenslauf, aber das war's dann eigentlich schon. Kein letzter Wohnsitz, keine Freunde, Bekannte oder Unterschlupfmöglichkeiten. Auch hatte sich kein Hinweis darauf gefunden, dass und wie sie auf ihn und seine Freunde der Jagdgesellschaft gekommen war. Und sie musste zweifelsohne wissen, was die »Three Oaks« getan hatten, sonst wäre sie niemals auf die Idee gekommen, mit dem Bogen Jagd auf sie zu machen. Warum war diese Frau so wild darauf, sie alle zu töten? Wie war sie ihnen auf die Spur gekommen, sie hatten doch immer alle Spuren verwischt, eigentlich hätte nichts und niemand auf sie hindeuten dürfen. Fragen über Fragen.

Der Akte nach tappte die Bamberger Polizei noch ziemlich im Dunkeln, genau wie er es sich schon gedacht hatte. Dieser alberne Kriminalhauptkommissar Haderlein war zwar bei der Befragung in der Villa ziemlich penetrant gewesen und hatte sich die grobe Wahrheit in seinem Polizistenhirn wohl irgendwie zusammengereimt, aber er würde ihm niemals etwas beweisen können. Sein Plan besaß keine Fehler, zumindest keine, die man nicht beheben konnte. Byron Gray würde bald die letzte Spur beseitigen, die zu ihm führen konnte: Franziska Büchler. Er vertraute auf Gray, dass er diese Schlampe früher oder später erwischen würde, auch wenn er widerwillig zugeben musste, dass sie ziemlich raffiniert vorgegangen war. Zwei Mitglieder seiner Gruppe hatte sie schon erledigen können, ohne von ihm oder der Polizei erwischt worden zu sein. Aber Gray würde sie nicht entkommen. Er war kein fränkischer Provinzpolizist, sondern der beste Profikiller, den er kannte. Über viele Jahrzehnte lag seine Erfolgsquote bei nahezu hundert Prozent, das musste ihm erst einmal einer nachmachen. Und den einen Auftrag, der ihm bekannt war, hatte Gray nicht ausführen können, weil sich der Mann kurz zuvor eigenhändig mit einer Schrotflinte den Kopf weggeschossen hatte. Das war Pech gewesen, aber gegen Selbstmord konnte man sich nicht wirklich wappnen.

Diese wild gewordene Amazone würde Gray jedenfalls früher oder später mit Sicherheit aus der Welt schaffen, doch bis dahin lief sie noch irgendwo da draußen mit ihrem Hochleistungsbogen durch die Welt und wollte ihn, Gerhard Irrlinger, abschießen. Aber er wusste, wie er das vermeiden würde. Da gab es eine ganz einfache Vorgehensweise, dies zu verhindern. Eine absolut narrensichere Möglichkeit, die er so lange anwenden würde, bis Gray seinen Auftrag ausgeführt hatte. Er würde einfach hier in Schmerb hinter den Mauern seiner Firma Santamon verharren. Irrlinger lächelte. Er hatte von diesem Haderlein sowieso die Auflage aufgedrückt bekommen, bis zum Abschluss der Ermittlungen in der Nähe zu bleiben, das passte also gut. Er würde sich so lange daran halten, bis der Bamberger Polizei ihre einzige und zugleich wichtigste Zeugin in dem Fall plötzlich unwiederbringlich abhandengekommen war.

Die Zeit bis dahin würde er sich mit seinem geschäftlichen Projekt vertreiben, welches mit der fränkischen Unabhängigkeit seiner Verwirklichung wieder ein gutes Stück näher gekommen war. Bald würde er alle Fäden ziehen können, die notwendig waren, um das Unterfangen umzusetzen. Er drückte eine Taste auf seinem Schreibtisch und gab seiner Sekretärin Bescheid, so schnell wie möglich eine

Betriebsversammlung einzuberufen, er habe etwas Wichtiges mitzuteilen. Carola Zosig, seine treue Seele, notierte sich normalerweise seine Wünsche und klärte im nächsten Schritt alles mit dem Betriebsrat ab. Aber heute Vormittag hatte Carola frei und würde ihm erst in einigen Stunden wieder zur Verfügung stehen. Bis dahin wurde sie von der Zeitarbeitskraft vertreten. Seit Eröffnung der Gebäudekomplexe vor einem Jahr war Carola Zosig seine wichtigste Ansprechpartnerin vor Ort gewesen. Die resolute Sekretärin mit den dunklen leicht gewellten Haaren war top in ihrem Job, hatte die sechzig aber schon länger überschritten. Es bestand nicht einmal der Hauch einer Chance, dass sie für Irrlinger auch nur irgendwie sexuell interessant sein könnte. Das war für ihn wichtig gewesen. Er wollte keine gut aussehende Rothaarige in der Blüte ihrer Jahre in seinem Vorzimmer sitzen haben, damit hätte er als begehrter Single nur sinnlosen Gerüchten reichhaltige Nahrung gegeben. Derlei Vergnügungen fanden in seinem Leben zwar statt, aber so, dass nichts und niemand in seinem beruflichen Umfeld etwas mitbekam. Er hatte keinen Grund zur Klage, was das anbetraf, denn Gerhard Irrlinger bekam immer, was er wollte. Und der Lebenslauf von Carola Zosig hatte genau dem entsprochen, was er in der Stellenausschreibung gefordert hatte. Carola war überaus fit, mit einer ausgezeichneten Menschenkenntnis gesegnet und hatte noch dazu die alterstechnische Fortpflanzungsgrenze längst überschritten. Schon nach kurzer Einarbeitungszeit hatte er sie in Personalfragen um Hilfe gebeten und auf ihren Rat gehört. Ein im Personalbereich verbrachtes Arbeitsleben war einfach durch nichts zu ersetzen. Zudem war sie verschwiegen und zuverlässig, Eigenschaften, die auch von den Mitarbeitern im Hochsicherheittrakt des Labors gefordert wurden, die eine Geheimhaltungserklärung unterschreiben mussten. Alle Angestellten wurden überdurchschnittlich gut bezahlt, aber dafür wurde bei Santamon auch überdurchschnittlich viel von ihnen verlangt. Zudem wohnten alle Labormitarbeiter auf dem firmeneigenen Gelände im sogenannten Kasten, einem ziemlich feudalen Wohnheim. Für sämtliche Angestellten war das ein Angebot, für die »Laborratten«, die an dem geheimen Projekt mitarbeiteten, Pflicht. Irrlinger war da rigoros und ließ nicht mit sich reden. Für die Auswahl dieser bestimmten Mitarbeiter hatte auch Carola Zosig mitverantwortlich gezeichnet, und sie hatte ein goldenes Händchen bewiesen. Ein leises, schmallippiges Lächeln kroch bei den Gedanken über Irrlingers Gesicht, und er lehnte sich zufrieden in seinem Ledersessel zurück.

Fidibus winkte Haderlein mit einem vielsagenden Blick von der offen stehenden Tür seines gläsernen Büros aus zu. Verwundert legte Haderlein die Notizen, in die er sich gerade vertieft hatte, auf die Seite und folgte Suckfülls Ruf. Im Büro bat der Chef Haderlein, vor seinem Schreibtisch Platz zu nehmen, und ließ sich seinerseits in seinen schwarzen Ledersessel fallen. Nachdenklich betrachtete Fidibus einige Sekunden lang ein Poster, das an der Wand hinter Haderlein hing und äußerst seltene Tabakpflanzen der Welt dokumentierte, während er mit den Fingern seiner linken Hand nervös eine dicke Havanna bearbeitete.

»Ich möchte von meinem dienstältesten Kommissar eine ehrliche Einschätzung der Lage«, eröffnete Fidibus das Gespräch und senkte seinen väterlichen Blick auf Haderlein, während seine Finger die Zigarre rotieren ließen.

Haderlein lehnte sich zurück und beschloss, wenn er

denn schon dazu aufgefordert wurde, auch außerordentlich ehrlich zu sein. »Meines Erachtens ist die Geschichte sonnenklar. Dieser Irrlinger ist ein Psychopath, wie er im Buche steht. Er hat mit seinen Freunden gemordet, was das Zeug hält. Erst als er gemerkt hat, dass irgendwer ihm und seiner feinen Gesellschaft auf die Schliche gekommen ist, hat er die Reißleine gezogen. Das muss man sich mal vorstellen. In kürzester Zeit bestellt Irrlinger einen Killer, der schnell und gründlich seine Vergangenheit beseitigt. Präzise und sauber, damit an ihm nichts haften bleibt. Seine politische Karriere mag vielleicht einen Dämpfer bekommen haben, aber so wirklich viel scheint ihm das nichts auszumachen. Der skrupellose Drecksack hatte die ganzen Jahre über einen Notfallplan in der Tasche für den Tag, an dem er möglicherweise auffliegen könnte. Und jetzt lässt er uns hier aussehen wie naive Schuljungen. Ich war bei Ermittlungen selten so wütend wie jetzt, Chef. Eigentlich haben wir keine Chance, den Kerl an den Haken zu kriegen, und das weiß er auch ganz genau. Der genießt das richtig. Nur wenn wir Franziska Büchler finden, könnten wir ihm seine Vergangenheit beweisen. Aber das Mädchen war bisher schon sehr geschickt darin, unerkannt zu bleiben. Wir haben keine Ahnung, wo wir nach ihr suchen sollen. Bei ihrer Mutter wird sie ganz sicher nicht mehr auftauchen.«

Haderlein war in der Tiefe seines Wesens aufgebracht. Zu wissen, wer der Schuldige war, den Verbrecher aber nicht bestrafen zu können, trieb ihn in den Wahnsinn. Er hatte nicht vor, einen definitiven Mehrfachmörder laufen zu lassen, aber wie die Dinge standen, würde er es nicht verhindern können. Manchmal war das Leben einfach nur tragisch und ungerecht. Aber solange Haderlein noch kämpfen konnte, würde er es tun. Noch war nicht alles verloren.

Suckfüll bemerkte sehr wohl, in welch seelischer Not sich sein Kriminalhauptkommissar befand. So hatte er ihn noch nie erlebt. Da war etwas Seelenmassage angebracht. »Also, mein lieber Franz, dann sagen Sie doch einmal geradeheraus, was die kurzfristigen Ziele Ihrer Ermittlung sind: Was brauchen wir am nötigsten, wie kann ich helfen?«

Die Antwort auf diese Frage hatte Haderlein recht schnell parat. »Na, wie ich schon sagte, wir müssen Franziska Büchler finden und wenn möglich auch diesen unbekannten Killer«, kam es wie aus der Pistole geschossen. »Ich habe zwar noch keinen Plan, wie und wo wir da anfangen sollen, aber wenn Sie schon mal helfen wollen, dann könnten Sie ein bisschen im Nebel herumstochern, was diesen Typen in der Wildlederjacke anbelangt. Vielleicht weiß ja jemand in einer anderen Dienststelle etwas. Jeder Hinweis zu dem Typen, egal, wie unwichtig er auch scheinen mag, könnte uns helfen. Wir wissen, was er gestern Abend getragen hat und dass er, den Reifenspuren nach zu urteilen, mit einem Allradfahrzeug unterwegs war.«

Haderlein hielt kurz inne, während sein Chef noch fleißig mitnotierte. Als dieser fertig war, stellte Haderlein Suckfüll eine Frage, die ihm schon die ganze Zeit unter den Nägeln brannte. »War es eigentlich unbedingt nötig, die Akte Büchler an das Innenministerium herauszurücken?«, wollte Haderlein mürrisch wissen, obwohl er die Antwort eigentlich schon kannte. Robert Suckfüll war ein begnadeter Jurist, aber leider in seinem Job weisungsgebunden. Fidibus war jedoch nicht im Geringsten überrascht und schon gar nicht verärgert über diese Frage. Im Gegenteil, er lächelte ein kleines, feines Lächeln, während seine Finger die Rotationsgeschwindigkeit seiner Zigarre um eine weitere Stufe erhöhten.

»Haderlein, Sie wissen doch, ich bin weisungsgebunden, das muss Ihnen doch klar sein, mein Lieber.« Haderlein nickte resigniert, doch Suckfülls Lächeln wurde breiter. »Aber mir ist beim Erstellen der Akte ein kleines Missgeschick passiert, mein lieber Haderlein«, sagte er fast fröhlich. »Sie wissen schon – die moderne Technik und ihre Tücken.«

Haderlein runzelte die Stirn. Was zum Kuckuck wollte ihm sein Chef damit nun wieder sagen? Er hatte jetzt wirklich keine Lust, sich Vorträge über Sinn oder Unsinn von Verschlüsselungstechniken anzuhören, dafür gab es im Haus doch Spezialisten, die sich mit so etwas auskannten. Fragend schaute er zu seinem Chef, dessen Lächeln zu einem Grinsen wurde.

»Nun ja, mein lieber Haderlein, ich bin ja auch nicht erst heute früh aufgestanden. Als gestern Abend diese Anfrage aus München vom Innenministerium kam, hab ich mir gleich gedacht, hoppla, da will jemand seine Affäre aus der Suppe ziehen, und habe die Chance beim Zipfel gepackt. Ich habe mir die Akte schnell noch einmal vorgenommen und einige wenige unwichtige Details entfernt, die das Innenministerium in München bestimmt nicht vermissen wird. Etwa so vernachlässigbare Unwichtigkeiten wie Franziska Büchlers Wohnorte in den USA, Vereinsmitgliedschaften oder bekannte soziale Kontakte aus ihrer Jugend. Diese und andere Kleinigkeiten sind unserer Datenbank in der Eile leider abhandengekommen, wenn Sie verstehen, was ich meine, mein lieber Haderlein. Es ist ja nicht so, dass ich den Fall auf die lockere Schulter nehme. Niemand von uns will, dass diese wirklich unwichtigen Details in die falschen Hände geraten, nicht wahr?« Sprach's und schaute seine propellernde Zigarre an wie einen alten Kumpel, schien aber nicht zu merken, wie sich die ersten Deckblätter der edlen Havanna zwischen seinen Fingern bereits zu lösen begannen.

Haderlein war fassungslos. Er konnte nicht glauben, was er von seinem Chef gehört hatte, aber er hätte ihn dafür spontan küssen können. Robert Suckfüll, ein Pedant sondergleichen und großer Verfechter von Ordnung, Recht und Gesetzestreue, hatte eigenhändig eine offizielle Akte der Bamberger Kriminalpolizei manipuliert. Unvorstellbar, aber ein kleiner Lichtblick in diesem hoffnungsarmen Fall.

»Sie haben also allen Ernstes Ermittlungsakten manipuliert, Chef?«, wollte sich Haderlein noch einmal vergewissern und schaute wie ein Fünfjähriger, dem man plötzlich und unerwartet erzählt hat, er dürfe gleich das erste Mal in seinem Leben Rolltreppe fahren, und zwar nicht nur rauf, sondern auch wieder runter.

»Na ja, nennen wir es mal einen Übertragungsfehler, mein lieber Haderlein. Kommt in den besten Computernetzwerken vor. In so einem unkonventionellen Fall müssen auch wir zu unkonventionellen Methoden greifen, und seit ich von den Machenschaften der NSA weiß, bin ich auch etwas egoistischer geworden. Da wollen wir die schnöde Welt der Vorschriften einmal gut sein lassen und einfach ein bisschen auf Kette sein«, sagte Fidibus amüsiert.

»Draht«, verbesserte ihn Haderlein nüchtern, »es heißt nicht Kette, sondern Draht.«

Schlagartig verging Fidibus das Lachen, sein Blick nahm einen leicht vergeistigten Ausdruck an, und seine Haltung wurde starr. Alles untrügliche Zeichen dafür, dass sich der Leiter der Bamberger Dienststelle in einem schwierigen semantischen Prozess befand. Der Havanna war es inzwischen schwindelig und zugleich schlecht geworden, außerdem hatte sie die Grenze ihrer Adhäsionskräfte erreicht. Während sich ihre Inhaltsstoffe der Schwerkraft folgend in Richtung Büroboden verabschiedeten, stellte sich Haderlein die augenscheinlich nur noch analogen Denkvorgänge Suckfülls bildhaft vor. Dann, urplötzlich, war Fidibus wieder in der Realität angelangt. Offensichtlich war er zu einem für ihn befriedigenden Ergebnis gelangt.

»Sie haben natürlich recht, Kette muss es heißen, Kette. Weiß gar nicht, wie ich auf Draht gekommen bin, totaler Unsinn das. Es heißt ja auch nicht Drahtraucher, nicht wahr, mein lieber Haderlein?«, faselte Fidibus laut, während er die letzten Rudimente der Havanna zu Boden fallen ließ und mit der frei gewordenen Hand in seiner Weste nach einer Nachfolgerin kramte.

Haderlein kannte seinen Chef lange genug, um zu wissen, dass es jetzt besser war zu schweigen. Was auch immer er jetzt zum Thema Drahtrauchen äußern würde, es würde alles nur noch schlimmer machen. Außerdem war sein Chef gerade dabei, sich wieder zu fangen.

»Es ist ja so, dass wir hier offensichtlich mit ungleichen Waffen kämpfen, und da ich ein Mensch bin, der seine Zunge auf dem Herzen trägt, will ich ganz offen zu Ihnen sprechen, mein lieber Franz. Wir haben es mit einem hinterhältigen und in seinen allgemeinen Beziehungen zu den höheren Schichten der Gesellschaft womöglich überlegenen Gegner zu tun, also finde ich es nur angebracht, im Sinne der sportlichen Fairness für etwas mehr Ausgeglichenheit zu sorgen, nicht wahr?«, plapperte Fidibus weiter, während er eine neue Zigarre aus den Tiefen seiner Kleidung förderte.

»Alles gut und schön, Chef, aber wo ist jetzt die Originalakte? Also die mit den ganzen unwichtigen Kleinigkeiten?«, fragte Haderlein misstrauisch nach. Hoffentlich war sein zerstreuter Chef nicht so blöd gewesen, alle Daten, die sie in mühevoller Kleinarbeit in den letzten Tagen zusammengesucht hatten, der Einfachheit halber komplett zu löschen.

Aber wie so oft unterschätzte er seinen Chef. Robert Suckfüll beugte sich in Richtung seines Schreibtisches, öffnete eine Schublade und holte einen schwarzen Leitz-Ordner heraus, den er Haderlein feierlich und mit einem lapidaren Kommentar überreichte. »Hier, mein lieber Franz, ausschließlich zur persönlichen Verwendung. Verwahren Sie ihn gut, es gibt keine Kopien.«

Haderlein schaute fassungslos auf den Ordner in seinen Händen. Es geschahen doch immer noch Zeichen und Wunder. Ein kleiner Hoffnungsschimmer in diesem so ungleichen Kampf.

»Und jetzt husch, husch, an die Arbeit, mein lieber Untergebener.« Fidibus deutete mit der fuchtelnden Hand an, dass Untertan Haderlein den Thronsaal zu verlassen habe, um sich fortan wieder der Verbrechensbekämpfung zu widmen.

Kurz schaute Haderlein Fidibus konsterniert an, dann klemmte er sich den Ordner unter den Arm und verließ zügig, aber mit erfreutem Kopfschütteln das gläserne Büro seines Chefs.

Josef Schauer hatte einigermaßen gut geschlafen, obwohl er selbst in seinen Träumen noch mit dieser Bauernversammlung gekämpft hatte, in der ihm Erwin Dittberner die Hölle heißmachte. Wenn er ehrlich war, musste er sich eingestehen, dass er mit seinen Bedenken gegen die Offerte der GKB und mit seiner Argumentation ziemlich allein dastand.

Auch im kleinen Kreis der Bauern, die bisher in ihrer Meinung noch geschwankt hatten, schwanden der Zuspruch und die Bereitschaft, seiner Argumentation zu folgen. Der Widerstand gegen das seiner Meinung nach sittenwidrige Angebot schien erloschen zu sein, der Verkaufsdruck durch Großbauern wie Dittberner und das wirklich großzügige Angebot der GKB wurde immer höher. Er war der Letzte, der nicht verkaufen wollte, und er hatte fast schon ein schlechtes Gewissen, weil er allen anderen womöglich ein grandioses Geschäft versaute, wenn er nicht bald unterschrieb. Aber er traute dieser GKB nicht, Santamon drüben in Schmerb noch viel weniger, und dieser exorbitanten Geldofferte traute er schon gleich gar nicht. Durch eigene, mühselige Recherche hatte er bereits herausgefunden, dass die GKB Verbindungen zu Santamon unterhielt und umgekehrt. Warum wollte nur keiner sehen, dass sich alle angefragten Flächen exakt im Fünf-Kilometer-Umkreis von Schmerb befanden? Da lag es doch auf der Hand, dass Santamon sie für irgendetwas brauchte. Sehr wahrscheinlich hatten die irgendeine Schweinerei vor, aber die Bauern waren blind, weil sie von Dollarnoten geblendet wurden. Diese Amerikaner waren doch bekannt dafür, ihr gentechnisch hergestelltes Saatgut auf den europäischen Markt werfen zu wollen. Bisher hatte sich die Europäische Union noch erfolgreich geweigert, aber Santamon würde nicht aufgeben, da war sich Josef Schauer sicher. Mit ihrem Glyphosat war es doch genauso gewesen. Das Herbizid vernichtete wirklich jedes Unkraut, allerdings auch alles andere, was es gewagt hatte, um das Unkraut drum herum zu wachsen. Aber Santamon hatte entsprechende gentechnisch veränderte Pflanzen gleich noch mitgezüchtet, die gegen den Wirkstoff immun waren. Und nicht nur das, die Firma hatte auch bereits Pflanzen kreiert, die selbst Giftstoffe dieser Art produzierten. Santamon konnte also seine glyphosathaltigen Mittel wie das bekannte »Roundabout« verspritzen, wollte aber gleichzeitig auch seinen Genmais verkaufen, der den Giftstoff als einzige Pflanze weit und breit überlebte. Die Firma hatte dem Mais Gene aus einem Bakterium eingepflanzt, das musste man sich einmal vorstellen. Die Pflanze war ein Hybrid aus pflanzlichem und tierischem Erbgut, Frankenstein ließ freundlich grüßen. Aber nur so konnte die Pflanze den giftigen Wirkstoff Glyphosat überleben, der sich nach wenigen Wochen komplett selbst abbaute, wie Santamon behauptete. Natürlich war das totaler Quatsch, die Imker konnten ein Lied davon singen. Inzwischen war Glyphosat schon in den Bienen und vor allem auch im Honig nachzuweisen. Noch schlimmer waren nur noch die Mittel, die die neuartigen sogenannten Neonicotinoide enthielten. Sie schädigten offenbar den Orientierungssinn der Bienen, sodass sie nicht mehr zu ihren Stöcken zurückfanden. Aber natürlich wollten Konzerne wie Santamon oder Zyngenta nichts davon wissen, war ja alles noch nicht bewiesen. Und währenddessen krepierten die Bienen fröhlich weiter.

Das große Bienensterben hatte schon auf der ganzen Welt eingesetzt. Die Völker wurden immer stärker durch die Varroa destructor, verschiedene schädliche Umweltfaktoren, aber vor allem auch durch dieses verfluchte Glyphosat geschwächt. Und wenn Santamon womöglich direkt vor seiner Haustür in Neudorf Experimente mit Glyphosat und diesem Genmais plante, konnte er seine Bienenvölker gleich abschreiben. Sie waren ja jetzt schon so schwach gewesen, dass sie diesem fremden Schwarm nichts mehr entgegenzusetzen gehabt hatten.

Apropos neues Volk. Schlagartig war Josef Schauer wach

und sprang aus dem Bett. Er musste schauen, ob das neue Volk noch da war. Was war das eigentlich für eine Art? Hatten sich unbekannte Bienenrassen gekreuzt, war eine Königin aus Übersee eingeschleppt worden und hatte sich hier vielleicht mit einheimischen Drohnen gepaart? Aber das würde er so auf die Schnelle eh nicht rausfinden können.

Er zog seine Klamotten an, schlüpfte in seine Schuhe und machte sich auf den Weg über die Wiese zu den Bienenkästen. Dort angekommen hob er sofort neugierig und vorsichtig den Deckel von Kasten Nummer sieben ab. Ja, die fremden Bienen waren noch da, aber ihre Zahl hatte definitiv abgenommen. Überrascht rückte Schauer seine Brille zurecht und studierte das Volk genauer. Einen Wabenrahmen nach dem anderen holte er heraus, bis er schließlich die Chefin des Hauses entdeckte. Die Königin war noch da, aber ein beträchtlicher Teil des neuen Volkes fehlte. Wo war der nur abgeblieben? Das alles war äußerst merkwürdig. Ohne eine Königin schwärmte ein Bienenvolk nicht so einfach los, und normalerweise dauerte es einige Zeit, bis es eine solche herangezogen hatte. Alles total widersinnig.

Nachdenklich legte er den Deckel wieder auf den Bienenkasten. Was zum Teufel war hier los? In der Regel dauerte es ungefähr vierzehn Tage, bis das Volk über eine neue Königin in einer Weichselzelle verfügte. Frühestens dann schwärmte die alte Königin mit ihrer Gefolgschaft aus und überließ den »jungen Wilden« den Stock.

In Gedanken über seine Völker fiel Schauers Blick auf den Kasten Nummer drei, und er stutzte. Irgendetwas stimmte dort nicht. Auch hier wohnten normalerweise Bienen der Rasse Carnica, aber von denen war nichts mehr zu sehen. Als er sich dem Kasten näherte, wurde seine böse

Vorahnung bestätigt. Die Carnicas lagen tot und zerstochen im Gras, und auf dem Flugbrett vor dem Schlitz tummelten sich die fremden schwarzen Bienen mit dem gelben Ring am Hinterleib. Als er den Deckel vom Kasten hob, präsentierte sich ihm ein Bild der totalen Verwüstung. Die schwarzen Bienen waren damit beschäftigt, die getöteten Gegnerinnen aus dem Stock zu befördern und das Innere des Kastens zu säubern. Was Josef Schauer aber noch mehr verblüffte und ihm zudem seine Nackenhaare aufstellen ließ, war der Umstand, dass er inmitten der schwarzen Arbeiterinnen auf einem der Wabenrahmen eine Königin entdeckte. Wie konnte das sein? Dies war doch die andere Hälfte des neuen Bienenvolkes aus Stock Nummer sieben, wie kam die innerhalb von einer Nacht zu einer Königin? In Josef Schauers Kopf stapelten sich die Fragezeichen zu einem ansehnlichen Turm. Er war definitiv mit seinem Imkerlatein am Ende, er brauchte fachlichen Beistand, und zwar schnell. Wusste der Teufel, was diese Bienen noch alles an Absonderlichkeiten in petto hatten.

Beunruhigt machte er sich auf den Weg zurück zu seinem Hof. Jetzt würde er sich zuerst einmal einen Tee kochen und in Ruhe sein weiteres Handeln überlegen. Biolandwirt Josef Schauer war nicht mehr wohl in seiner Haut.

Es war wieder Zeit. Wie an jedem Montagmorgen machte sich Volker Conrad auf den Weg zu seinen Bibern. Es war für ihn zu einer schönen Routine geworden, und auch die Strecke von Schloss Tambach zu der kleinen Bibersiedlung unter der Itzbrücke kannte er inzwischen im Schlaf, schließlich war er schon seit über einem halben Jahr bei dem Forschungsprojekt dabei. Damals hatte er es als Ehre empfunden, bei der Versuchsreihe der Universität Bayreuth mitzumachen. Verhaltensforschung war ein hochinteressantes Gebiet und sein Professor ein bekannter und engagierter Wissenschaftler. Seit der Reisanbau in Franken solche Dimensionen angenommen hatte, dass die Biber zu einem regelrechten Wirtschaftsfaktor geworden waren, gab es plötzlich auch mehr Geld für die Erforschung der possierlichen Baumfäller. Natürlich waren die Biber auch ein Stressfaktor, weil sie den Bauern oder sonstigen Grundstückseigentümern gern ihr Land unterhöhlten oder praktischerweise gleich noch komplett überschwemmten. Und nicht jeder Franke wollte in diesem Fall sofort in die Reisbranche überwechseln, mancher wollte lieber bei seinen alten Obstbäumen bleiben. Kurz und gut, die Biber hatten weiß Gott nicht nur Freunde, aber ihre neue Wirtschaftsmacht hatte Volker Conrad seine Stelle in diesem Studienprojekt eingebracht. Eigentlich hatte er ja Förster werden wollen, dann aber gemerkt, dass er es nicht so mit dem Holzhandel hatte und auch nicht gut schießen konnte. Also hatte er seine beruflichen Pläne lieber begraben. Ein Förster, der dauernd danebenballerte, wäre ja auch ziemlich peinlich gewesen. Stattdessen hatte er erst einmal etwas Ungefährlicheres studiert, nämlich Biologie. Und viel interessanter als das Forstwesen war die Studienrichtung auch noch, hatte er festgestellt, obwohl er im Moment nur zu so niederen Arbeiten herangezogen wurde, wie eben montags die Speicherchips der Fotofallen auszuwechseln.

An der Autobahnausfahrt Rödental, kurz hinter der großen Talbrücke über die Itz, bog Conrad rechts ab und folgte der schmalen verschlungenen Teerstraße zu dem kleinen Fluss hinunter. Irgendwann fand er sich auf einem geschotterten Feldweg wieder, der sich nicht viel später in einer feuchten Wiese neben der Itzaue verlor. Für den ortskundigen Volker Conrad begann jetzt der spannende Teil der Fahrt. Sein Suzuki beförderte ihn brav über die durch den Talschatten noch taunasse Wiese, um dann an der so undurchdringlich erscheinenden Buschreihe den Weg durch einen äußerst schmalen Spalt zu nehmen. Die dünnen Zweige bogen sich willig und strichen sanft über den Lack des Autos. Als sie hinter Volker Conrad und seinem Fahrzeug wieder zurückschnellten, war von einem Durchlass in der Buschreihe nichts mehr zu sehen, dafür konnte der junge Biologe am Ende der sanft abfallenden Wiese bereits den kleinen Auwald am Flussufer erkennen, hinter dem die Biber ihre Burg errichtet hatten.

Er stellte den Suzuki ab, stieg aus und ging die letzten hundert Meter zu Fuß. Es war ein wunderschöner sonniger Vormittag, ein Traum von einem Frühlingsmorgen. Wenn den Bibern auch nur ein Hauch von Romantik und ästhetischem Verständnis innewohnte, dann würden sie solche sonnigen Tage und die dazugehörigen klaren Nächte für ein gefühlvolles Tête-à-Tête nutzen. Aber so, wie er die Tierchen einschätzte, waren die viel zu pragmatisch veranlagt, als dass sie sich mit emotionalen Befindlichkeiten auseinandersetzten. Schließlich waren sie noch dabei, ihre Biberburg an der Itz zu errichten, um dort irgendwann die Jungen großzuziehen. Solche und andere menschelnde Gedanken gingen ihm durch den wissenschaftlichen Kopf, schließlich wollte er ja mal Verhaltensforscher werden.

Als Volker Conrad den kleinen Auwald durchquert hatte, schob er die Zweige der dem Ufer am nächsten stehenden Bäume auseinander, um sich so vorsichtig wie möglich der kleinen Kamera zu nähern, die vor wenigen Monaten mit einem Band um eine junge Erle geschnallt worden war. Wie jeden Montag wollte er den kleinen Speicherchip mit den aufgenommenen Bildern herausnehmen und durch einen neuen ersetzen.

Als er jedoch den Kopf behutsam aus dem Gebüsch am Waldrand herausstreckte, blickte er unvermittelt in zwei Augenpaare, die ihn erst erschrocken, dann zutiefst verärgert ansahen. Das Bibermännchen rutschte sofort von seinem Weibchen herunter und begann sich, wahrscheinlich aus einer peinlich berührten Übersprunghandlung heraus, ganzkörperlich zu schütteln. Das Weibchen seinerseits setzte eine Miene der grenzenlosen Frustration auf, und auch der männliche Biber schickte dem jungen Biologen einen verärgerten Blick.

Volker Conrad brauchte einen kurzen Moment, um zu begreifen, aber dann fiel auch bei ihm der Groschen. Er hatte die beiden Nager bei einer sehr intensiven Beschäftigung im fortpflanzungstechnischen Bereich überrascht, dem sogenannten Bibern, wie der Vorgang im Biologenjargon genannt wurde, und in diesem speziellen Fall hatte das Bibern ganz offensichtlich noch nicht zu einem befriedigenden Ende gefunden. Mit einem letzten Blick der allertiefsten Verachtung dem störenden Zweibeiner gegenüber drehten sich die beiden Flussbaumeister um, liefen flugs wieder zu ihrer Burg an der Itz hinunter, tauchten im kleinen Flüsschen ab und wurden erst einmal nicht wieder gesehen.

Volker Conrad empfand ehrliches Mitleid mit den Tieren. Ähnlich frustrierende Situationen kannte er noch aus seiner pubertären Jugendzeit. Als er noch im unterfränkischen Münnerstadt bei seinen Eltern gewohnt hatte, war er nie auf die Idee gekommen, seine Zimmertür abzuschließen, wenn die Freundin da war, das hätte der katholisch-fränkischen Landerziehung in der Rhön widersprochen.

Da war es dann schon mal vorgekommen, dass ein Familienmitglied der elterlichen Führungsschicht unangemeldet in der Tür stand, während er seiner Liebsten unter der Bettdecke gerade die Grundzüge des Kamasutras erläuterte. Er hatte wirklich vollstes Mitgefühl mit den Bibern.

Andererseits musste er nun auch nicht mehr allzu heimlich durch den Wald schleichen, da seine zwei Forschungsobjekte jetzt ja sowieso beleidigt in ihrem Bau hockten und nur darauf warteten, dass er wieder Leine zog. Er richtete sich auf und ging sehr geräuschvoll die wenigen Meter zu der kleinen Erle hinüber. Mit geübtem Griff nahm er die Kamera von dem dünnen Stamm, wechselte den Chip, schnallte die Kamera wieder um den Baum und richtete sie erneut auf die Biberburg aus. Nur gut, dass die zwei Tierchen nicht wussten, dass man sie weiterhin bei ihren schönsten Stunden per Bewegungsmelder fotografieren würde. Womöglich wären sie dann noch beleidigter gewesen als so schon. Im Büro würde Volker Conrad die Fotos auswerten. Vielleicht könnte er sie ja an den Biber-Playboy weiterverkaufen, dachte er belustigt und ging breit grinsend zu seinem Auto zurück, wo er den Chip der Fotofalle in einem Plastiktütchen im Handschuhfach verstaute. Dann startete er den Motor und machte sich auf den Weg zurück nach Schloss Tambach, wo die Biber-Forschungsstelle beheimatet war.

# Teil 2

# Heunadeln

Teil 2

Heanueln

## Feldzug der Narren

Landeswahlleiter Richard Behm saß in einem Übungsraum der Bamberger Symphoniker zwischen Notenständern und Blasinstrumenten, die auf dem Boden herumlagen. Er hatte sich einen Raum erbeten, in dem er völlig ungestört arbeiten konnte, da ihn jeder mit Anfragen oder sonstigen Wünschen bedrängte, sobald er auch nur irgendwie auf der Bildfläche der Öffentlichkeit erschien. Die Bamberger Konzerthalle erschien ihm ein gutes Fleckchen, um in Ruhe die verzwickte Situation zu überdenken. Nervlichen Beistand leisteten ihm vier Mitglieder seines Wahlausschusses, juristischen ein Richter des Bayerischen Verfassungsgerichtshofs in München. Er konnte Beistand in jedweder Form sehr gut gebrauchen.

Richard Behm stand altersbedingt kurz vor dem Ende seiner beruflichen Karriere als Jurist, und diese Volksabstimmung war beileibe nicht die erste öffentliche Wahl, die er in seinem Leben geleitet hatte. Aber ausgerechnet diese letzte schien sich zu einer heiklen Angelegenheit auszuwachsen. Sie würde mindestens in haufenweise Ärger, möglicherweise aber auch in einer absoluten Katastrophe für ihn enden. So einen knappen Wahlausgang, noch dazu mit Anfechtung des Wahlergebnisses, Einspruch und Nachzählung, hatte er noch nie erlebt. Ganz Deutschland blickte gerade mit fiebrigen Augen auf Franken, die Abstimmung und vor allem auf ihn. In den letzten Stunden war er mit Anfragen und Bittstellereien jeglicher Art geradezu bombardiert worden. Gerade eben noch hatte er zum tausendsten Mal den äußerst nervösen bayerischen Ministerpräsidenten Teichhuber am Telefon abwimmeln müssen. Er konnte ihm noch nichts Endgültiges sagen, weil er selbst nichts Endgültiges wusste. Dieser ganze Heckmeck um seine Person ging ihm allmählich wirklich auf den Seiher.

Entnervt hatte er sein Handy ausgeschaltet und zwei Polizisten vor der Zimmertür postiert. Wer ab jetzt etwas von ihm wollte, sollte einfach abwarten oder ihm einen Brief schreiben. Telefongespräche konnten die Nerver jetzt knicken, nicht mit ihm. Wahlleiter Richard Behm hatte sich, quasi als letzte Amtshandlung, nun vordringlich mit dem Einspruch der Christlich Sozialen Union zu befassen, der zum Inhalt hatte, dass es in Coburg im Wahlraum des Rathauses angeblich zu einer nachgewiesenen Unregelmäßigkeit gekommen war. Unter Zeugen sei dort ein wahlberechtigter Bürger an seinem Grundrecht der Wahlausübung gehindert und mitsamt ausgefülltem Wahlzettel aus dem dortigen Wahlraum mit Gewalt entfernt worden. Es hatte noch andere Beschwerden solcher oder ähnlicher Art gegeben, aber diese hatte Behm inzwischen für null und nichtig erklären können. Sie waren entweder völlig übertrieben oder schlicht erstunken und erlogen gewesen.

Aber dieser Fall im Coburger Rathaus könnte problematisch werden. Dafür gab es Zeugen, es hatte sogar einen Bericht mit Fotodokumenten in der »Coburger Neuen Presse« gegeben, und die Journalistin der Zeitung hatte jenen ominösen Wahlzettel aufgehoben und einem Notar zur Aufbewahrung übergeben. Wenn der am Wählen gehinderte Mann mit seiner Beschwerde durchkam, hinter der eigentlich die CSU steckte, dann wäre das tatsächlich der allererste erfolgreiche Fall von Wahlanfechtung seit Bestehen der Bundesrepublik Deutschland. Und das sollte ausgerechnet ihm als verantwortlichem Wahlleiter passieren, bei einem Wahlergebnis mit nur einer Stimme Mehrheit? Die Vorstellung behagte ihm nicht, ganz und gar nicht. Das war eine mehr als brisante Situation für alle Beteiligten.

Nachdem die CSU von dem Coburger Fall Wind bekommen hatte, wollte sie nun mit aller Macht erreichen, dass diese Stimme noch gezählt wurde. Natürlich wurde die Beschwerde von der Hoffnung genährt, dass der als renitent bekannte Bürger gegen das fränkische Bundesland gestimmt hatte. Faktisch würde dies zu einem unentschiedenen Wahlausgang führen und am Ende des Tages zu einer knappestmöglich gescheiterten Volksabstimmung, sodass Franken in Bayern verbleiben müsste. Brehm wollte sich gar nicht ausmalen, was dann los wäre. Er selbst kam aus dieser Nummer sowieso nicht mehr ungerupft heraus, das war ihm klar. Wie auch immer er entscheiden würde, egal, wie juristisch korrekt und unanfechtbar seine Entscheidung war, ab dem heutigen Tag würde er einen ganzen Haufen neuer Feinde und Freunde haben.

Die Tür ging auf, und ein Mann mit kurzen dunklen Haaren und weißen Bermudashorts wurde in den Proberaum geführt. Seine Haltung ließ nicht erahnen, ob sein Erscheinen auf Freiwilligkeit beruhte. Die Begleitpersonen, zwei Mitarbeiter des bayerischen Verfassungsschutzes in Zivil, schienen jedenfalls froh zu sein, die ihnen anvertraute Fracht abliefern zu können. Die Gemütslage des Mannes war Richard Behm weitestgehend egal, was ihn aber durchaus erschütterte, war der Umstand, dass der Mann nicht nur unmöglich gekleidet war, sondern auch noch ein Fahrrad in den Raum schob. Dazu nahm ihm einer der Zivilbeamten einen ziemlich großen Gettoblaster aus den Händen, oder nein, eigentlich riss er so lange an dem übergroßen Gerät, bis der Fahrradmann eine Wahl zwischen seinem halb verrosteten Drahtesel und dem Player treffen musste und sich schlussendlich für sein Fahrrad entschied. Der Verlust des Gettoblasters führte bei ihm nichtsdestotrotz zu einem äußerst missmutigen Gesamteindruck.

Direkt hinter dem Mann betrat nun eine gut aussehende dunkelhaarige junge Frau mit elegantem Pagenschnitt den Übungsraum und stellte sich sofort so weit wie möglich von dem Mann entfernt in die andere Ecke. Nachdem die weiße Tür von außen geschlossen wurde, breitete sich eine unangenehme Stille aus, während der sich alle Anwesenden gegenseitig musterten.

Behm nahm die Abstrusität der Situation erst einmal unkommentiert hin und versuchte dann, die Sache zu klären. »Ja, äh, gut, wer sind Sie denn, wenn ich fragen darf?«, erkundigte er sich höflich und schaute von einem zum anderen. Sofort kam die Frau auf ihn zu und reichte ihm die Hand.

»Gabi Habermann, ›Coburger Neue Presse‹«, stellte sie sich vor. Der Landeswahlleiter freute sich über die erste freundliche Auskunft des heutigen Tages, während Gabi Habermann von den anderen männlichen Mitgliedern des Wahlausschusses verstohlen von oben bis unten gemustert wurde. Nach einer ersten Beurteilung ihres äußeren Erscheinungsbildes waren alle Anwesenden durch die Bank weg willens, das Anliegen von Gabi mit großem Wohlwollen zu beurteilen, egal welches.

Nur Landeswahlleiter Behm blieb weiterhin sachorientiert. »Sehr schön, Frau Habermann, dann könnten Sie mir doch gleich das Corpus Delicti übergeben«, sagte er höflich lächelnd.

Die Journalistin kramte waschmaschinenartig in ihrer Handtasche alles von unten nach oben, bis sie endlich gefunden hatte, wonach sie suchte. Nervös reichte sie den versiegelten Briefumschlag Landeswahlleiter Behm über den Tisch. Da der Tisch ziemlich groß war und Behm ziemlich klein, musste sie ihren Oberkörper weit nach vorn strecken, was zu nervösen Rutschbewegungen auf den männlichen Außenplätzen am Tisch führte, aber weder von Behm noch Gabi Habermann bemerkt wurde.

»Das ist eine beglaubigte Kopie, das Original liegt beim Notar«, erklärte Gabi Habermann dem Wahlleiter das Dokument.

Behm studierte den Wahlzettel und zeigte ihn den anderen Kollegen am Tisch, die nur den Kopf schüttelten. Die Sache wurde ja immer verrückter, musste sich Richard Behm eingestehen und winkte den Fahrradmann zu sich heran, der sich die ganze Zeit über mit verkniffener Miene im Hintergrund an sein Fortbewegungsmittel geklammert hatte. Einen Moment lang wirkte er unschlüssig, ob er sein Fahrrad nicht doch vielleicht einfach abstellen sollte, entschied sich dann aber, es neben sich her zum Tisch zu schieben.

»Und Sie sind der Herr …?« Verzweifelt versuchte Behm, der merkwürdigen Erscheinung in weißen Bermudas ein Wort zu entlocken, und wenn es erst einmal nur sein Namen war. Sein Plan ging auf, allerdings nicht so, wie er es sich erhofft hatte.

»Ich bin der Sänger von Coburch, und des is a riesengroße Sauerei, dass die Arschlöcher mir mein Kasseddenrekorder abgenomma ham!«, schrie der Mann in immenser

Lautstärke den Landeswahlleiter an, der daraufhin erschrocken auf seinem Stuhl nach hinten rückte.

Wer sollte das sein? Der Sänger von Coburg? War das ein offizieller Titel oder eine Berufsbezeichnung? Dann flog auch noch die Tür auf, und ein besorgter Polizist schaute herein und beäugte eine Szenerie, die er als nicht sonderlich vertrauenerweckend einstufte. Sofort wollte der Beamte Behm zu Hilfe eilen, aber Behm winkte ab.

»Ist schon gut, wir haben alles im Griff, danke. Aber wenn Sie so freundlich wären, dem Mann sein Eigentum zurückzugeben, wäre ich Ihnen sehr verbunden, ja?« Der Polizist sah Behm an, als würde er an dessen Verstand zweifeln, tat dann aber, wie ihm geheißen. Gabi Habermann war zwischenzeitlich wieder in die hinterste Ecke des Raumes zurückgewichen, sehr zum Missfallen der am Tisch sitzenden männlichen Spezies.

Immerhin strahlte der Coburger Sänger Behm jetzt mit leuchtenden Augen an. Der Landeswahlleiter hatte gerade haufenweise Pluspunkte bei ihm gesammelt, der Mann schien eindeutig in Ordnung zu sein. In seiner Euphorie über das zurückerhaltene Abspielgerät vergaß der Sänger von Coburg sogar, sich musikalisch zu äußern, was eigentlich seine Art war.

»Ist das Ihr Wahlzettel, Herr Sänger, erkennen Sie den wieder?« Behm schaute dem Mann prüfend in die Augen.

»Klar is des meiner, den hab ich ausgfüllt. Bloß eischmeißen hab ich ner ned gedurft, weil ich erscht singa gemusst hab und mich die Wichser vom Wahlamt dann nausgschmissen ham«, erklärte er im Brustton absoluter Überzeugung.

Der Richter räusperte sich vernehmlich, um seinen Unmut ob der unflätigen Ausdrucksweise zu signalisieren, während seine Beisitzer wieder auf ihren Stühlen herumrutschten. Diesmal allerdings aus völlig anderen Gründen.

Behm versuchte, den missratenen Umgangston des Sängers zu ignorieren und sich ausschließlich an die Fakten zu halten. »Nun, Herr Sänger, das müssen Sie mir näher erklären.« Er hielt dem Mann seinen Wahlzettel so hin, dass sie beide ihn einsehen konnten. »Bei dieser Wahl hatten Sie zu entscheiden, ob Sie für ein unabhängiges Bundesland Franken stimmen oder nicht. Deswegen ist auf dem Wahlzettel jeweils ein Kreis mit einem ›Ja‹ und einem ›Nein‹ aufgedruckt. Sie hätten eines von beiden ankreuzen müssen.«

»Jawoll, Freiheid und Unabhängichkeid. Einichkeid und Rechd und Freiheid für ein freies Franggenland!«, rief der Sänger begeistert und hob seinen Rekorder demonstrativ in die Höhe.

Alle schauten den Mann einen Moment lang verwirrt an, dann dämmerte auch in Richard Behm die Einsicht herauf, dass der Typ vor ihm wohl nicht gerade die hellste Kerze auf der Torte war. »Ja, äh, gut und schön, Herr Sänger, aber genau das mit dem Ankreuzen haben Sie eben nicht getan. Sie haben beide Möglichkeiten durchgestrichen und in Großbuchstaben ›EFFDEBE‹ daruntergeschrieben. Können Sie mir das erklären?« Mit großen Fragezeichen in den Augen schaute er den Coburger Sänger an.

»Ich hab EFFDEBE gewählt«, bestätigte der und schien das absolut einleuchtend zu finden. »Die Bardei der Freiheid und Unabhängichkeid. Mir brauchen mehr Liberalidäd bei uns. Des merk ich fei jeden Daach. Was maane denn Sie, Herr Richder, was ich in Coburch den ganzen Daach drangsalierd werd? Bloß weil ich singa tu. Deswechen EFFDEBE, da kann mer machen, was mer mooch, des dun die ja dauernd verschbrechen.«

Bei dem Wort »Richter« schreckte der Verfassungsrichter kurz aus seiner ungläubigen Starre auf und gab einen grunzenden Ton von sich, auf den aber niemand einging, da alle entgeistert den Mann mit dem Fahrrad anstarrten. Das war nun einmal ein Argument für die FDP, mit dem niemand gerechnet hatte. Richard Behm für seinen Teil hatte genug gehört. Der Mann aus Coburg hatte mit seiner Antwort genau das bestätigt, was auch auf dem Zettel zu lesen gewesen war. Er war einfach zu doof, um gültig zu wählen, und damit war die Sache mit dem Wahlausgang geklärt – endlich.

»Danke, Frau Habermann, danke, Herr Sänger, Sie können jetzt gehen, wir benötigen Sie nicht weiter. Die Sache ist klar: Der Stimmzettel ist ungültig.«

Erleichtert begannen alle Beisitzer, ihre Unterlagen zusammenzusuchen. Wenn der Landeswahlleiter nun aber geglaubt hatte, damit diese Episode seines beruflichen Lebens bereits überstanden zu haben, so lag er damit leider daneben.

»Ungültich? Mei Stimmzeddel is ungültich?« Der Sänger war mit der Gesamtsituation erneut äußerst unzufrieden. »Ihr habt ja wohl den Arsch offen!« Die gerade noch angehäuften Pluspunkte für den Landeswahlleiter schmolzen dahin wie Schnee in der Wüstensonne. Stattdessen kochten erneut Wut und Ärger in ihm hoch. Der Sänger überlegte kurz, ob er sich auf Behm stürzen oder den Gettoblaster nach ihm werfen sollte, aber die wenigen Sekunden der Unschlüssigkeit nutzten die hereingestürzten Polizisten, um den aufgebrachten Mann samt Fahrrad und Krachmaschine aus dem Zimmer zu entfernen.

Alle im Raum sahen dem unfreiwilligen Abgang ihres Hauptzeugen verwirrt hinterher. Richard Behm und der

Verfassungsrichter konnten von draußen noch ein ge-
kreischtes »Franggen, Franggen über alles!« vernehmen,
während die restlichen Versammelten ihre uneingeschränkte
Aufmerksamkeit Gabi Habermann zuteilwerden ließen,
die sich ebenfalls umgehend verabschiedete. Als sich hinter ihr die Tür geschlossen hatte, waren alle Mitglieder des
Ausschusses wieder so allein wie zuvor.

»Also dann.« Behm sah in die Runde, und allen Anwesenden war klar, dass sie nun eine Entscheidung zu treffen
hatten.

Als Lagerfeld sein Cabrio an seiner Mühle in Loffeld
parkte, konnte er Ute schon von Weitem sehen. Sie disku-
tierte mit einem Mann in neonorangefarbener Jacke. Da
vor dem Hoftor ein Kleinlaster der Baufirma namens Bösel
stand, nahm Lagerfeld an, dass es sich bei dem Mann um
eine Art Vorhut der Bauarbeiter handelte. Die Diskussion
schien eine recht anregende zu sein, denn seine Freundin
warf wild die Arme in die Luft und bearbeitete den Mann
ziemlich lautstark. Aber das musste erst einmal nichts heißen, Ute bewegte sich emotional schließlich immer mehr
auf dünnem Eis, es war die Anwesenheit des Mannes an
sich, die nichts Gutes verhieß, was die Baustelle anbelangte. Mittlerweile war es Mittag, und von der Betonbaufirma war weit und breit noch immer nichts zu sehen. Als
Lagerfeld näher kam, verstand er, um was es in dem Disput
eigentlich ging. Ganz offensichtlich war Ute mit dem Fortschritt auf der Baustelle nicht vollkommen zufrieden, um
es vorsichtig auszudrücken.

»Sie haben gesagt, dass Sie heute mit den Bauarbeiten anfangen«, hörte er ihre laute Stimme über den Hof hallen.
»Bisher war nicht die Rede davon, dass es schwierig sein

könnte, den Bach abzusperren. Davon höre ich heute zum ersten Mal. Ist das vielleicht ein Problem, diesen kleinen Bach umzuleiten? Ich dachte, Ihre Firma wäre auf Wasserbau spezialisiert. Und wieso reicht jetzt plötzlich der Kran nicht mehr? Wenn das mit dem Wasser schon so schwierig ist und ein größerer Kran gebraucht wird, wieso fällt Ihnen das erst jetzt ein? Das ist ja wohl ein Witz!«

Ute von Heesen war außer sich, so erregt hatte Lagerfeld sie selten zuvor gesehen. Langsam verstärkte sich das unbestimmte Gefühl in ihm, dass mit der Schwangerschaft eine gewisse Persönlichkeitsveränderung seiner bisher so gelassenen Freundin einherging. Das hier war eine Ute, die er nicht kannte. Es war doch klar gewesen, dass auf der Baustelle auch Probleme auftauchen würden, darüber hatten sie vorher schon geredet. Wo war nur seine vor der Schwangerschaft so ruhige, überlegte und weitestgehend entspannte Lebensgefährtin abgeblieben?

»Ah, der Hausherr, schön, dass ich im Kampf gegen diese orangene Windmühle hier nicht mehr allein bin«, schoss die aufgebrachte Ute von Heesen ihren ersten Wutpfeil in Lagerfelds Richtung.

»Was ist denn los?« Lagerfeld wollte erst einmal die genaue Sachlage eruieren, bevor er irgendwen oder irgendwas verurteilte.

»Gürtler, Ferdinand, Firma Bösel«, stellte sich der leicht angegraute kurzhaarige Herr vor. Ute von Heesen stand mit wildem Blick und zitternden Gliedmaßen daneben, riss sich aber mühsam zusammen.

»Bernd Schmitt, Herr und Hüter dieses baufälligen Anwesens«, machte Lagerfeld sich dem Mann bekannt, woraufhin Ute von Heesen die Augen verdrehte. Ihre Meinung zu seinen Umgangsformen war ihm schon länger klar. So wie er konnte man doch nicht mit dem Abgesandten einer Baufirma reden, der brauchte keine flapsigen Sprüche, sondern permanenten Druck, sonst passierte bei dem gar nichts. Blitze schossen aus ihren Augen, aber sie sagte kein Wort.

»Dann erzählen Sie mal, wieso außer Ihnen noch niemand vor Ort ist«, bat Lagerfeld den Mann um eine Erklärung.

Dankbar, nicht auch noch vom Herrn des Hauses angepfiffen zu werden, versuchte sich der Vorarbeiter mit einer plausiblen Darstellung der verzwickten Lage. »Ich bin schon seit zwei Stunden da und wollte eigentlich die Aufstellung des Krans vorbereiten.« Prüfend schaute Gürtler zum Gatten, aber der machte tatsächlich noch keine Anstalten, sich aufzuregen, also sprach er gleich weiter, bevor es sich der noch anders überlegen und genauso mit dem Schimpfen anfangen würde wie die blonde Furie rechts von ihm. »Aber den Kran, den euer Architekt bestellt hat, den kriegen wir nicht durch die enge Hofeinfahrt. Der Radius ist viel zu klein, der kriegt die Kurve nicht.« Gürtler hob in einer hilflosen Geste die Arme.

»Okay, und was heißt das jetzt? Irgendwie muss es für die Situation ja eine Lösung geben«, sagte Lagerfeld. Eigentlich war das hier auch nicht viel anders als seine Arbeit, dachte er. Immer gab es ein Problem, das gelöst werden musste, und wenn der erste Lösungsansatz nicht funktionierte, musste man sich halt mit dem nächsten ans Ziel herantasten. Versuch, Irrtum und Improvisation. So ging er bisweilen auch seine Kriminalfälle an.

Seine Lebensgefährtin und werdende Mutter sah das allerdings ganz anders. Derartige Vorgehensweisen widersprachen ihrer Methodik, mit der sie das Leben lebte. Sie organisierte ihre Tage, Monate und Jahre mit Genauigkeit, exakten Regeln und Perfektionismus. Deswegen war sie ja auch in der Revision der HUK gelandet und trug graue Hosenanzüge. Das Larifarigetue ihres lässigen Lebensgefährten ging ihr so was von gegen den Strich, vor allem, wenn ihrer beider Vermögen und Besitz auf dem Spiel standen. Bei diesen Gedanken war es denn auch schon wieder vorbei mit der so mühsam aufrechterhaltenen Contenance, Ute von Heesen wollte Ergebnisse, und zwar gleich im Sinne von sofort. »Was das jetzt heißt, Herr Gürtler? Das heißt, dass wir schon am ersten Tag eine Bauverzögerung haben und zeitlich im Rückstand sind. Und dabei haben wir jeden Tag in ganz klare Bauabschnitte eingeteilt, Herr Gürtler«, brach es aus ihr heraus. »Ich werde Sie und Ihre saubere Firma Bösel für diesen idiotischen Bauverzug haftbar machen, nur damit wir uns von Anfang an richtig verstehen, Sie kleiner ...«

Lagerfeld griff nach ihren fuchtelnden Armen, weil Ute von Heesen Anstalten machte, den Vorarbeiter der Betonbaufirma tätlich anzugreifen.

Dem guten Ferdinand war bereits an seiner defensiven Körperhaltung anzusehen, dass er die Situation als äußerst unangenehm empfand. Er war von Herzen dankbar, im Bauherrn Schmitt ein mäßigendes Element gefunden zu haben.

»Ute, Ute! Krieg dich jetzt mal wieder ein!«, rief Lagerfeld halb energisch, halb beruhigend. Was war denn mit seinem Mädchen los, verdammt noch mal? So würden sie doch hier nie weiterkommen.

Ute von Heesen wand sich aus dem Griff ihres Lebensgefährten heraus und trat ein paar Schritte zurück. Ihr düsterer Blick sprach Bände. Wäre sie jetzt einer Waffe habhaft geworden, sie hätte sie ganz sicher benutzt, wie es schien.

Verzweifelt versuchte Lagerfeld, die richtigen Worte zu finden, um die Situation zu entschärfen. Er wollte Utes Aggression nicht noch mehr Nahrung liefern, aber irgendwie musste eine Lösung für das Kranproblem her, und zwar schnell, denn er hatte nicht ewig Zeit, schließlich war da auch noch ein Kriminalfall, den es abzuarbeiten galt. Und nicht nur das, nein, er hatte auch noch einen heiklen Sonderauftrag zu erledigen, der eigentlich seine ganze Konzentration erforderte. »Was ist jetzt mit dem Kran?«, versuchte er, das Gespräch wieder in geordnete Bahnen zu lenken, und schaute Ferdinand Gürtler hilfesuchend an.

»Na ja, ich würde vorschlagen, wir stellen einfach einen kleineren hier rein, damit wir am Tor durch die Kurve kommen. Der kann das Nötigste transportieren. Etwa Baumaterial, die Bude für die Bauarbeiter oder die Betonglocke zum Betonieren.« Gürtler war zuversichtlich. Eigentlich war das alles doch gar nicht so schlimm. Diese entfesselte Blondine da hätte ihn einfach nur mal ausreden lassen müssen. »Allerdings kommt der kleinere Kran erst morgen, aber dafür ganz bestimmt«, schob er noch hinterher.

Lagerfeld überlegte kurz und warf einen Kontrollblick auf Ute, die noch immer mit der Aura einer entsicherten Handgranate hinter ihm stand. »Also gut, Herr Gürtler, aber schafft ein kleinerer Kran wirklich die zu hebenden Gewichte?«, fragte er zweifelnd. »Ich meine, mich erinnern zu können, dass schon der große Kran ziemlich knapp kalkuliert war.« Schließlich wog allein das Mühlrad, in Einzelteile zerlegt, etliche Tonnen. Lagerfeld spürte regelrecht, wie sich hinter ihm eine gigantische Gewitterwolke zusammenbraute, die nur auf den geringsten Anlass wartete, um sich ihrer angestauten Energie zu entladen. Er schickte ein Stoßgebet zum Himmel, dass sich Gürtler eine befriedigende Lösung überlegt hatte, sonst würde es hier doch noch ein Unglück geben.

Aber der gute Gürtler befand sich bereits im Baustellenmodus, in dem Befindlichkeiten einer schwangeren Geldgeberin nicht vorkamen. In seiner männlichen Einfalt stützte er sich auf die Überlegung, dass ein blankes Argument, plausibel formuliert, zur Entspannung der allgemeinen Lage beitragen würde. »Nein, schafft er natürlich nicht, ist ja wie schon gesagt nur ein kleiner Kran«, gab er unbedacht von sich. Und noch bevor er seine weiteren Argumente vortragen konnte, begann sich die energiegeladene blonde Wolke endgültig in ein Gewitter zu verwandeln.

Ute von Heesen konnte es nicht fassen. Gab es denn nur noch Irre auf diesem Planeten? War sie denn nur von Schwachsinnigen umgeben? »Sagen Sie mal, Gürtler, wollen Sie mich verarschen?« Schreiend und mit ausgestrecktem Zeigefinger lief sie auf den Vorarbeiter zu, der gerade noch schützend die Hände vor das Gesicht heben konnte.

Sofort stellte sich Lagerfeld vor den Polier und ähnelte dabei einem Bodyguard, der sich selbstlos vor den amerikanischen Präsidenten wirft, um ihn vor einem Attentäter zu schützen.

Doch diesmal hatte Ute von Heesen nicht die Absicht, klein beizugeben und in der Schmollecke zu verschwinden. Wütend entlud sich eine Verbalattacke nach der anderen über dem eingeschüchterten Vorarbeiter. Lagerfeld hatte wirklich Mühe, sie von Gürtler fernzuhalten und mit viel gutem Zureden wieder zur Vernunft zu bringen, doch endlich stand seine schwangere Freundin verschwitzt und schwer atmend vor ihrem Kommissar, unschlüssig, was sie nun tun sollte: alle hier umbringen oder einfach nur schreiend in den Wald laufen? Auch sie selbst wusste nicht so recht, was plötzlich in sie gefahren war, aber das war ihr im Moment scheißegal. Sie fühlte sich überfordert, und die schwangerschaftlichen Hormone machten auch mit ihr, was sie wollten.

Und dann beging Lagerfeld zu allem Überfluss auch noch einen fatalen Fehler. Einmal zu wenig nachgedacht, einmal im Stress der Situation unüberlegt ins Beziehungsklo gegriffen, so was konnte er wirklich gut, darin war er Weltklasse und hätte als Favorit bei der Deppenolympiade mitmachen können. »Sie müssen schon entschuldigen, Herr Gürtler, aber meine Freundin ist schwanger, da dürfen Sie nicht alles auf die Goldwaage legen, was sie …«

Und das war's dann auch schon. Das Ende seines Satzes versank im Chaos, Ute von Heesen schaute ihren Lebensgefährten kurz an, als wollte sie ihn mit einem scharfen Messer in kleine Stückchen zerteilen und in diversen Gefriertruhen entsorgen, dann drehte sie sich um und lief mit energischem Schritt zur Mühle zurück, wo sie mit einem lauten Knall die Haustür hinter sich zuwarf.

Lagerfeld gab auf. Ohne Blessuren kam er aus dieser Nummer nicht mehr raus. Er würde später versuchen, mit Ute zu reden, aber jetzt musste er sich um die Baustelle, den nicht existierenden Kran und einen konsternierten Baustellenleiter Ferdinand Gürtler kümmern, sonst war die Baustelle schon Geschichte, bevor die Arbeit auf ihr überhaupt angefangen hatte.

Die Autobahn nach Suhl schwang sich hinter Coburg allmählich in immer luftigere Höhen, die Sicht auf die Mittelgebirgslandschaft wurde immer imposanter. Der Thüringer Wald kündigte sich an, und Cesar Huppendorfer verfolgte die Verwandlung der Landschaft mit einer gewissen Spannung, denn in Thüringen war er zuvor noch nie gewesen. Seit der deutschen Wiedervereinigung hatte er es tatsächlich noch nicht geschafft, die neuen Bundesländer zu besuchen. Vielleicht lag es ja daran, dass er in Bamberg so weit ganz zufrieden mit seinem Leben war und, wenn überhaupt, das Fränkische im Flieger nur in den wohlverdienten Urlaub nach Brasilien verließ, um die Verwandtschaft der Mama in São Paulo zu besuchen. Und wenn er sich urlaubstechnisch ernsthaft entscheiden müsste zwischen São Paulo und Suhl, na ja …

Aber egal, jetzt durfte er sich ja dienstlich hinter die bayerische, womöglich bald fränkische Landesgrenze ins südliche Thüringen begeben. Bevor er losgefahren war, hatte er sich von Honeypenny noch belehren lassen müssen, dass sich die Thüringer bis zum Rennsteig kulturell noch als Franken begriffen. Huppendorfer erinnerte sich, dass bei der legendären Sitzung am Wahlabend in der Bamberger Konzerthalle ja auch einige zwar nicht stimmberechtigte, aber trotzdem engagierte Franken aus Thüringen anwesend gewesen waren, um ihre Verbundenheit mit der fränkischen Unabhängigkeitsbewegung zu demonstrieren. Aus sprachlicher Sicht war der südthüringische Dialekt zwar gewöhnungsbedürftig, aber das war der aus Aschaffenburg ja schließlich auch, und Aschaffenburg gehörte ganz offiziell zu Franken. Wenn er wirklich ehrlich war, dann klang Südthüringisch für seine Ohren fränkischer als das, was so aus Aschaffenburg zu hören war.

Mit derlei und ähnlichen Gedanken vertrieb sich Cesar Huppendorfer die Zeit, bis er den ersten Tunnel oberhalb von Suhl erreichte. Die A 71 von Bamberg nach Erfurt führte hauptsächlich über Brücken und durch Tunnel, was die Kosten dieses Verkehrsprojektes der Deutschen Einheit rigoros in die Höhe getrieben hatte. Ähnlich verhielt es sich natürlich auch mit der geplanten ICE-Strecke von Nürnberg nach Berlin, die fast parallel verlief und deren Kosten sich in ähnlich astronomischer Höhe bewegten wie die Flugzeuge auf der gleichen Strecke, mit denen der ICE ja prinzipiell konkurrieren sollte. Die Autobahn durch die Berge des Thüringer Waldes, und das musste auch mal gesagt werden, war allerdings eine der schönsten ihrer Gattung. Sie durchschnitt das Mittelgebirge ziemlich genau in seiner Mitte in Nord-Süd-Richtung und schlängelte sich dabei meist durch eine wunderschöne, von Nadelwäldern geprägte Landschaft.

Kurz vor dem höchsten Punkt der Autobahn, direkt nach einem weiteren Tunnel, nahm Huppendorfer die »Ausfahrt Zella-Mehlis« und folgte den Richtungsangaben nach Oberhof. Die Bäume standen nun immer dichter und reichten stellenweise bis an den Straßenrand. Cesar Huppendorfer war ob der herben Schönheit der Landschaft überrascht und begeistert. Wie gesagt, er war zuvor noch nie in Thüringen gewesen.

Auch wenn er die Frühlingskühle aus dem warmen Bamberg kommend nicht gewohnt war, hatte ihn der Thüringer Wald mit seiner Charmeoffensive sofort überzeugt. Egal, wie dieser Fall ausgehen würde, Cesar Huppendorfer, Naturfreak durch und durch, war sofort hin und weg. Obwohl die Hälfte seiner genetischen Herkunft in Südamerika lag, begeisterte sich der dunkelhäutige Kommissar seltsamerweise mehr für die nördlichen, kälteren Gefilde wie Skandinavien oder Kanada – auch wenn er noch nie dort gewesen war. São Paulo, wo er seine Familie besuchen musste, fiel in eine gänzlich andere Kategorie.

Als er den Rand der Tausendfünfhundert-Seelen-Ortschaft Oberhof erreichte, machte er sogleich Bekanntschaft mit ihrem sportlichen Anspruch. Überall am Wegesrand, an Plakatwänden oder auf aufgehängten Bannern, entdeckte er Weltklassewintersportler vom Langlauf, Bobfahren oder Biathlon. An jeder Ecke protzte ihm die lange Tradition des legendären Wintersportortes entgegen, selbst wenn man wollte, konnte man sie gar nicht übersehen. Oberhof lag am östlichsten Zipfel des Landkreises Schmalkalden/Meiningen auf achthundert Meter über Normalnull und war damit selbst in Zeiten der Klimaerwärmung ein ziemlich schneesicheres Gebiet. Jahrzehntelang war der Ort im Thüringer Wald ein Magnet für die bessere Gesellschaft gewesen, etwa so wie Garmisch für die Münchner High Society, was sich dann nach Ende des Zweiten Weltkrieges aber geändert hatte. Die DDR-Führung hatte sich aus dem mondänen Wintersportort nach und nach eine Leistungsschmiede für kommende Weltmeister und Olympiasieger gebastelt. Von nun an war ganz Oberhof vollgestopft mit Sportlern, die aufs Siegen getrimmt wurden.

Für Huppendorfer als geborenen Wessi war Thüringen emotional immer ziemlich weit weg gewesen, erst jetzt begriff er, dass nur eine Stunde von Coburg entfernt ein Wintersportzentrum von Weltniveau lag. Oberhof war also entfernungstechnisch wirklich nicht weit von Franken weg, trotzdem würde er sicher die deutlichen Unterschiede im Dialekt zwischen den Coburgern und den Südthüringern heraushören können.

Sein Navigationsgerät führte ihn im idyllischen Ort mit seinen teilweise noch mit Holz oder dunkelgrauem Schiefer verschindelten Häusern immer weiter bergauf, bis er wieder den Ortsrand erreichte. Am letzten Haus vermeldete sein Navigationsgerät endlich mit freundlicher weiblicher

Stimme: »Sie haben Ihr Ziel erreicht. Ihr Ziel liegt rechts von Ihnen.«

Huppendorfer steuerte seinen Golf an den Straßenrand, zog den Zündschlüssel ab und die Handbremse kräftig an. Die Straße führte immer noch steil aufwärts, obwohl er in seinen Ohren jetzt schon einen leichten Druck spüren konnte. Für einen Bamberger Flachländer wie ihn waren das definitiv zu hohe Gefilde.

· Als er ausstieg, wäre er fast gegen die große Hinweistafel mit zahllosen Richtungspfeilen gestoßen: »Grenzadler«, »Biathlonstadion«, »Skisporthalle« war dort unter anderem zu lesen. Beeindruckt schüttelte Cesar Huppendorfer den Kopf. Aber jetzt musste er sich wirklich um die Nachforschungen diesen Gernot Fraas betreffend kümmern, den Exmann von Claudia Fraas ehemals Büchler. Vielleicht konnte der ja irgendwie Licht in diesen verworrenen Fall bringen, auch wenn Huppendorfer persönlich nicht so recht daran glaubte. Für ihn war das ein ganz dünner Strohhalm, nach dem er hier auf Geheiß seines Chefs greifen sollte. Der Schlüssel zu allem war und blieb Franziska Büchler, aber die Hoffnung starb bekanntlich zuletzt. Vielleicht wusste Gernot Fraas ja etwas beizutragen, was die ziellose Suche nach der Hauptverdächtigen in eine vielversprechendere Richtung lenken konnte.

»Pension Grenzadler« stand auf dem alten Häuschen, das aussah wie eine Villa von 1900 im Kleinformat. Nach ihm begann der Wald mit seinen hohen Fichten. Der Schriftzug musste schon vor langer Zeit mit weißer Farbe auf die alten grauen Schieferschindeln gepinselt worden sein, denn die fleckigen Buchstaben waren reichlich verwittert und blätterten an etlichen Stellen von ihrem hölzernen Untergrund ab. Dem leicht gebeugten Walmdach mit den grün bemoosten Biberschwanzziegeln merkte man die Last und die Unmengen an Schnee der vergangenen Jahre an. Der Garten, der das Häuschen umsäumte, fiel auf der Rückseite der Hanglinie folgend ab und machte ebenfalls einen leicht vernachlässigten Eindruck. Erst nach längerem Suchen entdeckte Huppendorfer ein Namensschild an einem steinernen Pfosten, der auf der rechten Seite die hüfthohe Holztür zum Grundstück in den Angeln hielt. »Fraas«, entzifferte er auf dem verwitterten Messingschild und schaute sich um. Vergeblich, eine Türklingel gab es wohl nicht.

Knarzend öffnete er das alte Türchen, während er argwöhnisch rechts und links in den Garten blickte. Es wäre nicht das erste Mal gewesen, dass ein sehr eifriger Hund den Besitz von Herrchen oder Frauchen zu verteidigen gedachte. Aber hundetechnisch schien hier alles im grünen Bereich zu sein, Huppendorfer gelangte problemlos bis zur Haustür, an deren Rahmen ein etwas größeres, neueres Schild hing: »Pension Grenzadler, Inh. Familie Fraas«. Aha, dann war er hier wenigstens schon mal richtig. Auch ein Klingelknopf war vorhanden, der allerdings korrosionsbedingt nicht mehr zu drücken war, ergo im Haus auch kein Klingeln oder sonstige Meldegeräusche auslösen konnte. Genervt betrachtete Huppendorfer das runde Relikt aus DDR-Zeiten, das seine besten Tage schon sehr lange hinter sich hatte. Dasselbe konnte man getrost von der altersschwachen Villa sagen, dachte sich der Kommissar. Einen Moment lang überlegte er, ob er mit seinem Klopfen nicht das wackelige Anwesen zum Einsturz bringen würde, aber es half ja nichts. So vorsichtig wie möglich schlug er mit den Knöcheln seiner rechten Hand gegen die alte Tür, die sich robuster erwies, als der äußere Zustand hatte vermuten lassen. Laut schallte das Klopfen durch den direkt angren-

zenden Wald. Wenn es im Haus selbst auch nur annähernd
so laut zu hören war, dann würden die Bewohner auf jeden
Fall aus dem Winterschlaf gerissen werden.

Das Geräusch eines sich drehenden Schlüssels schreckte
Huppendorfer aus seinen akustischen Überlegungen auf.
Die Tür öffnete sich, und eine seltsame Figur trat auf die
Türschwelle. Sofort sah sich Huppendorfer an seine frühe
Kindheit und die Geschichte von Hänsel und Gretel erinnert. Vor ihm stand das Hexenhäuschen, und die Oma
mit der fleckigen Schürze, den grauen selbst gestrickten
Strümpfen, die in ebenfalls grauen Pantoffeln steckten
und geradezu kongenial mit den wirren weißgrauen Haaren korrespondierten, musste einfach die Hexe aus der Geschichte der Gebrüder Grimm sein.

Instinktiv machte Huppendorfer einen Schritt zurück
und schwor sich feierlich, der verhutzelten Gestalt auf gar
keinen Fall seinen Finger hinzustrecken, damit sie sein Gewicht beurteilen konnte, um ihn dann unversehens in einen
alten thüringischen Backofen zu befördern. Sprachlos stand
er da, während ihn die kleine alte Frau zwischen ihrer wirren Haarpracht hindurch aus wässrigen Augen fixierte.

»Was gibt's?«

Das Hutzelmütterchen hatte nach Huppendorfers Er-
messen eine recht raue, heisere Stimme. Sofort schoss dem
Kommissar die Assoziation einer rauchenden Hexe durch
den Kopf, die er aber schnell wieder vertrieb. Das sind
ja Vorstellungen wie im Kindergarten, schimpfte er sich
selbst.

Kaum hatte er die rauchende Hexe auf seiner Gedanken-
müllhalde entsorgt, griff die alte Frau in eine Tasche ihrer
geblümten Schürze und holte eine zerknitterte Packung
Gauloises hervor, klopfte sich eine der französischen Ziga-

571

retten mit geübter Bewegung heraus und zündete sie dann demonstrativ, quasi Old School, mit einem Streichholz an.

Cesar Huppendorfer blieb vor Staunen der Mund offen stehen. War das jetzt Oma Fidibus, oder wie? Wirklich erheiternd, sich die alte Dame als Mutter seines Dienststellenleiters vorzustellen. Und dann auch noch Gauloises. Schon in der Abiturzeit hatte er das französische Kraut verflucht, sein Leben lang würde er den Geruch der penetranten Zigarettensorte nicht mehr vergessen. Und jetzt stand mitten im Thüringer Wald auch noch eine leicht verlotterte Oma vor ihm und verpestete die Luft mit diesen Glimmstängeln der Franzmänner. Huppendorfer riss sich am Riemen und pfiff erst einmal auf die Schatten seiner Kindergarten- und Abiturzeit, schließlich war er ein leibhaftiger Kommissar und im Dienst. Und Hexen gab es sowieso nicht, obwohl im tiefsten Thüringer Wald, da konnte man nie wissen. Trotzdem, er war fest entschlossen, seine Befragung zügig durchzuziehen. »Entschuldigen Sie, Huppendorfer, Kriminalpolizei Bamberg, ich hätte da ein paar Fragen zu Ihrem …« Weiter kam er nicht.

»Ich verstehe kein Wort, Freundchen«, unterbrach ihn die rauchende Hexe barsch. »Wenn du mit mir reden willst, dann gefälligst so laut, dass ich auch was hören kann, kapiert?«, knallte sie ihm ihre heftige Ansage entgegen.

Huppendorfer wich einen weiteren Schritt zurück. Ihm wurde langsam immer mulmiger. Die Befragung von Gernot Fraas hatte er sich weiß Gott anders, vor allem aber einfacher vorgestellt. Aber gut, wenn es die heutige Tagesaufgabe verlangte, die grauhaarige Lady vor ihm anzubrüllen, dann würde er in der Lautstärke eben noch etwas zulegen. »Gernot Fraas, ich suche Gernot Fraas, wohnt der hier?«, rief Cesar Huppendorfer lautstark in Richtung seines offensichtlich schwerhörigen Gegenübers. Wenn er allerdings gehofft hatte, damit einen akustischen Erfolg gelandet zu haben, wurde er sogleich eines Besseren belehrt. Es war bestenfalls ein Teilerfolg, wie er sogleich feststellen musste. Die alte Frau hatte ihm mit zusammengekniffenen Augen zugehört und zwischendurch genüsslich an ihrer Gauloises gezogen. Aber so richtig zu ihr durchgedrungen war die Botschaft Huppendorfers anscheinend nicht.

»Ja, genau, Fraas, Reinhild Fraas. Wer ist in Not? Sie müssen lauter reden, junger Mann, und kommen Sie gefälligst näher!«, schrie sie zurück.

Tatsächlich musste Huppendorfer sich schwer zusammenreißen, um nicht noch einen weiteren Schritt zurückzutreten, damit er das Geschrei der Alten und den übel riechenden Rauch, der ihm ins Gesicht und in die Nase waberte, überhaupt ertragen konnte. Immerhin sprach die Alte einwandfreies Hochdeutsch, womit Huppendorfer nicht zwingend gerechnet hatte. Er nahm all seine Entschlossenheit zusammen und ging zwei Schritte auf die Alte zu, die seine Annäherung mit einem schiefen Grinsen quittierte und wieder einen tiefen Lungenzug nahm.

»Gernot, ich suche Gernot!«, brüllte Huppendorfer ihr nun seine zentrale Frage von vorn halblinks ins Ohr.

Reinhild Fraas schien die Lautstärke nicht weiter zu berühren, stattdessen schien sie jetzt endlich das Anliegen des jungen Kommissars zu begreifen. »Gernot, ach so. Ja, das ist mein Sohn«, belferte sie, um sofort darauf die Länge der Zigarette wieder mittels eines kräftigen Zuges zu verkürzen.

Na, immerhin ist Reinhild nicht komplett taub, dachte sich Huppendorfer. Er holte tief Luft und schaute sich noch einmal kurz um, nicht, dass er mit seinem Geschrei noch die Nachbarschaft rebellisch machte. Aber die Straße hoch gab es nur Wald, und die Bewohner Richtung Ortschaft waren an die Lautstärke im Hause Fraas wahrscheinlich schon längst gewöhnt. »Ist er da, kann ich ihn sprechen?«, rief er Reinhild wieder ins gleiche Ohr. Allerdings hatte er wohl wieder etwas falsch gemacht, denn die Botschaft kam wieder nicht an.

»Sie wollen was essen? Hab Klöße da. Muss ich aber erst kochen!«, rief ihm die Fraas in einer solchen Lautstärke zu, dass Huppendorfer befürchtete, sein Haupthaar würde waagerecht nach hinten wehend im Wind stehen.

So würde das nichts werden, gestand er sich frustriert ein, wahrscheinlich waren seine Sätze immer noch zu lang. Je weniger Worte an die Frau verschwendet wurden, umso weniger Missverständnisse. Sehr wahrscheinlich würde es mit einfachen, klar gebrüllten Botschaften besser funktionieren. Altersschwach oder gar dement wirkte Reinhild ja eigentlich nicht, ganz im Gegenteil. Einen Augenblick lang hatte Huppendorfer das Gefühl, sie spiele ihm ihre Schwerhörigkeit nur vor, verwarf diesen rentnerfeindlichen Gedanken dann aber gleich wieder.

»Gernot – finden!«, versuchte er es erneut möglichst laut und bemerkte dabei, dass sich seine Stimmbänder allmählich zu verabschieden begannen. Eine lautstarke Konversation wie diese waren sie einfach nicht gewohnt. Viel an Sprechzeit würde ihm bei dieser Intensität wohl nicht mehr mit der schwerhörigen Reinhild bleiben, aber bei der war der Groschen offensichtlich endlich gefallen.

»Gernot, ach so. Der ist in der Skihalle, Arbeit!«, schrie sie lächelnd zurück und fuchtelte mit der freien Hand die Teerstraße hinauf – natürlich nicht, ohne kurz darauf den letzten Rest der verbliebenen glühenden Zigarettenspitze einzusaugen.

»Danke!«, rief Huppendorfer ihr zu und verzichtete erleichtert auf weitere Fragen. Eine Unterhaltung mit Reinhild war so was von sinnlos, er war einfach nur froh, verschwinden zu können.

»Bitte, bitte, gern geschehen!«, rief ihm die alte Frau Fraas noch hinterher, warf dann ihren Zigarettenstummel in den Garten und verzog sich wieder in ihr windschiefes Hexenhaus.

Während Huppendorfer zu seinem Wagen zurückging, fragte er sich, wie diese Frau in ihrer alten Hütte nur Feriengäste unterbrachte. Jeder, der hier Urlaub machen wollte, müsste ja nach kürzester Zeit heiser und taub sein. Aber das war Gott sei Dank nicht sein Problem. Als er die Gartentür hinter sich schloss und auf den Bürgersteig trat, fiel ihm ein schwarzer Polo auf, der links etwas unterhalb vom Haus parkte und den er zuvor nicht bemerkt hatte. Hoffentlich nicht das Auto von Reinhild. Wobei, die Fahrzeugkontrolle hätte er gern miterlebt, wenn die alte Dame mit den Polizisten um die Wette schrie. Der junge Kommissar schüttelte stumm grinsend den Kopf, stieg in seinen Golf und quälte ihn bergauf zur Oberhofer Skisporthalle.


»Autokran«, beantwortete Gürtler feierlich Lagerfelds Frage, was denn zu tun sei, um die Lastenfrage zu einer funktionierenden Lösung zu führen.

»Autokran?«, wiederholte Lagerfeld hilflos. Er konnte sich kaum vorstellen, dass ein auf einem Fahrzeug montierter Kran mehr an Gewicht heben können sollte als ein konventioneller Baukran, den man fest irgendwo aufstellte.

»Ein Autokran kann draußen auf der Straße stehen und hebt euer Zeug über den Platz bis zur Mühle«, stellte Gürtler lapidar fest.

Ungläubig schaute Lagerfeld den Baumenschen an. Bis zum Mühlengebäude waren es locker und leicht vierzig Meter, und allein das Getriebe vom Mühlrad wog ja schon knapp zwei Tonnen.

»Der hebt problemlos drei Tonnen auf fünfundvierzig Meter.«

Lagerfeld kapierte das alles nicht. Wenn das so einfach war, warum hatten sie sich den ganzen Zinnober gerade eben mit der Kranfrage und Ute nicht gespart? »Und wieso haben wir den nicht gleich genommen? Dann hätten wir auf die ganze Diskussion verzichten können, oder nicht?« Lagerfeld schaute zum Haus hinüber, wo sich seine Ute nicht mehr blicken ließ. Wahrscheinlich hatte sie sich auch emotional verbarrikadiert. Er konnte sich auf was gefasst machen.

»Weil ein Autokran teuer ist«, erklärte ihm Ferdinand Gürtler. In seinem Blick lag ein gewisses Mitleid dem ahnungslosen Bauherrn gegenüber. »Der große Kran vom Merkel kostet uns tausend Euro Anfahrtskosten und dann noch einmal fünfhundert die Stunde. Da kommt schon was zusammen. Deswegen nimmt man so ein Ding nur, wenn's wirklich nicht anders geht, so wie in diesem Fall«, schloss Gürtler seine Erklärungen ab.

Lagerfeld blieb der Mund offen stehen. Tausend allein dafür, dass das Teil überhaupt erst einmal angefahren kam? Was war nur mit der Welt passiert? Und natürlich hatten sie mit solchen Beträgen nicht kalkuliert, das war wahrlich ein schwer zu schluckender Brocken. Langsam schwante ihm, dass sie sich mit ihrem knappen Budget, was den Mühlradbau betraf, sauber verkalkuliert hatten. Aber jetzt gab es kein Zurück mehr. Das Mühlrad war geordert, die Kredite waren bewilligt, alle Anträge gestellt. Diese Nummer würden sie jetzt durchziehen, egal, was da noch an Schwierigkeiten und Rückschlägen auf sie zukommen würde.

»Dann Autokran«, gab er entschlossen bekannt und nickte dem erleichterten Gürtler zu. Somit konnte auf der Baustelle morgen begonnen werden, die mit Ute musste er gleich in Angriff nehmen. Mit einem Seufzen verabschiedete er sich und machte sich auf den Weg zum Haus, wo ihn mutmaßlich bereits ein Schafott oder Ähnliches erwartete. Doch auf halbem Weg machte er plötzlich halt. Wenn er es recht bedachte, war er doch eigentlich im Dienst und hatte gar keine Zeit, jetzt mit Ute stundenlang Beziehungsgespräche zu führen, geschweige denn Lust. Er überlegte nur kurz, holte dann sein Handy heraus und schickte ihr eine SMS. Kurz teilte er ihr mit, dass er den Autokran bestellt habe, jetzt aber leider dienstlich wegmüsse. Auf jeden Fall würde die Arbeit auf der Baustelle morgen sicher beginnen, sie solle sich mal keine Sorgen machen. Er drückte auf »Senden«, drehte sich um und ging zum Cabrio. Schließlich gab es Dringenderes als seine Beziehung: Er musste jemanden finden, der in einem Mordfall gesucht wurde. Da musste die Beziehung erst einmal warten.

Die Strecke bis zur Skisporthalle in Oberhof war überschaubar, allerdings noch einmal mit etlichen Höhenmetern gesegnet. Als Cesar Huppendorfer seinen Golf auf dem Parkplatz vor der Halle abstellte und ausstieg, merkte er sofort, dass doch noch nicht ganz Sommer war. Ein kühler Wind pfiff über die Höhen des Thüringer Waldes und ihm ins Gesicht, der Frühling war hier definitiv noch nicht angekommen.

»DKB-Skisport-HALLE« prangte groß über dem Eingang rechts neben dem Sportgeschäft, und auch die Ausmaße der Halle selbst waren gewaltig. Huppendorfer war tatsächlich beeindruckt von dem Bau und studierte die Schautafel, die ihm das Nötigste über das Gebäude erklärte. Nicht, dass er drinnen blöde Fragen stellte, die ihn als Ahnungslosen outeten, der er war. Laut der Tafel war die Skisporthalle einzigartig in Mitteleuropa und stand zwischen dem Alpinhang, der Bobbahn und dem Biathlonstadion. Auf zehntausend Quadratmetern war ein Trainingszentrum für Freizeit- und Leistungssportler entstanden, das dreihundertfünfundsechzig Tage im Jahr das Trainieren mit Langlaufskiern auf erstklassigem Schnee ermöglichte, der eins Komma zwei Kilometer lange Rundkurs wurde konstant auf minus vier Grad heruntergekühlt – Huppendorfer wollte gar nicht darüber nachdenken, welche Energie die Anlage verschlang. Daneben gab es noch eine Halle, in der man mit dem Biathlongewehr das Schießen üben konnte. Und irgendwo in dem ganzen Betrieb musste Huppendorfer nun also Gernot Fraas finden, in welcher Funktion auch immer.

Als er die Halle betrat, musste er den Hals recken. Irgendwie hatte der Bau etwas von einem sehr langen, sehr hohen Luftschutzbunker in der Nähe des Südpols, bei dem die Heizung ausgefallen war. Scheißkalt war es hier drinnen. Und selbst jetzt, an einem Werktagnachmittag, waren auf dem Schnee Menschen langlaufend unterwegs. Unglaublich. Kopfschüttelnd ging Huppendorfer zum Eingang der Halle zurück, um am Empfangstresen mit seiner Suche nach Gernot Fraas zu beginnen.

»Was können wir für Sie tun?«, fragte eine der zwei jüngeren Empfangsdamen im sportlich-warmen Outfit und strahlte ihn freundlich an.

»Fraas, ich suche Gernot Fraas! Gibt's den hier irgendwo?«, brüllte Cesar Huppendorfer, woraufhin die Angesprochene aus dem Stand erschrocken einen Meter zurücksprang. Huppendorfer schaute verblüfft um sich, weil sich alle, die sich in der Nähe des Eingangs befanden, zu ihm umgedreht hatten und ihn mit erstauntem Blick musterten. Erst jetzt realisierte der Kommissar, dass er nach dem Erlebnis mit Reinhild Fraas wohl noch nicht auf normale Kommunikationslautstärke heruntergeschaltet und seine gebrüllte Anfrage allenthalben für Erstaunen gesorgt hatte. Noch bevor er sich entschuldigen oder eine der eingeschüchterten Thekendamen etwas äußern konnte, kam von rechts aus Richtung der Langlaufloipe eine eingemummelte männliche Gestalt auf ihn zu.

»Wer will das wissen?«, fragte der große, schlanke Mann in blauem DKB-Anorak.

»Huppendorfer, Kriminalpolizei Bamberg«, erwiderte der junge Kommissar umgehend und hielt seinen Ausweis hoch. Die ganze Situation war ihm etwas peinlich. Und alles nur wegen der schwerhörigen Reinhild.

»Was wollen Sie von Gernot?«, wollte der hagere Mann mit der gestrickten bunten Wollmütze auf dem Kopf noch immer unwirsch von ihm wissen.

»Nichts Schlimmes, ich wollte ihm nur kurz ein paar Fragen stellen«, versuchte Huppendorfer abzuwiegeln. Er hatte schon wieder das Gefühl, missverstanden zu werden. »Könnte ich der Höflichkeit halber dann vielleicht auch erfahren, mit wem ich hier eigentlich spreche?«

»Lauck. Frank Lauck, mir gehört das Sportgeschäft nebenan«, stellte sich der Mann immer noch reichlich reserviert vor. Von der Gestalt her schloss Huppendorfer auf eine sportliche Karriere in seinem früheren Leben, als ihn der Mann kurz entschlossen am Arm packte und in Rich-

579

tung Treppe davonzog. »Also gut, kommen Sie mit. Wir gehen rauf zu Luigi, da können wir ungestört reden.«

Huppendorfer folgte ihm erstaunt. Der Kerl schien etwas zu wissen und hatte anscheinend auch die Absicht, dieses Wissen mit ihm zu teilen. Sie gingen die Treppe hinauf und betraten eine ansprechende Mischung aus Sportlerkantine und italienischem Restaurant. Frank Lauck führte ihn an einen Tisch am großen Panoramafenster, durch das hindurch man den gerade trainierenden Biathleten bei ihren Leibesübungen zuschauen konnte. Die Aussicht interessierte Cesar Huppendorfer nur kurz und Lauck überhaupt nicht. Im Gegenteil, er kam gleich ohne Umschweife zur Sache.

»Lassen Sie mich raten, Herr Kommissar, Sie wollen von mir wissen, wohin Gernot verschwunden ist«, präsentierte Lauck seine erste These, während er seine Wollmütze abnahm und vor sich auf den Tisch legte.

Huppendorfer musste diesen Satz erst einmal auf sich wirken lassen. Wie, Gernot war verschwunden? Was hatte das nun wieder zu bedeuten? Währenddessen war der italienische Pächter an ihren Tisch getreten und begrüßte Lauck wie einen alten Bekannten, der er wohl auch war. Lauck bestellte für sie zwei Cappuccinos, woraufhin sich Luigi eiligst wieder verkrümelte.

»Woher kennen Sie Gernot Fraas überhaupt?«, wollte Cesar von seinem Gegenüber jetzt wissen und lehnte sich betont entspannt auf seinem Stuhl zurück.

»Ganz einfach, Gernot hat bei mir im Sportgeschäft gearbeitet. Über zehn Jahre. Erst unten in Oberhof, dann hier in der Filiale in der Skihalle«, erklärte der Ladenbesitzer. »Aber eigentlich kennen wir uns schon seit unserer Schulzeit. Wir waren auf derselben Schule in Suhl und haben zusammen in Oberhof mit Biathlon angefangen. Aber bis ganz nach oben hat es bei Gernot leider nie gereicht.«

»Okay, und was hat er dann nach dem Sport gemacht?« Kurz blickte Huppendorfer wieder zu den Trainingskameraden unten im Schnee, die Runde um Runde in der Halle drehten und ihre Trainingskilometer abspulten.

»Als er eingesehen hat, dass er nicht so weit kommen wird, hat er was Ordentliches gelernt. Wenn ich mich richtig entsinne, hat Gernot im ›Panorama Hotel‹ unten im Ort Koch gelernt. Nach der Lehre hat er dann auf der ›Suhler Hütte‹ gearbeitet, Thüringer Klöße waren seine Hauptbeschäftigung.« Lauck lächelte leicht, das erste Mal, seit er mit Huppendorfer sprach. Er wusste, welche Frage nun folgen würde. Jeder Tourist wollte wissen, was Thüringer Klöße waren.

Der junge Kommissar tat ihm den Gefallen. »Thüringer Klöße, was ist das denn?«

Laucks Grinsen wurde noch breiter, bevor er den Bamberger Kulturfremdling in die Geheimnisse der thüringischen Küche einweihte. »Thüringer Klöße sind im Prinzip Kartoffelklöße. Die Besonderheit ist die exakt abgestimmte Mischung aus rohen und gekochten Kartoffeln. Außerdem wird die Stärkebrühe durch ein Tuch herausgepresst, sodass die Konsistenz nicht so fest ist, wie man sie von Kartoffelklößen normalerweise kennt. Thüringer Klöße sind sehr weich, manchmal fast cremig.«

Huppendorfer lauschte der Erklärung, und sogleich geriet sein kulinarisches Bewusstsein in Schieflage. Seinem Dafürhalten nach hörte sich das eher nach einem Kochunfall an, der dann von irgendeinem Küchendilettanten in grauer Vorzeit kultiviert und zur Delikatesse erklärt worden war. »Cremige Klöße?«, fragte er sicherheitshalber noch einmal nach.

»Genau, cremig.« Laucks Mundwinkel näherten sich allmählich seinen Ohren. »Wer sie zum ersten Mal macht, kann sie nicht selten mit dem Strohhalm zu sich nehmen, aber mit ein bisschen Übung klappt die richtige Konsistenz dann irgendwann. Ich weiß, das hört sich erst einmal gewöhnungsbedürftig an, aber nur bis zu dem Moment, wenn man die ersten perfekten Thüringer Klöße gegessen hat. Bis heute gibt's die besten auf der ›Suhler Hütte‹, auch wenn Gernot dort nicht mehr arbeitet.« Das anfängliche Misstrauen Laucks schien verflogen zu sein. Der Bamberger Kommissar, der sich über heimische Kochrezepte belehren ließ, war ihm ganz sympathisch. Aber dann kam er doch wieder zum eigentlichen Thema zurück. »Als ich dann mit dem Leistungssport aufgehört und mein Sportgeschäft eröffnet habe, habe ich Gernot gefragt, ob er nicht bei mir anfangen möchte. Er hatte ja Ahnung von der Materie und verdiente bei mir auch mehr als mit seiner Kocherei. Tja, er hat nicht lange überlegt und den Job angenommen. Gernot war ein klasse Verkäufer. Der hat mehr verkauft als ich. Wie er sich auf die Kundschaft einstellen konnte, einfach sagenhaft. Wenn er bei mir im Laden stand, war der wie ausgewechselt, ein anderer Mensch. Ich glaube, der hat das alles mehr wie ein Schauspieler seine Filmrolle betrachtet und im Laden den dicken Max markiert. Im normalen Leben hat man ihn fast nicht wiedererkannt. Da war er schüchtern, zurückhaltend, unauffällig. Seinen Sport hat er bei uns auf Altherrenniveau weiterbetrieben. Nach Feierabend waren wir öfter hier in der Skihalle unterwegs, ganz wie in alten Zeiten. Im Schießen war er immer einer der Besten, nur mit dem Langlaufen hat es leider nie so ganz geklappt.«

Huppendorfer hörte sich die Geschichte mit großem

Interesse an, und langsam nahm vor seinem geistigen Auge die Person von Gernot Fraas Gestalt an.

»Vor zwei Jahren hat er im Laden dann seine Claudia kennengelernt, seine spätere Frau.« Das breite Lächeln verschwand schlagartig aus Laucks Gesicht.

»Das war wohl keine so glückliche Beziehung, oder wie?«, fragte Huppendorfer sofort nach.

Lauck wackelte unentschieden mit dem Kopf. »Na, zuerst waren sie schon ein Herz und eine Seele. Es war Sommer, als sie sich kennenlernten, und da ist in Oberhof eh nicht so wahnsinnig viel los. Also hat Gernot seinen Jahresurlaub im August verbraten und war die meiste Zeit davon in Bamberg bei seiner Clax. Als er zurückkam, hat er nur noch vom Sommer in Bamberg, den Kellern und dem Bier geschwärmt.«

»Verständlich«, warf Cesar Huppendorfer schmunzelnd ein. Er konnte sich lebhaft vorstellen, wie der gute Gernot in Bamberg aufgeblüht war. Richtig warm musste es da gewesen sein, er war verliebt gewesen, und an jeder Ecke hatte man ihm erstklassiges Bier angeboten. Da konnte man die cremigen Thüringer Klöße schon für eine Weile vergessen.

»In der Wintersaison hat er dann wieder bei mir gearbeitet, und seine Claudia war an jedem zweiten Wochenende hier. Auch da war noch alles in Butter mit den beiden, und im letzten Sommer haben sie geheiratet. Aber im Herbst ist dann etwas passiert«, sagte Lauck nebulös und faltete die Hände vor sich auf dem Tisch. Huppendorfer schaute ihn nur fragend an, sagte aber nichts.

»Im Herbst ist Claudias Tochter aufgetaucht, diese Franziska. Ein blonder Engel, der Gernot den Kopf verdreht hat.«

»Kopf verdreht?«, fragte Huppendorfer, hellhörig geworden, nach.

Aber Frank Lauck winkte sofort ab. »Nein, er war nicht verliebt oder so. Aber Gernot war so viele Jahre ledig und kinderlos gewesen, und dann bekam er plötzlich so ein hübsches Ding als Stieftochter. Der war vollkommen hin und weg und hat sich um das Mädel gekümmert, das war richtig rührend. Der ging voll auf in seiner Vaterrolle.«

»Aha, und wie hat Claudia darauf reagiert?«, fragte Huppendorfer nach.

Laucks Hände lagen noch immer gefaltet auf dem Tisch, aber seine Daumen begannen, Katz und Maus miteinander zu spielen. »Am Anfang fand Claudia das eigentlich auch super und hat ihre Witze über die beiden gemacht, dass sie selbst ja jetzt wieder alleinstehend sei und ihre Tochter bei einem Leihvater abgegeben habe. Nein, zuerst hat sie das nicht gestört, ganz im Gegenteil. Schwierig wurde es erst ein paar Monate später in den Osterferien, als Franziska ihr Studium in den USA beendet hatte und wieder daheim bei Mama einzog. Ende März waren sie noch eine Woche hier in Oberhof, aber da war die Stimmung schon im Eimer, da haben sie sich schon nur noch gestritten. Tja, und kurz darauf haben sich Gernot und Claudia dann auch getrennt. Wirklich tragisch, das muss ich schon sagen, denn eigentlich haben sie gut zusammengepasst.« Lauck schürzte die Lippen und betrachtete traurig die Tischplatte.

»Haben Sie irgendwann mal mitbekommen, worum es in den Streits ging?« Huppendorfer wurde immer neugieriger.

Aber wieder schüttelte der ehemalige Biathlet nur bedauernd den Kopf. »Nein, nicht wirklich. Und drüber geredet hat er auch nie. Aber ich glaube, dass es was Familiäres war, was ziemlich Persönliches. Allerdings ist mir aufgefallen, dass Gernot immer zu seiner Stieftochter gehalten hat, egal, was sie gerade für einen Mist verzapft hat oder was sie für eine Meinung hatte. Claudia stand dann allein auf weiter Flur. Bei Meinungsverschiedenheiten hast du kein Blatt Papier zwischen die beiden gebracht, und bei anderen Dingen war das wahrscheinlich genauso.«

»Mmh«, sagte Huppendorfer nur und machte sich fleißig Notizen auf dem Block, den er inzwischen herausgeholt hatte.

»Übrigens war es mit Reinhild genauso«, schob Lauck hinterher. »Die war auch in Claudias Tochter vernarrt, was auf Gegenseitigkeit beruhte. Ich glaube, Franziska wäre am liebsten bei den Fraas eingezogen, wenn Claudia mitgemacht hätte. Aber die hat irgendwann die Notbremse gezogen und ist nicht mehr hergekommen. Franziska war noch ein-, zweimal hier, und kurz nach ihrem letzten Besuch ist dann auch Gernot abgehauen.« Laucks Gesicht verdunkelte sich augenblicklich.

Huppendorfer war nicht ganz klar, ob aus persönlichen Gründen oder weil der Ladenbesitzer seinen besten Verkäufer verloren hatte. Aber das ließ sich ja ganz einfach klären. »Aha, und wann war das genau? Und wissen Sie, warum er abgehauen ist?«, fragte er gespannt, denn irgendetwas Entscheidendes musste in dieser Zeit in Oberhof passiert sein.

»Das war vor gut zwei Monaten. Da kam Gernot an einem Freitag in der Mittagspause zu mir und sagte, er würde am Montag nicht mehr kommen. Er habe die Nase voll von Oberhof und nahe seiner Exfrau bei Bamberg eine Wohnung gefunden. Er wolle noch einmal alles probieren, um die Beziehung zu kitten. Ich war natürlich stinksauer. Gernot war mein bester Verkäufer, und eine Kündigung teilt man seinem Arbeitgeber schließlich nicht drei Tage vorher mit.« Verärgert ballte Frank Lauck seine rechte Hand zu einer Faust, während Luigi die Cappuccinos auf den Tisch stellte. Als der italienische Gastwirt die ungemütliche Stimmung bemerkte, verzog er sich gleich wieder.

»Hat er denn wenigstens gesagt, wo diese neue Wohnung sein soll? In Bamberg und Umgebung ist er nämlich nicht gemeldet, das hätten wir herausgefunden«, sagte Huppendorfer. »Der einzige gemeldete Wohnsitz, den wir von Gernot Fraas haben, ist der in Oberhof in der Tambacher Straße bei seiner Mutter. Ich bin da gewesen, bevor ich zu Ihnen kam, aber die Befragung der Frau war etwas mühselig, um es mal vorsichtig auszudrücken«, meinte Huppendorfer und kraulte sich reflexartig das rechte Ohr.

»Sie waren bei Reinhild? Nun, das erklärt natürlich Ihr Geschrei vorhin«, lachte Frank Lauck. »Aber da sind Sie ihr sauber auf den Leim gegangen. Die Schwerhörigkeitsmasche zieht Reinhild immer dann ab, wenn sie sich nicht unterhalten will. Das weiß in Oberhof jeder.«

Huppendorfer hätte seinem Gefühl also doch besser vertrauen sollen. Aber so war das halt mit Männern und Gefühlen. Erst kam der Kopf, dann alles andere – mit viel Abstand.

»Bei seiner Mutter wohnt Gernot ja nun schon eine Weile nicht mehr, da hat Ihnen die gute Reinhild Mist erzählt«, sagte Lauck verschmitzt.

Huppendorfer war sauer. Reinhild hatte ihn also sehr wohl verstanden, sie wusste, dass ihr Sohn Gernot nicht mehr in Oberhof war, und trotzdem hatte sie ihn zur Skisporthalle geschickt. Er schluckte einige Male. Er war von einer abgebrühten Pseudoschwerhörigen hinters Licht geführt worden. Für einen Ermittlungsbeamten der Kriminalpolizei die absolute Höchststrafe. Die Kommentare aus Kollegenkreisen wollte er sich lieber gar nicht vorstellen. »Woher kennen Sie Reinhild eigentlich so gut, ist doch gar nicht Ihr Semester?«, knurrte Huppendorfer wütend über sich selbst.

»Woher? Na, Sie sind gut, Herr Huppendorfer. Erstens ist sie Gernots Mutter, und zweitens kennt Reinhild jeder hier in Oberhof. Sie war die erste thüringische Biathlonmeisterin überhaupt und hat etliche Generationen nach ihr trainiert. Zwei Weltmeister und eine Olympiasiegerin hat sie mitgeformt.« Ehrlich fassungslos über Huppendorfers Unwissen schüttelte Frank Lauck den Kopf.

»Danke, Herr Lauck, Sie haben mir wirklich weitergeholfen«, sagte der Beamte wieder mühsam beherrscht und legte einen Zehneuroschein auf den Tisch. »Betrachten Sie sich als von der Bamberger Polizei eingeladen, ich muss jetzt noch mal wohin, um etwas klarzustellen.« Ungeduldig erhob sich Huppendorfer, ohne seinen Cappuccino angerührt zu haben.

»Keine Ursache«, meinte Frank Lauck jetzt wieder breiter grinsend. »Und richten Sie Reinhild einen schönen Gruß von mir aus!«, rief er dem davoneilenden Huppendorfer noch hinterher, der bereits die Treppe zur Skihalle hinunterstürmte.

Auf dem Weg von Coburg nach Erlangen fuhr Leo Sachse erst einmal zu Hause bei seiner Frau vorbei. Er brauchte eine Pause, dringend und sofort. Die Pfingstfeiertage waren dieses Jahr so ziemlich das Schlimmste, was einem als Bestatter je passieren konnte. Statt endlich einmal auszuspannen, musste er Sonderschichten schieben, weil irgendein Typ sich in seiner Mordlust austobte. Leichen über Leichen, die er, Leonhard Sachse, wieder wegräumen durfte. Sechs Tote auf einen Schlag. Seiner Meinung nach war da ein Irrer unterwegs, aber ihn fragte ja keiner.

Er parkte den grauen Mercedes-Bus vor dem Haus, öffnete klirrend mit seinem umfangreichen Schlüsselbund die Haustür und stieg die Treppe hinauf. Als er die Wohnungstür hinter sich schloss, kam seine Frau Eileen mit fragendem Blick aus der Küche und auf ihn zu.

Sag bitte nichts, las sie aus den müden grauen Augen ihres Mannes, der sich in der Küche auf einen der Stühle fallen ließ.

»Wie viele?«, fragte sie und warf die Kaffeemaschine an, um ihm den üblichen Hallo-Wach-Cocktail zu mixen.

Sachse saß mit hängenden Armen auf seinem Küchenstuhl und bohrte mit stumpfem Blick Löcher in den Toaster, der ihm gegenüber auf der Küchenarbeitsplatte stand. »Sechs«, sagte er tonlos. An einer Delle im polierten Aluminium des Gerätes blieb sein Blick hängen. Bloß nichts mehr denken. Nichts zu denken war eine der unverzichtbaren Grundvoraussetzungen für das Bestattergewerbe. Sein alter Chef zum Beispiel, der hatte wochenlang nichts denken können, wenn er arbeiten musste. Allerdings war der auch Franke gewesen und hatte schon seit seinem fünfzehnten Lebensjahr im elterlichen Betrieb mitgearbeitet. Leo dagegen war Seiteneinsteiger, sein Nachname verriet seine Herkunft, und früher war er Koch gewesen. Vom Restaurantchef zum Totengräber, das war schon ein etwas gewagter Schritt gewesen. Bislang hatte er den Branchenwechsel ganz gut bewältigt, aber jetzt gerade war alles doch ein bisschen viel. Und das Schlimmste kam ja erst noch: Er musste seine Fracht bei Siebenstädter in der Gerichtsmedizin abliefern.

»Hier, dein Zombie«, hörte er eine Stimme über sich sagen, dann spürte er die Hand seiner Frau, die ihm mitleidig durchs Haar fuhr. Schweigend schlürfte er das heiß dampfende Wundermittel und merkte schon eine Minute später, wie sich seine Stimmung und die Farben seiner Gefühlswelt veränderten. Die Müdigkeit verflog, und die alte Schaffenskraft kehrte zurück. Dankbar lächelte er seine Frau an. Sie wussten beide, dass Leo jetzt ein paar Stunden lang überdurchschnittlich fit und gut drauf sein würde. Aber irgendwann würde der Mann mit dem großen Hammer kommen, und dann war wieder Schicht im Schacht. Dann würde Leo nur noch aufs Sofa fallen wollen, um dort zu sterben. Streng genommen war das, was Eileen da mit ihrem Mann veranstaltete, Bestatterdoping vom Feinsten. Ewig würde das nicht so weitergehen, irgendwann würde Leo trotz Zombie endgültig zusammenbrechen, das wusste sie, aber nicht heute und nicht jetzt.

Leo Sachse stand auf und streckte sich, dann gab er seiner Eileen einen Kuss und machte sich wieder auf den Weg zu seinem Kleintransporter. Sechs Leichen auf einen Schlag, da würde Siebenstädter aber Augen machen.

Huppendorfer war in Rage aus der Skihalle gestürzt und hatte natürlich nicht bemerkt, dass Lauck, kaum dass er aufgestanden war, sein Handy herausgeholt und hektisch zu telefonieren begonnen hatte. Huppendorfer war nur noch von einem Gedanken besessen: Reinhild Fraas in die Finger zu kriegen. Während er zum Auto lief, schossen ihm die wildesten Gedanken durch den Kopf, die aber immer im gleichen Ergebnis gipfelten. Gernot Fraas war vor einem knappen Vierteljahr aus Oberhof verschwunden, und niemand wusste, wo er sich aufhielt. Scheinbar jedenfalls, denn vielleicht deckte seine Mutter ihn auch. Aber das würde er sie jetzt selbst fragen. Und mit dieser Gehörlosennummer würde er sich auch nicht mehr abspeisen lassen. Wenn sie darauf beharrte, würden sie sich eben Zettel über den Tisch schieben, um sich zu verständigen.

An der alten Pension angekommen, fiel sein Blick als Erstes auf den schwarzen Polo, der noch immer an der gleichen Stelle parkte. Reinhild hatte also nicht voller Schuldbewusstsein die Flucht ergriffen. Immerhin. Trotzdem würde er der alten Dame jetzt mal die Leviten lesen. Sohn hin oder her, Polizeibeamte verarschen, das gehörte sich einfach nicht. Mit geschwellter Brust und strengem Blick ging Huppendorfer durch den kleinen Vorgarten und klopfte laut und vernehmlich an die alte Haustür. Nichts. Er wiederholte das Klopfzeichen, aber nichts passierte.

»Hallo, Frau Fraas, sind Sie zu Hause?« Keine Antwort. Ungeduldig drückte er die Klinke nach unten, und siehe da, die gut geölten Scharniere gaben nach, und die Tür öffnete sich. Vorsichtig schaute Huppendorfer in den Hausflur, rief erneut laut Reinhilds Namen, aber wieder verhallte sein Ruf antwortlos in den Weiten des langen Flurs der alten Villa. Allerdings brannte in dem fensterlosen Gang Licht, also musste doch jemand zu Hause sein. Auch ein Hauch von erkaltetem Gauloises-Rauch hing noch in der Luft, Reinhild schien hauptsächlich draußen zu rauchen. Ein krasser Gegensatz zum Kollegen Schmitt, dachte Huppendorfer, der rauchte leider immer genau da, wo er gerade stand, saß oder lag, egal, ob drinnen oder draußen. Lediglich seine Ute hatte ihm ein paar Manieren beigebracht, die er in ihrer Anwesenheit auch notgedrungen einhielt. Da in ihrer Mühle seit der Renovierung nicht mehr geraucht werden durfte, sah man Bernd Schmitt seitdem des Öfteren mit missmutigem Gesicht vor der Haustür stehen und seine Tabakwaren verqualmen, was ihm sichtlich missfiel. Aber Reinhild brauchte keinen Aufpasser wie Lagerfeld seine Ute, augenscheinlich war es ihr freier Wille, das Innere ihres Hauses nicht mit ekelhaften Gauloises zu verpesten.

Während Huppendorfer den Flur entlangging, beschlich ihn eine merkwürdige Ahnung. Ohne sein Zutun legte sich seine rechte Hand an seine Dienstwaffe, was ihm ein beruhigendes Gefühl vermittelte. Doch ein Waffeneinsatz erwies sich als unnötig. Nach eingehender Begehung aller Zimmer und Stockwerke stand fest, dass das Haus leer und verlassen war. Allerdings schien der Aufbruch der Bewohnerin recht plötzlich erfolgt zu sein. In Küche, Flur und einem Zimmer brannte noch Licht, die Kaffeemaschine war noch warm, und im Waschbecken im Bad fanden sich noch etliche Wassertropfen.

Cesar Huppendorfer überlegte kurz und ging dann zum letzten Raum auf der linken Seite im Erdgeschoss zurück. Von dem mittelgroßen Eckzimmer mit zwei Fenstern zum Garten hatte man einen wunderschönen Blick auf Oberhof. Bei der Erstbegehung hatte er den Eindruck gewonnen, dass Gernot den Raum bewohnt haben könnte. Huppendorfer ließ das Zimmer einen Moment auf sich wirken. Sein Gefühl hatte ihn nicht getäuscht. An der Wand hingen zwei Poster von Oberhofer Biathlongrößen, im Schrank stieß er auf etliche Männerklamotten aus dem Sporthaus Lauck, und von der Decke baumelte ein zerbrochener Langlaufski als eher ungewöhnliches Dekorationselement.

Das Zimmer wirkte wie eine klassische Junggesellenbude, mit Claudia Büchler hatte Gernot hier in letzter Zeit definitiv nicht mehr gewohnt. Neben dem westlichen Fenster stand ein kleiner, sauber aufgeräumter Eckschreibtisch, der das Interesse Huppendorfers auf sich zog. Er öffnete eine Schublade nach der anderen, konnte aber nichts finden, was ihm weitergeholfen hätte. Direkt über dem Schreibtisch hing eine kleine Korktafel, an die Gernot Erinnerungsfotos aus vergangenen Zeiten geheftet hatte. Die Bilder zeigten Freunde aus seiner sportlichen Biathlonvergangenheit, seine Exfrau Claudia, aber auch seine Stieftochter Franziska Büchler. Gründlich besah sich der Kommissar ein Foto nach dem anderen, bis sein Blick an einem kleinen Zettel zwischen den Bildern hängen blieb. Es war ein abgerissenes Stück Papier aus einem karierten Rechenblock, wie ihn Schüler benutzen. Auf dem Zettel stand eine durchgestrichene Notiz. *Staffelberg 11.30 Uhr*

Cesar Huppendorfer durchzuckte eine plötzliche Erkenntnis. Um diese Zeit herum war am vergangenen Samstag der Mord auf dem Staffelberg passiert. Er nahm den Zettel an sich, setzte sich auf die weiche Matratze des Bettes, das unter dem Südfenster stand, und schaute sich die Fotos noch einmal an. Es gab nur ein Bild, auf dem auch Franziska Büchler deutlich zu erkennen war. Die Aufnahme musste schon älter sein, denn die etwa Fünfzehnjährige stand mit ihrer Ziehmutter vor einem Gebäude auf einer grünen Wiese, die auch ein Friedhof sein konnte. Sah alles irgendwie nach einem kirchlich orientierten Ferienaufenthalt von Mutter und Tochter aus. Das im Hintergrund schien eine Kirche oder Kapelle zu sein, rechts daneben stand ein altes Fachwerkhaus, aber darauf konnte und wollte Huppendorfer sich auf die Schnelle nicht festlegen. Er nahm das Foto von der Wand und steckte es ein. Keine Ahnung, ob die in der Dienststelle etwas damit anfangen konnten, aber immerhin war das ein neutrales Bilddokument von Mutter und Tochter. Zu mehr reichte seine dienstliche Courage nicht, schließlich hatte er keinen Durchsuchungsbefehl und befand sich streng genommen illegal in dem Haus. Dem Kollegen Lagerfeld wäre das wahrscheinlich scheißegal gewesen, der hätte womöglich das ganze Haus auf den Kopf gestellt, ohne auch nur irgendjemanden zu fragen. Und wenn die verwunderte Hausbewohnerin unversehens zurückgekommen wäre, hätte Bernd ihr spontan eine wilde, aber plausible Geschichte erzählt und sich elegant herausgeredet. So was konnte der Herr Schmitt nämlich gut, sich herausreden. Cesar Huppendorfer war da sehr viel korrekter gestrickt. Er würde jetzt nach Bamberg in die Dienststelle fahren, alles Weitere mit Haderlein besprechen, und dann würde man weitersehen. Jedenfalls sah es fast so aus, als wäre der liebe Gernot nicht nur ein großer Fan seiner Exstieftochter, sondern auch etwas tiefer in diesen Fall verstrickt, als sie bisher wussten. Und was war mit seiner Mutter? Wusste die gute Reinhild, was da ablief? Hatte sie bei dem ganzen konspirativen Treiben irgendwie mitgeholfen? Schwer vorstellbar bei einer alten Frau, aber das konnten die Thüringer Kollegen ja klären, falls Reinhild wider Erwarten irgendwann wieder auftauchte.

Er hatte gerade seinen Notizblock in die Jackentasche zurückgesteckt, als die Tür des Zimmers mit einem heftigen Stoß geschlossen wurde. Eine Sekunde später drehte sich ein Schlüssel im Schloss, und schnelle Schritte eilten draußen über den Flur davon. Sofort stolperte Huppendorfer hektisch zur Tür und rüttelte an ihr. Aber da war nichts mehr zu machen, man hatte ihn eingesperrt.

»Gernot? Reinhild? Jetzt macht doch keinen Scheiß und lasst mich raus!«, rief er wütend und machte sich wieder an der stabilen Türklinke zu schaffen. Aber das Kastenschloss, ein massives, eisernes Vorkriegsmodell, würde er allein durch Ziehen nie und nimmer knacken können. Hektisch schaute er sich im Raum um, ob er irgendeinen Gegenstand als Hebel benutzen könnte, als draußen der startende Motor eines Kleinwagens erklang.

»Na, wartet, das zahl ich euch heim«, knurrte Cesar Huppendorfer böse in die Stille des Zimmers. »Wenn ich euch erwische, dann habt ihr euren letzten Thüringer Kloß vertilgt!« Aber aggressive Kommentare wie dieser würden ihn auch nicht aus diesem Zimmer befreien. Sollte er vielleicht springen? Als er aus dem Fenster hinausschaute, erblickte er unter sich nur den steilen Alpinhang in Richtung Ortschaft. Wenn er es tatsächlich versuchen würde, konnten die Kollegen seine Einzelteile später irgendwo in Oberhof einsammeln. Dann blieb sein Blick an dem zerbrochenen Langlaufski an der Decke hängen. Er stieg auf einen Stuhl, rupfte das zerbrochene Sportgerät herunter und machte sich umgehend ans Werk. Indem er den Ski als Hebel benutzte, flog das sich zäh wehrende alte Schloss irgendwann dennoch mit einem hölzernen Seufzen aus seinen Verankerungen, und Huppendorfer stürmte auf den Flur hinaus. Die Lichter im Haus brannten noch immer, aber der Polo vor dem Haus war fort.

Wütend setzte sich Huppendorfer auf die Türschwelle und bemitleidete sich erst einmal selbst. Der Tag hätte fürwahr besser verlaufen können. Er hatte zwar sehr viel über Biathlon, Skihallen und Thüringer Kartoffelklöße erfahren, aber das würde nicht wirklich weiterhelfen, ihren Fall aufzuklären. Er hatte keine Lust mehr. Sollten sich doch die Thüringer Kollegen mit den beiden Verschwundenen befassen, er würde jetzt wieder zurück in die Dienststelle fahren und Franz seinen mehr oder weniger erfolglosen Besuch in Thüringen beichten.

Er schloss die Tür hinter sich und stieg in seinen Golf. Als er zurück auf die Autobahn fuhr, gingen ihm einige sehr destruktive Gedanken durch den Kopf, allerdings auch die feste Absicht, irgendwann einmal privat in diesen sportverrückten Ort im Thüringer Wald zurückzukehren. Ganz ohne Pseudoschwerhörige und Aufklärungsdruck.

Als Sachse am Hintereingang der Gerichtsmedizin in Erlangen läutete, geschah erst einmal nichts. Verwundert probierte er es noch ein zweites und ein drittes Mal. Dann, nach einer halben Ewigkeit, meldete sich endlich die mürrische Stimme des Leiters der Erlanger Gerichtsmedizin.

»Was gibt's? Ich seziere gerade.«

Das klang nicht danach, als wäre Siebenstädter besser gelaunt als sonst, eher nach dem Gegenteil. Na, das konnte ja was werden. Vor allem, nachdem Sachse ihm das letzte Mal schon die Leiche mit dem Pfeil gebracht hatte. Zuerst hatte der Professor gedacht, Haderlein würde sich einen geschmacklosen Scherz mit ihm erlauben, und war dann extrem eingeschnappt gewesen, als er realisiert hatte, dass dem nicht so war. Und jetzt musste Sachse ihm nur wenige Tage später schon wieder einen Bus voller Arbeit aufhalsen. Das würde garantiert weitere schlechte Gefühle bei Siebenstädter auslösen, so viel war sicher. Aber dem Bestatter blieb nichts anderes übrig, als die Galle auszuhalten, die Siebenstädter mit Vorliebe über seine unmittelbare Umgebung schüttete. Schließlich war das sein Job, und er brauchte die Quittung von dem Professor. Keine Quittung, kein Geld, so einfach war das.

»Hallo, Herr Professor, Sachse hier. Ich habe hier etwas abzugeben, von… äh… der Bamberger Kriminalpolizei.« Nervös horchte er in die Gegensprechanlage hinein, aber es kam keine Reaktion. Dann, nach einer knappen Minute, drang ein mühsam beherrschtes Schnaufen aus dem Lautsprecher, bevor es wieder eine Minute lang still wurde. Womöglich geht es dem Professor nicht gut, dachte sich Sachse besorgt. Vielleicht hat er ja gerade ernsthafte gesundheitliche Probleme…

»Wie viele?«, kam plötzlich die knappe Frage.

»Sechs, Herr Professor«, beeilte sich Sachse prompt zu antworten. »Männlich mit Schusswunden. Alle von einem einzigen Tatort gestern Abend in Coburg, und bei allen wurde eine Obduktion angeordnet. Sorry, scheint wohl ziemlich eilig zu sein.« Der Bestatter warf einen besorgten Blick auf die Gegensprechanlage, aber wieder herrschte für eine gute Minute Stille. Sachse hielt sein Ohr ganz nah an die gelochte Auslassöffnung des Lautsprechers, um zu überprüfen, ob am anderen Ende überhaupt noch jemand atmete. Dann, ganz plötzlich, war der Teufel los. Sachse hörte zuerst einen Schrei, dann Gegenstände, die gegen die Wand polterten, Glas, das zersplitterte, und reihenweise andere zerbrechende Materialien, die er durch den kleinen Lautsprecher nicht so recht einordnen konnte. Es schien, als würde sich der Großteil der Einrichtung der Erlanger Gerichtsmedizin gerade von seiner Funktion und Form verabschieden.

Erschrocken machte Sachse einen Satz nach hinten, weg von dem vibrierenden Lautsprecher, und knallte mit dem Rücken gegen den Leichenwagen. Was zum Teufel war da drinnen los? Das Lärmen und Scheppern aus dem Lautsprecher wurde mittlerweile mit den Schreien eines Menschen garniert, dessen Stimmfärbung entfernt an den Leiter der Erlanger Gerichtsmedizin erinnerte. Andererseits war die Stimme so kreischend und hysterisch, dass sie unmöglich von einer promovierten, hochintelligenten Person wie Professor Siebenstädter stammen konnte. Dann war eine andere, jüngere männliche Stimme zu hören, die mäßigend auf die ältere, kreischende einwirken wollte, die sich allerdings nicht von ihrem Tun abbringen ließ. So ging das eine ganze Weile hin und her, bis sich das Stakkato des Zerdepperns und Splitterns schließlich seinem Ende näherte. Plötzlich war es wieder still, und die Gegensprechanlage der Erlanger Gerichtsmedizin befand sich wie Minuten zuvor ruhig und friedlich etwa einen Meter entfernt vor den Augen des Bestattungsunternehmers.

Vorsichtig näherte sich ihr Leo Sachse wieder, aber nichts geschah, sodass er schließlich seine Hand ausstreckte und die Ruftaste drückte. »Herr Professor, alles in Ordnung?«, fragte er verunsichert. Vielleicht sollte er doch besser die Polizei benachrichtigen, wenn dort drinnen etwas wirklich Schlimmes passiert war? Er erhielt keine Antwort, die Anlage blieb stumm.

Erschöpft setzte sich der Bestatter auf die Bordsteinkante der Auffahrt und dachte über sein weiteres Vorgehen nach. Irgendetwas musste er unternehmen. Erstens brauchte er seinen Beleg, sonst würde er heute kein Geld verdienen, zweitens mussten die Leichen in seinem Bus schnellstens in die Kühlung, sonst würde die organische Zersetzung in seinem Fahrzeug sehr bald fröhliche Urstände feiern, und drittens konnte er nicht ewig tatenlos herumhocken, weil sein Zombie in sehr naher Zukunft die Wirkung in seiner Blutbahn einstellen würde, und dann gnade ihm Gott.

Sachse war noch immer unbarmherzig in seinen Gedankengängen gefangen, als der Summer der schweren Stahltür ertönte. Sofort sprang er auf, aber nicht etwa Siebenstädter oder ein fürchterliches Monster aus der Urzeit, das

597

brüllend das Innere des Institutes verwüstet hatte, erschien, nein, sondern ein kleiner, rundlicher, pausbäckiger Mann, der ihn aus teilnahmslosen Augen ansah. Sachse war von dem Anblick des mutmaßlichen Studenten so geschockt, dass es ihm für einen Moment die Sprache verschlug. Der junge Mann trug ein ehemals weißes Hemd und eine ehemals blaue Jeans, die größtenteils von einer ehemals weißen Schürze verdeckt wurde. Auf der Kleidung sowie den frei liegenden Körperteilen des armen Mannes fand sich so ziemlich alles, was in einem Sezierraum einer veritablen Gerichtsmedizin benötigt wurde. Allerdings nicht am Stück, nein, sondern in homöopathischen Dosen verteilt. Überall. Der Kerl sah aus, als hätte jemand durch ein Küchensieb gepresste Schlachtabfälle mit einem Hochdruckreiniger auf ihn abgefeuert. Außerdem stank er dermaßen penetrant nach Alkohol und anderen Dingen, deren Namen und Bedeutungen Sachse gar nicht wissen wollte, dass er vor ihm zurückwich.

»Der Professor möchte Sie jetzt sprechen«, sagte der kleine Dicke mit hoher, fisteliger Stimme und strich sich dabei mit dem kleinen Finger der rechten Hand etwas von der Nase, das verdächtig nach Fußnagel aussah.

Sachse zögerte, fasste sich dann aber ein Herz und folgte dem Assistenten in die Tiefen der Erlanger Gerichtsmedizin.

## Der Schlag auf den Busch

Das Leben war so schön gewesen. Es war so schön, als es nur ihn, seinen Job und die eine oder andere Liebelei gegeben hatte. Was war das nur entspannt gewesen! Aber nein, er musste sich ja unbedingt mit einer spießigen, überkorrekten Blondine einlassen. Lagerfeld haderte wieder einmal mit sich und seinem Leben. Baustellen, Frauen... Und was hatte er jetzt davon? Eine durchgedrehte Schwangere, die Aussicht auf stressige Elternzeit und eine komplizierte Baustelle an der Backe, die ihm im schlimmsten Fall die Existenz kosten konnte. Super, einfach nur klasse, das alles. Aber was sollte er dagegen machen? Er war kaum ein paar Minuten auf der Autobahn Richtung Bamberg unterwegs, und schon vermisste er die Frau. So war das halt mit der Liebe, die fiel meistens auf den größten Strohhaufen und versuchte dann, daraus Gold zu machen. Aber nicht jedes Stroh taugt zu einer solch komplizierten alchimistischen Transformation, dachte sich Lagerfeld verbissen, während die oberfränkische Landschaft des Obermaintals am offenen Fenster seines Hondas vorbeirauschte.

Wieder drifteten seine Gedanken zurück in die ach so unkomplizierte Vergangenheit. Zu den Zeiten, als er noch gar nicht bei der Kripo gewesen war, sondern bei der Sitte und regelmäßig seine Freudendamen beehrt hatte. Er hatte ein richtig gutes Verhältnis zur Bamberger Szene gehabt und schon mal die eine oder andere halb private Stunde mit seiner Klientel verbracht. Allerdings nur zum Plauschen und keinesfalls, um seine Position für ein Schäferstündchen auszunutzen. Das überließ er der Mannschaft vom Domberg, die war weit großzügiger, was derlei Freizeitbeschäftigung anbelangte, was er so hörte. Die Mädels im »FKK Frankonia« verdienten nicht schlecht an den Besuchen ihrer »Briketts«, wie sie ihre dunkel gekleideten Kunden vom Domberg nannten. Aber Lagerfeld war kein Bischof, Kardinal oder Pfaffe und hatte keine sexuelle Notdurft. Nein, aber im Beisein seiner Nutten waren ihm in der Zeit bei der Sitte die besten Ideen gekommen, einfach weil die Mädchen in einer anderen Welt lebten und manchmal auf ganz unkonventionelle Einfälle kamen. Ihre gänzlich andere Perspektive hatte ihm sehr geholfen. Vielleicht war es ja eine gute Idee, seinen Exmädels mal wieder einen Besuch abzustatten? In so einer verfahrenen Situation konnte er einen Perspektivwechsel gut gebrauchen. Das war doch genau das, was Haderlein bei seiner Ansprache gemeint hatte, oder etwa nicht? Zum ersten Mal an diesem verhunzten Tag erschien auf dem Gesicht Lagerfelds ein vorsichtiges Lächeln.

Bei der ersten möglichen Ausfahrt verließ er die Autobahn und schlug in Bamberg eine Richtung ein, die er schon lange nicht mehr eingeschlagen hatte. Er fuhr die Hallstadter Straße stadteinwärts und bog in Richtung Bamberger Konzerthalle nach rechts ab. Nach kurzer Zeit fuhr er nochmals rechts und parkte sein Cabrio schließlich an vertrauter Stelle. Noch immer lächelnd schloss er den Honda ab und ging in den kleinen Hinterhof neben dem alten Schlachthof. Im »FKK Frankonia«, dem bekanntesten Bordell Bambergs, war er früher des Öfteren dienstlich unterwegs gewesen. Sein letzter Besuch lag allerdings schon

Jahre zurück, er hatte keine Ahnung, ob er überhaupt noch ein bekanntes Gesicht antreffen würde. Schwungvoll öffnete er die Tür. Es war früher Nachmittag unter der Woche, der Teufel sollte um diese Zeit eigentlich nicht los sein, um es einmal galant auszudrücken, Rushhour war in diesem Gewerbe zu anderen Zeiten. Doch seine bereits niedrig angesetzten Erwartungen, die Betriebsamkeit des Etablissements betreffend, wurden sogar noch unterboten. Kundschaft konnte er weit und breit keine entdecken und auch nur zwei anwesende Damen, die wohl so eine Art Bereitschafts- oder Notdienst schoben, also quasi auf Stand-by auf ihren roten Plüschsofas abhingen.

Als sich die Tür mit einem vernehmlichen Seufzen hinter ihm schloss, wandten sich die Gesichter der beiden Frauen zu ihm um. Zuerst bemerkte Lagerfeld ihren lakonisch musternden Blick, den sie immer auflegten, sobald ein neuer Gast die Räumlichkeiten betrat. Dann aber veränderte sich der Gesichtsausdruck, und ein schiefes Grinsen machte sich auf den Gesichtern der beiden breit, als ihnen aufging, wer sie da auf ihrer Arbeit besuchte. Und auch der junge Kommissar erkannte zu seiner Freude sofort, wer sich da bis gerade eben noch in den Kissen gelümmelt hatte. Es waren Margot und Cindy, die er aus früheren Zeiten gut kannte. Margot war eine toughe Frau, die mit ziemlich viel Verstand gesegnet war. Der konnte niemand ein X für ein U vormachen, die wusste sich durchzusetzen. Cindy war dagegen eher etwas schlichter gestrickt und seit ewigen Zeiten Margots rosafarbenes Anhängsel. Und das war auch gut so. Allein kam Cindy im Leben nämlich nicht so richtig klar. Sie war ein absolut gutmütiges Wesen, aber im Dschungel der Realität hoffnungslos verloren. Irgendwann hatte Margot sich erbarmt und das »Sorgerecht« für Cindy übernommen. Selbst Margot schätzte Cindys IQ wohlwollend auf ungefähr zehn, wobei der eines Butterkekses beispielsweise schon bei elf lag. Als Ausgleich war Cindy ausgesprochen üppig mit allen Attributen ausgestattet, die in diesem Beruf und bei Männern gefragt waren. Und sollten doch irgendwann mal irgendwelche genetischen Unregelmäßigkeiten an ihrem Körper vorhanden gewesen sein, so hatte Cindy sich diese im Laufe ihres Lebens mit Silikon und anderen Hilfsmittelchen glatt bügeln lassen. Wie hatte Margot eines Abends doch einmal launig zu Lagerfeld gesagt, als dieser sie darauf angesprochen hatte: Cindy kam im Falle ihres Ablebens sicher nicht ins Grab, sondern in den gelben Sack. Cindy selbst störten solche Aussagen nicht wirklich. Sie war top in ihrem Job, und für alles andere hatte sie ja Margot, ihre beste Freundin, die auf sie aufpasste wie eine große Schwester. Jedenfalls freuten sich die beiden ganz offensichtlich, dass sie der Ex-Sitte-Kommissar Lagerfeld nach langer Abstinenz mal wieder beehrte.

»Ja, wer kommt uns denn da besuchen?« Margot hatte sich schon lässig lächelnd von ihrem Polster erhoben. Sie schien immer noch zu trainieren, stellte Lagerfeld anerkennend fest. Seit damals hatte sich an ihrer sportlichen Figur nichts geändert. Er konnte sich erinnern, dass sie Kampfsport betrieben hatte. Auch Cindy kam kindlich lächelnd auf ihn zu. Lagerfeld grinste. Auf ihn wirkte Cindy immer noch wie eine große Barbiepuppe, bei der die vormals schon üppigen Rundungen mittlerweile allerdings noch rundlicher geworden waren, auch wenn sie diesen Umstand kleidungstechnisch geschickt zu verbergen suchte. Der Kommissar bekam von seinen Exklientinnen Begrüßungsküsschen rechts und links auf die Backe, dann setzte er sich mit ihnen aufs Sofa.

Lagerfeld schnupperte. Der penetrante Duft hatte ihn doch schon vor Jahren eingehüllt, oder etwa nicht? Selbst für seine ansonsten tolerante Nase eine absolute Zumutung. Leider roch Cindy noch immer und nach ihrer Umarmung auch er selbst jetzt nach dem Zeug. »Du benutzt ja immer noch dasselbe ekelhaft süße Parfüm wie bei unserem letzten Treffen«, rügte Lagerfeld sie mit erhobenem Zeigefinger und nicht nur gespielter Entrüstung.

Cindy suchte sich sofort zu verteidigen. »Das war echt blöd, dass ich damals gleich so viel von dem Zeug gekauft habe«, sagte sie entschuldigend. »Aber in der Großpackung war es viel billiger. So günstig krieg ich im ganzen Leben kein Parfüm mehr.« Mit bockigem Gesichtsausdruck holte sie ein kleines Etui aus ihrem Täschchen, schleuderte mit einer gekonnten Beinbewegung den rechten Schuh von sich und begann, ihre Zehennägel zu feilen. Lagerfeld wandte sich zu Margot, die betont stoisch den Couchtisch fixierte.

»Neuneinhalb Liter«, sagte sie so gelangweilt, als erteilte sie die Auskunft nicht zum ersten Mal.

Lagerfeld stutzte. »Sie hat sich neuneinhalb Liter von dem Zeug andrehen lassen? Neun-ein-halb Liter? Und warum so eine krumme Zahl?«

Auch diese Frage schien für Margot nicht gänzlich unerwartet zu kommen. »Weil sie gleich nach dem Kauf einen halben Liter verschüttet hat, die dumme Nuss«, sagte sie, ohne dabei eine Miene zu verziehen, während Cindy kommentarlos weiter ihre Zehennägel verschönerte. Es entstand eine angespannte Stille, die der Kommissar mit einer klärenden Nachfrage zu füllen suchte.

»Aha. Das ist ganz schön viel Stoff, selbst für euer Gewerbe. Und wie viel ist jetzt noch übrig von dem ...«

»Noch gut sechs Liter«, unterbrach ihn Margot mit

leicht genervtem Unterton. »Die Menge vermindert sich nur dann rasant, wenn die liebe Cindy mal wieder einen halben Liter draußen auf die Treppe kippt und es dann hier riecht wie, wie ...«

»Wie im Puff«, vollendete Cindy kichernd Margots Satz, die sie daraufhin mit einem bitterbösen Blick bedachte.

Um die Stimmung nicht vollends zu versauen, versuchte sich Lagerfeld an einem Themenwechsel. »Sagt mal, warum ist denn hier gar nichts los? Macht ihr vielleicht keine Werbung mehr?«

Bevor Margot antworten konnte, ließ sich Cindy zu einem weiteren spontanen Kommentar hinreißen. »Nee, keine Werbung, nur noch Mundpropaganda«, gluckste sie kichernd und ohne von ihren Füßen aufzusehen, woraufhin Margot zum wiederholten Mal genervt die Augen verdrehte.

Lagerfeld, der sich an der Stimmungsverschlechterung schuldig fühlte, riss kraft seines Amtes die Gesprächshoheit wieder an sich und rückte endlich mit seinem eigentlichen Anliegen heraus. »Wie auch immer, Mädels, ich brauche eure Hilfe.«

Margot schaute erstaunt hoch und Lagerfeld an, während Cindy unbeeindruckt nur den Zeh wechselte.

»Ich suche eine junge Frau, vierundzwanzig Jahre alt, gerade vom Studium aus den USA zurückgekehrt. Sie ist eine Vollwaise, die seit ihrem zwölften Lebensjahr von ihrer Adoptivmutter in Bamberg aufgezogen wurde. Als Kind musste sie mit ansehen, wie ihr Vater umgebracht wurde, und sie ist jetzt auf ihrem persönlichen Rachefeldzug unterwegs, wahrscheinlich mit Pfeil und Bogen. Ziemlich viele Leute sind hinter ihr her. Die Polizei, ein unbekannter Killer und was weiß ich noch wer. Ich denke nicht, dass sie sich aus dem Staub gemacht hat, weil ja noch der Mörder ihres Vaters auf ihrer To-do-Liste steht, aber sie muss sich irgendwo verstecken, damit weder wir von der Polizei noch dieser Mörder sie findet. Wir müssen sie aufspüren, weil sie eine wichtige Zeugin ist. Mit ihrer Aussage könnten wir den Mörder ihres Vaters ganz legal hinter Gitter bringen und ihr Leben schützen. Soweit alles verstanden?« Fragend blickte Lagerfeld von rechts nach links. Margot ließ die Informationen einen Moment lang sacken, dann nickte sie leicht, und Lagerfeld konnte ihr ansehen, dass sie bereits intensiv mit Nachdenken beschäftigt war. Als er zu Cindy hinübersah, konnte er nur beobachten, wie die zum letzten Zeh ihres Fußes überwechselte. »Hast du auch alles verstanden, Cindy?«, wollte Lagerfeld sicherheitshalber wissen, da seine komplizierten Darlegungen womöglich ihre kognitiven Fähigkeiten überstiegen.

Auch Cindy nickte nun unmerklich, ohne Anzeichen von Stress oder Überforderung, und sagte leicht abwesend: »Klar, deine Kleine ist allein, alle wollen sie anpissen, und sie muss erst einmal einen sicheren Platz zum Pennen finden, richtig?«

Der Kommissar schaute sie perplex an, und auch Margot wirkte hinreichend überrascht, denn Cindy hatte recht. Beide mussten zugeben, dass diese zwar stark vereinfachte Zusammenfassung den Kern des Problems ziemlich exakt umschrieb. Lagerfeld musste einfach nur herausfinden, wo Franziska Büchler einen Schlafplatz für die Nacht gefunden hatte oder finden würde, und in ihrer Situation konnte sie nicht zu Freunden, Verwandten oder anderen Personen ihres persönlichen Umfelds.

»Okay, Süße, und wo würdest du hin, wenn du in dieser bescheidenen Situation wärst?« Auch Margot hatte begriffen, dass die schlichten Gedankengänge ihrer Freundin sie womöglich sehr viel schneller ans Ziel bringen würden als das Durchspielen komplizierter Fluchttheorien.

Cindy schaute etwas verkniffen, weil sie gerade dazu übergegangen war, mit einer Nagelzange ihre Zehennägel in die endgültige Form zu bringen. Doch der Gesichtsausdruck währte nur einen kurzen Moment, dann ließ sich Barbie wieder zu einem Kommentar herab. »Na ja, ich war selbst schon einmal in so einer Situation, als mich einer meiner Ex verfolgt hat. Da musste ich auch untertauchen, damit er mich nicht finden konnte. Das hat gut geklappt.« Sie lächelte müde, während sie einen Nagel nach dem anderen kürzte.

»Und wo bist du dann hin? Muss man dir denn alles aus der Nase ziehen?«, beschwerte sich Margot, die sich nun aufrecht neben Lagerfeld auf das Sofa gesetzt hatte.

»Na, erst war ich in der Bahnhofsmission in Bamberg. Die ist gleich hinten an den Gleisen, aber da hat er mich relativ schnell gefunden. Also bin ich von dort zum alten Rathaus weiter und wollte ins Obdachlosenasyl. Aber das gab's damals schon nicht mehr. War abgeschafft worden, ohne dass ich es mitbekommen hatte. Ich also wieder weg und raus in die Theresienstraße, wo die Penner auch immer übernachten. Aber als ich dort ankam, hat mein Ex schon auf mich gewartet. Ich hatte nur Glück, dass ich ihn früher gesehen habe als er mich. Na ja, und dann hab ich meine Kindergartenschwester angerufen.«

»Deine Kindergartenschwester? Was denn für eine Kindergartenschwester?«, fragte Lagerfeld nun wieder ratlos.

»Na, als Kind war ich in einem katholischen Kindergarten. Ich hab die Leiterin von damals angerufen, Schwester Roswitha. Die hat mir schon früher immer geholfen.«

Cindy schaute von ihren Zehen auf und ihre sprachlosen Sitznachbarn an. »Hattet ihr vielleicht keine Kindergartenschwester?«, fragte sie, bevor sie sich wieder zu ihrem Fuß hinunterbeugte. Die Form ihrer Nägel schien sie endlich zu befriedigen, denn nun nahm sie ein kleines Fläschchen mit rosafarbenem Nagellack vom Couchtisch und begann, diesen auf ihre manikürten Nägel zu pinseln.

Margot wurde allmählich ungehalten. Sie war es zwar gewohnt, dass ihre Freundin gern mal den Faden und auch so manch andere Dinge verlor, aber hier ging es um Menschenleben, das musste doch selbst Cindy begriffen haben. Doch Margot wusste, dass die liebe Cindy einschnappen würde wie ein bockiges Kind im gerade erwähnten Kindergarten, wenn sie jetzt drängelte oder ihrem Ärger Luft machte. Als sie bemerkte, dass auch Lagerfeld langsam der Geduldsfaden zu reißen drohte, stand sie auf, ging zu ihrer Freundin hinüber, setzte sich neben sie und nahm ihr sanft, aber entschlossen den Nagellack aus der Hand. »Hör mal, Süße, ich glaub, Bernd hat es ein bisschen eilig. Sag uns also einfach, wie du es damals angestellt hast, okay?« Dabei lächelte sie so freundlich, wie es ihre momentane Gemütslage zuließ.

»Na, ich war im Kloster«, stieß Cindy nach kurzem Überlegen aus. »Schwester Johanna hat mich zu ihren Ordenskolleginnen geschickt. Über zwei Monate hab ich dort gewohnt, bis mein Ex eingebuchtet war. Die waren echt nett dort, die Schwestern, und jetzt gib mir sofort meinen Nagellack wieder, Margot, sonst werde ich noch stinksauer.« Auf Cindys Stirn zeigten sich erste Falten aufkommenden Ärgers.

Lagerfeld musste sich ein lautes Lachen verkneifen. Cindy, der rosafarbene Traum aller Bamberger Freier, hatte sich in einem Kloster versteckt, auf so eine Idee konnte auch nur sie kommen. So langsam schwante ihm, dass die

607

Idee, hier im »Frankonia« nach alternativen und realistischen Ideen Franziska Büchlers Versteck betreffend zu forsten, doch etwas zu euphemistisch gewesen war.

Siebenstädters Helfershelfer ging Sachse voraus, wobei er ihren Weg mit dem markierte, was von seiner Schürze oder der Kleidung heruntertropfte oder abfiel. Zum Ausgang zurück würde er jedenfalls problemlos finden, dachte sich der Bestatter sarkastisch. Er musste ja nur wie Hänsel und Gretel der Spur der Brotkrumen folgen, nur dass es sich hier eben nicht um Brotkrumen, sondern um etwas sehr viel Unappetitlicheres handelte.

Vor der großen Salontür, die zum Sezierraum führte, drehte sich der Student um und verabschiedete sich. »Sie können reingehen, der Herr Professor wartet schon. Ich werde mich dann mal frisch machen«, sagte er, ohne eine Gefühlsregung zu zeigen. Dann verschwand er, noch immer seine ekelhafte Spur hinterlassend, links um die Ecke und ward fürderhin nicht mehr gesehen.

Leonhard Sachse fasste sich ein Herz, stieß mit beiden Händen die Flügel der großen Schwingtür auf und betrat entschlossen und mit sehr selbstbewusster Haltung den Salon. Was er dort erblickte, würde er im Leben nicht mehr vergessen. Ein Schauer lief über seinen Rücken. Im Sezierraum sah es aus, als hätten die Vandalen eine ausgiebige Gefechtsübung veranstaltet. Alles, was jemals auf den Arbeitsplatten gestanden hatte, lag zertrümmert, zersplittert oder sonst wie zerstört auf dem Boden oder klebte an Decke oder Wand. Und inmitten dieses Desasters schob Professor Siebenstädter einen abgedeckten Leichnam auf einem Edelstahltisch zur Seite und winkte dem Bestattungsunternehmer zu, als wolle er ihn zu einer Gartenparty einladen.

»Kommen Sie, kommen Sie!«, rief er fast fröhlich und rückte Sachse einen der Stühle aus Edelstahlrohr heran. Auch er selbst nahm sich einen ebensolchen und präsentierte ihm dann eine Flasche mit klarem Inhalt. »Für Sie auch?« Er füllte zwei Gläser mit der Flüssigkeit, dann stellte er eines davon dem sich gerade niederlassenden Sachse direkt vor die Nase.

»Nein, ich muss ja noch fahren«, wehrte der ab.

Sofort trat ein irrlichternder Glanz in Siebenstädters Augen, und seine Haltung verwandelte sich von der eines zuvorkommenden Schankkellners in die eines angriffslustigen Verhörspezialisten des ukrainischen Geheimdienstes. »Das war keine Frage«, stieß der Gerichtsmediziner drohend hervor, und Sachse schwante, dass es wohl besser war, an dieser unbekannten Flüssigkeit zu nippen, wenn er diesen Raum irgendwann wieder einmal lebend verlassen wollte.

»Selbst gemacht«, kam es von Siebenstädter stolz, während Sachse nur ein undefiniertes »Ahömmh« hervorbrachte, als die Flüssigkeit seine Kehle hinunterrann und wie Feuer brannte. Er konnte bloß hoffen, dass dieses Zeug, das abscheulich nach Pfefferminz schmeckte, mit dem Zombie zusammen in seinem Verdauungstrakt keinen Unsinn anstellte. Jedenfalls sah die Spirituose nicht sonderlich legal aus, und auch im Abgang schmeckte sie schlimmer als ein Schwarzbrand aus Prohibitionszeiten.

»Soso, Sie haben also Leichen für mich dabei, das ist aber fein«, eröffnete Siebenstädter die fachliche Konversation und genehmigte sich ein weiteres Glas seines selbst gebrannten Etwas.

»Äh ja, sechs an der Zahl«, erwiderte Sachse. Er wusste nicht, wie er sich verhalten sollte, die Situation war unwirklich und beklemmend, womöglich konnte jedes Wort in einer Katastrophe enden. Der Professor wirkte momentan zwar friedlich, aber in seinen Augen glomm ein seltsames Licht, das nicht ganz von dieser Welt zu stammen schien. Leonhard Sachse wollte die Gefilde des Gerichtsmediziners so schnell wie möglich wieder verlassen – aber nicht ohne seinen Beleg, so standhaft würde er bleiben. Doch der Professor machte nicht den Eindruck, als hätte er die Absicht, Sachse gleich wieder mit seiner Quittung nach Hause zu schicken. Ganz im Gegenteil, er wirkte, als hätte er Lust auf ein gemütliches intimes Kamingespräch unter Kollegen aus der ungefähr gleichen Branche. Und wenn nicht das seltsam schaurige Ambiente gewesen wäre, hätte Sachse nicht einmal abgelehnt. Aber er saß auf einem notdürftig abgewischten Edelstahlgestühl zwischen halb abgedeckten Leichen mit Kennnummern an den Zehen, und an der rückwärtigen Wand baumelte eine Schweinehälfte von der Decke, in der etwa ein Dutzend Pfeile steckte. Der Raum sah aus, als hätte eine Horde Wahnsinniger menschliche Innereien zur Explosion gebracht und dann in wilder Euphorie die Einrichtung zertrümmert. Dazu stank es penetrant nach Formalin und anderen unschönen Dingen, von denen der Bestatter nicht wissen wollte, was sie genau waren.

»So, und was ist jetzt mit diesen Leichen, ist Ihnen an denen irgendetwas Besonderes aufgefallen? Ich meine, gibt es einen besonderen Grund, warum mir die Bamberger Polizei diese Toten schickt? Warum braucht es einen hochgebildeten Fachmediziner wie mich, um den Grund des Dahinscheidens festzustellen?«

Sachse fröstelte. Äußerlich war Siebenstädter die Ruhe selbst, aber er war sich sicher, dass im Professor gerade eine ganz schräge Nummer ablief. Egal, er wollte nur noch diesen beschissenen Beleg, verdammt noch mal. Trotzdem war Vorsicht die Mutter der Porzellankiste und in dieser Situation nur anzuraten. »Nun ja«, begann er behutsam einen Erklärungsversuch, »ich vermute mal, dass Kriminalhauptkommissar Haderlein ein sehr gründlicher Mensch ist und sich deswegen Gewissheit verschaffen möchte, dass diese Menschen so zu Tode gekommen sind, wie man anhand der äußerlichen Hinweise vermuten könnte.«

Professor Siebenstädter betrachtete Sachse mit einem seltsamen Blick, der nur schwer zu deuten war, nahm die Flasche mit dem undefinierbaren Schwarzbrand und füllte das Glas des Bestatters erneut bis obenhin. »Warten Sie hier, ich bin gleich wieder da«, sagte er dann, erhob sich, ergriff im Aufstehen Sachses Autoschlüssel und machte sich eiligen Schrittes davon. Zurück blieb ein ratloser Bestattungsunternehmer, der zum wiederholten Male in dieser Angelegenheit zum Warten verdammt war. Die Zeit, bis der Professor zurückkam, würde er jedoch sicher nicht damit überbrücken, sich dieses schreckliche Gesöff zu genehmigen. Hektisch schaute er um sich, wo er den Selbstgebrannten entsorgen konnte. Leider war tatsächlich alles, was auch nur irgendwie als Gefäß hätte dienen können, zerschmettert und zerstört. Siebenstädter hatte wirklich ganze Arbeit geleistet. Die Sekunden verrannen, und Leonhard Sachse wurde langsam panisch. Auf den Boden schütten konnte er das Zeug auch nicht, die deutliche Pfefferminznote würde Siebenstädter sofort riechen, und was dann passierte, konnte und wollte er sich lieber nicht ausmalen. Verzweifelt ließ er seinen Blick noch einmal durch den Raum schweifen, als seine Augen am Kopf der Leiche neben ihm hängen blieben. Natürlich, warum war er da nicht

611

gleich draufgekommen? Der Tote schaute mit leeren Augen zur Decke der Erlanger Gerichtsmedizin, sein Mund mit den gelben Zähnen war weit geöffnet. Bestimmt war der Abgelebte Raucher oder zumindest Asthmatiker gewesen. Sachse hatte gerade den Pfefferminzschnaps zwischen den gelben Zähnen des Toten entsorgt, als die Schritte des zurückkehrenden Siebenstädters im Gang erklangen.

Der Professor nahm mit einem wissenden Lächeln wieder auf seinem Edelstahlgestühl Platz. Ein kurzer, prüfender Blick auf das geleerte Glas seines Gegenübers, dann schenkte er ihm wieder ein.

Sachse versuchte, die Fassung zu bewahren, aber lange konnte und wollte er dieses Spiel nicht mehr mitmachen.

»Ich habe mir draußen Ihre Leichen angeschaut, Herr Sachse, und es scheint mir nicht den geringsten Zweifel zu geben, was die Todesursache anbelangt.«

»Äh, ja. Auch meiner unmaßgeblichen Meinung nach scheint mir die Todesursache in der Tat erklärbar«, erwiderte Sachse ergeben. Er würde den Teufel tun und dem Irren widersprechen. »Aber ich bin ja auch kein Kommissar oder Gerichtsmediziner, also maße ich mir kein Urteil an.« Er hoffte, sich damit aus der Affäre gezogen zu haben, aber weit gefehlt. Stattdessen hatte er sich zielsicher mit breitem Fuß in den erstbesten Fettnapf gestellt.

Professor Siebenstädters Oberkörper schob sich halb über den Seziertisch, seine Mundwinkel verzogen sich so weit nach unten wie nur möglich. »Machen Sie das nie wieder, Sachse«, zischte er wie eine menschgewordene Boa constrictor. »Werfen Sie nie wieder einen Pathologen mit einem Polizisten in denselben Topf. Nie mehr, verstanden? Ich bin Gerichtsmediziner, verstanden? Ge-richts-me-di-zi-ner!«

Leonhard Sachse hob sofort beide Hände und zuckte erschrocken zurück. »Istjagutistjagut«, entschuldigte er sich eiligst. »Ich wollte damit ja auch nur ausdrücken, dass ich Ihnen im Prinzip recht gebe, mich aber fachlich außerstande sehe, den Sachverhalt korrekt zu beurteilen.« Sachse packte sein allerbestes Deutsch aus, um sich aus der verbalen Gefahrenzone zu entfernen.

Siebenstädter schienen die Argumente des Bestatters zu genügen. Umgehend lehnte er sich zurück und ergriff sein Glas. »Nicht schlecht. Gar nicht schlecht für einen ordinären Totengräber«, meinte er anerkennend und hob sein Glas. »Darauf einen Mentha Piperita!«, rief er, und diesmal musste Sachse weniger wohl als übel das grauenhafte Zeug trinken.

Der Professor setzte das Glas mit einem lauten Knall zurück auf die Tischplatte und schaute sein Gegenüber wieder mit diesem gefürchteten gruseligen Blick an. »Ihre Leichen sind ganz ordinäre Mordopfer mit exorbitanten Einschusslöchern, Sachse. Gut, in einem steckt noch einer dieser Pfeile, die ich ja schon zur Genüge kenne, aber ich denke, wir können bei den Todesursachen die Möglichkeiten ›ertrunken‹ oder ›totgestreichelt‹ ausschließen, meinen Sie nicht?«

Sachse wusste nicht so recht, was er davon halten sollte, und sagte lieber einmal nichts. Wer nichts macht, macht auch nichts verkehrt, dachte er sich eingeschüchtert.

»Kann es vielleicht sein, dass dieser Bamberger Kommissar es wagt, mich zu verarschen?«, fragte Siebenstädter provokativ.

Sachse war so perplex ob der gewagten These, dass noch immer kein Wort aus seinem offen stehenden Mund drang.

»Sachse, jetzt mal ehrlich und freiheraus. Hat sich Haderlein diese Leichen irgendwo besorgt, um mich in den Wahnsinn zu treiben?«, fragte Siebenstädter süffisant. »Schauen Sie sich doch mal um, Sachse, wir sind voll, total ausgebucht. Jeder weitere Todesfall kann den Kollaps dieses Institutes bedeuten, verstehen Sie mich? Und in dieser schon grenzwertigen Belegungssituation, die Ihr heiß geliebter Kommissar kennen dürfte, schickt er mir noch mal schnell sechs Erschossene zur Inspektion, zum TÜV und Ölwechsel? Sie glauben doch wohl nicht, dass ich darauf hereinfalle, Sachse.« Erneut öffnete er die Flasche und schenkte dem überforderten Bestattungsunternehmer zu seinem großen Entsetzen ein. »Ich weiß Ihre Neutralität ja wirklich sehr zu schätzen, Sachse, aber mir gegenüber können Sie sich ruhig offenbaren, von mir wird niemand was erfahren.« Kumpelhaft zwinkerte er dem Bestatter zu, der immer unruhiger auf seinem Stuhl hin und her rutschte. In seinen Eingeweiden kündigten sich zudem schwierige Zeiten an. »Raus mit der Sprache, Sachse, wo hat Haderlein diese Leichen ausgegraben? Nun sagen Sie schon, ich werde mich auch erkenntlich zeigen.« Siebenstädter deutete gönnerhaft auf die halb leere Flasche mit dem Pfefferminzschnaps.

Aber Sachses organische sowie nervliche Belastungsfähigkeit hatte ihre Grenzen erreicht. Er wollte nur noch weg. »Herr Professor, eigentlich möchte ich nur meinen Einlieferungsbeleg und mich ansonsten…«

»Wie Sie meinen, Sachse, wie Sie meinen. Wenn Sie mir gegenüber nicht auskunftsfreudig sind, werden wir den Herrn und Meister der Bamberger Kriminalpolizei eben selbst befragen«, zischte die Siebenstädter-Anakonda wieder giftig über den Tisch. »Sie warten hier, ich hole das Telefon.«

Sachse nutzte den kurzen Augenblick des Alleinseins

unverzüglich wieder dafür, den pfefferminzigen Inhalt seines Glases im Schlund des toten Kettenrauchers zu entsorgen.

Der Professor kam mit dem Mobilteil eines schnurlosen Telefons zurück. »So, dann wollen wir doch mal persönlich nachhaken, was es mit den Leichen draußen in dem Bus auf sich hat«, sagte Siebenstädter und wählte die Nummer der Bamberger Dienststelle.

Wolfram Koudelka, der Leiter des Bamberger Obdachlosenasyls in der Theresienstraße 2, überlegte kurz, während er den fremden Mann mit dem leicht amerikanischen Akzent musterte. Der Typ suchte seine Tochter Franziska. Schon wieder einer. Hier im Obdachlosenasyl erkundigten sich Väter tatsächlich häufiger nach ihren Töchtern, die abgehauen waren, doch Koudelka hatte wenig Lust, ihnen Auskunft zu geben. Erstens war sein Job hier schon schwer genug, und Streitereien, die regelmäßig auftraten, wenn es zum Zusammentreffen von Familienangehörigen kam, konnte er nicht gebrauchen. Und zweitens hatte es in der Regel tiefer liegende Gründe, warum Menschen als Obdachlose strandeten oder sich aus ihrem Leben ausklinkten. Eine zerbrochene Familie, Scheidung, Verlust des Arbeitsplatzes, eine Firmenpleite oder manchmal auch alles zusammen. Die Menschen, die hierherkamen, waren fertig mit der Welt und wollten zuallerletzt irgendwelche Figuren aus ihrem alten Leben sehen. Aus dem Leben, das vorbei, vergessen und begraben war. Also ließ Koudelka, wenn überhaupt, nur noch die Polizei oder Sozialarbeiter irgendwelcher Ämter ins Haus. Alle anderen Personen schickte er wieder weg, bestenfalls richtete er noch irgendwem irgendetwas aus oder gab eine Adresse oder Telefonnummer weiter. Ja, es stimmte, heute Nacht war eine junge Frau hier gewesen, die er jedoch woandershin verwiesen hatte. Sie schien keine klassische Obdachlose zu sein, hatte allerdings einen gehetzten Eindruck gemacht, aber das würde Koudelka dem großen Kerl mit der Wildlederjacke ganz bestimmt nicht auf die Nase binden. Eigentlich wäre es ihm am liebsten, der Typ würde sich baldmöglichst und schnell verdrücken.

»Zum letzten Mal: Ich werde Ihnen keine Auskunft darüber erteilen, wer hier übernachtet und wer nicht, klar? Sie können gern eine Nachricht, eine Telefonnummer oder sonst was hinterlassen, die ich gegebenenfalls weitergebe, sollte Ihre Tochter hier sein oder noch auftauchen. Wenn sie sich dann bei Ihnen melden will, ist das ihre Sache, wenn nicht, auch gut. Unsere Bewohner sind erwachsene Menschen, die irgendwann tief abgestürzt sind. Wenn sie überhaupt noch etwas haben, dann ihre Privatsphäre, auch wenn die nur aus einem zwei Quadratmeter großen Schlafplatz besteht. Haben Sie das kapiert?«

Der Mann mit der dunklen Sonnenbrille, der sich eben noch als Gerhard Büchler vorgestellt hatte, nickte resigniert. »Also gut, ich sehe es ein, Sie haben ja recht. Dann möchte ich Sie um ein Blatt Papier und einen Stift bitten, um eine Nachricht und eine Telefonnummer für meine Tochter zu hinterlassen, wenn sie denn hier auftauchen sollte.«

Wolfram Koudelka setzte sofort ein freundlicheres Gesicht auf. »Na also, warum denn nicht gleich so, Herr Büchler. Warten Sie, das haben wir gleich.« Er zog eine Schublade seines Schreibtisches auf, um ein Blatt Papier herauszuholen, und was dann folgte, ging für den studierten Sozialpädagogen und Leiter eines Obdachlosenasyls viel zu schnell, um es später im Detail nachzuvollziehen.

Die Schublade des Schreibtisches wurde mit voller Wucht in die Ausgangsstellung zurückgestoßen, während ihr vier Finger einer Pädagogenhand im Weg waren. Die Knochen brachen mit einem vernehmlichen Knacken, und auch die Frontplatte der Schreibtischschublade löste sich an der einen Seite aus ihrer Halterung. Blut schoss aus den gebrochenen Fingern, die nun kurz hinter den Knöcheln rechtwinklig nach oben standen. Noch bevor Koudelka realisieren konnte, was da soeben mit ihm geschehen war, stand der Mann mit der Lederjacke bereits neben ihm und zog seinen Kopf an den langen Haaren nach hinten. Erstaunlicherweise fühlte der Leiter des Obdachlosenasyls keinen Schmerz, sondern nur ein dumpfes Pochen in seinen Fingern. Verdattert starrte er in das Gesicht des Fremden, der sich über ihn beugte und ihn mit unbarmherzigem Griff in dem Bürostuhl fixierte. Vielleicht hätte er doch besser etwas anderes als Sozialpädagogik studieren sollen, schoss es Koudelka durch den Kopf.

»Also gut, dann probieren wir es einfach noch mal.« Der Fremde lächelte Koudelka an und zog dessen Kopf noch etwas mehr nach hinten.


Als Cesar Huppendorfer in der Bamberger Dienststelle eintraf, steuerte er direkt auf Haderlein zu, der mit düsterem Blick und in Gedanken versunken an seinem Schreibtisch saß. Ein völlig neuer Zug seines Chefs, stellte Huppendorfer überrascht fest, bisher hatte Haderlein nicht gerade zu beruflich bedingten Depressionen oder gar zum Aufgeben geneigt. Leider würde das, was er ihm von seinen Erlebnissen in Thüringen zu berichten hatte, auch nicht unbedingt dazu beitragen, seine Stimmung zu heben.

Der dienstälteste Kommissar der Bamberger Kripo schien

die unbefriedigenden Nachrichten schon zu ahnen, denn sein Gesicht verdüsterte sich noch stärker, als ihm Huppendorfer beim Näherkommen einen entschuldigenden Blick zuwarf. Da Haderleins Telefon klingelte, bedeutete er Huppendorfer, sich zu setzen, und nahm zeitgleich den Hörer ab. Er hielt noch kurz die Hand auf die Hörermuschel und schob Huppendorfer einen Zettel zu, auf den er dessen weitere Aufgaben notiert hatte. »Bahnhofsmissionen« und »Obdachlosenasyle« stand dort geschrieben.

Huppendorfer war sofort klar, dass er den Abflug machen und in den entsprechenden Örtlichkeiten nach Franziska Büchler fragen sollte, auch wenn er sich nicht vorstellen konnte, dass sie dort übernachtete. Aber überprüfen mussten sie natürlich auch diese Möglichkeit. Doch nicht sofort. Nach dem ganzen Stress in Oberhof hatte er sich ein Honigbrot Honeypennys und einen Kaffee verdient. Und danach würde er kurz mit Haderlein sprechen.

»Haderlein, Kriminalpolizei Bamberg«, meldete der sich jetzt am Telefon.

»Bin ich vielleicht ein Schrott- und Alteisenhändler? Deale ich mit Ersatzteilen? Habe ich einen gewissen Frankenstein in meiner Ahnengalerie?«, tönte es schroff an Haderleins leidgeprüftes Ohr. Er wusste sofort, wer ihn da so hemmungslos anfuhr, aber er war zu müde und zu frustriert, um sich noch aufregen zu können. Emotionslos ließ er die erste Kanonade seines Gesprächspartners über sich ergehen. »Oder meint die Bamberger Polizei vielleicht, bei meinem Institut handle es sich um ein Leichenschauhaus, das man mit kriminalem Abraum vollmüllen kann?«

Am leeren, resignierten Gesichtsausdruck Haderleins war für alle Anwesenden abzulesen, dass sich nur Siebenstädter in der Leitung befinden konnte. Unter normalen

Umständen hätte der Kriminalhauptkommissar den Fehde-
handschuh sofort aufgenommen und sich mit dem Leiter
der Erlanger Gerichtsmedizin verbal duelliert, aber nicht
heute. Haderlein hatte genug. Genug von seinem Job, der
Ungerechtigkeit der Welt und vor allem von solch charak-
terlich instabilen Persönlichkeiten wie Siebenstädter. Nein,
heute nicht, sagte sich Haderlein, schaltete den Lautsprecher seines Telefons an, legte den Hörer auf den Schreibtisch und schnappte sich seine Jacke. Er brauchte frische
Luft. Robert Suckfüll, der in diesem Moment aus seinem
Glasbüro trat, betrachtete die Szene und den davoneilenden Haderlein mit Erstaunen, wandte sich dann aber wie
Huppendorfer der quäkenden Stimme zu, die schrill und
blechern den Raum erfüllte.

»Was fällt Ihnen eigentlich ein, mir einen Haufen Ent-
leibter in meine Gerichtsmedizin zu schmeißen, Haderlein?
Glauben Sie denn, ich hätte nichts anderes zu tun, als mich
ständig um Ihre Abgemurksten zu kümmern? Noch dazu,
wenn die sogenannte Todesursache so klar ist wie fränkische Kloßbrühe, Sie Superkriminalist. Oder ziehen Sie etwa
ernsthaft in Erwägung, dass diese uniformierten Kappen-
träger erwürgt, ertränkt oder zu Tode gestreichelt wurden,
bevor man sie erschossen hat? Gut, Haderlein, ich gebe zu,
dass im Hals einer Leiche ein Pfeil steckt, aber auch diese
Tötungsart müsste Ihnen nach den Vorkommnissen in den
letzten Tagen bekannt vorkommen!«

Kein Zweifel, Professor Siebenstädter war außer sich,
und die Augen sämtlicher Bamberger Dienststellenbeschäf-
tigten richteten sich erschrocken auf Haderleins Telefon.
Huppendorfer schaute unschlüssig zu seinem Chef, Fidibus leicht irritiert zurück. Auch er hatte prinzipiell kein
großes Interesse daran, sich mit dem berühmt-berüchtig-

ten Gerichtsmediziner anzulegen. Dem Mann fehlte es ganz eindeutig an Benehmen und Respekt. Aber was war eigentlich das Problem? Er überlegte kurz, dann dämmerte es ihm. Offensichtlich waren sämtliche Leichen von der Coburger Villa in die Erlanger Gerichtsmedizin gebracht worden, wo nun Platznot herrschte. Siebenstädter schien das nicht zu gefallen, was verständlich war, allerdings vergriff er sich, wie schon bei weit geringeren Anlässen, wieder einmal im Ton. Normalerweise nahm sein dienstältester Kommissar die Strafe auf sich, sich mit dem renitenten Professor anzulegen und ihn zur Räson zu bringen, aber heute schien Haderlein die Segel gestrichen zu haben.

Schließlich siegte Suckfülls Pflichtgefühl. Mit angewidertem Gesichtsausdruck und spitzen Fingern griff er den Telefonhörer, um ihn zum Ohr zu führen, vergaß dabei allerdings, den Lautsprecher abzuschalten, sodass alle im Büro weiterhin mithören konnten, was Siebenstädter emotional so umtrieb.

»Das hier ist ein wissenschaftliches Institut und keine Körperverwertungsanstalt, verstanden, Haderlein? Wenn Sie nicht sofort dafür sorgen, dass dieser Totengräber, der hier mit einer noch nicht unterschriebenen Anlieferungsquittung, feuchten Augen, in denen die Dollarzeichen groß und deutlich zu sehen sind, und seinem Kleinlaster vor der Tür meines Institutes steht, seine Verbindungsleichen wieder mitnimmt, dann, dann, dann...«

»Suckfüll, Kriminalpolizei Bamberg. Hallo, Herr Professor. Wirklich schön, Sie wieder einmal zu hören. Was haben Sie denn für ein Problem, wie kann ich helfen?«, unterbrach ihn der Leiter der Bamberger Polizeidienststelle mit zwar vorgetäuschter, aber nichtsdestotrotz überzeugender Ruhe.

Einen Moment herrschte Stille am anderen Ende der Leitung, dann hörte man ein schnaufendes Geräusch, einer beim Suhlen gestörten Wildsau ähnlich.

»Fidibus, sind Sie das?«, klang die ungläubige Frage Siebenstädters schließlich aus dem Lautsprecher.

»Suckfüll, bitte, Leiter der Dienststelle der Bamberger Kriminalpolizei. Und jetzt sagen Sie mir, Herr Siebenstädter, was ist Ihr Begehr? Und bitte in einem Stil und Ton, den ich auch ertragen kann«, konterte Fidibus sachlich die abfälligen Anwürfe aus dem fernen Erlangen.

Einen weiteren Moment lang war nichts zu hören, dann erfüllte hysterisches Gelächter den Raum. »Ist es jetzt so weit gekommen«, gluckste Siebenstädter, »dass Kriminalhauptkommissar Haderlein den größten Dichter und Denker, den die Bamberger zu bieten haben, vorschiebt, weil er sich nicht mehr mit mir auseinandersetzen will? Wunderbar.«

Am Tonfall der erregten Stimme Siebenstädters war schon zu hören, dass er kurz vor dem Platzen war. Fidibus für seinen Teil war einen Moment lang sprachlos, was Siebenstädter ohne Zögern zu nutzen wusste.

»Dann hören Sie mal zu, Sie Poet«, er klang jetzt nicht mehr belustigt, sondern wieder hochgradig erregt. »Sagen Sie Ihrem billigen Hinterhofkriminalisten Haderlein doch bitte, dass er sich in den nächsten Tagen Tötungsdelikte jedwelcher Art besser verkneifen soll. Meine bescheidenen Räumlichkeiten sind nämlich bis auf Weiteres wegen Überfüllung geschlossen, verstanden? Sollten aus welchen Gründen auch immer weitere Ermordete auftauchen, dann kann die Bamberger Polizei die in ihren privaten Tiefkühltruhen lagern, ist mir scheißegal. Ich untersuche sie dann am Ende des Monats, wenn ich wieder Kapazitäten frei habe.

Bis auf Weiteres sind Herr Professor Siebenstädter und seine Mitarbeiter damit beschäftigt, mysteriöse Einschusslöcher in Verbindungsköpfen zu vermessen und zu rätseln, auf welche Weise die Erschossenen wohl dahingeschieden sein könnten. Alles klar? Dann noch schöne Grüße an den gerade abwesenden Chefaufklärer der Bamberger Landpolizei und Ihnen viel Erfolg beim Dichten, Herr Suckfüll. Ende der Durchsage, ich habe fertig!« Sprach's und legte auf. Nur ein leises Tuten war noch aus dem Hörer zu vernehmen, den Fidibus sich, zu keiner Regung fähig, sinnloserweise ans Ohr hielt.

Das Tuten signalisierte weiterhin konsequent das zwar sehr einseitige, aber definitive Ende dieses Gesprächs. Der Leiter der Bamberger Dienststelle stand immer noch völlig perplex mit dem Telefonhörer auf Ohrhöhe an Haderleins Schreibtisch und wusste nicht so recht mit der Situation umzugehen. Siebenstädter war ihm seit jeher zuwider gewesen und ein solcher Disput sowohl in seiner Art und Weise als auch im Tonfall völlig fremd und äußerst unangenehm. Schließlich räusperte er sich vernehmlich und sah in die Gesichter, die ihn erwartungsvoll anblickten. Nach einigen weiteren qualvollen Sekunden der Stille legte er das Telefon langsam und unbeholfen zurück in die Ladestation, während alle anderen Anwesenden gespannt auf ein Statement ihres Chefs warteten. Er konnte die Unverschämtheiten Siebenstädters doch nicht einfach so im Raum stehen lassen. Aber Fidibus war zu verwirrt, um sich ernsthaft aufzuregen. Er wollte doch nur seinen inneren Frieden.

»Nun denn«, sagte er schließlich, »das ist eine unerfreuliche Angelegenheit, die uns aber nicht an der weiteren Arbeit hindern sollte, liebe Freunde. Im Gegenteil, wir sollten die Zipfel hochkrempeln und uns in die Aufklärung dieses Falles stürzen. Unser lieber Franz kann jede Hilfe gebrauchen, die er kriegen kann. Mir scheint, Kollege Siebenstädter aus Erlangen ist einfach nur ein wenig überfordert, nicht wahr?« Er schaute mit einem hoffnungsfrohen Lächeln in die Runde, das aber nicht erwidert wurde. Im gleichen Moment wurde die Tür zum Büro geöffnet, und Haderlein kam sehr zur Freude seines überforderten Chefs zurück. »Mein lieber Franz, na, Gott sei Dank sind Sie wieder unter uns, da fällt mir aber ein Stein vom Himmel. Dann kann ich mich ja wieder meiner eigentlichen Tätigkeit widmen.« Fidibus war sichtlich erleichtert, ergriff die unerwartete Chance, die ihm das Schicksal bot, und entschwand umgehend wieder in sein Büro, wo er sich bis auf Weiteres hinter seinem großen Schreibtisch verkroch.

Während sich alle anderen etwas irritiert wieder ihrer Arbeit zuwandten, trat Huppendorfer grinsend zu Haderlein an den Schreibtisch. »Die Luft ist wieder rein, Franz. Siebenstädter hat sich nur wieder eine psychische Auszeit genommen, und Fidibus hat sie volle Breitseite abgekriegt. Jetzt ist er ein bisschen geschafft, glaub ich.«

Haderlein schwieg, er hatte keine Lust, sich zu Siebenstädters rabiatem Anruf zu äußern, und schaute Huppendorfer stattdessen auffordernd an.

Also erzählte der jüngere seinem älteren Kollegen von seinen unerquicklichen Erlebnissen im thüringischen Oberhof und dem Verschwinden von Gernot und Reinhild Fraas, was Haderlein mit zunehmender Verbitterung zur Kenntnis nahm. Als Huppendorfer schließlich das Foto von der Pinnwand in Gernots Zimmer aus der Tasche holte, betrachtete es Haderlein kurz und steckte es dann kommentarlos ein.

»Super. Alle, die uns irgendwie weiterhelfen könnten,

hauen einfach ab«, sagte er frustriert. »Weiß der Geier, wohin die Fraas-Familie sich verdrückt hat. Vermutlich haben sie Schiss, dass wir sie wegen Beihilfe rankriegen, und wohnen jetzt in einem Erdloch bei Suhl, mitten im Thüringer Wald. Wir hätten die beiden gleich und sofort zur Fahndung ausschreiben sollen, aber das sollen jetzt mal die Kollegen in Thüringen organisieren. Hoffentlich tauchen die wieder auf. Davon mal abgesehen reicht's mir langsam, Cesar. Ich habe das Gefühl, dass dieser Fall grandios an uns vorbeiläuft. Wir brauchen zwingend ein Erfolgserlebnis.«

Als Haderleins Stimmung sich auf dem Tiefstand befand, kam auch noch Lagerfeld zur Tür herein. Sofort erkannte er die Stimmungsschieflage und hielt sich erst einmal zurück. So richtig was zu erzählen gab es ja auch nicht, denn er konnte sich nicht vorstellen, dass irgendjemanden Cindys Klostertheorie interessiert hätte.

Haderlein hingegen hatte bei seinem Anblick anscheinend einen Entschluss gefasst und sprang von seinem Stuhl auf. Er ging zu Honeypenny, drückte ihr Riemenschneiders Leine in die Hand und streichelte sein kleines Ferkel schnell zum Abschied. Doch Riemenschneider war in keinster Weise wehmütig, dass ihr Herrchen ohne sie loszog, bedeutete das im Umkehrschluss doch einen relaxten, arbeitsfreien Tag bei Honeypenny mit viel Schlaf und zwischendrin kredenzten Apfelstückchen. Kein Grund, Trauer zu schieben.

»Los, pack deine Sachen«, fauchte Haderlein, als er sein Ferkel entsorgt hatte, und schob Bernd Schmitt in Richtung Ausgang. »Wir fahren in die Höhle des Löwen und hauen einfach auf den Busch. Wir machen einfach mal das, was wir im Moment am effektivsten können.«

»Aha, und das wäre?«, fragte Lagerfeld überrascht, wäh-

624

rend er sich im Vorbeigehen noch zwei Honigbrote Honey-pennys schnappte.

»Nerven. Wir werden Irrlinger einfach ein bisschen auf die Nerven gehen. Und da du darin unschlagbar bist, musst du unbedingt mitkommen, Bernd.« Grimmig schloss Haderlein die Bürotür hinter ihnen.

Es klopfte an der Tür, als Josef Schauer gerade an seinem Computer in den tiefsten Tiefen des Internets nach der mysteriösen eingewanderten Bienensorte forschte. Bisher war seine Suche ergebnislos verlaufen, er wurde bald wahnsinnig. Und auch bei der Sache mit den Grundstücken für die GKB schien er in einer Sackgasse festzustecken. Tief in missmutigen Gedanken versunken, öffnete er die Tür. Eigentlich dachte er, dass dieser Tag nicht noch schlimmer werden konnte, aber da hatte er sich getäuscht. Vor ihm stand der Bürgermeister der Gemeinde Ebrach, Emil Zecker. Nicht auch noch der, dachte sich der Imker mühsam beherrscht, senkte den Kopf und tat so, als würde er die Fugenbreite seiner Fußbodenfliesen überprüfen. Als er wieder aufschaute, rang er sich eine für seine Verhältnisse höfliche Begrüßung ab. »Willkommen in meinem bescheidenen Heim, Herr Zecker. Was kann ich für den Wurmfortsatz der Firma Santamon tun? Haben Sie den Enddarm der Firmenleitung oben in Schmerb endlich verlassen, ja?«

Emil Zeckers Kopf war nur noch mit spärlichem Haupthaar bedeckt, das Gesicht glatt rasiert. Sogleich lief er oberhalb seiner dunklen Krawatte rot an, was ob der überschaubaren Behaarung dem Betrachter nur allzu deutlich ins Auge fiel. Der Bürgermeister hatte schon seit seiner Kindheit mit dem Problem zu kämpfen, leicht zu erröten, hatte es im Laufe seines Lebens aber partiell geschafft, diese

Reaktion zu kontrollieren. Dass er jetzt vor dem renitenten, uneinsichtigen Biobauern errötete, ärgerte ihn maßlos. Er war gekommen, um ein letztes Mal an Schauers Vernunft und seinen Gemeinschaftssinn zu appellieren. Selbst dessen Halsstarrigkeit musste doch Grenzen haben.

»Hör zu, Josef«, sagte er ohne Umschweife, »ich komm grad von einem Treffen beim Dittberner, alle sind jetzt dafür, zu verpachten oder zu verkaufen. Du bist der Letzte, Josef, an dir hängt alles. Willst du das Geschäft denn scheitern lassen, nur weil du meinst, alles besser zu wissen? Ich sag's dir jetzt noch einmal im Guten, wenn du nicht endlich Vernunft annimmst, dann kann ich für nichts mehr garantieren, okay? Dann bist du verantwortlich für das, was passiert, du ganz allein. Ich übernehme keine Verantwortung für das, was die anderen dann tun.«

Der Kopf des Bürgermeisters leuchtete jetzt in einer einheitlich rötlichen Färbung. Josef Schauer, der gut zwanzig Zentimeter größer war als der rundliche Bürgermeister Ebrachs, stellte sich direkt vor diesen und sah drohend auf ihn hinab, woraufhin Zeckers Gesicht eine Spur dunkler wurde und er zu schwitzen begann.

»Willst du mir vielleicht drohen, du Hobbit?«, knurrte Schauer, als sich die Knöpfe ihrer beider Hemden berührten. »Drohst du mir mit körperlicher Züchtigung, wenn ich nicht endlich auf eure devote Richtung einschwenke und der GKB ebenfalls in den Arsch kriech, ist es das, was du mir sagen willst, Emil?« Schauers Hände waren zu Fäusten geballt, seine Augen funkelten. Die von der landwirtschaftlichen Arbeit trainierten Muskeln wölbten sich unter seinem Hemd, und sein stoppeliges Kinn berührte die fast nackte Schädeldecke des Bürgermeisters.

Zecker schluckte, während er ein verängstigtes Dunkelrot annahm und ein streng riechender Schweißtropfen nach dem anderen aus seinen prall gefüllten Hautdrüsen drang. »Nun, ich will damit nur sagen, dass alle mit ihrer Geduld am Ende sind, was dich betrifft, Josef. Es gibt niemanden, aber auch wirklich niemanden mehr, der auch nur annähernd deiner Meinung ist. Sei halt so gut und gib endlich nach, sonst passiert noch ein Unglück.« Emil Zecker verspürte das dringende Bedürfnis, sich den Schweiß von der Stirn zu wischen, aber die Geste hätte der vor ihm stehende Biobauer womöglich missverstanden, sodass die Situation in einer körperlichen Auseinandersetzung eskaliert wäre. Dies galt es unbedingt zu vermeiden, da Emil Zecker bisher noch jeden Kampfplatz körperlicher Auseinandersetzung als Verlierer verlassen hatte. Deshalb war er auch in der Politik gelandet, dort waren die Niederträchtigkeiten nur verbaler Natur, damit konnte er besser umgehen.

Doch trotz seiner Nähe machte Josef Schauer keinerlei Anstalten, ihn körperlich zu attackieren. Nur seine Stimme war eine Spur zynischer geworden, als er sagte: »Ist mir alles scheißegal, Emil. Ich hab inzwischen herausgefunden, dass die GKB nur eine Strohfirma von denen da oben in Schmerb ist. Also werde ich weder verkaufen noch verpachten. Vor allem dann nicht, wenn ein korrupter, schleimiger Provinzpolitikheini wie du, Emil, mir jetzt auch noch droht, verstanden?« Josef Schauer hielt kurz inne. Ihm war etwas eingefallen, was er den Bürgermeister schon lange hatte fragen wollen. »Sag mal, Emil, du bist doch permanent hinter Santamon auf deren Schleimspur unterwegs. Was ist eigentlich mit deinem komischen Experiment? Hast du nicht vor einem halben Jahr in aller Öffentlichkeit angeboten, dreimal am Tag ihren Genmais zu fressen? Und das ein ganzes Jahr lang, um zu beweisen, dass das Zeug ungefährlich ist? Warst du nicht derjenige, der blöd genug war, sich von Santamon vor deren Werbekarren spannen zu lassen? Warst du nicht derjenige, der öffentlich behauptet hat, Genmais sei die Zukunft vom Steigerwald, von Franken und der ganzen Welt? Warst du das nicht?«

Emil Zecker nickte stumm, während er mit der rechten Hand seinen Krawattenknoten etwas weitete. Eigentlich gut, dass dieser Einfaltspinsel von Imker darauf zu sprechen kam. Jetzt konnte er wenigstens mit handfesten, wissenschaftlich fundierten Argumenten für die Gentechnik aufwarten und ihn in seine Schranken weisen. »Ja, schon, das mit dem Mais ist so gewesen. Aber Josef, ich sag's dir gleich, die Vorteile verstehst du nicht, dazu fehlt dir der nötige globale Weitblick. Da bist du einfach zu engstirnig und verbockt. Also…«

Die Augen von Josef Schauer bohrten sich angriffslustig in die des verhassten Bürgermeisters, dessen Stimme versagte. Er begab sich physisch wie psychisch auf den Rückzug, nicht aber, ohne noch einen allerletzten Versuch der Bekehrung des ungläubigen Josef zu starten. »Wissenschaftlich betrachtet ist das nämlich so. Alle auf der Welt wissen, dass die Bevölkerung auf unserem Planeten explodiert. Überschwemmungen, Brände, Hungerkatastrophen und immer weiter steigende Lebensmittel… äh, also Lebensmittelpreise. Das bedeutet, dass sich die Menschheit etwas einfallen lassen muss, um sich in Zukunft ausreichend ernähren zu müssen, äh, können. Und deswegen hat Sontamon, äh, Samnonton… Herrschaftszeiten, Santamon, mein ich natürlich, also, die haben beschlossen, etwas dagegen zu tun, und wir hier in Franken haben ja schließlich auch was davon. Und jetzt komme ich zum Ergebnis meines Selbstversuches. Stichwort: gentechnisch optimierte

Lebensmittel. Natürlich kommt da der große Aufschrei aus deiner grünen Ecke, Josef, aber gerade deshalb bin ich ja zu diesem Selbstbesuch … äh …versuch, also bin ich zu dem angetreten. Nämlich um zu beweisen, dass die Lebensmittel keinerlei Auswirkungen auf den menschlichen Organisten haben.«

Schauer hob erstaunt die Augenbrauen. Organisten? Was zum Kuckuck war denn plötzlich mit Zecker los? Kam das von der Aufregung? Und auch dem Ebracher Bürgermeister dämmerte nun, dass der Genmais in den rauen Mengen, die er verzehrt hatte, in Zusammenhang mit der körperlichen Anstrengung, die dieser Disput in ihm auslöste, vielleicht doch nicht ganz so spurlos an ihm vorbeigegangen war.

Verzweifelt versuchte er ein letztes Mal, sich zu konzentrieren, kam aber nur zum gleichen fatalen Ergebnis. »… Organisten haben«, beendete er erneut den Satz.

Aus Josef Schauer war jegliche Aggression gewichen. Sorgenvoll betrachtete er Zecker. Der Mann war definitiv krank, in irgendeinem Bereich seines Gehirns geschädigt, das war vollkommen offensichtlich. Hoffentlich waren die Schäden nicht irreparabel. Emil Zecker versuchte noch zu retten, was zu retten war, aber mit ihm ging es jetzt endgültig dahin.

»Also, konkret, Josef, konkret esse ich jetzt seit genau einem halben Jahr vorzugsweise gentechnisch optimini… mierte Produkte von Santamon und anderen bekannten Herstellern. Zum Bleistift Produkte wie Sarotto-Schokolade, Bahlsen-Kartoffelchups oder Natella, äh, nein, Natulla, so muss es natürlich heißen, Natulla. Am besten schmecken mir allerdings diese Genbärchen von Hurrabö. Echt geiles Zeug. Und schau mich an, ich lebe noch, ich schlafe gut, und auch im Bett, mein lieber Josef, das ist ja wichtig für alle Vagira-Kunden, auch im Bett ist alles palotti. Von dieser von deinen grünen Ärzten angeführten Veränderung des menschlichen Erbzentrums an der Hirnbinde, äh, Birnenrinde ist von meiner Seite aus überhaupt nichts zu bemerken. Möchtest du auch mal?« Hektisch fummelte Zecker eine angebrochene Tüte Weingummi aus seiner Hosentasche und hielt sie dem erschrockenen Biobauern entgegen, der dankend ablehnte.

»Schmeckt super, das Zeug, und macht richtig süchtig. Keine Ahnung, was die da reinmischen. Und außerdem, Josef«, ein leicht fanatisch wirkender Glanz legte sich in seine Augen, »was ich dir sagen wollte, also, es ist ganz einfach, sich nur von gene…chemie… ich meine, sich von chemischten Lebensmitteln zu ernähren. Von diesem Genmais zum Beisiel ist ja schon fast überall was drin. Und das Leben wird damit auch billiger, weil diese Lebensmittel ja viel preisgünstiger produzini…iert werden können. Für Aldi, Netto, Schlingelmann. Haha, ich trinke ja auch jeden Morgen meine Genmilch für eins fünfzig im Tausend-Liter-Eimer, alles super.«

Josef Schauer konnte es nicht mehr anhören. Was für eine mitleiderregende Show. Nur allein die Vorstellung, der Mann könnte jemals wieder ein Podium betreten, um eine Wahlrede zu halten, o Gott. Irgendjemand musste Zecker vor sich selbst schützen. Schauer versuchte, ihn mit einer Handbewegung zu unterbrechen, war aber chancenlos. Emil Zecker redete jetzt wie im Rausch.

»Diese Genbärchen sind wirklich das Allerbeste, was es gibt, Josef. Da kann man gar nicht mehr anders, da muss man zugreifen. Und auch meine Lidibo ist mit einem Schlag wieder… Also, jedenfalls ist hiermit doch eindeutig bewiesen, dass es keinerlei Schwenkungen an meiner Birnenrinde, äh, na, du weißt schon. Bloß in den letzten Tagen, da hatte ich vermehrt Klopfschmerzen. Erst dachte ich, das wäre so eine Art Sommergrippe, ein Vierundzwanzig-Stunden-Tumor, aber jetzt tippe ich doch eher auf eine Südsüßstoffzucker-Allegorie.« Beim Wörtchen Allegorie lehnten sich die letzten intakten Reste von Zeckers verbliebenem Verstand auf, sodass der Bürgermeister seiner Sprachschwierigkeiten wenigstens ansatzweise gewahr wurde. Es folgte eine Ahnung von Selbsterkenntnis.

»Also, was ist denn da jetzt mit mir los, verdammt? Das ist ja wie bei den Stotterhotten. Aber das kriegt man ja ganz einfach weg, wenn man ein Glied schlingt, am besten viele Strophen – oder besser ein Märchen, ein Genmärchen, haha. Na, zum Beispiel ›Der Wolf und die sieben Hänsel‹ oder ›Schneewittchen aus dem Sack‹?«

Der Schweiß troff dem Ebracher Bürgermeister inzwischen von der Stirn, er wirkte wirklich verzweifelt. Josef Schauer betrachtete den kleinen, dünnhaarigen Mann mitleidig. Der Ebracher Bürgermeister, der nun endgültig die Segel strich, war am Ende seiner Kräfte. Geistig wie körperlich. Trotzdem wollte Schauer noch einen letzten Versuch starten. »Sag mal, Zecker, wie viel ist fünf mal fünf?«

Der Bürgermeister starrte ihn eine Sekunde lang verstört an. »Zweihundertzehn!«, kam es dann wie aus der Pistole geschossen, bevor er sich hektisch umdrehte und den Hof von Josef Schauer verließ, der ihm kopfschüttelnd hinterherblickte.

Die Zweigstelle der Universität Bayreuth war im rechten Seitentrakt des Tambacher Schlosses untergebracht. Volker Conrads Räumlichkeiten lagen im ersten Stock in der Ecke, sodass man von ihnen aus einen herrlichen Blick auf den angrenzenden Tierpark hatte. Conrad war in dem Projekt zwar für die Biber zuständig, trotzdem faszinierte ihn auch die Greifvogelschau, die täglich direkt hinter der Mauer vor einer kleinen Tribüne im Schlossgarten stattfand. Ein unglaublicher Anblick, wenn die großen Greife mit unnachahmlicher Eleganz ihre Runden in der Luft drehten und dann nur haarbreit über die Köpfe des staunenden Publikums zu ihrem Falkner zurückschossen, um sich ihr wohlverdientes Futter abzuholen. Der Beruf des Falkners hätte Volker Conrad durchaus gereizt, aber vielleicht konnte er in späteren Jahren noch darauf zurückkommen. Immerhin musste man als Falkner nicht auf Tiere schießen, das war schon mal eine gute Grundvoraussetzung.

Jetzt musste er jedenfalls die Fotofallen der Biberfamilie an der Itz auswerten. Die waren ja schon fleißig dabei, sich fortzupflanzen, und schreckten offensichtlich auch nicht davor zurück, am helllichten Tag auf freier Wiese zu bibern. Da unten an der Itz, das ist ja fast so eine Art Biber-FKK, dachte Volker Conrad amüsiert, als er den Chip in den Kartenleser des Computers steckte. Sechshundertundelf Bilddokumente wurden angezeigt, relativ viele und signifikant mehr als in den Wochen zuvor. Da war ja ganz schön was los gewesen an der Itz. Allerdings musste das nicht einmal etwas mit den Bibern zu tun haben, schließlich war es dem Sensor völlig egal, was ihm durchs Bild lief, sobald sich auch nur etwas bewegte, löste er aus. In der letzten Woche schienen sich jedenfalls so einige Kandidaten aus der heimischen Tierwelt vor der Kamera getummelt zu haben. Seufzend begann Volker Conrad, die Dateien Bild für Bild durchzugehen. Fehlbelichtungen, doppelte oder unkenntliche Fotos sortierte er sofort aus, alle anderen

wurden mit Datum, Zeit und sonstigen Anmerkungen gespeichert. Bei so vielen Bildern stand ihm ziemlich viel Arbeit bevor. Er würde sich beeilen müssen, schließlich wollte
er auch die nächste Flugvorführung der Greife im Park vor
seinem Fenster in Ruhe genießen.

Gerhard Irrlinger war schon seit Stunden nicht mehr aus
seinen Gedanken aufgetaucht, als ihn sein Sekretariat an-
klingelte.

»Ich wollte heute doch nicht mehr gestört werden«, gab
er missmutig von sich, während er die entsprechende Taste
seiner Telefonanlage gedrückt hielt.

»Ja, ich weiß, Herr Irrlinger, aber die Polizei ist draußen
an der Pforte und möchte mit Ihnen sprechen. Ein Herr
Haderlein und ein Herr Schmitt. Was soll ich tun?«

Gott sei Dank war seine Chefsekretärin Carola Zosig
wieder da, dachte sich Irrlinger. Bei solch heiklen Angelegenheiten wie einem Polizeibesuch war es besser, jemanden
wie Carola neben sich zu wissen. Aber was wollte dieser
Haderlein schon wieder von ihm? Langsam wurde er wirklich lästig. Dabei konnte dieser Mann überhaupt nichts gegen ihn in der Hand haben. Wenn jemand Franziska Büchler finden würde, dann Gray, aber nie und nimmer diese
Bamberger Provinzbullen. Trotzdem blieb ihm nichts anderes übrig, als die beiden Nervensägen zu empfangen, und
sei es nur, um den schönen Schein zu wahren.

Irrlinger drückte erneut die Taste. »Also gut, Carola.
Keine Ahnung, was die schon wieder von mir wollen. Du
könntest derweil schon die Betriebsversammlung drüben
in der Kantine vorbereiten, um die ich deine Stellvertre-
tung heute Morgen gebeten hatte. Ich habe etwas bekannt
zu geben. Sagen wir, Beginn in circa zwei Stunden?« Er

wartete nicht auf eine Bestätigung, sondern ließ umgehend die Taste los, um sich auf den Weg zur Pforte zu machen. Ihm stand ein weiteres Schmierenstück in diesem billigen Theater bevor.

Wolfram Koudelkas Nervenenden meldeten den Schmerz seiner gebrochenen Finger an das Gehirn. Er jaulte auf, während Byron Gray seinen Griff nicht lockerte.

»Noch mal: War gestern eine junge Frau hier oder nicht?«

»Jajaja, da war eine da«, schrie Koudelka vor Schmerzen auf. Wenn er aber nun gehofft hatte, der Fremde würde daraufhin von ihm ab- und ihn sich selbst überlassen, so hatte er sich getäuscht.

»Und wie sah sie aus, hat sie einen Namen gesagt?«, zischte der Mann, während er Koudelkas Kopf noch ein wenig weiter nach hinten zwang, was dieser mit einem verzweifelten Aufstöhnen quittierte.

»Nein, keinen Namen. Blond, Jeans und eine hellgrüne Stoffjacke hatte sie an!«, rief der Gequälte mit verzerrtem Gesichtsausdruck.

Endlich ließ Gray vom Kopf seines Delinquenten ab, in Koudelkas gebrochener Hand wurde der Schmerz allerdings immer stärker. Er musste den mit Blut besudelten Arm mit der anderen Hand stützen, weil er kein Gefühl mehr darin hatte. »Sie wollte hier für eine Nacht schlafen, aber da sie mir ihren Namen nicht sagen wollte und auch nicht gerade mittellos aussah, habe ich sie weggeschickt. Ich hab ihr gesagt, sie soll sich ein Hotel oder eine Pension suchen oder zu Verwandten gehen, wenn sie aus der Gegend ist. Das hier ist ein Obdachlosenasyl und nur für solche gedacht. Daraufhin ist sie wieder gegangen.« Koudelka hielt inne und stöhnte immer lauter.

»Wohin? Wohin ist sie gegangen, verdammt noch mal?«, flüsterte Gray leise und drohend. Die Antwort genügte ihm nicht, wieder zog er den Kopf des Sozialpädagogen mit brachialer Gewalt nach hinten, sodass dieser nur noch wimmerte.

»Kirchschletten, ich hab sie nach Kirchschletten geschickt, die nehmen gefallene Töchter wie sie für eine Nacht auf.«

Ruckartig zog Gray den Kopf seines Opfers an sein Gesicht heran. »Erklär mir das genauer, wo wollte sie in Kirchschletten hin?«

»Abtei Maria Frieden, ein Kloster.« Koudelka war mit seinen Nerven am Ende. »Mein Gott, ich hab doch jetzt alles gesagt. Wenn Sie mit Ihrer Tochter auch so umgegangen sind, dann wundert es mich nicht, dass sie weggelaufen ist.«

Byron Gray, der Koudelkas Kopf nun mit beiden Händen schraubstockartig umfangen hielt, schaute ihn einen Moment lang wortlos an. Jetzt wusste er alles. Eigentlich hätte er gehen können, aber weder konnte er einen unliebsamen Zeugen hinterlassen noch riskieren, dass diese wimmernde Kreatur vor ihm mit ihrer unverletzten Hand erst das Kloster anrief und Franziska warnte und ihm anschließend die Polizei auf die Fersen hetzte. Gray packte noch einmal fest zu, dann vollführten seine Hände mit Koudelkas Kopf eine scharfe Neunzig-Grad-Drehung nach rechts. Es knackte kurz im Genick seines Opfers, dann ließ er den schlaff gewordenen Köper lautlos unter den Schreibtisch gleiten. Er stand auf und zog den Schlüssel innen von der Tür ab, um sie von außen abzuschließen. So unauffällig, wie er gekommen war, verließ Byron Gray das Bamberger Obdachlosenasyl und ging zu seinem Jeep. Abtei Maria Frieden, Kirchschletten. Das Kloster lag nicht weit entfernt von Bamberg. Er lächelte, während er in sein Auto stieg. Er hatte die Spur gefunden, nach der er gesucht hatte.

Das circa einen Hektar große Betriebsgelände von Santamon lag mit seinen einzelnen Häusern und Bauten relativ unauffällig, fast versteckt, mitten im Wald. Umso überraschter waren die Beamten von den Sicherheitsvorkehrungen, die Santamon aufbot, um ein Eindringen von außen zu verhindern. Die Anlage ähnelte eher einem militärischen Gelände mit Hochsicherheitszaun als einer agrotechnischen Forschungseinrichtung, wie Santamon den Standort offiziell nannte. Von der kleinen Ortschaft Schmerb war nicht mehr viel zu sehen. Lediglich hinter dem Häuschen des Pförtners konnte man das alte Forsthaus erkennen, das zwischenzeitlich dem Revierförster als Behausung und Dienststelle gedient hatte. Doch auch diese Zeiten waren schon lange vorbei, und nun gab es hier in Schmerb nur noch Santamon, die größte agrartechnische Firma weltweit.

Haderlein und Lagerfeld hatten sich beim Pförtner angemeldet, der sie nach telefonischer Rücksprache gebeten hatte zu warten, Herr Irrlinger würde sie persönlich abholen. Jetzt betrachteten sie den Zaun mit besonderem Interesse.

»Ganz schön hoch, das Teil. Hat was von DDR-Grenzanlage, wenn du mich fragst«, sagte Lagerfeld spöttisch zu Franz Haderlein.

Auch der ältere Hauptkommissar war sich nicht ganz sicher, ob dieser Zaun dazu dienen sollte, das Eindringen oder die Flucht von Menschen zu verhindern. Mit normalen Mitteln konnte man ihn jedenfalls nicht überwinden, egal, ob von hüben oder drüben. Auf ihm waren Kameras und Stacheldraht angebracht, und keinen der beiden Kommissare hätte es gewundert, wenn nicht zumindest Teile des engmaschigen Zaunes unter Strom gestanden hätten.

An weitergehenden Gedanken die Beschaffenheit des Zaunes betreffend wurden die beiden Kommissare gehindert, da Gerhard Irrlinger gelassenen Schrittes auf sie zukam. Lagerfeld bemerkte sofort, wie sich beim Anblick des Expolitikers und internationalen Finanzexperten Haderleins Körper anspannte. Seine ganze Haltung strahlte Angriffslust aus. Nein, so einen unentspannten Kollegen hatte Lagerfeld in ihrer ganzen gemeinsamen Dienstzeit noch nicht erlebt. Irrlinger dagegen wirkte reichlich relaxed, als er dem Pförtner ein Zeichen gab, das zweiflügelige Eingangstor zu öffnen.

»Die Bamberger Kriminalpolizei, welche Ehre«, begrüßte sie der Geschäftsführer von Santamon-Europa freundlich, doch Haderlein erkannte die dunkle Drohung in Irrlingers Augen, und der nahm wiederum das feurige Blitzen in denen Haderleins wahr.

Auch Lagerfeld schätzte die Situation richtig ein. Nein, diese beiden Männer würden in diesem Leben keine Freunde mehr werden. Und wenn all das stimmte, was Haderlein vermutete, dann gab es dazu auch keinen Grund. Doch noch konnten sie nichts beweisen, und wenn Lagerfeld ehrlich war, war er von Franz' Theorie, die er in der Dienststelle so ausführlich dargelegt hatte, auch nicht besonders überzeugt. Er beschloss, sich ausschließlich an die Beweislage zu halten, auch wenn die außerordentlich dünn beziehungsweise alles andere als für eine Festnahme ausreichend war. Irgendwie war das verkehrte Welt. Normalerweise war er, Bernd Schmitt, derjenige, der sich in eine Theorie verbiss, nicht sein älterer Kollege, auf den er nun mäßigend einwirken musste. Sei's drum. Wenn Franz unbedingt im ermittlungstechnischen Nebel rumstochern wollte, dann sollte er das ruhig tun. Mehr Optionen hatten sie eh nicht, und es war bei Weitem besser, sich bei Santamon umzuschauen, als Hirngespinsten wie Cindys Klosteridee nachzurennen.

»Womit kann ich Ihnen denn schon wieder behilflich sein?«, fragte Gerhard Irrlinger.

Lagerfeld spürte sofort, dass Haderlein es war, der dem eloquenten Mann da vor ihnen sehr gern geholfen hätte, allerdings auf eine gänzlich andere Art und Weise als die, die der sich vorstellte. Die beiden Männer standen sich gegenüber wie Boxer vor dem alles entscheidenden Kampf, nur dass der Mann in dem teuren dunklen Anzug wusste, dass er als Sieger hervorgehen würde.

»Nun, ich wollte Sie davon in Kenntnis setzen, dass wir nach einer gewissen Franziska Büchler fahnden, sie aber bisher nicht finden konnten. Nach allem, was wir bisher ermitteln konnten, bedeutet das, dass Sie immer noch in Lebensgefahr schweben, auch wenn Sie sich natürlich nicht erklären können, warum. Ich nehme an, Ihnen fällt zu Franziska Büchlers Motiv noch immer nichts Plausibles ein, oder vielleicht mittlerweile doch?« Haderlein wusste, dass die Show, die er hier abzog, für die Katz war, aber er konnte sie sich einfach nicht verkneifen.

Irrlinger spielte das Spiel mit. Bis zu einem gewissen Punkt erheiterte ihn die offensichtliche Hilflosigkeit dieses Kommissars sogar. Man hätte mit dem armen Kerl fast Mitleid haben können. Der junge Kommissar schien im Gegensatz zu Haderlein die Angelegenheit nicht ganz so verbohrt zu sehen. Wirklich amüsant, die beiden Deppen da vor ihm. So langsam fiel die Spannung von Irrlinger ab, und er begriff, dass die beiden Figuren ihm nur einen Besuch abstatteten, weil sie völlig verzweifelt waren und nichts anderes zu tun hatten. Sehr schön, besser konnte es gar nicht laufen. »Nein, Herr Kriminalhauptkommissar, dazu fällt mir beim besten Willen nichts ein. Trotzdem möchte ich natürlich, dass Sie die Frau finden und endlich einsperren, damit ich mich nicht mehr bedroht fühlen muss. Aber das haben wir ja schon zur Genüge diskutiert, Herr Haderlein, nicht wahr?« Wieder wurden Irrlingers Augen dunkel, aber der ältere Kommissar hielt seinem Blick stand.

Haderlein atmete unhörbar tief durch. Eigentlich hätte er sich nur allzu gern Santamon angesehen und jede Schublade in jedem Büro geöffnet – ganz besonders in Irrlingers. Aber das war wohl das Letzte, was dieser ihnen ohne Durchsuchungsbefehl gestatten würde, und nach Lage der Dinge würden sie den niemals bekommen.

Während sich die drei schweigend gegenüberstanden, lief hinter Irrlinger ein Mann in schwarzer Uniform und mit zwei Schäferhunden an der Leine vorbei.

»Oh, ein Grenzposten«, entfuhr es Lagerfeld spontan, und sowohl Haderlein als auch Irrlinger drehten sich erstaunt zu ihm um. Etwas peinlich berührt über seinen flapsigen Ausspruch, versuchte Lagerfeld, den ersten Lapsus mit einem zweiten zu bereinigen, wobei er die Idee verfolgte, dass Minus mal Minus Plus ergäbe. »Wenn die Vopos mit ihren Hunden eh schon an der innerdeutschen Grenze unterwegs sind, könnten Sie uns doch gleich noch die Selbstschussanlagen zeigen«, sagte er und lächelte so breit und unschuldig, wie er nur konnte.

Haderleins Gesichtsausdruck sprach eine eindeutige Sprache. Hätte es keine Zeugen gegeben, hätte er seinen jungen Kollegen auf der Stelle an einen Pfahl gebunden und ein bisschen ausgepeitscht. Ja, war denn Bernd von allen guten Geistern verlassen? Er, Haderlein, versuchte, diesen smarten abgezockten Typen hoch konzentriert wenigstens zu einem kleinen Fehler zu bewegen oder zumindest aus der Reserve zu locken, und dann kam sein junger Kommissar mit diesen idiotischen Sprüchen daher und nahm ihm sämtlichen Wind aus den Segeln. Der würde sich was anhören können, wenn sie wieder im Auto waren. Und das konnte nicht mehr lange dauern, denn sicher würde sie Irrlinger in sehr naher Zukunft einfach vom Gelände entfernen lassen.

Gerhard Irrlinger hingegen war ob der unerwarteten, fast kindlich einfältigen Bemerkung des jungen Kommissars dermaßen verblüfft, dass er ungeplant die Fassung verlor. Die Naivität dieses Kommissars Schmitt war so entwaffnend einfältig, dass er etwas tat, was bei ihm äußerst selten vorkam. Er handelte spontan. Und er handelte deshalb spontan, weil ihm anhand der beiden Hanseln die absolut hoffnungslose Lage der Bamberger Polizei vor Augen geführt wurde. Und natürlich auch, weil es ihm eine Genugtuung war, Kommissar Haderlein leiden zu sehen. »Wenn Ihr Herz denn so daran hängt, Herr Schmitt, dann bin ich gern bereit, Ihnen bei einem kurzen Rundgang das Gelände zu zeigen. Auch wenn diese Geste meinerseits ausschließlich dazu dient, Sie davon zu überzeugen, dass unsere Sicherheitsmaßnahmen nur böswillige Menschen davon abhalten sollen, die hart erarbeiteten Forschungsergebnisse Santamons zu entwenden, und dass es natürlich keine Selbstschussanlagen gibt.« Mit einem Lächeln auf den Lippen drehte er sich um.

Auf dem gesamten Gelände gab es nur eine Person, die Irrlingers Verhalten noch stärker verblüffte als Irrlinger selbst, und diese Person war Haderlein. Der Kriminalhauptkommissar verstand die Welt nicht mehr. Lagerfeld hatte diesen durchtriebenen Eisblock mit ein, zwei lässigen Bemerkungen dazu gebracht, sie auf dem hochheiligen Gelände herumzuführen. Wortlos schloss er sich seinem jungen Kollegen an, der dem vorausgehenden Irrlinger bereits folgte.

Die Ankündigung einer Betriebsversammlung kam für alle Beschäftigten der Firma Santamon überraschend. Man hatte zwar schon etwas davon gehört, dass der Chef in irgendeine Mordsache in Coburg verwickelt sein sollte, aber die Gerüchte waren noch diffus, niemand konnte sie bestätigen. Was hingegen offiziell schon bestätigt war, war die von allen befürchtete Tatsache, dass Irrlinger sich aus der Politik zurückzog, um sich ganz auf die Arbeit bei Santamon zu konzentrieren. Befürchtet deshalb, weil Irrlinger in der Belegschaft ungefähr so beliebt war wie die Vogelgrippe. Am Anfang seiner Regentschaft in Schmerb hatte der Liebling der Geschäftsleitung sogar noch ab und an vorzugaukeln versucht, sich um ein angenehmes Betriebsklima zu bemühen, aber sehr bald schon hatten sämtliche Angestellten vom Hausmeister bis zum Laborleiter gemerkt, dass Irrlinger gedachte, in der amerikanischen Firma auch eine amerikanische Firmenkultur herrschen zu lassen. Und das hieß, ausschlaggebend war allein Profit, Profit und noch mal Profit. Der deutsche Begriff der sozialen Marktwirtschaft schien Irrlinger nicht geläufig zu sein, ein gutes Betriebsklima hatte keine Priorität. Dem Streben nach Gewinnmaximierung hatte sich alles unterzuordnen, und die liberalen deutschen Gesetze zum Schutz der Arbeitnehmerschaft versuchte die Firmenspitze zu unterlaufen oder zu umgehen, wann immer es möglich war. Und speziell Gerhard Irrlinger vertrat die Botschaft auch den Beschäftigten gegenüber. So gesehen waren seine Sympathiewerte unter den Angestellten eher im homöopathischen Bereich angesiedelt, und niemand hätte ihm auch nur eine Träne nachgeweint, wäre er fränkischer Ministerpräsident geworden. Aber dieses Thema schien ja leider vom Tisch zu sein, jetzt wollte sich Irrlinger also nur noch auf seine Arbeit bei Santamon konzentrieren. Die kurzfristig einberufene Betriebsversammlung konnte einfach nichts Gutes bedeuten, das war jedem der Angestellten klar.

Angela Haimer schlich sich mit einem dumpfen Grimmen im Bauch zu der Versammlung, und auch ihre Freundin und Arbeitskollegin Yasmin schaute nicht besonders zuversichtlich aus der Wäsche. Zwar zahlte Santamon wirklich gut, aber dafür war der Druck auch immens. Noch dazu war ihre Arbeit im Labor streng geheim, was zu weiteren Einschränkungen und Auflagen führte. Yasmin Bärnreuther-Aust, die medizinisch-technische Assistentin, und Angela Haimer arbeiteten in ihrem Aufgabengebiet direkt neben- beziehungsweise über- und untereinander. Angela war gelernte Biologin, frisch von der Uni, und hatte die Aufgabe, Yasmin in ihrer Arbeit zu unterweisen. Doch die hatte sich als dermaßen lernfähig erwiesen, dass ihr Angela bald schon Aufgaben übertragen konnte, die normalerweise ihr als studierter Arbeitskraft vorbehalten geblieben wären. Zudem waren sie beide als Mitglieder des »Inner Circle«, also des geschützten Geheimbereichs der Firma Santamon, dazu berechtigt, beziehungsweise Angela sogar verpflichtet, im Kasten zu wohnen, der betriebseigenen Bleibe. Da verbrachte man schon die eine oder andere gemeinsame Stunde und kam sich auch privat näher. Die Philosophie, die dahintersteckte, war ganz einfach:

Je weniger Kontakt zur Außenwelt die Arbeitnehmer hatten, umso weniger Möglichkeiten hatten sie auch, um Betriebsgeheimnisse auszuplaudern. Und bis jetzt hatte sich die Philosophie als erfolgreich erwiesen.

Natürlich war der Kasten nicht das, was sich Otto Normalverbraucher unter einem Wohnheim vorstellte. Die Wohnungen waren zwar klein, aber mit allem ausgestattet, was man brauchte. Nicht direkt luxuriös, aber von Mikrowelle über Fußbodenheizung bis zur verglasten Duschkabine war alles vorhanden. Im Kasten konnte man es schon aushalten.

Die Versammlung sollte zwar erst in gut einer Stunde beginnen, aber Angela und Yasmin mussten eh Überstunden abfeiern, also konnten sie genauso gut bei einer ausgedehnten Kaffeepause einen Plausch in der Werkskantine abhalten. Immerhin war der Tag schon fortgeschritten, ein Stück Kuchen und ein warmes Getränk würden jetzt guttun.

Die Kantine, die der Architekt in eine alte denkmalgeschützte Scheune integriert hatte, war fast noch leer. Nur wenige Kollegen hatten sich schon hierher verirrt oder machten sowieso gerade ihre reguläre Kaffeepause. Angela und Yasmin hatten die Kantine gerade betreten, da winkte ihnen schon jemand von einem Tisch zu. Es war Udo Knoch, einer der beiden Hausmeister, und neben ihm saß Markus Hahn, der wissenschaftliche Assistent der beiden Frauen im Labor. Knoch fand Angela ja ganz nett, aber mit Markus Hahn konnte sie eher wenig anfangen. Der Typ machte seine Arbeit im Labor gewissenhaft, war aber ansonsten als Mensch eher verschlossen und neigte zur Grübelei. Doch wann immer Udo mit am Tisch saß, wurde es lustig. Der hatte immer einen lockeren Spruch auf den

Lippen und nahm das Leben nicht so ernst. Zudem hatte er noch nie einen Versuch gestartet, Angela anzugraben, was sie ihm hoch anrechnete. Anmachereien vom männlichen Geschlecht kamen bei Angela nämlich gar nicht gut an, mit dem Thema hatte sie seit geraumer Zeit abgeschlossen. Diese undurchsichtigen, grobschlächtigen Wesen namens Männer hatten in ihrem Leben nichts mehr verloren. Mit ihnen arbeiten, gern, sich mit ihnen unterhalten, ja, aber anfassen? Nein. Sie hatte sich ihr Leben mit DVD-Rekorder, Büchern und einem ungefährlichen Freundeskreis eingerichtet, das reichte ihr, sie war zufrieden. Und mit der jüngeren, ausgesprochen attraktiven Yasmin hatte sie sowieso immer eine Begleitung dabei, die diese hormongesteuerten Wesen anzog wie ein dampfender Misthaufen die Fliegen. Ihr Leben war schon gut und richtig so, wie es war. Sie brauchte keine Aufregung mehr.

»Was meinst du, Boshi?«, fragte sie Yasmin, die bei Santamon von niemandem mit ihrem vollen Namen angesprochen wurde. Jeder nannte sie nur Yasmin oder besser noch »Boshi« – wie Angela. Den Spitznamen hatte sie sich eingehandelt, weil sie fast immer eine dieser gehäkelten bunten Mützen über ihr kastanienbraunes gelocktes Haar zog.

»Ist cool und macht jünger«, beantwortete Yasmin stets Angelas Frage, warum man denn auch in geschlossenen Räumen solch eine Kopfbedeckung tragen müsse. Trotzdem schien bei Angela, deren Bezug zur realen Welt doch etwas antiquiert war, der Umstand, dass die Mützen Mode waren und aus ebendiesem Grund auch indoor getragen werden mussten, noch nicht angekommen zu sein.

»Klar setzen wir uns dazu«, stimmte Yasmin ihr zu. »Bei Udo ist immer was los, da halt ich auch den Hahn aus, wenn's denn sein muss.«

Die beiden Frauen winkten freundlich zurück, besorgten sich an der Essenstheke je ein Stück Erdbeerkuchen mit Sahne plus einen Kaffee beziehungsweise einen grünen Tee für Yasmin.

»Hallo, die Damen!« Udo rutschte mit seinem Stuhl zur Seite, damit Yasmin und Angela an dem Tisch Platz fanden. Der gut erhaltene Mittvierziger war bei allen Frauen auf dem Gelände stets im Gespräch, aber egal, mit welchen Tricks die weiblichen Geheimdienste auch arbeiteten, es war nicht aus ihm herauszubekommen, ob er vergeben war oder nicht. Einerseits machte Udo einen ziemlich ledigen Eindruck, andererseits hatte er bei Santamon schon mehrfach eindeutigen Annäherungsversuchen widerstanden. Angela und Yasmin hatten erst am vorherigen Tag intensiv darüber diskutiert, ob Udo nicht vielleicht sogar schwul war. Das wäre ein echter Verlust für den weiblichen Teil des Heiratsmarkts, auch wenn sie persönlich davon nicht betroffen wären. Angela hatte ja der Männerwelt abgeschworen, und auch Yasmin hatte ihrer Freundin schon des Öfteren gesagt, dass Udo nicht ihr Typ und schon gar nicht ihre Altersklasse sei. Trotzdem blieb er ein wirklich guter Kumpel. Ganz im Gegenteil zu Markus Hahn, der konsequent daran arbeitete, als Stimmungsverderber Weltruhm zu erlangen. Im Umgang mit Frauen war er nicht besonders geübt, und auch jetzt saß er bewegungslos am Tisch und starrte gewohnt missmutig in seine Kaffeetasse. Die anderen drei beachteten sein Gebaren erst einmal nicht, sie waren es von ihm ja schon gewohnt, und unterhielten sich prächtig, bis sich Udo verabschiedete. Als Hausmeister musste er die Versammlung vorbereiten, er war für die Technik wie Mikrofone, Licht und Ton verantwortlich. Bevor er aufstand, versprach er ihnen noch, anschließend wiederzukommen, um über die Konsequenzen dessen zu sprechen, was heute verlautbart werden sollte.

Udo Knoch war kaum außer Sichtweite, als der wissenschaftliche Assistent Hahn plötzlich das Wort ergriff. Dabei drehte er weder den Kopf, noch änderte er sonst etwas an seiner Körperhaltung. Fast hätte man meinen können, er spräche mit seiner Kaffeetasse. »Ich muss mit euch reden«, sagte er halblaut, woraufhin sich Yasmin und Angela erstaunt zu ihm umwandten.

»Kein Problem, Markus, was gibt's denn so Geheimnisvolles?«, fragte Angela.

Markus Hahn schaute ein letztes Mal in seine Tasse, sah sich dann vorsichtig um und rutschte, obwohl die Kantine noch immer spärlich besucht war, mit seinem Stuhl so nah es ging an Angela Haimer heran, was diese mit einem indignierten Gesichtsausdruck quittierte. Doch Markus Hahn bemerkte ihre Miene nicht, er hatte ganz andere Sorgen. »Das Gitter von Volk Nummer eins ist entfernt worden«, flüsterte er und schaute sich weiterhin hektisch um, als vermutete er einen Attentäter in der Nähe.

Angela fiel fast die Gabel aus der Hand, und auch Yasmin stockte der Atem. »Was soll das heißen? Jetzt erzähl doch, verdammt noch mal.« Yasmin rutschte um den Tisch herum, um besser hören zu können.

»Ich hab das Gitter gleich wieder reingemacht, als ich es bemerkt habe. Und die Bienen waren auch noch drin, soweit ich das beurteilen konnte. Aber ich hab keine Ahnung, wer das Gitter entfernt haben könnte. Ich war es jedenfalls nicht.« Hahn wirkte ehrlich verzweifelt. Was soziale Kommunikation anbelangte, war er wirklich nicht der Beste, aber in seiner Arbeit war er geradezu ein Perfektionist. Dieses Gitter, überhaupt sämtliche technischen Einrichtungen, die mit den Bienen zu tun hatten, alles oblag seiner persönlichen Verantwortung. Wenn in diesem Bereich etwas schiefging, würde man es ihm in die Schuhe schieben. Doch Angela und Yasmin plagten ganz andere Sorgen, als den armen, unbeliebten Hahn als Sündenbock abzustempeln.

»Du meinst also, jemand hat das Gitter absichtlich entfernt?«, fragte Yasmin Bärnreuther-Aust ungläubig nach.

Hahn nickte heftig. »Ganz sicher. Das Gitter war von innen ausgebeult, und der Kleber hing nur noch in Fetzen dran. Wenn ihr mich fragt, hat da jemand mit einem Stock oder etwas Ähnlichem kräftig nachgeholfen.«

»Und wann hast du das entdeckt? Gerade eben, vor einer Stunde, heute früh?« Die Biologin war verärgert.

Dem wissenschaftlichen Assistenten war die Frage sichtlich unangenehm. Am liebsten hätte er sie nicht beantwortet, aber er kam ja nicht drum herum. »Na ja, das war, also, nicht direkt heute früh.« Er spürte, wie sich sein Hals zusammenzog und er schwerer Luft bekam. Am liebsten hätte er seine Antwort schriftlich eingereicht, aber die beiden Frauen schauten ihn stumm und erwartungsvoll an. Aus der Nummer kam er ohne Blessuren nicht mehr raus.

»Das war an einem Montagmorgen Anfang Mai – glaub ich jedenfalls«, rückte er mit leiser Stimme heraus, während er konsequent zu Boden schaute.

Yasmin hielt es nicht mehr auf ihrem Stuhl. Sie sprang so plötzlich auf, dass sie gegen den Tisch stieß und ihr Tee gefährlich nah an den Rand des Verderbens rutschte. Angela konnte mit einer schnellen Handbewegung gerade noch das lauwarme Getränk ihrer Arbeitskollegin vor dem Absturz bewahren. Doch auch sie hatte die heikle Situation sofort erkannt, die Markus Hahn in seiner ganzen Dimension wohl noch nicht erfasst hatte.

»Vor über einem Monat? Sag mal, Markus, hast du sie noch alle? Wir müssen sofort ins Labor!« Yasmin fuchtelte aufgeregt in Richtung Angelas Gesicht.

Und wenn Braun von der Geschichte Wind bekam? Angela schaute sich suchend um, aber Dr. Aegidius Braun, der Leiter ihres Labors, war nicht in der Kantine zu sehen. Wie es aussah, mussten sie erst einmal allein die Dinge richten. »Ja, in der Tat, das halte ich für eine gute Idee«, stimmte Angela Yasmin zu. »Wir müssen sofort die Völker untersuchen. Mensch, Markus, das hättest du uns doch gleich sagen müssen, verdammt noch mal. Du bleibst derweil hier. Und erzähle niemandem etwas davon, verstanden? Auch nicht Udo, wenn er zurückkommt. Sobald wir die Stöcke überprüft haben, kommen wir zurück, also halte uns die Plätze frei. Bis später.« Die beiden Frauen verließen eilig die Kantine.

Markus Hahn für seinen Teil war froh, die schwere Last endlich losgeworden zu sein. Sollten sich doch jetzt andere damit herumschlagen. Hauptsache, niemand konnte ihm deswegen ans Bein pissen. Und wegen der frei zu haltenden Plätze musste er sich auch keine Sorgen machen: Da, wo er saß, würde sich sowieso so schnell niemand niederlassen, das war schon immer so gewesen. Er seufzte und schlürfte seinen inzwischen erkalteten Kaffee.

Irrlinger führte die beiden Kommissare durch die wichtigsten Gebäude und Einrichtungen des Geländes. Nur die Technikabteilung mit Heizung und Notstromaggregat und natürlich den streng geheimen Laborbereich bekamen die Beamten nicht zu sehen. Irrlinger genoss den Anblick

Haderleins, der sich vorgeführt sah. Bernd Schmitt dagegen litt in keinster Weise, sondern wollte über die einzelnen Gebäude noch mehr wissen.

»Nun, Herr Schmitt«, erklärte ihm Irrlinger bereitwillig, »ich habe eine Betriebsversammlung anberaumt, auf der ich bekannt geben werde, dass der gesamte Santamon-Komplex ab heute Abend abgeriegelt werden wird. Alle, die hier übernachten, werden das Gelände bis auf Weiteres nur in absoluten Notfällen verlassen. Ansonsten kommt niemand mehr an unserem Pförtner vorbei.«

Lagerfeld schaute Irrlinger erstaunt an. »Aber wieso denn das?«

»Nun, Herr Schmitt, das hat eigentlich sogar etwas mit Ihnen beziehungsweise der Polizei zu tun. Wie Sie ja eingangs so treffend erwähnten, werde ich von einer irren Killerin verfolgt, die mir nach dem Leben trachtet. Und da die Mörderin durchaus raffiniert vorgeht, ziehe ich es vor, mich hinter diese geschützten Mauern zurückzuziehen und abzuwarten, bis Sie die Büchler dingfest gemacht haben. Das ist der Grund. Erst wenn ich mich vollkommen sicher fühle, wird Santamon in Schmerb seine Pforten wieder öffnen.«

»Aha«, war alles, was Lagerfeld irritiert zustande brachte. Der Typ schien ja ziemlich konsequent in dem zu sein, was er tat.

Haderlein hingegen war nun endgültig mit seiner Geduld am Ende. Er hatte keine Lust mehr, sich Irrlingers perfiden Mist anzuhören. Dieses aalglatte Arschloch versuchte doch nur, sie nach Strich und Faden zu verarschen. Und Bernd war anscheinend zu blöd, um das zu bemerken. Es reichte jetzt wirklich. »Ich denke, wir werden Sie mit dem Gefühl der Angst vor einer jungen Frau dann mal besser allein lassen. Außerdem haben wir Ihnen auch schon genug von Ihrer wertvollen Zeit gestohlen«, meldete er sich sarkastisch nach langem Schweigen wieder zu Wort. »Und Sie müssen ja auch sicher dringend zu Ihrer Betriebsversammlung, nicht wahr? Komm, Bernd, auch wir haben noch zu arbeiten.« Damit packte Haderlein Lagerfeld am Ärmel und zog ihn grußlos mit sich.

Gerhard Irrlinger schaute den beiden Kommissaren noch hinterher, bis sich das zweiflügelige Tor hinter ihnen schloss. Er lächelte nicht mehr, dafür lag in seinen Augen wieder ein tiefes, dunkles Leuchten.


Es war an der Zeit. Es war nicht der Sonnenstand, die Länge des Tages oder die Temperatur draußen in der Welt. Es hatte gerade eben einen Schlag und dann ein Rütteln gegeben. Plötzlich drang helles Sonnenlicht in den Stock. All das hätte sie nicht weiter interessiert, wäre nicht eine Wabe zerbrochen. Sie rochen es. Die Völker gerieten in Aufruhr. Honig. Sie rochen ihren eigenen Honig. Jemand hatte die Deckel von den Waben gehoben. Sie dachten nicht darüber nach, warum sie dieser Geruch fast wahnsinnig machte. Vielleicht die Angst vor Dieben, vor Honigräubern aus der genetischen Vergangenheit. Vielleicht eine falsche Aminosäure auf der richtigen Stelle der Doppelspirale. Es war ihnen schlicht egal. Jedenfalls konnte das nur eines bedeuten: Angriff! Erst rebellierte der erste Stock, dann folgte der andere. Auch der Rauch, der sie normalerweise ruhig und passiv machte, konnte sie davon nicht abhalten. Diesmal nicht. Diesmal lag der Geruch des Honigs in der Luft – ihres Honigs. Es war der Honig einer neuen Rasse, einer Bienenrasse, mit der man nicht mehr so umspringen konnte wie in den Jahrtausenden zuvor.

Der Zorn, die Angriffslust in ihnen war unermesslich. Zwei Völker schwarzer Bienen schossen aus ihren Stöcken, stürzten sich auf den Angreifer, den Honigdieb, und stachen zu, als gäbe es kein Morgen. Und da ihre Stacheln kaum Widerhaken hatten, blieben sie nicht in der Haut ihres Opfers hängen, sondern waren in der Lage, wieder und wieder zuzustechen. So lange, bis sich das Opfer am Boden wand, seine Schreie verhallten und es schließlich bewegungslos dalag.

Mit ihrer Königin erhoben sie sich in die Luft und schwebten kurz über der Stelle ihres Sieges. Zwei Bienenschwärme in etwa drei Metern Höhe. Schließlich flogen die beiden Schwärme in den blauen Himmel und ihren Königinnen folgend davon.

Sie stießen die schwere Edelstahltür auf, rannten die komplette Strecke bis zur zweiten Tür, legten Kopfhaube und Mundschutz an, dann folgten sie einem kurzen schmalen Gang, der rechts und links von Spinden gesäumt war. Erst die Sicherheitsschleuse mit der Desinfektion zwang sie, ihr Tempo zu drosseln. Augen schließen, Luft anhalten. Dann war der weiße Dampf abgesaugt, und sie konnten die Glastür zu dem quadratischen weißen Raum mit den Bienenkästen öffnen.

Nacheinander hoben sie die Deckel an, um die Völker zu kontrollieren. Alles schien in Ordnung zu sein, bis sie zu dem Kasten mit einer großen Eins kamen. Als sie dessen Deckel abnahmen, schien das Volk auf den ersten Blick intakt, doch Angela Haimer blieb skeptisch und holte eine große Lupe hervor, die sie immer bei sich trug. Yasmin hatte währenddessen eine Räucherdose von der angrenzenden Arbeitsplatte genommen, um den Stock mit dem

Rauch zu beruhigen. Ihre Taktik ging auf, sodass Angela einen Wabenrahmen nach dem anderen herausnehmen und kontrollieren konnte. Den letzten stellte sie mit einem nachdenklichen Blick in den Kasten zurück.

»Die Königin fehlt. Die Königin, mit der wir das Volk gegründet haben. Sie war mit einem roten Punkt gekennzeichnet, das weiß ich genau. Ausgerechnet die von Volk eins. Ich konnte nur eine Nachfolgerin entdecken. Wir müssen unbedingt Aegidius verständigen, er muss entscheiden, was jetzt zu tun ist. Außerdem kann er mir vielleicht etwas erklären, das ich nicht verstehe.« Frustriert zog sie ihre Handschuhe aus.

Yasmin hatte ihr Räucherwerkzeug weggestellt und schaute etwas ratlos in die Gegend. »Wer macht denn so etwas? Und müssen wir nicht Herrn Irrlinger benachrichtigen? Er muss doch davon erfahren, dass die Königin abgehauen ist. Wer weiß, was die in freier Wildbahn anrichten kann.« Besorgt schaute sie Angela an, die aber sofort den Kopf schüttelte.

»Nein, Boshi, wir werden uns streng an den Dienstweg halten. Wir werden es Aegidius sagen, und der wird entscheiden, ob der Chef davon erfährt oder nicht. Die Entscheidung liegt nicht in unserem Kompetenzbereich. Lass uns zurückgehen, okay?« Sie warf die Gummihandschuhe auf die Arbeitsplatte, und Yasmin folgte ihr widerwillig. Im Hinausgehen musterte sie die unzähligen Proben und Gläser in den Regalen. Sie waren fein säuberlich nach Völkern geordnet und enthielten Honig, Königinnen und sonstiges organisches Material des jeweiligen Volkes. Ausgerechnet Volk eins. Es hätte wirklich nicht schlimmer kommen können.

## Die Wege nach Rom

Haderlein saß stumm neben Lagerfeld, der den Landrover durch den Steigerwald nach Hause lenkte. Gerade wollte er das Schweigen brechen und seinen jüngeren Kollegen ins Gebet nehmen, als der in dem kleinen Ort Mönchsambach, kurz vor Burgebrach, nach links in den Hof einer Brauereigaststätte einbog. »Zehendner Bräu« stand groß auf dem alten Wirtshaus geschrieben. Lagerfeld parkte den Freelander auf dem Hof, ging in die Gaststube und wählte einen etwas abseits gelegenen Holztisch für sie aus. Haderlein war ihm mürrisch dreinblickend gefolgt.

Nachdem ihnen zwei Seidla Mönchsambacher Bier vor die Nase gestellt worden waren, nahmen sie erst einmal einen tiefen Schluck. In der Regel sah die Welt danach schon wieder ganz anders aus, aber Lagerfelds Taktik ging nicht auf. Franz Haderlein stand der Missmut weiterhin in voller Breite ins Gesicht geschrieben.

Nachdem Bernd Schmitt sich das intensive Schweigen seines älteren Kollegen weitere fünf Minuten angetan hatte, hielt er es nicht mehr aus. Es war das erste Mal in der beruflichen wie auch privaten Beziehung der beiden, dass sich der altersweise Haderlein von Bernd Schmitt einen Vortrag seine Person betreffend anhören musste. »Jetzt pass mal gut auf, Franz«, begann Lagerfeld in sehr konsequentem Tonfall, »dein Ehrgeiz und dein fester Glaube an die Richtigkeit deiner Theorien in allen Ehren, aber es reicht jetzt. Wenn du dich weiterhin so in den Fall vertiefst und dich vor allem so auf diesen Irrlinger einschießt, wird das noch in einer ermittlungstaktischen Katastrophe enden. Natürlich kannst du mit deinem Gespür und deinen wilden Theorien Irrlinger betreffend recht haben, es spricht sogar einiges dafür, das geb ich ja gern zu, aber du wirst bei ihm nichts erreichen, wenn du weiterhin mit dem Kopf gegen die Wand rennst. Meine Methoden waren heute ja wohl die eindeutig besseren, oder etwa nicht? Immerhin haben wir den größten Teil des Santamon-Geländes gezeigt bekommen. Vielleicht, weil Irrlinger sich sicher gefühlt hat, vielleicht aber auch, weil er doch nichts mit der Sache zu tun hat. Wie auch immer, wir kommen nicht drum herum, ihm seine Schuld, wenn es denn eine gibt, beweisen zu müssen. Das hast du mir doch in den letzten Jahren beigebracht: Ohne Beweise ist der Fall irgendwann rum ums Eck, und selbst ein Schuldiger kommt dann unbestraft davon. Auf jeden Fall glaube ich, dass wir mit deinen plumpen Methoden nie und nimmer etwas beweisen können, und zwar egal, wie recht du hast.« Für einen kurzen Moment hielt Lagerfeld inne und nahm einen Schluck aus seinem Krug.

Franz Haderlein starrte mit stumpfem Blick noch immer auf sein Bier. Tief in seinem Inneren wusste er, dass Bernd dieses Mal recht hatte, aber zugeben konnte er das nicht, dafür hatte er noch zu wenig Alkohol intus.

Lagerfeld spürte instinktiv, dass die Ansprache bei seinem Kollegen angekommen war, und wechselte flugs das Thema. Es war Zeit, die Initiative zu ergreifen. »Gib mir doch mal die Akte, die wir von Fidibus bekommen haben«, bat er Haderlein, worauf ihn dieser erst verdutzt ansah, ihm aber dann wortlos den Ordner hinüberreichte, den er mit-

geschleppt hatte. Lagerfeld begann, in der Akte zu schmö-
kern, während Haderlein sich einen größeren Schluck Bier
gönnte.

»Ich hab's!«, rief Lagerfeld plötzlich erfreut aus. »Als du
Claudia Büchler damals kurz vor ihrer Verhaftung verhört
hast, hat sie doch etwas von diesem Pfarrer der Simultankirche in Untermerzbach erzählt.«

Haderlein überlegte kurz, dann schüttelte er den Kopf.
»Wenn du das sagst. Ich erinnere mich bestenfalls dunkel.«

»Doch natürlich, ich erinnere mich. Ein Pfarrer namens
Michael Greubel in Untermerzbach. Der hat damals dort
die Jugendfreizeiten organisiert. Honeypenny hat bezüglich dieses Pfarrers sogar schon vorrecherchiert, wir sind
nur noch nicht dazu gekommen, die Angaben zu überprüfen.«

Langsam erwachte Haderleins Verstand wieder. Logik
und Kombinationsgabe gähnten laut, dann waren sie wieder fit. Bernd hatte recht, er verhielt sich völlig idiotisch
und unprofessionell. Das war ihm in seiner langen Laufbahn bei der Kriminalpolizei bisher noch nie passiert, allerdings hatte er es auch noch nie mit einem Kontrahenten
zu tun gehabt, der ihn so offensichtlich für dumm verkaufen wollte und es noch dazu konnte. Zum Glück hatte ihn
Bernd wieder eingeordnet und in dieser schweren Situation
die richtigen Worte gefunden. Wenn er ehrlich war, hätte er
ihm das gar nicht zugetraut, seinem lebeleichten Tunichtgut. Er war beeindruckt. »Also gut, Bernd, dann fahren
wir da jetzt einfach mal hin.« Entschlossen trank Haderlein sein Bier aus.

Lagerfeld registrierte den Stimmungsumschwung seines
Kollegen mit Erleichterung, leerte ebenfalls seinen Krug
und winkte Stefan Zehendner, dem Wirt. »Stefan, die Bul-

len wollen zahlen!«, rief er quer durch die Wirtsstube, woraufhin sich alle Gäste zu ihm umdrehten, was Lagerfeld aber nicht im Mindesten interessierte.

Volker Conrad war mit seinen Bildbetrachtungen fast am Ende. Sechshundertelf Bilder hatte er prüfen müssen und die meisten davon, auf denen Reiher, umherfliegendes Blattwerk oder einfach nur Ratten zu sehen gewesen waren, aussortiert. Die Biber hatten sich diese Woche rar gemacht. Ohne große Erwartung klickte er das nächste Bild an, hob aber sofort beide Augenbrauen. Das durfte doch wohl nicht wahr sein. Auf der anderen Uferseite der Itz, genau gegenüber vom Biberbau, stand ein Auto! Dabei waren alle Zufahrtswege für den Verkehr verboten und auch dementsprechend gekennzeichnet. Niemand hätte sich den Bibern nähern können, ohne die Hinweistafeln und Verbotsschilder zu übersehen. Verärgert klickte sich Volker Conrad durch die nächsten Bilder. Auf einem der Fotos war ein Mann zu sehen, der sich am Ufer der Itz herumtrieb. Er war groß, schlank, trug eine Wildlederjacke und hatte sich das abgelegene Plätzchen am Ufer anscheinend zum Pfeiferauchen ausgesucht. Nach etwa zwanzig weiteren Bildern waren das Auto und der Mann wieder verschwunden, und es folgten nur noch Biber- und Laubaufnahmen. Schade, dass er das Nummernschild des Ignoranten auf den Fotos nicht hatte entziffern können, diesem Typen hätte er sofort eine Anzeige mit richtig saftiger Strafe angehängt. Conrads Puls hatte sich gerade wieder beruhigt, als das Auto auf den Bildern wieder auftauchte. Diesmal stand es frontal und viel näher am Ufer. Mit tiefer Befriedigung stellte Volker Conrad fest, dass er das Nummernschild diesmal lesen konnte.

»Hab ich dich!«, rief der Biologe laut und notierte sich die Buchstaben-Ziffern-Kombination. Mit deutlich besserer Laune wendete er sich den übrigen Fotos zu. Weiß der Teufel, was der Typ am Ufer zu schaffen gehabt hatte. Doch Volker Conrad würde es gleich erfahren, denn auf einem der nächsten Bilder hatte der Mann keine Pfeife mehr in der Hand, sondern etwas gänzlich anderes. Er war gerade dabei, eine Pistole in ein Stück Stoff zu wickeln. Die folgende Bilderserie zeigte den Vorgang in aller Deutlichkeit, sogar die exakte Zeit der Aufnahme war am Rand der Fotos ersehbar. Schließlich grub der Mann eine Mulde im Fluss nahe dem Ufer und entsorgte in ihr die Handfeuerwaffe. Dann erhob er sich und ging zurück zu seinem Wagen. Eines der letzten Fotos zeigte den durchtrainiert wirkenden Mann, wie er sich noch einmal umdrehte und genau in Richtung der Kamera blickte. Den Blick würde Volker Conrad sein Lebtag nicht mehr vergessen. Aus ihm sprachen Kälte, Wachsamkeit und absolute Unnachgiebigkeit. Zwei Bilder später war der Jeep verschwunden, und der Rest der Aufnahmen bestand nur noch aus ob der nächtlichen Ruhestörung sichtlich verärgerten Bibern. Doch die Befindlichkeiten seiner Beobachtungsobjekte waren dem Biologen plötzlich fast schon egal. Unwillkürlich schob sich Volker Conrad auf seinem Stuhl ein wenig vom Schreibtisch und dem daraufstehenden Laptop weg, so stark war die physische Beklemmung, die der Blick des Mannes in ihm ausgelöst hatte. Er wollte nur noch die Polizei und seinen Professor in Bayreuth anrufen. Scheißegal, in welcher Reihenfolge.

»Wie heißt das bei den weiblichen Evangelen eigentlich? Frau Pfarrer? Oder Pfarrerin, Pfarresse, Pfarreuse oder vielleicht Pfarrine? Was soll das außerdem sein, eine Simultankirche?« Laut denkend saß Lagerfeld auf dem Beifahrersitz. Da Haderlein die Frage anscheinend nicht beantworten wollte, befragte er kurzum das Internet und ließ Haderlein umgehend an seinen neu gewonnenen Erkenntnissen teilhaben. »Ich hab's, Franz. Fachleute sprechen von einem Simultaneum oder einer Simultankirche. Das ist eine Kirche, in der sowohl evangelische als auch katholische Gottesdienste stattfinden. Allerdings trifft das auf die Kirche in Untermerzbach nicht ganz zu. Eigentlich unterhalten wird das Gotteshaus nämlich von der evangelischen Kirche, während die katholische nur über ein Nutzungsrecht verfügt. Gemeinsame Gottesdienste gibt es auch, zum Beispiel zu Beginn und Ende des Schuljahres oder auch am Aschermittwoch. Die Katholiken feiern die großen Feste in der Regel am zweiten ihrer Feiertage, also Weihnachten, Ostern und Pfingsten. Kirchweih ist Anfang September mit eigenem Gottesdienst dran, und auch für Beerdigungen und Hochzeiten nutzen sie die Kirche. Das Miteinander der Konfessionen war aber nicht immer so harmonisch, womit wir auch bei den Ursprüngen der Simultankirche wären. Schon zu Zeiten ihrer Gründung war die Kirche Anlass für Streit und Zwietracht zwischen den religiösen Gruppen. Anno 1530 führte die Familie von Rotenhan die Reformation in Untermerzbach ein, das Dorf wurde also protestantisch. Doch hundertvierzig Jahre später folgte die Gegenreformation, als Georg Wolf von Rotenhan samt seiner Familie sich um 1670 wieder dem katholischen Glauben zuwandte. Von heftigen Auseinandersetzungen zwischen Protestanten und Katholiken ist die Rede, und die Zwistigkeiten hielten natürlich an, als die alte Pfarrkirche ab etwa 1700 simultan genutzt wurde.

Hast du bis hierhin alles verstanden?«, fragte Lagerfeld, als er merkte, dass Franz nicht mehr ganz bei der Sache war.

»Ich glaube, es heißt Pfarrerin«, sagte Haderlein nachdenklich, und seit langer Zeit schlich sich wieder ein Lächeln auf sein Gesicht, als er den Freelander auf der Bundesstraße vier von Bamberg in Richtung Coburg lenkte.

Lagerfeld legte frustriert das Handy weg. Wenn Franz seine Nachforschungen nicht interessierten, hätte er das doch gleich sagen können. Irgendwie hatten sie die Rollen getauscht. Er musste sich um den Fall kümmern, weil Franz mit seinen Gedanken dauernd woanders war oder abschweifte. Ein völlig neues Berufsgefühl für Lagerfeld.

»Von einer Pfarreuse oder Pfarrine habe ich jedenfalls noch nie etwas gehört«, sagte Haderlein abschließend, und plötzlich fiel ihm ein, dass er noch gar nicht gefragt hatte, was Lagerfeld am Morgen dieses Tages so getrieben hatte. »Was ist eigentlich aus deinen Recherchen der besonderen Art geworden, um die ich dich gebeten hatte, Bernd? Was herausgefunden, irgendwelche neuen Ideen?«

Lagerfeld verzog das Gesicht. »Jetzt mal im Ernst, Franz. Wenn du auf der Flucht vor einem Mörder wärst und müsstest dich auf die Schnelle irgendwo hier in der Gegend verstecken. Wo würdest du hingehen?«

Haderlein legte die Stirn in Falten. Seit vierundzwanzig Stunden dachte er über nichts anderes mehr nach und hatte noch immer keine Ahnung. Am wahrscheinlichsten waren wohl Verwandte, aber die Möglichkeit gab es für Franziska nicht mehr. Ihre Mutter war verhaftet worden, ihre Fast-Verwandtschaft aus Oberhof irgendwo in den Tiefen des Thüringer Waldes untergetaucht. Franziska war auf sich allein gestellt. Nein, Haderlein hatte keine Ahnung, und seine polizeilichen Mittel waren ausgeschöpft: Sie hatten alles kontrolliert, was kontrollierbar gewesen war.

»Jedenfalls hab ich mir gedacht, dass ich mal einer dieser besonderen Ideen folge, die du angemahnt hast, und bin zu meiner ehemaligen Klientel am alten Schlachthof.«

Haderlein brauchte einen Moment, um zu kapieren, was Lagerfeld damit andeuten wollte, und brach in schallendes Lachen aus. »Du meinst, du hast deinen Damen des horizontalen Gewerbes einen Besuch abgestattet? Das erklärt natürlich deine olfaktorische Aura, Bernd. Und ich habe mich schon gewundert, was du für einen neuen Duft aufgelegt hast. Jetzt bin ich aber gespannt, was du Sensationelles herausgefunden hast«, feixte Haderlein.

Aus Lagerfelds Gesicht sprach daraufhin nicht gerade die pure Euphorie. »Franz, das willst du gar nicht wissen. Ich sag mal so: Meine Idee war bestimmt gut, aber das Ergebnis ist ungenügend.« Dann erzählte er von Cindys vogelwilder Flucht vor ihrem Ex und ihrer zum Schluss klösterlichen Unterkunft.

Haderlein schmunzelte erst, aber dann wurden seine Gesichtszüge ernster. So unsinnig fand er Cindys Idee gar nicht. Allerdings konnte er den Gedanken nicht weiterverfolgen, da er just in dem Moment die Bundesstraße verlassen und bei Kaltenbrunn links in Richtung Untermerzbach abbiegen musste.

Im Dorf interessierten sich die beiden Kommissare weder für die nagelneue Brücke über den Itzgrund noch für die zahlreichen schönen Fachwerkhäuser oder den wirklich hübschen Ortskern. Stattdessen konzentrierten sie sich auf die Anweisungen der Stimme ihres Navigationsgerätes, die sie durch die kleinen verwinkelten Sträßchen und schließlich zu einer rechteckigen, gelblich verputzten Kirche führte, die innerhalb des Ortes auf einem kleinen Berg thronte. Schon von Weitem war zu sehen, dass vor ihrem Haupteingang ein ziemliches Tohuwabohu herrschte, also parkten sie den Freelander lieber weiter unten auf einer breiteren Straße und stiegen bergauf.

Ein Gemisch aus zahlreichen Kirchgängern, Ministranten und sonstigen christlichen Beteiligten befand sich offenbar gerade in einem angeregten Disput, der mit einer erstaunlichen Intensität geführt wurde. Je näher die Kommissare kamen, umso deutlicher konnten sie die erregten Stimmen der Diskutanten und die zornigen Zwischenrufe der aufgebrachten Konfessionsvertreter hören.

Niemand kümmerte sich um die beiden fremden Gäste. Alle folgten gebannt dem mit großer Vehemenz ausgetragenen Zwiegespräch zwischen dem katholischen Pfarrer und der evangelischen »Pfarrïne«. Die sich feindlich gegenüberstehenden Lager warfen sich wild lodernde Blicke zu, dazu stießen die Kontrahenten wüste Drohungen aus. Es schien nur noch eine Frage der Zeit zu sein, bis es zu Handgreiflichkeiten kommen würde.

»Was zum Kuckuck ist denn hier los?«, fragte Haderlein Lagerfeld verwirrt. Sollte das wieder irgend so ein fränkischer Brauch sein, von dem er, aus Oberbayern stammend, noch nichts gehört hatte? Dann war es wohl besser, sich erst einmal zurückzuhalten.

Bernd Schmitt ignorierte die ihm gestellte Frage, ging stattdessen schnurstracks auf die Streithähne zu, zwängte sich zwischen sie und hielt dann seinen Dienstausweis in die Höhe. Die Situation entspannte sich für einen Moment, dann aber, nach wenigen Sekunden der Neuorientierung, entbrannte die heftige Diskussion erneut, Lagerfeld gestikulierte aufs Heftigste, doch es half nichts: Wenig später gingen die Lager wieder aufeinander los. Der junge Kommissar rettete sich auf die Seite und schien zu überlegen.

Während des Tumultes hatte Haderlein seinen Blick über die Kirche und das angrenzende Friedhofsareal schweifen lassen. Etwas an der Szenerie kam ihm seltsam bekannt vor. Erst konnte er das Gefühl nicht festmachen, aber dann fiel es ihm wie Schuppen von den Augen. Er griff in die Innentasche seiner Lederjacke und holte mit der rechten Hand das Foto heraus, das Cesar Huppendorfer von Gernot Fraas' Pinnwand gepflückt hatte. Auf dem Bild war genau diese Kirche zu sehen, davor Claudia Büchler mit der kleinen Franziska, in der Hand eine Sporttasche, auf dem Rücken einen Rucksack. Der Fotograf hatte damals etwas weiter links gestanden als Haderlein heute, aber das Pfarrhaus mit seinem schönen Fachwerk war definitiv dasselbe. Warum nur hatte Gernot Fraas dieses Bild an seine Pinnwand geheftet? Doch Haderlein kam nicht mehr dazu, der Frage nachzugehen, denn in genau diesem Moment fiel ein Schuss. Erschrocken fuhr der Kriminalhauptkommissar herum und steckte flugs das Foto wieder weg. Vor der Kirche stand Lagerfeld inmitten der Menschenmenge, seine Dienstwaffe hoch über den Kopf erhoben. Es war mucksmäuschenstill.

Als Haderlein nach einem kurzen Sprint Lagerfeld erreichte, standen alle um den jungen Kommissar herum und schauten ihn teils verängstigt, teils überrascht an.

»Was ist hier los?«, fragte Haderlein laut und drohend die Runde, vor allem aber seinen unbedachten Kollegen. Hoffentlich hatte Bernd in dem ganzen Affentheater, das er hier veranstaltete, nicht irgendjemanden verletzt. Aber es war niemand zu sehen, der diesbezügliche körperliche

Beschwerden an den Tag legte. Lagerfeld nahm seine Waffe auch bereits wieder herunter und steckte sie ins Holster seitlich unter seiner Jeansjacke. Haderlein schaute seinen jungen Kollegen fragend an. Die ganze Situation schien regelrecht eingefroren zu sein, mit der Gefahr, wieder blitzartig aufzutauen, wenn nun jemand etwas Falsches sagte.

Lagerfeld scannte mit einem Blick der tiefsten Befriedigung die Runde, bevor er sich Haderlein zuwandte. »Also, Franz. Hier stehen sich a katholische Taufe und a evangelische Beerdigung gechenüber. Der Termin in der Kirch wurde doppelt vergeben, und die zwei Feierlichkeiten gleichzeitig durchzuführen, des is halt a weng schwierig. Deshalb hammer fast a Hauerei ghabt, wer in die Kirch nei döff und wer ned. Ich für mein Teil bin grad sehr gspannt, wer gewinnt«, sagte Lagerfeld fränkisch trocken und zündete sich eine Zigarette an. Links vor ihm, aus dem evangelischen Beerdigungslager, ertönte bereits wieder erstes angriffslustiges Gebrabbel, was Haderlein aber mit einer energischen Geste unterband.

»Schluss jetzt!«, rief er energisch. War er denn hier im Kindergarten? Er hatte keine Lust auf solchen Quatsch. Das war ja wie im tiefsten Mittelalter. Es war ihm völlig egal, wann wer wie und wo katholische Altäre in irgendwelche evangelische Kirchen gestellt hatte, er hatte einen Mordfall mit nicht gerade wenigen Opfern zu lösen. Immerhin hatte es Lagerfeld geschafft, dass alle sich jetzt ruhig verhielten.

Eine ältere, in fränkischer Tracht gekleidete Katholikin aus Gleußen zupfte den jungen Kollegen nun von hinten vehement an seiner Jacke, woraufhin sich dieser umdrehte. »Döff der des?«, zischte sie Lagerfeld ins Ohr und deutete auf den mit erhobenem Zeigefinger dastehenden Haderlein.

»Der döff des«, gab Lagerfeld umgehend zurück und

lächelte sie einnehmend an, aber seine Freundlichkeit war an der alten Kirchgängerin verschwendet.

»Dass der des döff«, murmelte die leise und empört vor sich hin, trat dann aber wieder in die zweite Reihe zurück.

»Schluss jetzt mit dem Affentheater! Gibt es hier einen katholischen Priester namens Michael Greubel?«, kam Haderlein nun zu ihrem eigentlichen Anliegen, woraufhin ein kleiner älterer Herr in schwarzem Priestergewand aus der Menge trat. Kurze graue Haare bedeckten das Haupt des Geistlichen, der sein spitzes Gesicht mit einem kleinen Spitzbart dekoriert hatte.

»Das bin ich, Herr Kommissar. Bitte entschuldigen Sie die Aufregung, aber wir haben hier wieder mal ein terminliches Problem, das wir nicht lösen können. Leider scheint meine evangelische Kollegin nicht in der Lage zu sein, von eins bis sechs zu zählen.« Greubel warf einen giftigen Blick in Richtung der jungen evangelischen Pfarrerin. Da diese etwas abseits stand, hatte sie zwar nicht verstehen können, ob der katholische Widersacher etwas Negatives über sie gesagt hatte, ging aber sicherheitshalber einmal davon aus und kam mit Glut in den Augen herbeigestapft.

»Das hier ist immer noch ein evangelisches Gotteshaus«, fauchte sie wütend in Richtung Greubel. »Wenn ihr Katholen schon zu blöd seid, eure Termine richtig einzutragen, dann steht wenigstens dazu und ruft nicht gleich die Polizei. Erstens stehen euch eigentlich sowieso nur fünf Termine im Jahr zu, und zweitens möchte ich von einem katholischen Würdenträger nichts mehr über das Thema Sechs hören, und damit meine ich keine Zahlen«, rief die Pfarrerin aufgebracht und fuchtelte wild in der Luft herum. Ihre Tirade löste heftiges Nicken beim anwesenden evangelischen Trauerzug aus. »Ich habe es wirklich satt, satt,

satt, mich immer noch mit irgendwelchen Regeln aus der Reformation herumzuschlagen. Ihr Katholen solltet lieber mal vor eurer eigenen Tür kehren. Wir haben heute einen evangelischen Bürgermeister zu beerdigen, und da möchte ich keine fragwürdigen katholischen Einflüsse dabeihaben. Zum Glück hab ich die Beerdigung und du den Täufling, Michael. Nicht auszudenken, wenn es umgekehrt wäre«, fuhr sie Greubel an, der mangels Argumenten auf bockig schaltete.

»Ach ja, und was wär dann? Was sollte denn dann sein, na?«, fragte er trotzig wie ein kleines Kind, das nach dem Sandmännchen partout nicht ins Bett gehen will.

Frau von Pischek kam jetzt erst so richtig in Fahrt. »Was dann wäre?«, plusterte sie sich auf. »Nicht auszudenken wäre das, vor allem für die Totenruhe. Weiß der Herr, was die arme Leiche dann für seelische Folgeschäden durchs Leben schleppen müsste, wenn so ein katholischer Pfaffe bei der Beerdigung dauernd dazwischensegnet.«

Pfarrer Greubel versuchte es jetzt doch wieder argumentativ. »Aber Anton von Rotenhan hat doch …«, brachte er den Ansatz eines historischen Einspruchs, der aber sofort abgeschmettert wurde.

»Weißt du, was der mich kann, dein Anton von Rotenhan, Michael? Weißt du, was der mich kann?«, keifte die junge Pfarrerin und machte Anstalten, ihre Ärmel aufzukrempeln, während Pfarrer Greubels Augen fieberhaft den Rasen nach etwas absuchten, womit er nach seinem evangelischen Ziel werfen konnte. Beide Geistlichen standen sich kampfeslustig gegenüber, jeder war bereit, auch nur den kleinsten Fehler des anderen mit Gottes Hilfe zu bestrafen. Währenddessen schrie der kleine katholische Täufling munter drauflos, was seine Mutter wiederum dazu animierte, wilde Beschuldigungen in Richtung Beerdigungsgesellschaft auszustoßen. Die instabile Lage drohte erneut zu eskalieren, sodass Lagerfelds Hand sich wieder auf den Weg in Richtung Dienstwaffe machte.

Haderlein stand sprachlos da und konnte es nicht fassen. Das war ja schlimmer als im Irak. Sunniten gegen Schiiten, nur alles auf Fränkisch. Niemals hätte er sich träumen lassen, in Deutschland noch einmal zwischen die Glaubensfronten zu geraten. Es war einer der seltenen Momente, in denen er sich in seine oberbayerische Heimat nach Aschau zurückwünschte. Da waren die Evangelischen deutlich in der Minderheit und verhielten sich auch dementsprechend. Da herrschten klare Verhältnisse, da wusste jeder, wer unten und wer oben war. Aber eine Kirche für zwei Konfessionen, so was konnte auch nur einem Franken einfallen. Wahrscheinlich hatte die berühmt-berüchtigte »Bassdscho-Mentalität« einen nicht unerheblichen Anteil an der Situation. Aber »Bassd scho« passte eben nicht immer. Haderlein hatte keine Lust, hier etwas auszubaden, was die Barone von und zu Rotenhan vor Urzeiten verbockt hatten.

»Wir werden den Jungen jetzt in der Kirche taufen, nur damit das ein für alle Mal klar ist«, stellte Pfarrer Greubel entschlossen fest und verschränkte die Arme.

Pfarrerin Annemarie von Pischeks Augen verengten sich zu schmalen Schlitzen, und sie verschränkte ebenfalls die Arme, was beide Kommissare als kein gutes Zeichen deuteten. Sie machten sich auf unmittelbar bevorstehende Kampfhandlungen gefasst.

»Und wir werden jetzt unseren Trauergottesdienst in dieser Kirche feiern, nur damit das klar ist«, sagte von Pischek. »Wen ihr Katholischen dann wie über das Taufbecken haltet, ist mir persönlich so was von egal. Aber wehe, ihr hindert uns daran, unser evangelisches Gotteshaus zu betreten!«

Von Pischeks aggressives Auftreten legte nahe, dass bald eine umfangreichere Beerdigung stattfinden würde als ursprünglich geplant. Wobei dann natürlich darauf zu achten war, dass man keinen Katholischen in ein evangelisches Grab legte. Würde das passieren, hätte man gleich die nächste Hauerei an der Backe, überlegte sich Lagerfeld beiläufig. Dann erinnerte er sich wieder an seine neue Rolle als Herr aller Lagen und beschloss, mit denen hier in einer Sprache zu sprechen, die sie auch verstanden. In der Sprache, die jeder fränkische Landbewohner von Geburt an gelernt und sich zu eigen gemacht hatte. Lagerfeld schob die beiden Sektenführer Greubel und von Pischek sowie Haderlein zur Seite, stieg auf die Steinmauer, die die kleine Grünfläche vor der Kirche einfasste, klatschte in die Hände und verkündete dem sich ihm erstaunt zuwendenden Kirchenvolk den Beschluss der erlauchten Staatsgewalt. »Also, mal alle herhören. Nachdem sich hier kirchenintern keine Lösung abzeichnet, haben wir als Vertreter des Staates, quasi der weltlichen Macht, eine Entscheidung getroffen. Dieses Gebäude ist von Gesetzes wegen eine Simultankirche, also haben beide Konfessionen das Recht, in ihr Gottesdienste abzuhalten. Da es bei der Terminierung Überschneidungen gegeben hat, ordnen wir hiermit an, dass sowohl Taufe als auch Beerdigung gleichzeitig stattfinden werden, simultan sozusagen. Beide Geistlichen werden dazu angehalten, eine gemeinsame Messfeier abzuhalten, bei der es friedlich, ich wiederhole, friedlich zugehen wird. Außerdem mache ich darauf aufmerksam, dass Zuwiderhandlungen oder Störungen von uns als Ordnungswidrigkeiten beziehungsweise im Extremfall als strafbare Handlungen aufgefasst und geahndet werden. Begeben Sie sich jetzt bitte in die Kirche, die Evangelischen nehmen links Platz, die Katholischen rechts. Der Herr sei mit euch!«

»Und mit deinem Geiste«, schallte es aus dem katholischen Lager zurück. Von Pischeks und Greubels Augen, vor allem aber die von Haderlein quollen fast aus ihren Höhlen, als Beerdigungs- und Taufgäste daraufhin tatsächlich widerspruchslos in die Untermerzbacher Simultankirche einzogen. Haderlein schaute erst Lagerfeld, dann die beiden Geistlichen streng an, damit jeglicher Protest gegen die soeben verkündeten Beschlüsse auch im Keim erstickt wurde.

Nur die alte Katholikin aus Gleußen, die als Letzte auf dem Vorplatz herumstand, war nicht ganz mit dem Beschluss einverstanden und zupfte wieder an Lagerfelds Jacke. »A Beerdichung und a Kindsdäff in einem Goddesdienst? Des döff mer doch ned«, beschwerte sie sich, stieß aber bei Lagerfeld auf Granit.

»Des döff mer«, bekräftigte der ruhig und bestimmt.

»Dass mer des döff«, brummelte die Alte wieder kopfschüttelnd und wackelte schließlich als Schlusslicht in die Kirche.

Die Kommissare standen nun allein mit von Pischek und Greubel auf dem Vorplatz, die sich schon wieder die ersten giftigen Blicke zuwarfen.

»Franziska Büchler aus Bamberg, sagt Ihnen der Name etwas?«, fragte Haderlein, bevor Greubel wieder beginnen konnte zu lamentieren.

Der Pfarrer überlegte kurz, schließlich musste sich seine Gedankenwelt in eine völlig neue Richtung umorientieren. »Äh, ja, natürlich, Franziska, die war gestern hier. Aber warum, was ist mit ihr?«, fragte er, während er Pfarrerin von Pischek noch immer misstrauisch aus dem Augenwinkel beäugte.

Haderlein gestand sich eine Schrecksekunde zu, bevor er den Pfarrer am Kragen packte. »Was, die war hier? Und wo ist sie hin?«, rief er aufgeregt.

Auch Lagerfeld hatte die Augen verblüfft aufgerissen und wartete gespannt auf die Antwort des Pfarrers. Selbst Annemarie von Pischeks Ärger schien ob der polizeilichen Handgreiflichkeiten verraucht zu sein.

»Nun, sie hat erzählt, dass sie Stress mit ihrer Mutter und allen möglichen anderen Leuten hätte und auch sonst ziemlich viel Ärger am Hals. Ich konnte ja nicht ahnen, dass sie auch Probleme mit der Polizei hat.« Greubel war sichtlich eingeschüchtert, sein Blick war eine einzige Unterwerfungsbekundung, woraufhin Lagerfeld Haderleins Hand vom Kragen des Priesters entfernte.

»Wir wollen Franziska helfen, Herr Greubel«, versuchte er es in einem freundlicheren Ton. »Ärger hat Franziska tatsächlich, aber je eher wir sie finden, desto besser, sonst könnte nämlich ihr Leben in Gefahr sein. Wenn Sie also wissen, wo sie sich aufhält…«

Greubel schaute unschlüssig von einem zum anderen. »Das ist für mich nicht so einfach, müssen Sie wissen«, erklärte er. »Ihre Mutter stammt aus der Nähe, und Franziska ist in ihrer Jugend sehr oft hier gewesen. Sie war Mitglied unserer Jugendgruppen und hat auch an Zeltlagern teilgenommen. Zeitweise habe ich mich sehr intensiv um sie gekümmert, vor allem damals, als sie nicht gesprochen hat. Wir haben ein sehr vertrauensvolles Verhältnis, und das möchte ich nicht aufs Spiel setzen.« Er schwieg einen Moment. Jeder konnte sehen, wie der Mann mit sich kämpfte.

Auch die evangelische Pfarrerin war plötzlich wie verwandelt und zeigte regelrechte Höflichkeitsanfälle.

»Ich gehe dann mal in die Kirche und kümmere mich um die Gottesdienste«, sagte sie, kurz bevor Michael Greubel einen Entschluss fasste.

»Also gut. Weil Sie von der Polizei sind. Franziska war gestern hier. Sie hat einen Schlafplatz gesucht, aber ich habe ihr gesagt, dass ich ihr in einem katholischen Pfarrhaus keinen anbieten kann. Und dann hab ich ihr einen Tipp gegeben, wo sie ganz sicher für eine Nacht unterkommen kann.«

»Aha, und was war das für ein Tipp, wenn ich fragen darf?«, wollte Haderlein sofort wissen. Dieser Greubel sollte endlich zur Sache kommen, sie hatten verdammt noch mal keine Zeit zu verlieren.

»Abtei Maria Frieden in Kirchschletten. Das ist ein Kloster mit sehr hilfsbereiten Schwestern. Die nehmen Bedürftige für eine Nacht oder auch länger auf und stellen keine Fragen.«

Lagerfeld glaubte, sich verhört zu haben. Ein Kloster. Was war er nur für ein unverbesserlicher Ignorant. Die einfältige Cindy hatte mit ihrer Theorie vollkommen richtiggelegen. Er hätte sich ohrfeigen können, Depp, der er war.

»Und Sie sind sich sicher, dass wir sie dort finden?« Haderlein war eigentlich schon im Aufbruch begriffen, wollte aber sichergehen.

»Na ja, was heißt schon sicher? Franziska hat einen sehr eigenen Kopf. Sie sagte, dass ihr der Sozialpädagoge von der Obdachlosenhilfe auch schon das Kloster genannt hätte, hat sich bei mir bedankt und ist dann einfach gegangen.«

»Und hat sie eine Telefonnummer hinterlassen?« Haderlein war wieder ganz der Alte, er schien seine lethargische Phase überwunden zu haben.

»Nein, leider nicht.« Greubel schüttelte den Kopf. »Sie wirkte ziemlich angespannt und schien auch in Eile zu sein. Ich würde Ihnen ja gern mehr ...«

In diesem Moment hörten sie einen merkwürdigen, dumpfen Laut aus der Kirche, dem ein erschrockener Schrei folgte. Eine Sekunde später zersplitterte das Fenster über dem Haupteingang, und ein katholisches Gebetbuch kam direkt auf sie zugeflogen. Das zerfledderte Teil war noch nicht auf dem Teer gelandet, als Michael Greubel schon mit wehendem Talar zum Haupteingang der Simultankirche in Untermerzbach sprintete.

Den beiden Bamberger Kommissaren war das Konfessionsdebakel nun endgültig egal. Sie rannten ihrerseits zum Landrover zurück und rasten dann mit quietschenden Reifen zu der Abtei. Lagerfeld, der den Weg nach Kirchschletten kannte, lenkte den Landrover aus Untermerzbach hinaus und zurück auf die B 4, während Haderlein alle Streifenwagen im Umkreis, derer er habhaft wurde, zur Abtei Maria Frieden beorderte.

Als Gerhard Irrlinger das Mikrofon in die Hand nahm, wurde es still in der Betriebskantine. Dass der menschenscheue und gefürchtete Geschäftsführer sich selbst an die Belegschaft wandte, kam höchst selten vor. Genauer gesagt hatte er dies erst ein einziges Mal getan, bei der Weihnachtsfeier vor einem halben Jahr. Während seiner Rede hatte der Chef von Santamon-Europa seinen Charme in homöopathischen Dosen versprüht, sodass alle froh gewesen waren, als kurz darauf endlich das Büfett eröffnet worden war.

Die Kantine verfügte an einer Seite über eine kleine Bühne, die extra für Ansprachen, Ehrungen oder auch Musikveranstaltungen errichtet worden war. Auf ihr stand nun Gerhard Irrlinger mit seinem Mikrofon, neben ihm seine Chefsekretärin Carola Zosig mit besorgtem Gesichtsausdruck.

»Sehr verehrte Arbeitnehmerinnen und Arbeitnehmer«, ergriff Irrlinger das Wort. »Aufgrund von erhöhtem Sicherheitsbedürfnis herrscht auf dem Betriebsgelände der Firma Santamon ab sofort eine erhöhte Sicherheitsstufe. Das hat zur Konsequenz, dass alle Mitarbeiter der Geheimhaltungsstufen eins und zwei im Wohnheim zu bleiben haben und keinen Ausgang mehr wahrnehmen können. Alle Mitarbeiter ohne Geheimhaltungsklassifizierung werden bis auf Weiteres freigestellt. Wer aus welchen Gründen auch immer nicht auf dem Gelände bleiben kann, wird darum gebeten, das Firmengelände binnen einer Stunde zu verlassen. Das Personal des Sicherheitsdienstes ist von mir angewiesen worden, die Tore strengstens zu kontrollieren, also versuchen Sie bitte keine Dummheiten. Über das genaue Prozedere wird Sie nun Frau Zosig informieren, an sie können Sie auch Ihre Fragen richten, ich danke Ihnen.« Damit übergab er das Mikrofon seiner Sekretärin, ging von der Bühne und verließ den Raum. Er hatte gesagt, was er hatte sagen wollen, hatte emotionslos die Fakten präsentiert.

Carola Zosig war dagegen aus einem ganz anderen Holz geschnitzt. Jeder im Haus war für sie praktisch wie ein eigenes Kind, um das sie sich zu kümmern hatte. »Liebe Mitarbeiterinnen, liebe Mitarbeiter«, begann sie, und schon ihrer Stimme war anzumerken, dass ihr das, was sie zu verkünden hatte, keine Freude bereitete. »Die eben verkündeten Sicherheitsmaßnahmen sind nur vorübergehend. Ich bin sicher, dass die erhöhte Sicherheitsstufe schon in Kürze aufgehoben werden kann, aber bis dahin möchte auch ich Sie bitten, den Anweisungen von Herrn Irrlinger Folge zu leisten. Selbstverständlich werden Sie auch bei einer Freistellung Ihr Gehalt weiterbeziehen. Alle Mitarbeiter der Geheimhaltungsstufen eins und zwei werden gebeten, im Wohnheim zu bleiben. Sollten Sie mit irgendetwas Probleme haben, wenden Sie sich bitte vertrauensvoll an mich. Vorsorglich möchte ich Sie aber schon jetzt auf die Zusatzklausel 9b in Ihrem Arbeitsvertrag zum Thema ›Erhöhung der Sicherheitsstufen‹ hinweisen. Ich danke Ihnen vielmals.«

Mit einer mitfühlenden Miene legte sie das Mikrofon zur Seite und stieg von der kleinen Bühne. Sofort wurde sie von einer Menschentraube umringt, jeder wollte wissen, was das alles zu bedeuten hatte.

Angela Haimer, Yasmin Bärnreuther-Aust und Markus Hahn standen ziemlich weit hinten in der Kantine und hatten sich die Neuigkeiten mit wachsender Besorgnis angehört. Nach ihrem Besuch im Labor hatten die beiden Frauen wieder die Schleuse passiert und waren in die Kantine zurückgeeilt, wo sie den guten Markus erst einmal so richtig zusammengeschissen hatten, was dieser klaglos über sich ergehen ließ. Er hatte mit nichts anderem gerechnet. Noch bevor sie allerdings ihren Chef und Laborleiter Aegidius Braun ausfindig machen konnten, hatte Gerhard Irrlinger schon die Bühne betreten und die Quarantäne für das Santamon-Gelände verkündet. »Ich will doch sehr hoffen, dass das nichts mit unserer verschwundenen Königin zu tun hat«, orakelte Angela, die blass geworden war.

»Dort drüben steht Aegidius!«, rief Yasmin plötzlich erleichtert. »Los, Angela, wir müssen ihm alles beichten!« Und schon lief sie zum Chef ihres Labors hinüber.

Auch Dr. Aegidius Braun konnte sich keinen Reim auf die von Irrlinger angekündigten dramatischen Maßnahmen machen. Er wollte noch einmal darüber nachdenken, als jemand seinen Namen rief. Er wandte sich um und sah seine medizinisch-technische Assistentin auf sich zukommen und aufgeregt gestikulieren. Wusste Yasmin vielleicht mehr? »Was gibt's denn, Boshi? Langsam, langsam, ich laufe schon nicht weg«, beruhigte er sie. Seine langhaarige Mitarbeiterin war ganz aufgeregt und schien ein äußerst wichtiges Anliegen zu haben.

»Kommen Sie mit, Herr Doktor, wir müssen uns unbedingt unterhalten«, flüsterte Yasmin dem grauhaarigen Mann mit der hohen Stirnglatze ins Ohr.

»Ist denn etwas passiert?«

Yasmin nickte heftig. »Allerdings. Es geht ums Labor.«

Aegidius Braun schien auf der Stelle festgefroren zu sein. Gab es Schwierigkeiten? Wenn Yasmin so aufgeregt war, dann konnte es sich nur um eine große oder sehr große Katastrophe handeln.

»Gut, dann treffen wir uns in fünfzehn Minuten im Labor, dort sind wir ungestört«, sagte er leise.

Yasmin nickte, drehte sich um und ging zu ihren beiden Kollegen zurück.

Josef Schauer zweifelte immer mehr an sich und seinem Berufsbild. Eigentlich war er doch ein ziemlich guter Imker, verdammt noch mal. Sogar in den Vorstand seines nordbayerischen Verbandes hatte man ihn gewählt. Er hatte weiß Gott was auf dem Kasten, und trotzdem kam er nicht dahinter, was es mit den neuen Bienen auf sich hatte. Niemand kannte sie, nirgendwo waren sie erwähnt oder verzeichnet, und neue exotische Kreuzungen, die demnächst auf den Markt kommen sollten, wurden in Fachliteratur und -presse auch nicht erwähnt. Es war zum Verrücktwerden, so als hätte jemand diese Rasse von einem anderen Planeten eingeflogen. Einfach unfassbar. Josef Schauer brauchte jetzt unbedingt frische Luft und Abwechslung. Er griff sich seine Pfeife und stapfte los.

An diesem wunderschönen Frühlingsabend herrschte an seinen Bienenstöcken emsiges Treiben, aber der Rauch seiner Pfeife, die er sich angezündet hatte, würde den Stock beruhigen. Er hatte gerade den Deckel abgehoben, um die neue Rasse erneut zu betrachten, als ein Schatten von hinten auf ihn und den Bienenstock fiel. Er drehte sich um und schaute in das wutentbrannte Gesicht von Erwin Dittberner.

»So, du willst also wirklich ned verkaafen. Ned amal, wenn der Bürchermeister mit dir reden und dich sogar anbetteln tut? Ei, Josef, du bist so ein Arschloch!«, schrie Dittberner außer sich und schlug zu, noch bevor Josef Schauer reagieren konnte.

Der Imker war nun wirklich alles andere als schwächlich gebaut, aber die Faust des wütenden Bauern traf ihn unvorbereitet genau am Kinnwinkel. Sein Kopf wurde von dem gut gesetzten Treffer herumgeschleudert, seine Bienenpfeife flog ihm aus dem Mund und er besinnungslos mit dem Gesicht voraus ins Gras.

»Du blödes Arschloch!«, schrie Erwin Dittberner noch einmal und schlug ein weiteres Mal zu, diesmal war der Deckel des Bienenstocks sein Ziel. Das dünne Holz splitterte unter der brachialen Gewalt, eins der Wabengebilde im Inneren zerknickte. »Scheiße aber auch«, entfuhr es Dittberner, während er seine blutende Hand aus dem zertrümmerten Holzdeckel zog. Und als Sekundenbruchteile

675

später ein wütendes Brummen aus dem beschädigten Stock zu hören war, begriff auch Erwin Dittberner als Nichtimker sofort, dass es nun vielleicht besser war, den Rückwärtsgang einzulegen. Er drehte sich um und begann zu rennen. Nach wenigen Metern spürte er die ersten Stiche.

Das Brennen wurde immer schlimmer, aber so schnell er auch rannte, die Bienen ließen sich nicht abschütteln. Seltsam. Als Kind war er des Öfteren erfolgreich vor Bienen davongelaufen. Natürlich wurden die Tiere aggressiv, wenn man sie reizte, aber wenn man weit genug rannte, gaben sie irgendwann auf. Aber diese hier nicht. Obwohl Dittberner fast das andere Ende der großen Wiese erreicht hatte, schienen sich die Angreifer noch immer zu vermehren. Kleine schwarze Stechmaschinen hüllten ihn ein. Der massige Bauer stürzte schreiend zu Boden und schlug wild um sich, aber vergeblich. Die Bienen stachen unermüdlich zu.

Dittberners Arme, sein Gesicht, alles brannte wie Feuer, dann spürte er, wie sich die Bienen in seinen Hosenbund und seine Nase drängten, um auch dort ihr Gift zu hinterlassen. In kürzester Zeit hatte die Giftmenge die Dosis überschritten, die ein Mann von Dittberners Gewicht überleben konnte. Er schlug noch einige Male um sich, bevor seine Schreie erstarben, und kurz danach hörte auch sein Herz auf zu schlagen.

# Teil 3

# Molekulargenometrie

Teil 3

Molekülgeometrie

## Sticheleien

Die Tür war verschlossen, und auch auf nachdrückliches Klopfen und Rufen war von drinnen keine Antwort zu vernehmen. Ratlos stand Cesar Huppendorfer mit einigen noch ratloseren Obdachlosen vor dem verschlossenen Büro von Wolfram Koudelka, dem Leiter der Herberge. Entweder war er nicht da, oder er konnte oder wollte nicht aufmachen. So oder so, die Situation war für den Ermittler eine unbefriedigende, denn er hatte es eilig.

Auf Nachfrage bei den Umstehenden war Koudelka irgendwann im Laufe des Tages plötzlich verschwunden, ohne eine Nachricht zu hinterlassen. Niemand hatte ihn gehen sehen, bei niemandem hatte er sich verabschiedet. Das war mehr als merkwürdig, wie Huppendorfer von allen Seiten eifrigst versichert wurde, denn der Sozialpädagoge galt als zuverlässig, er kümmerte sich um seine Leute vor Ort. Es war einfach nicht seine Art, während der Arbeitszeit abzuhauen. Bevor Huppendorfer sich jedoch Gedanken über sein weiteres Vorgehen machen konnte, klingelte sein Handy in der Hosentasche. Honeypenny.

»Cesar, du musst sofort zurück ins Büro kommen!«

Die dringende Bitte kam dem Kommissar äußerst ungelegen, schließlich hatte er hier noch mit dem Fall zu tun. Außerdem war er doch eben erst im Büro gewesen und hatte von Dringlichkeit nichts gespürt. Doch Honeypenny neigte ja schon mal gern zur Übertreibung. »Aber wieso denn gerade ich, Marina? Ich stecke mitten in der Ermittlung. Da wird sich doch wohl irgendjemand anderes drum kümmern können.«

Aber Marina Hoffmann war da gänzlich anderer Meinung und auch durchaus in der Lage, diese nachdrücklich zu wiederholen. »Cesar, wenn du nicht sofort deinen kleinen süßen Arsch in die Dienststelle bewegst, dann gnade dir Gott, solltest du jemals wieder einen Fuß über diese Schwelle hier setzen, hast du mich verstanden? Ich kann weder Franz noch Lagerfeld telefonisch erreichen, du bist der Einzige, der mir bleibt. Und jetzt mach dich gefälligst auf die Socken, mein Lieber! Denn wenn ich sage, es ist dringend, dann ist es das auch. Und wenn ich sofort sage, dann meine ich nicht vielleicht oder gleich oder schau mer mal. Dann meine ich das genau so: sofort!«

Honeypennys Stimme war so laut durch das Handy zu hören gewesen, dass sogar die etwas zerfleddert wirkenden Menschen um Cesar zurückgewichen waren. Was hatte der denn nur für eine Furie an der Strippe?

Auch Huppendorfer hatte einen solchen Ausbruch der ansonsten allseits beliebten Sekretärin erst einmal live erlebt. Außerdem musste er zerknirscht zugeben, dass meistens etwas dran war, wenn sie sich so aufführte. Honeypenny beliebte nicht zu scherzen, nicht in beruflichen Dingen. »Ich bin in zehn Minuten da«, sagte er, dann steckte er das Handy zurück in die Hosentasche, ließ Bürotür Bürotür sein und lief zurück zu seinem Wagen. Da war er aber mal gespannt, was das für eine unaufschiebbare Sache war, die seine Anwesenheit in der Dienststelle so dringend erforderte.

Honeypenny rückte sich den Ausschnitt ihres leichten Pullovers zurecht, genauer gesagt, sie zog ihn nach unten, bevor sie die Bürotür öffnete. Sie freute sich. Eigentlich freute sie sich schon den ganzen Tag, aber je weiter der Zeiger auf der Uhr vorgerückt war, umso stärker war ihre Freude geworden. Sie wusste genau, wer jetzt im Flur stand und ebenfalls sehnsüchtig auf sie wartete: Ein schüchtern lächelnder, kleiner, schmal gebauter Mann hielt ihr einen großen Blumenstrauß vor die Nase.

»Hallo, Marina«, sagte Hubert Fiederling und drückte ihr die Blumen eilig an die durchaus umfangreiche Brust.

Marina Hoffmanns Herz ging auf wie ein Hefekuchen, und sie umarmte ihren Verehrer. Der zierlich gebaute Fiederling genoss die Herzlichkeit seiner neuen Freundin durchaus, allerdings nur bis zu einem gewissen Punkt. Als dieser erreicht war, bangte er nur noch um seine körperliche Statik. Ihm war sehr wohl bewusst, dass Marina dies alles nur aus ihrem übergroßen Gefühl zu ihm heraus tat, aber er wollte gar nicht darüber nachdenken, was seinem Körper bevorstand, sollte sie einmal, was der Herrgott vermeiden möge, sauer auf ihn sein.

»Komm rein, Hubert, ich bin gleich so weit!«, rief sie mit einem erregten Zittern in der Stimme und schloss die Tür hinter ihm. Dann holte sie ihr gehäkeltes Jäckchen und ihre Handtasche vom Schreibtisch und sagte Fidibus im Glaspalast nur kurz Auf Wiedersehen. Der Chef nahm ihre Verabschiedung mit einem abwesenden Kopfnicken zur Kenntnis, anscheinend war er wieder einmal mit außerordentlich komplizierten juristischen Sachverhalten beschäftigt. Aber das war Marina Hoffmann egal, sie freute sich auf einen wundervollen Abend mit ihrem Geliebten auf einem Bamberger Keller. Und anschließend, nun, anschließend müsste man halt mal sehen, dachte sie erwartungsfroh. Vorher mussten sie allerdings noch kurz bei Haderlein zu Hause vorbei und die Riemenschneiderin abgeben. So gern Honeypenny das süße kleine Ferkel auch hatte, bei dem, was sie heute mit Hubert vorhatte, war es nun wirklich fehl am Platz.

»Komm, Riemenschneider!«, rief sie fröhlich und nahm die Leine des kleinen Schweines in die eine und Hubert Fiederling an die andere Hand. Ein wundervoller Frühlingsabend war das heute, an dem ihr ein ganz besonderer Moment in ihrem Leben bevorstand. Mit pochendem Herzen und einer Überdosis Hormonen in der Blutbahn wollte sie gerade die Segel streichen, als sie die Tür der Dienststelle öffnete und ihr Hochgefühl sich in Luft auflöste. Das Schicksal hatte ihr einen mittelgroßen knochigen Biologen in den Weg gestellt, der mit hoch erhobenem Fingerknöchel an ihre Stirn klopfen wollte.

Gerade als Volker Conrads Knöchel sich schwungvoll der Bürotür der Bamberger Kriminalpolizei näherten, ging diese auf. Logischerweise erübrigte sich das beabsichtigte Klopfen, dafür aber sah er sich einer stattlichen Blondine mittleren Alters und ihrer männlichen Begleitung gegenüber. Der Typ hielt einen Hut in der Hand, die dralle Blondine ein Ferkel an der Leine. Neben ihr wirkte das Männchen fast zierlich, auf jeden Fall aber in körperlicher Beziehung unterlegen.

»Was wollen Sie?«, fragte die Blondine. Es war ihr anzusehen, dass ihr der Überraschungsbesuch nicht passte.

Dementsprechend deplatziert fühlte sich Volker Conrad, eher wie ein Störenfried denn als Überbringer von unerwarteten, womöglich hilfreichen Beweismitteln. »Ja, äh,

682

nun, ich bin hier doch richtig bei der Kriminalpolizei?«, fragte er verunsichert und versuchte, im Hintergrund des Paares einen Polizisten zu entdecken. Aber da war niemand, das Büro schien verlassen zu sein.

»Ja, das sind Sie. Ist es dringend? Ich habe nämlich eigentlich Feierabend. Wenn Ihr Anliegen also vielleicht bis morgen Zeit hat, dann wäre ich Ihnen sehr verbunden. Dann sind auch die anderen Kollegen wieder hier, jetzt ist es leider schlecht.« Der kleine Mann mit dem Hut in der Hand nickte heftig.

Volker Conrad überlegte kurz, ob er nicht wirklich erst am nächsten Tag wiederkommen wollte, und kam zu einem Kompromiss. Seine Fotos wollte er auf jeden Fall hierlassen. »Aber vielleicht ist es tatsächlich wichtig. Es geht um diese Mordfälle in Coburg, von denen schon den ganzen Tag über im Radio berichtet wird. Ich habe da nämlich, tja, etwas gefunden, was mir höchst verdächtig vorkommt. Wenn Sie vielleicht nur mal kurz einen Blick draufwerfen könnten, es wird auch nicht lange dauern, ganz bestimmt nicht.« Conrad merkte sofort, dass er auf die Frau einen ziemlich jämmerlichen Eindruck gemacht hatte, denn ihr Blick veränderte sich von angriffslustig zu mitleidig.

Honeypenny schloss kurz die Augen und atmete tief durch. »Also gut, kommen Sie rein. Aber nur, wenn's auch wirklich schnell geht, ja?« Kurzerhand drückte sie Hubert Fiederling Riemenschneiders Leine in die Hand. »Und du gehst mit unserem Schweinchen noch einmal um den Block. Bis du wieder da bist, habe ich das hier erledigt.«

Hubert Fiederling nickte zwar eifrig, aber in Wirklichkeit war er überrascht und auch überfordert. Er hatte noch nie etwas mit Tieren am Hut gehabt und mit Schweinen schon gar nicht. Sie machten ihm Angst, aber noch mehr

Angst hatte er davor, diesen Umstand seiner Marina gegenüber einzugestehen. Schließlich war er ein Mann, und ein Mann hatte keine Angst vor kleinen Schweinchen. Also zwang er sich zu einem Lächeln und ging mit Riemenschneider davon.

»Hoffmann, Marina«, stellte Honeypenny sich jetzt formvollendet vor und versuchte, nicht resigniert zu klingen. »Kommen Sie ruhig herein.«

Während sie zu Honeypennys Schreibtisch gingen, stellte sich auch Volker Conrad mit Namen und Beruf vor. Dann schilderte er ihr seine Überraschung, als er den Chip der Fotofalle an der Itz ausgewertet und auf den Bildern den Mann mit der Pistole entdeckt hatte.

»Und Sie haben diese Fotos auch dabei?«, fragte Honeypenny, die nun doch neugierig geworden war.

»Natürlich«, erklärte Volker Conrad, zog hektisch den USB-Stick aus der Innentasche seiner Jacke und legte ihn so flott vor Honeypenny auf den Schreibtisch, als wäre er froh, das Ding endlich loszuwerden.

Honeypenny nahm den Stick und schob ihn in den entsprechenden Anschluss ihres Computers. Während ihr Rechner hochfuhr, blickte sie zu Fidibus in dessen Glasbüro hinüber und beschloss, ihn erst einmal nicht zu belästigen. Dann blinkte eine Kontrollleuchte auf ihrer Tastatur auf, und Marina Hofmann konnte erleichtert weitermachen. Auf ihrem Bildschirm erschien das Symbol der USB-Datei. Sie klickte darauf und anschließend auf »Öffnen«. Sie erwartete ein paar nette Bildchen von Bibern und sonstigem Getier und von einem Typen, der sich womöglich verlaufen hatte, doch es kam anders, als sie gedacht hatte.

Auf dem ersten Bild schaute ihr ein großer, schlanker Mann mit durchdringenden Augen direkt ins Gesicht. Der

Eindruck war so intensiv, dass ihr für einen Moment die Luft wegblieb. Sie sah sich auch noch die anderen Fotos an, und als dann tatsächlich klar war, dass der Mann mit der Wildlederjacke eine Waffe in der Itz hatte verschwinden lassen, schrillten bei ihr sämtliche Alarmglocken. Sie musste Franz kontaktieren, und zwar sofort. Das auf dem Foto war zweifellos der Killer, nach dem sie suchten.

»Können Sie mit diesen Fotos etwas anfangen?«, fragte Conrad verunsichert, weil er aus Honeypennys Verhalten nicht so recht schlau wurde. Erst war sie regelrecht abweisend gewesen, dann gelangweilt, und jetzt brach sie in regelrechte Hektik aus.

»Allerdings, Herr Conrad, allerdings. Ich glaube, Sie haben keine Ahnung, wie sehr wir nach diesem Mann gesucht haben. Bitte bleiben Sie hier sitzen und rühren Sie sich nicht von der Stelle.« Honeypenny griff sich den Telefonhörer. Mehrere Male schien sie niemanden zu erreichen, aber als am anderen Ende endlich jemand ranging, wurde sie laut.

Die Abtei Maria Frieden wirkte in der Abendsonne, wie es ihr Name versprach: friedlich. Er hatte seinen Jeep etwas unterhalb des Klosters geparkt, damit er nicht gleich von irgendwelchen neugierigen Augen bemerkt wurde. Noch im Auto trug er sämtliche Informationen zusammen, die er im Internet hatte finden können, und als er den Laptop wieder ausgeschaltet zurück auf den Beifahrersitz stellte, wusste er, dass das Kloster von sechzehn Ordensschwestern der Benediktinerinnen bewohnt wurde, deren Heimatorden interessanterweise auf den Philippinen lag. Sogar eine Japanerin, die für eine Kerzenwerkstatt verantwortlich war, sollte unter ihnen sein. Nach dem, was er so gelesen hatte, hatten diese Kerzen sogar einen ziemlich hohen Bekanntheitsgrad. Am aufschlussreichsten war für ihn ein Luftbild der ehemaligen Schlossanlage. Im ersten Augenblick schien die Abtei nur ein von den Schwestern betriebener Biobauernhof zu sein. Zudem gab es drei Gästehäuser für Übernachtungen, von denen eines speziell für Pilger des Jakobswegs hergerichtet war, die hier für eine Nacht ihr Lager aufschlagen konnten. Eine nahezu perfekte Möglichkeit, um unterzutauchen, dachte sich Gray. Aber nur, solange kein professioneller Killer nach einem suchte. So unauffällig wie möglich umrundete er das Gelände weiträumig und prägte sich alle Gebäude ein. Besonders merkte er sich sämtliche Ausgänge und Fluchtmöglichkeiten, auch wenn er auf sie hoffentlich nicht zurückzukommen brauchte. Wenn alles erwartungsgemäß verlief, würde sein Auftrag binnen einer Stunde erledigt und er ganz schnell von hier verschwunden sein. Dann würde Franziska Büchler nichts mehr ausplaudern können, geschweige denn eine Gefahr für Gerhard Irrlinger darstellen.

Noch einmal überprüfte er seine neue Beretta M9, da er die alte Waffe ja in dem Flüsschen entsorgt hatte. Die Beretta war sein zuverlässiges Allheilmittel für alle Eventualitäten, außerdem hatte er mit ihr die meiste Erfahrung. Sie hatte ihn sein Leben lang begleitet, schon bei den US-Marines hatte er sie als Dienstwaffe kennen- und schätzengelernt. Sie schoss mit Nato-Munition, die überall auf der Welt zu bekommen war, ein weiterer Vorteil, und sie hinterließ tödliche Löcher.

Byron Gray steckte die Waffe zurück ins Holster und näherte sich dem Haupteingang. Das schmiedeeiserne zweiflügelige Tor stand offen, dann folgte ein weiteres grau gestrichenes, bevor er das Abteigelände betreten konnte.

Nichts war verschlossen oder verriegelt, die Abtei Maria Frieden empfing Byron Gray mit offenen Armen.

Die Sonne schien fast waagerecht durch die Fenster des Labors, als Aegidius Braun es betrat. Angela, Markus und Yasmin warteten bereits in der Nähe der stählernen Schleusentür und diskutierten, wobei Markus Hahns Gesichtsausdruck an Jämmerlichkeit nicht zu überbieten war. Er hätte sich ohrfeigen können, dass er nicht den Mut aufgebracht hatte, die Sache früher zu melden.

Der Laborleiter bat alle an einen kleinen Tisch. Es war der hellste Platz im Labor, genau zwischen zwei Fenstern, weswegen er auch gern für kurze Pausen oder die Verrichtung kleinerer Arbeiten genutzt wurde. Als alle sich gesetzt hatten, schaute Aegidius erwartungsvoll in die Runde. »Also gut, dann bitte ganz langsam von vorn. Was genau ist passiert?«, fragte er, als niemand den Mund aufmachte.

Markus Hahn rutschte noch einmal unruhig auf seinem Stuhl herum, bevor er schilderte, wie er an einem Montagmorgen das Fehlen des Drahtgitters bemerkt, sofort das Bienenvolk kontrolliert hatte und dann um das Gebäude herumgegangen war, um das Gitter wieder einzusetzen. Allerdings musste er in diesem Zuge auch gestehen, dass er fast einen Monat lang gezögert hatte, den Vorfall zu melden. Er senkte den Kopf und wartete auf ein Donnerwetter, aber Aegidius Braun stand danach nicht der Sinn. Sie hatten hier ein vordringlicheres Problem, das es zu lösen galt. Da das Gitter unmöglich von den Bienen nach außen gedrückt worden sein konnte, schien es sich um einen klaren Fall von Sabotage zu handeln. Sie mussten also erstens klären, wer hier warum am Werk gewesen war, und zweitens sich darüber klar werden, wie die Auswirkungen der Sabotage zu beurteilen waren. Ein Punkt, der dem Laborleiter erst einmal mehr Sorgen bereitete als der Unbekannte, der die Situation zu verantworten hatte.

Auf dem Gelände von Santamon gab es noch andere Labors, für die Braun zuständig war, aber das hier war das einzige mit höchster Geheimhaltungsstufe und strengen Quarantänebedingungen. In jedem anderen Labor bei Santamon wäre ein ähnlicher Vorfall keine Katastrophe gewesen, aber nicht hier, nicht in diesem konkreten Fall. Sie brauchten zuerst einmal eine gründliche Bestandsaufnahme, nach der sich das weitere Vorgehen richten würde.

»Angela, was war der letzte Stand von Stock eins, und was haben wir von der entwichenen Königin zu erwarten?«, fragte er die leitende Biologin.

Angela Haimer zuckte leicht zusammen, obwohl ihr klar gewesen war, dass diese Frage kommen musste. Sie war blass geworden. »Bei den Bienen in Stock eins handelt es sich um Tiere der ersten Versuchsreihe im neuen Zyklus. Wir haben der Königin die neuen Gene eingebaut. Die Völker der Versuchsreihen davor hatten sich ja nur teilweise so entwickelt wie erhofft. Das heißt, die neuen Gene und ihre Auswirkungen auf das Verhalten der Bienen im Stock sind noch nicht wirklich erforscht. Bei Mellifera S1 wollten wir zuerst einmal das allgemeine Verhalten während der Brutzeit, die Anzahl und das Verhältnis der Bienen untereinander beobachten. Bis dato ist eine überdurchschnittliche Fähigkeit bei der Honigbildung und bei der Vermehrung feststellbar und, was uns ja besonders wichtig war, eine sehr hohe Widerstandsfähigkeit gegen die Varroa«, referierte sie die Fakten. Da Braun sie nicht unterbrach, fühlte sich die Biologin bestärkt und fuhr fort. »Auch das angestrebte Ziel, durch das Genom eine weitestgehende Verträglichkeit gegenüber Glyphosat zu gewährleisten, scheint gelungen zu sein, sodass das Ziel, eine Bienensorte zu züchten, die sowohl gegen die Varroa bestehen kann als auch als einzige Rasse weltweit gegen unser ›Roundabout‹ faktisch resistent ist, im Prinzip erreicht werden konnte«, sagte Angela Haimer nicht ohne Stolz. »Nur gegen die Neonicotinoide ist unsere Bienenrasse noch genauso machtlos wie ihre Vorfahren. Beim Kontakt damit verliert auch S1 die Orientierung.«

»Ja, das ist auch mein letzter Stand der Dinge. Genau diese Fakten habe ich auch unserem Geschäftsführer so zur Kenntnis gebracht. Er war darüber übrigens recht begeistert, wenn ich das einmal so sagen darf. Von den Schwierigkeiten, die du mir angedeutet hast, habe ich ihm damals allerdings nichts erzählt, ich konnte ja nicht ahnen, dass jemand hier bei uns Sabotageakte verübt und ausgerechnet diese Königin in die Welt entlässt. Also, jetzt bitte in aller Deutlichkeit und keine Beschönigungen. Was genau sind das für Schwierigkeiten, von denen du da neulich geredet hast?«

Angela Haimer fiel in sich zusammen. Nun kam der unangenehme Teil, der zur vollständigen Wahrheit leider auch dazugehörte. »Im Zuge der bisherigen Tests mussten wir eine gewisse Aggressivität der Bienen feststellen, die nicht prinzipiell vorhanden zu sein scheint, sondern nur bei ganz bestimmten Eingriffen in ihren Lebensrhythmus zutage tritt.«

»Und genau das ist der Punkt, der mir solche Sorgen macht«, warf Aegidius Braun ein und forderte Angela mit einer Geste auf, in ihren Ausführungen fortzufahren.

»Wir wissen bisher, dass das Volk mit großer Aggressivität reagiert, wenn man die Waben öffnet, um Honig zu gewinnen, von dem Mellifera S1 überdurchschnittlich viel sammelt. Der Honig ist sowohl von Geschmack als auch von der Konsistenz her von außerordentlich hoher Qualität, allerdings mussten wir feststellen, dass das gesamte Volk in Rage geriet, wann immer wir die Wabendeckel entfernten. Ein solch wütendes Bienenvolk habe ich in meiner gesamten Berufslaufbahn noch nie erlebt.« Angela schüttelte sich bei dem Gedanken daran, wie sie die Honigwaben geöffnet hatten.

»Der Angriff der Bienen kam so plötzlich, dass ich fast das Glas für den Honig fallen gelassen hätte«, warf jetzt auch Yasmin ein. »Der Bienenschwarm hat mich so eingehüllt, dass ich ohne Schutzanzug sicher massiv gestochen worden wäre. Zeitweise war mein Sichtfenster völlig schwarz. Ich musste mich wirklich zusammenreißen, um ruhig zu bleiben. Die Bienen waren völlig außer sich.«

Aegidius Braun nickte nur leicht. So etwas Ähnliches hatte er sich schon gedacht. Bereits die Völker, von denen Mellifera S1 abstammte, hatten ähnliche Tendenzen gezeigt, ohne jedoch die Vorteile bezüglich der Varroa oder Glyphosat aufzuweisen.

»Okay, aber meines Wissens habt ihr den Honig ja gewinnen können, und auch die Bienen waren irgendwann ja wieder in ihrem Stock. Wie habt ihr das geschafft?« Der Blick von Braun flog kurz Richtung Regal, wo eine Probe jenes Honigs stand, der von den schwarzen Bienen so heftig verteidigt worden war. Eine weitere befand sich im Bienenversuchsraum, ebenfalls auf einem gekennzeichneten Regal. Er würde den Honig in Zukunft mit sehr viel mehr Respekt behandeln und am besten unter Verschluss halten.

»Nun, wir haben es zuerst mit den klassischen Methoden wie beispielsweise Rauch probiert«, ergriff wieder Angela das Wort. »Aber die zeigten keinerlei Wirkung, die

Bienen beruhigten sich nicht. Schließlich haben wir einfach gewartet, minutenlang, aber noch immer verhielt sich das Volk konstant aggressiv.«

»Wir mussten $CO_2$ in den Versuchsraum leiten. Erst das hat gewirkt«, sagte Yasmin, die die entsprechende Maßnahme damals ergriffen hatte. »Das Kohlendioxid hat die Bienen so gelähmt, dass wir endlich mit dem Honig ins Labor konnten. Dann haben wir gewartet, bis alle Bienen am Boden lagen, und haben sie zurück in den Kasten getan und den Raum wieder mit Außenluft befüllt. Circa zehn Prozent des Volkes haben nicht überlebt. Vermutlich hatten sie sich bei dem Angriff verausgabt, und das Kohlendioxid hat sie noch zusätzlich geschwächt. Der Rest verhält sich seit diesem Vorfall wieder friedlich und sammelt weiter Honig, als ob nichts gewesen wäre.«

Aegidius Braun wirkte nachdenklich. Was würde passieren, wenn sich die entflohene Königin mit frei fliegenden Drohnen kreuzte? Kein Mensch konnte das voraussagen, dazu waren eigentlich noch monate-, ja vielleicht sogar jahrelange Testreihen vonnöten. Niemand konnte ahnen, welche Auswirkungen die Königin und ihre Nachkommen auf das Ökosystem in Mitteleuropa haben würden, denn dass die Königin jemals wieder eingefangen werden konnte, war unwahrscheinlich. Das beste Beispiel für die nicht vorhersehbaren Folgen waren die entflohenen afrikanischen Königinnen in Südamerika, die sich einen Namen als Killerbienen gemacht hatten und sich bis zum heutigen Tag in Richtung Nordamerika vorarbeiteten. Blühte Europa wegen dieses Vorfalls etwa etwas Ähnliches? »Und die Aggression war nur bei ihrem eigenen Honig festzustellen oder auch bei dem von anderen Völkern?«, fragte Braun sicherheitshalber noch einmal nach.

»Wir haben daraufhin Tests mit verschiedenen Honig-
sorten durchgeführt, dabei blieben die Bienen absolut ruhig«, sagte seine Chefbiologin, »selbst als wir sie mit Honig
von dem Volk ihrer Königin konfrontierten. Auch Lärm,
leichte Erschütterungen oder andere Gerüche konnten das
Volk nicht aus der Ruhe bringen. S1 war wieder ein ganz
normales Bienenvolk«, meinte sie zerknirscht. »Natürlich
bis auf die Sache mit den Königinnen. Aber das habe ich
erst vorhin beim Überprüfen festgestellt. Der Stock hat die
alte Königin verloren, aber dafür mehrere neue bekommen.«

Aegidius Braun schaute sie ungeduldig an. Was kam
denn jetzt noch, um Himmels willen? Die Auskünfte,
die er bis dato erhalten hatte, ließen doch schon auf ein
schreckliches Desaster schließen. »Wieso Königinnen, seit
wann gibt es denn mehrere davon in einem Bienenvolk?«

Angela Haimer hob entschuldigend beide Hände. »Ich
kann das auch nicht begreifen, aber das Volk hat jetzt drei
neue Königinnen. Die Sache ist mir ein absolutes Rätsel,
richtiggehend unheimlich.«

Auch der Laborleiter spürte Unbehagen in sich aufsteigen. Drei Königinnen, das konnte doch eigentlich nur
heißen, dass Mellifera S1 bei Störung ihres Sozialgefüges
durch Angriff oder sonstigen Stress mit willkürlicher Vermehrung reagierte. Mellifera S1 war also nicht nur im Falle
der Honigentnahme außerordentlich aggressiv, sondern
konnte sich auch explosionsartig vermehren, wenn es darauf ankam. Das hörte sich nicht gerade danach an, als hätte
die heimische Honigbiene eine reelle Chance, gegen diese
fruchtbaren Killer zu überleben.

Eigentlich zeigte das Bienenvolk jetzt schon so gravierende Abnormalitäten, dass einem angst und bange wer-

den konnte. Zuerst hatten sie verschiedene Bienenarten gekreuzt, dann diesen systematisch Gene eingesetzt, von denen sie sich bestimmte Vorteile versprachen. Im konkreten Fall waren in das Genom der afrikanisierten amerikanischen Honigbiene Gene einer giftigen Kröte aus Malaysia eingesetzt worden, die sich gegen Glyphosat resistent gezeigt hatte. Allerdings schienen mit der Genveränderung noch andere Verhaltensweisen einherzugehen als die von ihnen erwünschten. Aegidius Braun fasste einen Entschluss. Es war Zeit zu handeln. »Das kann unabwägbare Konsequenzen haben«, verkündete er und erhob sich. »Wenn sich die Königin mit frei lebenden Drohnen kreuzt, weiß niemand, was das für die Bienenpopulation bedeutet. Es hat keinen Sinn zu schweigen, ich werde Irrlinger unverzüglich davon berichten müssen. So, wie die Dinge liegen, werden wir alle bis auf Weiteres im Kasten wohnen und sind also jederzeit für eventuelle Maßnahmen erreichbar, sehe ich das richtig?«

Sowohl Angela als auch Yasmin nickten. Niemand von ihnen musste irgendwohin nach Hause, das hatten sie bereits besprochen. Auch Markus Hahn, der dem Gesagten die ganze Zeit nur mit offenem Mund gelauscht hatte, nickte zögernd. Mit der Anweisung von Irrlinger vorhin in der Kantine war ab heute sowieso alles anders. Und wenn er von den Vorkommnissen hier erfuhr, gleich ganz und gar. Markus Hahn schluckte schwer. Vielleicht musste er auch gar nicht mehr in den Kasten, vielleicht war das sowieso sein letzter Tag bei Santamon gewesen und er würde entlassen werden.

Aegidius Braun rekapitulierte noch einmal alle Fakten, dann verließ er ohne ein weiteres Wort mit raumgreifenden Schritten den Raum. Seine Gedanken kreisten einzig und

allein um die Frage, wie er das alles Gerhard Irrlinger bei-
bringen sollte.

Er betrat die Abtei nicht durch den Haupteingang, sondern ging halb um den Gebäudekomplex herum, wo sich
die Einfahrt zu den landwirtschaftlichen Betrieben befand.
Vom dortigen Innenhof würde er auch zu dem Gästehaus
»Edeltraud« gelangen, in dem er Franziska Büchler vermutete. Kurz studierte er noch einmal das Foto ihrer offiziellen Polizeiakte und steckte es dann wieder in seine Jackentasche.

Er überquerte den Innenhof, wo ihn eine der Nonnen
freundlich anlächelte, aber nicht ansprach. Byron Gray
konnte eine Selbstverständlichkeit ausstrahlen, die ihm nun
auch in der Abtei zugutekam. Keine der Schwestern, denen
er auf den nächsten Metern begegnete, schöpfte Verdacht.
Unbehelligt betrat er das Haus »Edeltraud«, orientierte
sich kurz und begann dann systematisch mit der Suche.

Das Gästehaus schien hauptsächlich für Durchreisende
eingerichtet worden zu sein. Für die Pilger des Jakobswe-
ges gab es Gruppenzimmer mit Etagenbetten. Er ging langsam von Raum zu Raum, überprüfte Stockwerk für Stockwerk. Aber so gründlich er auch suchte, er stieß auf keine
blonde junge Frau. Genauer gesagt stieß er auf überhaupt
niemanden, im Moment schien das Gästehaus nicht belegt
zu sein. Die Hand, die er nicht von seiner Beretta unter der
Jacke genommen hatte, sank langsam wieder nach unten,
während Byron Gray sein weiteres Vorgehen überdachte.
Wenn Franziska Büchler nicht hier war, dann vielleicht in
einer der anderen beiden Herbergen. Er war so in Gedanken versunken, dass er das Herannahen eines anderen Menschen völlig überhörte, was selten genug bei ihm vorkam.

»Kann ich Ihnen helfen?«, fragte eine weibliche Stimme.

Gray fuhr herum. Seine Hand wollte schon nach der Beretta greifen, aber etwas an dem Tonfall der Stimme hinderte ihn daran. Vor ihm stand eine Benediktinerin.

»Entschuldigung, Büchler mein Name. Bitte verzeihen Sie mein unangemeldetes Eindringen, aber ich suche meine Tochter. Sie hat mir heute Morgen eine SMS geschickt, dass sie hier übernachtet hätte. Könnte ich sie vielleicht sprechen?«

Die Nonne schaute ihn einen Moment lang an. Byron konnte nicht beurteilen, was ihr durch den Kopf ging, ihre Mimik war undurchsichtig. Als sie ihm kurz darauf freundlich die Hand entgegenstreckte, atmete er auf.

»Dann ein herzliches Grüß Gott, Schwester Scholastika, ich bin die Äbtissin. Kommen Sie doch bitte mit mir mit, wenn es Ihnen recht ist. Hier lässt es sich nicht besonders gut reden.« Sie drehte sich um und ging ihm voraus auf den Flur, die Treppe hinunter und schließlich aus dem Gästehaus in Richtung Hauptgebäude. Gray folgte ihr schweigend. Auch auf dem Weg zum Büro passierten sie Nonnen, die mit landwirtschaftlichen Arbeiten beschäftigt waren. Gray hatte mit Betschwestern gerechnet, aber für diesen Orden schien der Biobauernhof eine große Rolle zu spielen. Auf jeden Fall schienen alle glücklich zu sein, da die Schwestern, die sie trafen, ihn stets freundlich anlächelten.

Als sie das Hauptgebäude erreicht hatten, wurde er von Schwester Scholastika in ihr Büro gebeten. Alles in allem benahm sich die Äbtissin völlig korrekt und auch durchaus freundlich, es gab keinen Grund für ihn, ihr gegenüber misstrauisch zu sein. Dann aber bemerkte er, wie die Frau mehr oder weniger unauffällig einen weißen Briefumschlag, der auf dem Tisch lag, auf die Seite schob und gleich darauf blaues Löschpapier darüberlegte, als ob er den Brief nicht sehen sollte. Byron Gray beschloss, wachsam zu bleiben.

»Ich kann verstehen, dass Sie sich Sorgen um Ihre Tochter machen, Herr Büchler, aber das hier ist ein Ort der Besinnung, ein Platz zum Nachdenken. Und wer das möchte, bekommt hier auch die Gelegenheit, um zu Gott zu finden. Gerade Mädchen und junge Frauen überdenken bei uns ihr Leben, es findet eine innere Einkehr statt«, belehrte ihn die Leiterin der Abtei. »Auch Ihre Tochter hat die Gelegenheit genutzt, um mit Gottes Hilfe einen Weg aus ihrer inneren Zerrissenheit zu finden. Ja, Franziska war gestern bei uns, aber sie hat uns heute früh wieder verlassen und wird auch nicht wiederkommen, das hat sie mir versichert. Und fragen Sie mich nicht, wohin sie gegangen ist. Selbst wenn ich es wüsste, was ich nicht tue, dürfte ich es Ihnen nicht sagen. Ich kann Ihnen aber versichern, dass es ihr gut geht. An Ihrer Stelle würde ich mir nicht so große Sorgen machen. Sie scheint dabei zu sein, etliches in ihrem Leben zu klären.«

Byron Gray verzog keine Miene, aber in seinem Gehirn arbeitete es. Entweder sagte die Äbtissin die Wahrheit, dann war ihm sein Ziel gerade noch einmal vor der Nase entwischt und einen weiteren Tag voraus, oder aber die Ordensschwester machte den Fehler, ihn verarschen zu wollen, und Franziska war in einem anderen Haus auf dem Gelände untergebracht. Er musste unbedingt auf Nummer sicher gehen und die anderen Gebäude kontrollieren. Im Zweifelsfall auch ohne das Einverständnis der Leiterin beziehungsweise gegen ihren Willen. Natürlich würde es selbst ihn Überwindung kosten, eine Gottesfrau zu töten, aber so weit war es zum Glück noch nicht. Bevor er dramatischere Handlungen folgen ließ, würde er es mit der Kunst der Lüge und Täuschung versuchen.

»Danke für Ihre Worte, Schwester Scholastika, aber ich hoffe, Sie verstehen meine Lage. Ich bin Franziskas Vater und mache mir große Sorgen. Ich befürchte, dass sie in Schwierigkeiten steckt, und möchte ihr nur helfen. Wenn sie also doch noch hier auf dem Gelände ist, muss ich das unbedingt wissen.« Prüfend schaute er die Nonne an, konnte aber keinerlei Veränderung entdecken, sie lächelte weiterhin ein stilles, freundliches Lächeln. Als sie schließlich sogar verständnisvoll nickte, legte sie ihre gefalteten Hände interessanterweise genau auf das Löschpapier, das den ominösen Briefumschlag verdeckte.

»Herr Büchler, natürlich kann ich Sie verstehen. Mir persönlich ist das Glück der Elternschaft nie zuteilgeworden, aber trotzdem kann ich nachvollziehen, dass Sie sich um Ihr Kind sorgen. Aber alles, was ich Ihnen sagen kann, ist, dass Franziska heute Morgen noch vor Sonnenaufgang von einer Freundin mit einem Auto abgeholt wurde. Dafür verbürge ich mich. Aber wenn Sie mir nicht glauben, kann ich Sie gern über das Gelände führen, wir sind ein offenes Haus und haben nichts zu verbergen«, sagte sie mit einem sanften Lächeln.

In Byron Gray kochte es. Er wollte es nicht wahrhaben, dass Franziska Büchler ihm so knapp entwischt war, aber es schien in der Tat so zu sein. Jemand hatte sie im Auto abgeholt, sie hatte also immer noch Helfershelfer, die sie unterstützten. »Wissen Sie, wer die Frau war, die sie abgeholt hat, oder wie das Auto ausgesehen hat?«, fragte er.

»Nein«, die Äbtissin schüttelte wieder den Kopf. »Franziska hat nur erwähnt, dass jemand sie abholen würde. Sie habe noch etwas zu erledigen, und dieser Jemand würde ihr dabei helfen. Ich selbst habe ihr noch alles Gute gewünscht, sie aber nicht nach draußen begleitet. Wenn Sie sich unsere

Abtei noch anschauen wollen, dann führe ich Sie gern herum, Herr Büchler«, sagte sie. Plötzlich stutzte sie und schien zu lauschen. Sie erhob sich und schaute zum Fenster hinaus. Wenn sie sich nicht völlig täuschte, konnte sie aus der Ferne Polizeisirenen näher kommen hören. Sie wandte sich zu ihrem Besucher um, aber der war nicht mehr da. In Sekundenschnelle war er völlig lautlos verschwunden. Als Schwester Scholastikas Blick auf den Schreibtisch fiel, bemerkte sie, dass etwas fehlte. Das blaue Löschpapier lag auf dem Boden, der Brief, den sie damit hatte verdecken wollen, war weg. Der Mann, der behauptet hatte, Franziskas Vater zu sein, musste ihn mitgenommen haben.

Die Polizeisirenen wurden immer lauter, während die Äbtissin mit sich selbst haderte. Sie hatte sofort gewusst, dass der Mann nicht Franziskas Vater war. Franziska hatte ihr erzählt, dass sie Vollwaise war und verfolgt wurde, allerdings nicht, von wem. Und sie hatte ihr angekündigt, dass die Polizei früher oder später herkommen würde, doch der Mann mit der braunen Wildlederjacke war ganz bestimmt kein Polizist gewesen. Er war ihr unheimlich gewesen und hätte es mit dem amerikanischen Akzent fast geschafft, ihr Angst einzujagen. Aber eben nur fast.

Gut, der Fremde hatte nun Franziskas Brief, aber das hatte sich nicht vermeiden lassen. Die Äbtissin verließ ihr Büro und stellte sich mit hoch erhobenem Haupt vor das Tor des Haupteinganges, um die Polizei zu empfangen.

Als Josef Schauer wieder zu Bewusstsein kam, war sein schmerzender Schädel das Erste, was ihn an die reale Welt erinnerte. Es dauerte ein paar Sekunden, bis das Geschehene in seiner Erinnerung heraufdämmerte, währenddessen realisierte er auch, dass er mit dem Gesicht voraus in der Wiese direkt neben seinen Bienenkästen lag. Ächzend rollte er sich auf die Seite und befühlte mit der linken Hand das große weiche Etwas, das sich unter seinem linken Auge gebildet hatte. Na, das würde einen schönen Bluterguss geben. Aber wie war es überhaupt dazu gekommen?

Erst jetzt, fast eine Minute nach seinem Erwachen, sah er wieder einen gewissen Bauern vor seinem geistigen Auge, der mit erhobenen Fäusten vor ihm gestanden hatte. »Du blödes Arschloch«, fluchte er leise im kniehohen Gras. Von Dittberner war natürlich nichts mehr zu sehen, der hatte sich davongemacht, das feige Schwein. Aber das würde er dem fetten Sack schon noch heimzahlen. Der aufkeimende Ärger ließ die taubeneigroße Schwellung unter Schauers Auge noch größer werden, sodass er sich lieber wieder etwas beruhigte. Seine Priorität war es, erst einmal auf die Beine zu kommen.

Irgendwann, nach etlichen Versuchen, bei denen sich noch alles drehte, schaffte er es, den Oberkörper aufzurichten, sich mit den Händen aufzustützen und in dieser Position auch einigermaßen stabil zu verbleiben. Ein leichter Schwindel übermannte ihn, verging aber wieder.

»Leck mich doch am Arsch«, rutschte es ihm heraus, als er mit Mühe und Not schließlich auf die Beine kam, die sich wie Fremdkörper anfühlten. Sein Blick wanderte zu seinen Bienenstöcken. Der Stock mit den eingewanderten schwarzen Bienen sah aus, als hätte jemand einen schweren Balken auf ihn geworfen. Der hölzerne Deckel war eingedrückt, nahe der zersplitterten Öffnung krabbelten vereinzelte Bienen, aber ansonsten schien alles friedlich zu sein. Die Tiere waren noch da und machten auch keinen Ärger. Das war ja schon mal was.

Seine Augen suchten nach seiner Imkerpfeife, die er etwa

zwei Meter weiter im Gras entdeckte. Er nahm sie und entzündete sie erneut, um den Rauch dann in den beschädigten Bienenkasten zu blasen. Nachdem er kurz gewartet hatte, nahm er vorsichtig den Deckel des Kastens ab und warf einen Blick hinein.

Einer der Wabenrahmen schien durch den Schlag Dittberners etwas abbekommen zu haben, aber die beschädigten Honigwaben waren leer. Rings um die zerbrochenen fünfeckigen Kammern konnte er jedoch neue, frisch gefüllte Waben entdecken, in die die Bienen den ausgelaufenen Honig quasi umgefüllt hatten. Schauer war sich bewusst, dass er nicht besonders lange ohnmächtig gewesen war, sodass es eine reife Leistung war, was die Bienen in der kurzen Zeit bewerkstelligt hatten. Eigentlich hätte er die Wachsdeckel von ein paar Kammern abkratzen und den Honig probieren sollen, es wäre schon interessant zu wissen, was dieses Volk für einen Stoff produzierte, aber ihm war nicht danach. Viel eher war ihm nach einem Eisbeutel und einem Bett. Und der Honig lief ja auch nicht weg, den konnte er immer noch ein anderes Mal testen. Er wollte die beschädigte Wabe schon wieder in den Kasten zurückstellen, als ihm etwas daran auffiel. Erst glaubte er, einer Sinnestäuschung zu unterliegen, und rieb sich deswegen sicherheitshalber die Augen, aber es blieb dabei: In der Mitte des Wabengebildes erkannte er zwischen mehreren Arbeiterinnen eine Königin. Das an sich war nicht weiter außergewöhnlich, aber dass sich neben der Königin noch zwei weitere tummelten, das war durchaus seltsam. Eine von ihnen hatte einen roten Markierungspunkt auf dem Rücken. Schauer kniff die Augen zusammen. »S1« konnte er mit Mühe darauf lesen. Die zwei anderen Königinnen trugen zwar keine Kennzeichnung, machten die Sache damit aber auch nicht unbedingt logischer. Eine Weile starrte Josef Schauer die Wabe sprachlos an und beobachtete Pfeife rauchend die drei Königinnen, die sich von ihren Arbeitsbienen umsorgen ließen. Dann stellte er den hölzernen Rahmen in den Kasten zurück, legte den zerbrochenen Deckel darüber und deckte die zerstörte Stelle mit einem Stofftaschentuch und mehreren kleinen Feldsteinen ab. Die finale Reparatur würde er später vornehmen.

Jetzt würde er nach Hause gehen und sich um seinen Bluterguss kümmern. Bestimmt war nach einem Eisbeutel und ein paar Bieren die Welt wieder in Ordnung, und bestimmt waren morgen auch diese ominösen Königinnen wieder verschwunden. Drei Stück an der Zahl, das konnte nicht sein, das alles war gerade einfach zu viel für seinen angeschlagenen Kopf.

Er hatte sich schon umgewandt, da entdeckte Josef Schauer eine Spur aus zertretenem Gras in seiner naturbelassenen Wiese. Die konnte nur von Dittberner stammen. War ja klar, dass dieses rabiate Arschloch ihm mit seinen Flurbereinigungstretern auch noch alles hier zertrampelt hatte. Schauers Blick folgte der sich schlängelnden Spur bis zum Ende der Wiese, wo etwas im Gras lag, was er aus der Entfernung nicht genau erkennen konnte. Schön langsam, dass ihm nur nicht wieder schwindlig wurde, folgte er der Spur, bis das Etwas ausgestreckt vor ihm im Gras lag. Es dauerte tatsächlich einen Moment, bis der Biobauer realisierte, wer da mit weit aufgerissenen Augen auf dem Rücken ruhte. Dittberner war tot, so viel sah Josef Schauer auf den ersten Blick. Aber irgendwie war der Tote noch voluminöser als zu Lebzeiten. Seine Arme sahen aus wie fränkischer Presssack, nur doppelt so dick und viermal so lang. Hände und Ellenbogen waren kaum mehr zu erkennen. Der Kopf des Toten wirkte, als hätte ihn jemand mit Pressluft aufgeblasen, seine Ohren wirkten verschwindend klein, die Augen schienen von innen aus den Höhlen gepresst worden zu sein. Von Mimik konnte keine Rede mehr sein, da Mund und Nase zugeschwollen waren. Vereinzelt lagen um und auf dem Körper des Toten ebenso leblose Bienen der neuen Rasse herum, an denen sich Dittberner noch hatte rächen können. Aber er hatte keine Chance gehabt. Obwohl der Biobauer schon viel von dem gesehen hatte, was Bienen anrichten konnten, war das auch für ihn eine Nummer zu groß. Josef Schauer rang mit sich, verlor dann aber den Kampf und erbrach sich auf die Wiese.

Irrlinger war nicht in seinem Büro. Seine Sekretärin vermutete, dass er sich in sein Wohnhaus zurückgezogen hatte, woraufhin sich Aegidius Braun zu Fuß auf den Weg zu dem alten Fachwerkgebäude am anderen Ende des Geländes machte. Dabei passierte er fast den gesamten Santamon-Komplex und das alte, längst nicht mehr bestehende Dorf Schmerb. Die Firma hatte, den Auflagen der Naturschutzbehörde und des Denkmalschutzes folgend, ihre Räume entweder in die aufgelassenen Gebäude des verlassenen Dorfes integriert oder auf das lose mit Bäumen bestandene Gelände gebaut. Noch vor nicht allzu langer Zeit hatte es in Schmerb nicht mehr Einwohner als den Revierförster und seine Familie gegeben. Nicht einmal mit dem Auto hatte man ins Dorf hineinfahren dürfen, alles war im Naturschutzgebiet Steigerwald verboten gewesen, der Natur zuliebe.

Doch dann war die Frankenpartei mit ihren Köpfen Zöder und Irrlinger auf den Plan getreten, und plötzlich waren in Franken Zugeständnisse der besonderen Art möglich gewesen. Es folgten Geschenke über Geschenke der Staatsregierung in München, um die Franken bei der Stange zu halten. Alles, was mit Santamon in Schmerb geschah, war ein Paradebeispiel für einen politischen Befriedungsversuch. Irrlinger hatte in München nur mit der Unabhängigkeitserklärung Frankens herumfuchteln müssen, und schon war Santamons Plan für Schmerb genehmigt worden. Der erste und noch viele andere. Genutzt hatte es freilich nichts, es war trotzdem zur Volksabstimmung gekommen, auch wenn der Wahlausgang noch nicht endgültig feststand.

Diese und ähnliche Gedanken hatten Braun auf der Strecke zu Irrlingers Haus begleitet, das letzte bewohnte Gebäude in Richtung Tor. Von dem Haus waren es nur knappe fünfzig Meter bis zum alten Trafotürmchen, das vor dem Pförtnerhäuschen stand, das den einzigen Zugang zu dem bewachten Gelände bildete. Irrlinger hatte das Försterhaus mit immensem Aufwand sanieren und nach seinen Wünschen herrichten lassen. Braun wollte gar nicht wissen, was das gekostet hatte, aber Santamon musste wohl sehr viel Wert darauf gelegt haben, Gerhard Irrlinger in die Firma einzubinden. Es hatten sich sowieso schon viele Menschen gefragt, was einen international anerkannten Finanzfachmann wie Irrlinger wohl dazu bewogen hatte, bei einem Unternehmen der Agrarindustrie anzuheuern. Das Geld konnte es nicht gewesen sein, davon hatte Irrlinger mehr als genug. Ihm wurden erhebliche Beteiligungen an amerikanischen Firmen wie Apple, IBM und Blackrock nachgesagt. Und auch bei Santamon musste er ein großes Aktienpaket besitzen, doch nichts Genaues wusste man nicht. Jedenfalls schien Irrlinger wohl irgendetwas mit Santamon in Europa vorzuhaben, das nichts mit der großen Finanzwirtschaft zu tun hatte. Zwar besaß die Firma mit ihren gentechnisch veränderten Pflanzenpatenten weltweit eine erdrückende Marktmacht, doch in Europa traf der Konzern auf Widerstände, besonders als Vorreiter von Genfood und als exzessiver Verbreiter genetisch designter Pflanzen. Und trotzdem hatte Irrlinger es im Konzern durchgedrückt, dass die Europazentrale mitten ins politisch grüne Feindesland gebaut werden konnte. Braun hatte das nie kapiert, aber er war ja auch nur Molekularbiologe, allerdings einer der besten seines Faches in Europa. Dementsprechend hoch war sein Gehalt und seine Einstellung zu seinem Arbeitgeber und zu genmanipulierten Pflanzen im Grunde positiv. Doch nun war etwas passiert, das auch ihn bei aller Begeisterung für die Gentechnik an seine moralischen Grenzen brachte. Selbst er besaß ein berufliches Ethos, das er nicht ignorieren konnte. Und mal von den moralischen Bedenken abgesehen, der Vorfall konnte auch unabsehbare Folgen für Santamon haben.

Er öffnete das Gartentor, ging die wenigen Stufen aus Sandstein zur Haustür des Forsthauses hinauf und drückte den blank polierten Klingelknopf aus Edelstahl. Natürlich aus Edelstahl. Hier war alles aus Edelstahl. Irrlingers Lieblingsmaterial, weil er selbst aus ihm bestand, hatte er ihn einmal wissen lassen und es ernst gemeint, so wie er alles ernst meinte. Gerhard Irrlinger scherzte nicht, das Wort Humor war in seinem Vokabular nicht vorhanden, überlegte Aegidius Braun, während er vor der Tür wartete. Irrlingers Wortschatz bestand fast ausschließlich aus Zahlen und Profit. Und wenn Aegidius Braun es sich recht überlegte, hatte er den Mann tatsächlich noch nie lächeln sehen. Andererseits konnte man das von einem Geschäftsführer einer solchen Firma auch nicht zwingend erwarten.

Schließlich war Irrlinger hier, um Gewinne zu generieren, und nicht, um als Alleinunterhalter Karriere zu machen.

»Ja«, kam es kurz und knapp aus dem Lautsprecher der Gegensprechanlage, und es war keine Frage. Vielmehr ließ das »Ja« Rückschlüsse auf die Persönlichkeit des Mannes zu. Seine Art zu sprechen signalisierte, dass Gerhard Irrlinger Mittelpunkt dieses seines Universums war und alle Wege zu ihm führten.

Dieses alles umfassende »Ja« verdeutlichte seinem in der Hierarchie tiefer stehenden Gegenüber die absolute Überlegenheit Irrlingers den Rest seiner Welt betreffend. Ergo würden die Mitarbeiter hier einen Teufel tun und den Mann mit einer Nebensächlichkeit belästigen. Da mussten schon gewichtige Gründe vorliegen, um Irrlinger in seinem Forsthaus, seiner Burg aufzusuchen. Braun brachte seinen Mund ganz dicht an die Sprechanlage, damit Irrlinger ihn auch sicher verstehen konnte.

»Aegidius Braun, der Laborleiter. Ich müsste Sie dringend sprechen, Herr Irrlinger«, sagte er langsam und deutlich in die Öffnungsschlitze vor seinem Gesicht.

»Geht es um die verhängten Sicherheitsbeschränkungen?«, wollte die Stimme aus dem Lautsprecher kühl wissen.

»Nein, Herr Irrlinger, es geht um das Labor, das Projekt. Es ist wirklich dringend.« Braun versuchte, um Gottes willen nicht zu betteln und trotzdem eine gewisse Intensität in seine Botschaft zu legen.

Einen Moment lang war Stille am anderen Ende der Leitung, dann knackte der Lautsprecher in der Gegensprechanlage erneut. »Kommen Sie rein.«

Ein leises Summen ertönte, der Laborleiter drückte gegen die schwere Haustür mit Stahlkern und betrat den altehrwürdigen Hausflur. Bisher war er nur ein einziges Mal in diesem Haus gewesen, vor einem halben Jahr bei seinem Vorstellungsgespräch. Auch damals war ihm etwas mulmig zumute gewesen, und jetzt erging es ihm nicht anders. Aus dem oberen Stockwerk konnte man das laute Gebell der zwei Dobermänner hören, und Sekunden später kamen die beiden schwarzen Riesen auch schon die Treppe herunter und bauten sich noch immer bellend vor dem Laborleiter auf.

»George, Bill!«, rief Irrlinger, der ihnen gemessenen Schrittes folgte. Er hatte den beiden Hunden die Vornamen verflossener US-Präsidenten gegeben, was den Dobermännern aber wahrscheinlich ziemlich egal war. Immerhin waren sie gut erzogen. Sie waren auf der Stelle still und verzogen sich in ein Nebenzimmer. Dort stand wahrscheinlich ihr Fressnapf, mutmaßte Braun und blickte den beiden Kötern misstrauisch hinterher.

»Kommen Sie mit.« Irrlinger ging ihm voraus durch eine Tür in ein großes Zimmer, das von einem Tisch mit einer acht Zentimeter dicken Granitplatte beherrscht wurde. Die Füße des Tisches waren, wie konnte es anders sein, aus massivem Edelstahl, und Gerhard Irrlinger, der in seinem schwarzen Hausanzug aus irgendeinem sehr teuren Stoff in einem edlen Designersessel gleicher Farbe Platz nahm, bot seinem Laborleiter den gleichen Sessel in dezenter grauer Tönung an.

Während sich Braun in dem durchaus bequemen Polstermöbel niederließ, konnte er aus dem Nebenraum das gierige Schmatzen der zwei Dobermänner hören, die sich lautstark den Bauch vollschlugen. Doch Braun ließ sich nur kurz ablenken, schließlich war er wegen eines sehr wichtigen Problems gekommen. Er schaute zu Irrlinger und wartete darauf, dass ihm der Geschäftsführer vielleicht ein Getränk anbot oder mit einer einleitenden Frage das Gespräch in Gang brachte, aber Irrlinger saß stumm in seinem Sessel, hatte die Beine übereinandergeschlagen und sah ihn mit ausdruckslosem Blick an. Sein Wesen strahlte eine kalte, abwartende Ruhe aus. Emotionslos, ruhig, selbstsicher.

»Es geht um das Projekt in Labor eins. Es ist zu einem Vorfall gekommen, der mich sehr beunruhigt. Ich möchte mit Ihnen das weitere Vorgehen besprechen.« Aegidius Braun schluckte. Eine Übersprunghandlung, weil er nun zum Kern des Malheurs vordringen musste.

Noch immer zeigte Irrlinger keinerlei Regung, nur das Schmatzen aus dem Nachbarzimmer wurde allmählich etwas leiser. Wahrscheinlich war das Chappi aufgefressen.

»Nun, es ist nämlich so: Wir haben mit der Neuzüchtung Mellifera S1 im letzten Vierteljahr erhebliche Fortschritte gemacht. Bei den vorangegangenen Völkern konnten wir jeweils nur Teilerfolge verzeichnen, aber bei Mellifera S1 scheint uns der Durchbruch gelungen zu sein. Wir haben eine weitestgehende Widerstandsfähigkeit gegen die Varroa und, soweit die bisherigen Testreihen ein Ergebnis zulassen, auch eine absolute Resistenz gegen Glyphosat erreicht. Nur gegen die Neonicotinoide scheint noch kein Kraut gewachsen zu sein, aber wir arbeiten daran. Damit hätten wir Ihre Vorgaben erfüllt, die weltweit erste Bienenrasse zu züchten, die gegen ›Roundabout‹ immun ist. So weit, so gut…«

Endlich kam Bewegung in sein Gegenüber. Gerhard Irrlinger hatte fast unmerklich genickt und war dann während des letzten Satzes aufgestanden. Jetzt drehte er sich um, öffnete die Tür eines unscheinbaren Schrankes, holte eine Flasche und ein Glas heraus und begann, sich mit ruhiger Hand einen Whisky einzuschenken. »Und?«, fragte Irrlinger kühl, während der Lagavulin golden das Glas füllte, und gab zu dem Whisky noch etwas Wasser hinzu. Er wandte sich wieder um und schaute Braun ruhig an. »Das wissen wir doch bereits, das ist weder überraschend noch beunruhigend.«

Braun räusperte sich vernehmlich. Jetzt war es so weit. Jetzt kam der katastrophale Teil der Nachricht. »Es ist etwas passiert, von dem ich mir nicht erklären kann, wie es geschehen konnte. Trotz aller Sicherheitsmaßnahmen ist es jemandem gelungen, in Labor eins ein- und bis zum Bienenraum vorzudringen. Um es noch deutlicher zu sagen: Wir hatten einen Saboteur im Labor, der das Schutzgitter vor dem Flugloch eines Stockes mit Absicht entfernt hat. Nach unserem aktuellen Kenntnisstand ist mindestens eine Königin von Mellifera S1 entkommen, noch dazu unsere Primärkönigin. Das alles ist schon vor ungefähr einem Monat passiert, der Mitarbeiter, der den Vorfall bemerkt hat, hat sich aus Scham erst heute dazu bekannt und sich meiner Biologin mitgeteilt. Das ist die aktuelle Faktenlage.«

Wenn Braun nun mit einer heftigen Reaktion in Form von Ärger oder Empörung von Irrlingers Seite gerechnet hatte, so hatte er sich getäuscht. Gelassen nahm Irrlinger wieder in seinem schwarzen Sessel Platz und ließ den gleichen kühlen Blick wie zu Anfang ihres Gespräches auf ihm ruhen. Der einzige Unterschied war, dass er in der linken Hand jetzt einen teuren Single Malt langsam im Glas kreisen ließ.

»Und?«, fragte er zum größten Erstaunen des Molekularbiologen erneut und schien erstaunlicherweise nicht im Geringsten beunruhigt zu sein. Aber das würde sich gleich ändern, wenn er den bitteren Rest der Geschichte zu hören bekam, da war sich Aegidius Braun sicher.

»Das Problem ist, dass meine Mitarbeiterinnen im Laufe der vergangenen Wochen einige sehr aufschlussreiche Tests mit einzelnen Bienen der neuen Art durchgeführt haben, bei denen es zu teils unangenehmen Reaktionen des Bienenvolkes kam. Wir müssen uns Sorgen machen, Herr Irrlinger.«

Der Angesprochene nippte sichtlich genussvoll an seinem Lagavulin. »Unangenehme Reaktionen… aha«, wiederholte er emotionslos und nahm einen weiteren Schluck.

Braun wurde immer verwirrter. »Nun, es hat sich bei diesen Tests herausgestellt, dass man das Volk nicht dem Geruch seines selbst erzeugten Honigs aussetzen darf«, sprach er schnell weiter. »Sobald die Bienen den Eindruck bekommen, jemand würde sie ihres Honigs berauben, drehen sie vollkommen durch. Meine Mitarbeiterinnen schilderten sie mir als hemmungslos aggressiv. Ohne Schutzanzüge hätten sie womöglich um ihr Leben bangen müssen. Wenn also die entwichene Königin«, Braun machte eine kurze, bedeutungsvolle Pause, um die dramatischen Konsequenzen zu verdeutlichen, »wenn sie also solche Gene in die Welt hinausträgt, müssen wir irgendwann mit Verletzten, womöglich sogar mit Toten rechnen. Kein Imker der Welt erwartet von Bienen ein derartig aggressives Verhalten. Nicht einmal die afrikanisierte Honigbiene in Amerika ist derartig aggressiv, und das will etwas heißen. Hinzu kommt, dass sich diese Art auch schneller als jede andere Bienenart vermehrt. Das zurückgelassene Volk hat bereits wieder drei Königinnen. Das ist eine absolute Katastrophe, nicht auszudenken, was die entflohene Königin mit ihrem genetischen Potenzial anrichten wird!«

So, jetzt war es heraus, und der Geschäftsführer von Santamon-Europa war am Zug. Er musste sich jetzt einfach äußern. Die Nachricht würde für die Firma Konsequenzen haben, das musste bei Irrlinger doch für großes Unbehagen sorgen. Doch der nippte wieder nur sehr genüsslich an seinem Single Malt und äußerte sich erst wieder nach endlosen Sekunden des Schweigens. »Na, das wird die Veganer aber freuen«, sagte er kryptisch.

»Die Veganer?«, fragte Braun verblüfft. »Aber wieso denn die Veganer? Ich verstehe nicht.« Der Biologe kam sich vor wie in einem surrealistischen Film, der dem Betrachter erst im Nachhinein erklärt wurde.

Aber Irrlinger ließ ihn wieder warten, bevor er wieder ruhig antwortete. »Weil die Veganer ja nicht wollen, dass man den Tieren ihre Leibesfrüchte wegnimmt«, sagte er schließlich ruhig. »Den Hühnern ihre Eier, den Kühen die Milch und auch nicht den Bienen ihren Honig. Demnach sind das also richtige Veganerbienen, oder etwa nicht? Sie wollen den Menschen nichts von dem abgeben, was sie sich hart erarbeitet haben.« Irrlinger verzog keine Miene und leerte genüsslich seinen Whisky.

Der Biologe wusste jetzt überhaupt nicht mehr ein noch aus. Erlaubte sich Irrlinger gerade einen blöden Scherz mit ihm? Aber es lag nicht in Irrlingers Natur zu scherzen.

Schließlich erhob sich der Geschäftsführer wieder, trat zum Fenster und blickte teilnahmslos hinaus. »Wie würden Sie diese neue Art einschätzen, Braun? Wird sie sich in der Natur durchsetzen, wird sie den Kampf mit den anderen Bienenvölkern dieser Welt aufnehmen? Was meinen Sie?«

Aegidius Braun schaute einen Moment fassungslos, dann atmete er erschüttert durch. Anscheinend hatte sein Chef die Tragweite der Situation noch immer nicht begriffen. Aber wie drastisch sollte er denn noch schildern, was sie da für Bienen gezüchtet hatten?

»Durchsetzen? Mellifera santamon 1 ist dermaßen aggressiv und vermehrungsfreudig, dass sie in kürzester Zeit die Welt überfluten wird. Wenn wir Pech haben, wird es bald keine Artenvielfalt unter den Bienenvölkern Europas mehr geben, sondern nur noch die eine, von uns gezüchtete künstliche Rasse. Für das ökologische Gleichgewicht wäre das eine absolute Katastrophe«, sagte der Laborleiter zum Schluss sehr leise.

Doch selbst jetzt blieb Irrlinger in der gleichen Haltung am Fenster stehen und blickte weiter auf das Santamon-Betriebsgelände hinaus. »Nein, keine Katastrophe, Braun. Nein, wenn Sie damit recht haben, dann wäre das sogar ganz hervorragend.« Er drehte sich langsam um, und Braun erkannte erschrocken ein tiefes dunkles Leuchten in seinen Augen. »Mellifera santamon 1 wird sich auf dieser Welt verbreiten und dem ach so schrecklichen Bienensterben ein Ende bereiten, über das die Biologen seit Jahren jammern. Unsere Biene, unser Patent, Braun, wird eine unerschöpfliche Quelle sein. Die Bienen sind kleine fliegende Goldeselchen. Ohne sie wird es keine Bestäubung mehr geben, und jeder, der Obst, Raps oder Mais ernten will, wird für unsere Bienen zahlen müssen, ob er will oder nicht. Jede dieser kleinen schwarzen Bienen ist ein kleiner Schatz, Braun, begreifen Sie das? Sie sind aggressiv, na und? Der Mensch wird sich darauf einstellen müssen. Tote? Seien Sie mal nicht naiv, Braun. Nach den ersten Toten werden die Menschen lernen müssen, damit umzugehen, so ist das nun mal. Unsere neue Bienenart wird die Welt, aber vor allem die Ertragslage von Santamon in beträchtlichem Maße verändern. Es war höchste Zeit für die Königin, flügge zu werden, schließlich wartet eine große Aufgabe auf sie. Kein Grund zur Panik, Braun. Und den bösen Saboteur, der den

Bienchen zur Flucht verholfen hat, den wollen wir doch mal ganz schnell wieder vergessen.«

Irrlinger hatte beim letzten Satz fast schon amüsiert geklungen, und zum ersten Mal, seit er hier angestellt war, konnte Aegidius Braun auf dem Gesicht des Geschäftsführers von Santamon-Europa den Anflug eines Lächelns erkennen, das aber nicht so recht zu seinen dunklen unergründlichen Augen passen wollte. Doch so schnell der kleine Ausbruch von Begeisterung gekommen war, so schnell verschwand er auch wieder.

Die brutale Erkenntnis sickerte nur langsam bis zu Braun durch, und einige Sekunden weigerte er sich auch standhaft, sie zu akzeptieren. Das konnte, das durfte einfach nicht wahr sein. Aber es war völlig offensichtlich. Gerhard Irrlinger war der Einbrecher gewesen. Er hatte eigenhändig im Labor das Gitter entfernt und der Königin der schwarzen Bienen zur Flucht verholfen.

»Aber es steht doch überhaupt noch nicht fest, wie lange Glyphosat noch zur Anwendung kommen darf und ob unser Genmais in Europa zugelassen wird. Und wenn wir hier nicht auch unsere patentierten Nahrungsmittel anbauen dürfen, machen unsere Bienen doch gar keinen Sinn. Der bayerische Staat hat uns immerhin schon einmal ausgebremst!« Braun hatte keine große Ahnung von Politik, so viel aber schon. Die ganze Theorie mit den Bienen machte wirklich nur dann Sinn, wenn Santamons »Roundabout« mit dem Hauptbestandteil Glyphosat weiterhin gespritzt werden durfte.

»Mit Bayern hätten Sie sogar recht, Braun. Unrecht hätten Sie aber, wenn es ein Bundesland Franken geben würde. In diesem sehr wahrscheinlichen Fall werden ein Ministerpräsident Zöder und seine Regierung Santamon sehr zuvorkommend gegenüberstehen, darauf können Sie sich verlassen. Glauben Sie mir, diese Bienen machen sehr wohl Sinn«, teilte Irrlinger kühl und äußerst selbstbewusst dem Mikrobiologen diese feststehenden Tatsachen mit.

»Aber der Vorfall muss doch trotzdem irgendwelche Folgen haben, oder etwa nicht? Wir müssen doch eine Warnung herausgeben und zumindest die öffentlichen Stellen informieren«, erregte sich der Laborleiter. Er wollte und konnte nicht akzeptieren, was er da eben gehört hatte.

»Nichts müssen wir, Braun. Alles, was geschehen ist, unterliegt strengster Geheimhaltung, verdeutlichen Sie das bitte auch den Beteiligten im Labor. Sie werden einfach ganz normal an unserem Projekt weiterarbeiten. Sie wissen ja, das Bessere ist des Guten Feind. Wenn Ihnen die Bienenzüchtung im aktuellen Zustand noch zu aggressiv erscheint, gut, dann versuchen Sie eben, ihr etwas mehr Sanftmut einzupflanzen, aber nicht zu viel. Alles andere überlassen Sie am besten mir. Lassen Sie sich versichern, Santamon hat alles im Griff. Einen schönen Tag noch, Herr Braun.« Damit verließ Irrlinger den Raum in Richtung seiner Dobermänner, ohne sich noch einmal umzudrehen.

Der Laborleiter blieb noch einen Moment wie betäubt sitzen, ehe er sich aus seinem Sessel erhob. Als er sich an der Haustür noch einmal umdrehte, sah er George und Bill an der Wohnzimmertür stehen und ihm mit feuchten Augen hinterherschauen.

## Der Schritt zu spät

Als die Polizei die Abtei Maria Frieden erreichte, war es mit der Ruhe in dem kleinen Ort Kirchschletten von einem Moment auf den anderen vorbei. Zahlreiche Einsatzfahrzeuge umstellten den alten Gutshof und tauchten die frühabendliche Szenerie in Blaulicht. Das einzige Zivilfahrzeug der Kolonne, ein Landrover Freelander, durchfuhr das geöffnete Eisentor und rollte bis zum Haupteingang der Abtei vor. Zwei dem Aussehen nach sehr unterschiedliche Beamte der Bamberger Kriminalpolizei stiegen aus und gingen auf die Äbtissin zu, die aufrecht in ihrer Ordenstracht am Eingang stand und ohne äußerliche Regung auf die beiden Männer zu warten schien.

»Guten Tag«, begrüßte sie den von Franziska angekündigten Besuch. »Ich bin Schwester Scholastika, die Äbtissin dieses Klosters. Womit kann ich Ihnen helfen, meine Herren?«

Der ältere der beiden Polizisten schien von ihrer Gelassenheit nicht besonders überrascht zu sein. Er reichte ihr erst die Hand zum Gruß und dann einen Ausweis, der ihn als Vertreter der Staatsmacht legitimierte. »Kriminalpolizei Bamberg, Haderlein. Wir müssen Ihnen leider mitteilen, dass wir einen Durchsuchungsbefehl für Ihre Abtei haben.«

Schwester Scholastika ließ ihren Blick für einen Moment auf dem Gesicht des Kommissars ruhen. »Ach, Sie sind Herr Haderlein von der Kriminalpolizei?«, sagte sie dann mit einem leisen Lächeln. »Ich habe schon viel von Ihnen gehört.«

Der Kommissar zog überrascht die Augenbrauen nach oben. Mit so einem Empfang hatte er wahrlich nicht gerechnet. Und auch der junge Kommissar schien erstaunt, nahm dann aber seine Sonnenbrille ab, trat einen Schritt nach vorn und reichte der Äbtissin ebenfalls die Hand.

»Und was ist mit mir? Schmitt, Bernd Schmitt«, sagte er und schaute sie in froher Erwartung an, die sie aber sogleich enttäuschen musste.

»Guten Tag, Herr Schmitt. Von Ihnen habe ich leider noch nie etwas gehört. Aber das muss ja nichts Schlechtes bedeuten, nicht wahr?«

Lagerfeld war zwar in seiner Ehre gekränkt, hatte aber keine Zeit für Trauerarbeit, da Haderlein wieder die Initiative ergriff.

»Schwester Scholastika, bevor wir in Ihrer Abtei alles auf den Kopf stellen, würde ich mich drinnen gern kurz mit Ihnen unterhalten. Wir möchten Ihnen wirklich nicht mehr Ärger machen als unbedingt nötig.«

Die Augen des Mannes wirkten entschlossen, aber auch sehr ehrlich, fand die Äbtissin. Sie überlegte nur kurz, bevor sie nickte. »Dann kommen Sie doch mit in mein Büro, meine Herren. Dies ist ein offenes Haus, wir haben nichts zu verbergen. Bitte.« Mit diesen Worten drehte sie sich um und schritt den beiden Kommissaren voraus. In ihrem Büro bot sie Lagerfeld und Haderlein jeweils einen Stuhl an und setzte sich ihnen an dem kleinen Tisch gegenüber.

»Ich weiß, warum Sie hier sind, Herr Haderlein«, sagte Schwester Scholastika ganz offen. »Sie suchen Franziska, Sie sind hier, um sie zu verhaften, nicht wahr?«

Lagerfeld öffnete den Mund, um etwas zu sagen, aber Haderlein legte ihm sofort die Hand auf die Schulter und warf ihm einen Blick zu, woraufhin sich der Mund des jungen Kommissars wieder schloss und Haderlein sich erneut der Ordensschwester zuwandte. Bevor er allerdings etwas erwidern konnte, tönten die Klänge eines Orchesters, das ziemlich laut Beethoven intonierte, aus seiner Jackentasche.

»Entschuldigen Sie.« Haderlein war sichtlich verärgert, als er das Smartphone aus der Jacke holte. »Es ist Honeypenny«, meinte er nach einem Blick auf das Display leise zu Lagerfeld. Der Anruf kam ja nun wirklich zur Unzeit, ein wirklich blödes Timing. Hoffentlich war es etwas Wichtiges, was ihre herzallerliebste Bürokraft ihnen mitzuteilen hatte. »Was gibt's denn?«, fragte er ungeduldig, dann hörte er nur noch schweigend zu.

Schwester Scholastika betrachtete den Kommissar und versuchte, ihre Schlüsse zu ziehen. Einmal meinte sie, so etwas wie ein grimmiges Leuchten in seinen Augen erkennen zu können, aber sicher war sie sich nicht. Selbst für eine erfahrene Menschenkennerin wie sie war der Mann schwer zu lesen.

»Danke, Honeypenny. Schick mir und Bernd das Bild bitte sofort aufs Handy. Und wir kommen, sobald wir können. Gut gemacht, Marina.« Er steckte das Mobiltelefon in die Jacke zurück und wandte sich wieder der Äbtissin zu. »Also, was ist mit Franziska? Ist sie hier?«, wollte Haderlein dann ohne Umschweife von Schwester Scholastika wissen.

»Nein, Franziska ist nicht mehr hier.« Die Äbtissin atmete tief durch und legte ihre Hände gefaltet auf die Tischplatte. »Sie hat hier zu heute einmal übernachtet, dann ist sie sehr früh abgeholt worden.«

Haderleins Gedanken rasten, die von Lagerfeld überschlugen sich. »Sie ist abgeholt worden? Von wem denn?« Der junge Kommissar konnte es nicht glauben. Nicht nur, dass sie Franziska Büchler womöglich wieder knapp verpasst hatten, nein, sie hatte anscheinend auch noch Helfershelfer!

»Das kann ich Ihnen leider nicht sagen, meine Herren. Ich habe Franziska hier im Büro verabschiedet, und das habe ich auch bereits dem anderen Herrn gesagt, der vorhin hier war.«

»Welchem anderen Herrn?«, fragte Haderlein tonlos, während Lagerfelds Hände sich krampfhaft um die Tischkante krallten.

»Ein großer, schlanker Mann mit einer Wildlederjacke. Er hat gesagt, er sei der Vater von Franziska, aber ich habe mir schon gedacht, dass das nicht stimmen kann. Franziska hat mir ja gestern Nacht erzählt, dass sie Vollwaise ist, und er hatte so einen seltsamen amerikanischen Akzent«, sagte Schwester Scholastika.

»Wann war der Kerl hier, und wo ist er hin?« Lagerfeld sprang auf. Es hielt ihn nicht mehr auf seinem Stuhl.

Zum ersten Mal blickte die Äbtissin etwas verunsichert. »Das war vor wenigen Minuten«, antwortete sie schließlich wahrheitsgemäß. »Kurz bevor Sie hier ankamen, ich konnte schon die Sirenen hören. Er ist ganz plötzlich gegangen, ohne sich zu verabschieden.«

Franz Haderlein musste sich sehr zusammenreißen, um nicht ebenfalls aufzuspringen und die Frau zu schütteln. Auch den unbekannten Killer schienen sie um Haaresbreite verpasst zu haben. Zwar waren sie ihm und Franziska jetzt auf den Fersen, aber trotzdem zu spät gewesen. Knapp vorbei war eben doch daneben. Es war zum Verrücktwerden.

Man konnte wirklich nicht behaupten, dass die Beamten gerade übermäßig vom Glück verfolgt wurden.

»Was wollte der Mann, Schwester?«

Der Äbtissin fiel es nun immer schwerer, die Fassung zu bewahren. Die beiden Polizeibeamten wirkten mit einem Mal ziemlich ungeduldig, ja, fast schon aggressiv. »Der Mann war sehr höflich«, antwortete sie nach einem kurzen Räuspern. »Er sagte, er wolle seine Tochter sprechen, sie stecke in Schwierigkeiten. Ich glaube, er wollte die Abtei nach Franziska durchsuchen, obwohl ich ihm das Gleiche wie Ihnen erzählt habe: Franziska ist nicht mehr hier. Aber dann sind Sie ihm in die Quere gekommen.«

Haderlein flüsterte Lagerfeld etwas ins Ohr, woraufhin sein junger Kollege nach draußen verschwand, um bei den Polizisten nachzuhaken, ob ihnen bei ihrer Ankunft oder in der Zwischenzeit ein Mann aufgefallen war. Außerdem gab er die Anweisung, die Schwestern nach dem Fremden zu befragen.

Er selbst rückte seinen Stuhl dicht neben den der Äbtissin. Seine Worte waren sehr ernst und auch sehr bestimmt. »Schwester, es liegt mir vollkommen fern, Sie zu bedrängen oder etwas zu tun, was Ihr Ordensleben durcheinanderbringt, aber ich muss von Ihnen jetzt die ganze Wahrheit erfahren. Franziska Büchler ist in sehr großer Gefahr. Und zwar weil der Mann, der vorhin bei Ihnen war, den Auftrag hat, sie zu töten.«

Schwester Scholastika hielt sich vor Schreck die Hand vor den Mund. »Zu töten?«, wiederholte sie leise.

Haderlein konnte ihr nur eine kurze Erholungspause gönnen, bevor er wieder sehr eindringlich auf sie einredete. »Es ist nämlich so, Frau Äbtissin. Wir müssen versuchen, Franziska zu finden, bevor dieser Mann es tut.

Gelingt uns das nicht, wird sie sterben. Wenn Sie also im Besitz von Informationen sind, die den Aufenthaltsort von Franziska betreffen, oder wissen, wie wir mit ihr in Kontakt treten können, dann sagen Sie uns das. Nur so können wir das Schlimmste noch verhindern, glauben Sie mir. Bitte, Schwester Scholastika, helfen Sie uns.« Haderlein hatte die Benediktinerin kurz an den Schultern gepackt, ließ sie aber schnell wieder los. Dann wartete er, ohne seinen Blick von der Äbtissin zu nehmen.

Schwester Scholastika starrte sichtlich erschüttert ein paar endlose Sekunden auf ihre Hände. Dann hatte sie ihre Fassung wiedererlangt, hob den Kopf und schaute Haderlein unverwandt ins Gesicht. »Also gut, Herr Kommissar, ich werde versuchen, Ihnen zu helfen, ohne dass ich das Versprechen brechen muss, das ich unserem Herrn gegeben habe.« Sie strich mit beiden Händen über den Stoff ihrer Ordenskleidung und begann zu erzählen. »Franziska kam gestern Abend zu uns, der katholische Pfarrer der Gemeinde Itzgrund hatte sie geschickt. Zuerst sagte sie nicht viel, nur dass sie einen Schlafplatz für eine Nacht bräuchte. Allerdings schien mir, dass sie ziemlich verzweifelt und durcheinander war. Also gaben wir ihr erst einmal etwas zu essen und luden sie dann ein, mit uns den Gottesdienst zu feiern. Aber sie schlug das Angebot aus und ging bald darauf in ihr Zimmer. Nach der Messe wollte ich noch einmal mit ihr sprechen, es war offensichtlich, dass sie sich in einer misslichen Lage befand.« Die Äbtissin hielt kurz inne. Es schien, als müsste sie sich überwinden weiterzuerzählen.

»Ich fand das arme Ding weinend im Bett. Also setzte ich mich zu ihr und bat sie, sich mir anzuvertrauen. Um es gleich vorwegzunehmen, Herr Kommissar, ich glaube, sie hat sich mir anvertraut, allerdings ohne dabei konkret zu werden. Wir haben uns über Vergeltung, Schuld und Vergebung generell unterhalten. Wie man Gut von Böse unterscheidet, Gerechtigkeit von Ungerechtigkeit, solche Sachen. Unser Gespräch hat fast zwei Stunden gedauert, und ich kann Ihnen sagen, dass ich für die junge Frau tiefstes Mitgefühl empfinde. In ihr wohnt ein tiefer dunkler Schmerz, den sie zu begreifen sucht. Allerdings ahne ich, dass er etwas mit dem Tod ihrer Eltern zu tun hat, da sie vor allem ihren verstorbenen Vater mehrmals erwähnte. Sie erzählte auch, dass sie etwas sehr Schlimmes getan habe und nicht wisse, ob sie den Weg weitergehen solle, obwohl alles in ihr doch danach strebe. Ich glaube, ich konnte ihr Leid für eine kurze Zeit teilen, aber ihr nicht bei ihrer Entscheidung helfen, die sie selbst treffen muss. Nun, ich habe getan, was ich konnte, um Franziska zu trösten, und sie dann am frühen Morgen allein gelassen. Mehr kann ich Ihnen leider nicht erzählen, Herr Kommissar. Nur schade, dass ich Ihnen den Brief nicht mehr geben kann. Sie hatte ihn extra für Sie hinterlassen.« Bedauernd hob sie beide Hände.

Haderlein horchte den letzten Worten noch einmal nach, fragte sich, ob er sich vielleicht verhört hatte. Aber nein, er hatte alles richtig verstanden, zweifellos. »Was meinen Sie mit: ein Brief für mich? Und wieso können Sie ihn mir nicht geben?« Seine Nerven probten den Aufstand, während er sich nur noch mühsam auf seinem Platz halten konnte.

»Nun, Franziska gab mir heute Morgen einen an Sie gerichteten Brief, als sie mir ein Buch zurückbrachte. Aber der Mann mit der Lederjacke scheint ihn mitgenommen zu haben … Schauen Sie mich nicht so an, Herr Kommissar, ich hatte dem Mann nichts davon erzählt, ich habe keine Ahnung, woher er davon wusste. Es tut mir wirklich leid.«

Die Benediktinerin holte ein Taschentuch aus den Falten ihres Gewandes und putzte sich die Nase.

»Sie können mir nicht sagen, was in dem Brief stand, oder?«, formulierte Haderlein so vorsichtig er nur konnte die immens wichtige Frage. Aber die Äbtissin schüttelte sofort den Kopf, und Haderlein konnte sehen, dass ihr die Situation als solche sehr unangenehm war. Es half alles nichts: Es war auch heute wieder alles schiefgelaufen, was nur schieflaufen hatte können. Er konnte nur hoffen, dass Franziska nichts in den Brief geschrieben hatte, was den Killer auf ihre Spur führen würde. Haderlein war wütend, frustriert und hilflos. Was wollte ihm das Schicksal denn noch alles zumuten?

»Aber ich glaube, sie hat für Sie etwas aus dem Buch abgeschrieben«, meinte Schwester Scholastika leise, während sie sich fortlaufend schnäuzte. »Sie muss gewusst haben, dass Sie ihr auf der Spur sind und irgendwann hier auftauchen werden. Sie hat gesagt: ›Wenn die Polizei in die Abtei kommt, dann geben Sie bitte Kommissar Haderlein diesen Brief.‹« Die Äbtissin griff auf die linke Seite des Schreibtisches und hob ein dickes Buch in die Höhe. »Ich hatte es ihr gestern zusammen mit ein paar anderen klassischen Werken der Weltliteratur aus der Bibliothek überlassen für den Fall, dass sie nicht schlafen kann.«

Haderlein erhob sich und nahm der Äbtissin das schwarze Buch aus der Hand. Er drehte es, bis er den gold geprägten Titel auf der Frontseite lesen konnte. Es war eine schwere Ausgabe des meistgelesenen Buches der Christenheit: die Bibel. Spontan durchblätterte er ein paar Seiten des Alten Testaments, hatte aber keine Ahnung, wonach er suchen sollte. Selbst wenn Franziska etwas aus dem Buch abgeschrieben haben sollte, was ja eigentlich auch nur eine Vermutung war, dann war die Auswahl an Bibelzitaten mehr als reichlich. Frustriert schaute Franz Haderlein erst die Äbtissin und dann wieder das Buch an. »Wir werden die Bibel mitnehmen, vielleicht können ja unsere Spurensicherer etwas mit ihr anfangen«, brummte er, bevor er Schwester Scholastika die Hand gab. »Vielen Dank, ich denke, die Polizei wird Sie jetzt wieder verlassen. Den Durchsuchungsbefehl brauchen wir nicht mehr. Wir sind zwar wieder zu spät gekommen, aber immerhin jetzt ein bisschen schlauer. Auch wenn die neuen Erkenntnisse, ich will es ganz offen sagen, für Franziskas Überlebenschancen nicht viel heißen mögen.« Er atmete einmal tief durch, holte dann eine seiner Visitenkarten aus der Jackentasche und gab sie der Äbtissin. »Sollte sich Franziska noch einmal bei Ihnen melden, geben Sie ihr doch bitte meine Handynummer. Und sagen Sie ihr, dass ich sie immer fair behandeln werde.«

Der Anflug eines Lächelns kehrte auf das Gesicht der Ordensschwester zurück. »Das werde ich ganz sicher tun, Herr Haderlein. Ich glaube, Sie sind ein guter Mensch. Und Sie werden Franziska schon finden«, sagte sie warmherzig und drückte ihm wie zur Bestärkung noch einmal die Hand.

Im selben Moment zeigte Haderleins Smartphone den Eingang einer E-Mail an, und Lagerfeld erschien in der Tür. Bereits an dessen missmutigem Gesichtsausdruck konnte Haderlein ablesen, dass bei der Befragung der Nonnen und der Kollegen nichts Verwertbares herausgekommen war. Also erkundigte er sich lieber erst gar nicht danach, sondern lud stattdessen die Bilddateien hoch, die das Handy empfangen hatte. Der Vorgang zog sich, der Empfang in Kirchschletten war ziemlich mäßig.

»Okay, Bernd, gib den Beamten draußen Bescheid, sie können wieder abrücken«, sagte Haderlein mit Blick auf sein Display, während er auf die Bilder wartete. Bernd Schmitt war erst sprachlos und dann mehr als unzufrieden mit Haderleins Entschluss. Aber vor der Äbtissin wollte er seinen älteren Kollegen nicht bloßstellen, also brachte er seinen Mund ganz nah an Haderleins Ohr.

»Abrücken? Aber Franz, ich bin noch immer sehr dafür, die Abtei gründlich zu durchsuchen. Schwester Scholastika in allen Ehren, aber was ist, wenn sie uns totalen Scheiß erzählt hat? Vielleicht sitzt die Büchler hier irgendwo hinter dem Ofen und lacht sich ins Fäustchen. Oder sie haben sie in ihre Ordenstracht gesteckt, und sie knetet jetzt in der Kerzenwerkstatt Wachs. Wär doch alles möglich, oder nicht?«, flüsterte Lagerfeld verzweifelt, aber Haderlein schüttelte den Kopf, ohne ihn auch nur anzuschauen. Er hatte etwas anderes beschlossen und im Moment nur Augen für sein Handy.

»Hier ist niemand, Bernd, glaub's mir einfach. Manchmal muss man selbst als Polizist seinem Bauchgefühl vertrauen. Das müsstest du doch eigentlich am besten wissen.«

Schwester Scholastika sah Haderlein dankbar an, sagte aber nichts.

Lagerfeld hingegen hätte schon noch gern ein paar Worte darüber verloren, was ihm sein Bauchgefühl so alles sagte, aber gerade in diesem Moment piepste Haderleins Handy: Die Dateien waren endlich hochgeladen.

»Und, was hat uns Honeypenny geschickt? Jetzt sag schon«, drängelte Lagerfeld ungeduldig und versuchte, einen Blick auf das Telefondisplay zu werfen.

Haderlein wirkte alles andere als glücklich über das, was er da sah. »Biber«, sagte er, während er ein Bild nach dem anderen auf dem Handy zur Seite wischte. Kein Wunder, dass der Ladevorgang so lange gedauert hatte, wenn Honeypenny auch gleich die komplette Bilderserie rüberschickte. Doch nach etlichen Bibern wurde der Blick Haderleins plötzlich starr und konzentriert. Mehrere Sekunden lang sagte niemand ein Wort, dann wischte Haderlein mit dem Daumen die nächsten Aufnahmen über den Bildschirm, bis er den Mann sah, der seine Waffe im Uferbereich der Itz versenkte. Haderlein drehte das Handy so, dass auch Schwester Scholastika das Foto betrachten konnte. »Ist das der Mann, der sich als Franziskas Vater ausgegeben hat?«

Die Äbtissin nickte. »Ja, das ist er. Nur hat er heute noch eine Sonnenbrille getragen«, sagte sie leise. Nein, ihr ungutes Gefühl hatte sie nicht getrogen, als sie diesem Mann gegenübergestanden hatte.

Haderlein steckte das Smartphone wieder in die Tasche und winkte Lagerfeld. Wie schlau Franziska es auch anstellen würde, dieser Typ war ein Profi, er würde sie irgendwann erwischen, da war sich Haderlein ganz sicher. Er ging mit Lagerfeld vor die Tür, und sie besprachen kurz das weitere Vorgehen. Wieder hatten sie keine wirkliche Vorstellung davon, wohin Franziska Büchler verschwunden sein könnte, klar war nur, dass sie mindestens einen Helfer hatte. Und dass sie ihm einen Brief geschrieben hatte, dessen Inhalt nur sie und der unbekannte Killer kannten. Und auch von dem fehlte bisher jede Spur. Es war einfach nur zum Kotzen.

»Komm, Bernd, wir fahren jetzt nach Rödental zu dieser Biberstelle und sichern die Waffe. Bis die Spusi das auf die Reihe kriegt, ist es Weihnachten. Vielleicht kann man ja noch den einen oder anderen Fingerabdruck retten«, knurrte Haderlein, klemmte sich die Bibel der Äbtissin unter den Arm und eilte zusammen mit Lagerfeld zum Landrover.

Cesar Huppendorfer erreichte gerade die Dienststelle, als die neue Flamme Honeypennys, Hubert Fiederling, von Riemenschneider an der Leine herausgezogen wurde. Huppendorfer grüßte den kleinen, schmächtigen Mann freundlich und verkniff sich eine bissige Bemerkung, auch wenn sich die bei dem Bild, welches sich ihm hier bot, durchaus aufdrängte.

Als Huppendorfer noch immer lächelnd das Büro betrat, bemerkte er den jungen Mann an Honeypennys Schreibtisch, der mit ihr zusammen sehr intensiv auf den Bildschirm ihres Computers starrte.

»Stör ich?«, rief er fröhlich, nachdem er, zugegebenermaßen sehr leise, an die beiden herangetreten war.

»Jesus, Maria!«, rief Honeypenny erschrocken, und auch der junge Mann fuhr mit großen Augen herum. Beide schauten Huppendorfer an wie Häschen, wenn's donnert und blitzt. »Hast du sie noch alle, uns so zu erschrecken, Cesar! Ich wär fast gestorben.« Marina Hoffmanns Hand lag beruhigend auf der Stelle ihrer Brust, wo in unermesslichen Tiefen ihr Herz schlagen musste.

Cesar Huppendorfer war jedoch keineswegs schuldbewusst, sondern eher neugierig. »Sind die Bildchen der Grund, warum du mich so plötzlich zurückbeordert hast, Honeypenny? Ist nicht wahr, oder?«

Honeypenny warf ihm einen so bösen Blick zu, dass das breite Grinsen auf Huppendorfers Gesicht verdampfte, er sich einen Stuhl schnappte und sich ebenfalls vor den Bildschirm setzte.

»Darf ich vorstellen? Kriminalkommissar Huppendorfer, Volker Conrad vom Biberprojekt Schloss Tambach«, sagte Honeypenny und erklärte dann die aktuelle Lage. »Also, Cesar, der Mann hier hat im Zuge seiner Forschungsarbeiten eine Fotofalle nahe der Itz, direkt unter der Rödentaler ICE- beziehungsweise Autobahnbrücke angebracht. Als er heute die Fotos von seinen Bibern ausgewertet hat, kam das hier zum Vorschein.« Honeypenny zeigte Cesar die Bilder von dem Mann mit der Wildlederjacke, der seine Waffe in dem Fluss verschwinden ließ.

Cesars Puls schlug wie verrückt, als er das Datum und die Uhrzeit der Fotos sah. »Das glaub ich nicht, das ist doch der Killer, den wir suchen, hundertprozentig! Hast du Franz und Bernd schon angerufen?«

»Ja, hab ich, zigmal schon. Aber da ging keiner ran. Irgendwann hab ich's dann aufgegeben. Wahrscheinlich sind die zwei noch bei Untermerzbach im Itzgrund unterwegs. Im Tal der Ahnungslosen, was Mobilfunkantennen anbelangt«, sagte Honeypenny mit wissendem Lächeln.

»Entschuldigung, könnte ich dann vielleicht gehen?«, signalisierte der Biologe Aufbruchstimmung. »Ich müsste mich nämlich wieder mal nach Tambach begeben.« Conrad schaute fragend von einem zum anderen.

»Kein Problem.« Huppendorfer nickte. »Notieren Sie uns nur Ihre Anschrift und eine Telefonnummer, unter der wir Sie erreichen können. Und den Chip mit Ihren Fotos müssen wir leider auch hierbehalten, das sind jetzt Beweismittel.«

Volker Conrad nickte, kritzelte seine Daten auf einen Block, den ihm Honeypenny reichte, und verabschiedete sich. Da war er ja in etwas Aufregendes hineingeraten, aber jetzt schien es ihm doch besser, die Polizei bei ihrer Arbeit nicht mehr zu stören. Als der Biologe die Tür hinter sich geschlossen hatte, fiel Huppendorfer über Honeypenny her und bombardierte sie mit dringlichen Arbeitsaufträgen.

»Als Erstes gibst du Fidibus dieses Bild von unserem mutmaßlichen Killer, er soll eine allgemeine Fahndungsmeldung rausschicken. Dann schickst du es an Interpol, die sollen es mal durch ihre Computer jagen und rausfinden, wer der Typ eigentlich ist, klar? Und zwischendurch versuchst du, endlich Franz und Bernd zu erreichen, damit die auch Bescheid wissen.«

Honeypenny hatte sich alles notiert, schaute dann von ihrem Blatt hoch und Huppendorfer böse an. »Du weißt aber schon, dass ich Feierabend habe, Cesar? Zudem habe ich haufenweise Überstunden, Hunger und ...«, sie streckte demonstrativ ihren Zeigefinger in die Höhe, »und eine Verabredung.«

Huppendorfer hob beschwichtigend beide Hände. »Ist ja gut, Marina«, sagte er beruhigend. »Dann versuche bitte eben nur noch schnell, Franz zu erreichen, den Rest übernehmen ich und Fidibus.«

Etwas milder gestimmt warf Honeypenny Cesar noch einen letzten grimmigen Blick zu, bevor sie zum Telefonhörer griff und Haderleins Nummer wählte. Und endlich wurde am anderen Ende abgenommen.

»Was gibt's denn?«

Lagerfeld hatte das Blaulicht auf das Dach gesetzt und war mit Vollgas zur Autobahn Richtung Suhl unterwegs. In den letzten Minuten hatte sein älterer Kollege Franz still und grübelnd neben ihm gesessen und keinen Ton von sich gegeben. Lagerfeld wusste, dass es auch für ihn jetzt besser war, nichts zu sagen, denn Franz befand sich im Kom-

binationsmodus. Erst als sie bei Zapfendorf oberhalb des
Milchwerkes mit quietschenden Reifen die Autobahn erreichten, kehrte Haderlein aus seiner abgeschotteten Gedankenwelt zurück und griff sich die Bibel, die er mitgenommen hatte. Ein ziemlich alter Schinken und richtig
schwer. Er legte den Daumen an die ersten Seiten, hielt das
Buch an die Wagendecke und ließ dann die Blätter durch-
rauschen in der dünnen Hoffnung, es könnte ja etwas her-
ausfallen, das Franziska hinterlassen hatte und ihnen weiterhelfen könnte. Ein bisschen Glück könnten sie wirklich
gut gebrauchen, bis jetzt hatte es ja einen weiten Bogen
um sie gemacht. Er hatte das Buch noch nicht einmal zu
einem Viertel durchgeblättert, als zu seiner Verblüffung ein
karierter Zettel im DIN-A5-Format aus den Seiten glitt und
auf seinem Schoß landete. Wie in Zeitlupe ließ er die Bibel
sinken und nahm den Zettel in die Hand. Da war etwas
handschriftlich mit blauem Kugelschreiber auf das karierte
Stück Papier geschrieben.

*Sed si tantus amor casus cognoscere nostros*
*et breviter Troiae supremum audire laborem,*
*quamquam animus meminisse horret luctuque refugit,*
*incipiam. fracti bello fatisque repulsi*
*ductores Danaum tot iam labentibus annis*

*instar montis equum divina Palladis arte*
*aedificant, sectaque intexunt abiete costas;*
*votum pro reditu simulant; ea fama vagatur.*
*huc delecta virum sortiti corpora furtim*
*includunt caeco lateri penitusque cavernas*
*ingentis uterumque armato milite complent.*

»Bernd, halt an, halt sofort an«, sagte Haderlein heiser zu seinem Fahrer, der erst jetzt das Papier bemerkte, das Haderlein ungläubig studierte.

Bernd Schmitt steuerte den Freelander auf den Standstreifen, schaltete den Motor aus, dann schaute er den Zettel und Franz fragend an und harrte etwaiger Erklärungen.

»Das Papier ist gerade aus der Bibel gefallen. Der Text ist in Latein verfasst. Kannst du ihn vielleicht übersetzen, du bist doch der Sprachbegabte in unserem Laden?« Haderlein war noch immer sichtlich verdattert von dem unerwarteten Geschenk des Schicksals, welches aber noch immer gewaltig zurückschlagen konnte, sollte sich der Zettel als unwichtige Notiz einer lerneifrigen Ordensschwester entpuppen. Doch irgendwie glaubte Haderlein nicht daran. Es durfte einfach nicht sein, dass sie der Gott der Rechtgläubigen schon wieder verarschte und ihnen einen Knüppel zwischen die Beine warf.

Schweigend beugte sich Lagerfeld zum Beifahrersitz hinüber, öffnete das Handschuhfach, holte sich einen Kugelschreiber heraus, nahm den Zettel und fing an, sich mit dem lateinischen Text zu beschäftigen. »Sieht aus wie ein Bibelzitat, jedenfalls hat es so eine komische Versform«, sagte er nachdenklich.

Franz Haderlein saß zum Zuschauen verdammt neben ihm und musste sich sehr zusammenreißen, um zwischendurch nicht ungeduldige Fragen zu stellen. Bernd hatte seine Fehler und Unzulänglichkeiten, aber er war ein absolutes Sprachgenie. Selbst aus dem Chinesischen hatte er in einem früheren Fall schon übersetzt. Für jemanden mit kleinem Latinum war der Text dann doch hoffentlich eine leichte Übung. Nach Minuten fürchterlichster Warterei legte Lagerfeld endlich den Kugelschreiber ins Handschuhfach zurück und reichte ihm den Zettel, allerdings mit einer Miene, der zu entnehmen war, dass Lagerfeld nicht wirklich viel mit dem Ergebnis seiner Arbeit anfangen konnte. Haderlein las die übersetzten Zeilen begierig durch, bevor auch er sich der Ratlosigkeit hingab.

»Keine Ahnung, was das heißen soll, Franz. Ich fahr dann mal weiter.« Lagerfeld startete den Motor, und während sie mit Höchstgeschwindigkeit wieder in Richtung Suhl auf der Autobahn unterwegs waren, überflog Haderlein die übersetzten Zeilen wieder und wieder. Aber je intensiver er über einen möglichen Sinn nachdachte, desto hoffnungsloser wurde er.

*Doch, ist so groß das Gelüst, mein Trauergeschick zu vernehmen*
*Und in der Kürze den Schluss zu hören von Ilions Nöten,*
*Wenngleich schaudernd der Geist zurückbebt vor der Erinnrung,*
*Will ich beginnen. – Gelähmt im Kampf, vom Glücke verstoßen,*
*Bau'n die argivischen Fürsten, da so viel Jahre verronnen,*

*Jetzo mit Pallas' göttlicher Kunst ein Ross, wie ein Bergjoch*
*Ragend, und zimmern die Rippen umher aus geschnittenen Tannen,*
*Als ein Weihegeschenk für die Rückkehr – wie das Gerücht geht.*
*Heimlich verschließen sie drauf die erlesensten Heldengestalten*

*Hier in dem dunkeln Versteck und füllen den Bauch
und die tiefen
Höhlungen ganz und gar mit Scharen bewaffneter
Streiter.*

Die Zeilen brachten Haderlein nicht weiter. Irgendwie
hatte er gehofft, dass Franziska ihm vielleicht doch noch
einen kleinen Hinweis geben, ihn um einen Ausweg aus
ihrer hoffnungslosen Lage bitten wollte. Aber das hier war
kein Hinweis, das klang schon eher nach einem fatalisti-
schen Abschiedsgruß. Schließlich faltete er den Zettel zusammen und steckte ihn Lagerfeld in die Hosentasche, der
seinerseits ungerührt weiter das Lenkrad festhielt. Sollte
Bernd als alter Lateiner sich doch später noch einmal aus-
führlicher mit dem Spruch beschäftigen, sie mussten jetzt
diese Waffe finden und würden dann weitersehen.

Sie folgten der Wegbeschreibung Honeypennys, die
diese ihrerseits von Volker Conrad erhalten hatte. Unterhalb der ICE-Brücke schabten die Zweige der Büsche leise
am Lack des Landrovers entlang, dann standen sie irgendwann auf der abschüssigen Wiese, die der Tambacher Biologe Honeypenny beschrieben hatte. Von hier aus war es
nicht mehr schwer, den Weg zu den Bibern am Itzufer zu
finden. Zu Fuß gingen sie die Wiese hinunter und durch-
querten einen schmalen Waldsaum, bevor sie den Uferbereich erreichten. Empfangen wurden sie von dem verärgerten Blick zweier Biber, die sich gerade in eigenartiger Weise
miteinander beschäftigt hatten. Hätte er das Tun der beiden
Tierchen mit dem der Menschen verglichen, dann wären
die zwei gerade sehr unanständig gewesen, überlegte sich
Lagerfeld. Auf jeden Fall straften sie die Biber mit einem
Blick der abgrundtiefen Verachtung.

Haderlein schaute prüfend auf sein Smartphone, dann deutete er schräg voraus auf das gegenüberliegende Ufer. »Dort drüben muss es sein. Man sieht sogar noch die Reifenspuren.«

Lagerfeld fackelte nicht lange. In Hose und Lederstiefeln stieg er ins Wasser und begann, zum anderen Ufer hinüberzuwaten. Dort angekommen gab ihm Haderlein so lange Anweisungen, bis er an der richtigen Stelle stehen musste. Seine Arme und Hände tauchten samt Jackenärmel auf den Grund des kleinen Flusses und fanden schließlich, wonach sie gesucht hatten. Lagerfeld richtete sich auf und hielt triumphierend eine tropfende Neun-Millimeter-Automatik in die Höhe. Dann stapfte er den gleichen Weg durch die Itz zurück und warf die nasse Waffe mit Schwung ans Ufer, wo sie im Licht der schon schräg stehenden rötlichen Spätnachmittagssonne liegen blieb.

Haderlein bückte sich, um die nasse Automatik aufzuheben. Eine Spezialversion der Beretta M9 mit vorn aufgeschraubtem Schalldämpfer. Er lächelte grimmig, während hinter ihm Lagerfeld mit tropfender Hose und Jacke dem Wasser entstieg. Wenn das nicht die Mordwaffe des Täters von der gelben Coburger Villa war, dann würde er einen gewaltigen Besen fressen.

»Dann nichts wie auf zurück nach Bamberg«, sagte er und klopfte dem vor sich hin tropfenden Lagerfeld aufmunternd auf die Schulter.

Diesmal fuhr Haderlein selbst, während sich Bernd Schmitt auf dem Beifahrersitz die nassen Stiefel und Strümpfe auszog. Der Freelander mit Allradantrieb kraxelte wieder den Weg zurück bis auf die Rödentaler Hauptstraße, doch gerade als sie die Straße erreichten, ertönte ein helles »Dong« aus den Autolautsprechern, und ein kleines rotes Licht leuchtete im Mittelsegment der Geschwindigkeitsanzeige auf. Lagerfeld starrte es an wie eine Stechmücke, mit der er sich fatalerweise in seinem Schlafzimmer eingeschlossen hatte. »Ganz schlechte Karten, Franz«, sagte er schließlich. »Wir müssen sofort tanken.«

Die Tür aus schusssicherem Glas war eben erst installiert worden und hatte ihn ein halbes Vermögen gekostet. Und was das Schlimmste daran war: Er würde nicht einen Cent davon ersetzt bekommen. Polizisten seien das gewesen, hatte man ihm gesagt. Polizisten, die wegen höherer Gewalt leider ihre Ausweise nicht dabeigehabt hätten. Und da man Kunden wegen unbezahlter Rechnungen nicht einfach so einschließen durfte, wäre das alles seine eigene Schuld gewesen. Er solle seine Tür gefälligst zahlen und ansonsten den Rand halten, sonst würde er noch eine Anzeige wegen versuchter Freiheitsberaubung und Behinderung der Staatsgewalt an den Hals bekommen. Also hatte sich Wolfgang Friedrich zähneknirschend damit abgefunden und innerhalb eines Tages für teures Geld eine neue Glasschiebetür in seine Tankstelle einbauen lassen. Aus extradickem, schusssicherem Panzerglas. Damit würde niemand mehr gegen seinen Willen diese seine Tankstelle …

Friedrich war so in seine selbstzufriedenen Gedanken versunken, dass er den Landrover Freelander, der an seiner Dieselzapfsäule angehalten und für über hundert Euro Diesel getankt hatte, nicht bemerkt hatte. Erst als der ihm wohlbekannte irre Typ mit Sonnenbrille und Pferdeschwanz mit dem großen hageren Mann im Schlepptau auf den Eingang zukam, schrillten bei ihm sämtliche Alarmglocken. Zu seinem eigenen Pech verbrachten die Synapsen seines Gehirns aber zu viel Zeit mit dem Umstand, dass der sonnenbebrillte Pferdeschwanzpolizist diesmal ohne Cowboystiefel und Strümpfe, sondern barfuß unterwegs war. Nicht einmal die geflickte Jeans vom letzten Mal hatte er an. Der Typ, der aussah wie ein billiger Drogendealer vom Land, besaß tatsächlich die Frechheit, in Unterhose in seiner Tankstelle zu erscheinen! Erst als Wolfgang Friedrich die Dienstwaffe in der Hand des Pferdeschwanzes bemerkte, reagierte er. Das allerdings blitzschnell. Seine Hand patschte auf den roten Knopf direkt neben dem Kreditkartenlesegerät, und sofort fuhren die Flügel der nagelneuen Glasschiebetür aus Panzerglas fauchend zusammen, um die lästigen Eindringlinge auszusperren. Der Plan ging auf – bis auf circa zwei Zentimeter. So breit war nämlich der Lauf von Lagerfelds Dienstwaffe, der in der Schiebetür steckte und auf den zottelig langhaarigen Kopf des Tankstellenbesitzers zielte. Friedrich stand perplex hinter seiner Theke, unfähig, sich zu rühren. Auch Haderlein fand das Vorgehen seines jungen Kollegen einigermaßen grenzwertig, andererseits war er heute auch nicht mehr mit der allergrößten Geduld gesegnet, also sagte er nichts. Hauptsache, sie könnten bald wieder von hier verschwinden.

»Aufmachen, oder ich schieß dir deine Kasse kaputt!«, rief Lagerfeld durch den schmalen Schlitz der Tür, dann drehte er seine Dienstwaffe so weit nach links, dass diese auf das sündhaft teure elektronische Terminal der Tankstelle zeigte.

Mit einem undefinierbaren Gesichtsausdruck fuhr sich Friedrich zuerst mit der Hand durch seine rötlich blonden Haare, bevor er widerstrebend den Knopf unter dem Tresen drückte. Mit einem schmatzenden Geräusch fuhren die Flügel der Tür wieder in ihre Ausgangsstellung zurück, und der barfüßige Polizist kam lässig grinsend auf ihn zu. Missmutig bemerkte Friedrich die nasse Spur, die der Unterhösige auf den Fliesen hinterließ.

Als der Pferdeschwanz bei Friedrich an der Theke angekommen war, tatschte er mit gespielter Verlegenheit an seiner Hüfte herum und meinte zynisch: »Ooch, das tut mir jetzt aber leid, jetzt hab ich doch schon wieder meinen Geldbeutel vergessen. Muss ich wohl in der Jeans gelassen haben. So ein Pech aber auch. Dann schreiben Sie doch einfach wieder eine Rechnung an die Bamberger Polizei, seien Sie so lieb, ja?«

Friedrich war kurz davor zu platzen. Das alles war doch vollkommen surreal, wie in einem schlechten amerikanischen Roadmovie. Doch noch konnte er seine Nerven im Zaum halten, wenn auch nur mühsam.

Der Barfüßige nahm noch drei Schachteln Marlboro, winkte ihm kurz zu, verließ schließlich im leicht o-beinigen Watschelgang die hochgesicherte Tankstelle und wurde draußen von seinem kopfschüttelnden älteren Kollegen in Empfang genommen.

Kaum hatte der halb nackte Polizist die Schiebetür passiert, hieb Friedrich bereits wieder auf den roten Knopf, und diesmal tat die Tür exakt das, wozu sie eingebaut worden war: Sie verschloss den Tankstelleneingang hermetisch mit einem leichten Schmatzen. Nichts und niemand würde jetzt noch dieses Etablissement betreten können, es sei denn, er war im Besitz eines kleinen Schützenpanzers, mit dem als Argument er um Einlass bitten könnte. Friedrich öffnete die Tür erst wieder, als der Freelander mit den beiden Bamberger Polizisten außer Sichtweite war. Seine Gedanken überschlugen sich. Weitere Schutzmaßnahmen, er musste definitiv weitere Schutzmaßnahmen ergreifen. Kameras, Kameras mit Gesichtserkennung, die würde er als Nächstes installieren. Eigentlich unbezahlbar, aber für seinen Seelenfrieden war Wolfgang Friedrich nichts, aber auch gar nichts zu teuer.

Als sein Laborleiter das alte Forsthaus verlassen hatte, schenkte sich Gerhard Irrlinger einen weiteren Single Malt ein. Wie naiv diese Welt doch war, wie einfältig die Gedankengänge der Menschen. Die Informationen über die gentechnischen Fortschritte in Brauns Projekt mit dem neuen Bienenvolk waren schon vor Wochen mehr als ausreichend gewesen, um zur Tat zu schreiten. Also war er nachts in das Labor gegangen und hatte das Gitter nach draußen gedrückt. Hätte er auf die Kleingeister unter seinen Wissenschaftlern gewartet, würde Santamon nie Gewinne machen. Immer dieses Moralisieren hier in Europa und in Deutschland im Speziellen. Natürlich war die Königin mit einem Teil ihres Volkes ausgeschwärmt, das hatten die Mitarbeiter seines Labors aber ziemlich lange nicht geschnallt. Dass dieser verschüchterte Volltrottel Hahn nicht sofort Meldung bei den Laborratten gemacht hatte, war natürlich das Beste gewesen, was Irrlinger hatte passieren können. Nicht, dass es ihm etwas ausgemacht hätte, wäre die Sache sofort aufgeflogen, nein, aber so war es ihm lieber, weil unwiderrufbar.

Jetzt brauchten er und Santamon nur noch abzuwarten, bis sich ihre Bienen gegen die alte europäische Biene durchgesetzt und flächendeckend ausgebreitet hatten. Und das würde nicht allzu lange dauern. Schon die Varroa hatte in Mitteleuropa leichtes Spiel, nicht zuletzt durch die tätige Mithilfe der Agrarindustrie und ihrer Pflanzenvernichtungsmittel. Santamon war mit »Roundabout« und seinem segensreichen Wunderinhaltsstoff Glyphosat natürlich ganz vorn mit dabei. Glyphosat war billig und absolut zuverlässig, einfach perfekt. Jetzt würde sich auch niemand mehr über das Bienensterben aufregen können, das angeblich durch Glyphosat mitausgelöst wurde. Nein, das würden die kleinen Viecher von nun an unter sich ausmachen, und am Ende durfte Santamon mit seinen Bienenpatenten auch noch Geld kassieren. Die Sache war richtig gut gelaufen, dachte Irrlinger, während er in seinem Sessel sitzend genüsslich das Glas Lagavulin schwenkte.

Als Bill und George anschlugen, war es mit der Ruhe und Selbstzufriedenheit jedoch schon wieder vorbei. Die beiden Dobermänner standen winselnd an der Eingangstür und ließen sich partout nicht beruhigen. Sekunden später klingelte Irrlingers Mobiltelefon, und die Nachricht, die er erhielt, führte dazu, dass sich der Geschäftsführer von Santamon-Europa schnellen Schrittes auf dem Weg zum Pförtner befand. Der Anruf hatte sowohl eine gewisse Erregung als auch Befürchtung ausgelöst. Aber was davon berechtigt war, blieb nun herauszufinden. Auf jeden Fall war etwas sehr Interessantes passiert.

Als er das alte Trafohäuschen passiert hatte, konnte er bereits aufgeregte Stimmen und weiteres Hundegebell aus Richtung des Eingangstors vernehmen und erkennen, dass ein Großteil der Sicherheitsleute, die er eingestellt hatte, mit gezogener Waffe Posten bezogen hatte. Was war denn da los? Sofort schoss ihm Franziska Büchler durch den Kopf. War sie womöglich wahnsinnig genug gewesen, um durch den Haupteingang einzudringen? Wenn dem so wäre, konnte er nur hoffen, dass der Sicherheitsdienst die Schlampe erwischt hatte. Am besten tot, dann könnte er sich alles Weitere sparen.

»Herr Irrlinger, da is a Verrückter unterwegs«, belehrte

ihn sein Pförtner Georg Förtsch eines Besseren, während er Irrlinger durch den schmalen Pfortendurchgang vor das Tor führte. »Da war aaner da mit aam Auto und hat des da nagemalt. Bevor ich's merken gekonnt hab, isser wieder davogfahrn, aber die vom Sicherheitsdienst sin hinna nach, die wern den scho kriegn.«

Irrlinger hatte nur mit einem Ohr zugehört, die Sache war ihm aus ganz anderen Gründen suspekt. War der Aufstand vielleicht nur ein wohlgeplantes Ablenkungsmanöver, um ihn aus seiner sicheren Festung zu locken? Am Haupteingang war er schließlich ein leichtes Ziel für einen Attentäter. Misstrauisch schaute Irrlinger Richtung Waldrand und entdeckte überall die Schäferhunde mit ihren Führern, die das Gebiet um das Tor herum bereits durchsuchten. Alle Männer der Sicherheitsfirma hatten für diesen Fall ein spezielles Training absolviert und verhielten sich nun dementsprechend. Nein, aus dem Wald drohte ihm keine Gefahr. Er hob seinen Blick Richtung Wipfelwanderweg, der sich wie eine überdimensionale Schlange aus Balken und Bohlen in ungefähr zwanzig Metern Höhe durch die Bäume wand. Nichts. Nein, für die Aufregung musste es einen anderen Grund geben.

Pförtner Förtsch deutete nun stumm auf das große Stahltor am Eingang, das sich im Rücken Irrlingers befand. Er drehte sich um und zuckte unwillkürlich kurz zusammen, als er erkannte, was der Pförtner ihm zeigen wollte. Jemand hatte in Rot das Wort »Mörder« an das Stahltor gepinselt. An der Farbe hatte der Übeltäter nicht gespart, wie Blut hatten sich überschüssige Farbnasen ihren dünnen Weg Richtung Boden gebahnt. Aber das war nicht alles. Unter dem »r« der Drohpinselei klebte etwas in DIN-A4-Größe, das Irrlinger aus der Entfernung aber nicht richtig erkennen konnte.

»Was ist das?«, fragte er und lief auf das Tor zu. Zwei Männer des Sicherheitsdienstes begleiteten ihn mit erhobenen Waffen und beobachteten misstrauisch die Umgebung.

Vor dem Tor riss Irrlinger das Papier herunter. Der Fotoausdruck zeigte einen in einer Wiese liegenden aufgedunsenen Mann, der offensichtlich tot war. Die Gesichtszüge der verunstalteten Leiche waren nicht mehr zu erkennen, genauso wenig der Grund ihres Ablebens.

»Was soll der Scheiß?«, fragte Irrlinger seinen Sicherheitschef, der einen ratlosen Blick auf die Fotografie und den übel zugerichteten Toten warf, als ein Pick-up mit dem Verfolgungskommando auf der Straße auftauchte. Kurz vor dem Tor legte das Fahrzeug eine Vollbremsung hin, und mehrere Sicherheitsdienstler sprangen von der Ladefläche. Offensichtlich waren sie erfolgreich gewesen, denn sie zogen einen großen, kräftigen Mann unsanft vom Rücksitz des Toyota und schleiften ihn an seinen auf dem Rücken gefesselten Armen zu Irrlinger. Eine Minute später standen sich die beiden Männer Auge in Auge gegenüber, und Gerhard Irrlinger wusste sofort, mit wem er es zu tun hatte. Als er den Urheber der Schmiererei erkannte, legte sich eine seltsame Ruhe über ihn. »Josef Schauer, ich hätte es mir ja denken können. Der grüne Biobaron aus Neudorf. Können Sie mir erklären, was der ganze Zirkus soll?«

Doch Schauer benahm sich weder kleinlaut noch schuldbewusst. Stattdessen war er außer sich und schrie Irrlinger an. »Der Mann ist tot, Irrlinger! Totgestochen von euren schwarzen Bienen. Ich weiß alles. Und glauben Sie bloß nicht, dass Sie mir wieder irgendeinen Scheiß erzählen können. Diesmal sind Sie zu weit gegangen. Sie und Ihre verfluchte Firma haben sich an der Schöpfung vergriffen, und das ist das Ergebnis!« Wütend zerrte Schauer an seinen Fesseln, am liebsten hätte er Irrlinger angegriffen.

Doch der zerknüllte das Foto und ging mit seinem Gesicht nahe an das von Schauer heran. »Ich habe keine Ahnung, wovon Sie reden, Schauer. Mir reicht's. Wenn Sie alle anderen in der Gegend gegen Santamon aufstacheln wollen, ist das Ihre Sache, aber das hier ist Sachbeschädigung, Schauer, Hausfriedensbruch und Verleumdung. Das wird Sie teuer zu stehen kommen, das kann ich Ihnen versprechen. Aber bis Sie wieder klar denken können, überlasse ich Sie der Polizei, Sie Möchtegernrevoluzzer. Erzählen Sie denen doch Ihre irrwitzigen Theorien. Schafft ihn fort!«, zischte Irrlinger und ließ das zerknüllte Foto auf den Boden fallen. Dann drehte er sich um, ging ohne Hektik wieder zurück in Richtung Pforte und warf noch einen kurzen Blick auf das blutrot verschmierte Tor. »Wischt das weg«, sagte er, und mehrere Leute inklusive Pförtner rannten sofort los.

Er war zu seinem Jeep zurückgeeilt, ohne jedoch Aufmerksamkeit zu erregen, war hinter der Abtei in einen Feldweg eingebogen und dann in Richtung Westen über die freie Flur gefahren. Rasen durfte er nicht, vielleicht war die Polizei mit Hubschraubern unterwegs, da hätte er sich mit schneller Fahrt nur verdächtig gemacht. Also zuckelte er in gemäßigtem Tempo nach Westen in der Hoffnung, zwischen den anrückenden Polizeikräften durchzuschlüpfen. Grays Blick fiel kurz auf den weißen Brief auf dem Beifahrersitz. In der Hektik hatte er noch keine Gelegenheit gehabt, sich mit dem Inhalt zu befassen. Natürlich konnte es sein, dass der Brief für ihn und seine Suche irrelevant war, andererseits hatte ihn sein siebter Sinn noch nie im

Stich gelassen. Die Büchler war nicht mehr in der Abtei, das glaubte er der Äbtissin, aber völlig reinen Wein hatte ihm die Schwester auch nicht eingeschenkt. Sie hatte ihm nicht getraut und deshalb versucht, den Brief vor ihm zu verbergen.

Im Rückspiegel waren keine Verfolger zu sehen, und auch Polizeisirenen waren nicht mehr zu hören. Sein Puls beruhigte sich langsam, als er den Wagen auf einer Anhöhe parkte. Tief am Horizont stand die Sonne, rechts unter ihm wurden in einem kleinen Dorf die Schatten lang und länger. Aus dem Tal klangen die monotonen Geräusche der Autobahn nach Suhl zu ihm herauf, rechts neben ihm zwitscherten Vögel. Eine ganz und gar friedliche Stimmung herrschte um ihn herum. Er nutzte den Moment, um die Lage zu sondieren. Er hatte fliehen können, ohne mit der Polizei in Kontakt zu kommen. Natürlich würde die Äbtissin den Beamten von ihm erzählen, aber das würde ihnen nicht viel nützen. Sollten sie doch ein Phantombild von ihm zeichnen lassen.

Er war schon immer ein Verfechter des klaren Gedankens gewesen, noch nie hatte er Entscheidungen Hals über Kopf getroffen. Er stieg aus dem Wagen, ging um sein Fahrzeug herum zur Beifahrertür, öffnete sie und nahm Pfeife und seinen Tabakbeutel aus der Ablage der Tür heraus. In aller Ruhe stopfte er die Pfeife und zündete sie an, dann erst nahm er den Brief vom Beifahrersitz und ging mit ihm zur Frontseite des Jeeps, wo er sich mit dem Rücken an den Kühlergrill lehnte. Langsam, die Pfeife im Mundwinkel, öffnete er den Umschlag und nahm den zusammengefalteten Briefbogen heraus. Franziskas handschriftlich verfasster Text. Ein tiefes Gefühl der Befriedigung machte sich in Byron Gray breit, während er anfing, die Zeilen zu lesen.

*Lieber Herr Haderlein,*

*meine Mutter hat mir gesagt, dass ich Ihnen vertrauen kann, und da ich auch Äbtissin Scholastika vertraue, wird Sie dieser Brief sicher irgendwann erreichen. Ich selbst habe nur noch eine sehr ungenaue Erinnerung an Sie. Das, was damals während meiner Kindheit geschah, ist nun schon eine Weile her, auch wenn ich bestimmte Dinge aus dieser Zeit nicht vergessen habe und niemals vergessen werde.*

*Es ist mir durchaus bewusst, dass Sie mein Handeln nicht verstehen können. Sie sind ein Polizist, ein Vertreter des Gesetzes und des Guten, aber ich habe von der guten auf die schlechte Seite gewechselt, denn ich habe getötet. Doch währenddessen fühlte es sich für mich gerecht an. Ich habe gerecht gehandelt, auch wenn ich wahrscheinlich die Einzige bin, die das so sehen wird.*

*Natürlich könnte ich mich der Polizei stellen und aussagen. Vielleicht würde der Mörder meines Vaters dann für sehr lange Zeit im Gefängnis landen, aber vielleicht auch nicht. Glauben Sie mir, ich habe mich über Gerhard Irrlinger und seinen Mordclub der »Drei Eichen« sehr gründlich informiert. Der Mann hat es bisher noch immer geschafft, sich aus jeder schwierigen Situation zu befreien. Das kann und will ich nicht riskieren, und wenn ich ehrlich bin, will ich auch einfach nicht, dass er weiterlebt, egal, wo und wie. Auch wenn Sie es anders sehen mögen, Herr Haderlein, Gerhard Irrlinger, der Mörder meines Vaters, hat den Tod verdient. Nehmen Sie diesen Brief als das, was er ist: eine Erklärung, keine Rechtfertigung. Ich kann nicht leben, solange dieser Mann noch existiert. Ich kann es einfach nicht.*

*Ich werde Irrlinger seiner gerechten Strafe zuführen,
auch wenn er noch immer glaubt, ich sei zu schwach
und zu unbedeutend. Aber ich habe längst begriffen,
dass man Menschen wie ihn nur mit ihren eigenen
Waffen schlagen kann. Wenn es auch keine Pfeile sind,
die ihn treffen werden, so wird der Gerechtigkeit
trotzdem Genüge getan werden, glauben Sie mir das.
Das Schicksal dieses Mannes ist besiegelt.*

*Bitte sagen Sie meiner Mutter, dass ich sie liebe, dass
ich ihr danke für alles, was sie in den letzten Jahren für
mich getan hat. Sie ist der liebenswerteste, ehrlichste
und überhaupt wichtigste Mensch in meinem Leben.
Deswegen werde ich sie von nun an schützen müssen.
Ich werde sie niemals wiedersehen, auch wenn es mir
das Herz zerreißt. Ich bin so oder so allein und werde es
von nun an für immer bleiben. Bitte sagen Sie ihr das.*

*Franziska*

*PS: Doch ist so groß das Gelüst, mein Trauergeschick
zu vernehmen und in der Kürze den Schluss zu hören
von Ilions Nöten. Wenngleich schaudernd der Geist
zurückbebt vor der Erinnerung, will ich beginnen.*

Byron Gray las sich den Brief mehrmals durch, legte ihn
neben sich auf die Motorhaube, nahm mit der rechten
Hand seine Beretta aus der Jacke und beschwerte damit den
Brief. Nicht, dass ein plötzlicher Windstoß das wertvolle
Stück noch davonwehte. Die Arme verschränkt, stand er
minutenlang an die Kühlerhaube seines Jeeps gelehnt und
schaute der Abendsonne beim Untergehen zu. Ein Unbeteiligter hätte in ihm zweifelsohne einen Mann gesehen,

der verträumt die romantische Stimmung des Momentes genoss und in die Weiten des Obermaintals sah. Ein Anblick, wie er friedlicher nicht hätte sein können. Niemand, der Byron Gray so betrachtete, hätte sich jemals vorstellen können, dass ihn einzig und allein eines beschäftigte: was Franziska Büchler genau vorhatte und wie er sie möglichst schnell finden und töten konnte.

Byron Gray rauchte seine Pfeife gelassen zu Ende, ohne Eile, ohne Hast. Es gab keinen Grund mehr dazu, denn er hatte den Brief. Der Brief bedeutete erstens, dass er Franziska Büchler jetzt finden würde, und zweitens, dass er damit schneller sein würde als die Polizei. Byron Gray wusste, dass er seinem Ziel nun sehr nahe war, und er begann, sich bereits auf die heimatlichen Smokey Mountains und seine Hütte im Wald zu freuen.

## Der Fall Ilions

»Ich fahre dich jetzt erst einmal nach Hause, damit du dir neue Klamotten anziehen kannst. So, wie du aussiehst, gehst du mir nirgendwohin.« Haderlein machte seinem jungen Kollegen die Mama, während er nach links auf den Verkehr schaute und die Autobahn an der Ausfahrt Wattendorf verließ.

Lagerfeld nickte stumm. Er hatte vergeblich versucht, die Hose im Fahrtwind zu trocknen, aber nachdem sie bereits einmal hatten anhalten müssen, weil er das Beinkleid verloren hatte, sah auch er ein, dass es an der Zeit war, sich etwas Trockenes anzuziehen. So wie in der Tankstelle brauchte er im Büro nicht aufzulaufen, und außerdem lag die Mühle auf ihrem Weg nach Bamberg.

Als Haderlein in die Straße zu Lagerfelds Zuhause einbog, stieg er verblüfft und unerwartet in die Bremsen. Vor ihnen ragte ein knallrotes Automobil in den Himmel, ein Monster von einem Gefährt. Haderlein schaute geschockt auf die rote Wand vor sich, gegen die er fast geprallt wäre, während Lagerfeld nach einer kurzen Schrecksekunde erkannte, was ihnen da die Zufahrt verstellte. »Ach du Scheiße, der Autokran«, stieß er hervor. »Den hatte ich ja völlig vergessen.«

Haderlein legte seinen Kopf auf das Armaturenbrett, um schräg nach oben zu schauen und die Höhe des Monsters abzuschätzen. Der Kran, den in dem rötlichen Licht der untergehenden Sonne eine fast feierliche Aura umgab, war gewaltig. »Wozu braucht ihr denn so ein Monstrum?«

»Das erklär ich dir später!«, rief Lagerfeld und sprang nach draußen. »Das hier kann dauern. Fahr du schon mal ins Büro und bring denen die Knarre aus der Itz. Ich zieh mich um, klär noch was mit dem Kran und komm dann schon irgendwie nach, tschau!« Rief's, warf die Autotür des Landrovers zu, rannte barfuß und mit nackten Beinen, seine nasse Hose, Strümpfe und Schuhe in den Händen haltend, um den Autokran herum und war Sekunden später verschwunden.

Haderlein schaute noch einmal voller Ehrfurcht auf das riesenhafte Gefährt, dann legte er den Rückwärtsgang ein und fuhr zurück auf die Hauptstraße.

Sie hatte nun lange genug gewartet und mit sich gekämpft. Es war an der Zeit zu tun, was zu tun war. Sie musste sich beeilen, die Verfolger konnten nicht mehr weit sein. Als sie in der letzten Nacht mit Schwester Scholastika auf dem Bett gesessen hatte, waren ihr noch einmal Zweifel gekommen. Natürlich hatte sie der Äbtissin nicht die ganze Wahrheit gesagt, sie nur angedeutet. Aber sie hatte ihr von ihrer Kindheit erzählt, davon, dass sie hatte mitansehen müssen, wie ihr Vater umgebracht worden war. Wie sie während ihres Studiums in den USA durch Zufall wieder auf den Mörder ihres Vaters gestoßen war und was die Entdeckung bei ihr ausgelöst hatte. Sie hatte der Äbtissin erzählt, dass sie danach nicht mehr dieselbe war und sie etwas getan hatte, was sie unumkehrbar auf die gleiche Seite gestellt hatte wie Irrlinger und seine mordenden Freunde.

Es hatte Franziska Büchler gutgetan, dass jemand einfach nur zuhörte, sich ihrer Seelenqualen annahm und das Leid zu teilen versuchte. Die Äbtissin musste gespürt haben, dass sie etwas vorhatte, was sie selbst als Mensch, der sich der Friedfertigkeit und Vergebung verschrieben hatte, niemals gutheißen konnte. Doch Schwester Scholastika hatte sie nicht bedrängt, sondern ihr schließlich nur alles Gute und Gottes Segen gewünscht, bevor sie ihr für die Nacht noch die Bibel und ein Buch gebracht hatte, das Franziska sich von ihr erbeten hatte. Als Jugendliche hatte sie es verschlungen, und es hatte ihr vor etlicher Zeit auch die Lösung geliefert, wie sie den Mörder ihres Vaters bezwingen konnte. Den Mann, den sie hasste wie nichts anderes auf dieser Welt. Den Mann, den sie tot sehen wollte, damit ihre gequälte Seele endlich Ruhe fand.

Heute Nacht in der Abtei hatte sie keine Sekunde Schlaf gefunden. Sie hatte noch einmal in dem Buch gelesen, das sie so geliebt hatte, und dann Kommissar Haderlein einen Brief geschrieben, der gleichzeitig an ihre Mutter und an die Welt gerichtet war. Sie war sich sicher, dass die Äbtissin den Brief zuverlässig für sie aufbewahren und zu gegebener Zeit überbringen würde. Aber erst dann, wenn Gerhard Irrlinger tot war.


Byron Gray hatte so lange nachgedacht, bis die Sonne hinter dem Horizont fast verschwunden war. Diese Franziska schien sich ja verdammt sicher zu sein, ihr Vorhaben, Irrlinger zu töten, auch umsetzen zu können. Und genau das verstand er nicht. Selbst er als erfahrener Profi in bester körperlicher Verfassung sah sich außerstande, die Zäune um das Santamon-Gelände in Schmerb zu bezwingen. Er hatte sie zwar nur kurz begutachtet, aber was er bei seinem Besuch des Wipfelweges gesehen hatte, reichte vollkommen aus. Auch wenn er dieser Lady sehr viel zutraute, das nicht. Aber vielleicht steckte der Schlüssel zu ihrer Selbstsicherheit ja in dem kurzen Nachsatz des Briefes. Die Zeilen klangen nach einem historischen Textauszug, so als wollte sie dem Kommissar noch etwas mitteilen.

Gray holte den Laptop vom Rücksitz und stellte ihn auf die Motorhaube seines Jeeps, direkt neben die Beretta, die den Brief beschwerte. Mittels Bluetooth verband er sein Smartphone mit dem Rechner, stellte eine Verbindung zum Internet her, gab die Zeilen aus dem Brief in die Suchmaschine ein und harrte der Treffer. Er brauchte nicht lange zu warten. Die Ergebnisse wurden ihm sowohl in der altgriechischen Originalfassung als auch in der lateinischen Übersetzung und im Englischen geliefert. Byron Gray trat einen Schritt zurück, als er erkannte, aus welcher bekannten historischen Schrift die Zeilen stammten. Bilder tauchten vor seinem geistigen Auge auf. Bilder von uneinnehmbaren Stadtmauern, Schlachtengetümmel, Blut, Sand und Meer. Dann schließlich dieses berühmte Bild, das aus der Weltgeschichte nicht mehr wegzudenken war. Ein geflügelter Begriff, der immer dann Verwendung fand, wenn es um die Täuschung der Gegner ging. In diesem Moment wurde ihm klar, was Franziska vorhatte. Er wusste, wie sie den Mord begehen wollte, vor allem aber wusste er, wo sie sich aufhielt. Und wenn er jetzt nicht sehr schnell handelte, würde ihr Plan womöglich auch gelingen. Er trennte das Handy vom Laptop und wählte Irrlingers Nummer. Es meldete sich seine Sekretärin, die ihm mitteilte, ihr Chef sei gerade nicht erreichbar und wolle auch nicht gestört werden. Auch auf sein intensives Bitten hin war sie nicht dazu zu bewegen, Irrlinger zu benachrichtigen. Wütend brach Gray das Gespräch ab und warf alles, was noch auf der Motorhaube lag, auf den Rücksitz des Wagens. Dann schoss er mit Höchstgeschwindigkeit über den vor ihm liegenden Feldweg hinunter ins Tal. Geschwindigkeitsbegrenzung hin oder her, er musste nach Schmerb, und zwar schnell.

Als Lagerfeld sich der Mühle näherte, befand sich Ute mit dem Vorarbeiter der Firma Bösel bereits wieder in wilder Diskussion. Ferdinand Gürtlers Gesichtsausdruck war an Jämmerlichkeit nicht zu überbieten. Er war es gewohnt, gegen jegliche Widrigkeiten der Baustelle im Allgemeinen zu kämpfen, dazu gehörten Frost, Bodenbewegungen, Lieferprobleme oder Wassereinbrüche. Er hatte in seinem Leben Tausende von Kubikmetern an Erdboden ausgehoben und noch mehr Kubikmeter Beton verbaut, aber so etwas wie diese Bauherrin war ihm noch nie untergekommen. Gerade regte sie sich über die Kosten des Autokrans und die finanzielle Nichtbeteiligung der Firma Bösel an jenem Gerät auf. Gesten- und wortreich verdeutlichte sie ihm die rechtliche Lage aus ihrer Sicht und war nicht davon abzubringen, dass sie als Bauherrin in gar keinem Fall dazu bereit war, die Kosten für den Autokran allein zu stemmen.

Ferdinand Gürtler kratzte sich verzweifelt an der Stirn und wartete sehnsüchtig auf den Moment, auch einmal zu Wort zu kommen. Er hatte bereits mehrfach heimlich auf die Uhr geschaut. Eigentlich hatte er längst Feierabend, aber weil der Autokran so dringend benötigt wurde, machte er Überstunden. Wenn dieses blonde Fegefeuer vor ihm jedoch so weitermachte, würden sie morgen früh noch hier stehen.

Lagerfeld versuchte, sich unbemerkt hinter den beiden Diskutanten ins Haus zu schleichen, was ihm aber kläglich misslang. Seine Ute hatte überall Augen, auch am Hinterkopf.

»Bist du irre, Bernd? Wie siehst du denn aus, und wieso rennst du halb nackt durch die Gegend?«, rief sie empört, während sie ihren Lebensgefährten ansah, als hätte sie ihn beim Sahnejoghurtklauen am Kühlschrank erwischt.

Aber Bernd Schmitt war ziemlich in Eile und nicht bereit, sich in die laufenden Baustellenverhandlungen einzumischen. Es gab weiß Gott Wichtigeres zu tun. »Muss mich umziehen«, nuschelte er in ihre Richtung und verschwand flugs im Haus.

Ute von Heesen konnte das nicht akzeptieren, wollte sich aber erst noch einmal Gürtler zuwenden, der jedoch auf wundersame Weise plötzlich verschwunden war. Sie sah ihn gerade noch in großer Distanz dem Kranfahrer winken. Also blieb ihr erst einmal nur, sich um das äußere Erscheinungsbild ihres Kommissars zu kümmern. Sie fand ihn in der Küche, wo er die Taschen seiner nassen Kleidung leerte. Ute von Heesen beschloss, sich vorerst nicht aufzuregen, sondern ihm eine halbwegs akzeptable Ersatzdienstkleidung aus dem Schrank zu holen: eine schwarze Jeans und ein paar Socken. Die passten zwar farblich nicht, aber den weißen Turnschuhen, die sie danebenstellte, würde es egal sein.

Lagerfeld murmelte ein paar undefinierbare Dankesworte und zog die neuen Klamotten an, während Ute sich einen Weidenkorb nahm, um den ehemaligen Inhalt aus Bernds Hosentaschen zu trocknen. Dabei fiel ihr Blick auf einen karierten Zettel. Neugierig nahm sie das Blatt Papier, weil ihr als studierte Historikerin die Verse irgendwie bekannt vorkamen. Zwar hatte sie nach etlichen Semestern Geschichtsstudium in die Betriebswirtschaft gewechselt, aber dafür reichten ihre Kenntnisse gerade noch aus. »Seit wann beschäftigst du dich denn mit altgriechischer Mythologie, Bernd? Und was hat das mit Polizeiarbeit zu tun, wenn ich fragen darf?« Kopfschüttelnd betrachtete sie den Text vor sich.

Lagerfeld kapierte nicht ganz. »Wieso Altgriechisch, das ist doch Latein?«, fragte er mürrisch, während er auf einem Bein hüpfend versuchte, seinen rechten Turnschuh zuzubinden.

Ute von Heesen hatte es satt, dass ihr immer widersprochen wurde. »Natürlich ist das Latein, du Schlaumeier. Aber im Original ist es Altgriechisch. Das sind Verse aus der ›Ilias‹ von Homer. Es geht um das Trojanische Pferd. Du weißt schon, das hölzerne Teil, das die Trojaner in die Stadt gezogen haben und aus dem dann nachts die Griechen herauskrochen und Troja eroberten. Ilion ist in den alten Texten das Synonym von Troja.« Sie schaute ihn an, und Lagerfeld schaute ziemlich dämlich auf einem Bein stehend zurück.

»Das Trojanische Pferd?«, fragte er mit einem Gesichtsausdruck, der Ute ernsthaft an seinem Geisteszustand zweifeln ließ.

Ihr kam ein fürchterlicher Verdacht, der sich hoffentlich als Trugschluss entpuppen würde. »Bernd, bitte sag jetzt nicht, dass du noch nie etwas vom Trojanischen Pferd gehört hast. Und bitte erklär mir nicht, Troja wäre ein Flugsaurier aus der Kreidezeit.« Halb hoffnungsvoll, halb drohend sah sie Bernd Schmitt an, der immer noch wirkte wie ein abgestürzter Computer, den man wieder hochfahren muss. Immerhin hatte er jetzt beide Turnschuhe zugebunden und stand trocken und mit beiden Füßen auf dem Boden der Küche.

Dann aber erwachte der Computer schlagartig zu neuem Leben, und Bernd Lagerfeld Schmitt machte aus dem Stand einen Satz auf seine Ute zu, dass diese vor Schreck fast aufgeschrien hätte. Er rupfte ihr den Zettel aus der Hand und stierte auf die Zeilen, als würden sie plötzlich gülden leuchten und eine versteckte geheime Botschaft verkünden. »Das Trojanische Pferd«, flüsterte er heiser und fingerte hektisch nach seinem Handy, das mit den anderen Sachen im Weidenkorb lag. Ute sagte lieber mal gar nichts, sondern betrachtete verwirrt das Gebaren ihres Göttergesellen da vor sich. Der tippte, nein, er haute Haderleins Telefonnummer in die Tastatur, bis der sich meldete.

Honeypenny war fertig mit dem Tagwerk, das sie für Huppendorfer noch erledigen sollte, und hatte eigentlich frei. Allerdings fehlten ihr zu ihrem Feierabendglück noch zwei gewisse Dinge: zum einen Riemenschneider, die sie in die Obhut Huppendorfers übergeben wollte. Sie hatte sich kurzfristig umentschieden, da Franz Haderleins Götterfrau nicht mehr daheim war. Und zum anderen ihr angebeteter Hubert Fiederling, der Riemenschneider nur kurz hatte spazieren führen sollen. Die beiden hätten schon längst wieder zurück sein müssen. Leicht besorgt stapfte sie los, um ihre zwei Lieblinge zu suchen. Sie folgte der üblichen Gassiroute Riemenschneiders und fand das Gespann denn auch inmitten der Rasenflächen an der blauen Schule. Ihr Hubert zerrte verzweifelt an Riemenschneiders Leine, die ihrerseits mit ihrem Rüssel hartnäckig im Rasen herumwühlte, da sie nach Egerlingen, Raupen und sonstigem Getier suchte. Honeypenny konnte es nicht fassen. Schaffte es ihr Hubert denn nicht einmal, sich gegen ein kleines Schwein durchzusetzen?

Hubert Fiederling bemerkte Honeypenny und ihr missmutiges Gesicht, und es dämmerte ihm, dass er sich gerade etliche Minuspunkte bei seiner Herzdame eingefangen hatte.

Diese schnappte sich die Leine und zerrte das kleine Ferkel aus seiner kulinarischen Fundgrube. »Mitkommen, alle beide«, blaffte sie in einem Tonfall, der keine Widerrede zuließ.

Das Trio erreichte die Dienststelle, als auch Haderlein seinen Freelander am Haupteingang parkte. Verwundert musterte er die drei, allzu happy schauten sie ja nicht gerade aus der Wäsche.

»Sehr schön, Franz«, kam ihm Honeypenny entgegen, »gut, dass ich dich treffe. Wäre sehr nett, wenn du dein Schweinchen endlich an dich nehmen könntest, ich habe jetzt nämlich frei, verstanden?« Sie drückte ihm Riemenschneiders Leine in die Hand und griff sich dafür das linke Handgelenk Fiederlings, der sogleich ein Déjà-vu hatte, denn wieder wurde er willenlos von einer übermächtigen Kraft durch die Gegend gezerrt.

Haderlein schaute den beiden noch leicht amüsiert hinterher, als sein Handy klingelte. Auch das noch, natürlich ein Anruf im ungünstigsten Moment. »Ja, Herr Schmitt, was gibt es denn so Dringendes? Ich hoffe, Sie haben ein paar trockene …« Weiter kam er nicht.

»Franz, halt die Klappe«, unterbrach ihn sein junger Kollege unerwartet schroff. »Hör einfach nur zu. Ich weiß jetzt, wo Franziska ist und was sie vorhat. Trommel alles, was du an Bereitschaftsbeamten auftreiben kannst, zusammen und fahr mit denen nach Schmerb. Außerdem brauchen wir vom Staatsanwalt einen Haftbefehl, wir müssen irgendwie bei Santamon rein.« Lagerfeld hatte seine Ansage regelrecht durch das Telefon gebellt, ein untrügliches Zeichen dafür, dass er sich verdammt sicher sein musste.

753

»Moment mal, Bernd«, wandte Haderlein ein. »Einen Haftbefehl? Für Irrlinger? Das kannst du vergessen, wir haben noch immer nichts in der Hand, was auch nur annähernd einen Haftbefehl rechtfertigen würde. Der Staatsanwalt wird uns nur auslachen. Auch wenn wir mit der gesamten bayerischen Bereitschaftspolizei dort auftauchen, müssen die uns bei Santamon nicht reinlassen, wenn sie nicht wollen. Das ist eine regelrechte Festung, Bernd, eine Art Mini-DDR. Wenn du allerdings etwas gefunden hast, womit wir den Typ festnageln können, dann sag's besser gleich, dann bin ich der Erste, der den Staatsanwalt vom abendlichen Sofa klingelt.« Gespannt lauschte er ins Telefon, aber es herrschte plötzliche Funkstille.

»Mach einfach, Franz«, erwachte Lagerfeld einige Sekunden später wieder zum Leben. »Versuch, einen Haftbefehl oder wenigstens einen Hausdurchsuchungsbeschluss zu bekommen. Ich hab jetzt keine Zeit für große Erklärungen, ich kann dir nur sagen, dass Franziska Büchler in keinem Kloster mehr ist, sondern wahrscheinlich schon auf Santamons Firmengelände, wo sie es auf Irrlinger abgesehen hat. Wir treffen uns vor Santamons Haupteingang. Und nimm Riem...«

Einfach aufgelegt. Verwirrt schaute Haderlein erst auf sein stummes Handy, dann zu seinem Ermittlerferkel. Franziska sollte schon bei Santamon sein? Wie kam Lagerfeld denn darauf? Aber wenn Bernd Schmitt so hektisch war, musste an seiner Vermutung etwas dran sein. »Dann wollen wir mal lieber tun, was uns unser junger Kollege befiehlt«, sagte Haderlein zu seinem Ferkel, hievte es auf den Beifahrersitz des Landrovers und schlug die Tür zu. Dann spurtete er die Stufen zum Büro hinauf, um kurz Fidibus Bescheid zu geben, der die Bepo alarmieren sollte, denn einem Kommissar Haderlein würden die nach dem Fehlalarm an der Abtei heute sicher nicht mehr glauben.

Gerhard Irrlinger schloss die Haustür hinter sich und begab sich zurück in seinen Empfangsraum. Die Bienenkönigin war ganz offensichtlich auf dem Weg, die Welt zu erobern. Wie geplant hatte sie sich vermehrt und bereits ihr erstes Opfer gefunden. Das war Pech für den Kerl auf dem Bild, aber Glück für Santamon, bedeutete es doch, dass es ein Volk der neuen Bienenart gab, wild und durchsetzungsfreudig. Dieser Biofanatiker Schauer konnte vermuten, was er wollte, ohne Beweise ging in diesem Land gar nichts. Und jetzt hatte sich der Imker mit seiner unbedachten Aktion erst einmal selbst ins Abseits manövriert. Für Irrlinger lief alles nach Plan.

In seinem Sessel sitzend betrachtete er durch das Fenster die sich im Wind wiegenden Bäume vor dem Haus, bis die Sonne untergegangen war. Seine Gedanken kreisten um die zugegebenermaßen ereignisreichen letzten Tage. Die Hochzeit auf dem Staffelberg mit dem Mordanschlag auf den Bräutigam. Die kritischen Stunden in der Coburger Villa, wo alles wie geplant gelaufen war, bis die durchgedrehte Amazone aufgetaucht war. Aber Gray hatte die Situation souverän gemeistert. Dann die Wahl zur fränkischen Unabhängigkeit, die immer noch nicht entschieden war, sein Gespräch mit Zöder, dem er seinen Rückzug aus der Politik verkündet hatte. Und schließlich der heutige Tag, der mit dem Treffen auf dem Wipfelwanderweg begonnen hatte und mit dem Tod jener Franziska enden würde, die glaubte, sich mit ihm anlegen zu können.

Er gönnte sich den letzten Rest des Single Malts und stellte das Glas zurück auf die steinerne Tischplatte, als sein

Handy klingelte. Seine Chefsekretärin. Es musste etwas Dringendes sein, denn er hatte ihr ausdrücklich befohlen, keine Anrufe zu ihm durchzustellen. Innerhalb von Santamon konnte niemand mit seinem Handy telefonieren, Störsender verhinderten das. So konnte sich die Firma der uneingeschränkten Arbeitswilligkeit der Mitarbeiter sicher sein. Anrufe konnten nur auf die Handys von Mitarbeitern durchgestellt werden, wenn sie vorher durch Carola Zosig abgesegnet worden waren. Auch Irrlinger war von dieser Regelung betroffen, und er hatte Zosig untersagt, heute Anrufe von außen an ihn weiterzuleiten. Mit einer Ausnahme: die von Byron Gray.

»Ja«, meldete er sich kurz und knapp, dann hörte er sich das an, was Zosig zu sagen hatte, und zum ersten Mal an diesem Tag legte sich seine Stirn in tiefe Falten. »Wenn es denn unbedingt sein muss«, beendete er schließlich das Gespräch. Es half alles nichts, die Zeit der Ruhe und Entspannung war vorbei, da es Menschen gab, die nicht fähig waren, eigene Entscheidungen zu treffen, wenn es darauf ankam. Irrlinger verabschiedete sich von Bill und George, ließ den Whisky Whisky sein und machte sich auf den Weg ins Büro.

Dieser Aegidius Braun ging ihm langsam ernsthaft auf die Nerven. Jetzt wollte er ihn schon wieder sprechen, diesmal sogar im Labor. Es sei absolut dringend und unaufschiebbar, hatte ihm seine Chefsekretärin erklärt. Es seien unerwartete Schwierigkeiten aufgetreten, die seine unbedingte Anwesenheit vor Ort erforderten. Carola Zosig hatte ihm nicht erklären können, was genau Braun damit gemeint hatte, aber wiederholt, es sei außerordentlich wichtig. Nun denn, wenn Carola das sagte, dann war es wohl tatsächlich besser, selbst nach dem Rechten zu sehen.

Wenn Irrlinger überhaupt jemandem in seinem Umfeld vertraute, dann seiner lebenserfahrenen Sekretärin.

Gray hatte das Gaspedal bis zum Anschlag durchgetreten und auf der Bundesstraße durch den Steigerwald sämtliche Geschwindigkeitsbeschränkungen missachtet. Zwischendurch hatte er immer wieder versucht, Irrlinger zu erreichen, aber seine Sekretärin war hart geblieben, ihr Chef sei im Moment nicht zu erreichen. Irgendwann hatte er seine Bemühungen eingestellt und stattdessen begonnen, eine Strategie zu entwickeln. Sein Hauptproblem würde es sein, auf das Gelände zu gelangen. Am Tor kannte ihn niemand, der Sicherheitsdienst würde ihn sicher nicht durchlassen, und der Zaun war unüberwindbar. Er war schon kurz vor Ebrach, als ihm endlich der entscheidende Einfall kam. Er bog scharf nach rechts ab und schoss die Straße nach Schmerb hinauf. Kurz vor der Zufahrt zum Santamon-Haupttor bog er ein weiteres Mal nach rechts ab und folgte den Wegweisern zum Parkplatz des Wipfelwanderweges. So schloss sich der Kreis, dachte sich Gray, während er den Jeep auf dem leeren Parkplatz mit einer Vollbremsung zum Stehen brachte, dass die Reifen den Kies hochschleuderten.

Die Öffnungszeiten des Weges waren schon lange vorbei, der Eingang lag verlassen da, Byron Gray war allein. Er steckte die Beretta in das Schulterholster und suchte sich seine Einstiegsstelle von heute Morgen. Mühelos überkletterte er die Absperrung am Kassenhäuschen, lief die Holzstufen zum Wipfelwanderweg hinauf und von dort die zwei Kilometer durch die Baumkronen, bis er das Kioskhäuschen, den Treffpunkt mit Irrlinger, erreichte. Er rüttelte an allen Fensterläden, natürlich waren sie von innen verschlossen, aber die dicke Holztür hatte nur ein ordinäres

Sicherheitsschloss, das für Byron Gray kein Hindernis darstellte. Er holte ein kleines Etui aus der Tasche, hantierte mit seinem Spezialwerkzeug an dem Sicherheitsschloss, und nach nur wenigen Sekunden öffnete sich die Tür. Im Kiosk verschloss er die Tür wieder, bückte sich und suchte in der Dunkelheit mit den Fingern den Boden nach Ritzen und Fugen ab. Schließlich fand er, wonach er gesucht hatte, und hob die schwere Bodenklappe an. Direkt unter ihm konnte er eine alte Eiche erkennen, die mit ihren ausladenden Ästen bis an den Kiosk heranreichte, nahe der Bodenklappe war eine Hängeleiter nach oben gerafft und fixiert. Er löste den Verschluss, und die Leiter fiel bis zum Boden hinunter. Byron Gray lächelte. Na also, er hatte seinen Weg auf das Gelände von Santamon gefunden und war in dessen abgelegenem Teil gelandet.

Auf seinem Weg zum Labor überlegte Gerhard Irrlinger, worin Aegidius Brauns Schwierigkeiten wohl diesmal bestehen könnten. Er wollte schwer hoffen, dass sein Laborleiter ihn nicht mit irgendwelchen Lappalien belästigen wollte. Aber so, wie sich Carola angehört hatte, war wohl eine ziemliche Katastrophe passiert.

Als er das Labor durch den Haupteingang betrat, bemerkte er sofort, dass in den vorderen Räumen kein Licht mehr brannte. Nur das eigentliche Labor war hell erleuchtet. Wahrscheinlich war nur noch Braun anwesend, um auf ihn zu warten. Irrlinger wollte die Labortür schon öffnen, als sich von hinten eine Hand auf seine Schulter legte. Überrascht drehte er sich um und blickte in das angespannte Gesicht von Byron Gray, der sofort einen Finger auf seinen Mund legte zum Zeichen dafür, dass der Geschäftsführer schweigen sollte. Irrlinger war perplex. Sein

Verstand war zwar vieles gewohnt, aber das unvermittelte Auftauchen Grays warf ihn für einen Moment doch aus der Bahn.

»Ich konnte Sie nicht erreichen«, flüsterte Gray Irrlinger ins Ohr. »Ihre Sekretärin wollte mich nicht zu Ihnen durchstellen. Also musste ich einen anderen Weg finden, um Sie zu sprechen.«

Irrlinger wunderte sich. Hatte er Carola nicht ganz andere Anweisungen erteilt? »Was ist denn los?«, fragte er halblaut zurück, als er sich wieder gefasst hatte.

Byron Gray flüsterte ihm erneut etwas so leise ins Ohr, dass Irrlinger das Gesagte gerade noch verstehen konnte. Die Informationen lösten in ihm außerordentliches Unbehagen aus. Franziska Büchler war also hier. Erst jetzt bemerkte er die Waffe mit Schalldämpfer in der Hand des Amerikaners und begriff den Ernst der Lage. War die Frau etwa hier im Labor? Aber hatte nicht Aegidius Braun ihn hierherbestellt? Was für eine Verschwörung war da nur im Gange? Irrlingers Gedanken rasten.

»Wer arbeitet hier?«, flüsterte Gray.

Irrlinger überlegte kurz, bevor er antwortete. »Der Laborleiter, seine Biologinnen und ihre Assistenten«, flüsterte er leise zurück.

Byron Gray nickte grimmig. Biologin, das passte. Franziska Büchler hatte in den USA Biologie studiert und es anscheinend wie auch immer geschafft, bei Santamon eine Anstellung zu finden. Sehr clever, dachte er anerkennend. Aber damit, dass er ihren Brief abgefangen hatte und somit noch rechtzeitig hinter ihr kleines Geheimnis gekommen war, rechnete sie wahrscheinlich nicht. Geräusche waren zu hören, dann tauchte blondes Haar hinter dem Glas der Türscheibe auf. Gray schob Irrlinger auf die Seite, sodass dieser im Halbdunkel des Raumes nicht mehr zu sehen war, hob ruhig seine Beretta und wartete.

Langsam öffnete die blonde Frau die Tür und stand im Gegenlicht des Labors als dunkler Umriss vor ihm. Gray drückte dreimal kurz hintereinander ab, die Beretta gab jedes Mal ein halblautes »Plopp« von sich, und die Frau wurde rückwärts in den Raum zurückgeschleudert. Die Kugeln der Beretta hatten sie zweimal ins Herz und einmal in die Stirn getroffen. Noch bevor sie auf dem Boden des Labors aufschlug, war sie tot.

Als Franz Haderlein in Begleitung von Fidibus und Huppendorfer am Santamon-Gelände auftauchte, hatten die Einsatzfahrzeuge der Polizei bereits alles umstellt, was es zu umstellen gab, aber das war es mit den Möglichkeiten der Staatsmacht in Schmerb dann auch schon gewesen. Haderlein hatte keinen Durchsuchungs-, geschweige denn einen Haftbefehl erhalten. Als er mit Lagerfelds Wünschen vor seinem Chef stand, hatte der nur mit dem Kopf geschüttelt und ihn wie einen Schwachsinnigen angesehen. Also tat er das, was er tun konnte, und ließ vor dem Firmengelände optisch und akustisch die Muskeln spielen. Vielleicht konnte er damit ja irgendwie Eindruck schinden. Das klappte immerhin leidlich, zumindest wirkte der Wachdienst ein wenig nervös.

Der Kriminalhauptkommissar marschierte zum Haupteingang und verteilte verbale Drohungen. Beim Pförtner zeigte sein Gebaren durchaus einen gewissen Erfolg: Der arme Kerl zitterte wie Espenlaub und versuchte mehrmals, seinen Chef zu erreichen. Doch außer dessen Chefsekretärin, die ihm die Weisung gab, niemanden aufs Gelände zu lassen, bekam er niemanden an die Strippe.

Die schwarz gekleideten bewaffneten Männer des Sicherheitsdienstes bauten sich jetzt den Beamten gegenüber vor dem schmalen Durchgang auf und signalisierten Unnachgiebigkeit. Das große stählerne Tor zum Gelände blieb verschlossen, daran ließen sie keinen Zweifel.

Huppendorfer und Fidibus schauten sich bereits vielsagend an, doch Haderlein bestand darauf, auf Lagerfeld zu warten. Wenn Bernd sagte, dass er wusste, was er tat, dann glaubte er ihm das. Sein junger Kollege war zwar manchmal etwas unkonventionell, aber ganz bestimmt kein Spinner oder Verrückter. Haderlein blickte mit Riemenschneider an der Leine nervös auf die Uhr und sich dann um. Die Bereitschaftspolizisten lächelten schon mitleidig zu ihm herüber. Wenn Lagerfeld nicht etwas ganz Entscheidendes auf der Pfanne hatte, dann würde die Bamberger Kripo sich heute ein zweites Mal bis auf die Knochen blamieren. Endlich klingelte sein Handy, und Lagerfeld war dran.

»Ist das Tor frei?«

Haderlein verstand die Frage nicht. Natürlich war das Tor nicht frei, es standen ja etliche Einsatzfahrzeuge mit Blaulicht davor.

»Sieh zu, dass das Tor frei ist, Franz«, schickte Lagerfeld sogleich die nächste Anweisung hinterher. »Bin sofort da!« Dann hatte er schon wieder aufgelegt.

Einerseits war Franz Haderlein erleichtert, dass sein Bernd ihn nicht hängen ließ, andererseits hatte er noch immer keinen blassen Schimmer, was der Kerl vorhatte. Aber bitte, er brach sich keinen Zacken aus der Krone, wenn er die Polizeiwagen anwies, zur Seite zu fahren. Es würde eh nicht mehr lange dauern, bis sie abrückten. Er ging zu den Beamten hinüber, und wenig später standen die Wagen am Wegesrand oder neben dem Pförtnerhäus-

761

chen. Der Sinn der Übung war allen jedoch mehr als rätselhaft.

Dann geschah etwas, was sämtlichen Beteiligten ganz sicher bis an ihr Lebensende im Gedächtnis bleiben würde. Hinter der Bergkuppe Richtung Ebrach konnte man leise das dumpfe Dröhnen großer Motoren wahrnehmen. Es hörte sich an, als wollte die Bundeswehr mit dem größten ihr zur Verfügung stehenden Gerät eine Manöverübung auf offenem Feld abhalten. Am Horizont folgte dem dumpfen Grollen dann auch bald darauf der Umriss des dazugehörigen Fahrzeuges. Es war kein Leopardpanzer der Bundeswehr oder Hubschrauber, nein, es war etwas viel Gewaltigeres. Als das Monstrum mit nicht unerheblicher Geschwindigkeit näher kam, erkannte Franz Haderlein als Erster der Anwesenden, was da auf sie zugeschossen kam, schließlich hatte er dem Koloss doch erst vor wenigen Stunden Auge in Auge gegenübergestanden. Und gleichzeitig ging ihm eine ganze Lichterkette auf, was Lagerfeld im Schilde führte. Die Erkenntnis traf ihn plötzlich und unvorbereitet.

»Nein«, kam es ihm noch fassungslos über die Lippen, dann drehte er sich um und rief: »Alle in Deckung!« Schnell packte er Riemenschneiders Leine und brachte sich mit ihr, Fidibus und Huppendorfer im nächsten Gebüsch in Sicherheit. Er konnte gerade noch Lagerfeld im Führerhaus erkennen, der entschlossen nach vorn auf das Stahltor am Eingang deutete, neben sich einen verkniffen dreinschauenden Fahrzeugführer, dem die blanke Angst ins Gesicht geschrieben stand. Sekunden später krachte der obere Ausleger des Autokrans mit voller Wucht gegen das massive Stahltor Santamons, das wie Kinderspielzeug in zwei Teile zerlegt mit lautem Krachen und Poltern in den Innenhof des Geländes flog. Die gewaltigen Edelstahlscharniere der Torflügel hatten sich zu hässlichen Fragmenten verzogen und ragten wie Kunstwerke in alle Richtungen. Der Kranführer versuchte zwar noch, die wilde Fahrt seines Gefährts zu stoppen, kriegte aber die Kurve nach der Toreinfahrt nicht mehr hin, sodass er mit seinem Kranausleger auch noch den Trafoturm umknickte, dieser wie in Zeitlupe auf den Weg fiel und schließlich zerbrach. Als neben ihm der Autokran mit kreischenden Bremsen endgültig zum Stehen gekommen war, herrschte absolute Stille, nur ein leises, kraftloses Zischen war aus Richtung des so plötzlich gestoppten Kranfahrzeugs noch zu vernehmen.

»Das ist sie nicht«, sagte Byron Gray, nachdem er das Gesicht der getöteten Frau auf dem Laborboden betrachtet hatte. Zur Sicherheit holte er das Foto aus der Jacke, das das Konterfei von Franziska Büchler zeigte, aber auch Irrlinger schüttelte schon den Kopf.

»Nein, die Frau heißt Angela Haimer. Ist Biologin, soweit ich weiß.« Die Tote sah aus, als sei sie gerade auf dem Weg in ihren Feierabend gewesen. Vielleicht war sie nur zur falschen Zeit am falschen Ort gewesen, vielleicht aber auch eine Helfershelferin, wer wusste das schon. Gray zögerte nicht lange und bedeutete Irrlinger, ihm zu folgen. Gemeinsam begaben sie sich in die Sicherheitsschleuse, schlossen Mund und Augen und ließen die Desinfektionsprozedur über sich ergehen.

Wieder flüsterte Gray Irrlinger etwas ins Ohr, woraufhin dieser gegen das kleine Fenster klopfte. Die Gestalt im Bienenraum schien beschäftigt und trug weiße Schutzkleidung, weshalb sie nicht zu erkennen war. Die Person drehte sich aufgrund der Klopfgeräusche um und schien einen Moment lang unschlüssig zu sein, was sie tun sollte. Dann winkte sie Irrlinger zu, was nur bedeuten konnte, dass er in den Raum kommen sollte.

»Hierbleiben«, sagte Gray halblaut zu Irrlinger und lächelte kalt. Dann öffnete er selbst die Tür, ging mit erhobener Waffe hindurch und schloss sie hinter sich.

Die Wachdienstler standen noch völlig verdattert in der Gegend herum, während die Bereitschaftspolizisten auf das Gelände strömten. Niemand fragte mehr nach Durchsuchungsbefehlen oder sonstigen Berechtigungen. Die Situation mit dem vom Autokran zermalmten Stahltor war so abstrus, dass sich alle gängigen Konventionen und Vorgaben der Polizeiarbeit in Luft aufgelöst hatten. Haderlein rannte mit Huppendorfer zum Autokran, aus dessen Führerhaus gerade Lagerfeld mit einem bleichen Fahrzeugführer stieg.

»Mensch, Bernd, alles in Ordnung?«, fragte Haderlein sorgenvoll, aber Lagerfeld war mit seinen Gedanken schon einen Schritt weiter.

Direkt hinter Haderlein saß ein kleines Ferkel allein und verloren auf dem Weg und schaute mit großen Augen in die Gegend. So eine gewaltige Show hatte sie in ihrem ganzen Schweineleben noch nie geboten bekommen. So konnte man also auch Türen öffnen, aha. Die Aktion hatte ihr gehörigen Respekt eingeflößt, sie war sehr gespannt, wie es jetzt weiterging. Und es ging tatsächlich weiter, und zwar direkt mit ihr. Lagerfeld hielt ihr ein kariertes Blatt Papier mit irgendwelchen Schriftzeichen unter die Nase. Das Ding roch nach Wachs und Weihrauch, aber auch nach einer Frau. Ihr war schon klar, dass sie nicht nach Lagerfeld und seiner Ute suchen sollte, nach denen roch der Zettel ja auch, nein, da war noch ein älterer schwacher, fremder Duft. Nicht besonders stark, aber noch wahrnehmbar.

»Such!«, rief der Kollege ihres Herrchens. »Such, Riemenschneider!« Na, der tat sich leicht, der Gute, dachte sie sich leicht angenervt. Such, na klar. Und wonach sollte sie jetzt bitte suchen? Nach Wachs, Weihrauch oder Frau? Egal, irgendetwas würde schon zu finden sein. Sie senkte den Rüssel auf den Boden, lief im Zickzack über das Santamon-Grundstück, und es dauerte nicht lange, bis sie auf einen Geruch traf, der mit einem des Zettels übereinstimmte. Erstaunlicherweise war es nicht der Geruch nach Weihrauch oder Wachs.

Franziska alias Yasmin konnte jetzt nur noch warten und hoffen, dass alles nach Plan verlief. Aegidius Braun war in einem anderen Labor beschäftigt, dafür hatte sie gesorgt. Er hatte mit alldem hier nichts zu tun, und sie wollte nicht, dass er Schaden nahm. Sie hatte sich die Schutzmontur übergezogen und war in den Bienenraum gegangen. Wenn sie das überleben wollte, würde sie den Schutzanzug dringend benötigen. Kurz vorher hatte sie noch Angela getroffen, die etwas im Labor vergessen hatte, und ihr nahegelegt, umgehend zu verschwinden, Irrlinger würde jeden Moment hier auftauchen. Das sollte doch reichen, sie zum Gehen zu bewegen.

Yasmin traf ihre Vorbereitungen. Sie nahm den Deckel vom Kasten des Volkes mit dem vollen Namen Apis mellifera santamon 1, aber die Bienen beachteten sie gar nicht, ganz im Gegenteil, sie waren ein Abbild von Ruhe und Beschaulichkeit. Sie betrachtete sie einen kurzen Moment, sollten sie doch für den großen Plan ihre Erfüllungsgehilfen sein. Dann drehte sie sich um und ging zum großen Regal auf der rechten Seite, auf dem in Kopfhöhe kleine Gläser mit abgefülltem Honig standen. Jedes von ihnen war mit einem Schraubverschluss versehen. Ihre Augen glitten über die Etiketten, bis sie fanden, wonach sie gesucht hatten. Ihre Hand griff nach dem fünften Glas von rechts. »S1« stand darauf. Es war der Honig der Bienen, deren Kastendeckel sie gerade eben abgenommen hatte. Fast melancholisch betrachtete sie den goldfarbenen Inhalt des Glases, der sich optisch und von der Konsistenz her in nichts von normalem Bienenhonig unterschied.

Plötzlich wurde sie von einem Pochen an der Sicherheitsglasscheibe der Tür unterbrochen. Als sie sich umdrehte, sah sie in das Gesicht, das sie seit jenem Tag im Steinbruch von Ludvag Tag und Nacht verfolgt hatte. Das Herz schlug ihr bis zum Hals, sie zögerte einen Moment, und ihre Hände zitterten. Sie atmete tief durch, riss sich zusammen und winkte mit der linken Hand dem Mann, zu ihr zu kommen. Das Gesicht verschwand, und die Klinke der Schleusentür bewegte sich nach unten. Der Moment, auf den sie schon so lange gewartet hatte, war gekommen, und ihre Hände waren plötzlich wieder ruhig, ganz ruhig. Endlich würde sie diesem Mann Auge in Auge gegenüberstehen.

Der Mann, der durch die Tür trat, trug Jeans und Wildlederjacke und hielt eine Waffe in der Hand. Es war nicht Gerhard Irrlinger, sondern derjenige, der an der gelben Villa in Coburg auf sie geschossen und sie am Bein getroffen hatte. Franziska war wie erstarrt, unfähig, sich zu rühren. Er taxierte sie, abwartend, ob und was sie tun würde. Aus dem Augenwinkel heraus sah sie wieder Irrlingers Gesicht hinter der kleinen Scheibe der Tür auftauchen. Erst jetzt wurde ihr klar, dass er nie und nimmer zu ihr hereinkommen würde, und Verzweiflung machte sich in ihr breit. Gerhard Irrlinger hatte den Mann geschickt, um sie zu töten, das war klar. Aber woher hatte er gewusst, was sie vorhatte? Jetzt stand der andere Mann vor ihr. Ruhig hob er die Waffe und zielte auf ihre Brust. Reflexartig ließ Franziska das Glas fallen. Es schien eine endlose Zeit zu vergehen, bis es auf den Fliesen mit einem Klirren in hundert Teile zersprang. Heller zäher Honig floss über die Scherbenstücke und breitete sich am Boden aus. Der Mann war kurz zusammengezuckt, aber jetzt hob er erneut die Waffe. Franziska schien es so, als würde er sich auf etwas freuen, das nichts mit ihr zu tun hatte. Dann ertönte das Summen.

Das Geräusch war so gewaltig, dass sie selbst erschrak, obwohl sie es in den Experimenten doch schon des Öfteren vernommen hatte. Von einem Moment auf den anderen waren die Bienen überall: auf ihrer Kleidung, auf dem Sichtfenster vor ihr, einfach überall. Sie hörte das fürchterliche trockene »Plopp« und spürte den Schlag an ihrer Schulter sowie den darauffolgenden Schmerz. Sie taumelte zurück, hatte aber keine Zeit, auf die Schmerzen zu achten. Sie hatte nur noch Augen für den Mann mit der Pistole, der noch zwei weitere Schüsse abgab. Er verfehlte sie, und die Kugeln landeten weitab von ihr in Wand oder Decke. Der Mann wurde massiv von den Bienen attackiert, sodass er nicht mehr zielen konnte. Innerhalb kürzester Zeit war er vom schwarzen Volk regelrecht eingehüllt, und seine verzweifelten Schreie hallten durch den Raum. Doch die Bienen kannten keine Gnade, sie kannten nur den Trieb, ihren Honig zu verteidigen. Irgendwann lag der Mann reglos auf dem Boden, und Franziska konnte sehen, wie Gesicht und Arme anschwellten. Nicht mehr lange, und das Herz des Mannes würde aufhören zu schlagen. Er war keine Gefahr mehr für sie, würde nie mehr eine sein. Sie legte instinktiv eine Hand auf das Loch in ihrer Schutzkleidung, nicht, dass die Bienen auf die Idee kämen, dort hineinzuschlüpfen, und sie doch noch stachen.

Mit einem Mal kehrte der Schmerz an der Schulter in ihr Bewusstsein zurück, und sie wandte ihren Blick zu dem kleinen Fenster in der Tür. Ihr Todfeind starrte sie kalt an. Sekundenlang standen sie sich gegenüber und sahen sich in die Augen. Nach dem Schock des gerade Erlebten bemächtigte er sich ihrer wieder: der Hass auf den Mörder ihres Vaters. Vor der Tür stand Gerhard Irrlinger, der eigentlich vor ihr auf dem Boden liegen sollte, niedergestreckt von seiner eigenen Höllenbrut. Allmählich veränderten sich dessen Gesichtszüge, und sie sah, dass er lächelte. Ein dünnes, kaltes, grausames Lächeln. Während sein linker Arm etwas an der Wand neben der Tür zu suchen schien, ließ er den Blick nicht von ihr. Als sie das Zischen hörte, wusste sie sofort, was das Geräusch zu bedeuten hatte. Gas. Irrlinger hatte die Kohlendioxidventile geöffnet.

Der Sicherheitsdienst verzichtete auf jegliche Gegenwehr und wurde von den Polizisten entwaffnet. Ob das juristisch alles hasenrein war, interessierte niemanden mehr. Wenn die Polizei zu Methoden wie Autokränen als Rammböcken griff, dann streckten die Sicherheitsleute mal lieber die Hände in den Himmel. Alles andere sollten die Verantwortlichen unter sich klären.

Die drei Kommissare kümmerten sich nicht um das Tun und Treiben am Tor, sie ließen Fidibus als Oberaufsicht zurück und liefen mit gezückten Waffen hinter Riemenschneider her, die schnurstracks nach links auf ein allein stehendes Gebäude zusteuerte. »Labor 1« stand auf einem

768

Schild neben dem Eingang. Riemenschneider blieb davor stehen und stieß mit ihrem kleinen Rüssel gegen die Tür. Lagerfeld öffnete sie vorsichtig und schaute hinein. Es war nicht viel zu erkennen und auch nichts zu hören. Er befahl Riemenschneider, an Ort und Stelle sitzen zu bleiben und auf sie zu warten, dann betraten sie das dunkle Innere. Der erste Raum war leer, aber hinter der nächsten Tür brannte Licht. Zu hören war dennoch nichts. Haderlein und Huppendorfer postierten sich rechts und links neben der Tür, die Lagerfeld einen Spaltbreit öffnete, um in den Raum zu spähen. Vor ihm auf dem Boden lag die Leiche einer jungen Frau in ihrem eigenen Blut. Irgendwer hatte ihr in die Brust und in den Kopf geschossen.

Der Raum, in dem sie lag, war das eigentliche Labor mit einer Tischmittelreihe und haufenweise Gerätschaften drum herum. Ziemlich unübersichtlich das alles. Am anderen Ende befand sich eine weitere Tür aus glänzendem Metall, sodass sie, als sie aus dem Labor selbst nichts hörten, beschlossen weiterzugehen. Lagerfeld wieder voraus, Haderlein und Huppendorfer flankierten ihn rechts und links in einigem Abstand. An der Tür legte Huppendorfer sein Ohr an das kühle Aluminium und glaubte, ein leises Zischen zu vernehmen. Doch just als er den anderen von dem Geräusch berichten wollte, durchschlug direkt über seinem Kopf eine Kugel die Tür und blieb an der anderen Raumseite in der Wand stecken.

Franziska wusste, was das für sie zu bedeuten hatte. $CO_2$ war schwerer als Luft und geruchlos. Sie würde nichts von dem Gas bemerken, bis es die Konzentration von zehn Prozent überstiegen hatte, aber dann würde sie ohnmächtig werden und sehr schnell ersticken. Und bis es so weit war, würde es nicht mehr lange dauern, denn die Bienen um sie herum stellten bereits ihre Flugbewegungen ein und krochen nur noch auf dem Boden herum. Sie selbst bemerkte, wie ihr schwindelig wurde. Panisch überlegte sie, wie sie sich retten konnte. Irrlinger würde ihr dabei bestimmt nicht helfen. Dann aber fiel ihr Blick auf die Waffe, die neben der Leiche des fremden Mannes lag. Bereits mit ihrem Gleichgewicht kämpfend kniete sie sich auf den Boden und griff nach ihr. Sie wusste, dass ihr Plan gefährlich war. Die $CO_2$-Konzentration war in Bodennähe besonders hoch, und außerdem hatte sie noch nie eine Schusswaffe bedient. Als die Beretta endlich in ihrer Hand lag, wunderte sie sich, wie schwer das Ding war. Ihr Blick verschwamm, aber sie schaffte es, die Pistole zu heben und sich ein letztes Mal zu konzentrieren. Als das Gesicht Irrlingers schließlich in ihrem Blickfeld auftauchte, drückte sie ab, dann schwanden ihr die Sinne. Die Waffe fiel polternd zu Boden, und Franziska Büchler kippte bewusstlos zur Seite.

Huppendorfer schaute sprachlos zu dem nach außen aufgebogenen Aluminium direkt über ihm um das Austrittsloch. Dann legte er die Hand auf den Türknauf, nickte Haderlein und Lagerfeld zu, riss die Tür auf, und seine Kollegen richteten ihre Waffen auf den dahinterliegenden Raum.

»Hände hoch und keine Bewegung!«, rief Haderlein dem großen Mann zu, der mit dem Rücken zu ihnen stand. Als er sich umdrehte, erkannten sie Gerhard Irrlinger. Er trug einen unschuldigen Gesichtsausdruck zur Schau.

»Gott sei Dank, dass Sie gekommen sind, meine Herren. Ich glaube, man hat versucht, mich umzubringen.«

Haderlein zerrte ihn schweigend in das Labor und legte ihm Handschellen an. Als Lagerfeld und Huppendorfer das

Loch in der Fensterscheibe der nächsten Tür bemerkten, schauten sie durch die zersprungene Scheibe vorsichtig in den Innenraum.

»Mein Gott«, entfuhr es Lagerfeld. Sofort rüttelte er an der Tür, aber sie bewegte sich keinen Millimeter. Stattdessen leuchtete bei jedem Versuch eine rote Warnlampe mit der Schrift »Desinfektion« auf. Lagerfeld stürmte zu Irrlinger und packte ihn mit beiden Händen am Kragen. »Wie geht die Tür auf?«

Doch Irrlinger zuckte nur mit den Schultern. »Woher soll ich das wissen, das müssen Sie das Personal fragen«, sagte er ruhig, doch diesmal waren die Kommissare bereit, über Grenzen zu gehen, besonders einer. Irrlinger spürte das kalte Metall einer Pistolenmündung an seiner Schläfe und erkannte die entschlossene Stimme des älteren Kommissars namens Haderlein, der ihn schon tagelang fanatisch verfolgt hatte.

»Die Tür – aufmachen!«

Ein gefährlicher Unterton in der Stimme Haderleins ließ ihn schließlich den Rückzug antreten. Es war besser, nicht alles zu riskieren. Die Zeit, die er hatte schinden können, müsste für seine Zwecke sowieso gereicht haben. »Ach, jetzt fällt es mir wieder ein. Sie müssen den roten Knopf über der Leuchte drei Sekunden lang drücken, dann beginnt die Desinfektionsbehandlung, und anschließend geht die Tür von allein auf«, sagte er emotionslos.

Lagerfeld und Huppendorfer stürmten zurück in die Schleuse und betätigten den besagten Knopf. Sie hielten die Luft an und die Augen geschlossen und konnten endlose Sekunden später den Raum betreten. Es war ein Bild des Grauens, das sich ihnen bot. Die Leiche des unbekannten Killers war bereits bis zur Unkenntlichkeit angeschwollen, daneben lagen eine zusammengekrümmte weibliche Person und eine Waffe der gleichen Art, wie sie sie heute aus dem Fluss gefischt hatten. Dann nahmen sie das Zischen wahr und merkten, wie ihnen das Atmen schwerer fiel.

»Gas«, stieß Huppendorfer hervor. Sofort packten sie die Frau in der Schutzkleidung und schleiften sie vor die Tür.

»Alle raus hier«, befahl Haderlein, nachdem er die Gasventile geschlossen hatte, woraufhin Huppendorfer und Lagerfeld Franziska Büchler über die tote Angela Haimer hinweg Richtung Ausgang zogen. Haderlein stapfte mit dem gefesselten Irrlinger hintendrein. Im Freien legten sie den regungslosen Körper Franziskas auf den Boden, nahmen ihr den Kopfschutz ab und öffneten den Reißverschluss der Montur, wobei sie das Blut in dem Anzug und die große Wunde unterhalb der linken Schulter entdeckten. Beim Versuch, Franziska zu beatmen, löste sich denn auch das schwarze Haar, und unter der Echthaarperücke kamen zusammengesteckte blonde Locken zum Vorschein. Aus Yasmin Bärnreuther-Aust wurde Franziska Büchler.

Lagerfeld versuchte sein Möglichstes, um die junge Frau wieder zum Leben zu erwecken, während Huppendorfer und Haderlein mit fahlen Gesichtern danebenstanden. Die Sekunden verrannen, und irgendwann hielt auch Lagerfeld inne und setzte sich auf. Noch einmal schaute er in das bleiche Gesicht und die aufgerissenen Augen und wusste, dass sie zu spät gewesen waren. Ein letztes Mal fühlte er den Puls, aber es gab nichts mehr zu fühlen. Franziska Büchler war tot. Umgebracht durch das Gas, durch den Blutverlust oder beides zusammen. Lagerfeld strich ihr durch das blonde Haar, schaute zu seinem Vorgesetzten und schüttelte den Kopf.

Als Haderleins Blick daraufhin zu Irrlinger flog, zeigte der keinerlei sichtbare Reaktion. Doch in ihm arbeitete es. Franziska Büchler war tot, Byron Gray war tot. In Gedanken bastelte er bereits an seiner Verteidigungsstrategie, die aus der Behauptung bestand, er sei von einem unbekannten Killer und einer bekannten Verrückten angegriffen worden. Der Unbekannte hatte im Labor wild um sich geschossen, und im Bienenraum hatte Franziska Büchler zuerst den Mann umgebracht und dann ihn ins Visier genommen. Daraufhin hatte er in Notwehr das Gas aufgedreht. Das würde vielleicht ein paar Tage Untersuchungshaft bedeuten, aber dann würde er wieder ein freier Mann sein, für immer. Mühsam verkniff er sich ein Lächeln, während er von den zwei bleichen, frustrierten Kommissaren und Huppendorfer abgeführt wurde. Schweigend gingen sie bis zum Tor, wo Fidibus bereits auf sie wartete.

Als er in ihre Gesichter sah, wusste er, dass es besser war, nichts zu sagen und stattdessen mitzuhelfen, das Chaos zu beseitigen. Haderlein und Lagerfeld folgten mit dem Santamon-Chef Huppendorfer, der neben dem Durchgang stutzte, als er sah, was direkt daneben an einem kleinen Stock im Wind baumelte. Ein kleiner gelber Wimpel flatterte im hellen Mondlicht und den Scheinwerfern der Einfahrt oben an den verbogenen Torpfosten im leichten Windzug. »DKB-Arena Oberhof« war darauf zu lesen. Huppendorfer war so verblüfft, dass er stehen blieb und die anderen fast auf ihn aufgelaufen wären. Haderlein schaute Huppendorfer fragend an.

»Was ist denn los, Cesar?«, wollte nun auch Lagerfeld leise wissen, der mit dem Tag nur noch so schnell wie möglich abschließen wollte.

Huppendorfer konnte gerade noch auf den Wimpel deuten, als in Richtung des Wipfelwanderweges ein Schuss fiel. Irrlingers Kopf wurde zur Seite geworfen, an seiner Schläfe wurde die rote Spur eines Streifschusses sichtbar. Wie betäubt blickte Irrlinger auf das Blut, das ihm auf die gefesselten Hände tropfte. Dann fiel ein zweiter Schuss, der sein Ziel diesmal präzise fand. Erst jetzt reagierten die Umstehenden, und zwar alle auf einmal. Haderlein warf sich über den zu Boden gefallenen Körper Irrlingers, während sich etliche Polizisten schützend vor die am Boden Liegenden stellten.

Haderlein sah sofort, dass Irrlinger tot war. Die Kugel einer kleinkalibrigen Waffe hatte ihn genau über der Nasenwurzel in die Stirn getroffen und war am Genick wieder ausgetreten, wobei sie ein Gutteil der Schädeldecke hatte mitgehen lassen. Irrlinger war hingerichtet worden. Aber von wem? Wo waren die Schüsse hergekommen? Haderlein schaute suchend Richtung Wipfelwanderweg hinauf in die Nacht.

Von oben konnten sie sehen, wie die Beamten Franziska auf den Boden legten und der Kommissar schließlich resigniert den Kopf schüttelte. Dann wurde Irrlinger in Richtung Tor abgeführt. Das Schwein hatte es also tatsächlich überlebt, während Franziska gestorben war. Sie hatte es ihnen prophezeit, so als ob sie es geahnt hätte. Gernot hatte sich auf dem Wipfelwanderweg im Stehendanschlag postiert, ruhig, konzentriert, genau so, wie er es beim Biathlontraining gelernt hatte. Die Entfernung war machbar, der Wind kam nur leicht von links. Die Polizisten waren mit dem Zielobjekt schon fast am Tor, als einer der Kommissare stehen blieb und auf die gelbe Windfahne zeigte, die sie gestern Nacht aufgehängt hatten. Es war so weit. Das Zielobjekt stand ruhig, mit dem Gesicht zu ihnen – ideal. Er drückte ab. Unten zuckte Irrlinger zusammen, ein Streifschuss an der Schläfe. Die Männer schauten suchend nach oben, jetzt musste es schnell gehen.

»Zwei bei rechts«, kam das routinierte Kommando von Reinhild, die mit einem kleinen Fernglas neben ihm stand. Gernot justierte ruhig, aber zügig am Diopter der Waffe nach. Beim Biathlon hatte er eine Scheibe von gut elf Zentimetern aus fünfzig Metern zu treffen gehabt, der Kopf dieses Ungeheuers war bedeutend größer. Er lächelte in Irrlingers Richtung, dann drückte der beste Schütze seines Jahrgangs erneut ab, und diesmal traf das Geschoss mit fünf Komma sechs zwei Millimetern Durchmesser genau ins Ziel.

Huppendorfer hatte keine Ahnung, wie er am schnellsten auf den Wipfelweg kommen sollte. Schnell fragte er einige der Angestellten Santamons, die bei dem Lärm aus dem Kasten gelaufen gekommen waren, und einer von ihnen schilderte ihm den Weg zum Kassenhäuschen und erklärte, wie er von dort aus weiterlaufen musste. Huppendorfer schnappte sich ein paar Polizisten und rannte die kurze Strecke zum Parkplatz des Wipfelweges, wo er in der Dunkelheit einen Jeep stehen sah. Er überstieg die Absperrung und lief mit den Beamten den gesamten Wipfelweg ab, aber nichts und niemand war zu finden. Wer auch immer auf Irrlinger geschossen hatte, er war auf Nimmerwiedersehen verschwunden.

Als Huppendorfer enttäuscht wieder vor dem Santamon-Tor stand, versuchte er, sich durch die anwachsende Menge der Schaulustigen zum Pförtnerhäuschen zurückzuarbeiten. Er hatte es schon fast geschafft, als er schlagartig stehen blieb. Ein Duft, den er erst vor Kurzem zu ertragen gehabt hatte, allerdings am gefühlten anderen Ende der Welt in einem bekannten Zentrum des winterlichen Hochleistungssports. Der Geruch einer Gauloises, der ihm verhassten Zigarettenmarke. Langsam drehte er sich um und schaute in die Gesichter zweier Mitarbeiter Santamons, die ihm seltsam bekannt vorkamen.

»Carola Zosig, Sekretariat«, war auf dem Namensschild einer älteren, akkurat gekleideten Dame zu lesen. Direkt neben ihr stand ein junger Mann, der unleugbar eine gewisse Ähnlichkeit mit ihr aufwies: »Udo Knoch, Hausmeister«. Huppendorfer schaute die beiden schweigend abwechselnd an, bis sein Blick an der Chefsekretärin hängen blieb.

Carola Zosig betrachtete interessiert ihre Fußspitzen, bevor sie ihr Gesicht hob und ihn unschuldig anschaute.

»Sie fahren nicht zufällig einen schwarzen Polo?«, fragte Huppendorfer leise.

Der Hausmeister sah sofort erschrocken zu der Chefsekretärin, fing sich dann aber wieder und setzte eine undurchdringliche Miene auf. Carola Zosig zog es vor, wieder den Boden zu ihren Füßen zu betrachten. Eigentlich wartete Huppendorfer darauf, dass die beiden jeden Moment flüchten würden, aber das Pärchen rührte sich nicht vom Fleck. In Cesar Huppendorfer tobte ein Tornado, seine Gefühle und Gedanken spielten »Hasch mich« miteinander. Nach endlosen Sekunden der Unschlüssigkeit drehte er sich schließlich um und schaute nachdenklich dem polizeilichen Treiben am Eingang zu.

Er ging den ganzen irrsinnigen Fall noch einmal durch, vom Anfang bis zum Ende, und er musste feststellen, dass er, obwohl Polizist, Mutter und Sohn nicht so einfach als schlechte Menschen abzustempeln vermochte. Er konnte die zwei nicht verhaften. Alles in ihm sträubte sich dagegen, und außerdem hatte er keine Beweise, noch nicht. Doch jetzt, da er die Wahrheit kannte, würde er auch welche finden, wenn er denn wollte, da war er sich sicher. Aber wollte er? Eigentlich nicht. Die Beweise sollte bitte schön jemand anders finden. Sein Entschluss stand fest: Er würde jetzt seinen Kollegen bei der Tatortsicherung helfen und morgen sehr, sehr lange schlafen. Nur die Thüringer Polizei suchte im Moment nach Gernot Fraas, und vielleicht würde das ja auch so bleiben.

Erst jetzt drehte er sich um und brachte der stocksteif dastehenden Reinhild seinen Mund ganz nah ans Ohr. Er war sich sehr sicher, dass ihr Gehör inzwischen wieder absolut auf der Höhe war.

»Was mich anbelangt, ich habe euch gerade vergessen«, flüsterte er leise der verblüfften Chefsekretärin zu. Dann drehte er sich um, ging durch die letzten Reihen der Beamten und Sicherheitsleute nach vorn, überquerte den Platz und meldete sich mit einem sehr enttäuschten Gesicht bei seinen Kollegen zurück. Lagerfeld und Haderlein schauten ihn fragend an, aber Cesar Huppendorfer schüttelte nur stumm den Kopf. Er warf noch einen letzten, undefinierbaren Blick auf die Leiche Irrlingers, dann drehte er sich ohne weiteren Kommentar um und ging zur grenzenlosen Verblüffung seiner beiden Kollegen einfach in Richtung des demolierten Autokrans davon. Während er sich vom Ort des Geschehens entfernte, atmete Kriminalkommissar Huppendorfer einmal kurz und entschlossen durch. Seine Entscheidung stand fest. Was den Tod Irrlingers anbelangte, nun, irgendetwas würden die Kollegen in den Bericht schreiben müssen, aber das war ihre Sache. Sich mit seiner privaten wie auch beruflichen Welt immer mehr im Einklang befindend, näherte er sich ohne jegliche Eile dem Wrack des Autokrans, neben dem sein verstörter Fahrer auf dem Boden hockte. Und irgendwer von der anwesenden Polizei musste sich ja schließlich auch um diesen armen Mann und sein verunfalltes Fahrzeug kümmern, dachte er sich.

# Epilog

Nach Bekanntgabe des endgültigen Wahlergebnisses war sowohl in Franken als auch im Rest der Republik der Teufel los. Der bayerische Ministerpräsident Teichhuber war erst einmal für mehrere Tage nicht zu sprechen, während Manfred Zöder umgehend damit begann, sehr intensive Gespräche mit seiner Partei und dem Haßfurter Bürgermeister zu führen.

Mellifera S1 wurde zur dominierenden Bienenrasse in ganz Süddeutschland und breitet sich seitdem zusammen mit dem Genmais flächendeckend aus.

Santamon-Europa gab seinen Firmensitz in Schmerb auf. Das Gelände wurde renaturiert und dient nun wieder als Sitz für den Revierförster der Bayerischen Staatsforsten.

Reinhild und Gernot Fraas wurden bis heute nicht gefunden.

»Was mit den Bienen geschieht, ist sehr wichtig für Europa – und für die gesamte Welt. In den letzten zwei Jahren ist in den USA ein Drittel der Honigbienen aus unerklärlichen Gründen gestorben. 2007 wurden etwa achthunderttausend Völker vernichtet. In Kroatien starben fünf Millionen Bienen in weniger als achtundvierzig Stunden. Im Vereinigten Königreich geht jeder fünfte Bienenstock zugrunde, und weltweit berichten gewerbliche Imker seit 2006 über Verluste von bis zu neunzig Prozent. Was passiert da, und wie ernst ist dies für uns und die Zukunft der Menschheit? (...) Wir können nicht warten, bis alle Bienen ausgestorben sind, weil wir dann vor einem enorm schweren Problem stehen.«

Neil Parish vor dem Europäischen Parlament am 19.11.2008

## Mein von Herzen kommender Dank!

Ohne die Hilfe folgender Menschen und Organisationen wäre dieses Buch nicht möglich gewesen: Josef Schauer, Arbeitsgemeinschaft der Institute für Bienenforschung/Celle, Mellifera e.V./Rosenfeld, Gen-ethisches Netzwerk e.V./Berlin, Europagruppe der Grünen/Brüssel, Greenpeace Deutschland, Dr. Dr. Uwe Greese, Dr. Habermehl, Michael Greubel, Stefan Haderlein, Landrover Deutschland, HUK Coburg, Konzertagentur Friedrich, Emons Verlag in Köln und ganz besonders meiner Maren.

Spezieller Dank geht an das »La Stazione« in Kaltenbrunn für die fränkisch-sizilianische Nahrungsaufnahme, das alkoholfreie Hefe und den konsequenten Koffeinnachschub. Ich danke dir, Josef, für die ungefragte, aber dafür regelmäßige Anteilnahme.

Herzlichen Dank an Roswitha und Edgar Vorndran für das Erstlektorat. Ihr seid aber auch die Einzigen in der Familie, die wirklich Hochdeutsch beherrschen.

Und ganz besonders danke ich meinen absolut unersetzlichen und tapferen Probeleser/-innen: Martina Altmann, Martin Klement, Denise Appis, Uwe Schilling, Andrea Jahn, Josef Schauer und Beate Friedrich.

Ihr seid die Besten!

**Autor**

Helmut Vorndran wurde 1961 im fränkischen Bad Neustadt an der Saale geboren. Er machte eine Lehre zum Schreiner und studierte Sozialpädagogik, bevor er sich ganz auf seine Arbeit als Kabarettist verlegte. Darüber hinaus schreibt er Kolumnen für verschiedene Zeitungen und arbeitet als Autor unter anderem für Antenne Bayern und das Bayerische Fernsehen. Mit seinen Franken-Krimis um Kommissar Franz Haderlein hat er sich eine treue Leserschaft erobert. Helmut Vorndran lebt in einer restaurierten Mühle in der Nähe von Bamberg.

Mehr zum Autor unter www.helmutvorndran.de

*Helmut Vorndran im Goldmann Verlag:*

Das Alabastergrab. Franken-Krimi
Blutfeuer. Franken-Krimi
Der Colibri-Effekt. Franken-Krimi

# Hochwürden Baltasar Senner, die Strafe Gottes für alle Mörder, ermittelt.

352 Seiten
ISBN 978-3-442-47569-8
auch als E-Book erhältlich

352 Seiten
ISBN 978-3-442-47570-4
auch als E-Book erhältlich

384 Seiten
ISBN 978-3-442-47916-0
auch als E-Book erhältlich

»Eine spannende Handlung, gut gezeichnete Charaktere, die das bisweilen so kauzige Niederbayern richtig schön karikieren, und ein gut eingefangenes Lokalkolorit machen den Thriller echt lesenswert.«
Bayern im Buch

www.goldmann-verlag.de
www.facebook.com/goldmannverlag